MAXIME CHATTAM

Bestie

Buch

Lieutenant Craig Frewin ist Mitarbeiter bei der Militärpolizei und für seinen außergewöhnlichen Scharfsinn bekannt. Als man auf dem Kriegsschiff ›Seagull‹ eine brutal zugerichtete Leiche findet, wird ihm die Krankenschwester Ann Dawson als Unterstützung zur Seite gestellt. Das Opfer ist der junge Soldat Fergus Rosdale. Er wurde enthauptet, und dort, wo einmal sein Kopf war, sitzt nun ein blutiger Widderkopf. Neben der Leiche sind in Blut die Buchstaben »OT« geschrieben. Sind dies die Initialen eines Mörders, oder wird hier eine falsche Fährte gelegt? Auffällig ist, dass Fergus sich nicht gewehrt zu haben schien, er muss seinen Mörder gekannt haben. Seit einigen Tagen verließ niemand der Besatzung das Schiff, der Mörder kann also nur ein Mitglied der Mannschaft sein. Craig Ferwin und Ann Dawson bleibt nicht viel Zeit, denn sie wissen: Das Morden wird weitergehen …

Autor

Maxime Chattam wurde 1976 in Montigny-lès-Cormeilles geboren. Er studierte Literaturwissenschaft in Paris. Aufgrund seines Interesses für Thriller durchlief er ein einjähriges Training in Kriminologie und eignete sich Kenntnisse in Gerichtsmedizin und forensischer Psychologie an. Um der Kriminalliteratur verbunden zu bleiben, war er anschließend als Buchhändler tätig, nebenher arbeitete er an seinem ersten Roman. »Das Pentagramm« war auf Anhieb ein solcher Erfolg in Frankreich, dass Maxime Chattam sich mittlerweile ausschließlich dem Schreiben widmen kann. Er lebt in Poissy.

Von Maxime Chattam außerdem bei Goldmann lieferbar:

Das Kairo-Labyrinth 46385 · Die Teufelsformel (46559)

Die Joshua-Brolin-Thriller:
Das Pentagramm (46706) In Blut geschrieben (46055)
Der Kuss der schwarzen Witwe (46048)

Maxime Chattam

Bestie

Thriller

Deutsch
von Eliane Hagedorn
und Barbara Reitz

GOLDMANN

Die Originalausgabe erschien 2007
unter dem Titel »Prédateurs«
bei Éditions Albin Michel, Paris

1. Auflage
Deutsche Erstveröffentlichung Oktober 2008

Umschlaggestaltung: Design Team München
Umschlagillustration: plainpicture/whatapicture
Redaktion: Ilse Wagner
KS · Herstellung: Str.
Satz: deutsch-türkischer fotosatz, Berlin
Druck und Bindung: GGP Media GmbH, Pößneck
Printed in Germany
ISBN: 978-3-442-46714-3

www.goldmann-verlag.de

»Der Mensch ist dem Menschen ein Wolf.«

Titus Maccius Plautus

Wenn Sie den Genuss der Lektüre durch den von Musik steigern möchten, hier die Soundtracks, die mich beim Verfassen dieses Buches begleitet haben:

The Thin Red Line (Der schmale Grat) von Hans Zimmer

The Silence of the Lambs (Das Schweigen der Lämmer) von Howard Shore

Munich (München) von John Williams

Willkommen in diesem Roman. In der Hoffnung, dass Sie sich ganz und gar darauf einlassen können … und die Grausamkeiten dieses Krieges überleben.

Edgecombe, 2. Januar 2007
www.maximechattam.com

1

Der eintönig graue Himmel filterte das Licht wie ein durchscheinendes Netz, durch das nur ein trüber Schimmer die Erde erhellte.

Tausende von Soldaten warteten in ihren Zelten. Eine Kippe oder einen Zahnstocher im Mundwinkel, spielten sie Karten oder Würfel, andere hockten um Holzkisten herum und unterhielten sich.

Einige Regimenter hatten sich schon eingeschifft und lebten an Bord der Kriegsschiffe, die an den zu Lagerplätzen umfunktionierten Kais festgemacht hatten.

Das Warten zermürbte sie.

Das Warten auf das Signal.

Es würde zunächst eine Art von Gerücht sein, das, ausgehend vom Kommandoposten oder von der Offiziersmesse, innerhalb weniger Minuten die Männer erreichte, die hier eng zusammengedrängt dem Aufbruch entgegenfieberten.

Dann müssten sie sich aufstellen. Aufbruch gen Süden in eine triste Zukunft, in der es nur zwei Möglichkeiten gäbe: den Angriff überleben oder umkommen.

Das Generalitätsgebäude aus rotem Backstein mit weißem Kranzgesims beherrschte den Hafen.

Lieutenant Craig Frewin stand im zweiten Stock am Fenster und blickte auf das Lager der Soldaten, aus dem Gelächter, Schnarchen und Flüche zu ihm drangen, angeordnet rund um Holzhütten, aus denen zu jeder Tageszeit der Rauch von den Öfen aufstieg.

Frewin, ein stattlicher Mann mit breiten Schultern, hatte die Arme hinter dem Rücken verschränkt, das Uniformhemd spannte sich über dem muskulösen Oberkörper. Der Enddreißiger mit dem aschblonden Haar und dem Bartansatz hatte ein kantiges Gesicht, das durch die schmale Nase und die vollen Lippen jedoch weicher wirkte, sodass er einen gewissen Charme ausstrahlte. Der melancholische Ausdruck seiner haselnussbraunen Augen machte die Erscheinung noch markanter. Er lauschte den Worten von Generalmajor Colin Toddwarth.

»Craig, wir beide kennen uns schon seit einer geraumen Weile, also lass uns aufrichtig sein: Ich weiß, dass es dir nicht gefällt, aber wir haben keine andere Wahl. Die Militärpolizei verfügt nicht über ausreichend Leute, um die aktuelle Aufteilung beizubehalten. Jeder von deinen Männern wird für einen Zug abkommandiert, wenn es zu wenige sind, auch für eine ganze Kompanie.«

Mit dem für ihn typischen Phlegma und in einem mehr als bedächtigen Tonfall erwiderte Frewin:

»Auf die verschiedenen Züge aufgeteilt, sind wir ineffizient, Colin. Das ist reiner Wahnsinn. Wir sind Ermittler, keine Kämpfer.«

Colin Toddwarth lachte auf und erklärte, indem er jedes Wort betonte:

»Das ist mir durchaus bewusst. Aber … die Zeiten haben sich geändert. Einmal am Kriegsschauplatz angelangt, seid ihr für den Zusammenhalt der Gruppen verantwortlich, und das wird keine leichte Aufgabe sein. Uns erwartet die Hölle. Viele werden zu desertieren versuchen. Eure Arbeit ist es, sie daran zu hindern. Ihr habt mit äußerster Strenge vorzugehen, der Befehl ist eindeutig. Euer Status als Militärpolizei hat natürlich Vorrang, aber trotzdem handelt ihr in Absprache mit den Kommandanten.«

»Dafür habe ich mich nicht bei der MP verpflichtet«, gab Frewin in unverändert ruhigem Ton zu bedenken. »Nicht, um den Wachhund zu spielen.«

»Tut mir leid, die Entscheidung liegt nicht bei mir. Ich habe hingegen dafür gesorgt, dass du und deine Männer Zügen zugeteilt werdet, die nicht in der vordersten Front kämpfen. Wenn ihr kommt, ist das Schlimmste bereits vorbei …«

»Kurz, alles ist schon beschlossene Sache«, bemerkte Frewin kühl.

Der Generalmajor strich sich über den Schnurrbart, ehe er antwortete:

»Du bist der Kompanie Drake zugeteilt, welchem Zug, das steht noch nicht fest. Ihr werdet euch auf dem Zerstörer *Swordfish* einschiffen.«

Frewin wandte sich endlich zu seinem Vorgesetzten um.

»Gestattest du mir zumindest, meine Männer selbst davon in Kenntnis zu setzen?«

Toddwarth zögerte kurz, ehe er seine Zustimmung durch ein Blinzeln kundtat. Er betrachtete sein hochgewachsenes Gegenüber mit einer Mischung aus väterlicher Zuneigung und Faszination. Frewin war der Einzige, der ein solch großes Interesse an Ermittlungen hatte. Die meisten Männer der Militärpolizei liebten ihre Funktion wegen der damit verbundenen Machtstellung. Von solchen Missionen hielt Frewin sich fern; er zog die Ermittlungsarbeit, so düster sie auch sein mochte, vor und war stets bereit, eine Leiche zu untersuchen oder einen Täter zu jagen. Mit den für ihn typischen Methoden. Er war der einzige Militärpolizist, der Urlaub nahm, um psychologische Kolloquien zu besuchen. Irgendwann hatte Toddwarth begriffen, dass er die Konfrontation mit dem gewaltsamen Tod liebte. Nicht so, wie er im Krieg vorkam – den fand er nach eigener Aussage obszön –, sondern den geheimnisvollen, intimen Tod im Schatten. Toddwarth hatte ihn nach dem Grund für diese Anziehungskraft gefragt. Die Antwort würde er nie vergessen: *Weil in dem subtilen Moment, da ein Mensch beschließt, einen anderen zu töten, das ganze Leben da ist – konzentriert.*

Sobald innerhalb der Armee ein Verbrechen begangen wurde, kam Frewin schweigend, mit glänzenden Augen und forschendem Blick herbeigeeilt.

Dann empfand Toddwarth gegenüber seinem Lieutenant ein eigenartiges Gefühl, etwas wie Furcht. Die vielschichtige Persönlichkeit in dem äußerst kräftigen Körper hatte etwas Beunruhigendes.

Auf der Schwelle wandte sich Frewin um und fragte:

»Für wann ist es geplant?«

»Das wird der Generalstab entscheiden. Im Moment ist das Meer zu unruhig. Aber … der Aufbruch steht unmittelbar bevor, mehr kann ich dir nicht sagen.«

Craig Frewin bahnte sich einen Weg zwischen den Gruppen von wartenden Soldaten hindurch, die nicht mehr wussten, wie sie die Zeit totschlagen sollten. Er kam zu seinem Zelt, das von den Zelten seines Teams umgeben war. Der junge Matters mit dem narbigen Gesicht – Überreste einer entstellenden Akne – und den zu lang scheinenden Gliedmaßen saß auf einem Klapphocker und las in einem Comicheft. Er war Frewins aufmerksamer und ergebener Sergeant. Clauwitz und Forrell, zwei sommersprossige Rotschöpfe, die man die »Zwillinge« nannte, wozu allerdings nur ihre Haarfarbe verleitete, unterhielten sich vor einem Stapel mit Frauenfotos, die sie aus anrüchigen Magazinen ausgeschnitten hatten.

Als sein Vorgesetzter an ihm vorbeikam, hob Kevin Matters den Blick und wartete, dass dieser ihn ansprach. Frewin aber tat nichts dergleichen, sondern verschwand in seinem Zelt und ließ hinter sich die Plane herunterfallen. Er musste nachdenken, Abstand gewinnen, um die Neuigkeit zu verdauen. Nie unter dem Einfluss des Zorns mit seinen Männern sprechen, diese Regel hatte er sich auferlegt.

Fahles Licht drang durch den Stoff, zu schwach, um richtig sehen zu können. Frewin zündete die Petroleumlampe an und ließ sich auf einem improvisierten Stuhl vor einer Kiste nieder, die ihm als Schreibtisch diente. Er griff nach einem Stift und einem Notizblock und begann zu kritzeln: *Meine geliebte Patty, ich kehre zurück zu Dir* … Er stützte den Kopf in die Hand und nahm sich Zeit, bis sich der Strom von Worten, die sich in seinem Gehirn überschlugen, beruhigt hatte. Er strich den ersten Satz durch und zerknüllte das Blatt, um ein neues zu nehmen. Und diesmal schrieb er in einem Zug:

Meine Geliebte,
erinnerst Du Dich an die Uhr, die im Haus Deiner Mutter in unserem Zimmer hing? An das Pendel, das beharrlich die Stunden der Schlaflosigkeit zählte, von denen Du so oft gesprochen hast? Die Geräusche des Lebens im Lager hallen mit derselben besessenen Verbissenheit in meinen Ohren wider. Fast wie Furcht. Alle hier machen sich eifrig zu schaffen, den Magen vor Angst zusammengekrampft.

Wir warten auf das Signal zum Aufbruch – hin zu einem Land, wo sich der schwindelerregendste Handel abspielt, den die Menschheit je erfunden hat: der mit unserer Existenz. Leben vernichten, um das eigene zu retten. Um anderen unsere Freiheit aufzuzwingen. Wir sind verflucht, mein Liebling. Das Übel, das wir tun, ist so groß, dass ich mich frage, ob sich dieser Fluch nicht auf die folgenden Generationen auswirken wird. Als ich letzten Sonntag den Lebensmittelnachschub vom Kasino ins Dorf begleitet habe, sind wir zwei Kindern begegnet, und ich habe mich geschämt.

Für uns geschämt. Für die Geschichte, die wir ihnen auferlegen. Diese ganze Zivilisation, all der Fortschritt, die Versprechungen, die nur dazu führen, dass Streitigkeiten durch Massaker gelöst werden. Kannst Du Dir vorstellen, dass die meisten der Männer nicht einmal wissen, warum wir in den Krieg ziehen? Und ich bin überzeugt, dass es auf der anderen Seite nicht anders ist!

Verzeih mir, ich kann heute nicht richtig schreiben, meine Gefühle sind zu intensiv, entschuldige bitte. Ich werde es heute Abend oder morgen früh noch einmal versuchen. Du fehlst mir.

Aber das weißt Du ja.

Dein Craig

Frewin legte den Stift beiseite und faltete, nachdem er sich überzeugt hatte, dass die Tinte getrocknet war, das Blatt dreimal. Dann schrieb er ohne weitere Zusätze einen Namen auf den Umschlag: *Patty Frewin.* Er erhob sich und ging zu der grünen Metallkiste. Ganz unten, unter einer dicken Decke verborgen, häuften sich rund sechzig ähnliche Umschläge: dieselbe Empfängerin ohne Ortsangabe. Manche von ihnen waren so vergilbt, als lägen sie schon seit Monaten dort.

Und der Brief gesellte sich zu den anderen.

2

Sich selbst aus dem Schlaf zu reißen, war, als würde man aus dem Wasser auftauchen, nachdem man lange die Luft angehalten hatte: eine Erschütterung der Sinne und Orientierungspunkte. Als Ann Dawson aus ihren Träumen erwachte, rang sie nach Luft.

Die Mauern weiteten sich, die Decke kam zum Stillstand.

Und sie war … in …

In ihrem Zimmer der Krankenstation.

Sie war eingeschlafen, nachdem sie zum Abendessen in ihrem Bett eine leichte Suppe zu sich genommen und dabei einen Roman gelesen hatte. Das Licht brannte … Nein, nicht auf ihrem Nachtkästchen. Wann hatte sie es ausgemacht? Sie konnte sich nicht erinnern. Jetzt erhellte die Glühbirne im Flur den Raum.

Eine Berührung, eine Stimme hatten sie aus ihrer Nacht gerissen.

Die Hand ruhte noch auf ihrer Schulter, glitt jetzt zurück.

Ein Gesicht, ein Flüstern.

»Ann … Ann, wach auf.«

Runde Wangen, buschige Augenbrauen, langes, glattes Haar. Eine gedrungene Schattenspielfigur. Clarice. Sie trug ihre weiße Schwesternuniform mit dem roten Kreuz. Ann hatte Mühe, zu sich zu kommen. Wie spät mochte es sein? Sie hatte den Eindruck, nur zwei Stunden geschlafen zu haben.

»Unten herrscht Unruhe«, verkündete Clarice. »Es ist etwas passiert.«

»Was denn?«, erkundigte sich Ann verschlafen.

»Ich weiß nicht, die Militärpolizei kümmert sich darum. Im Lager schlafen noch alle.«

Ann hob ihren vor Müdigkeit schweren Kopf und blickte auf ihren Wecker. Halb zwei Uhr nachts.

»Wir sind gerade erst verständigt worden, sie wollen keinen Arzt, sondern nur Krankenträger, das ist ein schlechtes Zeichen.«

Ann warf die Decke zurück und schwang ihre wohlgeformten Beine über den Rand des Bettes.

»Tut mir leid, dass ich dich so früh wecke«, entschuldigte sich Clarice. »Aber du hattest mich gebeten, dir Bescheid zu geben, wenn die MP bei einem Gewaltverbrechen eingreift. Und das scheint mir jetzt der Fall zu sein.«

Ann nickte.

»Ich weiß. Danke …«

Sie erhob sich und ging zum Waschkrug, um ihr Gesicht mit Wasser zu benetzen. Unten am Spiegel klebte ein aus einem Buch gerissener Satz: *Nichts ist starr. Das Individuum ist zumindest Herr über sich selbst.* Ann las ihn zum tausendsten Mal und hauchte auf den Spiegel, auf dem feine glänzende Tröpfchen entstanden.

Sie betrachtete sich eine Weile und massierte ihre sonst so feinen Züge, die jetzt vor Müdigkeit verquollen waren. Blonde Locken kräuselten sich um die Schläfen und fielen bis auf die Schultern.

»Wo spielt sich die Sache ab?«, fragte sie.

»Auf einem Kreuzer, der *Seagull.*«

»Und weißt du, wen man hingeschickt hat?«

»Nein, aber die Sache scheint ernst. Der Soldat, der uns Bescheid gegeben hat, war leichenblass. Und er hat um Diskretion gebeten.«

Ann befeuchtete ihre Lippen. *Ernst,* dachte sie. Sie hatte keine Zeit zu verlieren. Sie griff nach ihrem weißen Kittel und ihrem Rock vom Vortag und kleidete sich eilig an.

»Danke, Clarice, du kannst wieder nach unten gehen. Lass mir eine Viertelstunde, ehe du die Krankenträger losschickst. Und bitte kein Wort davon zu den anderen.«

Ann verließ das Gebäude und ging im Schein der Hängelaternen durch das Zeltlager. In dem dichten Nebel, der die gesamte Basis einhüllte, verbreiteten die Flammen nur noch einen diffusen Schein. Die Krankenschwester erreichte den Kai, auf dem sich Berge von Kriegsmaterial, Lebensmitteln und Munition stapelten. Baracken reihten sich aneinander, wie im Sommer die Imbissbuden am Strand, nur mit dem Unterschied, dass der Geruch von heißem Fett durch den von Angst ersetzt wurde. Eine beißende Angst, die den Soldaten die Eingeweide zusammenzog, bis sie sich erbrachen, ihre Exkremente sich verfärbten, bis der ganze Hafen von einem widerwärtigen säuerlichen Gestank erfüllt war.

Etliche Meter weiter unten, über den plätschernden Wellen, riss der Nebel ein wenig auf.

Imposante Kriegsschiffe wurden sichtbar, die in der dunstigen Nacht an Skelette erinnerten. Massive Schornsteine, Taue, Flaggen, Geschütztürme, ausgefahrene Kanonen, kurz, der gesamte Aufbau dieser Meeresgiganten erhob sich auf den riesigen Rümpfen.

Durch die Gruppe von Männern mit Öllaternen und elektrischen Taschenlampen erkannte Ann den Zugang zur *Seagull*. Als sie näher kam, entdeckte sie am Anfang der Gangway einen Lieutenant der Militärpolizei: breite Schultern, hünenhafte Gestalt, kurz geschnittenes, wirres Haar, kantiges Kinn. Er diskutierte mit zwei bewaffneten Wachleuten und einem Marineoffizier. Im Hintergrund ein rothaariger Soldat mit MP-Armbinde in Begleitung eines sehr jungen Sergeanten, ebenfalls Angehöriger der Militärpolizei.

Ann atmete tief durch, straffte sich und trat mit entschlossenem Schritt aus dem Schatten.

»Guten Abend«, sagte sie leise.

Matters zuckte zusammen und musterte sie.

»Man hat mir gesagt, dass Sie mich brauchen«, fuhr die Krankenschwester fort.

Frewin wandte sich von seinem Gesprächspartner ab und zu ihr um.

»Was haben Sie hier zu suchen?«

Sie zog die Augenbrauen hoch und setzte eine verwunderte Miene auf.

»Ich hatte Dienst auf der Krankenstation, und man hat mir befohlen, mich schnellstens hierherzubegeben.«

Frewin schien plötzlich verärgert. Er schüttelte energisch den Kopf.

»Was ich brauche, ist eine Bahre und zwei Träger! Keine Krankenschwester!«

Plötzlich las Ann den Namen auf seiner khakifarbenen Jacke. »C. FREWIN«. Sie blinzelte. Lieutenant Frewin. Der Mann, der innerhalb der Armee mehr als dreißig Mörder verhaftet hatte. Niemand interessierte sich wirklich für seine Verdienste. Außer Ann. Warum hatte sie ihn nicht gleich erkannt? Sie hatte viele Informationen über ihn eingeholt, über seine Vorgehensweise bei den Ermittlungen. Man beschrieb ihn als eitel und eigenwillig, als verschlossen und waghalsig. Jetzt bot sich eine Gelegenheit, es selbst herauszufinden. Die durfte sie sich nicht entgehen lassen.

»Das verstehe ich nicht«, sagte sie, ohne sich vom Fleck zu rühren.

Doch sie spürte, dass er sie nicht an Bord lassen würde. Clarice hatte nicht übertrieben, die Sache schien wirklich ernst. Und peinlich, dachte sie, während sie einen neuen Trumpf ausspielte.

»Soll ich den Männern, die Sie anfordern, sagen, sie sollen eine Decke mitbringen, um die Leiche zu verhüllen, oder wird das nicht nötig sein?«

Diesmal trat Frewin einen Schritt auf sie zu.

»Wer hat von einer Leiche gesprochen?«, fragte er nervös.

Sie sah ihm fest in die Augen und vergewisserte sich, dass sie sich gerade hielt und selbstsicher wirkte.

Er mag logische Schlussfolgerungen und Beharrlichkeit. Und vor allem hat er gerne medizinisches Personal um sich! Bei seinen Untersuchungen bezieht er alle Berufsgruppen ein!

»Die Militärpolizei fordert um zwei Uhr morgens Krankenträger an, und dann sind auch noch Sie persönlich vor Ort. Ich vermute, dass man Sie nicht geweckt hätte, wenn es sich um einen betrunkenen Soldaten handeln würde oder wenn sich ein Wachsoldat bei seiner Runde den Knöchel gebrochen hätte. Oder irre ich mich?«

Das verlegene Schweigen, das folgte, bewies, dass sie ins Schwarze getroffen hatte.

»Matters«, sagte Frewin schließlich, »beschaffen Sie diese verflixte Bahre.« Er drehte sich zu der Krankenschwester um. »Und Sie kommen mit, vielleicht können Sie etwas zur Klärung dessen beitragen, was uns da unten erwartet.«

Ann verbarg ihre Freude. Sie hatte es geschafft. Hinter ihr seufzte Matters.

»Alles, was Sie ab jetzt hören oder sehen, ist top secret«, fügte der Lieutenant hinzu. »Ist das klar?«

»Völlig klar.«

Mit einer Kopfbewegung forderte er sie auf, ihm zu folgen, und sie begaben sich an Deck des Kreuzers.

»Wie heißen Sie?«, fragte er.

»Ann Dawson.«

Eine Glocke läutete im nebligen Hafen.

Ann konnte es nicht fassen.

Jetzt musste sie sich konzentrieren, präzise und effizient sein. Und sich vor allem genau überlegen, was sie sagte. Nichts überstürzen. Sich diskret verhalten. *Aber beharrlich sein!* Was konnte es so Schlimmes auf diesem Schiff geben?

Erst an Bord der *Seagull* bemerkte sie, wie bleich der Marineoffizier war, der sie begleitete.

Bei genauerem Hinsehen zitterte er sogar.

Die Glocke in der Ferne ertönte erneut.

Dann schloss sich die Luke hinter ihnen.

3

Der Niedergang, die Treppe, die ins Innere des Kreuzers führte, war steil, und von den metallenen Stufen, die von Deck zu Deck weiter nach unten vordrangen, hallten die Schritte wider.

Craig Frewin folgte dem Offizier, der sie im Eiltempo führte, durch die wasserdichten Türen und über das Gewirr der ins fahle Licht der Notbeleuchtung getauchten Gänge.

Auf dem Schiff war es ruhig, kein Gemurmel, kein Dröhnen der Maschinen – auf den von Rohren durchzogenen Korridoren war es still.

Frewin gehörte seit fast zwanzig Jahren der Militärpolizei an. Sein logisches Denken und seine Selbstsicherheit hatten ihm einen schnellen Aufstieg in der Hierarchie ermöglicht, sodass er schon bald sein eigenes Team leitete. Zumeist hatte er es mit Fehlverhalten und Schlägereien unter den Soldaten zu tun. Manchmal ging es um regelrechte Gewaltakte. Von Zeit zu Zeit auch um Mord. Er kannte seine Arbeit. Er kannte die Armee und ihre Mentalität, die Strenge. Alles war funktional und durchorganisiert. Das erleichterte die Ermittlungen erheblich. Die meisten aufgeklärten Verbrechen resultierten aus denselben Motiven: Brutalität, die über das ursprünglich Geplante hinausging. Seltener und zumeist von der Hierarchie vertuscht: Vergewaltigungen, gefolgt von Mord. Homosexualität sorgte in der Armee für außerordentliche Konflikte, da Machismo und Männlichkeitswahn die einzig tolerierte und unterstützte Religion waren.

In diesem Fall, so hatte der diensthabende Offizier erklärt, war der Wachposten, der die Leiche entdeckt hatte, in Panik geraten. Er hatte kopflos reagiert und zu fantasieren begonnen, hatte einen Mann, halb Mensch, halb Tier beschrieben und gebrüllt, der Teufel sei an Bord. Der Offizier hatte ihn sofort in die Krankenstation geschickt – aus Gründen der Diskretion auf die schiffseigene. Dennoch hatte das Gerücht schnell unter den Wachsoldaten die Runde gemacht. Also hatte der Offizier beschlossen, sich selbst ein Bild zu machen. Seither war alle Farbe aus seinem Gesicht gewichen.

Er hatte Frewin gewarnt: »Bereiten Sie sich darauf vor, dass Sie dort unten etwas … Unglaubliches erwartet. Es ist … teuflisch! Sie müssen die Schuldigen finden, und zwar schnell!«

Frewin dachte an diese Worte, während sie immer tiefer in den Bauch des Kreuzers vordrangen. Der Offizier hatte auf dem Begriff *teuflisch* beharrt, er hatte ihn bewusst gewählt. Er hatte von *Schuldigen* im Plural gesprochen … Was erwartete sie dort unten?

In einem langen Gang mäßigte Officer Coolidge den Schritt und blieb vor einer geschlossenen Tür stehen. Sie lag in einem dunkleren Bereich in der Mitte zwischen zwei entfernten Notbeleuchtungen.

Coolidge drehte sich um und wartete, bis Frewin, Ann Dawson und Clauwitz da waren, ehe er die Hand auf die Klinke legte.

»Sie sollten vielleicht hier warten«, sagte er, an Ann gewandt.

»Ich bin einiges gewohnt«, unterbrach diese ihn und stellte fest, dass ein Schweißtropfen über die Stirn des Offiziers rann.

Coolidge insistierte nicht weiter und schob nur die Lippen vor. Dann drückte er die Klinke herunter und öffnete die Tür.

Frewin sah Clauwitz an und befahl:

»Sie bleiben hier, außer Matters darf niemand herein.«

Zu Frewins großer Verwunderung war der Raum dunkel.

»Haben Sie das Licht ausgemacht?«, erkundigte er sich sofort.

»Nein, genauso haben wir es vorgefunden.« Coolidges bebende Stimme hallte wider, der Raum musste also recht groß sein. »Ich habe die Lampen ein- und beim Hinausgehen wieder ausgeschaltet.«

Frewin ging die Stufe hinunter, machte einige Schritte und blieb stehen.

Plötzlich tauchten die Glühbirnen den Raum in gleißende Helligkeit.

Bänke und Tische, die Anrichte mit den Bestecken und eine lange Theke. Die Mannschaftsmesse, begriff Frewin. Platz für hundert Personen.

Mitten in dem Raum hingen vier schlaffe Gliedmaßen in einer blutbefleckten khakifarbenen Uniform. Ein menschlicher Körper. Mit einem monströsen Kopf. Zwei große hervorquellende schwarze Augen, ein feuchtes Maul. Die Lippen waren weggerissen, um das drohende Gebiss freizulegen.

Dieser Minotaurus schien in der Luft zu schweben.

Hinter vorgehaltener Hand unterdrückte Ann einen leisen Schrei.

An den Metallbalken hingen zwei Fleischerhaken, auf die die Schultern der Leiche gespießt waren.

Frewin näherte sich langsam, ohne glauben zu können, was er da vor Augen hatte.

»Geben Sie Acht, wo Sie hintreten!«, sagte Coolidge.

Frewin senkte den Blick rechtzeitig, um eine Blutlache zu erkennen. Fluchend zog er den Fuß zurück. Das sah ihm, der normalerweise so umsichtig war, überhaupt nicht ähnlich. Seine Aufmerksamkeit wandte sich wieder dem Tiermenschen zu. Noch nie hatte er etwas Ähnliches gesehen. Man hatte das Opfer enthauptet und sorgfältig den Tierkopf auf den Rumpf gesteckt. An der Übergangsstelle war die Haut blutverkrustet. Der ganze obere Teil der Uniform war besudelt.

»Ich habe Sie ja gewarnt«, sagte Coolidge etwas selbstsicherer, so als würde ihn das Unbehagen der anderen stärken. »Wir müssen diese Schweine schleunigst fassen.«

Frewin runzelte die Stirn.

»Woraus schließen Sie, dass es mehrere waren?«, erkundigte er sich.

»Nun ... Es bedarf einer gewissen Organisation, um eine Leiche zu stehlen, ich kann mir nicht vorstellen, dass ein einziger Mann ...«

»Eine Leiche stehlen?«, wiederholte Frewin. »Ich verstehe Sie nicht.«

»Klar!« Coolidge zeigte auf den Toten. »Das ist doch offenkundig! Ein Diebstahl im Leichenschauhaus. Ein sehr zweifelhafter Scherz.«

Ann, die von dieser Theorie überrascht war, beobachtete die Reaktion des Ermittlers. Frewin sah den Marineoffizier an.

»Ich würde Ihren optimistischen Schlussfolgerungen gerne zustimmen«, erklärte er gelassen, »aber es handelt sich nicht um einen Leichendiebstahl. Ich befürchte, wir haben es mit Mord zutun.«

Coolidge lächelte verkrampft.

»Nein, bestimmt nicht, das ist ... nein. Wer sollte so etwas tun? Wir sind hier auf einem Schiff der Marine, nicht in einem Irrenhaus. Sehen Sie! Dieser Kopf eines ... Ziegenbocks, das ist das Werk einer Gruppe von Exzentrikern mit perversem Humor, und wissen Sie, warum? Weil ein Mörder so was nicht tun würde! Das ist doch klar! Der Kopf eines Ziegenbocks, das ist ja grotesk!«

»Eines Widders, glaube ich«, murmelte Ann. »Es ist ein Widderkopf.«

Ohne sie auch nur eines Blickes zu würdigen oder auf Coolidge einzugehen, sah Frewin sich um. Neben der Leiche zwischen zwei Tischen gab es eine große Blutlache. Der Boden war mit roten Punkten und Linien bedeckt, die daran erinnerten, wie das Leben durch die durchschnittenen Arterien dem Körper entwichen war. Der Lieutenant ging um den Toten herum, studierte jede Einzelheit und prägte sie sich ein. Seine Züge verrieten keine Emotion, obgleich sich seine linke Hand immer wieder öffnete und zu einer Faust ballte.

Nachdem er alles aufmerksam inspiziert hatte, setzte sich Frewin auf einen der Tische und betrachtete das Gemetzel.

Die Fleischerhaken waren in die Schulterblätter gerammt worden.

»Ist die Tür nachts abgeschlossen?«, fragte er, ohne den Blick von der Leiche zu wenden.

»Nein, hier gibt es nichts zu stehlen, und normalerweise schlafen die Männer. Ich habe vier Wachsoldaten, die an Deck patrouillieren, so lautet die Vorschrift des Kommandanten in Kriegszeiten, aber im Inneren reichen zwei aus. Im Moment haben wir drei Kompanien an Bord, das sind fast sechshundert Mann, außerdem die normale Besatzung und die dazugehörigen Offiziere, das macht eine ganz schöne Menge Menschen. Wenn es Krawall gibt, würden sie das hören.«

Frewin deutete auf die blutbeschmierten Hände des Opfers.

»Wollen Sie damit sagen, dass man sich hier nicht prügeln könnte, ohne dass es auffiele?«, beharrte er.

»Nun, es gibt keine Kabine in der Nähe, aber der Streit dürfte auch nicht zu lange dauern, ungefähr alle fünfzehn bis zwanzig Minuten kommt ein Wachsoldat durch diesen Gang.« Coolidge zögerte, ehe er bedauernd hinzufügte: »Sie sind davon überzeugt, dass es sich um einen Mord handelt, nicht wahr? Wie bezeichnen Sie eine Auseinandersetzung, die eine schlechte Wendung nimmt?«

Frewin warf dem Offizier einen kurzen Blick zu; der fühlte sich offensichtlich unwohl, war hin und her gerissen zwischen seinem geordneten Bild von der Armee und dieser wahnsinnigen Hypothese, die er nicht zulassen wollte. Er versuchte mit allen Mitteln, sich dieses grauenvolle Szenario rational zu erklären. Frewin beschloss, ihn nicht länger zu schonen.

»Haben Sie schon mal erlebt, dass sich zwei Männer prügeln und dass der Gewinner anschließend einen Widderkopf auf den Körper des Verlierers setzt?«

Coolidge antwortete nicht. Ann trat einen Schritt zurück, um sich einen Gesamteindruck zu verschaffen. Sie hatte die Arme fest an den Körper gepresst und die Hände in den Kitteltaschen vergraben, so als wäre ihr kalt.

Coolidge runzelte zweifelnd die Stirn.

»Sie glauben also … *wirklich* an einen Mord?«, fragte er unsicher.

Frewin nahm sich Zeit zu überlegen, bevor er antwortete:

»Am Boden sind Unmengen von Blut. Und Spritzer. Das bedeutet, dass das Herz noch schlug, als man die Arterien und Venen durchtrennt hat. Bei einer gestohlenen Leiche wäre das nicht der Fall. Tut mir leid.«

Coolidge schwieg. Er durchdachte die Tatsachen, ohne sie akzeptieren zu können.

»Schlimmer noch, die Tat war geplant«, fügte Frewin hinzu.

»Wie bitte …?«, stammelte der Wachoffizier.

»Haben Sie Schafe an Bord? Denn dieser Kopf ist ganz offensichtlich frisch. Kommen Sie näher.«

Coolidge, der an der Tür der Messe stehen geblieben war,

straffte sich und legte die Hände an den Gürtel, ohne sich jedoch vom Fleck zu rühren. Frewin ging darüber hinweg und fuhr fort:

»Kommt die Nachtwache bei jeder Runde durch diesen Saal?«

»Nein. Es gibt so viele Flure, Ebenen und Räume, dass die Wachen zwar überall vorbeigehen, die Räume aber nur am Anfang, in der Mitte und am Ende überprüfen. Ich habe die beiden Soldaten befragt, die heute Abend Dienst hatten, einer hat den Speisesaal gegen zweiundzwanzig Uhr kontrolliert, dann erst wieder um ein Uhr morgens.«

»Das heißt, der Täter hatte drei Stunden Zeit, und er war mit den Gewohnheiten an Bord vertraut.«

Der Lieutenant verschränkte die Arme vor der Brust und dachte über das nach, was er sah.

»Sind Sie wirklich sicher, dass er noch gelebt hat?«, fragte der Offizier.

»Sehen Sie sich an, wie weit das Blut am Boden verspritzt ist. Einen Meter fünfzig, wenn nicht zwei Meter. Das Herz arbeitete noch, es pumpte das Blut durch den Körper, als man ihn aufgeschnitten hat …«

Er wich drei Schritte zurück und deutete auf die Blutlache am Eingang.

»Das Opfer ist hier zwischen den beiden Tischen überrascht worden.«

Ann trat plötzlich näher und hockte sich hin, um zu überprüfen, was sie entdeckt hatte.

»Da sind Buchstaben«, verkündete sie.

Frewin bückte sich, um sie in Augenschein zu nehmen. Auf die größte Lache folgte eine Reihe von kleineren, die eine Spur bildeten bis hin zu der Stelle, an der der Mann hing. Man hatte ihn ungeschickt mitgeschleift oder getragen. Ann deutete mit dem Finger auf zwei blutige Zeichen:

Ot

»O T«, las sie laut. »Der Anfang eines Wortes?«

»Oder Initialen«, meinte Frewin.

Ann atmete durch die Nase, das half ihr, ruhig zu bleiben. Zu Beginn ihrer Laufbahn als Krankenschwester hatte sie geglaubt, sie würde sich irgendwann an den Anblick von Blut gewöhnen. Das war ein Irrtum gewesen. Sie hatte gelernt, sich abzuhärten, in diese Welt der offenen Wunden hineinzuwachsen, doch in Wirklichkeit gewöhnte man sich nicht daran. Man akzeptierte es. Bei manchen ihrer Kolleginnen löste der Anblick von Blut keinerlei Emotionen mehr aus. Sie taten Ann leid. Sie hatten gegenüber dem, was sie sahen oder taten, eine solche Distanz entwickelt, dass sie das Wesentliche vergaßen: das Leben. Wenn Blut fließt, ergießt sich das Leben aus dem Körper, es ist der Samen der Seele. Ann hatte eine eigenartige Beziehung zu Blut. Jede Konfrontation bedeutete Arbeit am anderen, Arbeit an sich selbst. Und weil es diesen stetigen inneren Kampf gab, dieses Gespür für Blut, war Ann der Meinung, den richtigen Beruf ergriffen zu haben.

»Er wollte eine Nachricht hinterlassen, vielleicht um seinen Angreifer zu entlarven?«, mutmaßte Ann.

Frewin schwieg.

»Glauben Sie nicht?«, fragte sie verwundert. »Seine Hände und Fingerspitzen sind voller Blut.«

Der Lieutenant schüttelte den Kopf.

»Miss Dawson, Sie haben nie einen Wachposten gesehen, dem die Kehle durchgeschnitten wird«, erklärte er finster. »In diesem Fall gerät der Mann in Panik, das Grauen zerreißt ihn ebenso wie die Stahlklinge, die in sein Fleisch dringt und seine Haut, seine Muskeln, Venen, Arterien, seine Stimmbänder durchtrennt. Das Blut beginnt nach innen in die Speiseröhre und nach außen zu fließen. Der Mann empfindet ebenso viel Schmerz wie Entsetzen, angesichts des Todes, der ihn vernichtet. In einem solchen Fall denkt niemand daran, einen Hinweis auf seinen Angreifer zu hinterlassen. Glauben Sie mir, niemand. Außer in Romanen. In Wirklichkeit gibt es nur Röcheln, Leid und unermessliche Angst.«

»Was ist es dann? Sie sehen doch, dass es keine zufälligen Zeichen sind!«

Er machte eine weitausholende Geste, um seine Worte zu unterstreichen.

»Der Mörder selbst hat es geschrieben.«

Ann runzelte die Stirn.

»Warum sollte er das tun?« Sie wandte sich um und deutete auf den Boden. »Es ist fast unter der Bank verborgen.«

»Ich weiß es nicht. Es ist eine Möglichkeit, mehr nicht.«

Er hatte diesen letzten Satz beiläufig gesprochen, da seine Aufmerksamkeit auf etwas anderes gerichtet war. Er ging zu der Wand und deutete auf die Notbeleuchtung. Sie war zerbrochen, Glassplitter funkelten am Boden.

»Sie meinen, dort hat der Kampf stattgefunden?«, fragte Coolidge.

»Nein, hier ist kein Blut. Und ich glaube nicht, dass sie gekämpft haben. Im Allgemeinen schneidet man jemandem die Kehle von hinten durch. Ich nehme an, unser Opfer hat sich aus noch unbekanntem Grund nachts hierherbegeben. Es war stockfinster, weil die Notbeleuchtung eingeschlagen war. Warum hat er nicht die Deckenlampen eingeschaltet? Um nicht von der Wache entdeckt zu werden?«

Coolidge schüttelte energisch den Kopf.

»Nein, die Tür ist völlig dicht, der Lichtschein dringt nicht nach draußen, er konnte durchaus die Lampen einschalten, ohne aufzufallen.«

Frewin dachte laut nach:

»Und doch hat das Opfer den absolut dunklen Raum betreten. Es ist sogar mehrere Meter gegangen, bis hierher.« Er zeigte mit dem Finger auf die Blutlache und die Spritzer. »Entweder wollte er im Dunkeln bleiben, oder er wusste nicht, wo sich der Lichtschalter befand.«

»Ein Fremder auf dem Schiff?«

Frewin nickte kurz.

»Der Angreifer ist hinter seinem Rücken aufgetaucht. Die Spritzer gehen nur in eine Richtung, es hat nicht lange gedauert. Das Opfer hat sich nicht gewehrt, es wurde überrascht.«

»Man hat ihm eine Falle gestellt«, bemerkte Ann.

»Sieht ganz so aus. Er ist hergekommen, weil man ihn bestellt hatte. Der Mörder hat seine Tat vorbereitet, indem er die Notbeleuchtung zerschlagen hat.«

Coolidge erklärte voller Überzeugung:

»Der Mörder hat das Licht ausgeschaltet, als er gegangen ist!«

Frewin blickte sich um.

»Die Messe bietet keinen einzigen Schlupfwinkel. Selbst unter den Tischen ist zu wenig Platz, als dass man sich dort verstecken könnte, ohne vom Eingang aus gesehen zu werden.«

»Na und ...«, beharrte Coolidge, »ich verstehe Ihre Hartnäckigkeit nicht, Lieutenant! Das Licht kann durchaus gebrannt haben! Wenn es sich wirklich um Mord handelt, dann war es eine Abrechnung zwischen zwei Männern, die sich sicherlich kannten. Als das Opfer dem Angreifer kurz den Rücken zugewandt hat, ist das Drama geschehen!«

Frewin deutete mit dem Kinn in Richtung auf die Glassplitter der Notbeleuchtung.

»Warum hätte er sie dann zerschlagen sollen? Wenn er das

absichtlich getan hat, dann, damit es dunkel im Raum war. Damit er nicht gesehen wurde. Weil er hoffte, dem armen Teufel, der sich hierherwagte, an die Kehle gehen zu können. Und der Täter wusste, dass das Opfer kein Licht machen würde. Ich habe keine Ahnung, warum, aber er wusste es.«

In diesem Augenblick öffnete sich die Tür, und Matters erschien auf der Schwelle.

»Lieutenant, die Krankenträger sind da ...«

Er verstummte, als sein Blick auf die Leiche mit dem Tierkopf fiel.

»Kommen Sie rein, Matters«, befahl Frewin.

Der junge Mann trat ein, ohne den Blick von der hängenden Kreatur abzuwenden.

»Matters, suchen Sie mit mir zusammen den Raum ab. Ich will sichergehen, dass wir nichts übersehen haben. Ann!« Die Krankenschwester zuckte zusammen und wandte sich zu ihm um. »Helfen Sie uns, sehen Sie unter den Tischen nach.«

Sie gehorchten. Ann war überrascht, einbezogen zu werden, doch es erleichterte sie in gewisser Weise. So konnte sie ein wenig durchatmen, sich auf etwas anderes konzentrieren als auf die Leiche mit dem Widderkopf.

Alles war sauber und ordentlich aufgeräumt. Eine Tür führte in den angrenzenden Raum: eine blitzblank geputzte Kombüse. Sie fanden nichts von Bedeutung. Frewin verbarg seine Enttäuschung nicht.

»Matters, sagen Sie Clauwitz, er soll Forrell wecken, und durchsuchen Sie dann zusammen akribisch die Kombüse. Sehen Sie überall nach – in den Schränken, unter den Möbeln – und vergessen Sie die Mülltonne nicht. Der Kerl hat sicherlich nicht einen Mann geköpft, ohne Werkzeuge zu verwenden oder sich hinterher zu waschen.«

Matters streckte den Kopf zur Tür hinaus.

»Wenn er die Tat geplant hatte, dann hat er sie vielleicht mitgebracht«, meinte Ann.

Die Leiche war nicht das eigentlich Widerwärtige, vielmehr das, was von ihr ausging. Die Qualen des Todes. Das hatte nichts mit Kriegsverletzungen zu tun. Hier verwies jeder Blutstropfen auf den bewussten Akt, der dem Mörder ein gewisses Vergnügen bereitet hatte. Bis hin zu dem Kopf, der durch einen Tierschädel ersetzt worden war.

»Wenn er seine Tat so bis ins Detail geplant hätte, dann müssen wir uns Sorgen machen, Miss. Kommen Sie her, ich möchte, dass Sie die Leiche näher untersuchen und ein fachliches Urteil abgeben.«

Sie atmete tief durch, ehe sie ihm mit, wie sie hoffte, entschlossenem Schritt folgte.

Frewin stieg auf eine Bank neben den herabhängenden Beinen und forderte die Krankenschwester auf, auf die gegenüberliegende Bank zu klettern. Zehn Zentimeter von dem Toten entfernt.

»Sehen Sie sich die Reste des Halses an«, sagte Frewin. »Die Haut weist an mehreren Stellen Einschnitte auf. Sieht so aus, als wäre die Klinge abgerutscht.«

Ann konzentrierte sich auf den Fleischwulst. An den Rändern hatten sich rote Blutklumpen gebildet. Die Haut war zerfetzt von Schnitten, die von der Gewalttätigkeit zeugten. Keine glatte, straffe Linie, sondern eine Folge von unsicheren Einschnitten, um langsam zu töten und die barbarischen Qualen auszudehnen. Ann war an makabere Anblicke gewöhnt, das gehörte zu ihrem Beruf. Dennoch vermochte sie in diesem Fall nicht von den Umständen, von der Vorstellung der Folter zu abstrahieren.

Und sie wusste auch, warum.

Sie war nicht zufällig hier. Sie hatte lange auf diesen Moment gewartet. Darauf, mit einem … *Mörder* konfrontiert zu werden.

»Der Widderkopf hält nicht von selbst«, erklärte sie und beugte sich tiefer über den Nacken. »Ich sehe einen metallischen Gegenstand, vielleicht ein Messer oder eine Gabel, die hier hineingestochen wurde, um die beiden Teile zusammenzuhalten. Ich …«

Sie schloss die Augen, um sich zu konzentrieren. Ihr Herz schlug schneller als normal.

Eine Hand legte sich auf ihren Arm. Sofort öffnete sie sie wieder. Frevin sah sie an.

»Es ist gut, kommen Sie herunter.«

»Nein, ich kann …«

»Los, Ann, steigen Sie herunter.«

Er machte Matters ein Zeichen, ihr zu Hilfe zu kommen. Dann untersuchte er den Toten weiter. Er bemerkte die Kette mit der Militärmarke, die aus der Uniformjacke hing.

»Er trägt seine Marke«, sagte er, während er vorsichtig daran zog, um die Identität festzustellen. »Er heißt … Fergus Rosdale … fünf … undzwanzig Jahre.«

Frewin kletterte seinerseits von der Bank und begegnete dem enttäuschten Blick der Krankenschwester. Sie wollte mehr helfen, sich beweisen.

»Lassen Sie die Krankenträger herein«, sagte er zu seinem Assistenten. »Wir begleiten Miss Dawson zu ihrer Kammer, sie hat schon genug gesehen. Dann kümmern wir uns um die Leiche.«

Ann öffnete den Mund, um zu protestieren, doch sie sah die Entschlossenheit auf Frewins Gesicht. Es war sinnlos, sich zu widersetzen.

Matters schnalzte mit der Zunge, um zum Ausdruck zu bringen, dass er verstanden hatte, zögerte aber kurz, bevor er sich abwandte.

Frewin betrachtete noch immer die hängende Leiche.

»Alles in Ordnung … Lieutenant?«, fragte er vorsichtig.

»Ja …«, murmelte Frewin.

Matters glaubte ihm kein Wort. Er sah sehr wohl, dass etwas mit seinem Lieutenant nicht stimmte. Auch er selbst fühlte sich nicht wohl. Er hob den Blick zu dem Mann mit dem Widderkopf.

Das rote Zahnfleisch glänzte im grellen Licht.

Matters spürte, wie sich sein Herz zusammenzog. Ein Gedanke, dann ein Unbehagen, überkam ihn: Wenn das Opfer einem Monster ähnelte, wie musste dann erst der Täter sein?

4

Sie nannten ihr Hauptquartier *Beehive*, den Bienenstock. Überall, wohin Frewin und seine Männer kamen, machten sie sich zunächst auf die Suche nach einem idealen Ort, um ihr Hauptquartier aufzuschlagen. Sobald die Ermittlungen begannen, herrschte dort geschäftiges Treiben. Hier wurden die Informationen, die Handlungsstränge zusammengefasst, hier wurden die Daten aufgeschrieben und an große Korkwände geheftet oder auf Schiefertafeln notiert – das alles in einer sachlichen Atmosphäre, durchzogen von Kaffeeduftschwaden.

Das Hauptquartier bestand aus einem zentralen Zelt, etwa zehn mal fünf Meter groß, und vier weiteren kleineren Zelten, die durch Stoffschleusen miteinander verbunden waren und als Büros oder gelegentlich auch zum Schlafen dienten. Entsprechend den Anweisungen von Frewin, fanden die Verhöre außerhalb statt. Er hatte Matters erklärt, anfangs sei es oft von Nutzen, einen Soldaten zu destabilisieren, vor allem einen besonders hartgesottenen, indem man ihn beispielsweise in einen Wald führte, fernab von anderen Blicken. Auf diese Weise isoliert und das Schlimmste befürchtend, verlor der Verdächtige seine Selbstsicherheit.

Es war noch stockfinster draußen, und die Laternen, die an den Metallhaken des Hauptquartiers befestigt waren, warfen Frewins imposanten Schatten auf den mit einem dunkelgrünen Teppich bedeckten Boden.

Sieben Männer der Militärpolizei – darunter Clauwitz und Forrell, die beiden rothaarigen Hünen – saßen auf Klappstühlen. Matters war stehen geblieben, um seinem Vorgesetzten assistieren zu können.

Lieutenant Frewin nahm ein Stück Kreide und schrieb den Namen des Opfers an eine der Tafeln.

»Fergus Rosdale«, las er laut vor. »Er gehörte zur Kompanie von Gold, 2. Zug. Er war ein Private, ein einfacher Soldat. Wurde um ein Uhr früh tot aufgefunden. Mit durchgeschnittener Kehle und enthauptet. Ich möchte hervorheben, dass sein Kopf nicht gefunden wurde.« Ohne ins Detail zu gehen, beschrieb er den Kopf des Widders, und kam dann auf weitere Einzelheiten zu sprechen. »Wir wissen jetzt, da er identifiziert ist, dass Fergus Rosdale nichts an Bord dieses Schiffes zu suchen hatte und es gar nicht hätte betreten dürfen. Entweder geschah es hinter dem Rücken der Patrouillen, oder er kannte einen der Wachsoldaten, oder aber er hat einen von ihnen bestochen. Es ist an Ihnen, das herauszufinden.« Er schrieb *Wie kam Rosdale an Bord der Seagull?* an die Tafel. »Ich glaube, sein Mörder hat ihm im Dunkeln aufgelauert. Er hat ihm die Kehle durchgeschnitten, sobald er die Messe betreten hat. Er hat sich die Mühe gemacht, die Notbeleuchtung zu zertrümmern, damit es vollkommen dunkel war. Er wusste also, dass Rosdale beim Eintreten kein Licht machen würde. Woher?«

Phil Conrad, der Dienstälteste des Teams – er ging auf die fünfzig zu –, rückte auf seinem Klappstuhl vor.

»Vielleicht waren sie verabredet.«

»Und warum im Dunkeln?«, fragte Baker, ein muskulöser Dunkelhaariger.

»Ein amouröses Stelldichein«, schlug Donovan, ein Neuling bei der Militärpolizei, vor.

»Auf einem Schiff?«, meinte Conrad verwundert und kratzte sich an seiner ergrauten Schläfe.

»Wer weiß? Rosdale hielt sich versteckt, vielleicht wartete er auf einen … Mann?«

»Er könnte auch Übles im Schilde geführt haben«, entgegnete Larsson. »Ein Treffen, um mit Drogen oder sonst was zu handeln. Er wäre nicht der Erste!«

Frewin pfiff, um den Übereifer seiner Männer zu dämpfen. Er wartete kurz, um sich ihrer Aufmerksamkeit zu vergewissern, dann schrieb er: *Wie hat es der Mörder angestellt, dass Rosdale ihn aufgesucht hat? Wie hat er ihn im Dunkeln getötet?*

Mit der Kreide auf die Tafel trommelnd, fuhr Frewin beharrlich fort:

»Denken wir nach. Unser Mann ist kein Zauberer, er sieht nichts im Dunkeln. Außerdem ist er gut organisiert, wir haben vor Ort nichts gefunden, kein Messer, keine Waffe, nichts. Matters hat Blutspuren im Spülbecken der angrenzenden Küche gefunden, das heißt, der Mörder hat sich die Zeit genommen, sich die Hände zu waschen, ehe er verschwand. Er hat seine Werkzeuge mitgebracht, auf jeden Fall den Widderkopf und wahrscheinlich auch die Fleischerhaken, um das Opfer aufzuhängen. Alles war genau geplant, und unser Mörder war nicht nervös. Er wusste, dass die Patrouille die Mannschaftsmesse vor ein Uhr morgens nicht kontrollieren würde. Er ist also einer von der Mannschaft. Sie werden jetzt zunächst einmal die Wachleute von heute Nacht und den drei vorangegangenen Nächten verhören.«

Frewin sprach schnell, er konzentrierte sich auf das Wesentliche. Matters, der ihm bei vielen Ermittlungen assistiert hatte, darunter ein halbes Dutzend Tötungsdelikte innerhalb von nur zwei Jahren, hatte noch nie eine solche Anspannung bei ihm beobachtet. Er selbst fühlte sich äußerst unwohl, wurde von einer ungewöhnlichen Angst heimgesucht.

In diesem Fall hatte sich der Mörder … amüsiert.

Matters hob schüchtern den Zeigefinger zu einer Wortmeldung.

»Ich … ich glaube, Lieutenant, wir können hinzufügen, dass wir nach einem kräftigen Individuum suchen. Man muss stark sein, um eine Leiche hochzuhieven und an Fleischerhaken zu hängen.«

»Gut beobachtet!«, meinte Frewin. »Sie nehmen mir gleichsam das Wort aus dem Mund.« Er wandte sich den anderen zu. »Bei der Küchendurchsuchung hat Matters auch einen Putzlappen gefunden, mit dem Blut weggewischt wurde.«

Nun meldete sich Forrell.

»Haben Sie nicht gesagt, dass überall Blut war? Er … der Mörder wird sich doch nicht mit einem Putzlumpen gewaschen haben?«

»Ich habe eine Idee zu diesem Thema: Weil so viel Blut am Boden war, kann ich mir nicht vorstellen, dass während der Auseinandersetzung – und beim Tragen der Leiche – der Mörder nicht hineingetreten ist. Wir hätten also Fußabdrücke finden müssen. Aber nein. Nichts. Der Mörder hat daran gedacht, sie zu beseitigen, bevor er verschwunden ist.«

»Sie glauben, er ist so … *vorausschauend*?«, fragte Donovan verwundert.

»Er hat diesem Mann eine Falle gestellt, er hatte ein Werkzeug dabei, mit dem er ihm den Kopf abtrennen und durch einen Tierschädel ersetzen konnte, und er hat ihn an die Haken gehängt. Wir müssen also davon ausgehen, dass er vorausschauend ist. Wir dürfen diesen Fall nicht so angehen, wie wir es normalerweise tun, das möchte ich ausdrücklich betonen. Hier geht es nicht um eine Abrechnung oder eine ausgeartete Prügelei. Hier geht es um vorsätzlichen Mord.«

Jetzt meldete sich Clauwitz, der andere Rotschopf, dessen Gesicht mit Sommersprossen übersät war.

»Wenn er daran gedacht hat, seine Fußspuren zu beseitigen, warum hat er dann nicht gleich alles weggewischt? Er hätte auch die Leiche verstecken können!«

Matters kam seinem Vorgesetzten erneut zuvor.

»Weil er die Leiche seines Opfers zur Schau stellen will! Er beseitigt das, was ihn verraten könnte, will aber allen zeigen, was er getan hat.«

»Genauso ist es«, stimmte Frewin zu. »Keine gute Nachricht für uns. Ein schwieriger Fall. Ein wirklich Besessener. Ich bestehe darauf: Wir müssen ihn schleunigst identifizieren. Dieser Bursche lässt es nicht bei dieser einen Tat bewenden.« Er sah seine Männer prüfend an, bevor er hinzufügte: »Meine Herren, Sie haben zwei Stunden zum Schlafen, dann will ich Sie auf diesem verfluchten Kahn sehen, wie Sie das kleine Volk vernehmen. Matters sammelt Ihre Informationen und koordiniert sie. Lassen Sie nichts außer Acht, denn wenn es in unseren Reihen einen Mörder gibt, muss er so schnell wie möglich unschädlich gemacht werden. Ich erinnere Sie daran, dass der Aufbruch gen Süden unmittelbar bevorsteht. Wir können es uns nicht erlauben, abzureisen, ohne diesen Psychopathen außer Gefecht gesetzt zu haben.«

Während die Männer das Hauptquartier verließen, trat Donovan zu Matters.

»Hey, du scheinst den Lieutenant ja gut zu kennen«, meinte der Neuling und rückte seine Brille zurecht.

»Ich bin jetzt seit zwei Jahren in seinem Team.«

»Dann weißt du ja vielleicht auch, was er früher so gemacht hat. War er etwa Kommissar bei der Polizei?«

Matters sah seinen Kameraden an, während er auf sein Zelt zusteuerte.

»Nein, er ist jetzt seit zwanzig Jahren bei der Armee.«

»Ach, wirklich? Dabei ... Er scheint sich bestens mit Mördern auszukennen, und in der Armee ... nun, man kann nicht gerade behaupten, dass es da viele Mordfälle zu untersuchen gibt ...«

»Glaubst du, es kommt zwischen den Männern, die zum Töten ausgeschickt werden und die rund um die Uhr aufeinanderhocken, nie zu Ausbrüchen?«

Donovan kratzte sich nachdenklich am Ohr.

»Doch, doch«, gab er zu. »Aber ich kann mir kaum vorstellen, dass es der ideale Ort für eine solche Ausbildung ist. Versteh mich nicht falsch ... Ich habe nur gedacht, dass die Ermittler der Militärpolizei nicht die Besten sein dürften. Das sage ich, weil ich nach dem Krieg zur Polizei gehen möchte, zur Kripo, meine ich, und ich habe mich gefragt, ob die MP wirklich effizient ist ... Ich bin Freiwilliger, weißt du.«

»Ein übereifriger Freiwilliger, wie es scheint ...«

»Was? Wieso?«

»Lass nur«, meinte der junge Matters seufzend und beschleunigte den Schritt.

Donovan eilte ihm nach.

»Hey, stimmt es, was man über ihn erzählt?«

Matters runzelte die Stirn.

»Was?«

»Du weißt schon ... das Gerücht ...«

Matters blieb unvermittelt stehen, seine Miene verfinsterte sich.

»Hör sofort auf damit!«, sagte er im Befehlston. »Alles nur Klatsch und Tratsch! Niemand kann ihm das Wasser reichen. Deshalb rate ich dir, die Klappe zu halten und dich aufs Ohr zu legen! Wir werden ja bald sehen, was du kannst!«

Die frühe Morgensonne vermochte die noch steifen Körper, die sich zwischen den Duschkabinen drängten, kaum zu erwärmen. Etwas weiter entfernt hockten Soldaten, ihre Feldbecher mit dampfendem Kaffee vor sich, an den Tischen unter freiem Himmel.

Ann bewegte sich zwischen Gerüchen von Schweiß und billiger Seife und ignorierte die schlüpfrigen Bemerkungen oder bewundernden Pfiffe. Sie wusste inzwischen das Verhalten der Männer am Vortag einer Schlacht zu deuten: Sie vergaßen ihre guten Manieren, und ihre Urinstinkte traten in den Vordergrund, der primitivste Teil ihrer selbst, um sich aufs Töten vorzubereiten.

Sie bog in einen Weg, gesäumt von Wäscheleinen, ein, an denen verschiedene Kleidungsstücke der Soldaten hingen, und betrat das Areal der Militärpolizei, auf dem sich ein Dutzend Zelte um das Hauptquartier drängten. Das Zelt von Frewin befand sich am Ende. Ann klopfte an die Zeltstange.

»Herein«, ließ sich eine raue Stimme vernehmen.

Ann trat ein. Zwei Petroleumlampen hingen von der Decke. Frewin lag auf seinem Feldbett, ein Buch in der Hand. Er machte keinen Hehl aus seiner Überraschung beim Anblick der hübschen Krankenschwester. Die neigte den Kopf zur Seite, um den Titel des Buches entziffern zu können. *Die Abenteuer des Sherlock Holmes* von Conan Doyle.

»Sagen Sie bloß, Sie lesen so etwas!«

Beleidigt setzte sich Frewin auf und legte seinen Roman behutsam auf die Kiste, die ihm als Nachtkästchen diente.

»Gerade aus solchen Büchern kann man viel lernen.«

Ann ärgerte sich, ihre Unterredung mit einer spöttischen Bemerkung begonnen zu haben. Das war wieder mal typisch für sie …

»Tut mir leid, ich wollte Sie nicht kränken.«

Frewin erhob sich, um sie zu begrüßen. Er war zwei Köpfe größer als sie und brachte doppelt so viel Gewicht auf die Waage.

»Was kann ich für Sie tun?«, erkundigte er sich.

»Um ehrlich zu sein, ist es eher so, dass ich hoffe, Ihnen behilflich sein zu können. Ich habe mir in der Krankenstation den Toten angesehen.«

Frewin schüttelte sichtlich verwirrt den Kopf.

»Lassen Sie es dabei bewenden, Miss Dawson, ich habe Sie nicht gerade geschont. Alles Weitere geht nur mich etwas an … und den Arzt, der die Leiche untersucht.«

Ann biss sich auf die Lippe.

»Hören Sie, ich … ich will die Arbeit der Ärzte nicht schlechtmachen, aber … die interessieren sich mehr für die Verletzten als für die Toten. Ich kenne sie, und da der Krieg nun mal so ist, wie er ist, sind sie viel zu sehr in Anspruch genommen. Ihre Energie und Aufmerksamkeit gelten den Lebenden … das ist auch ganz normal!«

Ein Lächeln machte sich auf Frewins Gesicht breit.

»Gut beobachtet«, sagte er. »Für eine junge Krankenschwester haben Sie einen bemerkenswerten Scharfblick, und das ist auch gut so. Das wird Ihnen manche Enttäuschung ersparen.«

Ann ignorierte seinen väterlichen Tonfall.

»Schließlich sehe ich sie ja auch täglich …«

Frewin nickte und forderte sie mit einer Handbewegung auf fortzufahren.

»Ich habe mir die Mühe gemacht, mir den Toten im Leichenschauhaus noch einmal anzusehen. Ich habe die Schnittwunden am Hals untersucht. Der Mann hatte keine Ahnung von Medizin, er ist sehr laienhaft vorgegangen. Und … ich glaube, er ist Rechtshänder.«

Das Lächeln verschwand aus Frewins Gesicht.

»Was lässt Sie darauf schließen?«

»Die durch das Messer verursachten Wunden. Man kann ihre spitz zulaufende Form erkennen: auf der einen Seite ein breiterer Einschnitt, das ist die stumpfe Seite der Klinge, auf der anderen ein feinerer, das heißt die scharfe Seite. Ein langgezogenes Oval, das an der einen Seite spitz zuläuft. Alle haben dieselbe Ausrichtung, das heißt, die stumpfe Seite der Klinge – die dickere also – zeigt immer in dieselbe Richtung. Da ich zwei große Hämatome auf den Schulterblättern gefunden habe, bestätigt sich Ihre Vermutung: Der Angreifer befand sich hinter seinem Opfer, als er ihm die Klinge in den Hals gestochen hat. Rosdale muss zu Boden gefallen sein, und der Täter hat sein Werk fortgesetzt, indem er sich, vielleicht mit den Knien, auf die Schulterblätter des armen Teufels gestützt hat. Alle Verletzungen weisen dieselbe Schnittrichtung von links nach rechts auf … Und wenn er sich hinter dem Opfer befand, muss er logischerweise Rechtshänder sein.«

»Für eine Krankenschwester sind Sie äußerst kompetent.«

»Das heißt … ich bin aufmerksam, die Sache interessiert mich.«

»So sehr, dass Sie auf eigene Faust eine Leiche untersuchen?«

Aus Angst, zu weit gegangen zu sein, hob sie beschwichtigend die Hände.

»Sie finden wohl, ich habe mich zu weit vorgewagt und …«

»Gute Arbeit, Miss Dawson«, fiel Frewin ihr ins Wort.

Die junge Frau straffte sich, ein Lächeln in den Augen.

»Ann, nennen Sie mich Ann.«

»Danke für diese Erläuterungen.«

Es folgte ein verlegenes Schweigen, das Ann schließlich unterbrach.

»Ich wollte Ihnen auch sagen, dass ich gestern Nacht im Angesicht des Toten ein wenig … hektisch war. Das wird sich nicht wiederholen, versprochen.«

»Was verstehen Sie unter ›Das wird sich nicht wiederholen‹?«

Sie antwortete etwas überstürzt:

»Nun, was die weitere Arbeit angeht. Sie und ich wissen sehr genau, dass sich die Ärzte für Untersuchungen der Militärpolizei gar nicht erst hierherbemühen. Eine medizinische Assistentin kann Ihnen von Nutzen sein, und ich bin erfahren genug, um auf dringende Fragen antworten zu können. Meine Kollegen erzählen oft von Ihnen. Wenn Sie jemanden brauchen, der sich zum Schauplatz eines Verbrechens begibt, dann würde ich das gerne tun. Ich stehe Ihnen zur Verfügung. Zu jeder Tages- und Nachtzeit.«

Frewin sah sie schweigend an. Er bewunderte die Entschlossenheit, die dieses sanfte und leidenschaftliche Gesicht zum Strahlen brachte.

»Tut mir leid, Sie enttäuschen zu müssen«, sagte er schließlich, um einen freundlichen Tonfall bemüht. »Aber ich brauche keine ständige Krankenschwester …«

»In dieser Angelegenheit glaube ich doch. Ich kann Ihnen einen anderen Standpunkt erläutern.«

»Das haben Sie bereits getan. Wenn Sie mich jetzt bitte entschuldigen würden …«

»Der Fall ist noch längst nicht abgeschlossen, Lieutenant! Es wird einen weiteren Mord geben, bald, das weiß ich genau!«

Frewin erstarrte.

»Warum das?«, fragte er.

Ann schluckte, bevor sie ihre Schlussfolgerungen zum ersten Mal laut vortrug.

»Rosdale wurde nicht ermordet, er wurde massakriert. Er wurde zur Schau gestellt. So etwas tut ein Mensch normalerweise nicht. Töten ist für jeden ein schändlicher Akt. Selbst in Kriegszeiten. Aber massakrieren … verstümmeln und … die Leiche *maskieren*, beweist, dass es sich um einen Geistesgestörten handeln muss.«

Frewin schüttelte langsam den Kopf.

»Es könnte sich um einen Fall von Rache handeln. Schrecklich zwar, aber eben nur Rache, was bedeuten würde, dass wir mit keinem weiteren Mord zu rechnen hätten …«

An seinem Tonfall konnte Ann erkennen, dass er selbst nicht daran glaubte. Er testete sie.

»Viel zu viel Vorbereitung. Und vor allem diese Kaltblütigkeit: Er muss sich dieses Verbrechen so oft vorgestellt haben, dass ihn bei der Ausführung keine Panik mehr ergriff. Er hat sogar daran gedacht, seine Fußspuren zu beseitigen.«

»Woher wissen Sie das? Sie waren doch gar nicht dabei, als wir …«

»Ich habe Private Forrell gefragt«, unterbrach sie ihn. »Bitte nehmen Sie ihm das nicht übel. Eine Frau auf einer Militärbasis kann sich leicht Informationen beschaffen. Wie auch immer, der Mörder ist unglaublich kaltblütig vorgegangen und hatte wenig Zeit, um sich wieder zu fassen, das heißt, dass er auch nach dem Mord völlig gelassen war. Bei einem rachsüchtigen Menschen halte ich das nach einem derart barbarischen Akt für unmöglich.«

Frewin verschränkte die Arme vor der Brust.

Sie musterten sich schweigend.

Unvermittelt schlug Ann die Augen nieder. Während sich ihre Aufregung allmählich legte, wurde ihr klar, wie leicht ihr dreistes Vorgehen falsch gedeutet werden konnte.

»Einverstanden«, sagte Frewin schließlich. »Wenn ich jemanden brauche, werde ich mich an Sie wenden. Verstehen wir uns richtig – das ist kein Versprechen.«

Die Krankenschwester schenkte ihm ihr strahlendstes Lächeln.

»Sie werden es nicht bereuen!«

Nach einem raschen Blick durch das schmucklose, säuberlich aufgeräumte Zelt wandte sie sich zum Gehen. Bevor sie ins Freie trat, rief Frewin sie noch einmal zurück.

»Ann!«

Er suchte einen Moment nach Worten.

»Wie kann eine junge Frau wie Sie das Verhalten eines ... Mörders so deutlich erfassen?«

Noch immer lächelnd, erwiderte sie:

»Ich habe meine kleinen Geheimnisse.«

»Gut, dann halten Sie sich bereit. Ich fürchte, Sie haben recht: Wenn wir ihn nicht sehr schnell dingfest machen, schlägt er wieder zu.«

5

»Ein zukünftiger Wiederholungstäter?«, wetterte Generalmajor Toddwarth. »Das hätte uns gerade noch gefehlt! Und überhaupt, dies ist doch die Armee!«

Toddwarth kehrte Frewin den Rücken zu und trat ans Fenster, um den Blick über die Schiffe und die Zelte schweifen zu lassen. In der Ferne wiegten sich die Schornsteine und Kommandobrücken der Kriegsschiffe über dem Grau des Meeres.

»Sieh doch nur«, fuhr er fort, »diese Männer sterben halb vor Angst bei dem Gedanken an unseren Aufbruch. Und du redest von einem Mörder, der angeblich bereit ist weiterzutöten …? Was ist in dich gefahren? Glaubst du, Jack the Ripper ist auferstanden?«

»Ich muss auf die *Seagull* abkommandiert werden«, beharrte Frewin. »Wenn das Signal zum Aufbruch gegeben wird, bevor ich den Täter gefunden habe, will ich an Bord sein. Genau dort hält er sich nämlich auf. Da bin ich ganz sicher.«

»Wenn du so sicher bist, dann nimm ihn fest!«

»Ich stütze mich allein auf logische Schlussfolgerungen. Und die führen mich zu der Vermutung, dass der Mörder an Bord lebt. Er kennt den Zeitplan der Patrouillengänge, deshalb hatte er ausreichend Zeit, alles in Szene zu setzen, ohne einen Fehler zu machen, ohne etwas zu überstürzen. Es ist einer von der Mannschaft, da bin ich mir sicher, oder ein Soldat, der sich hat einschiffen lassen.«

Der Generalmajor strich seinen Schnurrbart glatt und wandte sich wieder Frewin zu.

»Ich werde sehen, was ich tun kann. Aber hör, zum Teufel noch mal, auf, von Verbrechen zu sprechen, die nicht existieren! Du bist bei der MP und nicht Hellseher!«

»Es geht nicht um Ratespiele, Colin, sondern um Schlussfolgerungen. Ein Mensch, der einen anderen tötet, hinterlässt seine Handschrift am Schauplatz des Verbrechens. Man muss nur die Zeichen zu deuten wissen. Was ich letzte Nacht gesehen habe, lässt mich vermuten, dass dieser Mann ein Mörder ist, der stolz auf seine Tat ist. Und der an nichts anderes denkt als daran, es wieder zu tun!«

»All das ist leeres Gerede, zu abstrakt! Du hast ein Verbrechen aufzuklären, also nur zu! Und zwar mit konkreten Beweisen, nicht mit Vermutungen!«

Bei seiner Rückkehr kurz vor Mittag herrschte im Hauptquartier geschäftiges Treiben. Matters hatte bereits eine erste Tafel mit den Auswertungen der verschiedenen Berichte vollgeschrieben und war jetzt bei der zweiten.

Alle Wachen waren verhört worden und hatten einhellig geantwortet: Keine besonderen Vorkommnisse. Sie hatten jedoch zugegeben, dass es möglich sei, heimlich an Bord zu kommen. Die Patrouillen waren angewiesen, die Nachtschwärmer zur Ordnung zu rufen, nicht aber, ein Eindringen von außen zu verhindern.

Clauwitz hatte die persönlichen Sachen des Opfers durchsucht; die Kompanie gehörte zu den Privilegierten, die nahe dem Kai untergebracht waren. Rosdale hatte nichts Besonderes zu verbergen außer ein paar Schachteln Zigaretten – Trophäen bei gewonnenen Pokerspielen, wie seine Kameraden erklärten. Er hatte keine Feinde, zumindest hatte man ihn nie mit jemandem streiten sehen. Am Abend seines Verschwindens hatte er sich recht früh zurückgezogen, niemand hatte ihn danach wiedergesehen. Seine Koje war unberührt, er hatte nicht darin geschlafen. Sich unbemerkt davonzuschleichen, war den Soldaten zufolge ein Kinderspiel, da die Fenster nicht vergittert waren. Alle beschrieben das Opfer als einen angenehmen Jungen, eine Frohnatur. Er war sehr gesellig, kannte viele Leute auf der Basis und war oft an den Spieltischen anzutreffen, wo er vor allem beim Pokern brillierte. Zwei seiner Kameraden fügten hinzu, dass er bei seinen Ausgängen ein regelrechter Schürzenjäger war. Und der Soldat, der über ihm schlief, äußerte den Verdacht, Rosdale hätte ein Verhältnis mit einer Sekretärin des Führungsstabs, einer gewissen Lisa Hiburgh, was sich bei den Ermittlungen bestätigte. Clauwitz suchte die junge Frau auf. Sie wusste nichts von dem Mord und brach, als sie davon erfuhr, schier zusammen. Sie war tatsächlich die Geliebte von Rosdale gewesen. Als die Tränenströme nicht versiegen wollten und bevor sie einen Nervenzusammenbruch erlitt, rief Clauwitz die Krankenschwestern, um sie abzuholen zu lassen.

Matters fasste auf der Tafel in Großbuchstaben zusammen: ROSDALE = *GESELLIG, FRÖHLICH; KEINE FEINDE.* Dann fügte er hinzu: *HAT MAN SICH LISA HIBURGHS BEDIENT, UM ROSDALE EINE FALLE ZU STELLEN?*

Beim Lesen der Frage nickte Frewin anerkennend. Matters überraschte ihn immer wieder; er lernte schnell.

Ein weiterer Soldat der MP, Eliot Monroe, trat mit grimmiger Miene ein, in der Hand sein Notizbuch.

»Ich habe den Versorgungsoffizier der Basis verhört«, sagte er und reichte Matters seine Aufzeichnungen. »Sie halten Tiere in einem eingezäumten Areal hinter den Vorratslagern. Hühner, Schweine … das hätte ich mir nie vorstellen können! Aber keine Schafe. Der Tierkopf kam also nicht von dort. Und auf dem Militärgelände hätte er sich ihn nirgendwo sonst beschaffen können.«

Frewin griff zu einem Stück Kreide und schrieb auf eine leere Tafel: *MÖRDER HATTE AM TAG/VORTAG DES VERBRECHENS AUSGANG.*

»Ich dachte, es wäre eine generelle Ausgangssperre verhängt worden«, meinte Matters verwundert.

Frewin verzog das Gesicht zu einer Grimasse.

»Um das Warten auf den Einsatz stressfreier zu gestalten, wird ihnen für alles oder nichts Ausgang gewährt: Post oder Vorräte aus der Stadt holen, jeder Vorwand ist recht. So sind täglich etwa zweihundert Mann draußen, allerdings mit der Auflage, dass sie vor sechzehn Uhr wieder zurück sind. Denn die Schiffe werden nachts auslaufen.«

»Vielleicht ist er vorher von Bord gegangen«, sagte Monroe.

Frewin schüttelte den Kopf.

»Nein, der Widderkopf war ganz frisch. Glauben Sie mir, ich habe ihn aus der Nähe gesehen.« An Matters gewandt, fügte er hinzu: »Laut Bordoffizier leben drei Kompanien auf der *Seagull*, außerdem die Matrosen und Offiziere. Das macht insgesamt etwa tausendfünfhundert Mann. Ich will die Liste mit all denjenigen, die vierundzwanzig Stunden vor dem Mord autorisiert waren, die Basis zu verlassen, und unter denen will ich alle Rechtshänder.«

»Ich kümmere mich darum«, sagte Monroe unverzüglich.

Frewin verschränkte die Arme vor seiner imposanten Brust. Sie kamen schnell voran. Und doch nicht schnell genug. Er wusste, der Aufbruch stand kurz bevor, bald würde ihm sein gut geschultes Team nicht mehr zur Verfügung stehen. Wie viele Tage oder Stunden blieben ihm noch? Ein weiterer Gedanke quälte ihn: Er war versucht, Clauwitz oder Forrell loszuschicken, um Erkundigungen über diese Krankenschwester einzuholen. Warum dieses Interesse an dem Mord? Wie war es ihr gelungen, die Persönlichkeit des Mörders zu erfassen? Doch er zögerte, sie hatten nicht genug Zeit ... Er müsste sich damit abfinden, zunächst einmal. Sie hatte Scharfsinn und könnte ihm von Nutzen sein.

Matters riss ihn aus seinen Grübeleien.

»Und was mache ich mit den Initialen O T? Eine Auflistung aller Namen an Bord des Schiffes?«

Frewin nickte, nicht eben optimistisch eingedenk der wenigen Zeit, über die sie verfügten.

»Lassen Sie uns damit beginnen ... Und halten Sie mich auf dem Laufenden, falls es etwas Dringendes gibt. Ich bin in der Krankenstation.«

Damit wandte er sich ab. Er durchquerte das Zeltgelände und gelangte zu der Esplanade, auf der die Flaggen im Wind flatterten. In der Krankenhaushalle roch es nach Desinfektionsmitteln. Frewin steuerte auf die Empfangstheke zu. Eine Frau mit grauem Haar hob den Kopf.

»Ja, bitte?«

»Sie verfügen über die Krankenakten aller Soldaten, nicht wahr.«

Das war mehr eine Feststellung als eine Frage.

»Die von dieser Basis. Jede Kompanie ist an eine Basis gebunden, die ihre Leute betreut.«

Frewin schnitt eine Grimasse. Seine Finger trommelten nervös auf das Holz der Theke.

»Wenn ich Ihnen den Namen einer Kompanie nenne, können Sie mir dann die entsprechenden Akten besorgen?«

Die Sekretärin starrte auf die MP-Armbinde, bevor sie antwortete:

»Militärdossiers, ja, aber für die Krankenakte brauche ich die Genehmigung eines Arztes, tut mir leid.«

»Ich brauche eventuelle Notizen zum Verhalten eines Soldaten, ein psychiatrisches Gutachten, zum Beispiel. Würde das im Militärdossier oder in der Krankenakte zu finden sein?«

Sie sah ihn mit ihren großen braunen Augen an.

»Das kommt ganz darauf an …«

Er massierte seine Stirn und schüttelte dann den Kopf. Er verlor kostbare Zeit. Er bedankte sich bei der Sekretärin und kehrte missmutig um. Frewin war fest davon überzeugt, dass der Mann, den er suchte, ein untypischer Soldat war. Um einem Kameraden eine Falle zu stellen, ihn kaltblütig zu ermorden und zu enthaupten und dabei die Abartigkeit zu besitzen, dessen Kopf durch den eines Tiers zu ersetzen, musste man schon abnorm veranlagt sein. Ein Mangel an Gewissen, ein diabolisches Grausamkeitspotential, unterstützt von eiskaltem Intellekt. Ein solcher Soldat konnte innerhalb einer Gruppe nicht unbemerkt bleiben. Vielleicht war er seinen Vorgesetzten bereits aufgefallen. Die medizinische Spur führte zu nichts und verlor sich in dem Labyrinth der Bürokratie. Er musste die Schlinge enger ziehen und die Offiziere verhören. Direkt.

Frewin saß an einem der Esstische unter freiem Himmel und aß seine Portion Bohnen mit Speck, als Forrell, der ihn seit einer Weile suchte, auf ihn zukam.

»Die drei Kompanien an Bord der *Seagull* gehen heute Nachmittag an Land«, verkündete er. »Die Offiziere werden die Namen verlesen, dann diejenigen, die unlängst Ausgang hatten, und die Rechtshänder aussortieren, so wie Sie es angeordnet haben. Der Colonel meinte, das sei für seine Männer, die an Bord dahinvegetieren, eine willkommene Ablenkung. Die Mannschaftsmitglieder wiederum müssen in kleinen Gruppen an Deck erscheinen. Unterdessen werden die Truppenlisten aufgestellt, sodass wir alle Namen und Vornamen erhalten.«

»Also gut, dann wollen wir mal«, sagte Frewin, ließ den Rest seines Essens stehen und knabberte, quasi anstelle der Nachspeise, an einem Brotkanten.

Das Gerücht begann sich zu verbreiten. Von einem Toten war die Rede. Von einem Mord an Bord der *Seagull.* Frewin spürte die eindringlichen Blicke, die auf ihn gerichtet waren. Man wusste, warum die MP so präsent war, und das gefiel niemandem. Der Tod hatte aus dem feindlichen Lager zu kommen, nicht aus den eigenen Reihen.

Den ganzen Nachmittag lang wohnte Frewin dem Aufmarsch der drei Kompanien von jeweils zweihundert Soldaten bei. Ein Captain führte den langen Appell durch. Dann wurden alle Männer, die in den letzten vierundzwanzig Stunden Ausgang gehabt hatten, aufgefordert vorzutreten. Man erklärte Frewin, dass diese Genehmigungen im Turnus, Kompanie für Kompanie, Zug für Zug, erteilt werden könnten. Am Ende blieben nur zwei Züge – der 3. und 4. – der Kompanie Raven, das heißt, etwa sechzig Mann übrig. Man bat die Linkshänder, einen Schritt vorzutreten, insgesamt weniger als fünfundzwanzig Personen.

Matters, der diesem Aufmarsch mit einem gewissen Triumphgefühl beiwohnte, hatte seinen Lieutenant gefragt, ob er kein Täuschungsmanöver befürchte; der Schuldige könnte Panik bekommen und sich als Linkshänder ausgeben ... Frewin antwortete ihm mit einem rätselhaften Lächeln und deutete auf die Kaimauern.

»Deshalb rufen wir zuerst die Linkshänder auf«, sagte er, »und tun so, als gelte denen unser Interesse. Außerdem unterschätzen Sie das Gruppenleben, Matters. Die Männer kennen sich untereinander. Wenn sie beobachten, dass sich einer von ihnen, von dem sie wissen, dass er Rechtshänder ist, als Linkshänder ausgibt, kommt uns das früher oder später zu Ohren. Da können Sie sicher sein. Und das wissen sie. Ich glaube nicht, dass der Mörder, wenn er denn unter ihnen ist, das Risiko eingeht, auf diese Weise entdeckt zu werden. Dazu hat er sein Verbrechen zu sorgfältig vorbereitet.«

Zur allgemeinen Verwunderung befahl der Captain den Linkshändern wieder an Bord zu gehen, sodass jetzt noch knapp fünfzig Männer vor ihm standen. Er wandte sich an Frewin.

»Das hätten wir. Von den drei Kompanien sehen Sie hier die Rechtshänder, die während der letzten achtundvierzig Stunden Ausgang hatten. Wir halten ihre Namen fest, und Sie können sie verhören.«

Ebenso ging man bei den Mannschaftsmitgliedern vor, was allerdings weniger interessant war, weil kein Mitglied der *Seagull* die Basis im Laufe der letzten zwei Tage verlassen hatte. Die Spur führte vorläufig zur Kompanie Raven und den fünfzig Rechtshändern, die eine Genehmigung zum Ausgang erhalten hatten. Frewin musste sich jeden von ihnen vornehmen. Die Zeit drängte.

Gegen achtzehn Uhr, als er in seinem Büro im Hauptquartier saß, um die verschiedenen Listen abzugleichen, trat Generalmajor Toddwarth ein und verkündete ohne Umschweife mit ernster Stimme:

»Es ist so weit, Craig. Heute Nacht laufen wir aus.«

Eisige Stille machte sich in dem Zelt breit, in dem es einen Augenblick zuvor noch vor Aktivität gebrodelt hatte.

»Und ich habe erreicht, was du wolltest«, fügte er hinzu. »Du gehst mit an Bord der *Seagull*.«

Zwei Stunden später zog Kevin Matters am Riemen seines Rucksacks. All seine Sachen waren eingepackt. Er hatte gerade seinen Befehl zum Aufbruch erhalten. Er sollte sich um zweiundzwanzig Uhr an der vorderen Gangway der *Seagull* einfinden. Lieutenant Frewin hatte es geschafft. Sie würden zusammenbleiben.

Die Untersuchung wurde ernst genommen.

Kevin nahm behutsam auf seinem Feldbett Platz. Sie würden aufbrechen. Die Stunde hatte endlich geschlagen. Ein seltsames Gefühl hatte sich seiner bemächtigt. Angst? Erregung? Er würde nicht an vorderster Front sein. Er sollte nicht seine Waffe benutzen, sondern die Männer beobachten. Auf gewisse Weise wären all diese Soldaten bald Mörder … und er der Bewacher der Mörder.

Kevin Matters fröstelte bei diesem Gedanken. Er nahm eine beginnende Erektion an sich wahr. Es war dieses Gefühl, das er sich nicht zu erklären wusste! Diese Erregung, die nicht nervöser, sondern sexueller Natur war.

Er grub die Nägel in seine Handballen. Nicht daran denken. Die krankhaften Gedanken verscheuchen, die ihn wie Blitze durchzuckten. Körper, die aufeinanderprallen. Nackte Haut, Schreie … Nein!

Matters sprang auf die Füße, griff nach einer Flasche mit frischem Wasser und besprenkelte sein Gesicht damit.

Die Bilder säubern, den Geist reinwaschen, auch noch den letzten Gedanken überspülen, bis er aufgelöst und vergessen war.

Er holte tief Luft und schloss die Augen. Tropfen liefen über seine Wangen. Sein Herz pochte heftig.

Sein Penis war noch immer aufgerichtet, gebieterisch.

Matters biss die Zähne zusammen. Er war außerstande, diese Glut zu zügeln. Das Pochen der Erregung stieg jetzt bis in seine Schläfen. Er wusste, was das zu bedeuten hatte. Seine Vernunft würde nach und nach von seinen Trieben verdrängt.

Mit den Monaten hatten sich die Gelüste in zuckende Blitze verwandelt. Seitdem er auf der Basis lebte, hatte sich alles noch verschlimmert. Was er anfangs für ein abscheuliches Bedürfnis gehalten hatte, hatte er befriedigt und sich dabei gesagt, es würde nicht wieder geschehen. Trotzdem hatte es sich in eine Spirale verwandelt.

Und er verlor sich darin.

Doch heute Abend auf keinen Fall. Zu viele Menschen. Er musste es um jeden Preis verhindern.

Matters biss die Zähne zusammen.

Er musste rasch handeln, bevor es zu spät war.

Matters ging zu der Stoffbahn, die als Tür diente, und verknotete sie, damit niemand eintreten konnte. Er würde sich daran hindern, es wieder zu tun.

Er löste seinen Gürtel.

Als er sich entblößt hatte, überkam Matters ein starkes Gefühl der Erlösung. Sein Glied pulsierte im Dunkeln.

Er griff danach und drückte zu. So fest, dass seine Handknöchel weiß hervortraten. Er begann zu masturbieren, ohne den eisernen Griff zu lockern.

Trotz dieses Schraubstocks dauerte es nicht lange, bis er in langen Spritzern, die sich auf den Klapptisch ergossen, ejakulierte. Keuchend, Schaum vorm Mund, öffnete er die Augen.

Sein Sehvermögen hatte sich deutlich verbessert. Trotz der ihn umgebenden Dunkelheit nahm er die Einzelheiten mit größerer Schärfe wahr.

Er holte tief Luft. Ein Gefühl von Macht ließ seine Brust anschwellen. Doch sein Geschlecht verlangte nach mehr. Die Erregung hatte sich nicht gelegt.

In wenigen Minuten würden ihn diese quälenden Blitze erneut durchzucken, und er würde an nichts anderes denken können.

Matters schüttelte den Kopf, keuchte und nahm die Bewegung wieder auf. Er masturbierte erneut. Zornig.

Ja, er war anders als die anderen. Das wusste er wohl.

Doch wie lange würde er es noch verheimlichen können?

6

Craig Frewin rempelte zwei Sergeants an, die zu ihrem Zug eilten. Er lief gegen diesen Menschenstrom, der sich zu den Kais hin ergoss, um an Bord zu gehen. Am Südausgang der Krankenstation angelangt, hätte er fast zwei Krankenschwestern umgerannt, die, weiße Bündel auf der Schulter, gerade ins Freie traten.

Selbst am Empfang herrschte seit Bekanntgabe des Aufbruchs fieberhafte Stimmung. Von allen Wänden hallte das

Echo hektischer Schritte zurück. Frewin wandte sich an die diensthabende Schwester.

»Können Sie Ann Dawson diese Nachricht aushändigen?«

»Sie muss oben sein. Wollen Sie …«

»Nein, keine Zeit.« Er reichte ihr einen kleinen Briefumschlag mit dem Namen der Krankenschwester darauf. »Es ist sehr wichtig.«

Schon eilte er wieder davon.

In dem Brief bat er sie, sich bereitzuhalten. Sobald er über die Liste mit den Verdächtigen verfügte, würde er sie die Namen wissen lassen und darauf warten, dass sie ihm unverzüglich die Militär- und Krankenakten besorgte.

Der Brief endete mit einem unbeholfen formulierten Satz des Dankes, den man auch als ein Bedauern deuten konnte, dass er nicht länger mit ihr würde arbeiten können. In Wirklichkeit war Frewin enttäuscht, nicht mehr Zeit zu haben, um sie besser zu verstehen und ihre wahren Motive zu durchschauen.

Draußen im Hafen wimmelte es von Uniformen. Mehrere Tausend Männer, zu Zügen und Kompanien gruppiert, warteten ungeduldig vor den Schiffen, die sie zum Kriegsschauplatz transportieren sollten. Der Geruch von Schweiß, von Benzin und Öl vermischte sich mit dem des Meeres, dessen Wellen in regelmäßigen Abständen an die Schiffsrümpfe schlugen. Rund um die *Seagull* war es auch nicht ruhiger, obwohl die Soldaten schon seit einigen Tagen an Bord waren. Der Führungsstab hatte im letzten Moment beschlossen, noch zwei Kompanien hinzuzufügen.

Frewin war erstaunt, wie still die Männer waren.

Die meisten sahen sich nicht einmal an, hatten den Blick ins Leere gerichtet. Sie hatten zu viel Angst, um auch nur ein Wort zu wechseln. Mit zusammengeschnürter Kehle und klopfendem Herzen verfolgten sie das Tempo der Einschiffung. Sie genossen den lauen Abend und wussten, dass die

Luft am nächsten Morgen, wenn sie ins Freie träten, nach Pulver und Geschützfeuer riechen würde.

Frewin ging an Deck der *Seagull*, wo er sich die winzige Kammer zeigen ließ, die ihm zusammen mit Matters auf der Überfahrt als Schlafraum dienen sollte. Letzterer war noch nicht da, obwohl seine Sachen unter der Hängematte aufgestapelt waren.

Die Anspannung war überall deutlich spürbar. Tausende von Männern machten sich zu schaffen und produzierten dabei eine erregte Atmosphäre, so dicht, dass die Luft davon gleichsam gesättigt war. Frewin hatte den Eindruck, der kleinste Funke könnte innerhalb dieser Stahlwände ein Großfeuer auslösen. Er wollte zurück an Deck, durchquerte Korridore und Gänge und gelangte an einen Niedergang, wo die letzten Kisten geladen wurden. Als er oben ankam, drängten sich Soldaten an Deck. Frewin stellte sich an die Reling, von wo aus er die Kais überblicken konnte, auf denen es noch immer von Uniformen wimmelte. Die Scheinwerfer waren zu schwach, als dass er einzelne Gesichter hätte erkennen können. Außerdem sah er nur die Soldaten, die auf der vorderen Gangway an Bord gingen, da die hintere zu weit entfernt und in ein verschwommenes bernsteinfarbenes Licht getaucht war.

Ein Sergeant trat auf ihn zu und salutierte.

»Lieutenant, Sie müssen sich während der Überfahrt unten in Ihrer Kammer aufhalten.«

»Das wurde mir gesagt«, murmelte Frewin. Er räusperte und straffte sich. »Aber ich gehöre zur Militärpolizei, und für die Ermittlungen muss ich zunächst einmal hierbleiben.«

Verunsichert durch die Armbinde und zweifelnd, welche Haltung er annehmen sollte, zog der Sergeant es vor, zu nicken und zurückzutreten.

»Sehr gut …«

Nach einem raschen Blick hin zu Frewin, wandte er sich um und stellte sicher, dass alle Neuankömmlinge den Weg in die unteren Decks nahmen.

Frewin suchte in dieser Menge unbekannter Gesichter nach Matters, bis sich eine Gruppe von Männern, die weiße Armbinden mit einem roten Kreuz darauf trugen und von Krankenschwestern begleitet wurden, unten vor der Gangway anstellten. Der leitende Sanitätsarzt reichte dem Offizier ein Papier, und die ganze Gruppe ging an Bord. Frewin erkannte Ann Dawson darunter, die sich mit großen Augen umsah. Als sie den Fuß auf Deck setzte, hatte er sie erreicht. Ein Sergeant verglich das Papier des Sanitätsarztes mit seiner Liste.

»Was machen Sie hier?«, fragte Frewin sie.

Ann musterte ihn kurz und lächelte dann.

»Ich habe mich auf die *Seagull* versetzen lassen«, erwiderte sie fast fröhlich. »Ich bin für eine der drei Kompanien an Bord zuständig, ich weiß noch nicht, für welche.«

Frewin sah sie durchdringend an.

»Ich wusste nicht, dass Sie die Soldaten begleiten«, sagte er nach einem kurzen Schweigen.

Das Lächeln verschwand aus ihren Augen. Trotz der Haarspange und der weißen Haube wehten ihre blonden Locken im Wind.

»Wenn ich mir die Bemerkung erlauben darf – es gibt viele Dinge, die Sie von mir nicht wissen, Lieutenant. Ich habe Ihnen bereits gesagt: Ich will Ihnen bei dieser Untersuchung helfen.«

»Was …«

Der Sergeant unterbrach ihn.

»Junge Frau, Sie können hier nicht bleiben. Sie müssen nach unten, los, schnell, schnell! Folgen Sie Ihren Kollegen.«

Und bei diesen Worten schob er sie energisch zu der Tür,

durch die die anderen Mitglieder des Sanitätsdienstes sich bereits drängten.

Ann warf Frewin einen letzten Blick zu, und ein rätselhaftes Lächeln umspielte ihre Lippen.

Innerhalb von weniger als einer Stunde waren alle Mann an Bord. Sobald auch die letzten Kisten geladen waren, machte sich die *Seagull* zum Auslaufen bereit.

Frewin hatte Matters nirgendwo gesehen, ohne sich deshalb jedoch Sorgen zu machen, da er glaubte, ihn in ihrer gemeinsamen Kammer anzutreffen.

Als die *Seagull* den Anker lichtete, klarte der Himmel plötzlich auf. Das Wasser rings um das Schiff begann zu brodeln, der Rumpf bebte. Rauch schoss aus den Schornsteinen wie die Tinte eines stählernen Kraken, und der Kai entfernte sich langsam. Die ohrenbetäubende Sirene ließ die Luft erbeben wie der gedehnte Schrei eines Meeresungeheuers. Andere Sirenen antworteten ihr, eine nach der anderen.

Ein Soldat auf der Kommandobrücke blies in den Dudelsack. Die Luken blieben geöffnet, um frische Luft in die Kammern zu lassen, und so drang die melancholische Weise an manches aufmerksame Ohr.

Frewin beobachtete das Ballett der Minenräumboote, Zerstörer, Kreuzer und Fregatten, die, übervoll mit Männern und Munition und tief im Wasser liegend, im nächtlichen Militärhafen rangierten. Die Flotte brauchte eine halbe Stunde, um die Reede zu verlassen, dann dröhnten die Motoren, der Wind nahm zu und heulte durch die Gänge. Die Musik verstummte. Die Luken wurden verriegelt, und die wirkliche Reise begann. Das Morgengrauen würde weiß sein wie das Zentrum der Explosionen, dann purpurrot.

Als die Lichter der Küste nur noch vage Punkte in der Ferne waren, löste sich Frewin von der Reling.

Er dachte daran, dass sich unter diesen Männern, die würden töten müssen, um zu überleben, ein Mörder verbarg, ein echter, der aus Lust folterte.

Wie sollte man verfahren, um ihn zu entlarven? In wenigen Stunden würde sich das Schiff leeren, um seine Truppen in einzelnen Zügen auf albtraumhafte Strände zu entsenden. Die Männer würden sich zerstreuen, und man müsste ihre Spuren unter feindlichem Beschuss verfolgen. Wie also sollte man vorgehen?

Wenn er seine Spur inmitten all dieser Verwirrung wiederaufnehmen wollte, müsste er abwarten, dass der Mörder die Schlinge selbst zuzog.

Den nächsten Mord abwarten.

Machtlos ballte er die Hände zu Fäusten.

7

Quälendes Schaukeln.

Erholsames Dunkel. Tröstliche Wärme. Frewin schläft. Stunde der Gnade.

Langsamer, tiefer Atem.

Ruhig schlagendes Herz.

Keine bewussten Gefühle, nichts als das wohltuende Vergessen des Schlafes. Heilbringender Quell.

Das grässliche Heulen taucht aus dem Nichts auf.

Frewins Herz überschlägt sich, sodass der Schmerz fast seine Brust sprengt.

Eine rote Sonne schwebt über ihm.

Das Bewusstsein sammelt im Eiltempo all seine Orientierungspunkte zusammen.

Die Stahlwände ... Ein Schiff. Die *Seagull.*

Die Sirene heult erneut, zerreißt das Trommelfell. Die roten Birnen leuchten auf.

Ein gegnerisches Torpedo? Eine bevorstehende Bombardierung?

Der Lieutenant sprang aus seiner Hängematte und sah Matters mit angstverzerrtem Gesicht in der seinen liegen. Wenigstens war der junge Sergeant da.

Der Offizier der Militärpolizei schlüpfte in seine Rangers, die er nur zur Hälfte zuschnürte, und machte seinem Assistenten ein Zeichen, sich nicht von der Stelle zu rühren.

In regelmäßigen Abständen ertönte das schrille Signal der Sirene.

Auf dem Gang war niemand zu sehen.

Frewin verharrte reglos ... Warten. Stehen bleiben, die Mannschaft nicht stören. Er konzentrierte sich auf die Bewegungen des Kriegsschiffs, um eine eventuelle Kursänderung wahrzunehmen, vergebens. Er spürte nur ein leichtes Stampfen. Er hielt sich mit beiden Händen die Ohren zu. Warum stellte man diese grässliche Sirene nicht ab?

Ein Matrose erschien, und Frewin winkte ihn sofort heran.

»Was ist los?«, rief er.

Der Matrose schüttelte heftig den Kopf und verschwand.

Endlich verstummte die Sirene und befreite die malträtierten Trommelfelle. Das rote Licht aber leuchtete weiter.

Für einen kurzen Augenblick nahm Frewin nur das gedämpfte Brummen der Maschinen wahr. Dann erhob sich von überallher ein Murmeln. Die Unruhe verbreitete sich auf den Gängen wie ein sengend heißer Luftzug. Frewin wagte sich ein Stück voran.

Er vernahm Schritte auf dem Niedergang. Von mehreren Personen. Vier Sergeants erschienen und teilten sich auf Frewins Höhe in zwei Gruppen auf, um die Soldaten in ihre Quartiere zu schicken.

Lautsprecher begannen zu knistern:

»Hier spricht der Kommandant. An alle Männer an Bord: Bleiben Sie auf den Ihnen zugewiesenen Posten, und verlassen Sie diese unter keinem Vorwand. An die Mannschaft: Bleiben Sie in Ihren Quartieren. Wir befinden uns in Alarmbereitschaft.«

Die Sergeants sorgten dafür, dass die Befehle ausgeführt wurden und jede Tür geschlossen war.

Einer von ihnen blieb vor Frewin stehen und sagte, als er dessen Dienstgrad bemerkte, höflich aber eindringlich:

»Lieutenant, Sie müssen in Ihre Kammer zurück. So lautet der Befehl.«

Frewin wich einen Schritt zurück, um zu signalisieren, dass er gehorchen würde, machte sich aber seinen athletischen Körperbau zunutze, um dem anderen den Weg zu versperren.

»Wissen Sie, was los ist? Werden wir angegriffen?«

»Nein, wir haben nichts zu befürchten ... Glaube ich.«

»Was soll das heißen – Sie glauben?«, insistierte er.

Der Sergeant streckte den Arm aus, um den imposanten Lieutenant zur Seite zu drängen.

»Gehen Sie bitte in Ihre Kammer«, brummte er und wich dem Blick seines Gegenübers aus. »Und schließen Sie die Tür hinter sich! Keiner darf draußen sein!«, befahl er und ging.

»Haben Sie eine Ahnung, was hier los ist?«, fragte Matters, ohne seine Angst verbergen zu können.

»Nicht die geringste«, erwiderte Frewin.

Er steckte den Kopf nach draußen, um zu sehen, was auf dem Korridor vor sich ging.

»Sie ... Sie haben gesagt, wir müssten die Türen schließen«, wagte Matters seinen Vorgesetzten zu erinnern.

Der zuckte nur mit den Schultern. Und als niemand mehr in Sichtweite war, trat er wieder hinaus.

»Lieutenant, was ...«

»Es sieht nicht nach einem Angriff aus. Ich schaue mich mal um, bleiben Sie hier.«

Frewin lief bis zum Niedergang. Die Korridore waren leer, eingetaucht in dieses beklemmend rote Licht. Die Sergeants waren nicht von oben gekommen, wo sich der Kommandoposten befand, sondern von unten. Frewin beschloss, in Richtung Kielraum zu gehen. Er hielt sich am Handlauf fest, für den Fall, dass der Kreuzer bei einem Aufprall ins Wanken geraten würde, und erreichte die untere Etage. Sein Instinkt sagte ihm, dass es weder eine Explosion noch Kanonenschüsse geben würde. Der Sergeant, dem er begegnet war, hatte auf eine Weise reagiert, als wäre er noch nie mit einer Situation wie der aktuellen konfrontiert gewesen. Er schien … zutiefst schockiert. Frewin nickte, genauso war es: Der Mann hatte Angst. Er hatte die Situation nicht im Griff. Und der Kommandant hätte im Fall eines Angriffs mit seiner Lautsprecheransage alle Mann auf ihre Kampfposten schicken müssen. Stattdessen befahl er ihnen, im Quartier zu bleiben. Es gab ein Problem.

Er gelangte an eine Stelle, an der sich der Gang nach rechts und links teilte und das Heck mit dem Bug verband. Eine Reihe von geöffneten Sicherheitsschleusen zeigte im purpurfarbenen Licht eine überwältigende Perspektive. Kein Mensch war zu sehen. Frewin seufzte. Was lief er hier umher, als ginge es um sein Leben? Er jagte dem Gespenst seiner eigenen Ängste nach, genau das war es!

Er wollte schon umkehren, als er von einem anderen Niedergang aus eine Reihe von Lichtstreifen über die Decke huschen sah. Männer mit Taschenlampen liefen über das Unterdeck. Frewin eilte hin und beugte sich über das Geländer.

Der Gang war mit weißen Flecken übersät, die in einem chaotischen Reigen über die Wände tanzten. Frewin konnte drei, dann vier schnell laufende, bewaffnete Gestalten erkennen. Als sie einen guten Vorsprung hatten, folgte er ihnen. Zwanzig Meter Metall, rote Birnen, Stufen, die zu überwinden waren, Rohre, die an der Decke verliefen. Dann ein Seitengang, aus dem Stimmen und die weißen Lichter kamen.

Ohne erst zu versuchen, sich zu verbergen, trat Frewin zu ihnen. Mehrere Offiziere, die völlig schockiert schienen, standen vor einer Tür. Frewin sah, wie einer der mit Maschinengewehren bewaffneten Soldaten den Raum betrat, als ihn ein Offizier bemerkte.

»Sie haben hier nichts zu suchen!«, rief er.

Frewin, der wusste, was folgen würde, deutete auf seine MP-Armbinde.

»Militärpolizei, was ist los?«

Der Offizier senkte die Stimme, um zu fragen:

»Hat Sie der Kommandant geschickt?«

»Nein, Generalmajor Toddwarth.«

Bei der Erwähnung eines derart hohen Dienstgrades, auch wenn es sich um Landstreitkräfte handelte, riss der Offizier die Augen auf. Und Frewin las eine gewisse Verwirrung darin. In normalen Zeiten wäre die Situation eindeutig gewesen, sie befanden sich auf einem Schiff der Marine. Doch die Präsenz von Einheiten mit Sonderauftrag konnte die Lage ändern. Der Offizier warf einen letzten Blick auf die Armbinde und befand, dass angesichts der Situation Eile geboten war.

»Wir sind dabei, das Areal zu sichern«, erklärte er.

Zwei Offiziere standen etwas abseits, einer von ihnen hielt einen Hörer, der mit der Wand verbunden war, in der Hand.

»Was ist los?«, erkundigte sich der Ermittler, der näher getreten war.

»Es ist ... ein Mann da drin. Er ist ... Er ist tot. Und, ähm ...«

Vor lauter Unbehagen begann er zu stottern. »Es ist unglaublich, wollte ich sagen … wie man ihn zugerichtet hat.«

Alle Farbe wich plötzlich aus dem Gesicht von Frewin, der in dieser rötlichen Atmosphäre ein Phantom wahrzunehmen glaubte.

Im selben Tonfall fügte der Offizier hinzu:

»Doch wir werden den Kerl erwischen, der das getan hat. Gut möglich, dass er noch irgendwo hinter dieser Tür ist!«

8

Drei andere, schwer bewaffnete Soldaten erschienen im Gang und betraten den Raum.

Frewin fragte weiter:

»Wer hat die Leiche entdeckt? Und wann?«

»Einer der Soldaten … Er sagte, er sei auf der Toilette gewesen und auf dem Rückweg zu seinem Zug hier vorbeigekommen. Er geriet in Panik und löste den Alarm aus. Das war vor weniger als zwanzig Minuten.«

Frewin spähte durch die angelehnte Tür. In regelmäßigen Abständen flackerte der Schein von Taschenlampen auf.

»Was ließ Sie annehmen, der Mörder könne sich noch an Ort und Stelle befinden?«

Beruhigt durch die Anwesenheit eines professionellen Ermittlers, den er von höherer Stelle an den Tatort geschickt glaubte, fügte der Offizier eilig hinzu:

»Es handelt sich um eine Mannschaftsmesse, deren einzigen Zugang Sie hier sehen. Wenn der Täter hier herausgekommen ist, standen ihm nur zwei Wege offen: Der hier« – der Mann zeigte auf den Gang, aus dem Frewin gekommen war – »dann wäre er auf Besatzungsmitglieder gestoßen, und ersten Befragungen zufolge ist offensichtlich niemand hier entlanggekommen. Auf der anderen Seite gelangt man zu den Schlafsälen. Es wäre schwierig, dort unbemerkt hinein- oder hinauszugehen. Am Ende befindet sich ein besonders gut gesicherter Bereich: die Waffenkammern. Unmöglich, der Aufmerksamkeit der Wachposten zu entgehen.«

Frewin sagte nichts. Wie konnte man innerhalb einer Viertelstunde verlässliche Aussagen einholen?

»Haben Sie das Opfer bereits identifiziert?«

Der Offizier verneinte. Frewin ging auf die Tür zu.

»Sie sollten lieber warten …«, mahnte ihn der Offizier.

»Das Risiko nehme ich auf mich.«

Frewin schlüpfte in den Raum und wurde im gleichen Augenblick von einem Soldaten angehalten, der ihm mit seiner Taschenlampe ins Gesicht leuchtete.

»Lieutenant Frewin von der Militärpolizei«, stellte er sich vor, während er das Gesicht verzog.

Sofort senkte sich der blendende Lichtstrahl, und eine Stimme sagte leise:

»Der Ort ist noch nicht gesichert, Sir.«

»Ich bleibe am Eingang«, erklärte Frewin und bemerkte, dass es in dem Zimmer vollkommen dunkel war. »Haben Sie die Lichter ausgemacht?«

»Nein, wir haben den Raum so vorgefunden.«

Der Soldat leuchtete auf den Boden, und Glassplitter funkelten. Eine zerbrochene Glühbirne.

Frewin bebte.

Nicht schon jetzt. Nicht so schnell.

»Der Leichnam?«, erkundigte er sich.

Der Lichtkegel glitt nach oben und schlug eine Bresche in die Dunkelheit. Zu beiden Seiten von lackierten Holztischen standen gepolsterte Bänke. Ein Durchgang führte zu verschiedenen kleinen Nischen, auf die sich mehrere bewaffnete und mit Lampen ausgerüstete Männer vorsichtig zubewegten.

Der Lichtschein wanderte zu Frewin zurück und glitt dann zu dem hintersten Tisch.

Darauf lag ein lebloses Etwas. Lediglich eine Hand, die aus der dunklen Masse emporragte, offenbarte, dass es sich um ein menschliches Wesen handelte. Der Unterarm war zur Decke emporgereckt, und die Hand hing schlaff herunter, die Finger waren zusammengerollt. Frewin trat näher. Mit jedem Schritt entdeckte er neue grausige Details.

Ein Stiefel ragte aus der Masse. Das Opfer war mit dem Rücken auf den Tisch gelegt worden, die Gliedmaßen hingen herab. Bis das Klebeband zum Einsatz kam, breites, schwarzes Klebeband. Der Körper war mit Dutzenden von Metern Klebeband an dem Möbelstück fixiert worden, bis er sozusagen eins mit ihm geworden war. Er war dermaßen dick verpackt, dass die menschliche Gestalt darunter nicht mehr zu erkennen war. Sechs leere Rollen lagen auf dem Boden.

Eine Schuhspitze, eine Hand und der Mund, das war alles, was unter diesem geklebten Panzer sichtbar blieb.

Ein entstellter Mund.

Man hatte die Lippen übereinander gezogen und gebogene Nägel hineingeschlagen, um die Mundhöhle zu verschließen.

Frewin beugte sich dicht über den verstümmelten Mund. Der Soldat leuchtete ihm noch immer, aber vom Eingang aus. Frewin machte ein Feuerzeug an, um besser sehen zu können. Die kleine Flamme vertrieb die Schatten.

Um die Nägel herum war Blut ausgetreten. Dutzende dunkler Furchen, der stachelige Mund einer barbarischen Maske. Frewin wusste, was das viele Blut rund um eine Verletzung bedeutete: Das Opfer hatte im Augenblick seiner Misshandlungen noch gelebt. Nach dem Tod zirkuliert das Blut nicht mehr. Und das Opfer hatte zu stark geblutet, um dies allein der Schwerkraft zuzuschreiben.

Plötzlich lief ihm ein Schauer des Entsetzens über den Rücken. Er schob seine Fingerspitzen unter das Klebeband, um den Hals abzutasten. Hatte man sich die Mühe gemacht, zu prüfen, ob das Opfer wirklich tot war? Die Haut war noch warm. Lebte es noch, oder war es erst vor kurzem gestorben? Frewin konnte keinen Puls spüren. Nichts. Nach einer langen Minute des Suchens gab er auf und zog seine Hand zurück.

Er sah sich die nässenden Wunden genau an.

Das Feuerzeug zwischen seinen Fingern wurde heiß.

Da bemerkte er winzige Fissuren in Höhe der linken Wange. Frewin zog am Klebeband, um besser sehen zu können. Er zählte sechs, nicht länger als einen halben Zentimeter. Die Haut war durchbohrt – Frewin runzelte die Augenbrauen – und gewölbt. Die Verletzungen waren von *innen* verursacht worden! Weitere Nägel? Frewin richtete sich auf. Hatte man das Opfer gezwungen, spitze Gegenstände zu kauen?

Was hat sich hier wirklich abgespielt?

Das Feuerzeug war jetzt glühend heiß. Er ließ die Klappe herunterschnappen, um die Flamme zu löschen.

Rotes Licht drang durch die angelehnte Tür, und die Taschenlampen der Soldaten schnitten elfenbeinfarbene Lichtkegel in diesen Sarkophag der Finsternis. Frewin wischte mit dem Ärmel über seine feuchte Stirn.

Die bewaffneten Männer kehrten zum Eingang zurück.

»Negativ, die Räume sind leer, hier ist niemand mehr«, erklärte der Leiter der Patrouille seinem Vorgesetzten.

Auch Frewin ging wieder hinaus. Ein Offizier hatte soeben nach dem an der Wand befestigten Hörer gegriffen und sprach vermutlich mit dem Kommandanten des Schiffs. Ein anderer bedeutete den Soldaten wegzutreten.

»Postieren Sie einen Ihrer Männer vor dem Eingang und halten Sie sich zur Verfügung.«

Frewin hob die Hand.

»Wenn Sie nichts dagegen haben, könnten mir Ihre Leute vielleicht dabei helfen, den Saal nach Spuren abzusuchen. Sie haben Lampen und gehen methodisch vor.«

Der Offizier stimmte zu.

»Sie stehen Ihnen zur Verfügung.«

Frewin wandte sich an die Gruppe.

»Ich werde jedem von Ihnen einen Sektor zuweisen. Suchen Sie ihn gründlich vom Boden bis zur Decke ab. Wenn Sie irgendetwas finden, egal, was – einen Fleck, ein Stück Stoff, Scherben – geben Sie mir Bescheid. Achten Sie auf jedes noch so kleine Detail!«

»Gibt es eine bestimmte Vorgehensweise bei der Suche?«, erkundigte sich der Größte.

»Beginnen Sie großflächig, und verengen Sie dann Ihren Radius, indem Sie immer kleiner werdende Abschnitte untersuchen. Und vergessen Sie nicht: Informieren Sie mich bei der geringsten Kleinigkeit! Ich bin Lieutenant Frewin.«

Die Männer nickten und betraten den dunklen Raum, nachdem Frewin jedem von ihnen ein Areal zugewiesen hatte.

»Sie sagten, am Ende des Gangs befänden sich Schlafsäle?«, fragte Frewin den Offizier.

»So ist es.«

»Wer ist dort untergebracht?«

»Männer der Landstreitkräfte, die auf ihren Einsatz warten.«

»Wissen Sie, welche Kompanie?«

Der Offizier, der zuvor telefoniert hatte, antwortete:

»Die Kompanie Alto und die Kompanie Raven.«

Frewin zuckte innerlich zusammen. Die Kompanie Raven.

Ihr gehörten rund fünfzig Rechtshänder an, die achtundvierzig Stunden vor dem ersten Verbrechen Ausgang gehabt hatten.

»Sind alle Züge der Kompanie Raven am Ende des Flurs einquartiert?«, hakte Frewin nach.

»Nein, lediglich der 3. Zug – gleich in den ersten Schlafsälen. Der Rest der Kompanie ist weiter unten untergebracht. Der Zugang liegt auf der anderen Seite. Man hat die Luken geschlossen, um zu verhindern, dass sie als Abkürzung benutzt werden.«

Dieses Mal passte alles zusammen. Nur der 3. und 4. Zug der Kompanie Raven hatten Ausgang gehabt. Die Liste der Verdächtigen schrumpfte. Der Mörder konnte nur aus diesem Kreis stammen. Sonst wäre er aufgefallen oder festgenommen worden, wenn er mitten in der Nacht auf dem Schiff herumgelaufen wäre. Und dieses Risiko hätte er nicht auf sich genommen. Er musste zum 3. Zug gehören, dessen Männer am Ende des Korridors schliefen.

Frewin wollte gerade etwas sagen, als ein kleiner, kahlköpfiger Mann mit zerfurchtem Gesicht und in tadelloser Uniform zu ihnen kam: Es war der Kommandant in Begleitung eines Offiziers. Die Besatzung nahm Haltung an, bevor die Männer mit gedämpfter Stimme einige Worte miteinander wechselten. Dann wandte sich der Kommandant mit ernstem Gesicht zu Craig Frewin um. Er ging auf den Ermittler zu und begrüßte ihn.

»Lieutenant«, sagte er und nahm ihn beiseite.

»Commander, ich bin auf die Bitte von Major …«

Der kleine Mann unterbrach ihn mit einer Handbewegung.

»Ich bin bereits im Bilde, lassen wir das. Sind Sie schon da drin gewesen?«

»Ja, Commander. Der Mord ist vom selben Täter verübt worden. Beide Verbrechen hängen zusammen.«

Frewin fühlte sich sicher in der Gegenwart dieses intelligenten Mannes, der gleich zum Wesentlichen kam.

»Hören Sie, Lieutenant. Es liegt mir fern, Ihnen Steine in den Weg legen zu wollen, immerhin sind Sie von der Militärpolizei und können auf meinem Schiff ermitteln. Andererseits bin ich verantwortlich für das Wohl von fast zweitausend Menschen an Bord, und ich muss einen guten Teil von ihnen in weniger als drei Stunden den Kanonen des Feindes ausliefern. Ich möchte die Spannung nicht unnötig anheizen. Sie verstehen, worauf ich hinauswill?«

»Diskretion?«

»Sie können die Offiziere befragen, aber nicht die Soldaten. Tut mir leid, aber dafür fehlt uns die Zeit. Wenn die ganze Truppe an Land ist, können Sie nach Belieben verfahren. Aber vorerst beschränkt sich Ihr Aktionsradius auf den Raum, in dem das Verbrechen geschehen ist, und auf Ihre Kabine.«

»Commander, der Mörder wird erneut zuschlagen. Schon sehr bald. Zwei Verbrechen in zwei Nächten und …«

Der kleine Mann kam näher und sagte im vertraulichen Ton:

»Wenn man ihn auf frischer Tat ertappt hätte, säße er schon hinter Gittern, da können Sie ganz sicher sein. Leider ist das nicht der Fall! Im Morgengrauen werden all diese Jungs hier auf ihre Feinde schießen müssen. Das genügt bereits. Bringen Sie sie nicht durcheinander und womöglich dazu, an ihren Kameraden zu zweifeln, die sie morgen decken sollen.«

Frewin erkannte in seinen Worten den Wunsch des Generalstabs. Man befürchtete, dass auf dem Schiff eine Panik ausbrechen, sich Paranoia breitmachen könnte.

»Sind wir uns einig?«, erkundigte sich der Kommandant.

Frewin nickte.

»Kann ich dennoch den Arzt an Bord um Unterstützung bitten?«, wollte er wissen.

»Das müsste möglich sein. Lassen Sie es mich wissen, wenn Sie Ihre Untersuchung abgeschlossen haben, und sehen Sie zu, dass Sie um fünf Uhr morgens nicht mehr da sind. Die *Seagull* wird um diese Zeit in Alarmbereitschaft sein, um ihre Truppen an Land zu setzen. Sie haben sich dann in Ihrer Kammer aufzuhalten und darauf zu warten, bis Sie an der Reihe sind.«

Der Kommandant wandte sich an seinen Ersten Offizier und ging mit ihm davon.

Frewin bemerkte, dass ein bewaffneter Soldat an der Schwelle zum Tatort auf ihn wartete. Bevor er zu ihm ging, bat Frewin, auf schnellstem Wege Sergeant Matters zu ihm zu schicken. Erst dann drehte er sich zu dem Mann im Kampfanzug um.

»Wir sind fertig. Keine besonderen Vorkommnisse, bis auf eine … zusammengebastelte Lampe.«

»Zusammengebastelt?«, wiederholte Frewin, als er den noch immer dunklen, lediglich von weißen Lichtkegeln erhellten Raum betrat.

Einer der Wachposten stand vor der Leiche. Wie erstarrt hielt er die grauenerregende Masse im Strahl seiner Lampe fest. Die Hand mit den gekrümmten Fingern, die herausragte, warf bedrohliche Schatten an die Wand.

Frewin ging zu dem Mann hinüber und erkundigte sich: »Alles in Ordnung?«

Der Soldat nickte, ohne die Augen von der monströsen Hand abzuwenden.

»Ich frage mich«, sagte er schließlich, »wer sich darunter verbirgt. Sicher jemand, den man kennt.«

»Warum sagen Sie das?«

Er zuckte mit den Schultern.

»Weiß nicht. Ich frage mich das ganz einfach, das ist alles. Das ist … das ist der erste Tote, den ich sehe, doch … ich dachte nicht, dass …«

Frewin wunderte sich über dieses Geständnis. Der Soldat wirkte nicht so jung, und der Krieg dauerte schon einige Zeit, sodass die meisten Kämpfer bereits mit dem Grauen konfrontiert worden waren. Er klopfte ihm freundschaftlich auf die Schulter und ging zu denen als Suchtrupp abkommandierten Männern, die mit ihm auf den Gang hinaustraten.

Ein Schnauzbärtiger beugte sich zu Frewin und flüsterte ihm zu:

»Er ist neu, keine Sorge, Lieutenant, er wird sich schnell daran gewöhnen.«

Im Gang stritt ein junger blonder Soldat mit einem Matrosen.

»Nein, hier kannst du nicht durch, geh zurück in den Schlafraum.«

»Ich wollte auf dieser Seite zum Pinkeln gehen. Die Toiletten bei uns sind in einem saumäßigen …«

Der blonde Soldat hielt inne, als er die Militärpolizei sah.

»Verdammt, es ist also was Ernstes?«, fragte er.

Frewin wandte sich ab. Einer der zur Durchsuchung des Raumes abgestellten Männer reichte ihm seinen Fund: eine Taschenlampe der Armee, aus deren Schalter ein langes Kabel ragte.

»Das ist alles, was wir gefunden haben«, erklärte er. »Die Schnur ist bestimmt fast sechs Meter lang. Und das hier war ganz am Ende.«

Frewin griff nach dem birnenförmigen Gegenstand aus Plastik, auf dem sich oben ein Schalter befand. Man hatte die Lampe umgebaut, um sie aus der Entfernung bedienen zu können. Frewin betätigte ihn, und die Lampe in den Händen des Soldaten ging an.

Sofort fiel ihm der Lichtstrahl auf. Vor die Birne war ein blaues Plättchen gesteckt worden. Jede der Taschenlampen war mit verschiedenfarbigen Vorsatzscheiben für die diversen Aufgaben und Signale ausgestattet, die es zu übermitteln galt. Diese befanden sich im unteren Teil des aufschraubbaren Griffs. Der Mörder hatte sich nichts ausdenken müssen, sondern auf die Dinge zurückgegriffen, die er zur Hand hatte.

Frewin erkannte, was er getan hatte.

Und er begriff.

Dann verstand Frewin, wozu die Lampe gedient hatte. Er hatte soeben eines der Geheimnisse gelüftet.

»Lieutenant?«

Es war Matters' Stimme, die auf dem Gang zu hören war. Frewin ging zu ihm hinaus.

»Ich glaube, ich habe ...«, begann Matters.

»Ich brauche die Listen mit den Namen, die Sie heute Nachmittag angefordert haben«, unterbrach ihn Frewin. »Haben Sie sie schon bekommen?«

»Ja, noch vor dem Ablegen«, meinte Matters und wedelte mit einem dünnen Papierstapel. »Alle Männer der Kompanie Raven. Die Rechtshänder, die in den letzten zwei Tagen Ausgang hatten, sind bereits rot unterstrichen.«

»Matters, Sie können Gedanken lesen.«

Der Sergeant wollte etwas antworten, doch sein Vorgesetzter, der es eilig hatte, kam ihm zuvor.

»Ich brauche die Namen der Männer, die zum 3. Zug gehören.«

»3. Zug?«, fragte Matters, und seine Augen begannen zu leuchten.

»Ist das ein Problem?«, wollte Frewin wissen, der eine unvorhergesehene Schwierigkeit befürchtete.

»Im Gegenteil«, murmelte Matters. »Ich ... ich glaube, ich weiß, wer der ... Mörder ist. Ich habe ihn identifiziert.«

9

Matters entfaltete die Listen und hielt beim 3. Zug inne.

»Als Sie gegangen sind, habe ich mein Hirn angestrengt, um nicht … nicht in Panik zu geraten. Ich habe mir noch einmal die Zusammenstellung vorgenommen, um zu prüfen, ob unter den rot unterstrichenen Namen jemand mit den Initialen O T zu finden ist. Nichts. Ich habe mir gesagt: Und wenn Rosdale in seinen Todesqualen trotzdem die Geistesgegenwart besessen hat, seinen Peiniger entlarven zu wollen? Schließlich waren diese Initialen nur grob skizziert und unter einer Bank versteckt, als hätte er sie verbergen wollen vor seinem An…«

Frewin, der zu den Fakten kommen wollte, unterbrach ihn ungeduldig:

»Okay. Und?«

»Na ja. Wenn Rosdale nun nicht die Zeit gehabt hätte, die Buchstaben zu vollenden? Und wenn er statt eines O T vielmehr Q T hätte schreiben wollen? Nun gibt es in der Kompanie Raven tatsächlich einen Quentin Trenton. Er ist Rechtshänder und hatte am Vortag des ersten Mordes Ausgang. Und wissen Sie was? Er ist im 3. Zug.«

Frewin nahm sich fünf Sekunden Zeit zum Nachdenken. Dann legte er seine kräftige Hand auf die Schulter des Sergeants und zog ihn zur Seite. Er hatte soeben festgestellt, dass mehrere Personen ihrem Gespräch folgen konnten.

»Sehr scharfsinnig, Matters. Das ist eine interessante Spur.«

Der junge Sergeant lächelte stolz.

»Ich habe auch eine gute Nachricht«, fuhr Frewin fort, als er den Schiffsarzt erkannte, dem man gerade den Verbrechensschauplatz zeigen wollte. »Ich weiß, wie es dem Mörder gelingt, seinen Opfern eine Falle zu stellen. Er lockt sie in den dunklen Raum – wie, müssen wir noch herausfinden – und sorgt dafür, dass sie auch bleiben. Das Opfer tritt ein, schließt die Tür – oder ist es der Mörder, der sie vor dem Angriff zumacht? –, und nach einer Sekunde oder zweien im Dunkeln geht eine Taschenlampe in einer Ecke an. Was macht das Opfer?«

Sergeant Matters kratzte sich an einer seiner narbigen Wangen und verzog das Gesicht. Er hatte keine Ahnung.

»Sie sind im Dunkeln, und plötzlich geht ein Licht an. Sie drehen sich um und sehen in die Richtung! Das ist eine normale Reaktion. Und da sieht der Mörder nicht nur sein Opfer, sondern kann es auch von hinten angreifen.«

»Wenn er die Taschenlampe einschaltet, kann er nicht hinter dem Opfer sein …«

Frewin trat zur Seite und nahm einem Soldaten, der abseits wartete, die zusammengebastelte Lampe ab.

»Es sei denn, er hat sich einer Verlängerungsschnur bedient, um sie aus der Entfernung einzuschalten!«, sagte er und hielt ein Kabel hoch.

»Das ist ja geradezu … perfide.«

Frewin nickte eifrig.

»Genauso ist unser Mann: gewieft und abartig. Gehen Sie zum Kommandoposten und bitten Sie den Kommandanten, Ihnen Informationen über diesen Trenton zu geben, alles, was Sie bekommen können – und schnell.«

Matters salutierte und machte sich raschen Schrittes auf den Weg, begleitet von dem Sergeant, der ihn bis zu dem Tatort geführt hatte.

Es kam zu einem heftigen Wortwechsel zwischen dem Matrosen, der den Zugang zu dem Korridor bewachte, und einem blonden Soldaten.

Ein Sergeant stürzte auf ihn zu und fragte, ob er ein Problem habe. Die Lippen zusammengekniffen, machte der Blonde schließlich kehrt.

»Schon gut, ich gehe!«, stieß er angewidert hervor.

Ein Rebell, dachte Frewin und wandte sich dem Arzt zu.

»Lieutenant Frewin von der Militärpolizei«, stellte er sich vor und streckte ihm die Hand entgegen, um einen militärischen Gruß zu vermeiden.

»Doktor Carrhus«, erwiderte der Vierzigjährige mit den grauen Schläfen und der dicken Brille vor dem aufgedunsenen Gesicht. »Man hat mir die Situation erläutert. Was erwarten Sie von mir?«

Frewin griff nach einer Taschenlampe und nahm den Arzt beim Arm, um ihn in den Raum zu führen.

»Ich habe nur wenig Zeit für meine Ermittlungen und kann keine Verhöre durchführen. Ich muss also anders vorgehen.«

Der weiße Lichtkegel führte sie zu der Leiche, auf die Frewin jetzt den Lichtstrahl richtete. Der Arzt runzelte die Stirn.

»Wenn weder der Ort des Verbrechens noch die Menschen ihr Geheimnis preisgeben, bleibt mir nur eine Lösung …«, fuhr Frewin fort.

Der Arzt sah ihn prüfend an.

»Was? Eine Autopsie etwa? Jetzt? Sind Sie verrückt?«

»Das ist für mich die einzige Möglichkeit.«

»Nein, nein, nein! Ich seziere diesen Mann nicht, der ist doch noch warm! Außerdem ist das nicht mein Fachgebiet. Ich bin Arzt und kein Gerichtsmediziner.«

»Sie sind Chirurg, das reicht mir.«

Frewin, dessen Schatten zweimal so groß war wie der seines Gesprächspartners, packte diesen bei der Schulter.

»Der Wahnsinnige, der das hier gemacht hat, wird es wieder tun, sehr bald, und ich muss ihn vorher fassen. Jede Information ist kostbar. Deshalb nehmen Sie diese Autopsie vor, und zwar gleich, auf der Stelle. Kommen Sie, wir haben keine Minute zu verlieren.«

Er eilte auf den Ausgang zu und ließ den Arzt im Dunkeln stehen.

»Wohin gehen Sie?«, rief Carrhus verärgert.

»Zum Kommandanten. Ich kann Sie vielleicht nicht zwingen, er aber wohl.«

Nur das ruhige Brummen der Maschinen erinnerte Frewin daran, dass er sich auf einem Kriegsschiff befand.

Der Operationsraum der *Seagull* war winzig und in einem Blaugrau gekachelt, das ihn noch kleiner erscheinen ließ. Die Eisenschränke waren an den Wänden verankert, und nur die Lampe über dem Operationstisch brannte. Der Trennvorhang, hinter dem sich ein zweiter identischer OP-Raum befand, bewegte sich sanft. In einer Hand hielt Frewin sein Notizheft, mit der anderen stützte er sich auf den erhöhten Rand des Tisches. Dr. Carrhus hatte seine Skalpelle neben sich aufgereiht und verschränkte die Arme vor der Brust, um die schwarze Form vor sich zu betrachten, die aussah wie eine riesige Küchenschabe. Der verstümmelte Soldat war in seinem Kokon hochgehoben worden, nachdem man das Klebeband von der Konsole, auf der er ruhte, entfernt hatte, wobei man achtgegeben hatte, den Körper nicht von seiner Hülle zu trennen. Diese schwarze Haut glänzte im Licht der OP-Lampe, der Unterarm war noch immer aufgerichtet zu einem letzten Hilferuf, einem letzten verzweifelten Versuch, bevor er von dieser dicken Chitinschicht verschlungen wurde.

»Warum hat man dieses … dieses ganze Zeug auf der Leiche gelassen?«, erkundigte sich der Arzt.

»Es ist ein Klebeband, und deshalb bleibt alles, was mit ihm in Berührung kommt, daran haften. Es bedurfte vieler

Bewegungen und enormer Kraft, um diesen armen Teufel zu verpacken. Bei so einem Vorgang verliert man leicht ein paar Haare, und mit etwas Glück finden wir welche darauf. Damit hätten wir schon mal die Haarfarbe des Täters.«

Carrhus hob die Augen, die von Schlafmangel gerötet und, wie Frewin annahm, von übermäßigem Alkoholkonsum gelblich verfärbt waren.

»Sie sind gewieft«, rief er. »Lernt man so was an der MP-Akademie?«

Ohne den Blick von dem Opfer zu wenden, erwiderte Frewin ruhig:

»Ein Minimum an Erfahrung bringt einen auf solche Ideen.«

Carrhus griff nach einer Pinzette und beugte sich mit einer großen Lupe über die Leiche.

»Wenn man Sie so sieht«, sagte er in dem gedehnten Tonfall desjenigen, der sich konzentriert, »stellt man sich eher knallharte Verhöre vor. Sie haben die Größe und Figur eines Kampfsportlers!«

»Was Höflichkeit voraussetzt«, erwiderte Frewin in dem gleichen ruhigen Ton.

»Betreiben Sie einen Kampfsport?«, fragte Carrhus begeistert und blickte in Frewins Richtung. »Hab ich übrigens auch getan, als ich noch Student war!«

Mit seiner Pinzette entfernte er ein Stück von dem Band – kein leichtes Unterfangen, so fest klebte das Ganze. Dann schnitt er mit einem Skalpell die übereinanderliegenden Schichten auf, um das Innere, die haftende Seite, zu untersuchen.

Frewin, der den Arzt nicht aus den Augen ließ, gab keine Antwort. Mit den Jahren hatte er einen Trennstrich gezogen zwischen seiner Arbeit in der Armee und der Privatperson, die er jenseits der MP-Armbinde war. Das hatte ihm ermöglicht, gegenüber seinen Verdächtigen eine gewisse Kaltblütigkeit an den Tag zu legen, er, der Schreie und Schläge verabscheute, Craig Frewin, der junge Mann, den man in die Offiziersakademie aufgenommen hatte, weil er ein brillanter Schüler und sportlich veranlagt gewesen war. Er hatte sich in der Armee verpflichtet, eine Offizierskarriere war ihm erstrebenswert und respektabel erschienen. Wenige Monate vorher hatte er Patty kennengelernt und wollte ihr imponieren. Ihr erster Kuss hatte seinen Vorsatz, Zeichner zu werden, seinen Traum, Comicfiguren zu schaffen, über den Haufen geworfen. Durch einen Kuss hatte er sich in einen verantwortungsbewussten jungen Mann verwandelt, der eine Zukunft mit derjenigen Frau, die er liebte, aufbauen und eine Familie mit ihr gründen wollte. Er hatte Papier und Stifte gegen eine Offiziersausbildung eingetauscht. In einem der Kurse hatte man die Militärpolizei erwähnt, seine Neugier war geweckt worden, und er hatte fortan gewusst, was er in der Armee machen würde.

Die ersten Monate waren die Hölle gewesen. Er hatte lernen müssen, seinen angeborenen Hang zur Ironie zu unterdrücken, ständig eine undurchdringliche Miene aufzusetzen und während der Dienststunden seine freundliche Art zu vergessen. Seine Arbeit bestand damals im Wesentlichen darin, die Rebellen auf den rechten Weg zurückzuführen. Um sich Mut zu machen und sich Respekt zu verschaffen, lernte er boxen. Er frequentierte die Sporthalle und den Ring öfter als nötig, baute die Muskeln seiner ohnehin stattlichen Figur auf, bis in diesem jugendlichen Gesicht die ehemals rosigen Wangen immer blasser wurden und sich Falten der Erschöpfung und körperlichen Strapazen hineingruben. Das geschah zum großen Bedauern seiner Frau, die beobachten musste, wie sich ihr junger Ehemann körperlich und geistig verhärtete. Während seiner Armeezeit traten seine Schattenseiten hervor, seine Ängste, seine Zweifel, die er verstehen und sich ihrer bedienen wollte.

Im Laufe der Monate und der ersten Jahre baute sich Craig ein Bollwerk aus Muskeln und Entschlossenheit auf, um sich von der Welt abzukapseln. Der Craig Frewin, der er bis zum Alter von zwanzig Jahren gewesen war, zog sich zurück, um sich in einem geheimen Garten zu verbergen, zu dem nur Patty den Schlüssel besaß.

Noch überraschender: Mit den Jahren entdeckte er, dass seine Frau der Schlüssel zu seinem Heiligtum, zu seiner sensiblen Persönlichkeit *war*. Sie wurde zum einzigen Menschen, der mit ihm zu reden, ihn zu berühren wusste. Es bedurfte nur eines schelmischen Augenzwinkerns, eines charmanten Lächelns, damit Craig seine wahre Natur wiederfand. Der Bunker öffnete sich, und der junge unbefangene Mann tauchte wieder auf.

Patty …

»… bewundert, und der Kampfsport reicht zurück bis in die griechische Antike! Und Sie, welchen praktizieren Sie?«

Frewin verdrängte seine Erinnerungen. Sein Gesicht hatte nichts verraten, nur seine Augen leuchteten intensiv.

»Boxen«, sagte er, nachdem er kräftig geschluckt hatte. »Ich boxe.«

Der Arzt hielt inne. Er fixierte einen dunklen Fleck unter einem Stück Klebeband.

»Ich glaube, ich habe da etwas. Dort … sieht aus wie Haare oder vielmehr Fell. Warten Sie …«

Mit seiner Pinzette konnte er das Gewirr von Fasern lösen und hielt es unter seine Lupe.

»Nein, eher ein Knoten von Fellhaaren, allerdings synthetische, da bin ich ganz sicher.«

Dank dieser Entdeckung fand Frewin wieder in die Gegenwart zurück.

»Welchen Ursprungs?«, fragte er.

Carrhus musterte ihn über sein breites Brillengestell hinweg.

»Keine Ahnung. Vielleicht mit dem Mikroskop ... Das sage ich Ihnen später.«

Sie mussten die Autopsie vornehmen und hatten nicht mehr viel Zeit. Frewin nickte zustimmend.

Carrhus legte sein kostbares Beweisstück in eine Metalldose und setzte seine Untersuchung der Umhüllung fort, ohne noch etwas zu finden. Zur großen Enttäuschung des Lieutenant.

»Das ist alles. Der Täter hat diesen armen Burschen verpackt, ohne ein Haar zu verlieren!«

»Unmöglich. Man kann sich nicht derart abplagen, ohne Spuren zu hinterlassen.«

»Sie haben es doch selbst gesehen, da ist nichts. Vielleicht hat der Kerl eine Glatze, oder er trug eine Kapuze, das ist alles, was ich sagen kann. Oder vielleicht hat er ganz einfach wahnsinniges Glück gehabt.«

Er legte seine Instrumente beiseite, um nach seinen Scheren zu greifen.

Stück für Stück gab das Klebeband nach.

Stück für Stück kam der Körper zum Vorschein.

Zunächst der Kopf. Feucht klebten die Haare an dem Band. Quer über Stirn und Wangen verliefen rote Streifen. Die Nase war geschwollen und platt gedrückt, sicher auch gebrochen durch diese außergewöhnliche Vermummung. Das waren die einzigen Falten. Der Tote war jung, kaum zwanzig Jahre alt.

Frewin fixierte die Augen.

Zwei stark hervortretende Kugeln.

Völlig schwarz.

Das Blut war hineingeströmt und hatte die Gefäße zum Platzen gebracht. Und zwar mit solcher Vehemenz, dass die

Sklera, die Lederhaut, sich verfärbt hatte und den Augen diese schaurige Wirkung verlieh. Frewin konnte nicht einmal die Iris erkennen. Das war kein Mensch mehr, der da in seiner undurchsichtigen Hülle ausgestreckt lag, sondern ein Monster. Mit finsterem Blick. Mit einem mit spitzen Nägeln verschlossenen Mund, aus dem zinnoberroter Geifer rann.

Carrhus rührte nicht an den Nägeln, die in die Lippen geschlagen waren. Vielmehr machte er sich zunächst daran, Hals und Schultern freizulegen.

Der Hals war violett. Eine breite, dunkle Furche zog sich über die Vorderseite.

»Ich glaube, hier haben wir die Todesursache gefunden. Strangulation durch … einen feinen, unregelmäßigen Gegenstand, zwei bis drei Zentimeter breit, je nach Stelle.«

»Kann eine Strangulation denn diese Auswirkungen auf die Augen haben?«

»O ja. Obwohl … sie sind wirklich außergewöhnlich schwarz. Vielleicht hat sich der Angreifer auf den Oberkörper gesetzt oder gehockt; der Druck auf den Brustkorb kann solche Schäden hervorrufen. Noch ist es schwer, daraus Schlüsse auf den Tathergang zu ziehen. Warten wir ab, was wir sonst noch finden.«

Frewin richtete sich auf und bemerkte, dass er immer noch sein Notizheft in Händen hielt. Er begann, die ersten Feststellungen niederzuschreiben.

Carrhus hatte den Toten inzwischen vollständig von seinen Bandagen befreit. Das Opfer trug eine kakifarbene Uniform, und der Arzt beugte sich hinab, um nach der Kette zu greifen, die es am Hals trug. Er zog die Plakette näher zu sich heran und las:

»›Gavin Tomers‹ und seine Registrierungsnummer. Damit müssten Sie etwas anfangen können, Lieutenant.«

Nachdem er zur Seite getreten war, damit Frewin die Informationen notieren konnte, nahm er den Toten weiter in Augenschein.

Sein rechter Arm lag bis zum Ellenbogen auf der Unterlage und wies dann im rechten Winkel zur Decke, so als wollte er auf etwas an dem stählernen Himmel deuten. Carrhus griff nach dem Handgelenk und prüfte den Widerstand.

»Die Leichenstarre scheint schon eingesetzt zu haben.«

»Überrascht Sie das?«

»Nach dem, was man mir erklärt hat, wurde der Mord vor weniger als drei Stunden begangen. Das ist zu wenig Zeit für eine so weit fortgeschrittene Starre des Arms. Die Leichenstarre setzt normalerweise im Nackenbereich ein und bewegt sich dann den Körper hinab – Arme, Hände, Rumpf, Unterleib und so weiter. Meines Wissens aber beginnt sie erst nach drei oder vier Stunden und ist nach acht bis zwölf Stunden abgeschlossen.«

»Und Sie wollten die Autopsie nicht durchführen! Für einen Nicht-Gerichtsmediziner sind Sie gut informiert, Hut ab!«

»Natürlich bin ich kein Gerichtsarzt, aber wie Sie wissen, werde ich häufig mit Toten konfrontiert. Wie auch immer, hier ist die Leichenstarre schon weit fortgeschritten, und das wundert mich … Es sei denn …«

Er legte die Hand auf das Kinn des Toten und tastete seine Wangen ab.

»Nein, stimmt schon … Es handelt sich tatsächlich um besagte Starre. Gut. Es gibt vielleicht eine andere Erklärung.«

»Ja?«

»Ich konnte bereits feststellen, dass Männer, deren Muskeln besonders angespannt waren, rascher in Todesstarre verfallen, wenn sie während eines Kraftaktes getötet wurden. Intensive Muskelarbeit scheint den Prozess zu beschleunigen.«

»Er konnte doch in besagtem Moment keinen Sport treiben, außer es kam zu einer anstrengenden körperlichen Auseinandersetzung, bevor er starb, und er hat sich heftig gewehrt und gekämpft.«

»Gewiss! Tut mir leid, aber das ist alles, was ich Ihnen vorerst sagen kann.«

»Interessant …«, murmelte Frewin nachdenklich.

Er dachte seit dem ersten Mord daran. Sie hatten es mit einem außergewöhnlich kräftigen Mörder zu tun. Er war in der Lage, eine Leiche anzuheben und, im Fall von Rosdale, an Fleischerhaken aufzuhängen, und einen um sein Leben kämpfenden Mann zu bändigen, wie im Fall von Tomers. Verfügte er, über reine Muskelkraft hinaus, auch über eine ausgeklügelte Technik? Musste man bei den Sonderkommandos suchen, deren Aufgabe es war, den Feind blitzartig zu neutralisieren?

»Ich öffne jetzt den Mund«, verkündete Carrhus.

Er ergriff die Lippen des Toten mit einer Pinzette und zog an einem der Nägel, der sich leicht aus der zarten Haut entfernen ließ. Beim Austreten der Eisenspitze blieb ein kleines weinrotes Rinnsal zurück, das über das Kinn lief. Auf diese Weise ging der Arzt mit allen Nägeln vor. Als der letzte entfernt war, blieben die Lippen durch das getrocknete Blut geschlossen. Die gesamte Umgebung der Mundhöhle war von feuchten Rissen übersät. Mit beiden Händen zog Carrhus die Lippen auseinander, die sich mit einem schmatzenden Geräusch öffneten.

Gleichzeitig drückte er die Kiefer auseinander, um die Knochenbögen zu lockern. Die Zunge kam zum Vorschein.

Das, was von ihr geblieben war.

»Mein Gott …«, murmelte der Arzt. »Sehen Sie sich das Innere dieses Mundes an.«

Der Gaumen war von vielen Wunden zerfurcht, das Zahnfleisch an mehreren Stellen zerfetzt. Das Innere der Wangen war perforiert und angeschwollen.

»Was hat man mit ihm angestellt?«, fragte Frewin besorgt. »Haben Sie so etwas schon mal gesehen?«

Carrhus antwortete mit einem Kopfschütteln. Er griff nach einer Taschenlampe, um in den Rachen zu leuchten. Überall hatte sich Blut angesammelt. Das Opfer hatte während seines Todeskampfes stark geblutet.

»Man könnte meinen, er hätte Nadeln und Rasierklingen geschluckt, nein, gekaut!«

»Können Sie dazu mehr in Erfahrung bringen?«

»Wenn ich seinen Magen untersuche, vielleicht«, erwiderte Carrhus und griff nach einem Skalpell.

Innerhalb von zwei Minuten hatte er die Militärkleidung aufgeschnitten und legte nach einer schnellen Untersuchung des Rumpfes die Spitze seines Instrumentes unter das Kinn des Toten.

»Kann's losgehen?«, fragte er.

Frewin begnügte sich damit, ihm fest in die Augen zu sehen, und der Arzt stieß sein Skalpell in das Fleisch, das er mit einer kräftigen Handbewegung teilte. Mit kleinen ruckartigen Schnitten führte er die Klinge bis zum Sternum, dann in Richtung Nabel, den er umging, um schließlich an der Grenze zum Schamhaar anzuhalten. Ein dünner purpurfarbener Strich erschien entlang dieser Todeslinie. Schonungslos durchtrennte Carrhus die Bauchdecke, die sich anfühlte wie Brotteig, zerbrechlich trotz ihrer Elastizität und weich unter den Fingern.

Der Torso war rot und fest, während das Abdomen nur ein Gewirr von Organen war, eines mit dem anderen verbunden.

Indem er auf dunkle Flecken auf Höhe des Brustkorbs deutete, erklärte der Arzt:

»Interne Ekchymose, also innerer Bluterguss. Das bestätigt

unsere Vermutung, dass erheblicher Druck auf die Brust ausgeübt wurde. Es würde mich nicht wundern, wenn sich der Angreifer auf ihn gesetzt hätte.«

Frewin hatte schon der einen oder anderen Autopsie beigewohnt, hatte Leichen gesehen, schreckliche Kriegsverletzungen und Verstümmelungen, und doch fühlte er sich unwohl und musste ständig auf diese hochgestreckte Hand starren, die der Arzt noch nicht versucht hatte hinunterzudrücken. Gavin Tomers schien noch zu leben.

Als wollte er seine Gedanken bestätigen, bemerkte Carrhus:

»Er ist noch warm, Lieutenant! Ich danke Ihnen für dieses unvergessliche Erlebnis, das Sie mir auf meine alten Tage bieten.«

Er machte sich daran, die Muskeln einen nach dem anderen durchzuschneiden, um sie zu untersuchen, und klappte sie dann zur Seite, um Zugang zu den inneren Schichten zu haben. Mit einer Säge durchtrennte er eine nach der anderen die Rippen und ließ sich dabei reichlich Zeit. Er sezierte das Zwerchfell und hob das Sternum mit den Rippen ab, das er auf einem Nebentisch deponierte.

Carrhus legte seinen Mittelfinger unter das Kinn von Gavin Tomers und hob es an, um den Kopf nach hinten zu neigen. Der Zugang zum Rachen war geöffnet. Das Skalpell bohrte sich in das Fleisch des Toten und durchtrennte den Boden der Mundhöhle. Wenige Sekunden später zog Carrhus an einem Muskelstrang und legte die verstümmelte Zunge frei.

»Das ist leichter so für die Untersuchung«, murmelte er.

Er hielt das Organ in seinem rötlichen Handschuh.

In diesem Augenblick zog sich die Kehle ein wenig zusammen und fing an, sich ganz von selbst zu bewegen wie beim Schlucken.

Dann nahmen die Bewegungen deutlich sichtbar zu.

10

Craig Frewin erstarrte.

»Was ist los?«

Der Arzt schüttelte den Kopf und trat einen Schritt zurück, ohne dabei den unheimlichen Muskelstrang, an dem die verstümmelte Zunge hing, loszulassen. *Etwas* rührte sich. Im Inneren kroch etwas. Wie gelähmt starrte Carrhus auf die Bewegung unter den Muskeln.

Dann tauchte der blinde Passagier in der Öffnung der Speiseröhre neben der roten Zunge auf.

Eine gebogene Schere, ein flacher Körper, feine und bewegliche Laufbeine, ein langer, nach oben gebogener Schwanz, der spitze Stachel drohend aufgerichtet.

Ein hellbrauner Skorpion.

Carrhus ließ alles, war er in Händen hielt, fallen und machte einen Satz zurück. Der Skorpion krabbelte in den Brustkorb und schlängelte sich zwischen den Organen hindurch, bis er verschwunden war.

»Heilige Muttergottes!«, rief der Arzt aus. »Haben Sie das gesehen? Haben Sie gesehen, was da drin ist?«

Frewin nickte. Nach dem ersten Schock beruhigte sich sein Herzschlag wieder, und er versuchte, logisch zu denken.

»Dieser Skorpion hat wohl die Mundhöhle von Gavin Tomers so zugerichtet?«

Der Arzt rang, noch immer starr vor Schreck, nach Luft. »Ich glaube ...«, stieß er hervor. »Ich glaube, das kann man sagen. Dieses verfluchte Viech hat mir vielleicht einen Schreck eingejagt!«

Er atmete tief durch, um sich wieder zu beruhigen, und trat schließlich erneut an den Operationstisch. Frewin beobachtete ihn.

»Die Lippen zugenagelt … Das Gemetzel im Inneren … Die Schwellungen, da, wo er zugestochen hat. Ja, der Skorpion war in dem verschlossenen Mund eingesperrt und hat bei dem Versuch herauszukommen, alles verwüstet. Bis er schließlich den einzigen Ausweg gefunden hat: die Speiseröhre.«

»Bedeutet all das Blut unter der Zunge, dass Tomers noch gelebt hat?«, erkundigte sich Frewin.

Carrhus schloss kurz die Augen und betrachtete dann das entstellte Gesicht des jungen Soldaten.

»Ich fürchte, ja.«

Frewin ballte die Hände zu Fäusten und öffnete sie schnell wieder. Ein Reflex, wenn er nachdachte, wenn ihm eine Idee kam. Der Mörder hatte die Taschenlampe umgebastelt, um seine Opfer zu überrumpeln und ihnen nicht gegenübertreten zu müssen. Die Hypothese einer direkten Konfrontation war nicht logisch. Die frühe Leichenstarre war in diesem Fall auf eine große körperliche Anstrengung zurückzuführen, als Gavin Tomers – durch das Klebeband gefesselt – gespürt hatte, wie der Skorpion in seinem Mund wütete. In dieser Situation wäre jeder wahnsinnig geworden. Eine gute Weile hatte Tomers versucht, sich aus seiner Zwangsjacke zu befreien, und hatte dabei seine Muskeln mit aller Macht angespannt. Bis der Tod eintrat. Es hatte keine direkte Auseinandersetzung gegeben, der Angreifer hatte sie bewusst vermieden.

»Wir müssen dieses … dieses grässliche Ding wiederfinden«, sagte der Arzt und griff nach einem Eimer, den er vor seine Füße stellte. »Wenn Sie die lange Zange hinter sich nehmen würden, um dieses Stück vom Darm beiseitezuziehen …«

Frewin versuchte, an nichts zu denken, und tat, worum der Arzt ihn bat. Nicht nachdenken. Nur handeln. Ohne Gefühle. Sich auf die Gesten konzentrieren, nicht auf ihre Bedeutung.

Die Backen der Zange legten sich um das rosafarbene Stück Darm. Ein kleines schmatzendes Geräusch, so als würde man mit der Zunge schnalzen. Der Skorpion war darunter verborgen, und seine Scheren bohrten sich in das Organ, um sich einen Weg zu bahnen.

Erst beim dritten Versuch gelang es Carrhus, den Schwanz mit seiner Pinzette zu fassen zu bekommen. Er zog das Spinnentier in die Luft und betrachtete es aufmerksam. Der sechs Zentimeter lange Skorpion wand sich, um dem Griff zu entkommen. Schließlich ließ ihn der Arzt in den Eimer fallen.

Carrhus hob den Blick zu Frewin und musterte ihn durch seine dicken Brillengläser.

»Jetzt, da wir uns dieses Problems entledigt haben, werde ich versuchen, für Sie zu rekonstruieren, was sich wirklich vor drei Stunden in der Messe abgespielt hat.«

Er betrachtete den aufgeklappten Körper.

»Ich habe schon eine Vorstellung, aber das wird Ihnen gar nicht gefallen, Lieutenant.«

Kevin Matters wiegte sich in seiner Hängematte, aus der ein Bein heraushing. Während er auf eine Idee wartete, klopfte er mit dem Stift auf sein Notizbuch. Frewin hatte ihn beauftragt, Erkundigungen über Quentin Trenton einzuholen, und es war ihm gelungen, bis auf die Kommandobrücke vorzudringen und kurz mit dem Kommandanten zu sprechen, ehe ihn ein Offizier in ein drei Stockwerke tiefer gelegenes Büro geführt hatte. Dort hatte er Trentons Zugführer befragen können, der den Verdächtigen gut kannte. Er hatte ein nicht eben vorteilhaftes Bild von ihm entworfen, und Matters hatte die Aussage vollständig aufgenommen.

Dann war er in seine Kammer zurückgekehrt, um auf seinen Vorgesetzten zu warten. Die Zeit verging. Die Aufregung und das leichte Schwanken des Schiffs hinderten ihn am

Schlafen. Wahrscheinlich war die See etwas rauer geworden.

Frewin war noch immer nicht zurück. Die Autopsie zog sich hin.

Matters hatte die Sache von allen Seiten betrachtet, alle Elemente analysiert, über die sie verfügten, um den Zusammenhang herauszufinden, doch er kam zu keinem Ergebnis. Nur die Initialen. Q T und nicht O T. Das war schon ein Pluspunkt. Was sonst noch?

Matters drehte den Kopf zur Seite. Seine Augen brannten vor Müdigkeit. Er sah seinen Seesack und seine Metallkiste mit ihrem wertvollen Inhalt. Dann Frewins Gepäck. Seine Kiste.

Die Idee kam ihm in diesem Moment.

Einen flüchtigen Blick hineinwerfen. Nur um die Persönlichkeit des Lieutenant besser zu verstehen. Bloß ganz kurz. In all der Zeit, die sie zusammen verbracht hatten, hatte sich nie eine solche Gelegenheit ergeben.

Nein, natürlich nicht!

Dennoch richtete sich Matters auf, um den Verschluss zu betrachten. Kein Vorhängeschloss, nur der Griff.

Es würde nur einen kurzen Augenblick dauern.

Nein, unmöglich!

Matters' Augen wanderten von der geschlossenen Tür zurück zu der Metallkiste.

Nur um zu sehen … Eine kleine Sekunde, nichts durchwühlen, bloß hineinsehen und wieder zumachen.

Matters sprang aus seiner Hängematte und kniete sich vor den Koffer.

Er packte den Griff und öffnete ihn. Der Deckel hob sich. Eine dicke Decke, eine Feldflasche und einige Notrationen.

Matters runzelte die Stirn. Enttäuschend. Nichts anderes? Nichts Aufregendes?

Er sah kurz zur Tür und hob dann die Decke an.

Vor seinen Augen lagen mehrere Dutzend Umschläge. Alle verschlossen und an dieselbe Person adressiert. *Patty Frewin.* Kevin Matters erkannte die Handschrift des Lieutenants. Er schluckte. Warum all diese Briefe? Dabei war die Frau des Lieutenants …

Matters war versucht, einen zu öffnen.

Nein! Nicht das!

Frewin würde es bemerken, er war ein zu guter Beobachter. Was würde geschehen, wenn er erkennen würde, dass man sein Geheimnis aufgedeckt hatte? Die Gerüchte, die über ihn kursierten, waren beunruhigend. Matters fragte sich plötzlich, wie gewalttätig der Lieutenant werden konnte. Ein solcher Hüne, ein Muskelpaket. Er könnte ihm im Handumdrehen die Knochen brechen. Lieutenant Frewin beeindruckte sogar die Eliteeinheiten, und niemand wagte es, auch nur einen Ton zu sagen, wenn er einen Raum betrat, um für Ordnung zu sorgen. Matters hatte einmal, ein einziges Mal, erlebt, wie er einen sturzbetrunkenen Soldaten, der es am nötigen Respekt hatte fehlen lassen, am Kragen packte. Der Typ war innerhalb einer Sekunde hochgeschnellt, und noch ehe sich sein Gesicht vor dem von Frewin befand, stocknüchtern.

Einen Brief lesen. *Nur einen.* Matters war verwirrt von der heißen Woge, die seine Brust durchflutete. Er empfand mehr Lust als Neugier. Was schrieb der Lieutenant seiner Frau? Der Penis des jungen Sergeant begann leicht zu pochen.

Hinter ihm öffnete sich die Tür.

Matters ließ gleichzeitig die Decke zurück auf die Briefe und den Deckel fallen und richtete sich mit wild klopfendem Herzen auf, um sich dem Donnerwetter zu stellen.

Der Schreck machte einem Gefühl der Überraschung Platz: Nicht der Lieutenant war hereingekommen, sondern die Krankenschwester.

»Tut mir leid, dass ich nicht angeklopft habe, aber ich habe es schon an zwei Türen versucht und dabei die wenigen Männer geweckt, die schlafen konnten. Nicht einfach, Sie zu finden.«

Sie trug ihre makellose Schwesternuniform, das blonde Haar war im Nacken zu einem langen Zopf geflochten.

»Was … Wie kann ich Ihnen helfen?«, fragte Matters und entfernte sich von der Kiste.

»Ich wollte mit dem Lieutenant sprechen.«

»Er ist nicht da, soll ich ihm etwas ausrichten?«

Ann zögerte. Nervös strich sie ihren Rock glatt.

»Kommt er bald zurück?«

»Das kann ich Ihnen nicht sagen.«

Sie blickte ihn argwöhnisch an.

»Warum? Ist etwas passiert?«

»Das weiß ich nicht, Schwester. Soll ich ihm etwas ausrichten?«

»Ich wollte wissen …«, stammelte sie, »für welche Kompanie Sie eingeteilt sind. Ich kann meine auswählen, ich soll Ihnen doch helfen.«

Matters wusste nicht, was er antworten sollte. Dem Lieutenant schien daran gelegen, sie in die Ermittlungen einzubeziehen.

»Kompanie Raven«, antwortete er schließlich. »Wir haben einen Verdächtigen, Quentin Trenton.«

Schließlich mochte der Lieutenant sie, er teilte ihr seine Informationen mit, und Ann konnte ihnen vielleicht nützlich sein.

»Raven, Trenton … sehr gut. Ich kümmere mich sofort darum. Danke.« Sie verabschiedete sich und schloss eilig die Tür hinter sich, so als hätte er zu viel gesagt. Matters wurde bewusst, dass er sich in ihrer Anwesenheit unwohl fühlte. Er mochte die Art nicht, wie sie ihn ansah. Das verunsicherte ihn. Darum hatte er auch so schnell Trentons Namen preisgegeben. Von jetzt an würde er versuchen, sie zu meiden. Ja, kein unnötiges Zusammentreffen. Das wäre besser. Er mochte sie nicht. Ihren Blick, ihre Art. Diese Frau war ihm unangenehm.

Keine fünf Minuten später trat Frewin, wie gewöhnlich mit verschlossener Miene, ein. Matters griff sofort nach seinem Notizbuch.

»Nun, die Autopsie? Haben Sie etwas gefunden?« Frewin ging direkt auf seine Metallkiste zu, und Matters durchlief ein eisiger Schauer. Und wenn er merken würde, dass jemand darin gewühlt hatte? Der Lieutenant nahm eine Feldflasche heraus, goss sich etwas Wasser übers Gesicht und massierte seine Schläfen.

»Das Opfer heißt Gavin Tomers«, sagte er leise. »Ich habe es gerade überprüft, er gehört zur Kompanie Alto. In ihrer Nähe war ein Zug einer anderen Kompanie untergebracht, raten Sie mal, welcher?«

»Raven?«

»Ganz genau. Nur der 3. Zug, das schränkt unsere Ermittlungen ein. Einfach für den Mörder, sein Opfer in eine Falle zu locken, denn die Kompanie Alto und der 3. Zug von Raven haben ihre Kabinen im selben Teil des Schiffs. Er ist brutal von hinten gewürgt worden, sodass er benommen, aber nicht tot war. Als er außer Gefecht war, hat sein Angreifer ihn auf einen Tisch gelegt, um ihn ganz mit Klebeband einzuwickeln wie eine Mumie. Dann hat er sich auf ihn gesetzt und ihm einen lebendigen Skorpion in den Mund geschoben, den er anschließend mit Nägeln verschlossen hat. Tomers hat bis zu seinem Tod gekämpft, um sich von seinen Fesseln zu befreien, während die panische Kreatur in seinem Mund versucht hat, sich einen Weg aus ihrem Gefängnis zu bahnen, ehe sie ihn gestochen hat. Sein Zahnfleisch, die Innenseite der Wangen und der Gaumen weisen unzählige Wunden auf. Das ist die traurige Chronologie der Ereignisse, soweit man das durch die Untersuchung der Leiche feststellen kann.«

Matters, der schnell begriff, sagte:

»Ein lebendiger Skorpion? Dann musste … der Mörder nicht bis zum Ende dableiben, vielleicht ist er vor Eintritt des Todes gegangen.«

Frewin schüttelte den Kopf.

»Nein, ich denke, er ist geblieben. Der Arzt hat betont, dass Tomers äußerst gewalttätig behandelt worden ist, ohne dass man ihn umgebracht hätte. Weder das Würgen noch der Druck auf seinen Brustkorb waren tödlich. Man hat ihn auf verschiedene Art misshandelt, um ihn zu betäuben und die Inszenierung mit dem Skorpion vornehmen zu können.«

»*Die Inszenierung*?«

Frewin nickte.

»Genau das ist es. Selbst aus Rache tötet man nicht so. Das Vorgehen, um sein Ziel zu erreichen, ist kaltblütig kalkuliert: Der Skorpion im Mund als Todesinstrument. Wissen Sie noch, was ich Ihnen beigebracht habe: die Sprache des Blutes.«

Matters erinnerte sich sofort. Frewin war überzeugt davon, dass kriminelle Gewalttätigkeit die Ausdrucksform eines gestörten, gequälten oder falsch gepolten Geistes war. Die Gewalt war eine Sprache. Sie war mit blutigen Lettern am Tatort niedergeschrieben, mit Blutergüssen, zerbrochenen Gegenständen und manchmal gar mit Stilmitteln, wenn der Täter die Leiche oder die Gegenstände in eine besondere Position brachte. Jedes Verbrechen musste dechiffriert und analysiert werden, damit man in der Lage war zu begreifen, was der Täter hatte zum Ausdruck bringen wollen, und über diesen Weg die Spur zu ihm zurückverfolgen konnte, denn das Wesentliche dieser Handschrift war ihm nicht bewusst. Einen Verbrechensschauplatz zu entschlüsseln, hieß, den Schuldigen, der seine Handschrift unbewusst hinterließ, zu ergründen, seine Persönlichkeit zu erfassen.

Frewin führte alle Informationen, alles, was er gelesen hatte, zusammen, um es auszuwerten.

»Wenn ich diese Überlegung bis zum Ende fortsetze, könnte man sich vorstellen, dass der … *Mörder* ein Mensch ist, der nicht entwickelt ist wie Sie und ich, er ist in seinen Ausdrucksmöglichkeiten beschränkt. Außer, wenn er sich durch den Mord artikuliert. Dann fallen seine Grenzen, und er kann mit vollständiger und berauschender Freiheit alles sagen, was er will. Im Moment können wir zumindest feststellen, dass der Täter ein Psychopath ist. Er hat ein krankes Verhältnis zur Gewalt. Er geht gerne bis an die Grenze der Tötung, entfernt sich von ihr, um dann wieder zurückzukehren. Warum? Hier gibt es zwei Möglichkeiten: Erstens: reines Machtstreben. Er will sich beweisen, dass er töten oder am Leben lassen kann. Er versucht, sich selbst zu überzeugen. Es handelt sich um einen Menschen, dem es an jeglichem Selbstvertrauen mangelt und der jedes Mal herauszufinden versucht, wozu er fähig ist. Dem Opfer an sich kommt dabei keinerlei Bedeutung zu, es ist nur da, um seinem Trieb zu dienen, es ist entmenschlicht, und der Mörder richtet es so ein, dass die Beziehung auf das beschränkt bleibt, was er sucht: Selbstsicherheit gewinnen, die Bandbreite seiner Fähigkeiten betrachten. Zweitens: Er erlegt seinem Opfer Qualen auf, das ist die Rolle, die es zu spielen hat. Er will *ihm zeigen*, dass er mit ihm machen kann, was er will, dass er allmächtig ist. Dass er über Leben und Tod entscheiden kann. Das stimmt mit der ersten Hypothese überein: Er will sich die eigene Macht beweisen, doch in diesem Fall auf andere Art, nämlich durch den Blick des anderen. Er muss ihn terrorisieren, um sich selbst zufriedenzustellen. Die Beziehung zum Opfer ist anders, in diesem Fall ignoriert er es nicht, es dient ihm vielmehr als Spiegel. Selbst wenn es entmenschlicht ist, bleibt das Opfer ein wichtiges Werkzeug.«

Matters traute seinen Ohren nicht.

»Wie … Wie können Sie das, ausgehend von der Leiche, mit solcher Sicherheit behaupten?«

Frewin stemmte seine großen Hände in die Hüften.

»Nichts als logische Schlussfolgerungen, eine Weiterführung meiner Theorie von der Sprache des Blutes. Die Taten sind aussagekräftig, man muss sie nur zu deuten wissen. Dazu dienen die Bücher über Psychologie. Sie helfen, die menschliche Funktionsweise zu begreifen. Vermag man normabweichendes Verhalten und seine Konsequenzen zu erkennen, kann man derartige Profile erstellen. Hingegen frage ich mich, wie wir ihn einschätzen müssen: Ist er nur egozentrisch, oder haben das Opfer und sein Verhalten einen Einfluss auf das, was er sucht, und damit auf das, was er tut?«

»Welchen Unterschied macht das für uns?«

»Einen gewaltigen. In beiden Fällen handelt es sich nicht um denselben Typ. Wenn er nur um sich selbst kreist, jagen wir einen schüchternen, introvertierten Menschen, der wenig spricht und kaum gesellschaftliche Bindungen hat. Braucht er hingegen die Reaktion seines Opfers, quält und demütigt er es, um sein Verhalten abzuwarten, dann ist er extrovertiert, vielleicht sogar in übertriebenem Maße, ein Großmaul, eine Stimmungskanone, wie die Männer sagen.«

Frewin wischte sich mit einem Zipfel seines kakifarbenen T-Shirts das Gesicht ab.

»Was haben Sie über Quentin Trenton herausgefunden?«, fuhr er fort.

Matter schwenkte sein Notizbuch.

»Seinem Zugführer zufolge ist Trenton ein hartgesottener Bursche, ein Schlägertyp, sehr impulsiv. Bei einem Einsatz gibt er hingegen alles. Er hat sich als Soldat verpflichtet, um dem Gefängnis zu entgehen, nachdem er bei einem Streit drei Personen schwer verletzt hat.«

Frewin sah seinen Sergeant an.

»Ich muss mich entschuldigen«, unterbrach er ihn dann. »Ich dachte, dass es sich bei den Initialen am Tatort um eine makabere Signatur des Mörders handelt, ich glaube jetzt, Sie hatten recht: Rosdale selbst hatte Zeit, die Anfangsbuchstaben des Namens seines Angreifers zu schreiben. Trenton entspricht ganz dem Profil des Mannes, den wir suchen.«

»Und er ist ein Einzelgänger«, fuhr Matters fort. »Ein gewalttätiger Typ, der Einzige, dessen Initialen übereinstimmen, ein Rechtshänder, der am Vorabend des Verbrechens eine Ausgangsgenehmigung hatte. Er hätte sich also durchaus den Widderkopf und ... den Skorpion besorgen können. Er gehört zur Kompanie Raven, die auch in der Nacht des ersten Mordes an Bord der *Seagull* war. Und er ist im 3. Zug, der sich in der Nähe des Schauplatzes des zweiten Verbrechens befand. Alles passt bestens zusammen.«

»Welche Aufgabe hat er während des Angriffs?«

»Er ist beim zweiten Trupp, der an Land geht, wenn das Terrain bereits gesichert ist. Sein Zugführer will ihn lieber bei der Reinigung des Hinterlandes einsetzen, ich glaube, er will ihn im Auge behalten, was beim ersten Trupp schwierig wäre.«

»Sehr gut. Gehen Sie sofort nach oben, und kümmern Sie sich darum, dass wir auf dasselbe Landungsboot kommen wie er. Ich werde inzwischen unsere Aufzeichnungen ordnen.«

Matters trat instinktiv einen Schritt zurück.

»Wir? Im selben … Warum nehmen wir ihn nicht gleich fest?«

»Mit welchem Beweis? Glauben Sie, wenn wir seine Sachen durchsuchen, würden wir irgendein belastendes Element finden? Ich nicht. Er hat nur sein normales Soldatengepäck, er hat nichts dabei, was ihn verdächtig machen könnte, das Gegenteil würde mich wundern. Wir bleiben im Hintergrund und beobachten ihn. Früher oder später begeht er einen Fehler, dann sind wir da.«

Plötzlich begann das ganze Schiff zu beben, und ein Heulen jagte durch die Gänge.

Die *Seagull* hatte das Feuer eröffnet. Die ersten Kanonenschüsse hallten wider. Wortlos richtete Frewin seine funkelnden Augen auf seinen Assistenten. Sie verstanden sich.

Matters stürzte auf den Gang und weiter zur Treppe.

Der Angriff hatte begonnen.

11

An diesem Tag glich das Morgengrauen einem gewaltigen Leichentuch, das sich bis zum Horizont erstreckte. Die Küste war kaum wahrzunehmen, nur ein brauner Rand über der Gischt der Brandung. Fast eine Stunde lang war ununterbrochen Kanonendonner zu hören gewesen. Der ganze Schiffsrumpf hatte im dröhnenden Rhythmus der Artillerie gebebt. Als die Soldaten den Befehl bekamen, sich auf dem Hauptdeck zu versammeln, um in die Landungsboote zu steigen, wussten sie nicht, ob sie vor Angst oder wegen der Vibrationen des Bodens weiche Knie hatten.

Die frische Luft belebte die Wartenden auf dem Vorderdeck. Im leichten Nieselregen wirkten ihre verschlossenen Gesichter ein wenig weicher. Das Kriegsschiff war jetzt fast zum Stillstand gekommen. Der Wind zerrte an den Uniformen, es herrschte ein angespanntes Schweigen. Nur ein paar Verwegene schienen begeistert bei der Vorstellung, in den Kampf zu ziehen.

Die *Seagull* hatte so viele Granaten abgefeuert, dass der Deckboden warm und die Kanonen der Geschütztürme glühend heiß geworden waren. Und selbst dem Wind gelang es nicht, die Pulverreste wegzublasen, die die Nasen reizten und die Augen tränen ließen.

Lieutenant Craig Frewin und Sergeant Kevin Matters standen hinten bei den Soldaten. Nach langem Insistieren hatte Matters die Genehmigung erhalten, an Bord desselben Landungsboots zu gehen wie Quentin Trenton. Sie waren mit ihrem gesamten Kampfgepäck beladen: Helme, Umhängetaschen für die Ersatzmunition sowie die gängige Ausrüstung – Handgranaten, Klappschaufeln, Notrationen …

Trenton stand fünf Meter von ihnen entfernt. Er war dunkelhaarig, mittelgroß und breitschultrig. Seine Haut war gebräunt, die Oberlippe voll, die Stirn unter seinem Helm auffallend hoch, und die Augenbrauen waren buschig. Von dem Grübchen ausgehend, zog sich eine feine Narbe über das Kinn.

Ein Durchschnittsgesicht ohne besondere Arroganz oder offenkundige Hässlichkeit. Die Uniformjacke halb aufgeknöpft, die Augen ins Leere gerichtet, hielt er sein Gewehr umklammert.

Alles passt, sagte sich Frewin immer wieder. Das Profil des Mannes, sein kämpferisches Aussehen, die nachlässige Art, seine Uniform zu tragen, die Haltung. Trenton war nicht gerade ein Muster an Umgänglichkeit – auch wenn das noch keinen Mörder ausmachte.

Neben dem Heulen des Windes hörte man den Kanonendonner auf den Begleitschiffen der *Seagull*. Hunderte von strahlengekrönten Lichtkugeln schossen, kaum dass der Seewind den weißen Rauch vertrieben hatte, erneut aus den Kanonenmündungen hervor. Dann ein Schwanken, das Schiff stand jetzt still, die Geschütze schwiegen. Die Offiziere musterten sich, die Soldaten hielten den Atem an.

Für einen kurzen Augenblick hatten sie den Eindruck, dies alles wäre nichts als ein ungeheurer Witz, und man würde sie gleich in ihre Quartiere zurückschicken.

Bis die beiden kurzen Pfeiftöne erklangen.

So schrill, dass sich der Herzschlag der Männer urplötzlich verdreifachte. Die Offiziere begannen zu schreien und ihre Züge einen nach dem anderen aufzurufen. Soldaten, die der Reling am nächsten waren, verschwanden im Nichts. Frewin, dicht gefolgt von Matters, ging mit kleinen Schritten voran. Helme tanzten in der Nähe der Reling, ehe sie abtauchten. Dann war die Reihe an ihnen.

Ihr Zug war aufgerufen worden.

Eine Gruppe von Soldaten – Trenton in der Mitte, Frewin und Matters am Ende – bewegte sich zur Reling. Der Lieutenant stand jetzt vor dem Offizier, der Befehle brüllte. Vor ihm führte eine am Rumpf befestigte Leiter in das auf den Wellen tanzende Landungsboot. Er schickte sich an, dem kakifarbenen Strom zu folgen, und zog im letzten Moment seinen Fuß zurück, um nicht in etwas zu treten, das wie Erbrochenes aussah. Je mehr er sich der Wasseroberfläche näherte, desto heftiger und gefährlicher schien das Schwanken des Boots. Es hob und senkte sich, und der Motor heulte entsprechend den Manövern des Steuermannes auf, der versuchte, es von der *Seagull* fernzuhalten. An der Außenwand befestigte Reifen dämpften den Aufprall. Der untere Teil der Leiter war flexibel und passte sich der Bootswand an. Die letzten Meter sprangen die meisten Männer einfach hinunter.

Frewin hielt sich am Geländer fest und stieß sich ab, um

mit einem Satz in den Armen der Soldaten zu landen, die ihn, wie auch die anderen, auffingen. Matters folgte ihm. Es gab keinen Helden mit anmutigen Bewegungen, nur schwer beladene Männer, die ungeschickt wankten.

Drei weitere Soldaten kamen an Bord, dann gab der zuständige Offizier das Zeichen zur Abfahrt. Die Motoren heulten auf, die Bugspitze des Landungsboots hob sich aus dem Wasser, als es Platz für ein anderes Boot machte.

Frewin überzeugte sich, dass Matters in der Nähe war, und suchte in der dichten Menge nach Trenton. Gut dreißig Soldaten, das Gewehr über der Schulter, versuchten sich Mut zu machen, indem sie sich gegenseitig wiederholten, dass sie in einem gesicherten Sektor landen würden, wo die schlimmsten Kampfhandlungen bereits vorbei wären. Doch allein bei der Vorstellung, an einem von Leichen und Minen übersäten Strand zu landen, verschlossen sich die Gesichter.

Einige der Soldaten musterten die beiden Männer, die statt schwerer Waffen nur eine Pistole und am Arm die MP-Binde trugen. Frewin hatte zunächst erwogen, sich ohne Erkennungsmerkmal unter die Gruppe zu mischen, um keinen Argwohn zu erregen, vor allem nicht bei Trenton, doch dann hatte er Abstand davon genommen. Sobald sie an Land wären, würde er seine Autorität einsetzen und sich über bestimmte Befehle hinwegsetzen müssen, wenn er Trenton überwachen wollte. Und Letzterer ahnte nicht, dass sie seinetwegen hier waren, denn die meisten Züge wurden von MP-Polizisten begleitet, um Desertierungsversuche zu verhindern und eventuelle Gefangene zu überwachen. Frewin war es lieber, erkennbar zu sein und Bewegungsfreiheit zu haben, als unerkannt und aktionsunfähig zu sein.

»Matters, Sie erinnern sich an das, was ich gesagt habe«, meinte Frewin. »Wir weichen Trenton nicht von der Seite. Ich will ihn im Auge behalten. Aber vor allem nicht eingreifen.

Noch nicht. Unter keinen Umständen, außer, er wird gefährlich. In diesem Fall gehen wir kein Risiko ein. Entweder können wir ihn bedrohen und er wirft seine Waffe weg, oder wir schießen. Er ist eine Bestie, ein Jäger, für den ich weder mein Leben noch das meiner Männer aufs Spiel setzen werde.«

Trenton stand an die Außenwand gelehnt da und schien konzentriert. Der Ermittler musterte ihn genau. Er war schlecht rasiert, die Hände waren von feinen weißen Narben überzogen, wiesen aber auch einige blutverkrustete Stellen auf. Die Folgen von militärischen Übungen oder von Verletzungen, die ihm seine Opfer beigebracht hatten?

Frewin beobachtete, dass Trenton die Lippen zusammenkniff und dass es ihm schwerfiel zu schlucken. Hatte er Angst? Vermutlich. Wie die meisten Männer hier, eine Handvoll Haudegen ausgenommen.

Frewin betrachtete die Soldaten, die um ihn herumstanden.

Ein sommersprossiger Rotschopf atmete langsam und tief durch den Mund, um zu versuchen, sich zu entspannen, ein anderer, gut dreißig Jahre alt, kaute hektisch einen Kaugummi. Frewin sah, wie er das zerknitterte Foto von zwei Kindern herauszog und küsste, als wäre es ein Talisman. Hinter ihm stand ein kleiner Mann mit rosigen Wangen und geschlossenen Augen, der zu schlafen schien.

Bei genauerem Hinsehen hatten viele die Augen geschlossen. Sie wussten, dass sie den Krieg *nur* sehen würden. Ihre Rolle war es, die Truppen, die den Strand erobert hatten, zu verstärken, die Gefangenen zu bewachen, den Strand zu räumen und für die Landung der schweren Geschütze vorzubereiten. Erst danach wären sie mit dem Krieg an sich konfrontiert, später, wenn sie weiter ins Land vordringen würden, wenn man neue Einheiten aussenden würde, um neue Positionen zu erobern. Aber wann? Heute Abend? Morgen?

In einer Woche? Wann würden ihnen die Kugeln um die Ohren pfeifen?

Frewin nahm ein beängstigendes Getöse wahr, das den Lärm der Motoren und der Wellen übertönte.

Dumpfe Detonationen in der Ferne. Hundertfaches Donnergrollen, das nicht aus den Kanonen ihrer eigenen Flotte kam. Dann das Krachen von Gewehrsalven.

Sie kamen näher.

Außer dem Steuermann und dem Offizier konnte keiner über die Außenwände des Landungsboots sehen. Wo befanden sie sich? Wie weit vom Strand entfernt?

Frewin drehte sich zu dem Steuermann und dem Offizier um. Ihr Blick war starr nach vorn gerichtet, auf der Suche nach irgendetwas. Sie unterhielten sich leise, schienen nervös.

Sie sind verunsichert. Sie haben Angst, begriff Frewin.

Die Explosionen kamen näher.

Die Soldaten sahen sich an, und je lauter das Getöse wurde, desto mehr fürchteten sie sich. Plötzlich ein Pfeifen, und ein Projektil streifte das Landungsboot, das zu vibrieren begann.

»Eine Granate!«, rief einer der Männer.

Frewin blickte hoch zu dem weißen Himmel. Wie in einem Gefängnishof waren sie in diesem großen Metallrechteck eingesperrt, umgeben von drei Meter hohem Blech.

Ein schwarzer Punkt erschien fünfzig Meter über ihnen am Himmel, augenblicklich gefolgt von einem dumpfen Knall. Die Artillerie.

Frewin spürte, wie sich seine Brust hob. Sein Herz schlug schneller. Da man nicht sehen konnte, was sich draußen abspielte, wurde die Stimmung immer bedrückter. Waren sie noch weit vom Strand entfernt? Gab es andere Schiffe um sie herum?

Warum hörten sie Kampflärm, wenn der Strand, an dem sie landen sollten, bereits gesichert war?

Matters brach das Schweigen:

»Ist das ... normal?«

Frewin sah ihn an. Matters war noch ein Kind. Alles an ihm verriet, dass er hier nichts zu suchen hatte. Er zitterte.

»Wohl eher nicht«, antwortete Frewin knapp und konzentrierte sich wieder auf den Steuermann.

»Ihre Schnürsenkel sind offen«, sagte Matters mit kläglicher Stimme.

Frewin fiel wieder ein, dass er in aller Eile in seine Schuhe geschlüpft war, als die Sirenen ihn nachts geweckt hatten. Es gelang ihm, sich hinzuhocken, um sie zu binden.

Plötzlich ein kräftiger Luftwirbel, ein kurzes und heftiges Aufheulen, als würde die Atmosphäre ringsumher zerreißen, und mit der Wucht einer Geschosssalve peitschte das Wasser an die linke Bootswand. Der Boden wurde den Männern unter den Füßen weggezogen, sie fielen übereinander, klammerten sich einer am anderen fest und versuchten, an der rechten Wand Halt zu finden. Eine Riesenwelle schwappte ins Innere und überspülte sie alle. Frewin, der mit seinem Schuhband beschäftigt war, wurde gegen die Seesäcke geschleudert. Er rappelte sich mühsam auf und nahm den Helm ab, unter den Wasser gedrungen war.

Dann war wieder das Brummen des Motors zu hören.

Ängstlich und schweigend blickten sich die Soldaten an.

Die Explosion war ganz in der Nähe losgegangen.

Die Zone, der sie sich näherten, war nicht von den Ihren gesichert.

Noch ehe sie etwas sagen konnten, deutete der Offizier nach Steuerbord, und der Steuermann riss das Ruder herum, sodass sie jetzt nicht mehr direkt auf die Küste zu, sondern parallel zu ihr fuhren.

Das Landungsboot gewann erneut an Fahrt, und der Wind pfiff um die Metallwände. Die Männer wurden im Rhythmus der Wellen durchgeschüttelt, über die das Boot hinwegschoss. Der gestiegene Adrenalinspiegel half zwar gegen Seekrankheit, nicht aber gegen die Angst, die ihnen den Magen zusammenschnürte.

In diesem Moment setzte ein ohrenbetäubender Lärm ein, Geschosssalven erschütterten das Boot, und über den Wänden stoben Funken auf.

Fünfzehn Löcher von der Größe eines Golfballs zogen sich über die Flanke. Schwere Artillerie hatte sie unter Beschuss genommen. Matters riss den Mund auf, als würde er ersticken. Die Wucht des Aufpralls war unbeschreiblich gewesen. Dabei hatten sie nichts kommen sehen, nichts tun können. Der Tod war urplötzlich und mit ungeheurer Brutalität wie aus dem Nichts aufgetaucht.

Ohne das Tempo zu verringern wechselten sie nach fünf Minuten erneut den Kurs. Frewin hatte einen guten Orientierungssinn, und so erriet er, auch wenn er außer dem Himmel nichts sehen konnte, dass sie jetzt wieder auf die Küste zufuhren. Bei diesem Tempo würden sie bald an Land sein.

Keine Schüsse, keine Explosionen mehr. Sie waren vom Krieg umzingelt, doch er hielt sich in der Ferne, *zur Rechten und zur Linken,* auf, vermutete Frewin. Für sie wäre es ein sicherer Durchbruch. Die starken Emotionen lagen jetzt hinter ihnen – zumindest für einige Stunden.

Trotz des Tosens von Wind und Meer war deutlich das durchdringende Knattern von Schüssen zu hören. Ganz in der Nähe.

Frewins Instinkt appellierte an sein auditives Gedächtnis.

Kugeln prallen an der Stahlwand ab! Achtern!

Er fuhr herum und entdeckte, dass der Offizier nicht mehr

da war und der Steuermann, die Uniformjacke blutbefleckt, weit hintenüber gesunken war.

Das hieß, das Ruder war unbesetzt. Frewin analysierte die Lage.

Sie rasten mit Volldampf auf die Küste zu. Ohne dass jemand das Boot lenkte.

In diesem Augenblick wurde der Bug von einer Maschinengewehrsalve getroffen. Mehrere Dutzend Einschläge gruben sich in die Panzerung der Landungsklappe.

Frewin klammerte sich an einer Strebe fest. Nichts verlief so wie geplant. Alles war gescheitert. Der Strand war nicht von ihren Truppen besetzt.

Sie jagten der Höhle des Löwen entgegen.

12

Das Meer explodierte dicht neben dem Landungsboot, das von dem aufspritzenden Wasser überspült wurde. Ein durch die Schockwelle getöteter Fisch wurde vor die Füße der Soldaten geschleudert.

Frewin klammerte sich an die Streben und zog sich hoch. Zu seiner Linken kletterten zwei Soldaten eine Leiter hinauf, um zu den Heckaufbauten zu gelangen. Mit zwei schnellen Sätzen schwang sich Frewin über das Geländer und eilte zum Ruder. Die Leiche des Steuermanns befand sich noch auf dem Sitz. Sein Blut hatte den Boden überzogen.

Nun konnte Frewin sehen, wo sie sich befanden.

Ein blaugraues Meer, das abrupt an einem Strand voller Sanddünen endete, der bis unter den Bug ihrer Barkasse reichte.

Zehn Meter vor ihnen die hellgelbe Wand. Und das Boot raste darauf zu.

Frewin begriff, dass ihm keine Zeit blieb, etwas zu unternehmen. Reflexartig stieß er die Leiche des Steuermanns beiseite, um seinen Platz einzunehmen. Mit aller Kraft hielt er sich am Ruder fest und zog den Kopf ein.

Das Boot schlug so unsanft auf, dass es vom Boden abhob und die Männer in die Höhe schleuderte. Kaum waren sie wieder am Boden, wurden sie erneut in die Höhe katapultiert und prallten diesmal gegen die Landungsluke. Gebrochene Gliedmaßen, geprellte Rippen, aufgeschürfte Gesichter …

In der Nähe von Frewin ging ein Soldat über Bord, ein anderer schlug sich beim Aufprall an der Kante des Bootes den Schädel ein.

Während es den Sand durchpflügte und dabei eine gewaltige Furche zurückließ, ächzte und knarrte das ganze Landungsboot, als würde es jede Sekunde auseinanderbrechen. Ein weißer Wirbelwind hüllte es ein, bis plötzlich ein »Tschechenigel«, eine Panzersperre, mit seinen Stahlträgern auftauchte. Der Bug des Boots glitt darauf zu, die Träger bohrten sich in die Landungsklappe, und das Metallkreuz der Panzersperre begann sich mit ohrenbetäubendem Quietschen und Knirschen zu drehen.

Dann kam alles zum Stillstand, nur der Sand wirbelte noch spiralförmig hoch und verbarg das Landungsboot, ehe er sich legte.

Für eine Weile herrschte Stille, dann wurden Stöhnen, gefolgt von Flüchen und Klagen laut.

Frewin lag über den Bordinstrumenten, die Hebel hatten sich in seine Magengrube gebohrt, doch er hatte durchgehalten. Er öffnete die Augen und richtete sich mit schmerzverzerrtem Gesicht auf. Das Schauspiel unten war ein Albtraum.

Die Soldaten waren übereinandergestürzt und durch den Aufprall ineinander verkeilt. Die Spitzen des Tschechenigels hatten sich durch die Seitenwände gebohrt. Ein Soldat war auf einer von ihnen aufgespießt und wehrte sich, ohne zu wissen gegen was. Eine kleine Gruppe unversehrter Männer versuchte, den Verletzten zu helfen.

Plötzlich erneut ohrenbetäubender Lärm. Das gestrandete Landungsboot wurde vom Kugelhagel eines schweren Maschinengewehrs getroffen.

Frewin ging hinter dem Steuerpult in Deckung und beobachtete vorsichtig, was unten geschah. Etwa jede zehnte Kugel durchschlug den Rumpf. Mit unmittelbaren Folgen. Ein Loch im Metall, dann ein Einschlag in ein Bein oder einen anderen Körperteil.

Frewin suchte seinen Assistenten unter den panischen Soldaten. Mit etwas Glück hätte sich der junge Sergeant am Boden oder hinter dem Gepäck versteckt. Er konnte ihn nirgendwo entdecken.

Nicht Matters. Nicht so.

In den Kugelhagel mischten sich jetzt noch Granaten. Der Lärm der Explosionen machte die Soldaten fast taub, und ständig ging Sand auf sie nieder.

Frewin war allein auf der Poop, der Deckskajüte, und hätte auf den Strand springen können, um sich vor den Geschossen zu schützen. Aber wie sollte er die Männer befreien? Der Tschechenigel blockierte die Landungsklappe.

Jetzt wirbelten weiße Federn durch die Luft, das Grauen nahm surrealistische Züge an. Mit der traumhaften Leichtigkeit einer fantastischen Inszenierung schwebten auch rot gefärbte Federn dazwischen. Frewin begriff, woher sie kamen. Die Blousons der Soldaten hatten ein Daunenfutter, und jede Kugel, die den Oberkörper eines Mannes traf, setzte weiße und rote Federn frei.

Bald wehten unzählige Federn im Wind.

Während er nach einer Lösung für den Rückzug suchte,

entdeckte er Matters zwischen zwei Verletzten. Offenbar war er verschont geblieben. Ihre Blicke trafen sich.

Zitternd in eine Ecke gekauert versuchte der Sergeant zu begreifen, was passiert war. Er hatte gesehen, wie Lieutenant Frewin das Ruder übernahm, während er selbst durch die Luft flog. Dann hatte er nur noch eine Reihe von Schlägen verspürt. Er war wiederholt in die Höhe geschleudert worden, bevor ein Soldat, viel schwerer als er selbst, auf ihn gefallen und ihn mit seinem Gewicht fast erdrückt hätte.

Alles um ihn herum war verschwommen gewesen, bis er schließlich inmitten der Schreie der Verletzten und der Kugeleinschläge wieder zu sich gekommen war. Er hatte größte Mühe gehabt zu atmen.

Der Lieutenant fixierte ihn von der Brücke aus. Er machte ihm Zeichen zu fliehen, über die Wand des tödlichen Käfigs hinwegzusteigen.

Der Sandsturm nahm nicht ab. In immer kürzeren Abständen schlugen die Granaten ein. Jeden Augenblick könnte eine von ihnen ins Schwarze treffen. Matters suchte nach einem Weg, dieser Hölle zu entkommen. Raus. Er musste hier raus.

Alle halfen einander, man verband offene Wunden, stoppte Blutungen und brachte die nur leicht Verletzten wieder auf die Beine. Der Arzt lief von einem zum anderen und gab seinen beiden völlig überforderten Helfern Anweisungen.

Plötzlich fiel etwas mitten zwischen die Männer, *eine Granate*, dachte Matters sofort. Er sah, wie ein kleiner Soldat mit rosigen Wangen sich darauf stürzte, um sie über Bord zu werfen.

Dann eine rote Wolke aus Fleisch- und Blutklumpen. Das, was einmal ein Mann gewesen war.

Matters glaubte zu ersticken.

Panik ergriff die Männer.

Alle hasteten zu den Außenwänden, um sich hochzuziehen und sich ins Freie zu retten. Man gab sich gegenseitig Kletterhilfe, allein war es nicht zu schaffen. Wem es gelang, auf den Strand zu springen, der rannte los und vergaß diejenigen, die ihm geholfen hatten, vergaß die Verletzten.

Als er den Blick von Quentin Trenton auf sich ruhen spürte, erwachte Matters aus seinem Schockzustand.

Trenton war mit blutigen Hautfetzen bedeckt. Sein Gesicht war ziegelrot, sodass er an einen Indianer erinnerte. Das Gewehr in der Hand, sah er sich um, ein beunruhigendes Glänzen in den Augen. Dann legte er die Waffe über die Schulter und packte einen Soldaten, der in einer Blutlache am Boden lag, um ihn zur Wand zu schleifen; er zerrte eine weitere Leiche auf die erste und benutzte diesen improvisierten Haufen als Stufe, um an der Wand hinaufzuklettern. Ein ekelhaftes Schmatzen war zu hören, als er auf die Toten stieg, um sich hinaufzuziehen.

Matters wurde übel.

Zwei Schüsse peitschten durch die Luft, Funken stoben. Ohne zu überlegen stürzte Matters los. Er musste sofort hier raus.

Er nahm gehörig Anlauf, doch er schaffte es nicht, den oberen Rand der Seitenwand zu erreichen. Atemlos vor Angst versuchte er es noch einmal – wieder ohne Erfolg. Er war in Panik geraten und konnte seine Bewegungen nicht mehr koordinieren. Seine Ausrüstung schien eine Tonne zu wiegen.

Plötzlich neigte sich Trentons grobschlächtiges Gesicht zu ihm hinab, seine Lippen entblößten eine Reihe gelber Zähne.

»Gib deine Pfote her«, schrie er und streckte ihm die Hand entgegen.

Matters sprang in die Höhe und ergriff die rettende Hand,

die ihm half, bis sie beide auf der anderen Seite in den Sand fielen. Sie hatten es geschafft.

Das ganze Landungsboot vibrierte, als mit ohrenbetäubendem Lärm eine Granate in die gegenüberliegende Flanke schlug.

Matters hatte nur noch einen Gedanken: Weg von dem verdammten Kahn. Der Schweiß rann ihm in die Augen, während er über den Strand lief, verfolgt von den Schreien des Grauens und der Todesqualen, die seine noch immer im Landungsboot gefangenen Kameraden ausstießen. Nach wenigen Sekunden drehte er sich zu Trenton um und blieb stehen.

»Danke ...«, flüsterte er. »Danke.«

Trenton musterte ihn und verzog beim Anblick dieser kindlichen Angst verächtlich das Gesicht. Dann rannte er zu einem Granatenloch und warf sich hinein, um vor den feindlichen Geschützen in Deckung zu gehen, deren Salven den Sand aufspritzen ließen. Rund hundert Gegner hielten strategisch wichtige Positionen an diesem Strand besetzt, der mit ebenso vielen Leichen in den groteskesten Verrenkungen übersät war.

In der Ferne legten Truppentransporter ab, die drei gestrandete, rauchende Wracks zurückließen.

Die Luft war schwer von Pulverdampf, sodass das Atmen mühsam war. Matter dachte, dass sie nicht am richtigen Strandabschnitt waren oder die gegnerische Verteidigung unterschätzt hatten. Und er dürfte gar nicht hier sein. Er hatte nichts verloren inmitten dieses Gemetzels, dafür war er nicht ausgebildet. Nein, dafür war er nicht ausgebildet ...

Über den ohrenbetäubenden Lärm hinweg meinte Matters, seinen Namen zu hören.

Eine weit entfernte Stimme. Er fuhr sich mit der Hand über das Gesicht, um den Schweiß abzuwischen. Nun fing er auch noch an zu fantasieren, das hatte gerade noch gefehlt. Doch sie wurde immer lauter.

Die Stimme von … von Lieutenant Frewin!

Matters blickte sich suchend um, bis er seinen Vorgesetzten auf dem Ruderstand des Landungsboots erblickte.

Frewin deutete auf Trenton in seinem Versteck und machte Matters ein Zeichen, er solle ihn festnehmen.

Matters zwang sich, ruhig durchzuatmen, und schüttelte den Kopf.

Dann sah er zu dem Granattrichter und bemerkte, dass Trenton sie beobachtet hatte. Der richtete sich auf, starrte erst Matters, dann Frewin zornig an, sprang aus der Mulde und rannte über den von Einschüssen verwüsteten Strand.

Frewin landete im Sand und rollte sich über den Boden, bis er mit dem Rücken an einem improvisierten Verteidigungswall lag, der aus dicken Baumstämmen mit einer Tellermine darauf bestand. Er war mehr als zehn Meter von seinem Sergeant entfernt.

Eine Explosion ließ das Meer aufspritzen und die Gischt auf die beiden Männer niederstürzen.

»Wir müssen …ig …wischen!«, hörte er den Lieutenant schreien.

»Was?«, brüllte er mit angstverzerrter Stimme.

»… ihn lebendig erwischen!«, wiederholte Frewin.

»Aber warum?«

Frewin verzog das Gesicht, frustriert, dass er sich nicht verständlich machen konnte. Er versuchte es ein letztes Mal, und Matters hörte klar und deutlich:

»… Trenton lebendig erwischen!« Der Lieutenant hatte seine Strategie geändert. Er verfügte über ein Element, das Matters unbekannt war. Es war also etwas in diesem Landungsboot geschehen, ehe er geflohen war.

Matters unterdrückte alle Überlegungen und konzentrierte

sich auf das, was er tun *musste*. Er stürzte nun ebenfalls los. Er musste Quentin Trenton fassen. Lebendig.

13

Die Kanonenschüsse durchzuckten die *Seagull* wie ein Stromschlag, von Wand zu Wand bis hinab in die tiefsten Tiefen. Ann Dawson spürte die Vibrationen im ganzen Körper. Seit Stunden bombardierten sie die Küste.

Der kleine Raum, in dem sich die Krankenstaion befand und wo sie mit ihren Kolleginnen und drei Ärzten geduldig wartete, diente als Lager für Verbandsmaterial, Medikamente und chirurgische Instrumente, die demnächst an Land gebracht werden würden. In den Betten lagen vier Soldaten, die unverwandt an die Decke starrten. Zwei hatten sich in der Nacht mit ihren Bajonetten selbst verstümmelt, der Dritte hatte einen katatonischen Anfall erlitten und der Letzte so viel Schuhcreme gegessen, dass er davon ernsthaft krank geworden war. Sie alle würden vor das Kriegsgericht kommen. Ihnen allen drohte die Todesstrafe. Doch an ihrem Gebaren erkannte Ann, dass sie in diesem Augenblick nicht an sich selbst, sondern an ihre Kameraden dachten. An deren Mut, ihren bedingungslosen Gehorsam, an den Irrsinn und die Unbedarftheit, die sie an diesen Strand verschlagen hatte, wo jetzt der Kugelhagel über Leben und Tod entscheiden würde.

Ann ließ das Taschentuch los, das sie geknetet hatte, um ihre Angst zu vergessen. Ob Lieutenant Frewin ihre Nachricht erhalten hatte? War er schon in einem Behelfslager untergebracht? War er dem feindlichen Beschuss entkommen? Zu ihnen waren keinerlei Informationen vorgedrungen, lediglich die Order zu warten, bis die Kompanien ihre Lager eingerichtet hatten. Das konnte mehrere Stunden dauern, schlimmer, sie könnten an Bord bleiben müssen, falls der Angriff fehlschlug. Dann lägen Tausende von Sterbenden im Sand und könnten nur auf die Hilfe einer Handvoll überlebender Ärzte zählen.

Ann hatte in der Nacht kein Auge zugemacht. Die Anspannung war zu groß, als dass sie hätte schlafen können. Am späten Nachmittag, kurz vor dem Aufbruch, hatte sie bei dem zuständigen Sanitätsoffizier alles darangesetzt, um auf die *Seagull* zu kommen. Zum Glück kannte sie ihn. Alles hatte geklappt. Sie *musste* in Lieutenant Frewins Nähe sein. Sie musste diese Gelegenheit nutzen.

Die Überfahrt selbst verlief ruhig, nur das gleichmäßige Stampfen der Schiffsmotoren war zu hören. Mitten in der Nacht gingen die Sirenen los, falscher Alarm. Erst am frühen Morgen fand sie die Kammer von Frewin und seinem Sergeant. Sie hatten einen Verdächtigen, Quentin Trenton, aus der Kompanie Raven, 3. Zug.

Noch vor dem Angriff hatte Ann von Gavin Tomers, Soldat der Kompanie Alto, erfahren. Die Nachricht verbreitete sich wie ein Lauffeuer: Er hatte sich nachts das Leben genommen. Ann erinnerte sich an den Alarm. Daran, dass Frewin nicht in seiner Kabine gewesen war, an Kevin Matters' Aufregung. *Er* hatte wieder zugeschlagen. Gavin Tomers hatte sich nicht umgebracht. Er war ermordet worden.

Eine Zeit lang dachte sie darüber nach. Dann schnappte sie sich Verbandsmaterial und ein paar Ampullen Morphin und erklärte ihrem Vorgesetzten:

»Ich mache einen letzten Kontrollgang bei den Sanitätern, die mit den Truppen an Land gehen, um sicherzustellen, dass sie genügend Material haben.«

Ohne irgendwelche Einwände abzuwarten, schlug sie die Tür hinter sich zu und machte sich auf den Weg zu den großen Mannschaftsquartieren, in denen der 3. Zug der Kompanie Raven untergebracht worden war. Sie atmete tief durch, um sich Mut zu machen …

… Hunderte Männer schaukelten in ihren Hängematten oder unterhielten sich leise in ihren Stockbetten. Die Anwesenheit einer Frau blieb nicht lange unbemerkt. Ann zog alle Blicke auf sich. Man pfiff ihr nach, was zwei Offiziere sogleich unterbanden, indem sie die Namen der Schuldigen brüllten und diese zur Räson riefen. Allmählich legte sich der Aufruhr. Ann suchte in der Menge nach Männern, die ein Kreuz als Abzeichen auf ihrem Arm oder ihrem Helm trugen. In einer Ecke erspähte Ann zwei weißrote Armbinden. Mit einem Gruß ging sie auf die beiden Männer zu.

»Ich wollte mich nur vergewissern, ob ihr auch ausreichend versorgt seid mit Kompressen, Morphium, Verbandsmaterial?«

Die zwei Sanitäter nickten.

»Wir haben alles, nur ein Glückskuss fehlt uns noch«, wagte sich der Größere vor.

»Dein Kamerad kann bestimmt aushelfen, da bin ich mir sicher«, entgegnete Ann ungerührt. »Zu welchem Zug gehört ihr?«

»Willst du ein Rendezvous?«

»Wenn du so weitermachst, kommst du noch zum Rapport«, erwiderte sie mit einem charmanten Lächeln.

»2. und 3. Zug, Kompanie Alto.«

»Danke, ich wünsch euch viel Glück, Jungs.«

Die Angebote des Sanitäters ignorierend, ging sie davon und entdeckte einen anderen Mann mit einer Rotkreuzarmbinde. Auf seinen Rucksack deutend, fragte sie, ob er noch Nachschub brauche.

»Mein Gepäck ist randvoll, danke.«

»In Ordnung. Welcher Zug?«

»Dritter.«

»Kompanie Raven?«

Der Sanitäter nickte. Mit seinen grünen, durchdringenden Augen wirkte er eher anziehend auf sie.

Nachdem sie sich vergewissert hatte, dass niemand in ihrer unmittelbaren Nähe war, beugte sich Ann zu ihm hinüber:

»Der gesamte medizinische Stab fragt sich, ob und wie sehr Gavin Tomers' Selbstmord sich auf die Moral der Truppe ausgewirkt hat.«

Der Sanitäter verzog das Gesicht.

»Man kann nicht sagen, dass es die Kameraden aufgeheitert hätte. Die Sache hat uns einen ganz schönen Dämpfer versetzt. Aber die Frage sollten Sie lieber den Jungs von der Kompanie Alto stellen.«

»Eine meiner Kolleginnen wird sich darum kümmern«, log sie.

»Wissen Sie, woran er gestorben ist?«

»Nein. Er … Kannten Sie ihn?«

»Ein wenig.«

»War das Ihrer Ansicht nach zu ahnen?«

»Solche Dinge kann man nie vorhersehen, und noch weniger in unserer derzeitigen Situation. Allen geht es schlecht, so ist es nun mal.«

Ann spürte, dass ihm ihre Fragerei bald auf die Nerven gehen würde. Sie kam auf etwas anderes zu sprechen:

»Kennen Sie einen gewissen Quentin Trenton?«

»Trenton? Ja, er ist dahin…«

Sie ergriff seinen Arm, damit er nicht auf den Mann zeigte.

»Schon in Ordnung, ich … Wir wollen uns nur vergewissern, dass es ihm gut geht. Uns wurde berichtet, dass er in den letzten Tagen durch sein eigenartiges Verhalten aufgefallen ist.«

»Sie meinen wohl in den letzten Minuten!«

Verblüfft neigte Ann den Kopf.

»Wie meinen Sie das?«

»Dieser Trenton tötet einem wirklich den letzten Nerv! Seit einer Stunde ist er übernervös, spricht mit keinem mehr und hat sich in seine Ecke verkrochen. Nicht dass er vorher umgänglich gewesen wäre, aber jetzt scheint er durchzudrehen!«

»Ganz plötzlich?«

»Vor einer Stunde, als er mit einigen Kameraden Karten spielte, hat ihm irgendjemand einen Zettel zugesteckt, und dann ist er ohne Erklärung abgehauen.«

»Wissen Sie, wer ihm die Nachricht gegeben hat?«

»Ich habe ihnen beim Spielen zugesehen, also, ja, ich habe den Typen gesehen, er ist aus einer anderen Kompanie, er hatte den Zettel auf Trentons Bett gefunden.«

»Spielte Trenton schon lange Karten?«

Den Sanitäter schien die Frage zu belustigen. Er grinste:

»Die ganze Nacht. Das ist zwar nicht erlaubt, wir hatten Order, uns schlafen zu legen, aber niemand konnte ein Auge zumachen, also haben sich kleine Gruppen gebildet. Und Trenton hat die ganze Nacht gespielt.«

»Sind Sie sicher? Ist er nicht einmal weg gewesen?«

Der Mann dachte angestrengt nach, bevor er bekräftigte:

»Nein, er war ununterbrochen da, bis er die Nachricht las.«

Quentin Trenton konnte also nicht Gavin Tomers' Mörder sein. Ann kamen Zweifel. Und wenn sie sich täuschte? Wenn Gavin Tomers doch Selbstmord begangen hatte?

»Kennen Sie ihn gut? Immerhin leben Sie schon seit ein paar Tagen Seite an Seite, oder?«

»So ist es.«

»Wie ist dieser Trenton? Neigt er zu Gewalttätigkeit?«

»Also, man kann wirklich nicht sagen, dass er zart besaitet wäre! Er ist jähzornig, aggressiv, paranoid, eine Kampfmaschine, wenn es sein muss! Im Lager ist Trenton schwer bei der Stange zu halten, aber auf dem Schlachtfeld kämpft er wie zehn Mann!«

Ein Persönlichkeitsprofil, das auf den Täter passen würde. *Ein gewalttätiger Mann, der seine Emotionen schlecht unter Kontrolle hat, dessen Kommunikationsunfähigkeit in Brutalität umschlägt.*

»Waren Sie in der Nacht, bevor wir aufgebrochen sind, zusammen? Haben Sie ihn gesehen?«

Das Gesicht des Sanitäters verschloss sich.

»Warum stellen Sie mir all diese Fragen?«

»Die Ärzte sind wegen Trenton besorgt, sie wollen nicht, dass er während des Angriffs die Nerven verliert. Sie verstehen, worauf ich hinauswill?«

Der Sanitäter runzelte die Augenbrauen und biss sich in die Lippe.

»Steht es so schlimm?«

»Reine Vorsichtsmaßnahme. Nun? Wissen Sie, was er in der vorangegangenen Nacht getan hat? Hatte er Ausgang? Wollte er allein bleiben? Gibt es etwas, das uns beunruhigen könnte?«

Der Sanitäter seufzte sichtlich verlegen.

»Nein, im Gegenteil. Es ist … etwas heikel. Sie müssen mir versprechen, dass das unter uns bleibt.«

Sie nickte, und er beugte sich zu ihr und flüsterte:

»Unser Wachoffizier deckt uns, wenn wir Ausgang haben, sodass wir länger wegbleiben können. Wir … wussten ja, dass wir in den Krieg ziehen. Da kann man etwas Gesellschaft gebrauchen …«

»Wollen Sie mir gerade sagen, dass Trenton gestern nicht auf dem Stützpunkt war?«

»Er ist im Morgengrauen mit drei Kameraden aus einem

anderen Zug zurückgekehrt, der Offizier hat sie in der Stadt abgeholt. Verstehen Sie das nicht falsch, das ist nicht weiter schlimm, hier geht es nicht um Desertion, es ist eben nur so, dass dieser Offizier, wenn er für den Landgang verantwortlich ist, schon mal ein Auge zudrückt, damit wir nicht schon nachmittags, sondern erst später in der Nacht aufs Schiff zurückmüssen. Um den Druck abzubauen … Er weiß, wie wichtig das bei einer bevorstehenden Schlacht ist.«

Quentin Trenton konnte Rosdale also auch nicht getötet haben. Sie verdächtigten den Falschen. Trenton war unschuldig. Doch ein Unschuldiger, der aggressiv und gewalttätig war – und unberechenbar, wenn er sich verfolgt fühlte. Sie musste Frewin warnen.

»Und …«

Ann kam nicht dazu, ihren Satz zu beenden, die ersten Kanonenschüsse klangen wie das Signal, das sie alle fürchteten. Auf der Stelle verstummte das allgemeine Stimmengewirr. Der Kriegsdonner war zu hören. Dieses Mal gab es nicht den geringsten Zweifel.

Dann ertönten die Pfeifen der Offiziere zum Appell, und die Männer stürzten sich auf ihre Uniformen und ihr Marschgepäck.

Über sein Lager gebeugt packte der Sanitäter eilig seine Sachen zusammen. Ann fragte:

»Darf ich Sie um einen Gefallen bitten? Wenn Sie einem Lieutenant der MP begegnen, könnten Sie ihm das Gleiche wie mir erzählen? Sagen Sie ihm, dass Ann Dawson Sie schickt. Ich verspreche Ihnen, Sie werden deshalb keinen Ärger bekommen, im Gegenteil, Sie können damit Leben retten. Ich weiß, es hört sich seltsam an, aber tun Sie es.«

Ohne sie eines Blickes zu würdigen, erwiderte er:

»In Ordnung, aber Sie müssen jetzt von hier verschwinden.«

Ann konnte in dem darauf folgenden Tumult Frewin nirgends finden. Innerhalb von zehn Minuten formierten sich sechshundert Mann an Deck und in den Gängen, bereit, mit den Landungsbooten an den Strand überzusetzen. Sie gelangte zurück in ihr Quartier und wurde von Stabsarzt Callon empfangen, der die mobile Krankenstation befehligte und sie sogleich zurechtwies. Wortlos deponierte Ann ihre Sachen in der Ecke.

»Die Erste-Hilfe-Koffer sind alle gut bestückt, wir haben nicht auf Sie gewartet!«, wetterte der Stabsarzt. »So ein Verhalten dulde ich nicht! Schon gar nicht, wenn die Truppen von Bord gehen! Wenn so etwas noch mal passiert, lasse ich Sie zu einem Strafbataillon versetzen!«

Ann senkte den Kopf und setzte sich zu den anderen Krankenschwestern. Der Stabsarzt redete sich in Rage und wurde fast ausfallend. Er war ein aufbrausender Mann und Ordnungsfanatiker, der fuchsteufelswild wurde, wenn man aus der Reihe tanzte. Ann war daran gewöhnt. Ihr Vater war genauso gewesen. Unerwartete Zornesausbrüche, Ohrfeigen aus heiterem Himmel, das kannte sie. Sie hatte gelernt, nicht mit der Wimper zu zucken, wenn man sie anschrie. Achtzehnjährige Übung. Achtzehn Jahre Tobsuchtsanfälle und Schläge. Doch eines schönen Tages hatte sie ihren Vater zum Schweigen gebracht. Bei dem Stabsarzt war das schwieriger. Sie beschloss, sich so zu verhalten wie das kleine sommersprossige Mädchen, das sie gewesen war: Sie würde warten, bis das Gewitter vorüber war. Unwillkürlich griff sie nach ihrem langen, maisgelben Zopf und spielte nervös damit herum. Der Stabsarzt würde sich schon wieder beruhigen. Er war erschöpft und angespannt wie alle.

Doch er hörte nicht auf. Sein Gebrüll und seine Wut wurden immer schlimmer.

Eine Weile beachtete Ann ihn nicht. Dann beging sie den

Fehler, nach oben zu blicken, und sah ihn auf sich zustürmen. Ann glaubte, er wolle die Hand gegen sie erheben. Ein Reflex aus Kindertagen ließ sie zurückweichen und den Kopf einziehen, um sich zu schützen. Ihre Reaktion führte dazu, dass der Stabsarzt sogleich innehielt. Ihm wurde bewusst, was da geschehen war. Ein kurzes Zögern. Unbehagen. Betreten starrten alle auf ihre Schuhspitzen. Um sein Gesicht zu wahren, ging der Stabsarzt ohne eine Entschuldigung davon.

Ann zog ein Taschentuch hervor und wischte sich eine Träne weg. Eine, die in ihr die früheren Tränen und die unauslöschlichen Erinnerungen wachrief. Ann weinte lautlos. Ohne einen verbitterten Gedanken an ihren Vater, voller Verachtung für sich selbst, wegen dieser Schwäche, dass sie nach all diesen Jahren noch immer nicht abgehärtet war. Sie griff nach dem zerknitterten Zettel, der sie auf dieser Reise begleitete. Sie brauchte ihn nicht zu lesen, jeder Buchstabe war ihr ins Gedächtnis gebrannt, die Worte wie Leuchtfeuer in ihrem Leben, wenn die Nacht zu dunkel war.

Nichts ist starr. Das Individuum ist zumindest Herr über sich selbst.

Zwei Stunden waren vergangen. Noch immer saß Ann auf dem Bett, das von den Explosionen der Kanonen erschüttert wurde. Sie hatte die Arme um die hochgezogenen Knie geschlungen. Wo steckte Lieutenant Frewin? Hatte er inzwischen erfahren, dass er den falschen Verdächtigen jagte? Wenn Trenton sich in die Enge gedrängt fühlte, war er bestimmt genauso gefährlich wie der Mörder selbst. Der Krieg hatte ihn, wenn auch nur für eine gewisse Zeit, vor dem Gefängnis bewahrt. Wie würde er erst reagieren, wenn er sich während der Schlacht von zwei Seiten bedroht fühlte? Wie ein in die Enge getriebenes wildes Tier? Trenton war einer von dieser Sorte.

Und unterdessen, dachte Ann, befand sich der wahre Mörder in Freiheit. Irgendwo an diesem Strand. Vielleicht beobachtete er belustigt das Geschehen. Wer weiß, ob ihn das nicht auf neue Ideen bringen würde. Die ideale Gelegenheit, diejenigen aus dem Weg zu räumen, die an der Aufklärung seiner Verbrechen arbeiteten ...

Ann knetete ihr Taschentuch, die Augen rot geweint.

14

Wie ein Geysir wurde der Sand mit lautem Getöse in die Luft geschleudert, während die Geschosse der Maschinengewehre den Strand durchpflügten und die Leichen zerfetzten.

Craig Frewin suchte hinter einem Mauervorsprung Schutz. Zuvor hatte er einem Toten die Maschinenpistole entrissen und seine Umhängetasche nach Reservemagazinen durchwühlt. Hinter der Mauer lag bereits zusammengekauert ein Soldat. Frewin erkannte ihn sofort wieder, er war mit ihnen auf dem Landungsboot gewesen. Klein, schmächtig, ein rundes Gesicht mit rosigen Wangen – durch sein jugendliches Alter erinnerte er an Matters.

Ganz in ihrer Nähe ging ein regelrechter Kugelhagel nieder.

»Alles in Ordnung, Soldat?«, erkundigte sich Frewin.

Durch die MP-Armbinde des Lieutenant verunsichert, nickte der Soldat ohne Überzeugung. Frewin wusste, dass die Militärpolizei den Männern Angst machte und während einer Schlacht fast so gefürchtet war wie der Feind, denn schließlich könnte er den Vorwurf erheben, der Soldat habe sich versteckt, statt zu kämpfen.

»Könnte besser sein«, antwortete der Soldat schließlich mit ängstlicher Stimme.

Große blaue Augen sahen unter dem Helm hervor, der schief auf seinem Kopf saß. Frewin wagte einen Blick über die kleine Mauer hinweg, hinter der sie sich verschanzt hatten. Von Trenton, der sich vermutlich weiter vorn in der Nähe der feindlichen Linie befand, keine Spur mehr. Hundert Meter trennten sie von einer hohen Sanddüne, an deren Ende ein imposanter Bunker und zwei Maschinengewehrnester lagen.

Die Kugeln pfiffen so dicht an seinem Ohr vorbei, dass er sich schnell wieder in Deckung begab.

»Lieutenant Frewin«, stellte er sich vor, während er die auf den ersten Metern des Strandes verstreuten Truppen beobachtete.

»Private Risbi.«

Frewin streckte ihm die Hand entgegen. Er wusste, dass die unter diesen Umständen ungewöhnliche Geste einem verunsicherten Mann Mut machte. Das war nicht viel, aber es konnte eine positive Wirkung haben. Risbi ergriff sie und drückte sie schlaff.

»Ich brauche Ihre Hilfe, Risbi. Ich will einen gewissen Quentin Trenton verhören, der sich vor uns befinden muss.«

»Tre… Trenton? Ja … was hat der denn angestellt?«

»Keine Sorge, Sie sollen mir nur helfen, ihn zu finden.«

Sie mussten fast schreien, um das Getöse der Granatwerfer zu übertönen.

»Ich weiß nicht. Trenton ist ein harter Bursche.«

Jetzt versuchte es Frewin nicht mehr im Guten; sein Gesicht wurde streng.

»Dies ist keine Bitte, sondern ein Befehl. Sie laufen schräg nach rechts, er muss irgendwo vor uns sein. Ich gebe Ihnen Deckung, und Sie rennen zum nächsten Granatenloch.«

Frewin bemerkte Matters, der zusammen mit dem Sanitäter Collins hinter zwei Leichen Schutz gefunden hatte. Frewin hob die Hand, um ihn auf sich aufmerksam zu machen, und gab ihm zu verstehen, dass er ihm mit einem Sperrfeuer Deckung geben wollte.

»Sind Sie bereit?«, fragte er Risbi, der ihn entsetzt ansah. »LOS!«

Frewin erhob sich und eröffnete das Feuer auf die Sandsäcke oben auf der Düne, von wo aus sie regelmäßig beschossen wurden. Die Patronenhülsen flogen aus dem Auswurffenster, die Waffe vibrierte in seiner Hand, und als sich eine Pulverwolke bildete, warf sich der Lieutenant wieder auf den Boden. Risbi war losgerannt, dann aber fünf Schritte weiter abgetaucht. Frewin begriff, dass er nicht auf ihn zählen konnte. Zu jung, zu verstört.

Er machte Matters ein Zeichen, doch der antwortete nicht.

»MATTERS!«, brüllte er. »DECKUNG!«

Nichts geschah. Matters war verschwunden.

Matters hatte noch keine zehn Meter zurückgelegt, da vernahm er ein Pfeifen hinter seinem Rücken. Ein Sanitäter rief ihn. Er kam hinter dem Landungsboot hervor, das er gerade verlassen hatte. Der große Dunkelhaarige mit den grünen Augen, der sich neben ihn warf, war um die dreißig.

»Sind Sie Sergeant Matters?«, fragte er völlig außer Atem.

»Ja.«

»Ihr Lieutenant schickt mich. Ich habe ihn oben, hinter unserem Transporter gefunden. Ich sollte ihm nämlich eine Nachricht von einer gewissen Ann Dawson übermitteln. Er hat mir aufgetragen, auch Sie zu informieren.«

Und so erfuhr Matters von der Entdeckung der Krankenschwester und begriff, warum sein Vorgesetzter Trenton lebendig fassen wollte. Er war kein Verdächtiger mehr, sondern ein potentieller Zeuge. Aber nach seinem Verhalten zu urteilen versuchte jemand, ihm Angst zu machen, ihn zu warnen – jemand, der ihm nichts Gutes wollte. Und dieser Jemand konnte durchaus der Mörder sein. Sie mussten Trenton vernehmen und herausfinden, wer ihn derart unter Druck setzte.

Vor sich erkannte Matters den Lieutenant, der hinter einer Mauer hockte. Er wollte schon zu ihm laufen, doch in diesem Moment begann der Boden zu beben, und um ihn herum explodierten Dutzende flüchtig aufleuchtender Blitze. Er ließ sich sofort wieder hinter den Schutzwall aus Leichen fallen. Dicht vor seinem Kopf schlugen zwei Kugeln in die leblosen Leiber.

Der Sanitäter lag noch immer neben ihm. Nachdem er wieder zu Atem gekommen war, sah sich Matters nach seinem Lieutenant um.

Plötzlich hob Lieutenant Frewin den Arm. Er wollte, dass Matters ihm Deckung gab. Dieser nickte, doch dann fiel ihm ein, dass er nur seine Pistole hatte. Auf der Suche nach einer Waffe blickte er sich um. Weniger als einen Meter entfernt entdeckte er ein verwaistes Gewehr. Ohne zu überlegen griff er nach dem Riemen und zog es zu sich heran. Es war geladen. Fünf Ersatzmagazine fand er in den Patronentaschen der Leichen, die ihm als Schutzwall dienten. Sein Herz raste, in seinen Ohren pfiff und dröhnte es. All das hatte keinen Sinn. Diese Wut, dieser Wunsch, den anderen zu zerstören, ihn auszulöschen, nur weil er nicht dieselbe Uniform trug … Sandkörner knirschten zwischen seinen Zähnen, kalte Schauer liefen ihm über den Rücken. Diese ganze Grausamkeit …

Und wieder wurden die beiden Toten von feindlichen Schüssen getroffen, ein Knochen zersplitterte, eine Kugel prallte an einem Helm ab.

Matters hielt es nicht mehr aus. Er war erst wenige Minuten

da und fühlte sich schon überfordert. Er sah, wie sich sein Lieutenant erhob und als Antwort eine Salve abfeuerte. Matters weinte. Neben ihm blickte der entsetzte Sanitäter über den Strand, um herauszufinden, wer ihn noch brauchte und wer seiner Hilfe nicht mehr bedurfte.

Ein Sergeant schrie und versuchte vergebens, die Eingeweide in seinem zerfetzten Bauch zu halten. Matters befand sich mitten in einem Albtraum.

Ein Mann entsicherte eine Handgranate und warf sie in ebenjenem Moment mit aller Kraft, als die schwere Artillerie das Feuer eröffnete. Sein Kopf kippte nach hinten, nur noch von einigen Halsmuskeln gehalten. Er wankte noch fünf Meter weiter wie ein geköpftes Huhn, dann quoll das Blut auf seine Schultern. Matters sah, wie er zusammenbrach. Auf seinem Gesicht war kein Ausdruck von Schmerz zu lesen, nur bestialische Angst. Dann nichts mehr. Ein leerer Blick. Zehn Meter entfernt hatte der Tod schon einen weiteren Soldaten dahingerafft.

Matters war von Berufs wegen an den Anblick von Blut gewöhnt. Aber hier stimmte etwas nicht. Er konnte den tödlichen Wahnsinn einer gestörten Seele, die Grausamkeit eines rachsüchtigen Egos begreifen, die Verbindung von Ursache und Wirkung zwischen einem Täter und seinem Opfer. Aber wie konnten sich Tausende von Männern gegenseitig wütend massakrieren, ohne irgendeinen Groll zu hegen oder sich auch nur zu kennen?

Matters hörte inmitten der Schüsse, Schreie und Explosionen seinen Namen.

»MATTERS! SCHIESSEN SIE, ZUM TEUFEL! GEBEN SIE MIR DECKUNG!«, brüllte Lieutenant Frewin.

Der Sergeant sah auf sein Gewehr, seine blutbefleckten Hände und begann wieder zu weinen.

»MATTERS!«

Er biss die Zähne zusammen. Sein Zeigefinger schob sich langsam zum Abzug. Da er nicht mehr schlucken konnte, spuckte er aus. Dann stützte er ein Knie auf und zielte auf das Maschinengewehr am oberen Rand der Düne.

Der erste Schuss ging los und riss den Lauf der Waffe nach oben. Matters umklammerte sie, zog den Kolben fester an seine Schulter und drückte noch einmal ab, ohne genau zu zielen, nur um keine Pause entstehen zu lassen. Die dritte Kugel. Die Tränen machten ihn blind, sodass er gar nicht mehr sah, worauf er schoss. Der vierte Schuss. Aus den Augenwinkeln erkannte er Lieutenant Frewin, der ohne Deckung über den Strand lief. Fünfter Schuss. In seinen Ohren kein Pfeifen mehr, sondern ein Dröhnen, sodass er kaum mehr etwas hörte. Er wischte sich über die Lider und zwang sich, auf den Helm des feindlichen Schützen zu zielen. Das war schwierig, alles um ihn herum schien zu beben. Er sah, wie sich der Lauf des schweren Maschinengewehrs auf ihn richtete.

Matters atmete tief ein und hielt die Luft an.

Die Mündung blitzte eine halbe Sekunde auf, bevor der Ton an sein Ohr drang.

Matters drückte ab.

Er glaubte, den schwarzen Helm nach hinten fallen zu sehen, dann spürte er, wie eine Kugel in sein Fleisch drang. Er taumelte, wie von einem Phantom auf den Boden gedrückt. Der stechende Schmerz drang zu seinem Gehirn vor.

Matters blinzelte. Das Geschoss hatte ihn getroffen.

Eine lauwarme Flüssigkeit rann über seine rechte Hüfte.

Frewin rannte im Zickzack vorbei an Bergen getrockneter Algen, Granatenlöchern, an Männern in Deckung und an Leichen. Das Maschinengewehr an sich gepresst, den Helm fest auf dem Kopf, lief er keuchend weiter. Vor ihm stob der Sand auf wie ein Vorhang aus Rauch; die Schüsse galten ihm.

Noch fünf Meter.

Eine Kugel schlug zwischen seinen Füßen im Boden ein.

In der Ferne erschienen am Himmel zwei dunkle, brummende Flecke, die immer größer wurden.

Die Männer des 3. Zugs waren zunächst zu verwundert über diesen Wahnsinnigen, um zu reagieren. Dann hoben sie ihre Waffen und eröffneten das Feuer, um den Leichtfertigen zu schützen. Ein Leichtfertiger, der jedoch dieselbe Uniform trug wie sie.

Frewin rannte.

Nur noch ein kleines Stück.

Er konnte Trenton nicht unter den Soldaten erkennen.

Nur noch ein paar Meter.

Er musste sich sofort auf den Boden werfen.

Jetzt sah er Trenton im Schutz einer großen Mulde. Frewin näherte sich. Trenton sah ihn kommen. Er starrte ihn hasserfüllt an, rührte sich aber nicht. Er gehörte zu den Vorposten, zehn Schritte weiter, und der Tod war ihm sicher. Frewin hatte ihn jetzt fast erreicht und schrie:

»Bleiben Sie! Ich muss mit Ihnen re…«

Plötzlich hob sich der Sand mit ohrenbetäubendem Getöse, so als würde er von einem Meeresungeheuer angehoben. Glühender Rauch. Und in derselben Sekunde die Schockwelle, die Frewin zu Boden schleuderte und ihm den Atem nahm.

Kurz darauf fand er sich auf dem Rücken wieder, bedeckt mit Sand und Blut. Trenton war förmlich explodiert und nahm alles, was er wusste, mit sich.

15

Für Ann teilte sich die Zeit in Geschmacksnuancen auf. Zitronig und pikant, wenn sie sich in die Länge zog und sie ungeduldig machte, würzig in den Momenten der Erregung, süß in Gegenwart eines verführerischen Mannes, sauer in der unangenehmer Männer und blumig oder modrig, je nachdem, auf welche Art von Frauen sie gerade traf. Im Augenblick verbreiteten die verstreichenden Minuten einen galligen Geschmack auf ihrem Gaumen, der für Unwissenheit, Ärger, Angst, alterslose Bitternis stand.

Am Morgen gegen zehn Uhr befahl Stabsarzt Callon seinem Team, unter keinen Umständen den Raum zu verlassen, während er selbst versuchen wollte, Informationen einzuholen. Er war noch keine fünf Minuten fort, als Ann sich erhob. Sie konnte nicht länger warten.

»Mach bloß keinen Ärger!«, warnte Clarice, die schwarzen buschigen Augenbrauen skeptisch hochgezogen. »Ich kenne dich und weiß, was für ein unruhiger Geist du bist. Aber wenn du gehst, kannst du dich auf eine Abreibung von Callon gefasst machen. Du hast doch gesehen, dass er dich auf dem Kieker hat!«

Ann musterte sie von der Seite und nickte kaum merklich. Waren es der tyrannische Vater und die Schläge, die sie so entschlossen gemacht hatten? Ann wusste, sobald eine Idee in ihr aufkeimte, musste sie in die Tat umgesetzt werden. Callon hin oder her. Sie öffnete die Tür.

»Bleib hier!«, rief ein junger Arzt, mit dem sie sich von Zeit zu Zeit unterhielt. »Du bekommst sonst Ärger.«

Sie zwinkerte ihm zu.

»Sagt Callon, sie hätten eine Krankenschwester im Maschinenraum gebraucht. Wegen einer Verbrennung.«

Sie trat auf den Gang und zog die Tür hinter sich zu. Ann fand den Weg zu den Schlafräumen des 3. Zugs problemlos, sie waren nicht weit entfernt. Der große Raum war leer. Nichts als Hängematten und Stockbetten, zu Abteilen getrennt durch zerknitterte Laken. Sie lief dazwischen umher und hatte bald die Bettstatt des Sanitäters gefunden, der Quentin Trenton kannte. Sie erinnerte sich, dass er den Arm nach links hatte heben wollen, um auf ihn zu deuten, ehe sie ihn im letzten Augenblick daran hinderte. Ann drehte sich in diese Richtung. Der Bereich nahe der Wand. Nicht sehr präzise. Ein Dutzend Abteile neben- und übereinander. Aber immerhin besser als nichts.

Ihre Idee war ganz einfach: Je mehr sie darüber nachdachte, desto sicherer war sie, dass der Verfasser der Nachricht an Trenton der Mörder sein musste. Warum hatte Trenton, nachdem er sie gelesen hatte, plötzlich sein Verhalten geändert? Weil man ihn beschuldigte. Man beschuldigte ihn, der Mörder von Gavin Tomers zu sein. Der wirkliche Täter, sofern er tatsächlich dem 3. Zug angehörte, kannte Trenton. Er wusste, dass er ihn leicht zur Weißglut bringen konnte, indem er ihn unter Druck setzte. Der Mörder hatte ihn in seiner Paranoia bestärkt. Auf die eine oder andere Art hatte er erfahren, dass Trenton verdächtigt wurde, und da er dessen aufbrausenden Charakter kannte, wollte er ein gejagtes, also gefährliches Tier aus ihm machen. Um Zweifel zu säen. Wer sonst hätte einen Grund, Trenton Angst zu machen? Wer würde von seiner Aggressivität, seiner Gewalttätigkeit profitieren? Der *wirkliche* Mörder. Ein aufmerksamer Beobachter, dem aufgefallen war, dass sich das Gerücht vom Selbstmord Gavin Tomers' verbreitete.

Und der wusste, dass Trenton unter Verdacht stand!

Wer wusste es noch? Matters. Er hatte ihr, als sie bei ihm war, die Information gegeben. Frewin, versteht sich. Wer noch? Sie müsste Frewin fragen. Wenige nur, dessen war sie sicher, denn der Lieutenant der Militärpolizei hatte bestimmt nicht aus Spaß den Namen des Hauptverdächtigen in der Gegend herumposaunt. Sie hatte großes Glück gehabt, dass Matters sich diesen Schnitzer erlaubt hatte, denn das war eindeutig ein Fehler gewesen. Matters fühlte sich in ihrer Gegenwart unbehaglich. Wusste er etwas über sie? Hatte er Erkundigungen eingeholt? Nein, unmöglich … Ann schluckte.

Der Mann, der die Nachricht für Trenton geschrieben hatte, war der Mörder. Und sie hoffte, das Stück Papier zu finden. Was hatte er damit gemacht? Trug er es bei sich? Das war eher unwahrscheinlich, denn sie wusste aus Erfahrung, dass Soldaten, die in die Schlacht zogen, die Taschen zum Bersten voll mit Munition hatten und nichts Unnötiges hinzufügten, und sei es nur ein Stück Papier. Er hatte es weggeworfen. Aber wo? Ann suchte vergebens nach einem Mülleimer oder einem Papierkorb.

Überall an den Bettpfosten klebten alte Kaugummis, *Übertragung der Nervosität auf den Kiefer, dann auf den Kaugummi, dessen man sich anschließend entledigte, um cool zu sein.* Ann liebte es, kleine eigenwillige Theorien wie diese zu entwickeln. *Konzentration.*

Sie ließ sich auf eine der Matratzen fallen, die ein Quietschen von sich gab. *Charmant* … Sie durchleuchtete das Problem von allen Seiten. Wo konnte sich Trenton des Papiers entledigt haben? Er hatte die ganze Nacht Karten gespielt. Eine lange Zeit, er war nervös, müde …

Ann sprang mit einem Satz auf.

Die Toiletten! Er hatte sich die ganze Nacht nicht entfernt, doch er wird irgendwann am frühen Morgen das Bedürfnis gehabt haben, sich zu erleichtern … Wenn ihre Vermutung begründet war, was sollte sie dann tun? Den Grund der Kloschüsseln nach einer Papierkugel absuchen, deren Tinte verwischt war? Keine Chance. Ann schnellte herum. Die Betten. Sie waren der persönliche Bereich eines jeden. Die Betten waren die Erweiterung ihres Territoriums, ihres Körpers. Und auch ihre *Mülltonne*!, korrigierte sie sich bei dem Gedanken an all diese erst vor kurzem festgeklebten Kaugummis.

Ann hob die Matratzen hoch, schüttelte die Laken aus ... Nichts. Ein vergessenes Kartenspiel unter einer Decke, das war alles. Ihre Idee war nicht dumm, aber sie konnte sie nicht überprüfen. Sie verlor Zeit. Sie war frustriert, keine aufschlussreichen Elemente gefunden zu haben, nachdem es ihr gelungen war, sich Zugang zu ihrem Lebensraum zu verschaffen. Wenn sie wenigstens ihre persönlichen Sachen dagelassen hätten ...

Ann zupfte automatisch am Kragen ihres Kittels ... *Ihre Sachen* ... Die Männer wurden mit ihrem Kampfgepäck losgeschickt, besaßen aber für den Rest ihrer Sachen eine Metallkiste. Die würde nachgeschickt, sobald sie ihr Lager aufgeschlagen hätten. Ann lief bis ans Ende des Raums und landete in einer Sicherheitsschleuse. Nachdem sie durch zwei Gänge geeilt war, die in einer Sackgasse endeten, kehrte sie um bis zu einem Niedergang in einer Ecke der Mannschaftsmesse. Ein Matrose hielt sich dort verborgen, leicht vorgeneigt, als würde er sie beobachten. Sobald sie erschien, richtete er sich überrascht auf und wollte schon den Niedergang hinaufsteigen, als wäre nichts gewesen, besann sich dann aber anders. Eine Sekunde lang glaubte sie, er würde ihr nachspionieren, doch das war unsinnig, niemand hatte einen Grund, sie hier zu überwachen. Wortlos, mit finsterer Miene, als wäre ihm die Begegnung höchst unangenehm, sah er sie auf sich zukommen. Ann begrüßte ihn, ihre Schwesterntracht erlaubte es ihr, sich freier auf dem Schiff zu bewegen als die Militärangehörigen, garantierte ihr aber keinen höflichen Empfang.

»Ich suche den Laderaum mit dem Gepäck der Soldaten, die schon an der Front sind«, sagte sie, ohne sich aus der Fassung bringen zu lassen.

»Das muss bei der Munition zwei Etagen tiefer sein. Doch da können Sie nicht rein, der Raum ist abgeschlossen«, erwiderte er knapp.

»Haben Sie den Schlüssel?«

Er ließ das Geländer los und drehte sich zu ihr um. »Zufälligerweise ja, aber ich darf Ihnen nicht öffnen.«

Er kam eine Stufe herunter, sodass er jetzt auf Augenhöhe mit ihr war, und änderte plötzlich sein Gebaren. Ein schelmisches Lächeln spielte um seine Lippen. Ann war nicht empört, im Gegenteil, sie war daran gewöhnt.

»Ich bin beauftragt, die Medikamente eines Soldaten von dort zu holen. Es handelt sich um einen Notfall.«

Der Matrose machte keinen Hehl aus seiner Überraschung.

»Das ist merkwürdig, weil …«

Ann setzte eine besorgte Miene auf und unterbrach ihn.

»Wenn ich sie nicht sofort bringe, bekomme ich Ärger mit meinem Stabsarzt. Es ist sehr dringend, bitte helfen Sie mir.«

Mit einer Handbewegung forderte er sie auf, sich zu beruhigen.

»Schon gut, ersparen Sie mir die Details, und regen Sie sich nicht auf. Ich öffne Ihnen. Wissen Sie denn wenigstens, was Sie suchen?«

»Ja«, log sie und folgte ihm den Niedergang hinab.

Ann wunderte sich, dass sie, während sie in die Tiefen der *Seagull* stiegen, keinem einzigen Mitglied der Mannschaft begegneten, und das teilte sie ihrem Begleiter auch mit.

»Wir befinden uns in Alarmbereitschaft«, erklärte er. »Fast alle sind in ihren Quartieren.«

»Und Sie?«

»Ich kümmere mich um hübsche Krankenschwestern, die ein Problem haben.«

Ann zog die Augenbrauen hoch. Sie war an einen Schürzenjäger geraten. Doch sie konnte sich nicht beschweren, immerhin führte er sie an den gewünschten Ort.

Je tiefer sie in den Bauch des Schiffes vordrangen, desto entfernter erschien das Geschützfeuer, bis es bald nur noch ein dumpfes Donnergrollen war.

Schließlich gelangten sie an eine Tür mit einem Vorhängeschloss. Der Matrose probierte mehrere Schlüssel von seinem Bund aus, öffnete schließlich und machte im Innern Licht.

»Beeilen Sie sich. Ich warte draußen, damit die Tür nicht zufällt. Oder brauchen Sie mich vielleicht?«

Er bedachte sie mit einem koketten Augenzwinkern, bei dem sie fast in Lachen ausgebrochen wäre. Sie begnügte sich aber mit einem Lächeln, um ihn nicht zu kränken, und trat ein.

Der Laderaum kam ihr größer und höher vor als die anderen Räume auf dem Schiff. Die an der Decke verankerten Lampen beleuchteten immer nur einen begrenzten Bereich. Holzkisten stapelten sich hinter Netzen und Seilen, an denen Schiefertafeln mit den jeweiligen Namen der Kompanie und dem Inhalt hingen.

»Die persönlichen Sachen sind weiter hinten«, rief der Matrose, »ich glaube rechts. Metallkisten, alle grün gestrichen.«

Ann bahnte sich ihren Weg durch die Gänge, bis sie auf neun Stapel grüner Kisten stieß, auf denen mit gelber Farbe die Namen der Soldaten und ihre Registrierungsnummern geschrieben standen. Sie verschwand aus dem Blickfeld des Matrosen. Auch hier waren auf Tafeln Kompanie und Zug vermerkt. Ann blieb plötzlich stehen und las »Komp. Rav. 3. Zug«.

Sie schlüpfte unter dem Seil hindurch, um zwischen die rechteckigen Blöcke zu gelangen, die etwa drei Meter hoch und mit Gurten am Boden befestigt waren. Sie ließ den Blick über die Kisten mit Namen und Nummern gleiten, auf der Suche nach der von Trenton, und entdeckte sie schließlich ganz oben auf einem der Stapel. *Mist …*

Schlimmer noch, sie war, wie die meisten anderen, mit einem Vorhängeschloss versehen. Sie kniff für eine lange Sekunde die Augen zu.

Pech gehabt. Sie war außerstande, ein Schloss mit einem Dietrich aufzubrechen, und den Matrosen konnte sie unter keinen Umständen um Hilfe bitten.

Der schwere Rumpf der *Seagull* knarrte. Die Schiefertafeln begannen zu schaukeln, Ann wich zurück und überzeugte sich, dass die Stapel nicht schwankten. Auf keinen Fall durften ihre Recherchen in einem Hagel von Metallkoffern enden. Sie kehrte zurück zu dem Gang, von dem aus sie den Ausgang sehen konnte. Wenn es ein Problem gäbe, würde der Matrose sie warnen.

»Ist dieser Lärm normal?«, fragte sie.

Doch es stand niemand mehr da. Sie war perplex. Das war ein Glücksfall. *Er qualmt eine in einer Ecke, während er auf dich wartet, das muss ausgenutzt werden!*

Im Laufschritt kehrte sie zu den Vorräten des 3. Zugs zurück. Wenn sie irgendwo eine Leiter finden könnte oder wenigstens einen Hebel, würde es ihr vielleicht doch gelingen, das Schloss aufzubrechen.

Während sie sich auf die Suche nach einem geeigneten Werkzeug machte, überkam sie ein gewisses Unwohlsein.

Der Mörder hatte hier auf diesem Schiff sein Unwesen getrieben, zweimal schon. Lieutenant Frewin hatte den Schluss gezogen, es müsse sich um einen Mann aus dem 3. Zug handeln. *Und wenn er sich getäuscht hat? Wenn es einer von der Besatzung war? Der Mörder ist vielleicht hier in einem dieser Gänge, und ich schnüffele hier herum …*

Das war nicht der rechte Augenblick, um an so etwas zu denken. Ganz gewiss nicht. Und genau in diesem Moment entdeckte sie den roten Fleck auf ihrem Rock. Sie hob den Stoff an, um ihn genauer zu untersuchen. Es sah aus wie Blut. Sie strich mit dem Finger darüber und stellte fest, dass die Stelle feucht war. Sie überprüfte ihre Hände, ihre Unterarme auf der Suche nach einer kleinen Verletzung. Nichts. Es war nicht ihr Blut. Sie erstarrte. Mit wild pochendem Herzen drehte sie sich langsam im Kreis.

Die Ecke einer Kiste glänzte von einer dunklen Flüssigkeit.

Ann beugte sich vor. Blut.

Wie kommt das dorthin?

Sie entdeckte noch mehr auf dem Rand. Ein Name stand in gelber Schrift darauf: »Cal Harrison«. *Was hat dieses Blut auf deiner Kiste zu suchen, Cal Harrison?* Der Zufall wollte, dass sich kein Schloss daran befand. Ann kletterte hoch, um den Riemen zu lockern, und schob die oberste Kiste auf den Nachbarstapel.

Die *Seagull* knarrte erneut, ein langer, klagender Ton. Plötzlich verstummten die Kanonen. *Was hatte das wieder zu bedeuten?* Nach etwa einer Minute setzte das Geschützfeuer erneut ein, und Ann konnte sich Zugang zu Harrisons Kiste verschaffen. Sie stand noch immer oben auf dem Stapel, griff nach dem Deckel und hob ihn an.

Ein Haufen zerknitterter Kleidungsstücke, dazwischen ein Heft mit pornografischen Fotos. Ein blaues Hemd mit roten

Flecken war um einen größeren Gegenstand gewickelt. Ann griff nach dem Stoff und zog ihn zur Seite.

Haare kamen zum Vorschein. Leicht gelockte Haare.

Ein Ohr, dann das ganze Profil eines Kopfes.

Eines Menschenkopfes.

Ann schlug die Hand vor den Mund, wich einen Schritt zurück, wäre fast hintenüber gestürzt. Sie ruderte mit den Armen in der Luft und klammerte sich in letzter Sekunde an Harrisons Kiste fest.

Sie hatte soeben das gefunden, was an Fergus Rosdales Leiche fehlte. Da war sie ganz sicher. Die Lider halb geöffnet, starrte Rosdale mit leerem Blick ins Nichts. Seine verzerrten Lippen entblößten glänzende Zähne. Die Haut war extrem blass.

Ann versuchte, sich wieder zu fassen, und überlegte, was sie tun sollte. Sie hatte keinen logischen Grund, hier zu sein, niemand würde sie unterstützen. Ein Soldat versteckte einen Menschenkopf in seinen persönlichen Sachen, und sie musste einen Weg finden, Nutzen daraus zu ziehen. Alarm schlagen, war keine gute Idee.

Frewin. Er würde wissen, was zu tun war und wie man diesen makabren Fund auswerten könnte. Sie musste also warten und durfte nichts sagen. Auch auf die Gefahr hin, dass die Kisten ans Ufer transportiert würden. Sie nagte an ihrer Unterlippe. Was sollte sie tun?

Auf Frewin warten. Das ist die beste Lösung.

Sie schloss die Kiste, rückte alles wieder an seinen Platz und kletterte hinunter. Sie war schweißgebadet, der Matrose würde Verdacht schöpfen.

Es ist logisch. Ich habe in den Sachen gewühlt, um die Medikamente zu beschaffen …

Nur dass sie keine dabeihatte. Wenn der Matrose fragen würde, was sie gefunden hätte, würde sie mit leeren Händen dastehen. Sie griff in die Taschen ihres Kittels. Sie fand nur ein Röhrchen mit Aspirin, von dem sie das Etikett abriss. Das würde reichen.

Sie bog in den Hauptgang ein und blieb stehen, als sie sah, dass die Tür zu dem Laderaum geschlossen war.

Was war mit dem Matrosen geschehen, der sie begleitet hatte?

Ann erinnerte sich an seinen großen Schlüsselbund. Und wenn die Tür abgeschlossen war?

Ein leises Knistern war zu hören, während an der Decke eine Lampe nach der anderen erlosch.

Finsternis tauchte aus den Ecken und Winkeln auf, um alles zu verschlingen.

Man hat das Licht … ausgeschaltet, wiederholte sich Ann, wie um sich zu überzeugen, dass es wirklich so war. Sie sah nichts mehr.

Angst beschlich sie, als sie die Handbewegung des Matrosen vor ihrem geistigen Auge Revue passieren ließ.

Er hatte *nach innen* gegriffen, um Licht zu machen, der Schalter musste demnach hier sein.

Sie war also nicht allein.

In diesem Moment vernahm sie das Knirschen von Schuhsohlen. Es kam näher. Ganz langsam.

Von hinten.

16

In dem immer dichteren Kugelhagel blieb Frewin nichts anderes übrig, als sich in die Mulde zu werfen, in der Trenton verschwunden war. Frewin hatte den Eindruck, das Blut des Soldaten noch auf der Zunge zu spüren. Übelkeit überkam ihn. Er warf seine Waffe weg, tastete nach seiner Feldflasche und trank, um den widerwärtigen Geschmack hinunterzuspülen.

Dann wurde dem Lieutenant bewusst, wo er sich befand.

Er lag in einer klebrigen Masse aus Eingeweiden und Sand auf den Überresten von Trentons Körper, von dem nur noch eine halb geöffnete Hand zu erkennen war. Er ließ die Feldflasche fallen und sprang, ohne an sein Maschinengewehr zu denken, aus der Mulde, mitten hinein in den feindlichen Beschuss. Die Kugeln pfiffen durch die Luft, doch Frewin nahm, durch sein geschädigtes Trommelfell gefiltert, den Lärm kaum mehr wahr. Rechts und links von ihm schlugen Granaten ein. Ohne etwas zu sehen kroch er vorwärts, nur darauf bedacht, sich von dem blutigen Grab zu entfernen. Eine Hand packte ihn und zog ihn hinter einen der wenigen Felsvorsprünge.

»Bist du verrückt oder was?«, brüllte ihn jemand an.

Frewin, der kaum etwas hörte, lehnte sich an die Steinwand und rang nach Luft. Er sah, wie der Soldat aufstand, um zu schießen, und wieder in Deckung ging. Ein anderer hatte seine Waffe fallen lassen, um die Wunde am Bein eines dritten zusammenzuhalten, der sich, der Ohnmacht nahe, an seiner Jacke festklammerte.

»Corporal Regie«, stellte sich der Schütze vor.

Frewin bemerkte, dass er von den Lippen des anderen ablesen musste.

»Lieutenant Frewin.«

»Verdammte Scheiße, Lieutenant, wir halten die Position nicht wie …«

»Ich bin nicht dein Vorgesetzter, mir brauchst du keinen Rapport zu erstatten.«

»Ich habe keinen Vorgesetzten mehr, in diesem Chaos findet man niemanden wieder!«, schrie er gegen den Lärm der Detonationen an. »Sie sind Lieutenant, für mich ist das dasselbe! Was soll ich also mit meinen Männern machen? Sollen wir warten, bis wir abgeknallt werden?«

Ein weiterer Soldat kam angerannt und warf sich in den Sand zu ihren Füßen. Dann rappelte er sich auf, um sich ebenfalls an den Felsen zu pressen. Sein Gesicht war Frewin nicht unbekannt. Blonde Locken, blaue Augen, fliehendes Kinn, vorstehende Wangenknochen.

»Harrison!«, brüllte der Corporal. »Was hast du hier zu suchen? Wir sind schon zu viele!«

»Haben Sie gesehen, was Trenton passiert ist? Haben Sie es gesehen?«

»Der Idiot ist ausgerastet, er ist ohne Deckung losgerannt!«

»Das ist seine Schuld!«, entgegnete Harrison und deutete auf Frewin. »Die MP hat ihn unter Druck gesetzt.«

»Mach keinen Ärger, das ist nicht der richtige Moment«, versuchte Corporal Regie ihn zu besänftigen.

Frewin beugte sich zu Harrison. Er erinnerte sich, wo er ihn schon gesehen hatte: In der letzten Nacht auf dem Korridor der *Seagull*. Er war gekommen, um zu sehen, was los war. Er gehörte zu den Männern, die sein Gespräch mit Matters gehört hatten. Frewin machte sich Vorwürfe, nicht vorsichtiger gewesen zu sein.

»Was willst du damit sagen?«, fragte er lauter als beabsichtigt.

»Trenton ist gesprungen, weil Sie ihm auf den Fersen waren, das ist alles! Finden Sie nicht, dass wir schon genug mit denen auf der anderen Seite zu schaffen haben? Müssen Sie noch eins draufsetzen?«

»Trenton hat erfahren, dass wir ihn verdächtigen, und ich habe Sie letzte Nacht gesehen. Sie haben alles mitangehört, Sie haben ihn gewarnt, was? Sie haben die Nachricht geschrieben!«

Harrison schwieg verwundert. Sie wussten also von der Nachricht. Er reckte sich und raunte dem Ermittler zu:

»Ich habe ihm gesagt, er soll sich in Acht nehmen. Das nenne ich Solidarität, wir halten zusammen, wir sind nicht wie die Dreckskerle von der MP, die nur Unruhe stiften wollen …«

Harrison hatte noch nicht ausgeredet, da packte Frewin ihn schon mit eisernem Griff am Kragen und zog ihn zu sich heran.

»Sieh mich an«, befahl er, »sieh mich genau an. Denn wenn ich rausfinde, dass du dir etwas hast zu Schulden kommen lassen, dann wird dir dein überhebliches Grinsen schon vergehen.«

Frewin spürte, wie sich etwas Hartes in seine Rippen bohrte.

Harrison hatte seine Waffe gehoben.

»Ach wirklich, Lieutenant?«, höhnte er. »Und ich kann mir nichts Schöneres vorstellen, als dir eine Kugel in den Wanst zu jagen. Ein Irrläufer, das soll vorkommen …«

Frewin wollte sich gerade auf ihn stürzen, als der Sanitäter Collins atemlos ankam, um dem am Bein Verletzten zu helfen.

»Ihr seid viel zu viele hier!«, schrie er. »Wenn sie das mitkriegen, ist eine Granate fällig! Verschwindet!«

»Er hat recht! Harrison und Traudel, ihr kommt mit mir. Wir hauen ab«, rief Regie mit einem wütenden Blick auf den Lieutenant, der sich weigerte, sie zu befehligen.

Frewin löste seinen Griff, stieß Harrison zurück und bedachte ihn mit einem herausfordernden Blick. Ehe er noch etwas hinzufügen konnte, erklärte der Sanitäter:

»Ihren Sergeant hat es erwischt!«

»Was? Matters?«

Harrison robbte mit seinen beiden Kameraden davon. Collins riss mit den Zähnen die Verpackung einer Kompresse Verbandmull auf und drückte sie auf das Bein des Soldaten.

»Ja, nichts Schlimmes, aber er ist nicht ganz auf der Höhe. Ich habe ihn in der Nähe des Landungsboots zurückgelassen. Er wird sich schnell erholen … Zumindest in körperlicher Hinsicht.«

Frewin suchte den Strand ab, sah aber nur Rauch und verschwommene Gestalten.

»Sagen Sie«, fragte er, »kennen Sie Harrison?«

»Cal Harrison? Klar. Vom 3. Zug? Ja. Er ist ein Kumpel von Trenton. Dasselbe Kaliber. Ein Hitzkopf.«

In dem ganzen Chaos konnte sich Frewin einfach nicht konzentrieren. Doch er spürte, dass dieser Cal Harrison in die Sache verwickelt war. Er hatte auf dem Korridor gehört, wie Matters Trenton verdächtigt hatte, er war mit ihm befreundet und hatte denselben Hang zu Gewalttätigkeit. Oder er war der Mörder und war gekommen, um etwas in Erfahrung zu bringen, oder aber all das traf nicht zu, und er hatte seinen Freund nur warnen wollen, dass man ihn verdächtigte.

Frewin hielt nach ihm Ausschau.

Zusammen mit seinem Corporal und einem anderen Private war er dabei, einen Stacheldrahtverhau zu entfernen.

Die feindliche schwere Artillerie konzentrierte sich jetzt auf eine Gruppe von Neuankömmlingen. Die Kugeln, die aus den rauchenden Läufen kamen, waren so heiß, dass sie glühende Furchen in die Luft schnitten. Ein Funker nutzte das Durcheinander, um sich von Unterschlupf zu Unterschlupf bis zu ihnen vorzuarbeiten.

»Lieutenant Frewin?«

Er nickte.

»Der 2. Zug wird bald das linke MG-Nest stürmen. Gleich werden sie den Bunker mit dem Flammenwerfer bearbeiten.

Es wird vielleicht Gefangene geben. Sie brauchen Militärpolizisten.«

»Zwei meiner Männer wurden zum 2. Zug abkommandiert.«

Der Funker kniff die Lippen zusammen, bevor er antwortete:

»Nicht mehr, Lieutenant. Sie sind tot.«

»Was?«, fuhr Frewin auf. »Aber sie sollten doch weit hinten bleiben! Wie ist das möglich?«

»Das war ... als der 3. Zug gelandet ist ... Ich glaube ... Ich glaube sogar, dass die Schüsse aus den eigenen Reihen kamen.«

»Aus den eigenen Reihen ...«, wiederholte Frewin ungläubig.

Ein Versehen. Bei großen Schlachten war ein erheblicher Anteil der Verluste auf solche Pannen zurückzuführen.

»Ich glaube ... Das zumindest hat man mir gesagt.«

»Gibt es Zeugen?«

Eine Granate schlug in unmittelbarer Nähe ein, und die beiden duckten sich hinter den Felsvorsprung.

»Wir müssen verschwinden!«, rief der Sanitäter und hievte seinen Verletzten auf die Schulter.

Frewin sah den Funker an.

»Gibt es Zeugen?«, beharrte er.

Seine Statur und der Zorn, der in seinen Augen funkelte, reichten aus, um den Funker daran zu hindern, sich dem Sanitäter anzuschließen.

»Nicht dass ich wüsste. Aber man hat ihnen in den Rücken geschossen.«

Eine weitere Explosion schleuderte Sand in die Luft, der auf sie niederprasselte.

Diesmal gab es keinen Zweifel mehr, der Mörder gehörte dem 3. Zug an. Und er hatte die Feindseligkeiten gegen die Militärpolizei angestachelt. Frewin glaubte nicht an ein Versehen. Nicht bei diesem Zug, nicht bei diesen erfahrenen Männern. Es handelte sich um gezielte Schüsse auf bestimmte Opfer. Um zu zeigen, dass er Bescheid wusste und dass er sich nichts gefallen lassen würde.

Eine dritte Granate schlug ein, riss einen Teil des Felsens weg, hinter dem Frewin und der Funker Deckung gesucht hatten, und hüllte die beiden in eine graue Wolke.

17

Die Menschen hatten die Hölle auf die Erde gebracht.

Der Widerhall des Kanonendonners erinnerte an ein Gewitter, das in der Ferne verhallte. Sechs Stunden der Barbarei hatten den Strand in ein Inferno verwandelt, das von Rot und Tod beherrscht war. Tausende von Granateneinschlägen hatten das Ufer einer Mondlandschaft gleichgemacht. Zerstörte Schiffe lagen, halb von der steigenden Flut überspült, auf der Seite. Nur die Tschechenigel hatten standgehalten; ihre Balken ragten wie die Todesblumen einer kriegerischen Vegetation in den Himmel. Überall Leichen. Das Blut lief durch eine Rinne auf die Wellen zu und bildete ein langes farbiges Band auf dem Sand, das beharrlich von der Brandung zurückgespült wurde, als weigerte sich das Meer, so viel Hass aufzunehmen.

Zweihundert Krankenträger durchkämmten das Gemisch von aufgewühltem Sand und zerfetzten Gliedmaßen, um Letztere in Säcken und die intakten Leichen auf Bahren abzutransportieren. Der Weg musste frei gemacht werden, bald würde die schwere Artillerie an Land gehen.

Zwischen den Suchenden befand sich ein Mann, über dessen Gesicht sich von der Wange bis zum Ohr eine frisch genähte Wunde zog und dessen Hals mehrere kleine Verletzungen aufwies. Er stand am Rande eines ein Meter fünfzig tiefen Lochs, in dem zwei Tote mit MP-Armbinden lagen.

Craig Frewin betrachtete sie: Zusammengekauert, um dem feindlichen Beschuss von vorn zu entgehen, ohne auch nur eine Sekunde damit zu rechnen, dass der Tod von hinten, aus dem eigenen Lager kommen würde. Fünf Kugeln hatten sie in den Rücken getroffen. Der Lieutenant blickte sich um. Das Landungsboot, das sie hergebracht hatte, war ganz in der Nähe gestrandet. Von dort waren der 3. Zug und auch er selbst gekommen. Er und der Mörder. Auf der anderen Seite stieg von einem Bunker dicker schwarzer Rauch auf, der nach Benzin und verbranntem Fleisch stank.

»Können wir sie mitnehmen?«, fragte ein Sanitäter, der neben Frewin wartete.

Der Lieutenant schluckte seinen Schmerz hinunter. Clauwitz und Forrell, die man »die Zwillinge« nannte, weil sich die beiden Freunde so ähnlich sahen. Der Kopf des Ersten lag im Sand, seine Hand war verkrampft, der Zweite hatte die Augen geschlossen, den Mund leicht geöffnet und schien zu schlafen. Nur der verdrehte Fußknöchel zeigte, dass er nicht eingedöst sein konnte.

Frewin nickte kaum merklich.

»Ja«, murmelte er und entfernte sich.

Die Kriegsschiffe näherten sich der Küste. Zuerst wurden Truppen und Verpflegung abgeladen, dann Jeeps, Lastwagen und Geschütze. Etwa dreißig Meter über dem Boden schwebten mehrere Dutzend Fesselballons an langen Stahlseilen, die feindliche Fliegerangriffe abwehren sollten.

Frewin erreichte den Kamm der Düne, die das riesige Lager beherrschte, wo nach und nach Hunderte von Zelten aufgebaut wurden, wo sich unter Tarnnetzen Holzkisten, Benzinkanister und Munition stapelten. Bald würden Panzerdivisionen anrücken und sich an der Südflanke zu einer eisernen Mauer aufreihen.

Frewin sah sich die Männer an. Einige von ihnen beglückwünschten sich zu dem Sieg, dazu, noch am Leben zu sein. Andere, und sie waren in der Mehrzahl, trugen schweigend die Last des durchlebten Grauens. Er begegnete mehreren Militärpolizisten, die eine Gruppe von rund vierzig Gefangenen, die Hände hinter dem Kopf verschränkt, zu einem Erdloch führten, das als provisorisches Gefängnis diente. Die Sieger kamen angelaufen, um ihnen lachend ins Gesicht zu spucken – ein Lachen freilich, das die Angst in beiden Lagern nicht zu kaschieren vermochte.

Etwas abseits dieses Treibens traf Frewin unter einem Tarnnetz inmitten von Vorratskisten auf mehrere seiner Männer, die das Hauptquartier einrichteten. Angus Donovan mit seinem griechischen Profil und seiner rechteckigen Brille, Eliot Monroe, der Hitzkopf der MP, Phil Conrad, John Larsson und Adam Baker, die beiden Muskelprotze der Gruppe – und all das unter den wachsamen Blicken von Matters, der den rechten Arm in einer Schlinge trug.

Frewin ging zu ihm.

»Geht's?«, fragte er.

Matters betrachtete seinen Arm und antwortete:

»Nichts Ernstes. Der Arzt sagt, nächste Woche könnte ich die Schlinge abnehmen. Sie soll verhindern, dass die Wundheilung durch Bewegungen gestört wird.«

Sie musterten sich zögernd.

»Clauwitz und Forrell sind tot«, erklärte der Lieutenant dann.

»Ich weiß. Wir haben es gehört. Und von unserem Team sind Sie, Larsson und ich verletzt; Larsson hat einen Schrapnellsplitter in die Bauchoberhaut bekommen, offenbar kaum der Rede wert.« Er deutete auf den Mann, der an einem Seil zog, um eine Zeltstange aufzurichten. »Er ist ebenso aktiv wie immer.«

»Behalten Sie ihn im Auge, man kann nie wissen. Das Wichtigste ist jetzt der Aufbau des Hauptquartiers. Anschließend werden wir eine Bestandsaufnahme aller Elemente machen, über die wir verfügen. Wir müssen die beiden Morde untersuchen, die Umstände, die Besonderheiten, all das, was wir bislang noch nicht haben tun können. Und da ist ein Mann, den ich überwachen will, ein gewisser Cal Harrison.«

In der nächsten Viertelstunde ließen die Männer Zeltstangen und Seilnetze liegen, um ihre Mittagsration kalt zu verzehren – zum Aufwärmen war keine Zeit. John Larsson sprach zum Abschied ein Gebet für die beiden toten Kameraden. Larsson und Baker bekreuzigten sich, und nach einer Weile tat es Matters ihnen nach. Dann kehrten sie an die Arbeit zurück.

Frewin sonderte sich ab, um sich im hohen Gras zu erleichtern. Er dachte an Patty. Er hoffte, abends Zeit zu finden, ihr zu schreiben, ihr zu erzählen, was er fühlte – natürlich wie immer, ohne die Details des Grauens zu erwähnen. Ein weiterer Brief, der zu den anderen in der Kiste wandern würde. Patty.

Fünf Minuten später kehrte Frewin ins Lager zurück und begab sich zum Stabsquartier der Kompanie. Generalmajor Toddwarth war noch nicht eingetroffen, und Frewin verlor Zeit, um sich das zu beschaffen, was er brauchte: eine komplette Aufstellung der Männer des 3. Zugs.

Der Offizier, der sie ihm eine Stunde später übergab, erläuterte:

»Das ist die aktuelle Fassung.«

»Das heißt?«

»Nun, auf dieser Liste tauchen nur die gesunden Soldaten auf. Die Toten und Verletzten, die nicht mehr einsatzfähig sind, sind nicht dabei. Zweiundzwanzig Namen von den dreißig zum 3. Zug gehörenden. Im Moment habe ich nicht die Zeit, alle ursprünglichen Mitglieder herauszufinden.«

»Das geht so, danke.«

Craig Frewin studierte die Abfolge von Namen:

Captain Lloyd Morris
Lieutenant Ashley Durrington
Lieutenant Philip Piper
Adjutant Clive Bradley-Dodders
Adjutant Henry Clark
Sergeant Piotr Kijlar
Sergeant Gabriel Rabin
Sergeant (San.) Parker Collins
Corporal Douglas Regie
Corporal Adam Houdan
Private Frank Gazinni
Private Vladimir Hriscek
Private Martin Clamps
Private Jeremy Brodus
Private Cal Harrison
Private Peter Brolin
Private James Costello
Private Felipe González
Private John Traudel
Private Rodney Barrow
Private Steve Risbi
Private John Wilker

Diese Liste wäre der Ausgangspunkt für ihre Ermittlungen. Unter jeden Namen würde er alle Erkenntnisse und Schlussfolgerungen schreiben, die die Militärpolizei zu den Personen herausfinden würde. Die Liste würde zu seinem Führer werden, anhand dessen er die Zahl der Verdächtigen immer mehr würde eingrenzen können. Bis hin zu dem Mörder.

Frewin kehrte zum Hauptquartier zurück, um das mittlerweile die Nebenzelte aufgebaut waren. In einem davon befand sich sein Gepäck. Als er sein Feldbett aufstellte, hörte er seinen Namen. Jemand erkundigte sich bei seinem Team nach ihm. Er ging hinaus und stand einer Krankenschwester gegenüber. Sie war klein und untersetzt mit buschigen Augenbrauen und langen, glatten Haaren und spielte nervös mit ihren Fingern.

»Sind Sie ... Lieutenant Frewin von der Militärpolizei?«, stammelte sie.

Frewin spürte, dass etwas nicht in Ordnung war. Er nickte.

»Ich heiße Clarisse und bin eine Freundin von Ann Dawson«

Sie versicherte sich, dass ihnen niemand zuhörte, und trat näher.

»Genau um sie geht es. Ich muss mit Ihnen sprechen, sofort!«, fügte sie mit unerwarteter Bestimmtheit hinzu.

Beunruhigt hob Frewin die Plane zu seinem Zelt an und bat sie herein.

18

Ann Dawson sah sich schon aufgeschlitzt.

Stabsarzt Callon würde sie mit Sicherheit umbringen, wenn sie nach mehrstündiger Abwesenheit zurückkäme. Egal, welche Entschuldigung sie erfinden würde. Callon könnte ihr vorwerfen, ihre Pflicht als Krankenschwester gegenüber den zahlreichen Verletzten vernachlässigt zu haben, und ihre Entlassung aus der Armee fordern.

Unmöglich. Nicht im Augenblick, sie konnten nicht auf eine einzige medizinische Kraft verzichten.

Natürlich würde das ihrer Personalakte nicht guttun: mangelnder Gehorsam, ungeduldiger Charakter, Unzuverlässigkeit bei der Arbeit. Aber was konnte ihr das ausmachen oder ihr schaden, wenn sie nach dem Krieg eine Stelle in einem Krankenhaus suchen würde? Falls dieser je ein Ende nehmen würde … Nein, das eigentliche Problem war ihre Beziehung zu Callon, er würde ihr ab jetzt keine Ruhe mehr lassen. Er würde sie nicht aus den Augen lassen und ihr so viel Arbeit aufbürden, dass ihr keine Zeit für etwas anderes mehr bliebe.

Doch zunächst wachte sie noch über die Metallkisten mit der persönlichen Habe der Soldaten, die man soeben am Strand abgeladen und ins Lager transportiert hatte. Jeder Zug hatte seine Sammelstelle und verteilte die Kisten selbst an die jeweiligen Besitzer. Bald kämen die der Kompanie Raven an die Reihe.

Cal Harrison würde die seine mit dem schauerlichen Inhalt zurückbekommen. Und versuchen, ihn loszuwerden. War das sein Plan? Wenn er den Kopf bisher aufgehoben hatte, dann sicher zu einem ganz bestimmten Zweck … Ann wusste nicht mehr, was sie von der Sache halten sollte, sie wünschte sich nur, dass sich möglichst bald Lieutenant Frewin des Problems annehmen würde. Ihre Entdeckung hatte ihr schon genug Unannehmlichkeiten eingebracht. Fünf Stunden vorher hatte der dreiste Matrose in dem düsteren Lagerraum versucht, sie zu belästigen. Kaum hatte er ihre Schultern berührt, um sie zu küssen, hatte sie ihm das Knie in die Weichteile gerammt. Während sie zur Tür gelaufen war, um Licht zu machen, erging er sich schmerzgekrümmt in tausend Entschuldigungen, gab vor, ihre Bitte, sie in den Lagerraum zu führen, als Ermutigung verstanden zu haben. Typisch Macho.

Jetzt tauchten Clarice und Lieutenant Frewin zwischen den Wasserkanistern auf, und sie eilte ihnen entgegen.

»Ich habe aufgepasst, dass sich niemand nähert!«, rief sie.

Frewin begrüßte sie mit einem kurzen Kopfnicken, ohne sein Unverständnis zu verhehlen.

»Wovon reden Sie überhaupt?«

Ann war außer sich, als sie die Wunde auf seiner Wange entdeckte.

»Ich … Ich muss Ihnen alles erklären«. Sie wandte sich an ihre Freundin, die sie erstaunt beobachtete. »Danke, Clarice. Geh jetzt schnell zurück in die Krankenstation, ehe Callon dich erwischt. Sag ihm, du hättest mich gesucht.«

»Er bringt dich um, Ann, er massakriert dich!«

Frewin unterbrach die kleine Brünette mit einer Handbewegung.

»Richten Sie Stabsarzt Callon aus, dass Ann bei mir ist, ich habe sie hergebeten.«

Clarice nickte eifrig und zwinkerte ihrer Freundin zu, ehe sie ging.

»Dürfte ich jetzt erfahren, was los ist?«, fragte der Lieutenant.

»Während Ihrer Abwesenheit habe ich mir weitere Gedanken gemacht.«

Dann erzählte sie ihm, wie sie dazu gekommen war, die persönliche Habe des 3. Zuges auf der *Seagull* zu durchsuchen, und wie die Blutspuren ihre Aufmerksamkeit erregt hatten. Die Sache mit dem Matrosen ließ sie unerwähnt und beschränkte sich auf ihre Entdeckung: Der abgetrennte Kopf von Fergus Rosdale.

»Wem gehört die Kiste?«, erkundigte sich Frewin.

»Einem gewissen Cal Harrison.«

Frewin blinzelte, und Ann ahnte, dass ihm der Name etwas sagte.

»Kennen Sie ihn?«

Er fasste sie beim Arm und zog sie zu der Stelle, wo das Gepäck des 3. Zugs der Kompanie Raven aufgestapelt war.

»Ja, ich bin ihm heute Morgen am Strand begegnet. Ein Freund von Trenton. Kein umgänglicher Zeitgenosse.«

Frewin suchte zwischen den Kisten. Er fand die von Harrison ganz oben und stieg auf die anderen, um sie zu inspizieren.

Von unten beobachtete Ann, wie er sie öffnete und den Inhalt untersuchte. Dann schloss er sie wieder und kam mit der Kiste herunter.

»Und?«, fragte sie, »was machen wir jetzt?«

Sein Gesicht war undurchdringlich. Er warf ihr einen kurzen Blick zu, den sie nicht zu deuten wusste. Zufriedenheit oder Unruhe?

»Wir verhaften Cal Harrison auf der Stelle.«

Frewin erschien im Lager des 3. Zugs, begleitet von zwei Männern. Den ersten, Adam Baker, hatte er wegen seiner eindrucksvollen Statur gewählt, den zweiten, Eliot Monroe, wegen seines Temperaments. Den Riesen der MP, John Larsson, hatte er aufgrund seiner leichten Bauchverletzung im Hauptquartier zurückgelassen. Harisson war ein Hitzkopf, brutal und unbeherrscht. Seine Festnahme könnte sich als schwierig erweisen, vor allem inmitten seiner Kameraden und nach einem Vormittag wie diesem.

Als die Soldaten zwei kräftige Burschen und den kleinen nervösen Vertreter der MP kommen sahen, wussten sie, dass etwas passieren würde. Die drei steuerten auf den zentralen

Platz zu, wo mehrere Männer mit müden Gesichtern auf Vorratskisten hockten und ihre Waffen putzten.

»Captain Morris?«, fragte Frewin und musterte einen Offizier von etwa dreißig Jahren mit einer Narbe über der Lippe, die der Lieutenant für eine Hasenscharte hielt. »Sie befehligen den 3. Zug?«

»So ist es.«

»Kann ich Sie sprechen? Unter vier Augen?«

»Ich habe nichts vor meinen Männern zu verbergen.«

»Aber einige ziehen es vielleicht vor, dass man ihre Probleme nicht vor ihren Kameraden ausbreitet«, gab Frewin zurück.

Der Captain seufzte und erhob sich, nachdem er sein Gewehr einem Sergeant anvertraut hatte, um Frewin hinter die Zelte zu folgen. Er war wesentlich kleiner, als der Lieutenant angenommen hatte. Er musste eine feste Hand haben, um sich bei solchen Hitzköpfen Respekt zu verschaffen

»Ich muss Sie informieren, dass ich einen gewissen Cal Harrison festnehmen werde.«

»Cal? Warum?«

»Mordverdacht.«

»Mord«, rief der Captain. »Soll das ein Witz sein? Wen soll er denn getötet haben? Die Dreckskerle auf der anderen Seite in ihren Bunkern? Na dann nur zu, nehmen Sie ihn fest und vergessen Sie nicht die dreihunderttausend anderen an diesem Strand!«

»Wir haben den abgetrennten Kopf von Fergus Rosdale in seinen Sachen gefunden. Er hat letzte Nacht eine vertrauliche Unterredung zwischen meinem Sergeant und mir belauscht und hat diese Informationen benutzt, um Private Trenton zu verunsichern. Das hat dazu geführt, dass dieser Angst vor der MP bekommen hat und heute Morgen geflohen ist. Dabei hat er den Tod gefunden.«

»Hören Sie, ich bin Offizier, ich weiß, was heute Nacht vorgefallen ist. Tomers hat sich nicht umgebracht, er ist ermordet worden, wie am Vortag ein anderer Typ, das stimmt. Hier wütet ein Verrückter, aber das kann nicht Cal sein, da muss ein Irrtum vorliegen. Sie können ihn nicht einsperren …«

»Captain, ich habe Sie nicht nach Ihrer Meinung gefragt, ich habe Sie aus Höflichkeit informiert, damit Sie Ihren Zug unter Kontrolle behalten, das ist alles. Als Offizier der Militärpolizei brauche ich nicht Ihre Zustimmung, um einen Verdächtigen festzunehmen.«

»Das ist doch alles Blödsinn …«

Ohne ein weiteres Wort ging Frewin zu seinen Männern, die mit einer Kopfbewegung auf Cal Harrison deuteten, der in einer Ecke stand. Die drei gingen auf den jungen blonden Mann zu.

»Da sieh einer an!«, höhnte Harrison. »Die MP sollte sich lieber um die Beaufsichtigung der Gefangenen kümmern, die wir ihnen anvertraut haben, statt sich hier herumzutreiben! Da braucht man sich ja nicht zu wundern, wenn es Ausbrüche gibt.«

»Cal Harrison, stehen Sie auf«, befahl Frewin. »Sie sind verhaftet.«

Der Angesprochene kicherte.

»Ich? Na klar! Sonst noch was?«

»Zwingen Sie mich nicht, Sie gewaltsam abzuführen.«

Der spöttische Gesichtsausdruck von Harrison veränderte sich auf der Stelle: Sein Lächeln erstarb, der Blick wurde kalt, die Mundwinkel senkten sich.

»Du brauchst deine beiden Kumpane, um mich festzunehmen! Du konntest nicht allein kommen wie ein Mann, was?«

Er sprang auf und rannte mit gesenktem Kopf auf Frewin zu, der den Schlag abfing, indem er die Bauchmuskeln anspannte. Der Lieutenant prallte mit dem Rücken gegen einen Stapel Kisten, der bedrohlich zu schwanken begann. Frewin wehrte seinen Angreifer ab, indem er ihn mit der linken Hand bei den Haaren packte und ihm mit der rechten einen kräftigen Kinnhaken versetzte.

Unter seiner Faust zersplitterte etwas.

Benommen drehte sich Harrison einmal um die eigene Achse. Dann blieb er stehen, hielt sich den Kiefer und starrte Frewin an. Er wollte etwas sagen, doch der Schmerz hinderte ihn daran. Plötzlich schnellte seine Faust vor und zielte auf die Leber des Militärpolizisten, dem es jedoch gelang, die Faust abzufangen und umzudrehen, sodass Harrison gezwungen war, seiner Bewegung zu folgen. Er schleuderte ihn gegen die Kisten, die erneut ins Schwanken gerieten. Harrison schrie auf.

Mehrere Soldaten des Zuges stürzten herbei, um ihrem Kameraden zu Hilfe zu eilen. Einer von ihnen hatte sich mit einer Schaufel bewaffnet. Man konnte nicht einfach einen Kameraden zusammenschlagen.

Mit gezogener Pistole richtete sich Eliot Monroe zu seiner vollen Größe auf, um ihnen den Weg zu versperren.

»Ganz ruhig, Jungs!«, befahl er.

Und da sie nicht stehen blieben, fügte er hinzu:

»Ich werde sie ohne zu zögern benutzen. Ich bin im Recht, und ihr geht mir langsam gewaltig auf die Nerven.«

Dann setzte er eine grimmige Miene auf, verzog den Mund zu einem höhnischen Grinsen und schoss zweimal genau vor ihre Füße, wobei er einen von ihnen fast ins Krankenhaus befördert hätte. Die Männer blieben stehen.

Frewin hatte einen Fuß auf Harrisons Rücken gesetzt, um ihn am Boden zu halten, dann drehte er ihm die Arme nach hinten und legte ihm Handschellen an.

Captain Morris stieg auf eine Kiste und rief:

»Schluss jetzt mit dem Unsinn. Cal wird mit der Militärpolizei gehen, die die Sache schnell klären wird. Wir sind nicht hier, um uns untereinander zu prügeln, verdammt noch mal! Ich bin sicher, dass Cal bald zurückkommt, das Ganze ist ein Irrtum. Und jetzt wieder an die Arbeit. Das ist ein Befehl!«

Gedämpfte Proteste wurden laut. Schimpfend wichen sie zurück. Baker packte Harrison beim Arm und stieß ihn vor sich her. Frewin, der die persönliche Habe des Festgenommenen trug, folgte ihm, dann Monroe, der, die Waffe auf den Boden gerichtet, jedem Einzelnen in die Augen sah.

Die vier Männer erreichten das Hauptquartier, wo der Häftling in ein Zelt gesperrt wurde. Er wurde an einen Ring gekettet, der in einem Betonklotz verankert war und zur Befestigung des Tarnnetzes diente.

Frewin ließ Phil Conrad, den Dienstältesten des Teams, das erste Verhör führen. Harrison war zu wütend auf den Lieutenant, als dass dieser aus ihm irgendetwas hätte herausbekommen können. Drei Stunden vergeblicher Bemühungen. Harrison war außer sich vor Wut. Sein Unterkiefer war geschwollen, vielleicht sogar gebrochen, aber er beklagte sich deswegen nicht. Niemand schlug vor, einen Arzt zu holen, alle hatten den makaberen Inhalt seiner Kiste vor Augen und die Beschreibung des toten Fergus Rosdale. Wenn Harrison der Täter wäre, hätte er es verdient, zu leiden. Wäre er unschuldig, so wäre dies eine gute Lektion für den Haudegen.

Unterdessen durchsuchte Frewin Harrisons persönliche Habe, ohne irgendetwas zu finden – außer einer Taschenlampe, bei der es sich um das Standardmodell der Armee handelte, wie es auch der Mörder am zweiten Tatort zurückgelassen hatte.

Harrison schwieg weiterhin. Er machte den Mund nur auf, um wilde Flüche auszustoßen. Als er erfuhr, wessen man ihn beschuldigte, schien er sogar überrascht und wiederholte mehrmals, dass es ihm ein Vergnügen sei, »Dreckskerle anzugreifen, aber sicher keinen Kameraden. Diese Idioten von der MP versuchen nur, Unfrieden zu stiften!«

Am frühen Abend kam ein Verbindungsoffizier ins Hauptquartier der MP. Generalmajor Toddwarth wollte auf der Stelle Lieutenant Frewin sprechen. Dieser folgte ihm zum Kommandoposten, der hinter einer Wand aus Sandsäcken unter einem Tarnnetz eingerichtet war. Dort traf er Toddwarth in einer Ecke an, die ihm als Büro diente.

Ohne Einleitung begann der Generalmajor:

»Craig, du wirst Cal Harrison auf der Stelle freilassen.«

19

Frewin war völlig perplex.

Den Stummel eines Zigarillos zwischen den Fingern, kratzte sich Toddwarth an seinem ergrauten Schnurrbart. Er suchte auf seinem behelfsmäßigen Schreibtisch nach einem Feuerzeug und zündete den Zigarillo wieder an.

»Harrison wird heute Nacht zusammen mit seinen Kameraden im Zelt schlafen, und dann kehrt im gesamten Zug wieder Ruhe ein«, sagte er und blies eine dicke Rauchwolke in die Luft. »Die Kompanie Raven ist in Alarmbereitschaft, sie zieht innerhalb der nächsten achtundvierzig Stunden an die Front. Wir halten nicht alle geplanten Stellungen und rücken im Übrigen nicht schnell genug vor. Wir brauchen jeden Mann und das Vertrauen aller.«

»Harrison ist vielleicht ein Mörder.«

»Nein, das ist er nicht. Captain Morris hat mir soeben einen Bericht gebracht, den er heute Nachmittag verfasst hat. Er hat die Aussagen von drei Männern zu Protokoll genommen, die bezeugen können, dass Harrison letzte Nacht mit ihnen zusammen war, und zwei weitere Männer bestätigen dasselbe für die Nacht zuvor. Harrison hat in beiden Fällen ein Alibi.«

»Das ist doch Unsinn! Sie halten zusammen, weiter nichts, erfinden Alibis, um sich zu schützen, das beweist überhaupt nichts. Haben Sie meinen Bericht gelesen? Sie wissen, was man in seinen Sachen gefunden hat?«

»Ja eben, das ist einfach zu dick aufgetragen. Der wirklich Schuldige wird den Kopf dort deponiert haben, um den Verdacht auf Harrison zu lenken.«

»Möglich. Trotzdem ist er verdächtig, ich muss ihn vernehmen. Alles andere wäre viel zu gefährlich ...«

»Lieutenant! Du lässt Harrison heute Abend frei, und damit basta! Und anscheinend muss ich dir auch die Richtung weisen, in der du ermitteln musst. Hast du auch nur eine Sekunde darüber nachgedacht, wem diese abscheulichen Morde nutzen? Dem Feind natürlich! Dort musst du suchen! Es gibt unter unseren Soldaten einen Verräter, einen fanatischen Spion, und den musst du fassen, nicht einen unserer Männer, der plötzlich den Verstand verloren hat. Ein Verräter will für Panik sorgen und unsere Moral untergraben. Überprüfe doch mal, wer ausländische Verwandte hat oder in einem der Länder war, gegen die wir Krieg führen. Das ist es, was getan werden muss.«

Frewin senkte den Kopf, er traute seinen Ohren nicht.

»Es ist doch wirklich die Höhe, dass ich dir sagen muss, wie du deine Ermittlungen zu führen hast«, beharrte Toddwarth.

»Colin, das ist eine unglaubliche Farce. Wer setzt dich unter Druck? Der Generalstab? Wollen sie keinen Aufruhr während der Offensive? Fürchten sie, dass es zu Desertionen oder Revolten kommt?«

»Du lässt Harrison vor heute Abend frei und damit basta!«

Der Generalmajor hüllte sich in bläuliche Rauchwolken, und seine Augen zogen sich zu schmalen Schlitzen zusammen, als wolle er Frewin für den Fall des Ungehorsams drohen.

»Geh doch einfach davon aus, dass der Mörder während des Angriffs vielleicht ums Leben gekommen ist ...«, erklärte er.

»Und dass man niemals erfahren wird, wer es gewesen ist? Dass sein Andenken genau so geehrt wird wie das der anderen, die fürs Vaterland gefallen sind? Und wenn er doch noch am Leben ist?«

»Bei dieser ganzen Barbarei wird er vielleicht zu erschöpft sein, um eine weitere Wahnsinnstat zu begehen, wer weiß!«

»Das hat doch mit Wahnsinn nichts zu tun«, ereiferte sich Frewin. »Viel zu kaltblütig, viel zu gut organisiert und ...«

»Also, meine Theorie, dass es ein Spion ist, hat Hand und Fuß! Tu einfach, was ich dir gesagt habe. Finde diesen Spion, und falls ich doch unrecht haben sollte, wird dieser Irre der Sache vielleicht überdrüssig, und hört auf zu töten.«

Frewin schüttelte niedergeschlagen den Kopf.

»Zwei Verbrechen in zwei Nächten. Wenn er diesen Rhythmus beibehält, ist heute Nacht das nächste fällig, Colin.«

Frewin ließ seinen Gefangenen selbst frei. Harrison verließ das Gefängnis betont gemächlich, er kostete die Frustration aus, die er im Blick des Offiziers der Militärpolizei lesen konnte.

»In einem Krieg muss man für alles bezahlen, vor allem für Heimtücke«, raunte er ihm zu. »Wir sehen uns wieder, Lieutenant.«

Eliot Monroe hielt sich mit geballten Fäusten im Hintergrund. Als Harrison gegangen war, kam er auf Frewin zu.

»Lieutenant, ich weiß, das gehört sich nicht, aber ich bin sicher, dass Baker und Larsson mich begleiten würden, um diesem Mistkerl eine Abreibung zu verpassen, falls Sie nichts dagegen haben. Es ginge nur darum, ihm beizubringen, uns etwas mehr Respekt zu zollen.«

»Nichts da, Eliot. Auf keinen Fall.«

Als die Nacht hereinbrach, betraten sie das Hauptzelt des Hauptquartiers, wo sie vom übrigen Team erwartet wurden.

Klapptische und Stühle standen in der Mitte, davor zwei große schwarze Schiefertafeln und Korkwände. Auf einem Beistelltisch gab es mehrere Kannen mit Kaffee. Das Ganze wurde von sechs Petroleumlampen erleuchtet, die an dem Zeltgestänge befestigt waren. Phil Conrad und seinen Freunden in der Logistik waren die drei Teppiche zu verdanken, die den Boden bedeckten – unter den gegebenen Umständen ein absoluter Luxus. Planen, die als Türen dienten, trennten das Hauptquartier von den Nebenzelten ab, wo sich Feldbetten und Vorräte stapelten und weitere Büros eingerichtet waren sowie eine Zelle, die man gerade aus einzelnen Gitterwänden zusammengesetzt hatte.

Am Eingang diskutierten, zwei Türstehern gleich, die beiden Riesen Larsson und Baker, während Angus Donovan, der gegenüber von Conrad am Mitteltisch saß, seine Brille putzte. Matters näherte sich, den Arm in einer Schlinge.

»Gehen Sie ins Lazarett«, befahl ihm Frewin, »und sagen Sie dort, dass ich nochmals Ann Dawson dienstverpflichte. Sollte Stabsarzt Callon Einwände haben, schicken Sie ihn zu Toddwarth.«

»Toddwarth weiß Bescheid?«

»Nein, aber er wird mich decken. Er hat einiges wiedergutzumachen. Und ich habe beschlossen, ihm nichts zu erlassen.«

Donovan, der jede Form von Ärger mit den Vorgesetzten fürchtete, beugte sich beunruhigt vor.

»Gibt es Probleme mit denen da oben?«

»Der Generalstab will, dass sich die Männer auf den Krieg konzentrieren und die Ermittlungen der Militärpolizei so diskret wie möglich verlaufen. Wir sollen keinen Wind machen.«

»Das heißt, keine Vernehmungen?«, fragte Conrad verwundert.

»Möglichst wenig und taktvoll«, korrigierte Frewin. »Keine Verhaftung ohne absolute Gewissheit.«

»Nichts leichter als das!«

»Und in drei Tagen versetzt man uns in die verschiedensten Winkel des Landes!«, entrüstete sich Monroe. »Die wissen schon, wie sie unliebsame Teams loswerden.«

Frewin nickte.

»Durchaus möglich«, bestätigte er, »deshalb müssen wir rasch handeln. Toddwarth, oder besser gesagt, der Stab möchte, dass wir einen möglichen feindlichen Spion unter unseren Männern aufspüren. Das würde der schwelenden Hysterie ein Ende machen und die Bindung zwischen den Soldaten stärken.«

»Das Gegenteil ist der Fall! Bei der Vorstellung, einen Spion in den eigenen Reihen zu haben, werden die Burschen erst recht in Panik verfallen«, entgegnete Donovan und rückte seine Brille zurecht.

»Nicht unbedingt. Die Vorstellung, von einem eingeschleusten Spion dezimiert zu werden, gefällt ihnen sicher besser, als dass einer ihrer Kameraden verrückt geworden ist.«

Frewin schob ein Stück des Vorhangs zur Seite und betrat

ein kleines Zelt, in dem Lebensmittelvorräte lagerten. Er öffnete eine Ration Bohnen mit Würstchen und aß sie kalt bei seinen Männern, die bereits gegessen hatten. Conrad wärmte Kaffee auf, dessen Duft bald das Zelt erfüllte.

Matters kam mit Ann zurück. Ihre glatte Haut, ihre vollen Lippen, ihr blondes Haar und ihre üppigen Brüste, die sich unter dem weißen Kittel abzeichneten, sorgten einen Moment für Stille.

»Meine Herren, darf ich denen, die sie noch nicht kennen, Ann Dawson vorstellen«, verkündete Frewin. »Sie ist Krankenschwester und wird uns bei dem medizinischen Teil der Ermittlungen zur Seite stehen. Zudem verfügt sie über besonderen Scharfsinn, wenn es darum geht, Verbrechen zu analysieren. Nicht wahr, Ann?«

Im ersten Augenblick leicht verdutzt, fing sie sich schnell wieder.

»Ich ... ich habe die letzten vier Jahre auf Schlachtfeldern zugebracht und habe Männer in den dramatischsten Situationen erlebt, die ihre Urinstinkte weckten. Ich habe beobachtet, wie sie sich angesichts von Leid, Tod, dem Tötungsbefehl oder Tötungsinstinkt verhalten. Da ich am Kampfgeschehen nicht teilnehme, habe ich einen gewissen Abstand zu den Soldaten und ihrem Verhältnis zur Gewalt, den sie selbst nicht haben können. Am Krankenbett höre ich ihre intimsten Geständnisse, Gedanken, die sie normalerweise niemandem mitteilen. Mit einer gewissen Leidenschaft für die Psychologie ganz allgemein habe ich all das verinnerlicht. Ich denke, das könnte Ihre Ermittlungen vielleicht noch ... von einer *anderen Seite* beleuchten. Aus der Sichtweise einer Frau.«

Frewin nickte. Sie hatte sich gut aus der Affäre gezogen. Sie hatte ihren Platz in der Gruppe tatsächlich verdient, zumindest vorerst. So würde er Zeit haben, sie besser einzuschätzen und herauszufinden, warum sie sich so sehr für diesen Fall interessierte.

Er schob seinen fast leeren Blechnapf weg und ging zu einer der Tafeln. Das Brainstorming konnte beginnen. Alle setzten sich mit Ausnahme von Monroe, der es vorzog, etwas abseits in der Nähe des Eingangs stehen zu bleiben.

»Ich werde nicht im Detail auf unsere ersten Schlussfolgerungen zurückkommen, ich denke, diese haben sich als gerechtfertigt erwiesen.« Frewin wechselte einen verschwörerischen Blick mit Matters, während er eine Theorie fortführte, über die er in der vorherigen Nacht mit seinem Sergeant gesprochen hatte. »Entweder handelt es sich um einen sehr schüchternen Einzelgänger – oder im Gegenteil – um ein Großmaul, das sich ständig ins Rampenlicht drängt. Bekannt ist auch, wie er es anstellt, seine Opfer in die Falle zu locken. Für die, die nicht dabei waren, als ich darüber berichtet habe, hier der fragliche Gegenstand.«

Frewin ergriff die Taschenlampe, die sie am Vorabend im Aufenthaltsraum der *Seagull* gefunden hatten. Die lange Schnur war um den Griff gewickelt.

»Das ist eine sehr einfache, aber effiziente Bastelarbeit. Der Mörder befestigt die Lampe in einem dunklen Zimmer an einer Wand und postiert sich selbst an der gegenüberliegenden. Betritt das potentielle Opfer den Raum, drückt er auf den Knopf am Ende der Schnur. Die Lampe geht an, das Opfer dreht den Kopf in Richtung des Lichts, und der Täter kann von hinten angreifen.«

Donovan hob die Hand.

»Eine Frage!«, sagte er. »Wurde überprüft, ob Harrison seine Lampe noch im Gepäck hatte?«

»Ja, hatte er. Das will aber nichts heißen, man kann sich problemlos eine beschaffen. Der Mörder wird das Risiko umgangen haben, sich eine neue zu besorgen, indem er vor unserem Aufbruch in der Basis einem anderen Soldaten seine Lampe gestohlen hat.«

»Man könnte in der gesamten Kompanie Raven fragen, ob eine Lampe gestohlen wurde«, schlug der Hüne Baker vor.

»Das würde uns nicht weiterbringen. Was mich heute Abend interessiert, sind die besonderen Merkmale dieser Verbrechen. Was kann man dazu sagen, Matters?«

Der Sergeant erhob sich.

»Also ... ähm, im Fall Rosdale stellt sich die Frage, warum der Mörder diese barbarische Enthauptung vorgenommen hat. Warum er die Leiche auf Fleischerhaken gespießt hat.«

»Und warum dann anstelle des Kopfes ein Widderkopf angebracht wurde«, fügte Donovan sofort hinzu. »Warum kein Hundekopf? Der wäre viel leichter zu beschaffen gewesen.«

»Sehr richtig«, meinte Frewin. »Und auch im Fall Gavin Tomers hat eine Art ... Inszenierung stattgefunden. Er war komplett mit Klebeband umwickelt, die Lippen waren mit Nägeln verschlossen, und in seinem Mund war ein lebendiger Skorpion gefangen.«

»In beiden Fällen gewisse Gemeinsamkeiten«, bemerkte Conrad.

»Richtig.«

Und er schrieb an die Tafel: *GEMEINSAMKEITEN.*

»Wie sehen diese Gemeinsamkeiten aus? In beiden Fällen benutzt er Tiere. Warum?«

»Wegen der Symbolik?«, schlug Ann vor.

Frewin schaute sie an.

»Nur zu, erklären Sie uns das.«

»Ich denke, er tötet nicht verschämt in einer Ecke, ganz im Gegenteil. Ich habe die Leiche von Rosdale gesehen und kann bestätigen, dass der Mörder sie zeigen wollte. Er hat sie nach dem Mord nicht einfach nur liegen lassen, sondern regelrecht *zur Schau gestellt*!«

Frewin nickte zustimmend. Ann fuhr fort:

»Wenn er also seine Verbrechen ... so präsentiert, kann man davon ausgehen, dass er damit etwas sagen will. Es ist eine ... Art, sich auszudrücken.«

»Ziemlich blöde Art«, spottete Larsson.

»Ein Ausdruck, der durch die Leiche vermittelt wird, durch die Veränderung, die er an ihr vornimmt.«

»Oder durch die tierischen Wesenszüge, die er auf sie überträgt«, warf Frewin ein. »Was bedeutet in diesem Fall ein Mann mit einem Widderkopf? Eine Art Minotaurus?«

»Und jemand mit einem Skorpion im Mund?«, bemerkte Conrad mit seiner rauen Stimme. »Was bedeutet das?«

Frewin zuckte mit den Schultern.

»Auf jeden Fall ist dies eine Hypothese, die wir im Auge behalten sollten«, betonte er. »Der Bezug zu einem Tier. Was fällt sonst noch auf?«

»Die Brutalität der Verbrechen«, sagte Matters. »Wir wissen nicht, wie Rosdale gestorben ist, wahrscheinlich wurde ihm die Kehle durchgeschnitten, Tomers jedenfalls wurde gewürgt.«

»Aber dadurch nicht getötet. Er hat wahrscheinlich das Bewusstsein verloren oder zumindest einen Großteil seines Verstandes, aber er lebte noch, als ihm dieser Skorpion in den Mund geschoben wurde. Warum diese Barbarei?«

»Der Mörder hasste diese Typen«, meinte Monroe aus dem Hintergrund des Zeltes. »Die Männer der Kompanien Raven, Gold und Alto kannten sich, vielleicht gab es ja irgendwelche Rivalitäten.«

»Die bis zum Mord führen?«, fragte Matters erstaunt. »Das dürfte doch wohl etwas übertrieben sein!«

»Ich weiß, ich verfolge immer noch den Gedanken einer Symbolik«, unterbrach Ann. »Ich finde das wirklich sehr wichtig. Ich glaube, der Mörder ist intelligent, er ist sehr geschickt, denn niemand hat ihn bemerkt, und er hinterlässt keine verräterischen Spuren. Das alles sind Zeichen seiner Intelligenz. Und wenn er so clever ist, könnte es sein, dass er versucht, Dinge anders auszudrücken als in unserer üblichen Sprache, insbesondere durch den Tod und die Art der Inszenierung.«

»Warum sollte er das tun?«, fragte Baker.

»Ich weiß es nicht. Vielleicht frustriert ihn die normale Sprache, weil er in seinen verbalen Fähigkeiten eingeschränkt ist … Falls dieser Mann während seiner Entwicklung als Kind oder Jugendlicher schwer traumatisiert wurde, gelingt es ihm möglicherweise nicht, sich korrekt zu artikulieren …«

»Wie? Er kann nicht drei Wörter aneinanderreihen?«, hakte Baker nach, dem es gelegentlich an Feingefühl fehlte.

»Nein, das ist eine Metapher, ich will damit sagen, dass er sich nicht so entwickelt hat wie Sie und ich und dass gewisse Emotionen bei ihm nicht in denselben Bahnen laufen wie bei uns. Manche dringen nicht bis zu ihm vor, bei anderen gelingt es ihm hingegen nicht, sie herauszulassen. Mit den Jahren sammeln sie sich dann an. Auch die Frustration, die Gefühle nicht ausleben zu können, staut sich an. Er kann sie nicht äußern, sie häufen sich tief in seinem Innern an und werden zu einer Art Zwangsvorstellung. Bis er schließlich krank wird oder zumindest auf Wege gerät, die nicht die unseren sind. Seine Frustration wird so stark, dass sie neue Verhaltensmuster schafft. Dabei ist das Töten vielleicht das einzige Mittel für ihn, um zu überleben. Töten ist sein Sicherheitsventil, um nicht zu implodieren.«

Bedrückende Stille folgte auf diese Ausführungen. In der Ferne war von der nur wenige Kilometer entfernten Front das Donnern der Kanonen zu hören und erinnerte daran, dass die Angriffe auch in der Nacht anhalten würden.

Frewin schwieg. Ann legte auf ihre Art Ansichten dar, die

er teilte: Dieselbe Vision der kriminellen Entartungen, die er sich in vielen Jahren zurechtgezimmert hatte. Es war, als sei sie in sein Gehirn eingedrungen, um sich seine Schlussfolgerungen zu eigen zu machen. Er redete von der »Sprache des Blutes«, sie betrachtete diese Morde als eine Ausdrucksform! Das kam auf dasselbe heraus. Wie konnte sie so viel darüber wissen? Wie konnte eine Krankenschwester, auch wenn sie eine besonders gute Beobachtungsgabe hatte, die Psyche äußerst sadistischer Verbrecher so genau erfassen?

»Jemanden durch einen direkten Angriff zu töten, das ist bereits etwas sehr … Bestialisches, Schwieriges. Es ist ein Albtraum«, sagte Monroe finster. »Und im Augenblick der Tötung wird der Mensch von seinen primitivsten Instinkten geleitet. Er hört auf, Mensch zu sein und wird wieder zum Tier – der eine zum Raubtier, der andere zur Beute. Das alles ist wahnsinnig hart. Wie kann ein Mensch so weit kommen, einen anderen mit solcher Lust zu töten, nur weil er frustriert ist?«

Man spürte, dass hier von Monroes persönlichen Erfahrungen die Rede war. Die Opfer dieses Krieges lagen nicht nur in den Gräbern.

»Die Persönlichkeit entwickelt sich ab den ersten Lebensjahren wie ein Wasserlauf«, legte Ann dar. »Anfangs ist sie nur wie ein Rinnsal, das bergab fließt. Je nachdem, wie viele Zuflüsse sich hinzugesellen, wird dieses Rinnsal breiter oder auch nicht. Nun kann es geschehen, dass eine Verletzung den Wasserlauf verändert, ein Riss, den er ausfüllen muss, bevor er seinen Weg fortsetzen kann, eine tiefe Spalte, die seinen Lauf verändert, oder ein Hindernis, das in dieses Flussbett fällt und das Wasser zwingt, sich zu teilen oder sich einen unterirdischen Weg zu suchen. Denn was auch immer geschieht, die Persönlichkeit muss sich, wie eben dieser Wasserlauf, fortbewegen und weiterentwickeln, denn sie ist in die Zeit und den Lauf des Lebens eingebunden. Heute beginnen die Fachleute erst allmählich zu verstehen, worauf unsere Verhaltensweisen basieren. Sie untersuchen unser Gebaren – das zum großen Teil zwar neurotisch ist aber ›im Normbereich‹ liegt. Was aber ist mit den Menschen, die sich wegen zu vieler Hindernisse anders entwickeln? Wegen zu vieler Verwerfungen und Spalten, die sie überwinden mussten, als sie noch schwache Rinnsale waren? In welchem Zustand erreichen sie das Meer? Welche Wege müssen sie wählen, um überleben zu können? Und welche Experten können von sich behaupten, die unterirdischen Wasserläufe und ihre extreme Komplexität zu verstehen?«

Ann atmete tief durch, bevor sie zum Ende kam:

»Für uns, die wir im Licht großgeworden sind, ist Töten ein schändlicher Akt, der unsere Ängste, unsere Tabus und Verbote deutlich macht. Für einen Menschen, der in den unterirdischen Windungen seiner Persönlichkeit heranwächst, kann Töten der höchste Akt der Selbstenthüllung sein, ein Mittel, etwas Licht in seine Finsternis zu bringen. Töten wird zum einzigen Weg, seine Leidenschaften zum Ausdruck zu bringen, und deshalb empfindet er beim Töten Gefühle und Lust.«

Frewin bemerkte, dass sie sich von ihren Erläuterungen selbst mitreißen ließ. Sie mussten das Ergebnis langer Überlegungen sein. Ein weiteres Geheimnis wob sich um Ann Dawson. *Wer ist sie wirklich?*, fragte sich Frewin eindringlich.

»Sehr gut«, sagte er. »Wenn ich zusammenfassen darf, haben wir es mit einem Menschen zu tun, der nicht dasselbe Wertesystem hat wie wir und der sich nicht auszudrücken vermag wie wir.«

»Ja. Töten ist für ihn fast lebensnotwendig, wenn er erst einmal damit begonnen hat. Ich glaube, er hat in so kurzer

Zeit erneut getötet, weil es ihm gefiel und er sichergehen wollte, dass es wirklich ... *gut* war und dass er diese Gefühle jedes Mal wieder empfinden würde.«

»Diese Theorie lässt das Schlimmste befürchten«, empörte sich Donovan.

»Wenn er beim zweiten Mal dieselbe Lust empfunden hat wie beim ersten Mal, steuern wir tatsächlich auf eine Katastrophe zu. Sollte er hingegen enttäuscht gewesen sein, fürchte ich, dass er auch wieder töten wird, aber erst nach einer gewissen Pause, weil er darüber nachdenken muss, was nicht gelungen ist.«

»Und wenn er beim dritten Mal nicht zufrieden ist?«, fragte Matters neugierig.

»Ich weiß nicht«, gestand Ann. »Er wird damit aufhören und eine andere Ausdrucksform suchen. Oder ... er wird wieder und wieder töten, mit stets noch größerer Grausamkeit, um seiner Wut Luft zu machen, weil er bei diesen neuen Verbrechen nicht dieselbe Lust empfindet.«

»Warum sollte er beim Töten Lust empfinden?«, beharrte Monroe, der sich mit diesem Gedanken nicht anfreunden konnte.

»Weil er endlich die für ihn passende Ausdrucksmöglichkeit gefunden hat. Er hat sich diesen Augenblick seit langem *ausgemalt*. Wie bei einem Jugendlichen, der seinen ersten Geschlechtsverkehr erlebt. Er beherrscht die Situation noch nicht, weil ihn die Gefühle übermannen, er ist gepackt von dieser Lust, von der er so oft geträumt hat, die sich aber als zu kurz erweist. Also wird er es wieder tun, immer wieder, um diese Befriedigung erneut zu erleben.«

»Aber warum sollte er davon träumen zu *töten*?«

Ann zuckte mit den Schultern.

»Ich weiß es nicht genau, das hängt mit seiner Persönlichkeit zusammen, mit seiner Entwicklung, seinen Traumata.

Jemand, der von einem Elternteil unterdrückt wurde, ein Mensch, dessen Geschlechtsidentifikation durch sexuellen Missbrauch in der frühen Kindheit gestört ist … dazu gibt es viele Erklärungen. Wie auch immer, er hat sich nicht ausgeglichen entwickeln können und hat sich zurückgezogen, was dazu geführt hat, dass er sich seine Befriedigungen im Wesentlichen selbst beschafft und nur selten durch andere erfährt. Wer weiß? Vielleicht war er der Prügelknabe seiner Kameraden … Egal. Gegenwärtig emanzipiert er sich durch die Zerstörung anderer und empfindet dabei Lust. Dort, wo das Handeln der meisten Menschen durch die Liebe bestimmt wird, treibt ihn der Hass an, und jegliche Form der Empathie ist ihm völlig fremd. Er ist ganz in sich zurückgezogen.«

Frewin bemerkte, wie gebannt die Männer ihr lauschten.

»Darf ich Sie fragen, woher Sie diese Kenntnisse haben?«, erkundigte er sich.

Sie verlor sofort die Fassung.

»Ich … ich lese sehr viel zu diesem Thema.«

»Sie … lesen? Sie sind eine merkwürdige Krankenschwester, Miss Dawson.«

Einige Sekunden lang fixierten sie einander. Er versuchte zu ergründen, was sie verbarg, und sie wusste es.

»Wie wird sich dieser Typ im Alltag verhalten?«, wollte Matters wissen.

Frewin senkte den Blick, um Ann antworten zu lassen.

»Na ja … Er … Ich fürchte, er ist nicht viel anders als die übrigen Soldaten. Er ist schlau und weiß, dass er nicht durch seine Andersartigkeit auffallen darf. Das militärische Leben dürfte ihm zusagen. Disziplin, die eingehalten werden muss, und eine Hierarchie. Für manche mag das unerträglich sein, aber er kommt gut damit klar, er bedient sich dieser Form, um seinen äußerlichen ›Persönlichkeits-Panzer‹ zu schmieden, der ihm als Maske dient. Die militärische Disziplin dürfte ihm dabei helfen, und das Gruppenleben wird kein unüberwindliches Hindernis sein. Er muss sich nur an die Regeln guter Kameradschaft halten, dann lässt man ihn in Frieden. Allerdings glaube ich, dass er sich nicht völlig wohlfühlt dabei. Er ist ein Mann, der sich trotz allem etwas abseits von der Gruppe hält, ein Einzelgänger. Er ist zu verschieden in seinem Wesen, als dass er ständig mit den anderen zusammen sein könnte.«

»Ob nun Einzelgänger oder extrovertierte Persönlichkeit, er kann seine Andersartigkeit hinter einem der beiden Extreme verbergen«, ergänzte Frewin.

Er drehte sich um und vervollständigte, was er zu schreiben begonnen hatte.

GEMEINSAMKEITEN

Bezug zur Tierwelt
Barbarische Verbrechen
Inszenierung

Der Kriminelle: Einzelgänger oder extrovertiert?

»Wir haben es mit einem Perversen zu tun«, ergänzte Frewin. »Die Tatsache, dass er seine Verbrechen zur Schau stellt, dass er mit solcher Grausamkeit tötet und uns durch diese Tierbilder etwas sagen will, ist nicht nur eine Ausdrucksform, sondern er spielt. Er legt falsche Fährten, er maskiert seine Leichen. Er spielt mit uns.«

»Mit uns? Also mit der Militärpolizei?«, entrüstete sich Larsson.

»Mit den anderen«, korrigierte ihn Frewin. »Mit denen, die nicht so sind wie er. Es ist ein perverser und provozierender Spieler. Er wusste wie jeder in der Kompanie Raven, dass wir

Ermittlungen durchführen, und sobald sich ihm die Gelegenheit bot, hat er zugeschlagen. Heute Vormittag waren Clauwitz und Forrell sein drittes und viertes Opfer. Er will uns etwas sagen. Und zwar nicht gerade etwas Freundliches.«

»Sie glauben, er hat Ihre Männer getötet?«, fragte Ann.

»Kein Zweifel.«

»Wenn Sie sagen: Er spielt«, versuchte Conrad den Faden weiterzuentwickeln, »beziehen Sie sich dann auf die Indizien, die er verteilt, um uns auf eine falsche Fährte zu lenken? Wie die Initialen OT, die am Schauplatz des ersten Verbrechens gefunden wurden?«

»Zum Beispiel.«

»Man kann unmöglich sagen, ob er oder das Opfer diese Initialen geschrieben hat«, unterbrach Ann.

Frewin zuckte mit den Schultern.

»Wenn es das Opfer war, ergibt das überhaupt keinen Sinn. Wir haben den gesamten 3. Zug und sogar die gesamte Kompanie Raven überprüft, niemand hat diese Initialen. Es ist wohl wahrscheinlicher, wie Matters herausgefunden hat, dass es sich um ein Q und ein T handelt. Quentin Trenton. Dieser hatte aber für die Zeit der beiden Verbrechen ein Alibi. Und er ist inzwischen … tot. Das war ein sehr subtiles Mittel, um uns zu täuschen.«

»Vielleicht wird es gar kein neues Verbrechen geben …«, meinte Donovan mit einem Funken von Hoffnung in den Augen. »Wenn Trenton der Mörder war.«

Niemand griff diesen Gedanken auf, und Matters fuhr fort:

»Zusammenfassend lässt sich also sagen, dass wir einen kräftigen Rechtshänder aus dem 3. Zug suchen, einen Einzelgänger, der sich anzupassen weiß, oder einen Extrovertierten. Das grenzt die Verdächtigen schon ein.«

»Nur ist es leider schwierig, etwas aus den Männern herauszubekommen«, warf Frewin ein. »Sie halten zusammen. Wir gelten in diesem Fall als Verräter, und sie werden sich lieber solidarisch zeigen und sogar etwas erfinden, als uns dabei zu helfen, einen der Ihren einzulochen. Vergessen Sie nicht, dass sie bei jedem Einsatz gemeinsam ihr Leben riskieren, diese Männer setzen sich immer wieder füreinander ein. Solidarität steht hier im Vordergrund.«

Monroe ergriff das Wort.

»Und was ist jetzt mit diesem Harrison? Ist das unser Mann oder nicht?«

Frewin blickte skeptisch drein.

»Schwer zu sagen. In der ersten Euphorie wollte ich das gerne glauben, alles sprach gegen ihn ... Allerdings hat er mit dem entwickelten Täterprofil keine Ähnlichkeit. Der Mörder ist vorsichtig und geht methodisch vor. Er hätte den Kopf seines ersten Opfers nicht aufbewahrt, das ist einfach zu dumm.«

»Dieser Mörder verhält sich ähnlich wie ein Jäger, oder?«, fragte Matters. »Und Jäger bewahren ihre Trophäen gerne auf. Mich würde das nicht wundern. Harrison passt meiner Meinung nach genau!«

Es war wieder an Ann, ihre Sichtweise darzulegen.

»Ich teile eher die Meinung von Lieutenant Frewin. Alles deutet darauf hin, dass der Mörder methodisch und vorsichtig vorgeht. Er denkt daran, seine Spuren zu verwischen, warum sollte er also an seiner eigenen Kiste Blut hinterlassen? Diese roten Flecken haben mich alarmiert, als ich die Kisten inspiziert habe. Der Mörder wusste, dass sie von den Männern der Transportabteilung für den späteren Aufbruch geholt werden würden, er wusste, dass die Blutflecken auf einer Kiste Aufmerksamkeit erregen würden. Warum diese Nachlässigkeit, wenn er andererseits am Ort der Verbrechen so aufmerksam ist? Ich kann das nur schwer glauben. Es wäre hingegen eine gute falsche Fährte, ein weiteres Mittel, uns in die Irre zu führen.«

»Wir schreiben ihn auf unserer Liste potentieller Verdächtiger ganz oben dazu«, entschied Frewin, »da wir nicht über ausreichend viele Beweise verfügen, um Toddwarth von der Notwendigkeit seiner Festnahme überzeugen zu können. Man müsste ihn überwachen, jemanden Vertrauenswürdigen im 3. Zug finden.«

»Unmöglich«, vermeldete Conrad. »Sie halten zusammen wie Pech und Schwefel. Niemand wird ihn für uns überwachen.«

»Ich kann Ihnen dabei helfen, sie auszukundschaften«, griff Ann ein. »Ich kann mich in ihrer Nähe aufhalten. Mir werden sie nicht misstrauen.«

Frewin biss die Zähne zusammen. Genau das hatte er die ganze Zeit befürchtet.

»Es ist Ihre einzige Chance, mehr über ihn zu erfahren«, erinnerte sie ihn.

Frewin zerbrach die Kreide, die er in der Hand hielt, und ließ sie diskret verschwinden, dann setzte er sich auf die Tischkante.

»Vor allem haben wir jetzt nicht nur den Mörder zum Feind, sondern auch Harrison«, gab Monroe zu bedenken. »Ob er nun schuldig ist oder nicht, ich kann garantieren, dass er jede Gelegenheit nutzen wird, uns eins auszuwischen.«

Matters runzelte die Stirn.

»Also?«, fragte Ann und schaute Frewin fragend an. »Unsere Zeit ist knapp bemessen. Zwei Verbrechen in zwei Nächten. Und ein drittes, das sich bereits abzeichnet.«

»Vier Morde«, erinnerte Conrad kalt.

Frewin seufzte. Ann ließ ihn nicht aus den Augen. Sie hatte begriffen, dass er sich um sie sorgte. Er wollte nicht, dass sie persönlich in die Angelegenheit verwickelt würde.

Und sie forderte ihn heraus.
Sie war dazu fähig.
Es gab etwas in ihr, das sich ihm entzog.
Ein Geheimnis, das sie von allen anderen unterschied.
Genau wie bei dem Mörder, den sie jagen würde.

20

Die weiße, kalte Dämmerung wurde am Horizont sichtbar und nahm die letzten Träume mit sich.

Gespenster in Menschengestalt taumelten zurück in die Basis, während sich ihre Ablösung, die Augen noch voller Schlaf, auf den Weg machte, um sie an der Frontlinie zu ersetzen.

Der Tau vermischte sich mit der durchdringenden Kühle des frühen Morgens und zwang die Männer, sich fester in ihre Mäntel zu hüllen. Überall sah man Becher mit dampfendem Kaffee oder Tee, und über den Helmen begann bereits wieder der Tanz der Bomber und Jäger.

Frewin, der auf einem Stapel Stahlkisten saß, in denen Munition verstaut war, wartete, einen warmen Becher in der Hand, auf die Rückkehr von Matters, Donovan und Conrad. Sein Kinn brannte, da er sich nur rasch mit kaltem Wasser rasiert hatte. Er hatte sich bemüht, die genähte Wunde auszulassen, die sich über seine Wange bis zum Ohr zog und spannte, als sei die Gesichtshaut eingelaufen.

Donovan kam als Erster, um Bericht zu erstatten. Vom Stabsquartier des Lagers gab es keine besonderen Vorkommnisse zu vermelden. Direkt anschließend tauchte Matters auf. Auch bei den Offizieren, die die Kompanie Raven befehligten, hatte es keine Vorkommnisse gegeben. Die Nacht in der Basis war ruhig gewesen. Als Conrad erschien, richteten sich alle Blicke mit fast greifbarer Furcht auf ihn. Er reagierte mit einer abwehrenden Handbewegung. Aus dem Lazarett gab es nichts zu melden – kein Verwundeter, keine Leiche, die nicht das Ergebnis der Kampfhandlungen war.

Frewin stieß einen tiefen Seufzer aus. Wie alle seine Männer hatte er schlecht geschlafen, war beim geringsten Geräusch aufgewacht und hatte an den Mann gedacht, der dieses Lager heimsuchte, an das Leid, das er möglicherweise gerade verursachte, an den Tod, den er wahrscheinlich jemandem bringen würde, während sie machtlos darauf warten mussten, wo er zuschlug und wen er sich auswählte.

Diese dritte »friedliche« Nacht löste in Frewin eine gewisse Unruhe aus. Natürlich überwog die Erleichterung, aber er war ängstlich, fast ... *traurig*. Wenn nun der Mörder beschlossen hatte, seine Selbsterforschung und die Zerstörung anderer vorübergehend zu unterbrechen? So könnte er durch die Maschen des Netzes schlüpfen, sich einen anderen Zug, eine andere Kompanie aussuchen. Sich gar vom Krieg zurückziehen? Und wenn er beim gestrigen Angriff verwundet worden war? Würde er in die Heimat zurückkehren und erneut töten, weit von Frewin und seinem Team entfernt? All das führte zu einer bitteren Erkenntnis: Es bestand die Möglichkeit, dass sie ihn nie zu fassen bekommen würden, dass er nie für seine abscheulichen Taten würde bezahlen müssen. Dass Forrell und Clauwitz sowie den beiden anderen Opfer nie Gerechtigkeit widerfahren würde.

Frewin trank einen Schluck heißen Kaffee, bevor er mit seinen Männern das Hauptquartier betrat. Dort fand die Lagebesprechung dieses Tages statt.

»Nachdem die Spitze des Generalstabs von Toddwarth verlangt hat, jeden Aufruhr zu vermeiden und für Ruhe zu sorgen, wird er darauf achten, dass uns diese Ermittlungen nicht daran hindern, unsere sonstigen Aufgaben zu erfüllen. Sollte er feststellen, dass wir uns zu sehr auf die Morde konzentrieren, wird er uns Knüppel zwischen die Beine werfen. Ich kenne den Generalmajor, er wird uns damit nicht schaden wollen, er stellt nur immer seine Interessen in den Vordergrund, vergessen Sie das nicht.«

»Heißt das, dass wir uns diskret verhalten müssen?«, wollte Baker wissen.

»Nein, im Gegenteil, halten Sie sich gut sichtbar vor Ort auf, kontrollieren Sie die Aktivitäten der Züge, denen Sie zugeteilt sind. Conrad und Larsson kümmern sich um den 1. Zug, Donovan und Baker um den 2. und Matters und Monroe um den 3. Fordern Sie Berichte von den Offizieren, gehen Sie durch das Gefangenenlager, um sich zu zeigen, aber bedenken Sie, dass Sie bis auf weiteres von der Gefangenenüberwachung freigestellt sind. Zumindest das hat Toddwarth uns zugestanden. Kommen Sie Ihrer Pflicht nach, innerhalb der Sicherheitszone Ihre Runden zu drehen. Niemand lässt eine Wache aus, und wir ersetzen die Kollegen der anderen Kompanien. Sie sorgen dafür, dass Ordnung, Disziplin und Ruhe herrschen. Dabei hindert Sie nichts daran, Fragen zu stellen. Die Männer kennen sich, sie sprechen miteinander. Versuchen Sie, die Einzelgänger, die Großmäuler und Außenseiter zu erkennen. Prüfen Sie, ob es kleine Grüppchen gibt und wer dazugehört. Jegliche Information über Fergus Rosdale und Gavin Tomers ist interessant, damit wir mehr über sie erfahren: Hatten sie mit irgendjemandem Streit? Mit wem waren sie befreundet? Wir müssen herausfinden, warum es sie getroffen hat, warum der Mörder ausgerechnet sie ausgewählt hat. Mit der geringsten Information kommen Sie zu mir. Ich bleibe hier, erledige den Papierkram und sorge dafür, dass wir möglichst lange zusammenbleiben können. An die Arbeit, Leute.«

Alle erhoben sich, und auch Larsson richtete sich zu seiner vollen Größe auf und deutete auf Helm und Mütze.

»Welches ist heute dran, Lieutenant?«

»Wir befinden uns noch immer auf feindlichem Gebiet, Larsson. Also Helm auf.«

Monroe und Baker grinsten. Sie amüsierten sich über den Eifer ihres Freundes und gingen. Frewin rief Matters zurück, der ihnen folgen wollte.

»Sergeant, ich würde mich gerne einen Moment mit Ihnen unterhalten.« Verwundert machte Matters kehrt.

»Wenn Sie auf dem Areal des 3. Zugs patrouillieren, sorgen Sie bitte dafür, dass Ann Dawson nicht in Schwierigkeiten gerät, ja? Es gefällt mir nicht, sie inmitten dieser Wölfe zu wissen.«

»In Ordnung. Wenn Sie meine Meinung hören wollen: Sie kommt da durchaus zurecht und könnte sich falls nötig auch verteidigen.«

»Vielleicht, aber man kann nicht vorsichtig genug sein. Es gibt in diesem verdammten Zug zumindest einen Mann, der nicht das ist, was er zu sein vorgibt. Versuchen wir also, kein Risiko einzugehen. Halten Sie die Augen offen.«

Am Spätnachmittag tippte Frewin einen Bericht für seine Vorgesetzten auf einer Reiseschreibmaschine, die im Vorzelt des Hauptquartiers stand. Als er den Blick von seinem Blatt hob, bemerkte er hinter den bewaldeten Hügeln schwarze Rauchsäulen, die, von Donnern begleitet, hier und da von weißen und roten Blitzen gespickt waren. Ständig wurden weitere Fahrzeuge mit Material und Truppen zur Verstärkung am Strand entladen, die durch das Basislager zogen, bevor sie zu ihren beunruhigenden Zielen aufbrachen.

Frewin war gerade mit einer Grammatikfrage beschäftigt, als ein Verbindungsoffizier eilig sein Zelt betrat.

»Ich habe ein Telegramm für Lieutenant Frewin!«, verkündete er mit einem prüfenden Blick auf die Ärmelstreifen. »Sind Sie das?«

Frewin bedeutete ihm, näher zu treten, und nahm das Blatt entgegen. Es kam von der *Seagull.*

Schnellanalyse der gefundenen Beweisstücke. Stop. Denke, es handelt sich um Nylon. Stop. Derzeit fehlt Material. Stop. Melde mich sobald wie möglich. Stop. Dr. Carrhus.

Frewin bedankte sich bei dem Überbringer und besann sich, als dieser gerade gehen wollte, eines anderen:

»Warten Sie!«

Er ging ins Innere des Hauptquartiers und kam mit einer grünen Metallkiste zurück, die den abgetrennten Kopf von Fergus Rosdale enthielt. Er hatte ihn seit dem Vorabend bei sich gehabt, ohne genau zu wissen, was er damit tun sollte, außer ihn dem medizinischen Personal zu übergeben, hatte aber soeben seine Meinung geändert.

»Nehmen Sie das mit und bringen Sie es Dr. Carrhus auf die *Seagull.* Es ist sehr eilig.«

Er kritzelte eine Nachricht für den Arzt auf einen Zettel, worin er ihn bat, den Inhalt zu untersuchen, und übergab alles dem geduldig wartenden Soldaten.

»Und achten Sie darauf, dass niemand die Kiste öffnet!«

Sobald er wieder allein war, setzte er sich, schob die Schreibmaschine zur Seite und stützte die Ellbogen auf.

Nylon.

21

Als er den Namen Lieutenant Frewin von der Militärpolizei hörte, war Stabsarzt Callon sehr nachdenklich geworden.

Ann vermutete, dass er sich fragte, welche Gründe die Militärpolizei wohl dazu veranlassen mochte, die Unterstützung einer Krankenschwester anzufordern. Frewin war ein Hüne und stand in dem Ruf, nur selten mit Unbekannten zu sprechen und ein Haudegen zu sein. Seit Ann mit ihm zu tun hatte, wunderte sie sich über dieses Image. Zwar hatte Frewin eine imposante Statur, doch nichts an seinem Verhalten deutete auf Gewalttätigkeit hin. Viele Gerüchte entstanden durch Äußerlichkeiten, davon konnte sie selbst ein Lied singen!

Was also stellte sich Stabsarzt Callon vor? Dass Frewin seine Verdächtigen folterte, bis ihr Zustand das Eingreifen einer Krankenschwester erforderte? Er hatte sie morgens ausgehorcht, hatte sie gefragt, ob mit der MP alles in Ordnung sei. Ann hatte ausweichend geantwortet, was ihm offensichtlich missfallen hatte. Auch die am Abend von Frewin verfasste Notiz hatte ihn verärgert. Der Lieutenant verlangte, Ann solle vorrangig für die Militärpolizei tätig sein. Es sei eine Aufgabe von höchster Wichtigkeit. Callon hatte keine Einwände vorbringen können. Ann genoss derzeit eine Bewegungsfreiheit, gegen die er nichts unternehmen konnte, außer er würde sich an höherer Stelle beschweren, aber dafür war er viel zu feige.

Ann wollte nicht völlig von ihren eigentlichen Aufgaben und ihren Kollegen abgeschnitten sein. Sie verbrachte den Vormittag im Lazarett, um einen möglichst guten Überblick über die Lage zu gewinnen und das völlig überlastete Personal zu unterstützen. Ständig trafen neue Verwundete ein, die Operationsabteilungen waren überfüllt, die Chirurgen operierten pausenlos. Man machte sich nicht mehr die Mühe, das Blut vom Boden zu wischen oder die Zeltwände zu reinigen, und der strenge Blutgeruch nahm einem den Atem.

Mittags beendete Ann dort ihren Dienst und ging in das Zelt, das sie mit Clarice teilte. Sie benetzte sich das Gesicht mit kaltem Wasser und versuchte durch eine Katzenwäsche, das Leid abzuspülen, das noch immer an ihrer Haut haftete. Sie ließ das Mittagessen ausfallen, aß nur ein Stück Brot, während sie im Staub der Schützenpanzer und inmitten der aufgeregten Soldaten, die sich zu ihren Stellungen aufmachten, durch das Basislager lief. Die Kompanie Raven war im Südteil untergebracht, der 3. Zug ganz hinten am Waldsaum. Sie traf Captain Morris dösend in seinem Zelt an.

»Captain, entschuldigen Sie, ich wollte Ihnen nur sagen, dass ich in Ihrer Abteilung unterwegs bin, um einen kleinen Gesundheits-Check bei Ihren Männern durchzuführen.«

Morris richtete sich verwirrt auf.

»Einen Gesundheits-Check?«, wiederholte er. »Was soll der Unsinn?«

Ann bemerkte, dass seine Lippe durch eine Narbe, die bis zur Nase hinaufreichte, übel zugerichtet war. Sie deutete auf ihre Tasche mit dem roten Kreuz, die sie mit den Placebos bestückt hatte, die man Sterbenden gab, um sie glauben zu machen, dass man sich um sie sorgte, ohne jedoch die wertvollen wirksamen Medikamente zu vergeuden – so sah die Wirtschaftlichkeit des Krieges aus.

»Ich frage Ihre Männer, ob sie schlafen können, ob sie ein Beruhigungsmittel brauchen oder eher Vitamine, Aspirin …«

»Beruhigungsmittel für eine Kampfeinheit? Machen Sie Witze?«

»Nichts Starkes, seien Sie unbesorgt. Es sind keine Schlafmittel, nur etwas, damit sie zur Ruhe kommen. Soweit ich weiß, ist die Kompanie Raven heute nicht zum Einsatz vorgesehen. Sicher ist sie morgen wieder dran.«

»Oder übermorgen, das weiß keiner. Außerdem befinden wir uns im Krieg, junge Frau, und da verteilt man keine Beruhigungsmittel an Soldaten!«

»Etwas Entspannung hilft ihnen, im Einsatz wieder leistungsfähiger zu sein, Captain. Aber, einverstanden, ich will nicht darauf beharren. Trotzdem kann ich ihnen doch wenigstens Vitamine anbieten?«

Morris schüttelte den Kopf.

»Ich glaube, ich träume ...«, murmelte er.

Zornig stemmte Ann die Hände in die Hüften.

»Hören Sie, es macht mir auch keinen Spaß, den Babysitter zu spielen, um die Moral der Truppen zu heben. Damit Sie's genau wissen, es geht nicht darum, dass Ihre Männer ein paar Tabletten schlucken. Sie sollen einfach nur das Gefühl haben, dass man sich um sie kümmert. Die Anwesenheit einer Frau vertreibt ihre finsteren Gedanken. Wenn Sie damit tatsächlich ein Problem haben, wenden Sie sich an den Generalstab und nicht an mich.«

Nach einer theatralischen Pause fügte sie hinzu:

»Also, kann ich jetzt gehen?«

Morris, der durch ihren Tonfall und die Vorstellung, der Generalstab könnte sich so etwas ausgedacht haben, aus der Fassung gebracht war, konnte nicht anders, als zuzustimmen. Ann trat aus dem Zelt in die Nachmittagssonne.

Sie begann ihre Informationsbeschaffung bei demjenigen, der ihr bester Verbündeter oder schlimmster Feind werden konnte: bei dem Sanitäter des Zugs, Parker Collins. Ein großer Dunkelhaariger mit schönen grünen Augen. Er war dabei, seine medizinischen Utensilien sorgfältig in einem kleinen

Koffer zu ordnen. Wahrscheinlich zum dritten oder vierten Mal, seit er aufgestanden war, dachte Ann. Er zählte die Kompressen, die Morphinvorräte, das Verbandsmaterial … Um seine Ängste zu besänftigen.

»Fehlt auch nichts?«, fragte sie.

Collins fuhr hoch.

»Was?«

»Fehlt nichts in Ihrem Notfallkoffer? Sonst könnte ich Ihnen zusätzliche Reserven bringen.«

Collins sah sie neugierig an.

»Ähm, nein, meine Tasche platzt schon aus allen Nähten.« Er runzelte die Stirn, während er sie musterte. »Wir haben uns schon mal gesehen, nicht wahr? Sie sind …«

Sie grüßte ihn mit einem Kopfnicken und antwortete:

»Auf der Durchreise.«

»Sehr lustig«, sagte er ohne Sinn für ihren Humor.

Wohl eher kein Verbündeter.

»Okay, das ist kein guter Anfang«, sagte sie lächelnd. »Ich bin Ann Dawson. Wir sind uns bereits auf der *Seagull* begegnet, direkt vor dem Angriff. Ich wollte Ihren Zug aufsuchen, um ein paar Pillen zu verteilen, nichts wirklich Wirksames, aber damit die Soldaten das Gefühl haben, dass sich jemand ihrer annimmt. Und ich dachte, Sie könnten mir vielleicht sagen, wer das am nötigsten hat …«

Collins kratzte sich an der Augenbraue, während er nachdachte.

»Ich wusste gar nicht, dass man sich im Lazarett so was ausdenkt«, erwiderte er. »Sie sollten sich vielleicht Clamps, Risbi und Wilker anschauen. Die sind ziemlich daneben.«

»Seit dem gestrigen Angriff?«

»Seit dieser verdammte Krieg begonnen hat.«

»Ich … Wir versuchen, Depressionen vorzubeugen. Ein Symptom dafür ist, dass sich jemand zurückzieht, allein sein möchte oder, im Gegenteil, euphorisch wird. Haben Sie irgendetwas in der Richtung bemerkt?«

Er blickte nachdenklich drein.

»Tja ... Traudel hat der gestrige Vormittag ganz schön zugesetzt, aber der fängt sich wieder. Ich kenne ihn, der ist hart im Nehmen. Sonst ... wüsste ich jetzt niemanden.«

»Wer sind die Einzelgänger in diesem Zug?«

»Einzelgänger? Ich würde sagen, Corporal Regie, der redet nicht viel. Vlad, Verzeihung, Hriscek, aber der ist ein bisschen verrückt.«

»Verrückt?«

»Ja, ein beinharter Typ! Der erzählt immer, dass er als Kind Hühner töten gespielt und sie geköpft hat! Wirklich das ideale Kinderspiel! Hriscek können Sie gar nicht übersehen, ein großer Blonder, der überall Narben hat. An der Front aber, wenn es ums Kämpfen geht, ist er immer in der ersten Reihe!«

»Wer sonst noch?«

»Einzelgänger? Gibt es weiter keine. Ansonsten haben wir die Offiziere, Captain Morris, zum Beispiel, oder Lieutenant Durrington. Die reden nicht viel. Haben das aber auch nicht nötig, um ihren Job gut zu machen. Hauptsache, sie kriegen im richtigen Moment das Maul auf. Die wissen, wie man sich Respekt verschafft.«

»Und unter den Außenseitern?«

»Da haben wir die Qual der Wahl! Im 3. Zug gibt es viele Eigenwillige! Die haben schon so manchen Feldzug hinter sich. Man kennt sich, man hat gemeinsam gekämpft und überlebt, das verbindet! Jeder, oder fast jeder hier, reißt gern die Klappe auf. Es gibt auch ein paar Spaßvögel, das muss ich zugeben. Gazinni zum Beispiel, der Clown der Gruppe.«

»Gewalttätig?«

»Der? Nein! Zwar möchte ich nicht in seine Schusslinie geraten, wenn es zum Angriff kommt, aber das ist etwas anderes … Nein, Gazinni ist der ›Mann der tausend Witze‹, diesen Spitznamen trägt er, weil er immer einen Witz auf Lager hat. Und dann ist da noch Costello, der Angeber, der ständig mit seinen Heldentaten prahlt.«

»Und Harrison? Ich habe gehört, dass er von der Militärpolizei verhaftet wurde?«

»Cal ist ein harter Bursche, sicher. Aber er ist nicht bösartig. Die MP wollte ihm eins auswischen, das ist alles. Und für ihn gilt das Gleiche wie für Costello: Bei beiden können Sie sich Ihre Pülverchen sparen. Die schlucken bestimmt nichts, das sind nicht die Typen, die sich in irgendwelche Pillen flüchten.«

Ann nickte und vergewisserte sich, dass ihre Schwesternhaube richtig auf ihren blonden Locken saß.

»Sie scheinen die Leute ja gut zu kennen. Fällt Ihnen jemand ein, mit dem ich sprechen sollte, bevor ich meine Sachen verteile?«

»Sie können es auf jeden Fall bei dem ›Schriftsteller‹ versuchen, Steve Risbi.«

»Schriftsteller?«

»Ja, er heißt so, weil er gut schreiben kann. Manche lassen ihn ihre Briefe an die Familie schreiben, vor allem an die Frauen, die zu Hause zurückgeblieben sind. Noch dazu hat er eine Begabung fürs Dichten! Er weiß über alle Bescheid.«

»Und wo finde ich diesen Risbi?«

»Ich zeige Ihnen sein Zelt. Ihn erkennen Sie sofort, ein schmächtiger Kerl. Nicht ein Hauch von Muskeln! Aber mit einem Gewehr mit Zielfernrohr mäht der ein komplettes Bataillon nieder!«

Ann folgte Collins Anweisungen und fand Risbi vor seinem Zelt. Er saß an einem Holztisch und schrieb. Ein mittelgroßer Mann, kaum zwanzig Jahre alt, rotes Haar, lange, magere

Gliedmaßen mit Adern, die deutlicher hervortraten als seine Bizepse. Die geröteten Augen in seinem runden Gesicht deuteten auf Schlafmangel hin.

»Steve Risbi? Ich bin Ann Dawson. Man hat mir gesagt, Sie seien der richtige Ansprechpartner für mich.«

Er blinzelte mehrmals, als er sie näher kommen sah, und schlug sein Heft zu, in dem er mit schnörkeliger Schrift geschrieben hatte. Er legte seinen Stift beiseite. *Linkshänder*, registrierte Ann.

»Was wollen Sie?«, fragte er mit einer Fistelstimme, die noch kraftloser war als sein Körper.

Ann setzte sich ihm gegenüber auf die Bank.

»Ich soll mich davon überzeugen, dass es allen in diesem Zug gut geht nach … dem gestrigen Massaker. Deswegen suche ich jemanden, der seine Kameraden bestens kennt.«

»Wir haben gestern viele Freunde verloren. Hier ist keiner in Form. Das können Sie zur Kenntnis nehmen, Miss.«

Er schaute ihr direkt in die Augen, wich ihrem Blick nicht aus, und diese Gradlinigkeit gefiel Ann. Zudem war er kein Rechtshänder und alles andere als kräftig. Sie musste in diesem Zug eine Vertrauensperson finden, durch die sie alles über die Soldaten erfahren konnte.

»Man hat mir gesagt, dass Sie ›der Schriftsteller‹ der Truppe sind«, gestand sie.

Er stieß einen kurzen amüsierten Pfiff aus.

»Nehmen Sie in einer Kompanie von Haudegen einen Typen, der drei Worte sinnvoll aneinanderreihen kann und gern liest, und schon wird er als Schriftsteller bezeichnet!«

»Haudegen? Na, Sie reden ja nicht gerade freundlich von ihnen. Sie zählen sich wohl nicht dazu, was?«

»Ich? Sehen Sie mich doch mal an! Jedem seine Rolle, Miss. Ich agiere aus der Entfernung, die direkten Zweikämpfe überlasse ich anderen.«

Er unterstrich seinen Monolog durch eine Armbewegung, als würde er schießen.

»Schreibfeder und Zielfernrohr, der Degen hat sich überlebt«, fügte er glucksend hinzu.

Ann bemerkte an seinem Oberarm in Höhe des T-Shirt-Ärmels einen Verband. Sie meinte sogar, einen dunklen Fleck darauf zu erkennen.

»Sind Sie verwundet?«

»Ein Streifschuss. Nichts weiter.«

»Auch das kann für eine Infektion ausreichen. Zeigen Sie mal her.«

Er hob abwehrend die Hand.

»Lassen Sie, das ist in Ordnung.«

Ann bestand nicht weiter darauf, sondern kam direkt auf ihr Thema zu sprechen.

»Können Sie mir etwas über Ihre Kameraden erzählen? Gibt es seit ein paar Tagen untypische Verhaltensweisen?«

Er verschränkte die Arme vor der Brust.

»Was genau wollen Sie? Erfahren, wem es nicht gut geht, damit Sie ihn dann mit irgendwelchem Dreckszeug vollstopfen?«

Ann sah die winzige Chance schwinden, ihn ins Vertrauen zu ziehen. Sie ging sofort zum Gegenangriff über.

»Ganz im Gegenteil! Deswegen komme ich ja zu Ihnen! Ich möchte niemanden treffen, sondern einfach erfahren, wen ich lieber in Ruhe lasse und wie ich am besten auf die anderen zugehe. Man hat mir versichert, dass Sie sehr einfühlsam sind und alle kennen.«

Er betrachtete sie eine Weile, bevor er sich zu ihr vorbeugte und in vertraulichem Ton sagte:

»Wissen Sie, warum der 3. Zug so besonders ist?«

Ann schüttelte den Kopf.

»Weil wir nicht nur eine Gruppe Männer in einer Kompanie

sind. Nein. Wir sind eine Art Bruderschaft.« Drohend streckte er den Zeigefinger vor. »Wie eine Sekte, Miss. Der 3. Zug ist eine Sekte. Und wer nicht dazugehört, erfährt auch nichts.« Er unterstrich diese Absage durch die entsprechende Mimik. »Rein gar nichts.«

22

Mit dem Rücken an die Wand eines riesigen leeren Bunkers gelehnt, überblickte Craig Frewin den Strand.

Das Licht der Abenddämmerung, das die nahende Flut wie mit einem roten Schleier überzog, weckte Erinnerungen an das Blutbad des vergangenen Tages.

Das gesamte Areal war mit Stacheldraht eingezäunt, ein Bereich, steril gehalten durch die Angst vor dem anderen. Sanft blies der Wind durch das hohe Gras und trieb den Geruch der Verwesung ins Landesinnere.

Als er Ann auf dem kleinen Weg entdeckte, der durch das Lager führte, ging er ihr entgegen, um sie von dem Betonbau mit den verkohlten feindlichen Leichen darin fernzuhalten.

Der Tag war anstrengend gewesen, nichts als verhasste Dinge wie Verwaltungskram, Formulare, politisch eingefärbte Berichte, um keinen zu verärgern. Die nervöse Anspannung des Vorabends begann von ihm abzufallen, Frewin fühlte sich etwas besser. Und während die Sonne am Horizont versank und Ann sich neben ihn stellte, wurde ihm zum ersten Mal deutlich bewusst, dass sie eine Frau war. Anmutig, zerbrechlich und attraktiv. Und sehr schön. Ihre Gegenwart, das Lächeln, mit dem sie ihn begrüßte, wärmten seine Seele. Ihre Zähne waren sehr weiß, ihre feuchten Lippen zart. Craig bemerkte, dass die offenen blonden Locken ihre Schultern umspielten. Sie hatte nicht mehr ihre weiße

Haube auf, ein grünes Cape verbarg zum Teil ihren Kittel. Sie war hinreißend.

»Merkwürdige Idee, mich hier treffen zu wollen«, begann sie.

Frewins Verwirrung legte sich. Er hatte sie zu einem offenen Gespräch gebeten. Das Hauptquartier war an diesem Abend von mehreren Soldaten der MP belegt, die einen Organisationsplan für die Gefangenenlager erstellen sollten … Aber warum hatte er sie an einen Ort so weit entfernt vom Lager bestellt? Hätten sie sich nicht hinter einem Lastwagen oder einem Stapel Sandsäcke zurückziehen können? Frewin musste sich eingestehen, dass ein Teil seiner selbst diese veränderte Wahrnehmung geahnt und gewünscht hatte. Er *wünschte* sich, diesen Moment mit ihr weit weg von allem zu verbringen.

Wie lange ist es her, dass du zuletzt diese weibliche Wärme empfunden hast? Frewin wurde klar, dass sein Geist und sein Körper nach der Barbarei wieder ins Leben zurückkehren wollten.

»Damit wir ungestört sind«, erklärte er. »Es gibt Neuigkeiten. Der Mörder hat Tomers mit Nylon erdrosselt.«

»Ist das ein nützlicher Hinweis?«

»Unter dem Gesichtspunkt der Verfügbarkeit, ja. Wo findet man in der Armee Nylon?«

Ann betrachtete die Gräser, die sich im Wind wiegten.

»Ich weiß nicht«, gestand sie schließlich.

»Fallschirme sind aus Nylon gefertigt. Ich habe mit Offizieren verschiedener Armeekorps gesprochen, niemand wusste, wo es sonst Nylon geben könnte.«

»Der Mörder soll ein Fallschirmspringer sein? Das entspricht absolut nicht unseren Folgerungen. Im 3. Zug gibt es keinen einzigen Fallschirmspringer!«

»Nein, aber er könnte Zugang zu irgendwelchen Fallschirmteilen haben. Es kommt vor, dass ein zerrissener Stoff für einen anderen Zweck zerschnitten wird. So könnte er sich ein Stück beschafft und damit Tomers erdrosselt haben.«

»Ich denke mal, Sie haben bereits entsprechende Nachforschungen angestellt?«

»In der Tat. Ich habe eine Liste der Fallschirmspringer-Einheiten angefordert, mich nach Kontakten zur Kompanie Raven erkundigt und auch alle Verantwortlichen, die ich erwischen konnte, befragt, was mit den Fallschirmresten geschieht. Bisher kam nichts Schlüssiges dabei heraus. Zudem haben meine Männer Nachforschungen über die Opfer angestellt. Ohne Ergebnis. Rosdale und Tomers haben sich nicht auffällig verhalten, es gibt nichts Besonderes über sie zu berichten.«

Der Himmel im Osten färbte sich dunkelblau, gesprenkelt mit rosa Flecken, während der letzte Widerschein der untergehenden Sonne Anns Gesichtszüge umspielte.

»Ich habe heute einige Zeit im 3. Zug zugebracht«, berichtete sie. »Es wird dort schwierig für uns werden. Sie stellen bei weitem mehr als eine Gruppe dar. Wissen Sie, wie die sich selbst bezeichnen? Als Sekte! Sie sind eine Feuerbruderschaft, in der alle zusammenhalten und sich gegenseitig helfen. Das hat mir ein gewisser Risbi anvertraut.«

»Haben Sie wenigstens einen Kontakt herstellen können?«

»Einen sehr dürftigen. Weil Parker Collins ein Kollege ist, glaubte ich, sein Vertrauen gewinnen zu können, aber das war ein Irrtum. Captain Morris wiederum ist schwer einzuordnen. Ich weiß nicht, ob er auf Distanz zu seinen Männern geht, weil er sie fürchtet oder um sie leichter kommandieren zu können. Auch an ihn werde ich mich nicht mehr wenden. Dafür gibt es aber diesen Risbi. Er ist ein ziemlich feiner Typ.« Sie lächelte. »Ich meine in intellektueller Hinsicht, auch wenn sein ganzer Körper in einen einzigen Ihrer Arme passen würde!«

Sie musste lachen, und diese spontane Fröhlichkeit gefiel Frewin. Er sah, dass einer ihrer Eckzähne in der sonst tadellosen Reihe etwas schief stand. Ein rührender kleiner Makel. Der Lieutenant musste nun ebenfalls lächeln.

Eine Seltenheit, dachte sie.

»Risbi ist etwas offener als die meisten Burschen im 3. Zug. Wenn ich ihn richtig einschätze, hat er über jeden eine sehr genaue Meinung.«

»Und Sie meinen, dass er mit Ihnen darüber spricht?«

»Mit der Zeit, möglicherweise.«

Frewin verzog den Mund zum Zeichen der Enttäuschung.

»Wir haben aber keine Zeit, Ann. Die Männer ziehen in den nächsten Tagen oder Stunden an die Front.«

»Und Sie?«, entgegnete sie. »Werden Sie ihnen folgen?«

»Solange Toddwarth mich nicht daran hindert, ja.«

»Gut, dann bin ich mit von der Partie.«

»Nein. Sie müssen rechtzeitig aufhören. So können wir nicht lange weitermachen.«

»Ich bestehe darauf. Ich habe zusammen mit Ihnen angefangen und gehe bis ans Ende mit.«

»Bis an welches Ende, Ann? Welches Ende?«

»Bis zum Ende der Geschichte. Ich will dieses Raubtier sehen, für das Töten Lustgewinn bedeutet.«

Frewin holte Luft, setzte zu einer Standpauke an, brachte aber kein Wort heraus. Sie sah ihn flehend an, und in dem Halbdunkel nahmen ihre Augen eine blaugraue Färbung an.

»Lassen Sie mich nicht fallen, Lieutenant«, sagte sie leise. »Ich will bis ans Ende gehen.«

Nach einem kurzen Zögern senkte sie den Blick und fügte hinzu:

»Ich brauche das. Bitte.«

Der plötzliche Wandel in ihrem Verhalten, dieser Verlust an Selbstbewusstsein verunsicherte, ja, beunruhigte Frewin. Er legte ihr die Hand auf die Schulter. Sie wirkte so zerbrechlich neben diesem Kraftpaket. Frewin nahm ihr Parfüm wahr, einen Vanilleduft mit einer stärkeren, fast animalischen Note, die er nicht identifizieren konnte.

»Was treibt Sie dazu, Ann? Warum sprechen Sie jedes Mal, wenn von dem perversen Geist dieses Mannes die Rede ist, als würden Sie ihn genau kennen?«

Sie schaute ihn wieder an, ihre Augen waren feucht.

»Ich muss jetzt gehen, sie warten im Lazarett auf mich. Es tut mir leid.«

Sie löste sich aus seinem Griff und wandte sich ab. Sie ließ den fassungslosen Lieutenant zurück, der ihr nachsah, und fügte im Weggehen noch hinzu:

»Bald habe ich genaue Informationen über jeden Mann des 3. Zugs, vertrauen Sie mir.«

Damit eilte sie über den Sandweg davon.

»Ann!«, rief Frewin. »Ann!«

Aber sie drehte sich nicht mehr um und verschwand oben auf der Düne.

Frewin blieb einen langen Moment regungslos stehen. Allein die Andeutung, sie von den weiteren Ermittlungen fernzuhalten, hatte genügt, um sie aus der Fassung zu bringen. Warum legte sie solchen Wert auf diese Treibjagd? Schließlich setzte sie damit ihre Karriere als Krankenschwester, ja sogar ihr Leben aufs Spiel … Was verbarg Ann Dawson hinter ihrem berauschenden Charme?

Frewin bemerkte den kräftig leuchtenden Mond, den Alleinherrscher des Himmels. In seinem Licht ähnelte der Bunker dem Helm eines Golems, der den nächtlichen Horizont ausspähte.

Frewin begann zu träumen.

Patty.

Mit ihr war alles viel einfacher.

Er schluckte.

Er belog sich selbst. Nein, mit ihr war nicht alles einfach. Im Gegenteil. Alles war kompliziert. Konflikte.

Patty.

Aber seine Frau fehlte ihm. Er ballte die Hände zu Fäusten. Auch diese Geste erinnerte ihn an seine Beziehung zu ihr. Eine privilegierte Beziehung.

Mit den anderen war alles so komplex. Schon immer, seit der Kindheit, hatte er seinen Einsamkeitskult betrieben, um den Problemen zu entfliehen. Denn die anderen waren gleichbedeutend mit Problemen.

Frewin betrachtete die elfenbeinfarbenen Sterne.

Er fühlte sich wie der Mond, weit weg von den Menschen, allein, seit langem verwundet, von Kratern übersät.

Eine Kreatur der Nacht.

23

Der Morgen graute noch nicht. Die gesamte Militärbasis blieb in eine Benommenheit getaucht, der auch der Lärm der Explosionen in der Ferne nichts mehr anzuhaben vermochte.

Frewin kam nach und nach zu sich. Als Erstes erwachten die Sinne, das Gespür für die Kälte um ihn herum, für die vielfältigen Geräusche – noch war es zu früh, sie einzuordnen – und für den spartanischen Komfort seines Feldbetts. Sein Geist nahm wieder Kontakt zur Realität auf. Aber warum gerade jetzt? Weder das Wecksignal der Trompete noch sein eigener Wecker waren zu hören gewesen. Und er war müde. Warum also hatte er die Augen geöffnet?

Das auditive Gedächtnis – plötzlich war es aktiviert. Ein besonderes Geräusch. Ein Klicken. Sofort war er alarmiert, auf den Laut konzentriert, den er wahrgenommen hatte. Ein Klicken … stufenweise, wie die Zacken eines Zahnrads, die ineinandergreifen … Ein Reißverschluss! Ein Zelt! Er hatte gehört, wie ein Zelt geöffnet wurde. Wer schlief nebenan? *Matters. Und Conrad ein Stück weiter.* Aufs Höchste angespannt, zog Frewin die Decke über die Schultern, um sich warm zu halten. Er konnte nicht wieder einschlafen. Wenig später traf er schlecht gelaunt auf seine Männer, die dabei waren, sich über dem Becken mit kaltem Wasser zu rasieren.

»Matters, Donovan und Conrad, ihr hört euch um, ob nachts irgendetwas vorgefallen ist«, ordnete er an.

Er machte sich einen Kaffee, während er auf die Rückkehr von Matters und Conrad wartete, die berichteten, dass alles ruhig gewesen sei. Keine besonderen Vorkommnisse. Donovan erschien erst eine halbe Stunde später mit einer noch unklaren Meldung aus dem Stabsquartier.

»In der Kompanie Dog ist einer der Soldaten nicht zum Appell erschienen. Er ist nicht in seinem Zelt. Außer den Kleidern, die er gestern trug, fehlt nichts.«

»Ein Deserteur?«

»Möglich. Ich bin dem Generalmajor begegnet, er hat Captain Stanley mit Nachforschungen beauftragt.«

»Stanley?«, wiederholte Frewin.

Er kannte ihn. Stanley war ein Offizier der Militärpolizei, der sich, seiner Einschätzung nach, mehr um seine Karriere als um den Einsatz vor Ort kümmerte, der aber gute Arbeit leistete, solange er dabei nicht gegen die Vorschriften verstoßen musste.

»Okay, ich werde ihn bitten, mich auf dem Laufenden zu halten. Sonst noch etwas?«

Donovan verneinte.

»Dann machen wir uns bereit. Und vor der Patrouille sorgt jeder dafür, dass sein Gepäck fertig ist. Die Kompanie Raven wird wahrscheinlich heute den Marschbefehl erhalten. Für den Fall des Aufbruchs seid ihr alle sofort zur Stelle.«

Frewin kam vormittags wieder in sein Zelt, um seine Feldmütze zu holen, die neben seinem Helm lag. Er faltete sie zusammen und schob sie unter die Schulterklappe seines Hemdes. Er trug sie nicht gerne.

Ein Summen in einer Ecke des Zeltes erregte seine Aufmerksamkeit. Fliegen. Mehrere Dutzend.

Verwirrt trat Frewin näher heran. Die Fliegen klebten auf einer langen, dünnen Spur. Bei genauerem Hinsehen erkannte er, dass diese Spur eine Biegung beschrieb … dann Pünktchen … ein Kreuz.

Frewin griff zu dem Feuerzeug, mit dem er seine Petroleumlampe anzündete, und hielt die Flamme vor sich.

Die braunen Striche bildeten eine Skizze.

Blut! Eine Zeichnung …

Jemand hatte im *Inneren* seines Zeltes mit Blut eine Art von Landkarte gemalt.

Nun fügte sich in Frewins Kopf alles zusammen. Das Geräusch des Reißverschlusses am frühen Morgen. Der Mörder. Er war es, davon war er fest überzeugt. Er war hier hereingekommen, um diese Karte zu zeichnen. Er war da gewesen! Ganz nah! Um mit Frewin zu spielen. Um ihn in seiner Privatsphäre zu verhöhnen, im Schlaf.

Und nun rief er ihn mit einer groben Skizze dazu auf, ihm in den Wald zu folgen. Die summenden Insekten wiesen ihm den Weg.

24

Die Sonne zeichnete zwischen den Ästen goldene Lanzen in den Wald, fing allen Staub auf, den der Krieg aufgewirbelt hatte, und ließ ihn in Tausenden von Kristallen in der Luft schweben.

Frewin hatte den schmalen Pfad zwischen den Stämmen hindurch problemlos gefunden. Er hatte den Plan in sein Notizbuch übertragen und sorgfältig darauf geachtet, jeden Strich und die Beschriftung genau zu kopieren. Der Verfasser der Skizze hatte ein halbes Oval gezeichnet, in dessen Mitte »Lager« stand, eine gestrichelte Fläche unterhalb trug die Beschriftung »3. Zug«, von dort führte ein gepunkteter Strich bis zu einer Linie, die den »Waldrand« anzeigte. Die Pünktchen endeten in diesem Bereich an einem Kreuz. Die Schrift wirkte sehr kindlich. Frewin durchschaute die List sofort: Ein Rechtshänder hatte mit der linken Hand geschrieben, um die Spuren zu verwischen und seine wirkliche Handschrift zu verstellen. Damit konnte man keine Schriftvergleiche vornehmen.

Ziemlich offensichtlich, aber clever.

Was Frewin zu schaffen machte, war die Tollkühnheit dieses Menschen. Er hatte sich gegen Ende der Nacht in sein Zelt gewagt. Er, der sonst so vorsichtig, so gewissenhaft vorging, war ein unkalkulierbares Risiko eingegangen. Was hätte er getan, wenn Frewin aufgewacht wäre? Hielt er eine Waffe in der Hand und zeichnete, während er darauf achtete, ob der Lieutenant aus dem Schlaf hochfuhr, um dann sofort die Rechnung zu begleichen? Das war Wahnsinn. Craig Frewin wusste nicht mehr, ob er sich darüber freuen oder beunruhigt sein sollte. War dies ein erstes Anzeichen dafür, dass der Mörder sich in allzu großer Sicherheit wiegte, wodurch er das

Spiel verlieren könnte, oder eher dafür, dass er die Situation völlig im Griff hatte und die Militärpolizei seine Überlegenheit spüren lassen wollte? Frewin, der sich fragte, ob dem Mörder seine Verbrechen allmählich zu Kopf stiegen und er am Ende den Verstand verlieren würde, hatte sich mit mehreren schwer bewaffneten Männern auf den Weg gemacht. Sie waren im Lager beim 3. Zug direkt Richtung Süden aufgebrochen und bis zu dem Pfad gegangen, der gepunktet auf dem Plan eingezeichnet war. Wozu diente diese Karte? Wollte er sie in einen Hinterhalt locken?

Matters, der den Arm noch in der Schlinge trug, folgte dem Lieutenant zusammen mit Monroe, der mit einer Maschinenpistole bewaffnet war. Die beiden Riesen Baker und Larsson bildeten den Abschluss.

Sie trugen Helme und die vorgeschriebene Ausrüstung.

Frewin hielt in einer Hand sein Notizbuch, in der anderen seine Pistole, deren Kolben feucht geworden war. Der Sommer war nicht mehr fern, die hervorbrechende Vegetation lieferte dem Feind unverhoffte Deckung, und das Knistern, Rascheln und Fauchen des Windes in den Baumkronen bildeten eine verdächtige und beängstigende Geräuschkulisse. Frewin wunderte sich über die vielen Spinnennetze, die sie auf ihrem Weg zerstörten. Er ging voran, inspizierte aufmerksam den Boden auf der Suche nach Fußspuren, einem Zigarettenstummel, nach jeglichem Hinweis, der dazu beitragen könnte, den- oder diejenigen zu identifizieren, die vor ihnen hier gewesen waren. Der Boden war aber nicht feucht genug, um Spuren zu zeigen, und der Weg war eher ein Trampelpfad.

Plötzlich tauchte vor ihnen eine Lichtung von der Größe eines Fußballfelds auf, die völlig verwüstet war.

Die Bäume waren umgestürzt oder zerfetzt. Dutzende Stämme ragten zwei oder drei Meter auf, um, von der Gewalt einer Granate gebrochen, abrupt zu enden. Überall gab es imposante Krater, zwei, drei, teils auch fünf Meter tief, und schwarze zerpflügte Erde. Vom Smaragdgrün der Bäume war hier keine Spur mehr. Geblieben war nur ein ausgedehntes Niemandsland aus getrocknetem Schlamm, ein Bodensatz, der in seiner letzten Bewegung erstarrt war. Mannshohe Erdwellen, stellenweise von schaumigem Schlamm gesprenkelt, der sich wohl durch die Explosionen gebildet hatte. An anderen Stellen war die aufgewühlte Erde durch die Hitze verbrannt, und es hatten sich dicke Blasen gebildet wie hohle Pilze. Man hatte den Eindruck, als habe hier ein Riese gespielt und die Erde geformt wie man heißes Glas formt, indem man in ein Rohr bläst.

Fassungslos blieben die fünf Männer am Rand dieser Wüstenei stehen, über der ein beißender Geruch lag. Kein Vogel war zu hören.

»Ist das die Stelle, wo das Kreuz eingezeichnet ist?«, fragte Monroe schließlich.

»Ich glaube, ja«, murmelte Frewin und ging weiter.

Der Boden knisterte unter seinen Füßen. Die anderen folgten ihm wachsam, inspizierten jeden Winkel, jedes Erdloch, jeden verstümmelten Baumstamm. Matters berührte mit dem Knie eine der erstarrten Erdwellen, die sofort barst. Sekunden später war aus dem Inneren ein dumpfes Knacken zu hören, plötzlich wirbelte Staub auf, und die ganze Erdwelle zerbarst in einer ockerfarbenen Wolke.

»Was ist das bloß für ein Ort?«, murmelte Baker.

Frewin lief um einen tiefen Krater herum, den die steilen Ränder und die Metalltrümmer in eine gefährliche Falle verwandelt hatten. Weitere Überreste zeugten davon, dass hier vor kurzem ein Militärlager zerstört worden war.

»Das war ein Waffendepot«, erklärte Frewin. »Es wurde bombardiert und ist in die Luft geflogen.«

Monroe ließ seine Maschinenpistole sinken.

»Richtig unheimlich, diese Gebilde überall.«

Frewin, der weitergegangen war, machte ihnen ein Zeichen, ihm auf eine kleine Anhöhe zu folgen. Von dort überblickten sie einen gewaltigen Kessel von etwa dreißig Meter Durchmesser und fünfzehn Meter Tiefe. Hier gab es nicht eine Wurzel, nicht einen Ast mehr, keine Spur von Leben.

»Ich glaube, hier ist nichts«, meinte Matters. »Falls diese Stelle dem Kreuz auf der Karte entspricht, sehe ich nicht, was wir hier entdecken sollen. Ein Ruinenfeld?«

»Ist das vielleicht – wie sagte die Krankenschwester doch gleich – symbolisch zu verstehen?«, ließ sich Larsson vernehmen.

Frewin seufzte.

»Ich weiß es nicht«, antwortete er leise und ließ den Blick über die Verwüstungen gleiten. »Vielleicht.«

Baker steckte seine Waffe ins Futteral.

»Ich muss jetzt jedenfalls pinkeln.«

Er entfernte sich, um sein Vorhaben in die Tat umzusetzen.

Das Maschinengewehr über die Schulter gehängt, zog Monroe seine Zigaretten aus der Hemdtasche. Er wollte Matters das Päckchen reichen, der aber mit einer Handbewegung ablehnte, zündete sich eine an und blies den Rauch aus.

»Kein Geräusch zu hören, was?«, bemerkte er. »Ist fast zum Fürchten.«

Frewin entfernte sich, um sich zu überzeugen, dass es nichts zu sehen gab.

»Müssen wir ihm folgen?«, fragte Larsson.

»Willst du angeschnauzt werden, weil du ihm an den Fersen klebst?«, protestierte Monroe. »Nein, er gönnt uns eine Pause. Ich glaube, du hast recht mit der Symbolik. Aber die Auslegung überlassen wir lieber dem Lieutenant.«

Larsson deutete auf Monroes Zigaretten und bekam eine, zusammen mit dem Feuerzeug.

»Danke, Freund. Sagt mal, Jungs, stimmt das, was man sich über den Lieutenant und seine Frau erzählt?«

Monroe runzelte die Stirn.

»Wer kann das schon wissen?«

»Hört auf damit«, griff Matters ein.

»Ist doch nicht ganz ohne, verdammt noch mal, wir werden vielleicht von einem Mörder befehligt.«

»Aufhören, hab ich gesagt!«, befahl Matters mit erhobener Stimme.

Jung und unerfahren, wie er war, musste sich Matters gegenüber den älteren Männern durchsetzen, die bereits große Schlachten hinter sich hatten – kein einfaches Spiel. Matters machte sich keine Illusionen: Die Männer gehorchten ihm letztlich nur aus Respekt und Angst vor Lieutenant Frewin. Nicht wegen seiner natürlichen Autorität.

Larsson biss sich auf die Unterlippe, während er den Sergeant ansah.

»Okay, okay, es ist nur wegen dieser Gerüchte.«

Matters ließ ihn nicht aus den Augen, bereit, ihn zum Schweigen zu bringen, als hinter einer Böschung ein Schrei ertönte. Ein Alarm-, ein Angstschrei …

Baker, der Riese mit den eisernen Fäusten, hatte etwas entdeckt. Etwas, das ihn in Panik versetzte.

25

Matters, Monroe und Larsson rannten dorthin.

Die Gesichtszüge vor Ekel verzerrt, wich Baker zurück. Er taumelte auf seine Kameraden zu, als das Hämmern ihrer Stiefel in sein Bewusstsein drang. Matters verlangsamte das

Tempo, denn er glaubte, in seinen Augen zu lesen: »Nein, geh nicht weiter …«

Frewin tauchte auf, die Waffe im Anschlag. Der junge Sergeant tat es ihm mit seinem gesunden Arm nach, die anderen folgten ihnen den Hügel hinauf, von dessen Kamm sie die gesamte Lichtung überblicken konnten. Abgeknickte Baumstämme säumten die Anhöhe, und in der Mitte war ein bescheidener Bunker zu erkennen – eher ein Beobachtungsposten als eine Verteidigungsanlage. Unter Führung von Craig Frewin betraten sie den einzigen Raum von etwa hundert Quadratmetern, über dessen Seite zum Wald hin eine Schießscharte verlief.

In der Mitte stand ein nackter junger Mann, Arme und Beine gespreizt.

So wie der vitruvianische Mensch von Leonardo da Vinci eine Studie der Proportionen des menschlichen Körpers war, war dieser Mann eine Studie des Leidens.

Er war in einem merkwürdigen Netz durchsichtiger Fäden gefangen, die einem großen Spinnennetz glichen. Jeder Faden ging vom Boden, von der Decke oder den Wänden aus und führte zu einer kleinen roten Wunde in seinen Körper. Ein Faden in den Fuß, der zweite in die Wade, der dritte in den Oberschenkel. Dieses Schema wiederholte sich am anderen Bein. Ein Faden führte in seinen Anus, ein anderer direkt in sein Geschlecht und zog das kleine rosa Stück Fleisch Richtung Boden. Vier Fäden teilten sich wie die Himmelsrichtungen den Bauch, einer führte am Rücken in die Wirbelsäule, jeweils einer in jede Hüfte. Je ein Faden verschwand in den beiden Brustwarzen. In seinen diagonal ausgestreckten Armen war ein Faden am Bizeps befestigt, ein anderer an der Innenseite des Ellbogens, am Handgelenk und am Ende jedes Fingers, diese Fäden waren bis zur Decke hinauf fest gespannt. In seinen Handflächen hatte man jeweils einen kleinen, leeren Metallteller befestigt. Sein Kopf schließlich war nach hinten gezogen, ein Faden führte in seinen geöffneten Mund, die beiden letzten Fäden zu den Augen. Und erst jetzt begriff Frewin.

Zwei kleine Angelhaken durchbohrten die Augenlider.

Die Schnüre waren an einem Ende an Haken befestigt, die in den Querstreben des Bodens, der Wände oder der Decke verschraubt waren. Alle endeten sie an einem Angelhaken. Wenn der Mann sich auch nur einen Millimeter bewegte, drangen diese Haken jedes Mal tiefer in ihn ein und zerrissen sein Fleisch.

Der kaum zwanzigjährige Mann war in eine Marionette verwandelt worden, die dem Schmerz geweiht war. Bei einer Vorwärtsbewegung würden seine Waden, sein Anus und seine Wirbelsäule bluten, ganz zu schweigen von der oberen Körperpartie. Bei einer Rückwärtsbewegung hingegen würden sich Füße, Penis und Bauchnabel wie Blüten öffnen und seine Oberschenkel verletzt werden. Armbewegungen stellten dieselbe Bedrohung dar, die Venen im Ellbogen und an den Handgelenken würden eingerissen. Bei jeglicher Bewegung, egal, in welche Richtung, würde sich der Faden, der in seinen Mund führte, in seiner Kehle verhaken und seine Speiseröhre aufreißen. Es gab kein Entrinnen.

Rote Tröpfchen liefen über seine Haut, und auf dem Boden breiteten sich kleine purpurne Pfützen aus. Er musste bereits seit Stunden hier stehen. Am Ende seiner Kräfte. Wie war es ihm gelungen, nicht bewusstlos zu werden? Jeder Millimeter seiner Muskeln musste wie gelähmt sein.

Frewin hob die Hand, auch wenn der Mann das nicht sehen konnte.

»Bewegen Sie sich nicht, bewegen Sie sich um Himmels willen nicht«, sagte er leise. »Wir sind von der Militärpolizei, wir holen Sie da heraus.«

Der Mann, der bisher völlig bewegungslos dagestanden hatte, begann zu schwanken, seine Haut bedeckte sich mit einer kräftigen Gänsehaut. Dunkelrote Tropfen spritzten auf den Boden.

»Nicht bewegen!«, befahl Frewin. »Wir helfen Ihnen, aber Sie dürfen sich nicht ...«

Er konnte den Satz nicht beenden.

Der Leidensmann begann zu zittern, seine Beine gaben nach.

Dann zerplatzten seine Finger, die kleinen Teller fielen klirrend zu Boden, seine Handgelenke öffneten sich, die Ellbogen rissen auf, und die gesamte Haut um den Bauchnabel teilte sich. Seine Brustwarzen explodierten förmlich. Blut rann aus dem Anus, und Frewin sah, wie sich der Faden am Penis spannte, als der Mann einen Schritt zurück machte.

Ein Gurgeln entstieg seinen verletzten Eingeweiden. Ein plötzlicher Schritt zur Seite, und die Fäden rissen aus dem Fleisch. Eine Sekunde lang taumelte der Mann, dann gelang es ihm, den Kopf zu heben und Frewin und seine Soldaten anzuschauen. Seine Augen blickten durch die aufgeschlitzten Lider wie durch einen Vorhang. Aus seinem Mund lief ein rotes Rinnsal.

Alle Fäden hingen in der Luft, als hätte sich die Marionette von ihnen befreit. Dann spritzte das Blut aus dem Körper.

Sie rannten, die Farne schlugen ihnen ins Gesicht. Baker trug den Mann auf dem Rücken. Sie hatten ihn möglichst fest in ihre eigenen Kleidungsstücke eingewickelt, um die Blutungen so gut wie möglich zu stoppen. Ungefähr dreißig Angelhaken hatten seinen Körper zerfetzt. Bis sie sich nähern und ihn befreien konnten, war seine Haut von einem roten Film überzogen gewesen. Er hatte geschrien und dann gewimmert wie ein Kind, bevor er zitternd das Bewusstsein verlor. Frewin wusste, was das bedeutete: Je mehr Blut ein Mensch verliert, desto mehr sinkt die Körpertemperatur und desto stärker beginnt er zu zittern. Menschen, die verbluten, schlafen schließlich durch die starke Unterkühlung ein und werden so vom Tod dahingerafft. Es war nur eine Frage von Minuten, bis sie ihn verlieren würden.

Er war das Opfer eines Phänomens geworden, das Frewin bereits bei anderen Schwerverletzten erlebt hatte, die durchhielten und trotz Kälte, Hunger und Erschöpfung durch ihre mentale Kraft überlebten. Wenn dann endlich Hilfe eintraf und die Rettung absehbar war, ließ diese mentale Kraft plötzlich nach, der Verwundete ließ sich gehen, er fühlte sich sicher, und der Körper, den der Lebenswille so lange aufrechtgehalten hatte, kollabierte.

Baker blieb außer Atem stehen. Trotz seiner Bauchverletzung stürzte Larsson zu ihm, um ihn abzulösen. Das Blut hatte die Kleidung völlig durchtränkt. Bakers Rücken war ganz schwarz davon. Sie liefen weiter, Matters und Monroe waren bereits vorausgeeilt, um das Lazarett zu alarmieren.

Sie verließen den Wald und erklommen den kleinen Hügel, um dann die ersten Zelte zu erreichen. Entsetzte Blicke folgten ihnen.

Begleitet von Monroe, kamen zwei Krankenträger herbeigeeilt. Sie horchten kurz den Körper ab, und Frewin begriff, dass sie den Mann schon aufgegeben hatten. Alles ging sehr schnell. Von seiner Last befreit, brach Larsson neben Baker zusammen. Monroe begleitete die Krankenträger, in der vagen Hoffnung, der Mann würde überleben.

Frewin ließ sich auf eine Bank fallen. Erst jetzt realisierte er, dass sie sich mitten im Lager des 3. Zugs befanden, das dem Wald am nächsten lag. Die Männer beobachteten sie schweigend, feindselig. Zwei Dutzend ungerührte Soldaten. Und unter ihnen der Mörder. In Frewin keimte maßlose Wut auf. Eines nach dem anderen musterte er prüfend die Gesichter.

Parker Collins, der Krankenpfleger mit den schönen grünen Augen. Corporal Douglas Regie, dem er am Strand begegnet war. Die Soldaten Traudel und Risbi, der Erste so massig wie der Zweite rachitisch. Captain Morris mit seiner Hasenscharte. Sein Blick blieb an Cal Harrison hängen, der ihn durchdringend ansah. Neben ihm stand ein weiterer großer und muskulöser Bursche, blond und mit narbenübersätem Gesicht, sein Name stand auf dem Schild an seiner Jacke: »Hriscek«. Er flüsterte Harrison etwas zu, dessen Mund sich daraufhin verzog. Sein Blick war drohend. Die Männer schien dieses neue Verbrechen überhaupt nicht zu interessieren. Hatte der 3. Zug schon zu viel Blut gesehen, um beeindruckt zu sein?

Das Opfer ist nicht aus ihrem Zug. Es ist keiner der Ihren, dachte er und erinnerte sich dabei an Anns Worte über die »Sekte«: *Diese Typen leben in einem Kokon, wer nicht dazugehört, interessiert sie nicht. Das ist ihr Überlebensmechanismus.*

Außer für einen Mann: den Mörder.

Der Mörder sah, wie sein mit dem Tode ringendes Opfer vorbeigetragen wurde. *Er muss wohl beim Anblick dieses armen Teufels innerlich triumphieren …*

Frewins Augen weiteten sich.

Seine Bestandsaufnahme der Verdächtigen.

Er brauchte mehrere Sekunden, bis er Ordnung in seine Gedanken brachte. *Ja …! Er ist nicht geblieben … Er hat ihm bei seinen Qualen nicht zugesehen …*

Ein wichtiges Teil fügte sich in das Puzzle, ein neuer Aspekt der Persönlichkeit des Mörders wurde deutlich. Frewin begann zu hoffen. Sie mussten ihre Sache gut vorbereiten, aber mit etwas Glück könnten sie gewinnen.

26

Der gesamte 3. Zug fühlte sich verraten und verfolgt.

Der Angriff der Militärpolizei hatte die Bindung unter den Männern noch verstärkt, die Spannung war gleichzeitig mit der Wut und dem Hass gestiegen. Die Verhaftung und anschließende Freilassung von Cal Harrison hatte für Zündstoff gesorgt, und so starrte der gesamte Zug die Verräter von der MP an, die da außer Atem auf *ihren* Bänken saßen.

Frewin zog es vor, die Gemüter zu beruhigen.

»Also Jungs, ihr kehrt ins Camp zurück«, befahl er seinem Team. »Matters und Monroe halten uns auf dem Laufenden über den Zustand dieses armen Kerls. Ich sehe mich noch mal in dem Bunker um.«

Larsson richtete sich zu seiner vollen Größe auf.

»Ich begleite Sie, Lieutenant.«

»Nichts da, Sie gehen sofort ins Camp. Ich muss dort allein sein.«

Larsson und Baker schauten sich skeptisch an, mussten aber gehorchen. Sobald sie gegangen waren, ließ Frewin den Blick noch einmal über die Männer des 3. Zugs schweifen, die ihn schweigend musterten. Dann ging er geradewegs auf Captain Morris zu, den er beiseitenahm, um ein paar Worte mit ihm zu wechseln, und schlug schließlich den Weg ein, der in den Wald führte.

Der schmale Pfad schlängelte sich zwischen Brombeersträuchern und einem Meer von Brennnesseln hindurch, führte um einige Felsen herum, die wie riesige Fangzähne aus der Erde ragten. Es ging bergauf. Tannen und Kiefern, vom jahrzehntelangen Meerwind gebeugt, krallten sich in den sandigen Boden.

Frewin erreichte die verwüstete Lichtung. Ein feindliches

Munitionslager, das vor dem Angriff der Bodentruppen bombardiert worden war. Wie hatte der Mörder diesen Ort gefunden? Dafür gab es zwei mögliche Erklärungen. Die einfachste war: Ein Soldat spaziert abseits der Basis herum, findet den Weg, der ganz in der Nähe beginnt, und sieht sich um. Die zweite Erklärung hing mit dem Indiz zusammen, das man im Körper des zweiten Opfers gefunden hatte – dem Nylonrest. Das Stück eines Fallschirms? In diesem Fall könnte es eine Verbindung zwischen dem Mörder und der Luftwaffe geben. Einer der Piloten erzählt dem Mörder von seinem Auftrag, von dieser Bombardierung … Frewin verwarf diese Hypothese, sie war nicht stichhaltig genug. Offenbar waren die Männer des 3. Zugs bis hierhergekommen, um sich zu entspannen oder ein ruhiges Fleckchen zu finden. Der Mörder war dabei gewesen oder hatte gehört, wie sie nach ihrer Rückkehr davon erzählten.

Während sich Frewin seinen Weg vorbei an den Kratern und abgebrochenen Baumstämmen suchte, fragte er sich, wie der Mörder mit seinem Opfer hierhergekommen war. Wie hatte er es hierhergebracht? Das Gelände war nicht leicht begehbar mit einer schweren Last auf den Schultern. Baker und Larsson konnten das bestätigen, selbst für sie war es nicht einfach gewesen.

Der Mörder ist ein Muskelprotz.

Doch das Opfer von der Basis bis hierher tragen … möglich, aber äußerst beschwerlich. Waren es zwei? Diese Hypothese hatte er bisher nicht einbezogen. Zwei Mörder. Die Wahrscheinlichkeit, dass sich zwei Menschen, die dieselben krankhaften Fantasien teilten, begegneten und sich zu erkennen gaben, war sehr gering.

Aber nicht ausgeschlossen. Auch wenn Frewin es nicht wirklich glaubte, durfte er die Möglichkeit nicht gänzlich außer Acht lassen. Doch solange es keinen greifbaren Hinweis darauf gab, würde er bei der einfachsten und wahrscheinlicheren Annahme bleiben: Es war ein Einzeltäter.

Wie war er also mit seinem Opfer hierhergekommen? Und wenn das Opfer ihn nun begleitet hatte, neben ihm gegangen war? Bereits unter Zwang oder freiwillig? Man musste die Handgelenke und Knöchel des armen Mannes untersuchen, prüfen, ob es Fesselspuren gab.

Von der Mitte der Lichtung aus beherrschte der Bunker das gesamte Areal, und es erschien Frewin mit einem Mal erstaunlich, dass weder er noch seine Männer auf die Idee gekommen waren, ihn in Augenschein zu nehmen. *Die Müdigkeit. Wir wussten nicht, was uns erwartet.* Vor allem hatten sie sich in Gefahr gewähnt. Alle hatten eine Falle gefürchtet und ihre gesamte Aufmerksamkeit auf die unmittelbare Umgebung konzentriert, nicht auf den gesamten Sektor.

Ein schriller Schrei ertönte vom Himmel. Ein Bussard überflog das Gelände. Frewin stieg zum Bunker hinauf und blieb vor dem Eingang stehen. Der Ort war finster, abgelegen. Nicht sehr einladend. Mitten in der Nacht musste es noch schlimmer sein. Mit welcher List hatte der Mörder sein Opfer hineingelockt?

Frewin betrat den großen Raum. Die Pfütze, die im Halbdunkel schwarz glänzte, hatte einen Durchmesser von gut einem Meter fünfzig. Dicke Fliegen summten darüber, um ihre Eier in diesen Nährboden abzulegen. Weitere Spuren von hellerem Rot verteilten sich außen herum: Es waren die der Männer, als sie den Verwundeten geborgen hatten.

Das Tageslicht drang durch die lange Schießscharte herein, die horizontal über die gesamte Wand gegenüber vom Eingang verlief. Frewin inspizierte die Haken oder Nägel, an denen die Fäden an den Wänden, am Boden und an der Decke befestigt worden waren. Sie waren in gutem Zustand, um nicht zu sagen: neu. Hier gab es keine Metallstreben, sondern Holzbalken, an denen Kleiderhaken, Regale oder sogar Lampen befestigt werden konnten. Der Mörder hatte sich ihrer bedient, um sein tödliches Netz anzubringen. Dafür hatte er Vorbereitungszeit gebraucht. Wie hatte er das bewerkstelligt? Verfügte er von Anfang an über das Material? Das war anzunehmen, denn hier hatte er es sich nirgendwo beschaffen können. Hatte der Mörder also geplant, diese … Folter in die Tat umzusetzen, sobald sich eine geeignete Lokalität bot? In diesem Fall hatte er irgendwo ein Versteck, wo er sein Material deponierte. Das brachte Frewin auch nicht weiter. Ein Soldat ist, selbst während eines Feldzugs, nie allein. Um ihn herum gibt es eine ganze Kompanie, bei der er etwas verstecken kann. Im Rucksack eines anderen, in den Munitionskisten, unter den Lebensmittelvorräten …

Frewin bemerkte die etwa dreißig Angelhaken, die in verschiedenen Körperflüssigkeiten schwammen, gelegentlich hing ein Stück Gewebe daran, aufgespießt wie ein gewöhnlicher Fischköder.

Die Fliegen verbreiteten ein unaufhörliches Summen.

Die Erinnerung an diesen nackten Mann, fast noch ein Jugendlicher, ließ ihn erneut erschaudern. Das Grauen, das er erlebt haben musste, war unvorstellbar. Der Speichel war ihm den Hals hinuntergelaufen, und mit der Zeit musste er mehrfach schlucken. Frewin stellte sich das entsetzliche Gefühl vor, wenn sich der Angelhaken an dem gespannten Faden, der aus seinem Mund lief, bei jeder Bewegung tiefer in die Speiseröhre bohrte.

Wie hast du dir eine solche Barbarei überhaupt ausdenken können? Wer bist du? Allein schon die Installation erforderte unendlich viel Arbeit. Wie hatte er die Angelhaken so tief in den Penis und den Anus seines Opfers einführen können?

Craig Frewin ging langsam in dem Raum umher. Alles war zu schnell gegangen, sie hatten ihn nicht angemessen inspizieren können. Ein umgestoßener Hocker lag in einer Ecke. Hatte der Mörder ihn benutzt, um die Haken an der Decke zu befestigen? Wahrscheinlich … Gaslampen standen verteilt auf Regalen, alle frisch aufgefüllt. Der Bunker war nicht bombardiert worden, doch der Feind war geflohen und hatte alles zurückgelassen.

Dabei fiel Frewin ein, dass er keine Leiche gesehen hatte, keine Spur von Verwundeten durch die Bombardierung. Hatte der Feind den Ort zu diesem Zeitpunkt bereits verlassen gehabt? Das erschien unlogisch. Wahrscheinlich hatten sie sich die Zeit genommen, ihre Toten nach den Explosionen zu beerdigen …

Ein Stück Stoff lag zusammengeknüllt auf dem Boden. Frewin hob es mit den Fingerspitzen auf. Die beiden Enden waren zerknittert, da sie verknotet gewesen waren. Ein Schal, um die Augen zu verbinden. Der Lieutenant betrachtete die Blutpfütze in drei Meter Entfernung. Zu weit. Fixiert, wie das Opfer war, konnte es diesen Schal nicht selbst abgenommen haben … Also hatte es der Mörder getan.

Er beugte sich hinab, als er einen kleinen Gegenstand zu seinen Füßen sah. Eine etwa zwanzig Zentimeter lange Zange, bedeckt mit einer durchsichtigen Masse.

Chirurgisches Material und … etwas, das wie Gleitmittel aussah. Dies beantwortete eine seiner Fragen: Wie hatte der Mörder die Angelhaken so tief in den Körper seines Opfers einführen können?

Hatte er das Material im Lazarett gestohlen, oder trug er es seit ihrem Aufbruch bei sich? Frewin stieß ein Knurren aus. Diese Spur brachte ihn nicht weiter. Wirklich wichtig war zu verstehen, was für eine Art von Mensch dieser Mörder war, um ihn unter den etwa zwanzig Soldaten des 3. Zugs ausmachen zu können. Je mehr Frewin darüber nachdachte, desto überzeugter war er, dass das, was er eine halbe Stunde zuvor im Lager plötzlich erkannt hatte, von Bedeutung war. Dieses Verbrechen setzte die beiden vorherigen Morde nicht fort. Es hatte, ganz im Gegenteil, eine radikale, eine entscheidende Veränderung gegeben.

Was hatte der Mörder getan, nachdem er sein Opfer fixiert hatte? Bisher waren sie davon ausgegangen, dass der Tötungsakt für den Mörder eine Quelle der Befriedigung darstellte, eine Möglichkeit, starke Gefühle zu empfinden. Dieses Mal schien das Leiden des Opfers den Mörder motiviert zu haben.

Aber er ist nicht geblieben, um ihm zuzuschauen. Er ist zur Basis zurückgekehrt, in mein Zelt, damit ich gehe und sein Opfer sehe. Der Mörder ist nicht bis zum Ende geblieben. Er hat weder das Leiden noch das Töten ausgekostet.

Was also wollte er erreichen? Warum wurde Frewin hierhergelockt?

Merkwürdigerweise kam ihm das Bild einer Katze in den Sinn, die ihrem Herrchen eine halbtote Maus vor die Füße legt, um ihm zu gefallen. *Warum hast du das getan?*

Frewin analysierte den Raum. Er stellte ihn sich bei Nacht vor, von Gaslampen erleuchtet. Der Mörder und sein Opfer – dessen Augen verbunden waren – treten ein, während alles schon bereit ist. Das Opfer muss nur noch in die Mitte gestellt und die Angelhaken, die am Boden liegen oder von der Decke hängen, in seine Haut gebohrt werden. Das Opfer schwankt zwischen dem Entsetzen und der Hoffnung, zu überleben, falls es gehorcht. Ähnlich wie bei Vergewaltigungen, dachte Frewin. Das Opfer, das wie gelähmt ist und dem Versprechen glaubt, dass es überleben wird, wenn es alles mit sich geschehen lässt.

Die Durchführung, die langwierige Vorbereitung sind Teil des Plans. Sicher hat er beim Mund begonnen, damit sich der Mann nicht mehr bewegen konnte und der Täter sich mit den anderen Fäden befassen konnte, die seine Konzentration erforderten.

Er fängt also mit dem Faden an, den er mit einer Hand in den Mund des Opfers steckt, während er ihm mit der anderen Hand eine Waffe an dessen Schläfe drückt. Sobald der Faden ein Stückchen im Hals verschwunden ist, zieht der Mörder kräftig an, damit sich der Angelhaken in der Speiseröhre verfängt.

Nun steht das Opfer nackt mitten im Bunker, den Kopf nach hinten geneigt. Er kann sich nicht mehr bewegen, ohne das Reißen in seiner Kehle zu spüren. Ein weiterer brennender Stich, dieses Mal im Arm. Was geschieht mit ihm? Sehr rasch begreift er, dass die geringste Bewegung sein Fleisch zerfetzt. Schmerz und Entsetzen nehmen ihm den Atem. Regungslos stehen bleiben, etwas anderes kann er nicht tun.

Der Täter ergreift den Penis, schiebt etwas Dünnes, Kaltes in die Harnröhre. Die Schmerzen lassen das Opfer aufschreien. Nun bleibt der Gegenstand, wo er ist, die Spitze verhakt sich in ihm. Von den entsetzlichen Schmerzen bestimmt, bleibt er reglos. Bei jedem Schwanken verstümmelt eine Stahlklaue seinen Penis.

Der Vorgang wiederholt sich, dieses Mal im Anus.

Bald ist der Mann völlig fixiert. Der geringsten Bewegung unfähig. Bereits ein leichtes Zittern zerreißt etwas in ihm. Er ist nur noch eine Marionette seines Folterknechts.

Der Vorgang hat einige Zeit in Anspruch genommen. Die Nacht war lang. Zuerst musste der Ort in Augenschein genommen, dann alles installiert werden. Dann schnell zurück zur Basis, das Opfer holen – wie jagt er es, wie wählt er es aus? –, um es hierherzubringen. Ja, es ist bereits spät. Und der Mörder hat noch viel zu tun. Er möchte, dass Lieutenant Frewin und niemand anders sein Werk entdeckt. Also muss er ihm den Weg weisen.

Warum ihm?

Der Mörder muss nach so viel Aufwand seine Marionette verlassen.

Warum so viel Mühe, wenn es nicht darum geht, sich an seinem Werk zu ergötzen? Durch was wird seine Lust befriedigt? Was ist seine Motivation?

Das Dominieren? Aber dann wäre er bis zum Schluss geblieben. Es hätte keinen Sinn, sich so viel Arbeit zu machen, um dann anderen das »Vergnügen« zu überlassen, diesem Sterben beizuwohnen. Warum also?

Das Summen der Fliegen bei ihrem roten Festmahl wurde ekelerregend.

Frewin konnte nicht umhin, an eine Opfergabe zu denken. Der Mörder wollte ihnen dieses Schauspiel schenken. Er war ein egozentrisches Wesen wie alle Kriminellen, die er kennengelernt hatte. So viel war klar. Ein solches Handeln musste ihm also Befriedigung verschaffen.

Frewin sah dafür nur eine Erklärung.

Plötzlich veränderte sich das Licht in dem Raum.

Er drehte sich verwundert um.

Er war nicht mehr allein. Jemand stand auf der Schwelle.

Eine schwarze Kapuze über dem Gesicht. Ein Jagdmesser in der Hand.

Als sich das Messer hob, verstand Frewin, wer da vor ihm stand.

27

Frewin sprang zurück. Er landete in der Blutlache, rutschte aus, stützte sich mit einem Knie am Boden ab und stabilisierte sich, eine Hand in der klebrigen Flüssigkeit. Als er den Kopf wieder hob, sah er seinen Angreifer über sich. Dieser packte ihn bei den Haaren, und setzte ihm die Klinge an die Kehle.

»Schluss, aus«, flüsterte der Mörder, während er um Frewin herumging.

Von hinten lässt sich die Kehle leichter durchschneiden, dachte Frewin. Er musste handeln, und zwar sehr schnell.

»Keine Bewegung«, hörte er. »Wenn Sie den Helden spielen, steche ich Sie ab wie ein gewöhnliches Schwein. Passen Sie auf, ich bin nicht gekommen, um Sie umzubringen. Noch nicht.«

Deshalb wollte er mich hierherlocken! Um mit mir zu reden …

»Sie sind ein Scheißschnüffler«, säuselte der Mann hinter ihm. »Eine verdammte Nervensäge. Und ich sage Ihnen eins: Damit ist jetzt Schluss. Sie werden Ruhe geben und aufhören. Wir haben Krieg, Tag für Tag töten Männer einander, vergessen Sie diese Geschichte. Wir in der Armee sind sehr gut in der Lage, uns zu verteidigen, wenn jemand uns angreifen will.«

Frewin erkannte die Stimme nicht. Der Mann sprach sehr leise, um seinen natürlichen Tonfall zu verändern.

Also ist es jemand, den ich kenne. Er weiß, dass ich ihn identifizieren könnte.

»Sie sind in dieser Angelegenheit zu nichts nutze. Zu nichts, außer dass Sie die brüderlichen Bande stören, die die Soldaten im Kampf zusammenschweißen. Wir können mit dem Wissen leben, dass einer von uns nicht ganz sauber ist, aber wenn Sie versuchen, uns einen nach dem anderen kaputt zu machen, passiert was. Also sage ich Ihnen zum letzten Mal: Vergessen Sie Ihre erbärmlichen Ermittlungen und hüten Sie wieder brav die Gefangenen.«

»Es ist meine Aufgabe …«, warf Frewin ein, obwohl er die Stahlklinge an seinem Hals spürte. »Ich muss den Mörder finden, um Sie zu schützen …«

»Wir brauchen keinen Schutz, wir sind alt genug, um unsere Probleme selbst zu regeln. Lassen Sie uns nur machen. Wir finden denjenigen schon, der das getan hat, und knöpfen ihn uns richtig vor. Der 3. Zug hat den Befehl erhalten, sich marschbereit zu machen. Er wird bald an die Front ziehen, und dort können wir keine Militärpolizei gebrauchen, vor allem nicht so einen wie Sie. Der 3. Zug ist ein Wolfsrudel, und Wölfe haben es gar nicht gern, wenn man ihnen in die Quere kommt. Ich sage es nicht noch einmal, wenn wir uns wieder begegnen, dann bleibt es nicht bei einer Drohung, kapiert? Wenn wir uns anders nicht schützen können, werden wir es tun. Dann müssen Sie dran glauben.«

Frewin spürte, dass der Mann hinter seinem Rücken die Position änderte, und der Schlag, der seine Wange traf, ließ tausend Sterne vor seinen Augen tanzen. Ein zweiter Hieb traf seinen Kiefer, und dieses Mal ging er zu Boden.

Sein Blick trübte sich. Es gelang ihm nicht, sich aufzurappeln. Seine Kleider wurden feucht und kalt. Im weißen Lichtschein des Ausgangs sah er den Mann wegrennen. Dann, während er krampfhaft die Augen aufriss, um gegen eine Ohnmacht anzukämpfen, merkte er, dass er in Blut und Fliegenlarven lag.

28

Die Tatsache, dass die Zeit immer knapper wurde, löste bei Frewin so heftige Panikgefühle aus, dass sich sein Magen förmlich zusammenkrampfte. Der 3. Zug hatte den Befehl zum Abmarsch erhalten, sie würden am frühen Morgen aufbrechen.

Auf dem Weg zurück zur Basis hatte der Lieutenant versucht, die dumpfe Wut zu beherrschen, die ihn erfüllte, ehe er vor seine Männer trat. Seine Halsverletzung war nur eine leichte Schnittwunde, in seiner Wange hingegen verspürte er einen stechenden Schmerz, und er wusste, dass er den Bluterguss nicht verbergen könnte, zumal einige Nahtstellen aufgeplatzt waren und leicht bluteten. Er schaute im Lazarett vorbei, um die Wunde nähen zu lassen, und erfuhr dort vom Tod des »gekreuzigten« Soldaten. Die Ärzte hatten nichts mehr für ihn tun können. Inzwischen war er identifiziert: Clifford Harris, zweiundzwanzig Jahre alt. Es war der Soldat aus der Kompanie Dog, der beim Morgenappell gefehlt hatte.

Ann kam mit Matters, der sie abgeholt hatte, ins Hauptquartier, und Frewin begann, ohne abzuwarten, bis sie sich gesetzt hatten:

»Ich glaube, ich habe einen interessanten Aspekt der Persönlichkeit des Mörders entdeckt, äußerte er kalt.

Ann bemerkte seine geschwollene Wange.

»Was ist mit Ihnen passiert?«, fragte sie beunruhigt.

»Ich habe Besuch bekommen.«

Verblüfft verzog die Krankenschwester das Gesicht.

»Von … von dem Mörder?«, stammelte sie.

»Nein. Und auch nicht von Cal Harrison, aber es war ein Bursche aus dem 3. Zug, der in ihrer aller Namen gesprochen hat, nicht von ›ich‹, sondern von ›wir‹.«

»Das muss der Mörder sein!«, erwiderte Monroe, »nur er wusste, wo er Sie findet!«

»Nein, ich habe in Gegenwart des 3. Zugs zu Baker und Larsson gesagt, dass ich zurückgehen würde. Sie wussten also, dass ich allein wäre. Der Mann brauchte mir nur in gebührendem Abstand zu folgen, um nicht entdeckt zu werden. Es kann jeder aus dem Zug gewesen sein. Ich war zu unvorsichtig, das haben sie mir gezeigt.«

»Was wollten Sie uns sagen?«, fragte Donovan. »Warum diese dringende Zusammenkunft?«

»Der 3. Zug hat seinen Marschbefehl erhalten. Er wird im Morgengrauen aufbrechen.«

»Ziehen wir mit?«, fragte Monroe.

»Darauf komme ich noch zu sprechen. Vorher möchte ich kurz etwas über den Mörder sagen. Ich glaube, dass dieser neue Mord sich von den bisherigen sehr deutlich unterscheidet. Wirklich sehr deutlich.«

»Inwiefern?«, fragte Larsson. »Es ist doch derselbe Bursche, oder? Sagen Sie bloß nicht, dass es einen zweiten Mörder gibt!«

»Nein, es ist tatsächlich derselbe. Er hat uns verhöhnt, indem er in mein Zelt eingedrungen ist und den Plan gezeichnet hat, der uns zu seiner … makabren Inszenierung geführt hat. Das passt genau zu diesem ›spielerischen‹ Aspekt. Es handelt sich um einen Perversen, der mit uns und mit seinen Opfern spielt, um seine Macht zu beweisen. Darüber gibt es keinen Zweifel.«

»Inwiefern unterscheidet sich dieser Mord dann von den bisherigen Verbrechen?«

Frewin massierte sich den Nacken.

»Weil er heute früh nicht direkt *getötet* hat. Er hat die Tötung nicht durchgeführt.«

»Es sei denn, es war einer von uns«, meinte Monroe im Scherz, ohne jedoch einen Lacherfolg zu erzielen.

»Normalerweise«, fuhr Frewin fort, »greift er an und tötet mit seinen eigenen Händen. Wir konnten logischerweise davon ausgehen, dass er seine Lust aus diesem Gefühl der Macht über Leben und Tod bezieht. So war es aber bei dem Mann heute früh nicht. Dieses Mal war die Inszenierung wichtiger als das Töten. Ich kann einfach nicht glauben, dass ein Perverser, besessen von Kontroll- und Tötungstrieb, alle diese Risiken auf sich nimmt, jemanden entführt und in solchem Ausmaß foltert, um dann zu gehen, ohne sein Werk zu vollenden und diesem Übergang vom Leben zum Tod beizuwohnen, von dem ich annahm, dass es für ihn der Höhepunkt ist. Ich glaubte, er würde eine fast sexuelle Lust beim Töten verspüren, und dass er nach all den Mühen niemals auf diese Lust verzichten würde. Es sei denn, der finale Zweck ist eben nicht das Töten.«

»Dann wäre das Töten in seinen Augen nicht das Wesentliche?«, wiederholte Matters verwirrt.

»Nein, das Töten gehört zu den Folgen. Es ist nicht seine eigentliche Lustquelle. Was er wirklich auskostet, ist das Gefühl der Allmacht. Und auch die Inszenierung. Er tötet nicht für sich.«

Alle erstarrten auf ihren Stühlen. Sie ahnten, was folgen würde, ohne es glauben zu können.

»Er tötet für uns.«

»Das ist ... absurd!«, empörte sich Ann. »Das hätte doch keinen ...«

Craig Frewin unterbrach sie.

»Jedes der drei Verbrechen wurde mit unterschiedlichen Methoden begangen: Enthaupten, Erwürgen und Verstümmeln durch ein Tier und schließlich ... durch Verbluten. Es ist, als würde er verschiedene Methoden testen, als suche er nach derjenigen, die ihm am besten zusagt, wobei er bei der letzten nicht einmal dabeigeblieben ist.«

»Vielleicht hat er sich im Wald versteckt, hinter uns, um von dort alles zu beobachten«, meinte Monroe.

»Daran habe ich auch gedacht. Aber der Tod ist nicht in diesem Bunker eingetreten. Nur wir waren vor Ort. Ich habe heute Mittag Captain Morris befragt, ob einer von seinen Männern das Lager vormittags verlassen hat. Niemand. Er hat sich dafür verbürgt. Sie hatten Besuch von ihrem Colonel – eine Truppeninspektion vor ihrem neuen Einsatz. Beim Appell fehlte keiner. Die Vorbereitungszeit und dieser Besuch haben sie dort festgehalten, während wir im Wald waren. Als wir mit dem Opfer eintrafen, waren sie gerade fertig geworden.«

Monroe nickte. So gesehen war es unwiderlegbar.

»Wenn das Töten selbst also nicht den eigentlichen Lustgewinn für ihn bedeutet, warum tötet er dann?«, nahm Frewin den Faden wieder auf. »Es gibt bei den drei Verbrechen eine Gemeinsamkeit: die Inszenierung und der Wunsch, dass sie gesehen wird und uns nicht entgeht.«

»Der Kult eines makabren Schauspiels. Ist er also eine Art Künstler? Denken Sie das?«, fragte Matters.

»Eher ein Mann, der von eiskaltem Hass gegenüber der Gesellschaft beseelt ist. Hass auf die Menschen. Er tötet, weil ein Leben in seinen Augen nichts wert ist, aber er weiß, was es den anderen bedeutet. Er weiß, wie schwerwiegend ein Mord ist. Er ist intelligent. Und er stellt das Leiden, das er verursacht, zur Schau – als Zeichen seiner Wut – und möchte, dass man es sieht. Er will uns schockieren, uns als Gesellschaft Schaden zufügen. Die Tatsache, dass er sich die Militärpolizei als Ziel ausgesucht hat, indem er Clauwitz und Forrell getötet hat, ist ebenfalls symptomatisch für seine Ablehnung des Systems, das wir repräsentieren. Die Militärpolizei ist der verlängerte Arm dieser Gesellschaft, ihr bewaffneter Arm.«

Frewin lehnte sich gegen die Tafel, auf der die Namen der Männer des 3. Zugs standen.

»Folglich können wir davon ausgehen, dass es sich um einen Mann handelt, der als sozialer Außenseiter aufgewachsen ist, der von anderen Jungen ausgeschlossen wurde. Und von den Mädchen gehänselt. Jemand, der nie das geringste Sozialverhalten entwickeln konnte.«

»Moment, ich fasse zusammen: Er ist so geworden, weil er nicht wie die anderen aufgewachsen ist?«, hakte Donovan nach. »Er wurde ausgegrenzt und hat sich deshalb im Schatten entwickelt?«

»So kann man es sagen, ja.«

»Was mir nicht klar ist, ist der Ursprung dieses Übels! Ein Junge, der asozial wird und sich zum Psychopathen entwickelt. Wurde er abgelehnt, weil die anderen Kinder gespürt haben, dass er ›schlecht‹ werden würde, oder ist er schlecht geworden, weil er abgelehnt wurde? Verstehen Sie, was ich meine?«

Alle Blicke wandten sich Ann zu, die sich noch nicht geäußert hatte.

»Ich muss etwas Grausames sagen, Donovan«, griff Frewin ein, »denn ich denke, dass es da kein Geheimnis gibt: Es handelt sich um ein Kind, das wegen seines Verhaltens, seiner Vorlieben und Reaktionen von den anderen abgelehnt wird. Es *ist bereits* vom Leben kaputt gemacht worden. Die dunkle Seite der Welt hat dieses Kind auf die eine oder andere Weise *bereits* sehr viel stärker beeinflusst als die anderen Menschen, es ist schon alles zu spät. Gemessen an den Kriterien unserer Zivilisation ist es auf einen Irrweg geraten. Die dunkle Seite der Welt hat dieses Kind dazu gebracht, lieber mit dem Kadaver einer toten Katze als mit Autos zu spielen. Sie hat die normalen kindlichen Referenzen gestört und durch andere ersetzt.«

Jetzt schaltete sich Ann ein.

»Was meinen Sie mit der ›dunklen Seite der Welt‹?«

»Sie kann viele Gesichter annehmen. Das Kind war vielleicht mit einem gewalttätigen Vater oder einer tyrannischen Mutter konfrontiert, vielleicht kam es sogar zu Inzest. Solche Ereignisse sorgen für eine Neuprogrammierung der kindlichen Psyche. Zu einem Zeitpunkt seiner Entwicklung entdeckt es, dass die Beziehung zum anderen und zu seinem eigenen Körper mit Schmerz, Frustration, Demütigung verbunden ist. Die Persönlichkeit verändert sich. Die meisten betroffenen Kinder finden mit der Zeit einen Ausweg. Anderen jedoch gelingt dies nicht. Sie geraten in eine zerstörerische Spirale. Das Leiden eines Kameraden zum Beispiel kann sie faszinieren oder gar erregen. Diese gedemütigte Persönlichkeit projiziert ihre Demütigung auf andere, um Spannung abzubauen. Sehr bald wird dieses Kind ausgegrenzt. Dann wächst es in einer Welt auf, in der es allein auf sich selbst gestellt ist, behält seine Probleme für sich, sodass sie sich verstärken. Mit der Zeit merkt das Kind, dass es anders ist, ungeliebt, und sein Hass auf die Umwelt wächst, bis schließlich auch die letzten Bruchstücke an Empathie, die es noch zu empfinden vermochte, verschwinden.«

»Die meisten finden einen Ausweg, manche nicht. Worin unterscheiden sie sich?«, fragte Ann.

»Das weiß ich nicht. Niemand weiß das.«

»Der Mörder, den wir suchen«, warf Baker verwirrt ein, »ist also nicht nur ein ... Arschloch – verzeihen Sie mir den Ausdruck –, sondern vor allem auch ein armer Junge, der aus dem Teufelskreis nicht herausgefunden hat. Habe ich das richtig verstanden?«

»Ja, Baker, so ist es. Er ist zu einem Mann herangewachsen, der anderen gegenüber kalt ist wie Eis. Seine Suche nach Lust dreht sich ausschließlich um ihn selbst. Er verschafft sich andere Befriedigungen als wir.«

»Wir suchen also einen Egozentriker«, schloss Ann. »Einen Soldaten, der nur an sich denkt.«

»In der Tat. Aber nicht nur das. Man kann weiter sagen, dass er gerne Aufsehen erregt.«

Matters verschränkte die Arme vor der Brust.

»Ich dachte ganz im Gegenteil, dass wir einen Einzelgänger suchen«, sagte er. »Und wenn dieser Typ eine Wut auf die

Gesellschaft hat und die anderen verabscheut, warum sollte er dann um diese Form der Anerkennung betteln?«

»Es geht um die Inszenierung, Matters. Er setzt seine Opfer in Szene, damit man sie sieht. Er drückt seine Wut aus, dabei könnte er im Geheimen agieren und die Leichen unauffällig verschwinden lassen, was übrigens sehr viel vorsichtiger wäre. Stattdessen zieht er es vor, sie uns zu präsentieren. Es handelt sich um eine komplexe Persönlichkeit, ohne Gefühle für andere und völlig auf sich selbst bezogen. Er bettelt nicht um Aufmerksamkeit, und was er erreichen will, ist, sich selbst in den Augen zu erkennen, die auf ihn gerichtet sind. Verstehen Sie das?«

Matters nickte kaum merklich, fast traurig.

»Ich glaube, ja. Er will die Aufmerksamkeit der Menschen, er will sich mitten unter ihnen wissen, er will sich selbst in der Aufmerksamkeit sehen, die man ihm entgegenbringt. Alles ist auf ihn zentriert.«

»So ist es. Ein Bursche, der auffallen, der gesehen werden möchte, der aber gleichzeitig einen tiefen Hass gegen die Gesellschaft hegt. Jetzt ist es an uns, diese Elemente zu nutzen. Was würdet ihr sagen, wenn wir ihm genau diese Elemente verweigern?«

»Wie sollte das gehen?«, fragte Matters beunruhigt.

»Verweigern wir ihm jegliche Aufmerksamkeit, ignorieren wir, was er uns sagen will, und lassen wir ihm diese Botschaft zukommen. Er wird sehr wütend werden und alles tun, um wieder auf sich aufmerksam zu machen, damit man sich mit ihm beschäftigt. Und dann wird er einen Fehler begehen.«

»Dabei ist das Schlimmste zu befürchten!«, protestierte Ann. »Er könnte sehr schnell wieder zur Tat schreiten. Wenn wir das tun, wird er nicht nur erneut zum Morden getrieben, sondern er wird besonders grausam zuschlagen.«

»Das ist sehr wahrscheinlich. Aber wenn er schneller und

grausamer zuschlägt, als in seinen eigentlichen Plänen beabsichtigt, wird er einen Fehler machen.«

Monroe lächelte ungläubig.

»Wollen Sie damit sagen, dass er wieder töten soll?«

»Wenn Sie einen besseren Plan haben, um ihn zu schnappen, bin ich gerne dabei. Glauben Sie bitte nicht, dass es mich mit Stolz erfüllt, eine solche Strategie zu entwerfen! Aber etwas anderes fällt mir nicht ein. Wir haben sonst nichts. Überhaupt nichts! Denn ich sage Ihnen, der Typ wird wieder töten, egal was wir tun. Die Frage ist, was wir wollen! Einen neuen Mord, der uns kein bisschen voranbringt und auf den weitere Morde folgen werden, oder einen neuen Mord, der der letzte ist.«

»Das bedeutet, jemanden zu opfern!«, empörte sich Ann.

»Ich sähe gern eine andere Möglichkeit, glauben Sie mir. Aber die einzige Alternative ist, dazusitzen und darauf zu warten, dass weitere Morde passieren und wir irgendwann das große Glück haben, ihn festzunehmen.«

»Falls dieser Glücksfall je eintritt«, murmelte Baker.

Larsson nickte, bevor er Frewin fest in die Augen sah.

»Es ist vielleicht grausam und … zynisch, aber ich bin für die Lösung des Lieutenant. Von selbst wird er mit dem Töten nicht aufhören, also sorgen wir dafür, dass es sein letzter Mord wird.«

»Wenn wir uns auf eine so fragwürdige Strategie einlassen, wie soll sie dann bitte aussehen?«, fragte Ann.

Frewin betrachtete sie einen Moment lang. Er schluckte, bevor er sehr leise sagte:

»Erst einmal, indem ich mich Ihrer bediene.«

29

Ann blieb vor Erstaunen der Mund offen stehen.

»Indem Sie sich meiner bedienen?«

»Ganz recht. Sie werden im 3. Zug das Gerücht verbreiten, dass die Angelegenheit abgeschlossen ist, dass Militärpolizei und Führungsstab beschlossen haben, die Ermittlungen über die Morde einzustellen, weil sie angesichts des bevorstehenden Angriffs zu unbedeutend sind. Die Militärpolizei muss sich daher wieder auf ihre vordringlichen Aufgaben konzentrieren: auf die Kontrolle der Lager, die Einhaltung der Ordnung und die Bewachung der Kriegsgefangenen.«

»Niemand wird das glauben«, protestierte die Krankenschwester.

»Es ist Krieg, da ist alles möglich. Zudem ist der Führungsstab von dieser Meinung gar nicht weit entfernt. Was zählt, ist nur, dass der Mörder es glaubt. Er mag intelligent sein, aber sein ganzes Denken konzentriert sich auf seinen Wunsch zu töten. Er will die Gesellschaft treffen, indem er ihr zeigt, welche Wunden er ihr zufügen kann. Ich bin sicher, dass er es glaubt, und dieser Beschluss wird ihn so wütend machen, dass er ihn nicht anzweifeln wird. Wichtig ist hingegen ein Punkt ...«

»Welcher?«

»Es muss klar werden, dass diese Entscheidung Ergebnis meiner Analyse ist. Dass ich beschlossen habe, die Ermittlungen einzustellen. Ich verfasse einen falschen Bericht, indem ich meine Schlussfolgerungen darlege: Der Urheber der ersten beiden Morde ist ein unbedeutender Verrückter, der aufgrund seiner labilen Persönlichkeit und seiner suizidalen Neigungen ohnehin bald bei einem Angriff fallen wird.«

»Der ersten beiden Morde? Wollen Sie den dritten Mord,

den an Harris von heute Morgen, verschweigen?«, fragte Matters erstaunt.

»Nein, ganz und gar nicht. Aber ich erkläre, dass es aus verschiedenen Gründen – wegen der angewandten Technik, der Wahl des Ortes und so weiter – nicht derselbe Mörder war und dass es sich hier offensichtlich um einen Racheakt handelt. Das zwingt ihn, seinen Trumpf auszuspielen, damit man ihn nicht länger ignorieren kann.«

Conrad, »der Weise des Teams«, erklärte:

»Wenn ich mir die Bemerkung erlauben darf, Lieutenant, so wird ihn dieser Plan geradewegs zu Ihnen führen. Wenn er davon ausgeht, dass man ihm Ihretwegen die Aufmerksamkeit entzieht, wird er über Sie herfallen.«

Frewin schwieg, seine Augen glänzten.

»Genau damit rechne ich«, gab er schließlich zu.

Im Zelt von Lieutenant Frewin roch es nach Lampenöl. Er ließ den Roman von Sir Arthur Conan Doyle sinken, als Ann eintrat, nachdem sie um Erlaubnis gefragt hatte.

»Danke, dass Sie zurückgekommen sind«, begrüßte er sie und setzte sich auf sein Bett.

»Sie haben mich darum gebeten …«

Er bot ihr den Schreibtischstuhl ihm gegenüber an, und sie setzte sich.

»Wie geht es im Lazarett?«

Sie seufzte.

»Das können Sie sich sicher vorstellen. Ständig kommen neue Verwundete. Wir haben gerade erst diejenigen eingeschifft, die in die Heimat zurücktransportiert werden, und schon füllen sich die Betten wieder. Und mein Verhältnis zu Stabsarzt Callon ist, wie Sie wissen, nicht besonders gut … Vor allem, seit er zulassen muss, dass ich Ihnen bei den Ermittlungen helfe.«

»Sobald wir die Information im 3. Zug verbreitet haben, lasse ich Sie in Ruhe …«

»Nein, bloß das nicht!«, fiel sie ihm ins Wort und richtete sich auf ihrem Stuhl auf. »Ich habe Sie bereits angefleht, mich zu behalten. Lassen Sie mich das bitte nicht jeden Tag wiederholen.«

Er hob die Hand, um das Missverständnis auszuräumen.

»Das liegt nicht in meiner Absicht, Ann, beruhigen Sie sich. Ich habe das für den Fall gesagt, dass Sie sich zurückziehen möchten. Es war ein Angebot für Sie, weiter nichts.«

Sie musterte ihn, um zu prüfen, ob er es ehrlich meinte. Argwohn und Zweifel machten sie noch schöner. Diese reine Emotion, die ihre Züge prägte, in ihren Augen wohnte, ihre Lippen beben ließ, verwirrte den Lieutenant. Sie trug jetzt nicht ihre weiße Haube, ihr goldblondes Haar war zu einem Knoten geschlungen, eine lockige Strähne hatte sie hinters Ohr gestrichen.

»Es tut mir leid«, murmelte sie, bemüht, sich ihre Unruhe nicht anmerken zu lassen.

»Ann, darf ich Sie etwas fragen?«

Sie hob den Kopf.

»Wenn ich nicht antworten muss, bitte.«

Ohne die Entgegnung zu beachten, sagte er:

»Warum fasziniert diese Untersuchung Sie so sehr?«

Sie blinzelte, dann wandte sie den Kopf ab, als wolle sie sich im Zelt umsehen.

»Ich habe meine Gründe, Lieutenant. Ich bitte Sie, mir zu vertrauen. Es wird für Sie in keinerlei Hinsicht von Nachteil sein, das kann ich Ihnen garantieren. Und glauben Sie mir: Ich passe auf.«

»Ann … Was heißt das? Warum engagieren Sie sich so sehr bei dieser Geschichte? Als wir von diesem Mann, dem Mörder, gesprochen haben, hatten Sie eine schlüssige und einfühlsame Analyse zur Hand, die für einen Neuling sehr untypisch war. Ich will Ihnen etwas sagen: Ich hatte den Eindruck, mit einem … sehr scharfsinnigen Kollegen zu diskutieren. Das passiert mir nicht oft. Also, sagen Sie es mir.«

»Bitte …«

»Wie kommt es, dass Sie in solchem Maße interessiert und begabt sind? Fast wäre ich versucht zu sagen, dass Sie selbst im Leben angegriffen wurden und dass dieses Drama Ihnen Einblick in die Abgründe der Menschen, der *schlechten Menschen*, verschafft hat. Und dass Sie daraus Ihr Interesse und Ihr Verständnis für diese traurigen Dinge beziehen. Hat es ein solches Drama gegeben?«

Sie schüttelte den Kopf.

»Ganz und gar nicht, bitte hören Sie jetzt auf damit.«

»Ann, ich möchte Ihnen nicht zu nahe treten, ich muss nur wissen, ob ich wirklich auf Sie zählen kann. Ich möchte einfach verstehen, warum eine Krankenschwester von heute auf morgen alles dafür tut, um mir bei meinen Ermittlungen zu helfen, und warum sie so … kompetent scheint.«

Sie beugte sich vor und legte eine Hand auf Frewins Knie, was ihn verwirrte. Das Vanille-Parfüm der jungen Frau stieg ihm in die Nase. Begleitet von diesem anderen, komplexeren Geruch, den Frewin nicht definieren konnte, den sie auf der Haut trug, ein Duft, den er gerne noch eine Weile eingeatmet hätte.

»Ich … ich bitte Sie einfach, mir zu vertrauen«, sagte sie eindringlich. »Bitte. Ich *brauche* Sie und Ihr Vertrauen, um im Team bleiben zu können. Also, was soll ich tun? Sic noch einmal anflehen?«

Frewin schüttelte den Kopf. Ann richtete sich wieder auf und ließ seine Hand los. Er konnte nicht verhindern, dass sein Blick auf ihren Busen hinabglitt, über dem sich die Bluse spannte.

»Nein, natürlich nicht«, antwortete Frewin.

Er erhob sich, um sich aus dieser intimen, ihn verwirrenden Atmosphäre zu befreien, holte sich Wasser aus seiner Feldflasche und bot auch Ann davon an, indem er auf einen Feldbecher aus Aluminium deutete. Sie lehnte mit einem Kopfschütteln ab.

»Ich vertraue Ihnen, Ann«, sagte er, nachdem er seinen Durst gestillt hatte, »weil nichts dagegenspricht. Und um ehrlich zu sein: Weil Sie ausgesprochen scharfsinnig sind. Trotzdem müssen Sie zugeben, dass die Situation für mich ein wenig heikel ist. Ich würde es gerne erfahren, damit alles geklärt ist. Ich werde Sie nicht zwingen, es mir zu sagen. Sie wissen, wo Sie mich finden können, falls Sie mir doch etwas sagen möchten.«

Ann, die spürte, dass er sich innerhalb weniger Sekunden wieder verschlossen hatte, empfand eine unerwartete Traurigkeit. Wenn sie genau darüber nachdachte, musste sie feststellen, dass sie diesen Mann mehr schätzte, als sie es sich eingestehen wollte.

Dann kam ihr ein anderer, ein klarer und präziser Gedanke. Ein Gedanke, den sie von Anfang an befürchtet hatte, ohne sich weiter mit ihm beschäftigen zu wollen.

Nein, nicht er, verbot sie sich selbst. *Nicht er, das ist unmöglich*. Panik begann in ihr aufzusteigen. *Nicht er … das wäre eine Katastrophe*. Bloß das nicht. Sie musste sofort wieder die Kontrolle über ihre Fantasien gewinnen. Craig Frewin durfte nicht der Nächste auf ihrer Liste sein. Das wäre ein Irrtum. Damit würde sie die Grenzen überschreiten, die sie sich sicherheitshalber auferlegt hatte, um sich nicht erwischen zu lassen.

Frewin blinzelte, während er sie betrachtete. In diesem Moment ging von ihr eine seltene Zerbrechlichkeit aus.

Ann fühlte, dass sie dabei war, sich zu verlieren. Das Adrenalin der bevorstehenden Tat verteilte sich in ihrem Gehirn. Ihre Körpertemperatur stieg an. Ihr Herz schlug bis in die Fingerspitzen.

Sie bohrte die Fingernägel in ihre Handteller, der Schmerz elektrisierte sie.

Nicht er, befahl sie sich wütend.

»Alles in Ordnung, Ann? Geht es Ihnen gut?«

»Ja, alles in Ordnung.«

Rasch das Thema wechseln, die Unterhaltung in eine andere Richtung lenken, meine Absichten umleiten.

»Ich habe mich gefragt«, begann sie, »ob er medizinische Kenntnisse besitzt?«

»Der Mörder? Warum?«

»Nach dem, was man mir von heute Morgen berichtet hat, war größte Präzision für eine so perfide Inszenierung erforderlich. Es wäre vielleicht hilfreich, die Verdächtigen, wie etwa den Sanitäter Sergeant Parker Collins, herauszusuchen.«

Frewin verschränkte die Arme vor seiner Brust.

»Dafür waren keine medizinischen Kenntnisse erforderlich. Er hat sich eine lange Zange und Gleitmittel besorgt, nichts Außergewöhnliches. Ansonsten brauchte er Zeit, weiter nichts. Versuchen Sie nicht, einen besonders Verdächtigen herauszufiltern, halten Sie Ohren und Augen offen, und berichten Sie uns alles, was Sie sehen oder hören. Insbesondere über« – er ging zu seinem Schreibtisch, um die Liste des 3. Zugs zu holen – »die Männer, deren Namen ich unterstrichen habe. Das R bedeutet, dass sie Rechtshänder sind:

– Captain Lloyd Morris R
– <u>Lieutenant Ashley Durrington</u> R
– Lieutenant Philip Piper
– Adjutant Clive Bradley-Dodders R
– Adjutant Henry Clark R

– Sergeant Piotr Kijlar R
– Sergeant Gabriel Rabin
– Sergeant (Krankenpfleger) Parker Collins R
– Corporal Douglas Regie R
– Corporal Adam Houdan
– Private Frank Gazinni R
– Private Vladimir Hriscek R
– Private Martin Clamps R
– Private Jeremy Brodus R
– Private Cal Harrison R
– Private Peter Brolin
– Private James Costello
– Private Felipe González
– Private John Traudel R
– Private Rodney Barrow R
– Private Steve Risbi
– Private John Wilker R

Sie sind Rechtshänder und kräftig, sehr kräftig, wie unser Mörder.«

»Und die anderen? Soll ich mich auch für sie interessieren?«

»Ja, ich weiß nicht von allen, wie sie aussehen – man kann nie wissen. Hier ist der Bericht, den ich angeblich dem Generalmajor Toddwarth übergeben habe und in dem ich zu dem Schluss komme, dass das Verbrechen von heute Morgen nichts mit den vorherigen zu tun hat. Dass der Mörder von Rosdale und Tomers labil und suizidgefährdet ist und es nicht verdient, dass man noch mehr Zeit mit ihm vergeudet, da er nicht der Psychopath ist, für den wir ihn anfänglich gehalten haben. Zum Abschluss äußere ich meine Meinung, dass er sich bald selbst das Leben nehmen wird, da dies in seiner Natur liegt.«

»Sie würdigen ihn herab, während er aufgewertet werden möchte. Das wird seine Wut gegen Sie richten.«

»Das hoffe ich. Lassen Sie diesen Bericht möglichst unauffällig irgendwo im Lager liegen.«

»Wenn ich es richtig verstehe, haben wir morgen Vormittag, wenn sie an der Front sind, keine Möglichkeit mehr, zu erfahren, was sie tun. Der Mörder bleibt bei ihnen, und wir warten auf ihre eventuelle Rückkehr?«

»Toddwarth zufolge wird es ein harter Einsatz: Sie unterstützen andere Kompanien im Kampf. Wir beziehen als ihre Nachhut Quartier. Ich habe auch einen Platz für Sie.«

Ann strahlte trotz der damit verbundenen Gefahr von feindlicher Bombardierung, Minen und der Nähe des Mörders.

»Ich … danke.«

Sie stand auf, um zu gehen. Sie durfte nicht länger in diesem Zelt bleiben, war an der Grenze zu entgleiten, das Irreparable zu begehen, Frewin ihrer Liste hinzuzufügen. Alles zunichtezumachen. Ihre Wangen waren gerötet.

»Ich kümmere mich gleich darum«, sagte sie und nahm den Bericht an sich.

Als sie das Zelt gerade verlassen wollte, rief Frewin sie noch einmal zurück:

»Ann, ich will ehrlich sein: Ich vertraue Ihnen, weil Ihre Schlussfolgerungen sehr scharfsinnig sind. Alles Übrige …«

Sie hielt seinem Blick einen Moment lang stand, dann senkte sie die Augen, bevor sie das Stück Zeltstoff losließ, hinter dem sie verschwand. Ihr Körper loderte.

30

Sie hatte keine Zeit zu verlieren.

Ann lief vorbei an den Zelten, den Kisten und Sandsäcken, die die Waffen- und Munitionsdepots schützen sollten. In der Dunkelheit wirkten die Gänge zwischen den Stoffbahnen noch unheimlicher. Sie fühlte sich wie Theseus, der durch das gewaltige Labyrinth irrte und wusste, dass irgendwo der Minotaurus auf sein nächstes Opfer lauerte.

Aber Theseus hatte einen Faden, um sich nicht zu verirren, oder? Und du, was hast du?, spottete sie innerlich. Einen gefälschten Bericht, das war alles. Wenn der Mörder ihn tatsächlich lesen würde, könnte Lieutenant Frewin nicht mehr ohne Leibwache schlafen. Je mehr sie darüber nachdachte, desto weniger war sie von der Richtigkeit dieses Plans überzeugt. Gab es keine andere Möglichkeit? *Wahrscheinlich …*

Und sie selbst? Was war mit ihr los? Sie konnte nicht ihren schändlichen Instinkten nachgeben, nicht bei Frewin. Die kühle Nachtluft hatte ein wenig Ordnung in ihre Gedanken gebracht, und sie schämte sich.

Als sie feststellte, dass die meisten Soldaten in ihren Zelten waren, beschleunigte sie den Schritt. Gern hätte sie das Lazarett aufgesucht, um sich von Clarice zu verabschieden, bevor sie an die Front ging. Weit wichtiger aber war, dass der 3. Zug diesen Bericht zu lesen bekam. Sie könnte ihre Freundin immer noch morgen früh wecken, um Abschied zu nehmen.

Ann blieb beim ersten Sanitätszelt stehen. Gleich am Eingang auf einem Klapptisch entdeckte sie mehrere Ablagekästen mit unterschiedlichen Formularen. Sie blätterte in dem mit den Krankenakten und fand, wie erwartet, die vom Vortag. Sie nahm drei heraus, die nicht dringlich waren, und fügte sie dem gefälschten Bericht von Frewin hinzu. *Man muss diese Inszenierung etwas ausschmücken ... Weil der Mörder das schätzt, soll er auch bedient werden.*

Nachdem sie sich rasch noch ein Fläschchen Alkohol und sauberes Verbandszeug genommen und in ihre Umhängetasche gesteckt hatte, eilte sie aus dem Zelt. Wenn es eine Person gab, der sie jetzt nicht über den Weg laufen wollte, so war es Callon. Der Stabsarzt musste die Nachricht von Frewin erhalten haben, dass Ann Dawson sein Team am frühen Morgen verlassen würde, um sich mit der MP an die Front zu begeben. Das war ihm sicherlich nicht recht.

Sie bahnte sich ihren Weg zwischen den Wäschestangen hindurch, die ein Areal halb so groß wie ein Fußballfeld einnahmen und wo Handtücher, Laken, Verbandzeug und sogar Krankentragen trockneten. Während sie im Zickzack vorbei an diesen wehenden Schatten lief, glaubte sie Blut zu riechen. Diese beißende Mischung der Gerüche von frischem Humus, Eisen und rohem Fleisch. Die Stoffbahnen, grau und schwarz in der Nacht, flatterten im Wind wie Leichentücher. Ann beschleunigte den Schritt, um dieses Feld trostloser Lumpen zu verlassen.

Im Laufen knöpfte sie ihren Kittel oben ein wenig auf, um ihren üppigen Brustansatz zu zeigen. Das war ein Trumpf, der ihr heute Abend nützlich sein könnte. *Nur musst du aufpassen, dass sich dein Trick am Ende nicht gegen dich richtet!*

Auf dem Areal des 3. Zugs war es ruhig. Zwei Laternen erleuchteten den kleinen Platz zwischen den Zelten, auf dem sich Tische und Bänke und die Vorräte des Zugs befanden. Niemand war draußen. Sie konnte jedoch den Lichtschein der Taschenlampen in den »Schlafsälen« erkennen.

Sie hatte sich am Vortag sehr aufmerksam umgesehen. Der Sanitäter Parker Collins verfügte wie alle Unteroffiziere und

Offiziere des Zugs über ein eigenes Zelt. Die einfachen Soldaten teilten sich große Zelte, die durch Stoffbahnen unterteilt waren, um ein Minimum an Privatsphäre zu gewährleisten.

Wie sollte sie vorgehen? Sie wollte Private Risbi sehen. Da er für viele seiner Kameraden die Post schrieb, würde der Inhalt des gefälschten Berichts sehr schnell die Runde machen. Sie betrachtete ihn als eine Art Umschlagplatz für Informationen. *Deshalb ist er beliebt. Nicht nur, weil er ein guter Schütze ist ...* Konnte sie diskret in ein Zelt treten und Risbi suchen? *Nein ...*

Ann schlich um den Komplex herum, den der »Schriftsteller« bewohnte. In der ersten Hälfte wurde gelacht und gescherzt, und sie schloss daraus, dass die Männer Karten spielten. Im zweiten Abschnitt war es ruhiger: Ein Gespräch, zu leise, als dass sie die Worte hätte verstehen können. Dann folgten zwei Abteile, die durch Hängelampen erleuchtet waren und in denen es besonders still war. Sie trat ganz nah an die Zeltwand, lauschte und vernahm das Rascheln einer Seite, die umgeblättert wurde. *Eine große Seite. Eine Zeitung?* Der Mann lachte leise. Ein Comicheft oder ein illustrierter Roman, etwas Lustiges! Das Lachen war nicht laut, fast ein wenig piepsig. Das konnte durchaus die Stimme von Risbi sein.

Ann setzte alles auf eine Karte. Sie kratzte mit den Fingernägeln an der Zeltwand. Auf der anderen Seite wurde die Zeitung abgelegt, und ein Schatten tauchte hinter dem Stoff auf.

»Hier ist Ann Dawson«, flüsterte sie. »Ich möchte mit Ihnen sprechen.«

Der Schatten wich kurz zurück und beugte sich dann vor, um die Stoffbahn anzuheben. Zu Anns Überraschung entstand eine Öffnung, die nicht befestigt war. Es war also für jeden Soldaten sehr einfach, unbemerkt das Zelt zu verlassen. Das runde Gesicht von Risbi erschien, der Blick streng forschend.

»Was haben Sie hier zu suchen?«, fragte er leise.

Ann vergewisserte sich, dass sie von niemandem beobachtet wurden, und gab ihm durch ein Handzeichen zu verstehen, dass sie eintreten wollte. Risbi stieß einen verärgerten Seufzer aus und ließ sie herein.

»Was fällt Ihnen ein«, raunte er, sobald sie drinnen war. »Was wollen Sie – Ärger?«

»Ich beende meinen Dienst und verteile die Kopien der Berichte an die Offiziere ...« Sie wedelte mit den Blättern, die sie in der Hand hielt. »Als ich hier vorbeikam, dachte ich mir, dass dies die Gelegenheit wäre, Ihnen zu helfen.«

»Ach, ja?«, erwiderte er und warf einen flüchtigen Blick zum Eingang. »Wie kommen Sie darauf, dass ich Hilfe brauche? Was soll das Ganze?«

Mit entschlossener Miene ließ sich Ann auf seinem Feldbett nieder und legte die Papiere neben sich, um ihre Umhängetasche zu öffnen.

»Ich kenne die Burschen Ihres Kalibers. Sie wollen nicht wegen einer scheinbar belanglosen Verletzung zum Arzt gehen, während die Kameraden von einer Kugel oder Granate verstümmelt werden. Doch solche vermeintlichen Lappalien können zur Folge haben, dass ihnen ein Arm oder Bein amputiert werden muss. Ziehen Sie Ihr T-Shirt aus und zeigen Sie mir Ihre Schulter.«

»Collins wird sich darum kümmern! Gehen Sie!«

»Ich weiß genau, dass Sie ihn nicht aufsuchen werden. Aber ich werde Sie nicht Ihrem Captain verraten, Sie werden nicht aus der Gruppe ausgesondert, falls es das ist, was Sie befürchten. Gestern ist mir aufgefallen, dass Ihre Wunde zu eitern beginnt.«

Da er sich immer noch nicht rührte, hob Ann die Stimme.

»Zeigen Sie mir Ihre Wunde, Private!«

»Nicht so laut! Ich bekomme Ärger, wenn ein Offizier Sie hier findet.«

»Dann ziehen Sie Ihr T-Shirt aus, und lassen Sie mich machen.«

Widerwillig entblößte Steve Risbi seinen notdürftigen Verband mit dem feuchten braunroten Fleck in der Mitte.

»Sind Sie jetzt zur ambulanten Krankenschwester avanciert?«, spottete er, während sie den Verband abnahm.

»Das ist mein Beruf. Oh ... das ist aber eine üble Wunde.«

»Sie ist nicht tief.«

»Sie ist dabei, sich zu infizieren. Wenn Sie nichts unternehmen, sind Sie in weniger als einer Woche nicht mehr einsatzfähig!«

Sie holte Schere, Alkohol, alles, was sie mitgebracht hatte, aus der Tasche und machte sich an dem mageren Arm des jungen Mannes zu schaffen. Seine Haut war milchig weiß und von großen Sommersprossen übersät.

»Wir müssen die Verletzung beobachten. Ich gehöre zu den Einheiten, die zusammen mit Ihnen an die Front geschickt werden. Suchen Sie mich auf, wenn Sie von Ihrem Einsatz zurück sind.«

»Wird schon gehen ...«

»Nein, eben nicht. Ich meine es ernst. Die Wunde muss desinfiziert und beobachtet werden. Also, kommen Sie zu mir, sobald Ihr Auftrag beendet ist, verstanden?«

Risbi befeuchtete seine Lippen.

»Okay ...«, brachte er schließlich hervor.

»Fürchten Sie sich nicht bei der Vorstellung, morgen wieder an die Front zu müssen?«

»Fürchten?«

Zu ihrer großen Überraschung dachte Risbi nach, statt seine Angst zu leugnen.

»Ja, ich hab so ein Ziehen im Magen. Man weiß ja nie, wie so ein Einsatz ausgeht. Ich … Was mir am meisten Angst macht, ist dieses Nicht-Wissen.«

Er wollte etwas hinzufügen, behielt es aber für sich. Anns Blick wanderte von der gesäuberten Wunde zu dem Gesicht des jungen Soldaten. Er hatte nichts Anziehendes, war bleich, schmächtig und ohne Charme, und doch hatte er auf einmal etwas Anrührendes, sodass sie ihn jetzt mit anderen Augen sah.

Er zuckte schicksalergeben mit den Schultern.

»Aber so ist der Krieg nun mal, Tage und Nächte der Ungewissheit, oder?«

»Ich … Ja, ich glaube. Aber Sie und ich, wir erleben ihn auf unterschiedliche Weise.« Nach einem kurzen Schweigen fügte sie hinzu: »Es ist wie auf dem Mond, nicht wahr?«

»Auf dem Mond?«

»Ja, Krieg führen ist so, als würde man die irdischen Bequemlichkeiten hinter sich lassen, um dort oben, fern von den anderen, ins Exil zu gehen. Und ich erforsche nur die erleuchtete Seite. Sie sind auf der anderen Seite, die mir unbekannt bleibt, egal, was ich tue.«

Risbi kicherte.

»Die Idee gefällt mir«, sagte er in fast vertraulichem Tonfall.

Der Verband war so gut wie fertig. Ann würde ihren Aufbruch sorgfältig planen müssen. Die Spuren verwischen, damit Risbi die auf dem Bett »vergessenen« Dokumente nicht entdeckte, bevor sie sich weit genug entfernt hatte. *Er könnte ja zu der Sorte gehören, die das Zigarettenpäckchen zurückbringt …*

Ann war mit einem Vater aufgewachsen, der mehr zu

Tricks, Gewalt und Erpressung neigte als zu Liebe und Fürsorglichkeit. Aber sie hatte einige wenige Lehren fürs Leben daraus ziehen können. Zum Beispiel »die Lehre vom Zigarettenpäckchen«. Ihr Vater hatte ihr wiederholt erklärt, wenn er im Hinblick auf eine kriminelle Zusammenarbeit die Ehrlichkeit einer Person testen wollte, müsste er nur ein volles Päckchen Zigaretten auf den Tisch seines Gastgebers legen und beim Fortgehen so tun, als hätte er es vergessen. Eilte ihm der Betroffene nach, um es ihm zurückzugeben, ließe er sich besser nicht auf einen Coup mit ihm ein – er war viel zu ehrlich. Wenn er nichts sagte, war alles möglich. Die Regel galt nur bei Rauchern, aber wie ihr Vater sagte: »Die Zigarette gehört zum guten Ganoven wie die Pistole zum Gangster!« Er untermalte seinen Wortschwall mit einem dreckigen Lachen, das sie zu hassen begonnen hatte. Und doch erinnerte sie sich heute an eine seiner Lehren. Es war tatsächlich das erste Mal, dass sich »die väterliche Erziehung« als nützlich erwies.

Plötzlich wurde die Stofftür hochgezogen, und ein Mann um die dreißig stand da – brünett, auffallend stark behaart, eine eindrucksvolle platte Nase unter buschigen, völlig zusammengewachsenen Augenbrauen.

»Scheiße, Mensch, Steve …«, stieß er hervor, als er seinen Kameraden mit entblößtem Oberkörper neben der Krankenschwester auf dem Feldbett sitzen sah.

Risbi schnellte hoch, packte ihn am Kragen und zog ihn herein.

»Schnauze, Barrow!«

Die Augen des Soldaten verschlangen Ann geradezu.

»Kann ich auch eine Sonderbehandlung bekommen, hübsche Schwester?«

Ohne ihn eines Blickes zu würdigen, legte sie letzte Hand an Risbis Verband an und erwiderte:

»Alles, was Sie bekommen werden, ist Ihre Hand, um sich einen runterzuholen.«

Sie hasste alles Vulgäre, was sie an ihre Kindheit erinnerte, doch solchen Burschen sollte man lieber gleich sagen, was Sache war.

Barrow aber ließ sich nicht beeindrucken.

»Nicht gerade sanft, die Mieze.«

Ann spürte, wie eine Hand ihr ans Hinterteil griff.

Sie ließ den Verband los und holte aus, um ihn zu ohrfeigen. Er hielt sie am Handgelenk fest.

»Kein Grund, sich aufzuregen, Miss«, verkündete er mit honigsüßer Stimme. »Wir gehen morgen an die Front zurück, da ist doch etwas Zärtlichkeit angesagt, oder nicht?«

»Lass sie los«, befahl Risbi.

Aus dem vorderen Teil des Zeltes war Lachen zu hören; die Männer ahnten nichts von dem, was sich hier abspielte.

»Jetzt tu nicht so, Steve. Du siehst doch, dass sie auf nichts anderes wartet. Zwei hübsche Typen nur für sie allein.«

»Lass sie los, hab ich gesagt.«

»Bist du blöd, oder was?«

»Schluss jetzt!« Anns Tonfall war plötzlich scharf und drohend. »Sonst ...«

»Sonst was?«

Diesmal war sie so schnell, dass er nicht rechtzeitig reagieren konnte. Ihre Hand griff nach der Schere und drückte die spitzen Enden in den Hals ihres Angreifers.

»Oder ich trenne Ihre Stimmbänder durch, damit Sie keinen Blödsinn mehr reden können.«

Barrow ließ von ihr ab.

»Nun regen Sie sich doch nicht gleich so auf, war doch nur Spaß.«

Ann nickte und versetzte ihm mit dem Knie einen Stoß in die Weichteile. Der Mann klappte stöhnend zusammen.

»Oh, tut mir leid, regen Sie sich nicht auf. War nur Spaß.«

Jetzt oder nie. Sie musste das Durcheinander ausnutzen, um zu verschwinden. Risbi war sicher genauso verwirrt wie sie und würde den Dokumenten mit dem MP-Briefkopf, die sie »vergessen« würde, zunächst keine Beachtung schenken. Nicht, bevor er sich schlafen legte.

Sie stopfte das Verbandszeug in ihre Tasche und duckte sich, um ins Freie zu gelangen.

»Gute Nacht, die Herren«, sagte sie mit wild klopfendem Herzen.

Risbi war der Situation nicht mehr gewachsen.

»Tut mir leid«, begann er, »ich …«

»Ist nicht Ihre Schuld. Kommen Sie wegen Ihres Arms noch einmal zu mir.«

Sie ließ die angespannte Atmosphäre hinter sich. Sie hatte sich gut aus der Affäre gezogen. Sehr gut.

Jetzt musste sie sich schnell aus dem Staub machen, damit Risbi, falls er die Papiere doch gleich entdeckte, sie nicht zurückrufen konnte.

Und die Nacht war noch lange nicht zu Ende. Nach dem, was sie durchlebt hatte, musste sie ihre überschüssigen Emotionen abreagieren.

Nein, nicht heute Abend … lass dich nicht dazu hinreißen.

Und doch spürte sie tief im Innern, dass ihre Entscheidung schon getroffen war. Ihre Sinne waren früher am Abend in Frewins Gegenwart aufs Äußerste erregt worden. Es gab kein Zurück mehr.

Du musst dagegen ankämpfen!

Sie steuerte auf das Lazarett zu.

Wenn du dich heute Abend nicht beherrschen kannst, dann versuch wenigstens, dich unsichtbar zu machen. Und hinterlass keine Spuren. Nichts. Such dir dein Opfer gut aus, einen Einzelgänger, eine leichte Beute.

Der Mond tauchte zwischen den schwarzen Wolken auf.

Die verborgene Seite, die dir unbekannt bleibt, was?

Das Gegenteil war der Fall, denn sie war seit ihrer frühesten Kindheit fasziniert von der verborgenen dunklen Seite aller Dinge. Sie hatte die Abgründe, die finsteren Seelen erforscht, angefangen bei der ihren. Der erschreckendsten Seele von allen. Und sie hatte die eigene Persönlichkeit ergründet.

Ein schwaches und zögerndes Stimmchen tauchte aus den Tiefen ihrer Erinnerung auf:

»Nichts ist starr. Das Individuum ist zumindest Herr über sich selbst.«

Aber es hallte nur wie ein schwaches Echo wider und verschwand in den Tiefen der Nacht.

31

Die Worte von Lieutenant Frewin gingen ihm nicht aus dem Sinn.

… Es handelt sich um ein Kind, das wegen seines Verhaltens, seiner Vorlieben und Reaktionen von den anderen abgelehnt wird. Es ist bereits vom Leben kaputt gemacht worden. Die dunkle Seite der Welt hat dieses Kind auf die eine oder andere Weise bereits sehr viel stärker beeinflusst als die anderen Menschen, es ist schon alles zu spät.«

Kevin Matters konnte sie nicht in einen Winkel seines Bewusstseins verbannen. *»Es ist schon alles zu spät.«* Was wollte er damit sagen?

Du weißt es, du weißt es ganz genau!

Er streckte die Arme aus, die er, auf seinem Feldbett liegend, hinter dem Nacken verschränkt hatte. *Was weiß er denn schon davon? Ist es eine von diesen vordefinierten Analysen, wie man sie in der Psychologie lehrt?* Er runzelte verächtlich die Stirn. *Und der Einzelfall? Jeder Mensch ist schließlich anders. Man darf nicht verallgemeinern* … Trotzdem wusste Matters in seinem tiefsten Innern, dass es möglich war, Verhaltensschemata zu definieren. Die Psychologie war keine zufallsbedingte »Parawissenschaft«.

Und doch hat jeder seine Geheimnisse! Jeder! Selbst der Lieutenant! Was ist denn mit all diesen Briefen, die ich in seiner Kiste gefunden habe? Was hat es mit seinem Geheimnis auf sich?

Doch Matters musste sich den Tatsachen beugen. Auch wenn jeder seine Geheimnisse hatte, so waren doch die meisten nicht beschämend, nicht schwerwiegend. Sie richteten keinen Schaden an, nicht wie er …

Ich füge niemandem Schaden zu.

Er schloss die Augen und zwang sich, durch die Nase ein- und durch den Mund auszuatmen, um sich zu beruhigen, um sich völlig zu entspannen. Wenn er so weitermachte, würde er noch Verdacht erregen. Dann würden sie sein Zelt durchsuchen. *Und sie wüssten Bescheid.*

Sein Herzschlag beschleunigte sich. *Atmen, ich muss mich auf meine Atmung konzentrieren, darf nicht mehr an all das denken.*

Er richtete sein Augenmerk auf seine Verletzung am Oberarm. Beim Lauf durch den Wald war die Wunde wieder aufgeplatzt, und er hatte, nachdem er den Sterbenden begleitet hatte, den Verband im Lazarett wechseln lassen müssen. Clifford Harris war fast in seinen Armen gestorben. Beim Säubern seiner Wunde hatte Ann Dawson ihn mit Fragen zu ihrer Entdeckung gelöchert. Er mochte sie nicht. Irgendetwas an ihr störte ihn. Matters hatte vergebens versucht, die Ursache dieses Unbehagens herauszufinden. Früher oder später aber würde er wissen, warum er Distanz hielt.

Die Erregung hatte sich vorerst gelegt.

Er stand auf, kniete vor seiner Metallkiste nieder und öffnete das Schloss.

Wenn er verhindern wollte, dass ihn seine Triebe überwältigten, musste er schnell handeln, solange er dazu in der Lage war. Sonst würde er noch heute Nacht sein Zelt verlassen und den Verboten trotzen, noch einmal. Für wenige Minuten der Lust würde er sich demütigen.

Er musste doppelt vorsichtig sein, sonst würden sie ihn fassen. Er musste sich zusammenreißen. Bald würde alles besser gehen.

Es ist bereits vom Leben kaputt gemacht worden. Die dunkle Seite der Welt hat dieses Kind auf die eine oder andere Weise bereits sehr viel stärker beeinflusst als die anderen Menschen, es ist schon alles zu spät.

Nein, es war nicht zu spät!

Warum trafen die Worte des Lieutenant ebenso sehr auf ihn zu wie auf den Mörder?

Seine Augen füllten sich mit Tränen.

Nein, kein Mensch ist für immer verloren! Selbst der niederträchtigste aller Kriminellen kann es schaffen, redete sich der junge Sergeant ein. *Jeder kann es schaffen, es gibt kein unausweichliches Schicksal. Selbst ich …*

Matters tauchte die Hände in die Kiste.

Tränen verschleierten seine Augen, rannen über seine Wangen.

Selbst ich!

32

Am frühen Morgen hatte es heftig zu regnen begonnen. Schwere, kalte Tropfen, die den Hals entlang unter die Kleider rannen und ein Frösteln auslösten. Ein schwerer bleierner Schleier legte sich über die Landschaft und beraubte sie all ihrer Farben.

Gegen halb neun Uhr erreichte Ann, ihre Tasche über der Schulter, durchnässt und zitternd das Lager der Militärpolizei. Alles war verschwunden, geblieben waren nur Rechtecke mit platt gedrücktem Gras. Sie traf Phil Conrad und Agnus Donovan an, die die letzten Kisten auf einen Jeep luden.

»Ist Lieutenant Frewin nicht da?«, fragte sie verwundert.

»Er ist schon mit den anderen Männern losgefahren«, erklärte Donovan.

»Er hat mir gesagt …«

»Keine Sorge, wir haben einen Platz für Sie«, beruhigte sie Conrad.

Eine Viertelstunde später saßen sie in dem schwer beladenen Wagen, Conrad am Steuer, Donovan auf dem Beifahrersitz und Ann auf eigenen Wunsch auf der Rückbank. Der Regen trommelte auf das Dach. Ann hatte sich in eine Decke gehüllt, um sich aufzuwärmen. Sie hatte kaum Platz zwischen den Bündeln mit den Zelten und Schildern mit der Aufschrift MILITÄRPOLIZEI. Donovan nahm seine Brille ab, um sie zu trocknen. Sein Profil war nur schwach ausgebildet – kleine Nase, Lippen so fein wie ein Strich. Er war noch keine fünfundzwanzig Jahre alt, und die Krankenschwester erinnerte sich, dass er ganz neu in Frewins Team war. Conrad mit seinen vielen Falten, seinen bedächtigen und zugleich kraftvollen Gesten und seiner imposanten Statur war genau das Gegenteil von dem schmächtigen Donovan.

Das Wasser tropfte aus den Haaren der beiden Männer auf ihre kakifarbenen Jacken.

»Bei dem Wetter brauchen wir mindestens zwei Stunden, also nutzen Sie die Zeit zum Schlafen«, meinte der Ältere und ließ den Motor an.

»Wird es gefährlich?«, wollte Ann wissen.

»Im Prinzip nicht, der Weg ist gesichert, und ein Luftangriff ist bei diesem Wetter eher unwahrscheinlich.«

Ann wollte die Zeit lieber verwenden, um die beiden besser kennenzulernen. Die Nacht war kurz, sehr kurz gewesen, aber ihre Müdigkeit war die gerechte Strafe. *Du musst dich ab jetzt besser im Griff haben.*

Sie begann mit Donovan, der sich eher zurückhaltend gab. Er war erst seit einem Jahr bei der Armee – wegen des Krieges. Vorher hatte er in der väterlichen Baufirma gearbeitet. Nach der Ausbildung hatte er sich als geschickter Psychologe erwiesen und alles darangesetzt, um zur Militärpolizei zu kommen. Er gestand, dass ihn zunächst die Vorstellung gereizt hätte, auf feindliche Gefangene zu treffen. Er hatte sich vorgestellt, wie er die Männer verhören, ihre Persönlichkeit erfassen und so Spione enttarnen würde. Die Realität war ganz anders gewesen: Nachtwachen in einem winzigen Raum, ein von gleichbleibend monotonen Befehlen bestimmter Tag, während sich der Kontakt zum Feind auf die Patrouillen zwischen den Zellen beschränkte. Bis Lieutenant Frewin ihn vor knapp zwei Wochen nach dem Studium seiner Personalakte, und vor allem wegen des persönlichen Gesprächs, rekrutiert hatte.

»Hat er Ihnen gesagt, warum er jemand Neues einstellen wollte?«, erkundigte sich die Krankenschwester.

»Weil er wusste, dass wir bald ausrücken würden, und er deshalb mehr Leute brauchte.«

Conrad beugte sich über das Lenkrad, um beim Hin und Her der Scheibenwischer die Fahrbahn erkennen zu können.

»Wir haben vor einem Monat bei einem Bombenangriff einen Kameraden verloren«, erklärte er knapp. »Angus ersetzt ihn.«

»Oh … Entschuldigung, das wusste ich nicht«, entgegnete Ann.

Von hinten hatte sie reichlich Gelegenheit, die beiden Männer zu beobachten: ihre schlecht rasierten Wangen, die von den stumpfen Klingen und dem zu kaltem Wasser rissig waren, die Ringe unter den Augen, die kleinen Narben am Hals von Donovan.

»Haben Sie sich am Hals verletzt?«

»Was? … Ja, als Jugendlicher. Alte Erinnerungen.«

Conrad lachte.

»Alt? Du? Warte, bis dieser verdammte Krieg vorbei ist, dann weißt du, was es bedeutet, alte Erinnerungen zu haben!«

Ann nutzte die Gelegenheit.

»Sagen Sie das, weil Sie schon lange bei der Armee sind?«

»Im September werden es fünf Jahre. Ich bin von Anfang an dabei.«

Das überraschte Ann. Denn Conrad war ein einfacher Soldat geblieben. Dafür gab es nur zwei mögliche Erklärungen: Entweder hatte er eine Beförderung abgelehnt, oder man hatte sie ihm wegen schlechter Führung verweigert.

»Haben Sie sich freiwillig verpflichtet, oder sind Sie eingezogen worden?«, erkundigte sie sich.

»Freiwillig. Ich war vorher Polizist«, sagte er leise.

»Polizist? Und warum haben Sie Ihren Job aufgegeben, um zur MP zu gehen? Weil es dort riskanter ist?«

»Um Probleme zu vermeiden«, erklärte er knapp und sah seine Mitfahrer an. »Und Sie, Miss Dawson? Warum sind Sie Krankenschwester geworden?«

»Aus Berufung«, log sie.

Um dem Leid so nahe wie möglich zu sein. Um verletzte Seelen völlig entblößt beobachten und erfassen zu können. Um die absolute Wahrheit des Menschen zu ergründen: die Unausweichlichkeit des Todes.

»Sind Sie beide verheiratet?«, fragte sie rasch, um das Thema zu wechseln.

Die Männer verneinten. Angus Donovan war verlobt, und Phil Conrad gab schließlich zu, mehrere Freundinnen in verschiedenen Orten zu haben. Ann stellte fest, dass die Militärpolizei für die Armee atypische Charaktere anzog. Die meisten Soldaten, die sie sonst kannte, waren trotz ihres jugendlichen Alters schon verheiratet, eine übereilte Reaktion, die sie dem Krieg zuschrieb.

»Und Lieutenant Frewin, kennen Sie den gut?«

»Seit fast vier Jahren«, antwortete Conrad. »Ein ... besonderer Charakter.«

»Das dachte ich mir, er ist nicht wie die anderen. Wissen Sie, woher er diese ... diese Fähigkeit hat, Kriminelle zu erkennen, sich so gut in sie hineinzuversetzen, ausgehend nur von der Analyse des Tatorts?«

»Er nennt das ›die Sprache des Blutes« erklärte Donovan, stolz, seine neu erworbenen Kenntnisse anbringen bringen zu können.

Ann bemerkte das Lächeln, das über Conrads Gesicht glitt.

»Warum lachen Sie?«

Er drehte sich um.

»Tue ich gar nicht ...«

»Doch, Sie schmunzeln, das sehe ich genau.«

Conrad deutete ein Nicken an und schien belustigt und nachdenklich zugleich.

»Weil ... der Lieutenant nicht so ist wie die anderen, das ist alles.«

Ann hakte nach.

»Das müssen Sie etwas genauer ausführen, Sie haben schon zu viel oder noch nicht genug gesagt.«

Jetzt wurde Conrad ernst.

»Sie wissen nicht Bescheid, was?«

»Worüber?«

»Was er durchgemacht hat …«

Ann beobachtete Donovan, der Conrads Anspielung sofort verstanden hatte und nun an seiner Stelle fortfuhr:

»Der Unfall.«

»Dieses Wort benutzen nicht alle, wenn sie von dem Vorfall sprechen«, bemerkte Conrad, ohne den Blick von der Straße abzuwenden.

Ann war verwundert, erst jetzt von dieser Angelegenheit zu erfahren, die ein so wichtiger Punkt im Leben des Lieutenants zu sein schien.

»Hatte er einen Unfall? Was ist denn das für eine Geschichte?«

»Nicht er, sondern seine Frau. Vor zwei Jahren. Sie ist an einem Abend, als er Heimaturlaub hatte, die Treppe heruntergefallen. Sie hatten beide getrunken, er ist nach oben gegangen, und als sie ihm eine Weile später folgen wollte, ist sie gestolpert und alle Stufen hinabgestürzt. Sie ist in seinen Armen gestorben.«

Instinktiv hatte Ann die Hand auf den Mund gepresst.

»Eine grässliche Geschichte«, fuhr Conrad fort. »Schon damals war der Lieutenant ein guter Ermittler. Es gab zwar nicht viele Fälle, aber sie landeten meist auf seinem Schreibtisch, weil er sie am besten zu lösen wusste. Nach Pattys Tod hat er einen Antrag gestellt, um bei jeder unklaren Todesursache hinzugezogen zu werden. Ich glaube … er hat viel Empathie, um ein Wort zu benutzen, das er selbst gerne verwendet. Auch wenn es um die niedersten menschlichen Instinkte geht. Das hat sich nach dem Tod seiner Frau noch verstärkt. Als hätte die Trauer einen anderen Teil seines Bewusstseins, seines Könnens erschlossen.«

Obwohl Donovan den Sachverhalt kannte, lauschte er aufmerksam und gebannt.

»Jedem Verbrecher scheint ein beträchtlicher Anteil an Schmerz und Verzweiflung innezuwohnen, den Frewin verstehen kann, weil er ihn selbst in sich trägt.«

Der Regen schlug so heftig gegen die Windschutzscheibe und überzog sie mit einem transparenten Film, dass die Landschaft dahinter verschwamm.

Ann musste Conrads Ausführungen verarbeiten. Sie bemerkte, dass sie die Luft angehalten hatte, und zwang sich, wieder gleichmäßig zu atmen.

»Vorhin haben Sie … angedeutet, dass nicht alle von einem Unfall sprechen?«, stieß sie hervor.

»Es gibt immer böse Zungen, die üble Nachrede verbreiten. Wissen Sie, je länger der Krieg dauert, umso mehr bin ich der Überzeugung, dass der Mensch eine Bestie ist. Wenn einer von uns fällt, gibt es immer Gruppen, die sich auf ihn stürzen. Ein Verwundeter ist eine leichte Beute. Man reagiert sich mit Sarkasmus und Gerüchten ab.«

»Wollen Sie damit sagen, das Gerücht kursiert, der Lieutenant hätte seine Frau … getötet?«

»Das hört man bisweilen.«

Ann spürte Zorn in sich aufsteigen.

»Wie …«

Conrad fiel ihr ins Wort.

»Neid oder nur der tierische Instinkt, von dem ich gesprochen habe, wenn ein Mann in die Knie geht. Sie denken, dass der Lieutenant nicht von ungefähr über sein ›unheimliches Wissen‹ verfügt. Er würde sagen, dass es aus Empathie, Erfahrung und langem Studium der menschlichen Psyche resultiert. Die Neider behaupten, er sei krank, er trage die Wurzeln des Bösen in sich, die die Grundlage des Verbrechens schlechthin sind. Er ist eine imposante Erscheinung, stets beherrscht, manch einer aber sieht dahinter unterdrückte Aggression, die an jenem Abend hervorgebrochen sein und sich gegen seine Frau gerichtet haben könnte.«

»Es ist dumm und unwürdig, einen Menschen ohne Grund derart zu verurteilen!«

Conrad holte Luft und wiegte den Kopf, so als wolle er die Krankenschwester beschwichtigen.

»Mit Patty war nicht alles eitel Sonnenschein, man könnte sogar sagen, dass sie sich oft gestritten haben und dass es laut zuging, aber ... das ist ja wohl bei allen temperamentvollen und leidenschaftlichen Paaren der Fall. Und ein paar solcher Auseinandersetzungen führen noch lange nicht zu einem Mord. Doch wir können nie verhindern, dass sich die Leute hinter unserem Rücken das Maul zerreißen.«

Ann zog die Beine an, um es etwas wärmer zu haben.

»Und was halten Sie von der Sache?«

»Ich?«, fragte Conrad verwundert. »Was, glauben Sie, kann ich darauf antworten? Ich arbeite mit ihm! Ich sehe, was er macht, ich schätze den Menschen und den Lieutenant. Was soll ich da glauben?«

»Dabei ist es typisch für Gerüchte, dass sie Zweifel wecken. Sind Ihnen nie welche gekommen?«

Conrad starrte durch den Regen auf die Straße. Donovan beobachtete ihn und wartete gespannt die Antwort ab.

»Es gibt eine wissenschaftliche Analyse der Mörder, die ich nicht verstehe, das ist alles, was ich Ihnen sagen kann, Miss. Er kann sich in sie hineinversetzen wie kein anderer ... Ich stelle mir keine Fragen.«

33

Den Vorposten hatte man in einem Dorf eingerichtet, das von Bomben und Granaten verschont geblieben war. Das Rathaus diente als Stabsquartier, der Festsaal als improvisiertes Lazarett. Der Militärpolizei war nur noch die Kirche geblieben, das einzige Gebäude, das genug Platz bot, um auch ein Gefängnis einzurichten. Die Straßen waren voller Soldaten, Militärfahrzeuge und Panzer, sodass die Dorfbewohner gezwungen waren, in ihren Häusern zu bleiben und den kriegerischen Aufmarsch hinter ihren Fenstern zu beobachten. Einige von ihnen schwenkten Fähnchen, um die Sieger zu begrüßen, doch das ständige Dröhnen der Geschütze von der Front, keine zehn Kilometer weiter südlich, hatte etwas Bedrohliches. Selbst den Mutigsten verging die Lust, das Haus zu verlassen, wenn sie Dutzende von verletzten und schreienden Frontsoldaten auf ihren Tragen vorbeiziehen sahen.

Die heftigen Schauer waren feinem Nieselregen gewichen. Der Jeep mit Conrad am Steuer hielt vor einer kleinen Steintreppe, die zu einer Esplanade vor der Kirche führte. Ein Türflügel stand offen und gewährte Einblick ins Innere, das vom Schein flackernder Kerzen dürftig erhellt wurde.

»Ihre neue Bleibe, Miss«, sagte der Fahrer und stieg aus.

Ann nahm ihre kleine Reisetasche, ging zur Tür und ließ die beiden Männer das Gepäck ausladen. Weite Teile des Kirchenschiffs lagen im Halbdunkel. Ann trocknete ihr feuchtes Gesicht und trat ein. Sofort fiel ihr auf, dass alle Fenster heil geblieben waren, sodass, gefiltert durch das bunte Glas, Reste des matten Tageslichts eindrangen. Die wenigen Bänke waren in einer Ecke aufgestapelt. An ihrer Stelle hatte man rund fünfzig Benzinkanister, groß wie Weinfässer, gelagert.

»Ein Beweis für Intelligenz und praktisches Denken des Generalstabs«, empörte sich jemand.

Frewin kam ihr entgegen.

»Sie glauben, der Feind würde eine Kirche nicht bombardieren …! Und die vielen Kerzen! Gott sei Dank sind die Kanister gut versiegelt, so bleiben wir zumindest von dem Gestank verschont, bis wir eines Tages bei lebendigem Leibe geröstet werden.«

»Und die Gefangenen? Wenn es einen Selbstmordkandidaten unter ihnen gibt …«

»Nein, keine Sorge, sie sind in der Krypta eingesperrt, und die erreicht man über eine Außentreppe. Der andere Zugang, eine Falltür, befindet sich hier, ist aber durch mehrere Benzinkanister blockiert.«

»Sehr beruhigend«, bemerkte sie ironisch. »Die Gläubigen des Dorfes sind sicher begeistert.«

Frewin nahm ihr die Tasche ab und bat sie, ihm zu folgen. Unterhalb seines Auges prangte ein riesiger blauroter Bluterguss – Relikt des Kampfes vom Vortag.

»Nicht gerade luxuriös hier, aber wir haben Ihnen eine etwas abgelegene Ecke eingerichtet. Die Männer wohnen in der Sakristei, aus der wir einen Schlafsaal gemacht haben. Matters ist nicht weit, und mein Bett steht in der Nähe des Eingangs.«

»Am Eingang? Warum so weit entfernt von uns?«

Ohne zu antworten, deutete er auf eine Nische.

»Hier wären wir.«

Vom Chor gingen auf jeder Seite zwei Kapellen ab. Vor diese Alkoven hatte man als Sichtschutz einen Vorhang gespannt. Das Mobiliar bestand aus einem Feldbett und einer Laterne, und die Wände waren mit Heiligen- und Votivbildern und Kreuzen geschmückt. Frewin stellte Anns Tasche vor dem Feldbett ab, über dem eine Jungfrau mit dem Kind glänzte. Zu beiden Seiten des kleinen Nebenaltars brannten Kerzen.

»Matters schläft gegenüber. Wie Sie sehen, ist alles sehr einfach, aber immerhin sind Sie im Trocknen.«

Ann nickte und warf dann einen Blick in die Runde, um den Ort zu bewundern, den die MP für ihre Zwecke besetzt hatte. Ihre Augen wanderten zum Altar, von dem Abendmahlskelch und Weihrauchgefäß entfernt worden waren. Stattdessen lagen zwischen zwei brennenden Kerzen eine Pistole und Notizbücher.

»Was für ein Ketzer Sie doch sind ...«, spottete sie, ohne wirklich empört zu sein.

Frewin sah sich erschrocken um und begriff, was sie meinte.

»Ja ... Ich ... tut mir leid, wenn Sie das schockiert. Wir haben uns beholfen, so gut wir konnten, und ... ich glaube nicht an all das«, sagte er und hob die Arme zu dem Kreuzgewölbe.

»Ich sage das nicht meinetwegen ...«

Ann insistierte nicht weiter. Sie hatte festgestellt, wie übertrieben Menschen, die gelitten hatten, in Sachen Glauben reagierten. Entweder waren sie glühende Anhänger oder lehnten alles rundweg ab, ohne weiter zu differenzieren.

Gehört es nicht zum Wesen der Religionen? Haltlose Geister zu stützen? Den Ärmsten einen Grund zum Durchhalten zu geben. Damit sie in Demut weiterleben und nicht vom »rechten« Weg abweichen ... Damit sie nicht aus dem System fallen ... All das ist zum Vorteil der mächtigen Paten der Religion.

»Sie zittern ja, Ann. Trocknen Sie sich ab, ziehen Sie sich um, und kommen Sie dann zu mir.«

Mit einem Ruck schloss er den Vorhang, der die Krankenschwester abschirmte.

Ann traf Frewin auf einem Klapphocker vor dem Altar sitzend an. Hinter ihm sortierten Matters und der Riese Larsson die Karteikarten mit den Namen der Gefangenen in Metallkästen. Ann grüßte sie und wandte sich dem Lieutenant zu. Gerade waren die schwarzen Tafeln mit den Aufzeichnungen der MP zu den beiden Morden aufgestellt worden. Ann bemerkte, dass der Chor, der durch ein Geländer vom Rest der Kirche abgetrennt war, eine Zone für sich war; hier untersuchte man den Tod, die »Sprache des Blutes«, um Frewins Worte zu benutzen.

»Gibt es was Neues?«, fragte Ann und deutete auf eine der Tafeln mit den Namen des 3. Zugs.

»Zurzeit kämpfen sie. Vielleicht überlebt der Mörder ja nicht. Haben Sie den gefälschten Bericht unter die Soldaten bringen können?«

»Ich habe ihn im Zelt eines Soldaten ›vergessen‹, der alle anderen kennt. Ich nehme an, er hat den Inhalt unverzüglich ausposaunt. Wie geht es jetzt weiter?«

»Wir warten, bis sie zurück sind. Dann werden wir ja sehen, was passiert.«

»Haben Sie deshalb Ihr Bett am Eingang aufgestellt? Um diesen Wahnsinnigen anzulocken, ohne uns zu gefährden?«

Frewin sah sie an. In seinen Augen lag ein eigenartiger Glanz.

»Es ist mein Plan, und ich trage auch die Konsequenzen.«

Ann zog skeptisch die Augenbrauen hoch.

»Kann ich mich irgendwie nützlich machen?«, fragte sie.

»Ich möchte, dass Sie meine Aufzeichnungen durchlesen … Vielleicht finden Sie ja etwas, das mir entgangen ist.«

Geschmeichelt von diesem Vertrauensbeweis, willigte Ann ein.

»Ich tue mein Bestes.«

Frewin bot ihr einen Hocker vor den beiden Tafeln mit den wichtigsten Fakten des Falls an und brachte ihr eine Tasse heiße Milch.

»Tut mir leid, das ist alles, was wir gefunden haben – weder Tee noch Kaffee.«

»Wunderbar. Was machen Sie inzwischen?«

»Meine Männer und die Ankunft der Gefangenen überwachen. Falls ich dazukomme, will ich versuchen, Carrhus, den Arzt der *Seagull*, der die Autopsie von Gavin Tomers vorgenommen hat, ausfindig zu machen. Anscheinend hat er mich gesucht, als er an Land gekommen ist.«

Ann saß allein im Chor der Kirche, umgeben von den tröstlichen Kerzenflammen. Diesmal hatte die Zeit einen würzigen Geschmack, wie Ingwer beispielsweise. Scharf und süßlich zugleich. Sie brannte darauf, sich in Frewins Aufzeichnungen zu vertiefen. Sie las zuerst den offiziellen Bericht, dann die Anmerkungen des Lieutenant. Letztere gaben Auskunft über seine Vorgehensweise. Als Erstes beschrieb er mit Hilfe von Schemata und Skizzen jede Einzelheit des Verbrechensschauplatzes: den Ort, die Leiche, die Spuren. Dann nahm er sich die Fakten vor und versuchte, sie chronologisch zu ordnen und ihnen einen Sinn zu geben. Bei dem ersten Verbrechen an Fergus Rosdale interessierte er sich vorrangig für die Enthauptung. Warum beraubt man einen Menschen seines Kopfes? Und vor allem, warum ersetzt man ihn durch den eines Widders? Alles wurde unter die Lupe genommen, die Bedeutung der Hörner, eine eventuelle satanistische Konnotation, die Bestialität der Menschheit und natürlich der biblische Bezug: Der Widder, den Abraham an Stelle seines Sohnes Isaak opfert. Craig Frewin hatte die Symbolik eingehend untersucht, ohne etwas Überzeugendes zu finden. Er schloss mit der Feststellung, dass eines bei dieser makaberen Inszenierung sicher war: Wenn der Mörder sein Opfer seines Gesichts beraubte, es durch das eines Tiers ersetzte und es so zur Schau stellte, dann deshalb, weil er schockieren wollte.

Ann nahm sich den Bericht über den Mord von Gavin Tomers vor. Hier tat sich Frewin schwer bei der Interpretation der Inszenierung.

Der Tote befindet sich unter einer dicken Schicht Klebeband, nur ein Fuß und sein Unterarm ragen heraus. Handelt es sich um einen schützenden Kokon? Falls ja, warum wird er dann an einem frequentierten Ort zur Schau gestellt? Wollte der Täter ihn zeigen und gleichzeitig schützen? Geht es nicht um das Opfer selbst, sondern um das, was es darstellt?

Nein, nein! Das Opfer hat furchtbar gelitten. Zuerst wurde es gewürgt, dann wurde der Brustkorb eingedrückt (der Mörder hatte ein Knie darauf gestützt. Hat er zugestoßen, um das Sternum zu brechen?), und schließlich wurde ihm ein Skorpion in den Mund geschoben, der anschließend zunagelt wurde. Die Tötung war ein langsamer, leidvoller Prozess. Sadismus: Ausdruck für den Zorn des Mörders. Grausamkeit: Der Wunsch, Kontrolle über den anderen zu haben, Macht über Leben und Tod, Materialisierung der Frustration. Ein im eigenen Schmerz verhaftetes Wesen.

Bedenkt man all das und dazu die Intelligenz des Täters, muss man Folgendes festhalten: Er ist sich seiner Andersartigkeit bewusst und leidet darunter. Hier gibt es zwei Möglichkeiten: Entweder er leidet, weil er der Selbstzerstörung nahe ist, er verstümmelt sich, er ist ein Mann, der die Narben vieler, sich selbst beigebrachter Wunden trägt, noch jung, nicht über dreißig! (Wenn er älter wäre, hätte sich seine Persönlichkeit entwickelt, und er könnte nicht unbemerkt in einer geschlossenen Struktur wie der Armee leben). Oder er schöpft zusätzliche Kraft aus dem Leid dieser Andersartigkeit, die ihn auf seinem Weg bestätigt. In diesem Fall handelt es sich um einen kalten, narzisstischen Menschen, der überzeugt davon ist, dass das Wertesystem falsch, er hingegen im Recht ist. Das heißt, wir verdienen keine Beachtung, und er tötet ohne jegliche Emotion.

Angesichts des ersten Verbrechens ist diese letzte Theorie wahrscheinlicher. Aber er ist in der Lage, seine Gefühlskälte zu verbergen, und gibt sich vielleicht sogar extrovertiert. Alles ist Illusion. Er führt uns an der Nase herum, er spielt mit uns.

Was sucht er, wenn er tötet?

Emotionen. Es verschafft ihm sexuelle Befriedigung. Auch wenn es nicht zum Sexualakt im eigentlichen Sinn kommt. Die Folterung des anderen dient als Ersatz.

Frewins Analyse, die sich über fast dreißig Seiten erstreckte, resultierte aus einem komplexen und extrem logischen Denken. Und so knapp seine Erklärungen zur Persönlichkeit des Mörders bei den Besprechungen waren, so ausführlich waren seine schriftlichen Analysen.

Ann hörte mit dem letzten Toten auf: Clifford Harris, der erst zweiundzwanzig Jahre alt war. Es war fast Mittag, als sie das ledergebundene Notizbuch schloss und sich streckte. Ihr Blick glitt über die beiden Tafeln, die mit Frewins Schrift bedeckt waren, und hielt bei einer Zusammenfassung inne:

Bezug zur Tierwelt
Barbarische Verbrechen
Inszenierung

Verbrecher: Einzelgänger oder extrovertiert?

Die schwere Eingangstür knarrte, und ein Soldat tauchte auf. Er schaute sich suchend im Kircheninneren um. Dann sah er Ann und grüßte sie.

»Entschuldigung, ich wusste nicht, dass jemand hier ist. Man hat mir gesagt, es gibt hier eine Orgel ... Ich spiele sonntags in meinem Heimatort. Und ich dachte mir, da ich heute Ausgang habe, könnte ich ...«

»Tun Sie das«, unterbrach ihn Ann. »Ich weiß nicht, wo sie ist, aber suchen Sie sie, und spielen Sie.«

Froh, ihn abgewimmelt zu haben, vertiefte sie sich wieder in ihre Überlegungen, ließ die Liste des 3. Zugs Revue passieren und ordnete den Namen Gesichter zu, soweit sie ihr bekannt waren.

Die Brutalen: Hriscek, Harrison, Traudel. Und Barrow, dachte sie in Anbetracht seines gestrigen Verhaltens. Wäre er bis zum Letzten gegangen? Hätte er sie wirklich vergewaltigt? Nein, vermutlich nicht ...

Nach den Erfahrungen, die sie gemacht hatte, teilte Ann die Soldaten in drei Gruppen ein: Die Gewaltbereiten, die im Krieg ein Mittel sahen, ihre primitiven Triebe auszuleben; die Chamäleons, die sich, ohne zu klagen, jeder Situation anzupassen vermochten, und die Poeten, die darunter litten, gewaltsam in einen Konflikt hineingezogen worden zu sein, dessen alleinige Existenz sie schon krank machte. Hriscek, Harrison und Traudel gehörten zweifellos zu der ersten Gruppe, zu den Kampfbereiten, denen der

Krieg einen Vorwand lieferte, einen elementaren Wesenszug auszuleben.

Es war ein Teil ihrer Persönlichkeit, der berücksichtigt werden musste, denn er sagte eine Menge über das aus, was sie waren: *brutal!*

Wen gab es noch?

Die Schönredner: Gazzini, Costello. *Chamäleons.*

Die Gebildeteren: Captain Morris, der Sanitäter Parker Collins, Private Risbi. *Auch Chamäleons. Außer vielleicht Risbi. Poet?*

Und vier andere, die sie nur kurz gesehen hatte: Adjutant Clark, ein stiller Beobachter, Private Clamps, aufmerksam und misstrauisch, Private Brodus mit dem ausweichenden Blick, der nicht wagte, ein Gespräch anzufangen, und schließlich Private Wilker, der die Flucht ergriff, sobald sie sich ihm näherte. Nach eingehender Überprüfung seiner Persönlichkeit könnte sie ihn vielleicht der Kategorie der Brutalen zurechnen.

Blieben noch neun Männer, von denen sie sich ein richtiges Bild machen musste. Viel Arbeit …

Die Klänge der Orgel erfüllten plötzlich das Kirchenschiff und hallten, mal zart, mal majestätisch, von den Mauern wider. Ann hatte das Gefühl, von flüssiger Materie umhüllt zu sein, die sie vom Rest der Welt isolierte. Sehr bald aber setzte sie, stimuliert von der Musik, ihre Überlegungen fort.

Einer der zweiundzwanzig Männer des Zugs war derjenige, den sie suchten. Hinter welcher Fassade mochte er sich verbergen? Er konnte nicht allzu freundlich, allzu umgänglich sein. Grundlegend boshafte Menschen, die sich hinter der Maske der Güte verbergen – so was gab es nur in Romanen. Die Wirklichkeit war anders. Ein Mörder konnte nicht ständig allen etwas vorspielen. Er war ein von Natur aus brutaler Mensch, dessen Beziehung zu seiner Umwelt gewalttätiger

Natur war. Hriscek, Harrison, Traudel und Barrow entsprachen diesem Bild perfekt. Noch dazu waren alle Rechtshänder.

Die machtvolle Abfolge von Orgeltönen begann sich in eine Melodie zu verwandeln.

Ann las noch einmal die Notizen auf den Tafeln. Oben standen die Namen der beiden Militärpolizisten, die während der Landung erschossen worden waren: Clauwitz und Forrell, versehen mit dem Vermerk »viertes und fünftes Opfer. Ruht in Frieden.« Der Zusatz stammte nicht von Frewin, es war eine andere Handschrift. Von Matters oder Donovan? Bestimmt von einem von beiden, denn sie waren gläubig.

Die Mordmethoden waren aufgelistet. Ebenso wie die Schauplätze der Verbrechen. Ihre Besonderheiten, die Uhrzeit der Entdeckung …

Anns Blick wanderte zurück nach oben. Die Worte *Widder* und *Skorpion* traten aus den kurzen Sätzen hervor. Sie erinnerte sich an den dritten Mord. Und plötzlich schlug ihr Herz zum Zerspringen.

Wie hatten sie das übersehen können?

Sie hatte das Bindeglied zwischen den Verbrechen gefunden.

Er war so offenkundig.

34

Den ganzen Morgen lang überwachte Lieutenant Frewin die Einrichtung des Hauptquartiers der MP und ihrer Organisation im Dorf. Die höheren Dienstgrade unter den Gefangenen wurden im Dachgeschoss des Rathauses untergebracht, wo sie unter den aufmerksamen Blicken der Offiziere des Generalstabs verhört wurden. Der Rest wurde in zwei Gruppen aufgeteilt: Die Aufsässigen kamen in das Gebäude, das vor dem Krieg als Polizeistation gedient hatte – dort gab es vier feuchte Zellen –, die anderen marschierten bis zur Kirche, wo eine Außentreppe hinab in die Krypta führte, die zum Gefängnis umfunktioniert worden war.

Während all dieser Zeit war aus der Ferne das Echo der Kampfhandlungen zu hören.

Frewin aß mit Larsson und Baker zu Mittag. Ihre Aufgabe war es, die Identität der Gefangenen zu notierten und in Karteien einzuordnen. Ein Dolmetscher der Fernmeldetruppe, ein kleiner Mann mit schwarzem buschigem Schnurrbart, war herbeizitiert worden.

Am frühen Nachmittag, als alles reibungslos lief, konnte sich Frewin erneut seinen Ermittlungen widmen. Er ging zum Stabsquartier, um sich nach der Stellung der Kompanie Dog zu erkundigen. Zusammen mit den Kompanien Raven und Alto gehörte Dog zu einem Angriffsdreieck. Ein Offizier bestätigte ihm, Dog sei seit der Nacht im Dorf stationiert, dass sie aber bei der Landung so viele Männer verloren hätten, dass sie zunächst in Reserve blieben. Alto und Raven waren bereits an die Front gezogen. Von den hundertachtzig Soldaten der Kompanie Dog waren nur dreiundneunzig einsatzfähig, und Verstärkung käme frühestens in mehreren Wochen.

Frewin fand sie am östlichen Rand des Dorfes in den Stallungen von drei Gehöften, die an den Weiler grenzten. Captain Ambrose leitete die Kompanie. Er empfing Frewin im Hauptraum eines der Höfe, wo man ein Kaminfeuer angezündet hatte, um die Uniformen zu trocknen.

»Die Gebäude waren bei unserem Eintreffen verlassen«, erklärte der Captain, um die Einquartierung in den Gehöften zu rechtfertigen. »Es gibt Kaffee. Möchten Sie einen?«

Frewin nickte und kam gleich zur Sache.

»Ich bin anlässlich des Todes von Private Clifford Harris hier. Kannten Sie ihn?«

»Ein Rekrut. Ich muss gestehen, ich hatte weder Gelegenheit noch Zeit, mich mit ihm zu befassen.«

»Wie Sie wissen, wurde er gestern Morgen südlich von unserem vorherigen Lager ermordet.«

»Ja, man hat mir gesagt, er wurde verstümmelt. Ist das wahr?«

Frewin begnügte sich mit einem Nicken. Er wollte sich über die Foltermethoden nicht näher auslassen. Je weniger Informationen im Umlauf waren, desto besser wäre es für die Ermittlungen.

»Wissen Sie, ob er am Abend seines Verschwindens in seinem Zelt war?«

Ambrose verzog das Gesicht.

»Was das betrifft, lasse ich besser den Zugführer oder den Gruppenchef kommen. Sie kannten Harris und können Ihre Fragen beantworten.«

Der Captain ließ beide rufen und schenkte Frewin Kaffee ein.

»Hat die MP nicht zu viel um die Ohren mit all den Kriegsgefangenen?«

»Wir kommen schon zurecht. Meine Männer und ich sind nur vorübergehend verantwortlich. Wir sind nicht genügend

Leute bei dem Tempo, in dem sich die Dinge entwickeln. In den nächsten Tagen müsste ein neues MP-Team eintreffen.«

Zwei Männer traten ein und wischten sich ihre regennassen Gesichter ab.

»Mistwetter!«, fluchte der Erste mit einem ausgeprägt ländlichen Akzent.

»Meine Herren, ich stelle Ihnen Lieutenant Frewin vor. Er hat mehrere Fragen an Sie, den Soldaten Harris betreffend.«

Frewin bat einen nach dem anderen zu einem Gespräch unter vier Augen, was den Captain überraschte und eher störte, auch wenn er sich nicht dazu äußerte. Die Aussagen der beiden Männer widersprachen sich nicht, im Gegenteil, alles stimmte überein. Sie berichteten, Harris sei eher zurückhaltend und umgänglich gewesen, ein sympathischer junger Mann, der keinen Grund gehabt hätte, Feinde in der Kompanie fürchten zu müssen. Er war nicht verheiratet und hatte, soweit sie wussten, keine Freundin; seine Post war ausschließlich an seine Familie und seine Freunde adressiert. Am vorletzten Abend hatte er mit den anderen zusammengegessen und war dann, gemäß Zeugenaussagen, in das Schlafzelt seiner Gruppe gegangen. Dann nichts mehr. Am nächsten Morgen war er verschwunden, sein Bett war unberührt, und alles deutete darauf hin, dass er nicht dort geschlafen hatte. Frewin ließ sich bestätigen, was er schon wusste: Es war ein Kinderspiel für die Soldaten, unbemerkt das Zelt zu verlassen, das heißt, sich mangels effizienter Patrouillen aus dem Areal zu schleichen, in dem die ganze Kompanie untergebracht war. Die wenigen Patrouillen rund um das Lager schoben mehr aus Prinzip denn aus Angst vor einem Angriff Wache, da sich die Front ein ganzes Stück weiter im Süden befand. Frewin wollte wissen, ob Harris Kontakt zu Männern aus der Kompanie Raven gehabt habe, vor allem aus dem

3. Zug, doch er erhielt keine konkrete Antwort, nur dass es nicht unmöglich sei, da die beiden Kompanien vor der Landung mehrere Tage nebeneinander untergebracht gewesen seien.

Frewin machte sich Notizen in seinem Heft, bedankte sich und lief zu Fuß zurück ins Dorfzentrum. Alle drei Opfer hatten freiwillig und ohne jegliche Spur eines Kampfes ihr Bett verlassen. Sie hatten nicht im Zelt geschlafen, sondern die Nachtruhe abgewartet, um sich davonzuschleichen. Lockte der Mörder sie an den Ort des Verbrechens? Oder wusste er von heimlichen Rendezvous?

Er ist es, der sie anlockt, das gehört für ihn zum Thrill. Er ist nicht passiv, er wartet nicht, dass sich die Gelegenheit ergibt, nein, er inszeniert das Ereignis. Er bereitet sich gut vor, ein solches Repertoire an Inszenierungen bedarf der Vorbereitung. Er bestellt sie an den bestimmten Ort.

Frewin lief dicht an den Hausmauern entlang, um sich vor dem Regen zu schützen, der gegen Mittag wieder an Stärke zugenommen hatte. Die Soldaten rannten umher, um zu ihren Kameraden zu eilen. Auf den Straßen fuhren hauptsächlich Ambulanzen, die von der Front im Süden kamen und die Verletzten zum improvisierten Lazarett im Festsaal transportierten.

Das Café des Dorfes beherbergte jetzt die Fernmeldetruppe mit ihren gewaltigen Sendern und Empfängern, vor denen sich Tag und Nacht die Funker drängten. Als Frewin dort angekommen war, entdeckte er die weiße Gestalt, die auf einem Fahrrad ankam und die Menge mit den Augen absuchte. Völlig durchnässt, die Kleider am Körper klebend, winkte Ann und kam auf ihn zugeradelt.

»Ich habe Sie überall gesucht!«, rief sie außer Atem.

Mehrere Locken hatten sich aus ihrem Knoten gelöst und klebten, nass vom Regen, an ihren Wangen.

Frewin bemerkte ihre Entschlossenheit, doch vor allem war sie aufgeregt. Noch ehe er sie fragen konnte, platzte sie schon heraus:

»Ich hab's gefunden! Das Bindeglied zwischen den drei Morden!«

Frewin eilte auf sie zu.

»Nicht so laut!«, rief er gegen das Prasseln des Regens an. »Sie erklären mir das alles, bitte drinnen.«

Das Wasser tropfte aus ihrem Haar und rann in ihre Augen. Ihr weißer Teint, ihre blonden Locken, die jetzt einen Kupferton hatten, unterstrichen noch ihre Schönheit.

Und zum ersten Mal seit zwei Jahren räumte sich Frewin das Recht ein, dieses lustvolle Kribbeln zu genießen, diese Hitze, die sich von seinem Kopf in seine Brust und noch tiefer ausbreitete. Er schluckte. Ann musterte ihn prüfend. Was sah sie? Einen potentiellen Perversen? Einen armseligen Kerl mit bedrohlich flackerndem Blick? Sie blinzelte, so als wäre sie selbst verlegen, und schwang sich wieder auf den Sattel.

»Ich … Ich fahre vor und zieh mich schnell um …«, rief sie und radelte schon davon.

Er antwortete mit einem Nicken, das sie nicht mehr sehen konnte.

Pattys Züge tauchten vor seinem geistigen Auge auf. Das war so logisch, dass es ihn weder verwirrte noch enttäuschte. Sie blieb schließlich seine Frau. Auch jetzt noch. Die Verbindung zwischen Ann und ihm war rein beruflicher Natur, auch wenn jeder eine gewisse Anziehungskraft auf den anderen ausübte. Patty war seine Frau.

Auch wenn sie tot war.

Der Aufprall der Regentropfen gegen die Kirchenfenster erzeugte ein betörendes Hintergrundgeräusch. Im Chor brannten Kerzen, die ihr flackerndes Licht an die Wände warfen. Frewin bahnte sich seinen Weg durch die Reihen von Benzinkanistern und vergewisserte sich dabei, dass nirgendwo Flüssigkeit austrat. Wegen der Kerzen war hier besondere Vorsicht geboten.

Ann schloss den letzten Knopf ihres frischen Kittels, um den Lieutenant in ihrem improvisierten Hauptquartier zu empfangen. Ihr Haar war noch feucht und streng zurückgekämmt.

»Das Bindeglied war da, direkt vor unseren Augen«, begann sie und trat vor die Tafel. »Hier, sehen Sie, Clifford Harris. Wie haben Sie ihn vorgefunden?«

»Am Ende seiner Kräfte, in einer Art Schwebezustand! Von allen Seiten aufgespießt. Aber ich sehe da keine Verbindung zu den anderen. Drei Verbrechen, drei Methoden, drei verschiedene Inszenierungen.«

»Er war nicht wirklich ›aufgespießt‹, er musste sich im Gleichgewicht halten, um zu verhindern, dass sein ganzer Körper aufreißt. Und was ist das Symbol für das Gleichgewicht, für die Balance?«

»Nun sagen Sie's schon, Ann.«

»Die Waage! Und ›Waage‹, sagt Ihnen das nichts?«

Nachdenklich stemmte Frewin die Hände in die Hüften. Sein Blick wanderte von der Krankenschwester zur Tafel. Er las die unterstrichenen Worte. Und dann fiel es ihm wie Schuppen von den Augen.

»Widder, Skorpion, Waage … Natürlich!«, rief er. »Die Tierkreiszeichen!«

»Und ich habe es überprüft: Jedes Zeichen stimmt mit dem Opfer überein: Fergus Rosdale war Widder, Gavin Tomers Skorpion und Clifford Harris war Waage.«

Frewin trat eilig zu der anderen Tafel und schrieb Namen und Tierkreiszeichen der drei Verstorbenen auf.

»Wohin führt uns das?«, fragte er erregt. »Das eröffnet uns einen ganz neuen Aspekt seiner Persönlichkeit. Warum tut er das?« Er drehte das Kreidestück in seiner Hand. »Gut gemacht, Ann.«

Sie überging das Kompliment und fuhr fort:

»Wird er sich an alle Sternbilder heranmachen? Dann müssen wir die Soldaten heraussuchen, die nicht zu diesen drei Zeichen gehören. Sie sind in Gefahr.«

Frewin lächelte nachsichtig.

»Das wird in der Praxis nicht möglich sein«, sagte er. »Der Generalstab wird nicht zulassen, dass wir einen ganzen Zug isolieren, und noch weniger, dass wir Hunderten von Soldaten verbieten, Kontakt zu haben, weil gewisse Geburtsdaten in den Augen eines Psychopathen tödlich sind.« Er deutete mit der Kreide auf Ann. »Es hat nicht jede Nacht einen Mord gegeben. Ich dachte, das sei ein Zufall, es kann aber auch gewollt sein. Was die Tierkreiszeichen betrifft, kennen Sie sich in der Astrologie aus?«

»Nicht im Geringsten.«

»Wir müssen dieser Spur nachgehen. Wir müssen jemanden auftreiben, der uns auf die Sprünge hilft.«

Ann nickte.

»Ich kann mich darum kümmern, wenn Sie möchten. Sie wollten sich doch mit Dr. Carrhus treffen, wenn ich mich nicht täusche.«

»Ich hatte keine Zeit, ihn zu suchen. Er muss noch im Basislager am Strand sein. Das kann warten.«

Frewin studierte ungläubig die Tafeln.

»Die Sternzeichen. Das sieht doch ein Blinder!«

»Sind Matters und die anderen nicht da?«, fragte Ann verwundert. »Wir müssten sie informieren …«

»Sie sind mit der Registrierung und Bewachung der Gefangenen beschäftigt. Heute wird ein komplettes neues

Team der MP erwartet, das sie ablösen soll. Offiziell machen wir diese Arbeit, inoffiziell haben die Ermittlungen Priorität.«

Er legte die Kreide ab und griff zu seinem Militärparka.

»Ich habe heute Morgen die Vorgesetzten von Clifford Harris aufgesucht. Er ist wie die beiden anderen verschwunden. Aus freien Stücken. Er wusste, dass er sich in der Nacht davonmachen würde, hat seine Kameraden früh verlassen, ist aber nicht schlafen gegangen. Auch darum müssen wir uns kümmern und herausfinden, wie der Mörder seine Opfer anlockt.«

»Ich habe da eine Vermutung, doch sie wird Ihnen nicht gefallen.«

»Trotzdem, heraus damit!«

»Der Mörder ist eine Frau.«

Sie musterte ihn aufmerksam.

»Es ist das beste Mittel, einen Soldaten anzulocken, ohne dass er bei seinen Kameraden ein Wort darüber verliert. Und wenn es eine Frau ist, die ihn auffordert zu kommen, können Sie sicher sein, dass er sich an den angegebenen Ort begibt. Selbst in stockfinsterer Nacht.«

»Wenn wir nicht den Beweis hätten, dass der Mörder ein sehr kräftiger Kerl ist, könnte ich Ihnen fast glauben, Ann. Sie sind beeindruckend mit Ihren Schlussfolgerungen.«

»Und es ist auch nie … nie Sperma da. Dabei haben Sie selbst gesagt, dass das Töten für den Mörder ein sexueller Akt sei. Es müsste doch … Spuren geben.«

»Der Tötungswahn kann von der Unfähigkeit herrühren, zum Orgasmus zu kommen, entschuldigen Sie meine direkte Ausdrucksweise. Und selbst wenn er ejakuliert, dann vielleicht in … seine eigenen Kleider. Oder aber das Töten ersetzt den Akt, der Anblick des Sterbens verschafft ihm Lust, das genügt ihm. Ohnehin gibt es hier kaum Frauen.«

»In der Fernmeldetruppe sind einige und im Sekretariat des Stabsquartiers auch.«

Frewin schüttelte den Kopf.

»Sie sind auf dem Holzweg, Ann. Eine Frau würde nicht die Kraft aufbringen.«

»Sie wären erstaunt, zu sehen, welche Kräfte eine Frau unter Einwirkung heftiger Emotionen entfalten kann.«

Frewin war fast erschrocken über den merkwürdigen Glanz in ihren Augen. Ihre Schönheit wurde durch etwas beeinträchtigt – eine innere Kraft, die an die Oberfläche gekommen war. Ein verwirrender Schatten, der sich in ihr regte.

Ein Schleier oder eine Maske.

Er wandte sich ab, um seinen Parka anzuziehen.

»Vergessen Sie diese Idee, Ann. Uns bleibt viel zu tun.«

35

Lieutenant Frewin und Ann suchten den ganzen Nachmittag über im Dorf nach jemandem, der über halbwegs fundierte Astrologiekenntnisse verfügte. Ein Soldat gab vor, sich in der Materie auszukennen, wollte aber wohl nur dem tristen Militäralltag entkommen und wurde nach einer Viertelstunde von Frewin wieder weggeschickt.

Am frühen Abend kam ein junger Funker, der mitbekommen hatte, wonach sie suchten, und berichtete ihnen von einer gewissen Katarina Weiss, Sekretärin im Stabsquartier, die ihnen vielleicht weiterhelfen könnte. Zehn Minuten später betraten die beiden Ermittler das Rathaus und fanden Miss Weiss in einem winzigen, holzgetäfelten Zimmer an ihrer Schreibmaschine vor. Sie war sehr groß, etwas rundlich und hatte das Haar zu einem strengen Knoten zurückgekämmt. Der ganze Raum war erfüllt von abgestandenem Zigarettenrauch.

»Miss Weiss?«, fragte Frewin.

»Mistress.«

»Entschuldigen Sie, ich bin Lieutenant Frewin von der Militärpolizei. Ich benötige Ihre Hilfe. Es heißt, dass Sie sich in der Astrologie auskennen.«

»Wer sagt das?«

»Ein junger Mann von der Fernmeldetruppe ... Ist das richtig?«

»Das muss Vincent sein, unsere Klatschbase.«

»Entschuldigen Sie, wenn ich insistiere, aber es ist wichtig. Haben Sie – ja oder nein – Kenntnisse in der Astrologie?«

»Nun ... ich habe früher für eine Zeitschrift gearbeitet. Ich habe die Horoskope verfasst.«

»Sie sind meine Rettung. Könnten Sie den heutigen Abend für mich erübrigen?«

»Das müssen Sie mit meinem Vorgesetzten regeln.«

Dank des Einflusses von Generalmajor Toddwarth war die Sache innerhalb von zehn Minuten geregelt. Während dieser Zeit sah sich Ann auf den schmalen Fluren und in den Büros des Rathauses um, in denen es von Offizieren wimmelte, und tauchte erst wieder auf, als sich Frewin mit der Sekretärin auf den Weg machten.

Im Kirchenschiff angelangt, sah sich Katarina Weiss neugierig um. Vor allem die Kanister mit den Tausenden von Litern Benzin erregten ihre Aufmerksamkeit. Frewin ließ sie im Chor zwischen den beiden Tafeln und dem Altar Platz nehmen, auf dem verschiedene Notizen lagen.

»Wir führen Ermittlungen durch«, begann Frewin.

»Ich weiß. Alle sind auf dem Laufenden, was glauben Sie! Ein erstes Verbrechen im Hafen, ein zweites, das zunächst für einen Selbstmord gehalten wurde, auf hoher See und allem Anschein nach dieser Tage auch noch ein drittes. So was spricht sich herum.«

»In diesem Fall kann ich ja gleich zur Sache kommen: Wir brauchen Informationen zu den Tierkreiszeichen und über ihre Konstellation in den letzten Nächten.«

»Sie wollen, dass ich Ihnen jedes Tierkreiszeichen erkläre?«

»Nein, nein. Ich habe die Geburtsdaten der drei Männer und wüsste gern von Ihnen, ob Sie, astrologisch betrachtet, Gemeinsamkeiten entdecken können? Und ob es in den Nächten der vergangenen Woche Besonderheiten für diese Sternzeichen gibt.«

Katarina Weiss runzelte die Stirn.

»Die drei Personen, das sind die Toten, oder?«

»So ist es.«

Sie schwieg so lange, dass Frewin glaubte, sie sei schockiert. In dem Augenblick, als er sie beruhigen wollte, sagte sie:

»Hören Sie zu, um mir ein kleines Taschengeld zu verdienen, schreibe ich manchmal das Horoskop für meine Kollegen. Ich habe noch Material hier, doch das wird nicht ausreichen. Zum Beispiel bräuchte ich die Ephemeriden, das heißt, die Tabellen der Planetenumlaufbahnen. Können Sie mir die besorgen?«

Jetzt mischte sich Ann ein.

»Die Marine müsste die haben, oder vielleicht die Luftstreitkräfte.«

Frewin blickte skeptisch drein.

»Ich werde mich erkundigen. Ein Flottenverband wartet hier ganz in der Nähe. Die Antwort dürfte in kürzester Zeit eintreffen.«

»Das ist nicht alles«, warnte Katarina. »Um ein Horoskop auszuarbeiten, brauche ich außerdem ein Lineal, einen Winkelmesser und vor allem …«

»Fertigen Sie mir eine komplette Liste an, dann sehen wir weiter. Könnten Sie mit diesen Utensilien denn wirklich das Horoskop aller drei Männer erstellen?«

»Ja. Sie haben ihr Geburtsdatum und ihren Geburtsort, nehme ich an.«

Frewin nickte.

»In dem Fall ist es möglich. Es braucht Zeit, das ist alles.«

»Schreiben Sie alles auf, was Sie brauchen, wir müssen uns beeilen.«

Als sich Mrs. Weiss an die Arbeit machte, zog Ann den Lieutenant ins Halbdunkel des Chorumgangs.

»Während Sie die Erlaubnis für Mrs. Weiss eingeholt haben«, erklärte sie, »habe ich ihren Kollegen ein paar Fragen gestellt, damit wir wissen, mit wem wir es zu tun haben.«

»Und was haben Sie dabei herausbekommen?«

»Sie redet viel. Etwas zu viel sogar. Diejenigen, die mit ihr zusammenarbeiten, finden, sie übertreibt, bauscht vieles auf.«

»Eine Fabuliererin?«

»Könnte man sagen.«

»Das wird uns nicht weiterhelfen. Ich hoffe, sie ist wirklich kompetent in Sachen Astrologie. Fabulierer sind oft auf der Suche nach Anerkennung. Wenn das der Fall ist, kann sie uns genauso gut irgendetwas vormachen.«

Ann warf einen raschen Blick hinüber zu der üppigen Frau. Im Schein einer Kerze saß sie über ihre Liste gebeugt.

»Ich will versuchen, sie in ein Gespräch zu verwickeln, während Sie sich um das gewünschte Material kümmern. Vielleicht vermittelt mir das ein genaueres Bild.«

Frewin blieb keine Zeit zu antworten. Die Tür zur Sakristei flog auf, und Matters kam auf sie zugeeilt.

»Die Kompanie Raven kehrt noch heute Abend zurück«,

sagte er außer Atem. »Sie haben die feindliche Stellung genommen, dabei aber schwere Verluste erlitten. Der Generalstab hat die Kompanie Alto vor Ort gelassen und schickt die Dog zur Verstärkung.«

Ann sah Frewin an.

»Das heißt, der Mörder kehrt zurück.« Mit einem Blick hin zu der Sekretärin fügte sie hinzu: »Wir müssen dringend mehr über eine mögliche astrologische Verbindung zwischen den Opfern in Erfahrung bringen. Damit wir wissen, ob er heute Nacht wieder zuschlägt.«

Anns Blick wanderte zu der halboffenen Eingangstür der Kirche.

Nicht weit davon entfernt befand sich das Feldbett von Craig Frewin.

Der Mörder würde angreifen.

Der Countdown lief.

36

Katarina Weiss kehrte am frühen Abend in ihre Unterkunft zurück, nachdem Lieutenant Frewin ihr versprochen hatte, sich zu melden, sobald er die nötigen Utensilien aufgetrieben hätte.

Frewin und Ann aßen gemeinsam im Chor, möglichst weit entfernt von den Benzinkanistern, um ihre Mahlzeit auf einem kleinen Gaskocher aufwärmen zu können. Sie waren allein, da sich die anderen MP-Soldaten bei der Wache ablösten. Matters, den Arm noch immer in der Schlinge, war kurz aufgetaucht, um zu melden, dass die Kompanie Raven zurückgekehrt und in Zelten am Dorfausgang untergebracht sei. Dann ging der junge Sergeant wieder, um eine Liste der Gefallenen zu besorgen.

Frewin servierte Ann ein klumpiges Püree und getrockneten Speck, dann zog er eine Flasche Wein aus seinen persönlichen Sachen.

»Mit den besten Empfehlungen der Dorfbevölkerung, für die … Befreiung.«

»Haben Sie die Flasche gegen Ihre widerwärtigen Essensrationen eingetauscht?«

»Nein, das war ein Geschenk.«

Frewin öffnete den Wein und goss ihn in die Feldbecher. Sie stießen an, während der Regen immer heftiger gegen die Scheiben trommelte. Es war inzwischen Nacht, und an die Stelle des Kanonengrollens war das des Donners getreten. Die Kirche wurde von gut hundert Kerzen erhellt. Ihr Licht vermischt mit dem der Blitze, die über den Himmel zuckten, erhellten das romanisch-gotische Dekor. All das war nur ein Traum, oder ein Albtraum, Ann hätte es nicht mehr sagen können.

Sie hatten fertig gegessen und zwei Drittel des schweren Weins getrunken. Ann war leicht betrunken. Frewin hatte sie mit Fragen über ihren beruflichen Alltag bombardiert und kam jetzt auf persönlichere Themen zu sprechen. Er schien alles über sie in Erfahrung bringen zu wollen.

»Und warum sind Sie Krankenschwester geworden?«

»Ein inneres Bedürfnis.«

»Für Sie selbst oder aus reinem Altruismus?«

»Ich habe den Egoismus der Ehrgeizigen, die sich selbst lieben, also habe ich es für mich selbst getan, weil es mir ein ganz persönliches Bedürfnis war.«

»Und worauf zielt Ihr Ehrgeiz ab?«

»Es im Leben zu etwas zu bringen, zufrieden und ausgeglichen zu sein, eines Tages eine Familie zu gründen.«

»Ich bin sicher, ohne diesen Krieg hätten Sie dies längst verwirklicht.«

Ann betrachtete den Feldbecher, den sie in den Händen hielt.

»Der Krieg? Das ist bloß eine Ausrede, um nicht handeln zu müssen. Es gibt immer einen Kampf auszutragen, sogar in Friedenszeiten. Gegen Zweifel, übermäßigen beruflichen Ehrgeiz, gegen die Verletzungen, die einen daran hindern, erwachsen zu werden …«

Frewin nickte schweigend.

»Es ist schwierig, in Frieden mit sich selbst zu leben«, gestand sie leise. »Vielleicht ist das der Grund, warum die ›Großen‹ dieser Welt Kriege führen.«

»Man muss sich selbst und seine Zukunftsängste akzeptieren, um eine Familie gründen zu können«, fuhr Frewin fort. »Es sind alte Verletzungen, die Sie daran hindern, nicht wahr?«

Ann spürte, dass sie sich auf gefährliches Terrain begab. *Sollte sie lügen oder die Wahrheit sagen? Die Wahrheit* … Doch sie fühlte sich außerstande, diese zu gestehen, darzulegen, wie sie wirklich war, was sie tat. *Ich bin das, was er jagt. Einer dieser Schatten, die die Welt ins Dunkel ziehen. Meine Perversität tötet nicht, doch sie ist ein zusätzliches Laster, und eines Tages werden all die Laster von Menschen wie mir außer Kontrolle geraten und die Welt ins Chaos stürzen.*

Plötzlich beugte er sich zu ihr vor.

»Ann, ich möchte Sie nicht bedrängen, aber Sie müssen wissen, dass ich Ihren Kummer sehe, er ist offenkundig. Ich weiß nicht, woher er rührt, und ich will es auch nicht herausfinden, das ist Ihr Geheimnis. Aber wenn wir zusammen sind, können Sie mir vertrauen, Sie brauchen nicht wachsam zu sein. Das ist alles, worum ich sie bitte.«

»Ich dachte, ich wäre ein Rätsel für Sie?«, sagte sie langsam.

»Das stimmt auch. Ich habe Ihnen bereits erklärt: Ich vertraue Ihnen, weil Ihre Schlussfolgerungen zutreffend sind. Auch wenn ich spüre, dass Sie vieles vor mir verbergen. Ich muss gestehen, dass ich mir Fragen über Sie gestellt habe. Und ich werde es auch weiterhin tun. Trotzdem können wir ein Vertrauensverhältnis zueinander haben. Ein Vertrauensverhältnis, das das Unausgesprochene akzeptiert.«

Anns Tonfall wurde jetzt deutlich forscher:

»Würde es denn etwas für Sie ändern, wenn Sie wüssten, was mich quält?«

Craig Frewin musterte sie schweigend.

Natürlich würde das etwas ändern!, dachte Ann. *Du kannst es mir nicht sagen, weil das über die berufliche Beziehung hinausginge, weil es in deinem Wesen liegt, die Fassade der anderen durchdringen zu wollen, weil du die Menschen durchschauen willst, weil dich der Schatten bei deinem Gegenüber mehr anzieht als die Helligkeit, nicht wahr? Was verbirgt sich in dir? Bist du das Gegenteil von jenen Faltern, die das Licht umschwirren und sich dabei die Flügel verbrennen? Dich zieht die Finsternis an, und du versinkst langsam in ihr, so ist es doch? Aber warum? Um diejenige wiederzufinden, die du verloren hast?*

»Ich bin bereit, Ihnen alles zu sagen, alles zu gestehen und zu beichten«, sagte sie plötzlich. »Unter einer Bedingung.«

Er hob den Blick und sah sie an.

»Sie antworten zuerst auf meine Fragen. Ohne auszuweichen, ohne zu lügen. Nur die Wahrheit.«

Und da er nichts sagte, fuhr Ann fort:

»Über Ihre Frau.«

Frewin reagierte sofort.

»Wer hat Ihnen von ihr erzählt?«

»Sehen Sie, es ist gar nicht so leicht, sich jemandem anzuvertrauen und über persönliche Dinge zu sprechen.«

Frewin erhob sich zu seiner vollen Größe.

»Ich glaube, für heute haben wir genug getrunken, der morgige Tag wird lang, wir sollten besser schlafen gehen.«

Eine Weile sahen sie sich an, beide waren sich der fadenscheinigen Ausrede bewusst. Ann nahm ein plötzliches Aufblitzen im Blick des Lieutenants wahr, eine starke Regung, die sie eine Sekunde lang für Verlangen hielt. Ein glühendes, brutales Verlangen. Der Wunsch, im anderen aufzugehen, um sich schließlich in sich selbst, in der eigenen Lust verlieren zu können.

Er wandte sich ab und begann, die Kerzen zu löschen.

»Gute Nacht, Ann«, sagte er und entfernte sich.

Wie ein entfesselter Thor setzte spät nachts das Gewitter ein. Ohrenbetäubender Donner krachte wie Schläge eines gewaltigen Hammers gegen den Glockenturm. Frewin konnte nicht schlafen, er dachte an Ann. War er ihr böse? Im Grunde nicht. Sie hatte ihn aufgerüttelt, wie es sonst niemand wagte. Und sie zwang ihn, über sich selbst nachzudenken und über das, was er von ihr verlangte.

Was wusste sie über seine Beziehung zu Patty? Was hatte man ihr erzählt? Viele schenkten den Gerüchten Glauben, das war ihm bekannt. Craig Frewin, der stattliche Lieutenant der Militärpolizei, soll seine Frau getötet haben. Glaubte Ann das auch? Hegte sie Zweifel? Er musste zugeben, dass ihn das stören würde.

Er mochte sie gerne, und es fiel ihm schwer zu akzeptieren, dass jemand, den er schätzte, ein schlechtes Bild von ihm haben könnte.

Sei ehrlich! Du magst sie nicht nur gerne! Du begehrst sie!

Und das hatte sie an diesem Abend zweifellos gespürt. Der Alkohol hatte seine Triebe geweckt, und es war ihm nicht gelungen, sie hinter seiner eisernen Fassade zu verbergen. Etwas war durchgedrungen, und Ann gehörte zu den Menschen, die die kleinste Schwäche bei den anderen wahrnahmen.

Wer war sie wirklich? Was verbarg sie?

Mehrere Blitze erhellten das Kirchenschiff, drängten die Schatten zurück und ließen kurz die Flachreliefs mit ihren klagenden Gesichtern hervortreten.

Ich muss schlafen ...

Frewin wollte sich gerade umdrehen, als er sie sah.

Ein erneuter Blitz erleuchtete ihr Gesicht. In ihre Decke gehüllt, kniete Ann neben seinem Feldbett. Er wollte sich aufrichten, um mit ihr zu sprechen, doch sie breitete die Arme aus und enthüllte unter dem improvisierten Cape ihren nackten Körper. Ihre Brüste waren prall, ihre Brustwarzen hellrosa. Ihr Bauchnabel hob und senkte sich im Rhythmus ihres beschleunigten Atems. Ihre Scham bildete zwischen den schlanken Schenkeln ein kleines, dunkles Dreieck.

Unfähig, auch nur ein Wort hervorzubringen, konnte Frewin nur schlucken. Sie beugte sich zu ihm und küsste ihn. Sie roch gut nach Vanille und einer stärkeren, fast animalischen Note. Anns Zunge liebkoste die weichen Konturen seiner Lippen und öffnete sie dann auf der Suche nach der seinen. Feucht und weich umspielten sich die beiden Zungen, kosteten einander. Ann stützte sich auf dem Bett ab und ließ sich sanft auf Frewin gleiten. Und bald konnte er, geblendet von seinem Verlangen, Gut und Böse nicht mehr unterscheiden. Ann schob sich unter die Decke, und ihre Körper berührten sich. Der Kontakt mit ihren Brüsten ließ ihn erschauern; seine Hände umschlossen ihr Hinterteil, Anns Becken drängte sich ihm verlangend entgegen. Wollüstige Küsse bedeckten seinen Hals, seine Schultern, die Innenseite seiner Hände, seine Brustwarzen. Eine Glut stieg in Frewin auf, die jeden anderen Gedanken verbannte.

Er fasste Ann bei der Hüfte, drehte sie um und legte sich

auf sie. Sie spreizte die Beine, zog die Knie an, und er drang in sie ein. Eine köstliche heiße Woge breitete sich in seinem ganzen Körper aus. Er war jetzt nur noch von seinen Trieben und von dem Wunsch nach einem Orgasmus gesteuert. Der feuchte Genuss berauschte ihn, und er schob die Hand unter den Nacken seiner Partnerin. Das Beben verwandelte sich in Wogen und bald in heftige Spasmen, während derer Ann ihre Fingernägel in Frewins Rücken bohrte.

Ann bäumte sich auf und wand sich in ihrer Ekstase, ein raues Stöhnen unterdrückend. Frewin spürte, wie der Schaum seiner Lust hervortreten und sich ausbreiten wollte. Er hob den Kopf und das, was von seiner Zurückhaltung geblieben war, verlor sich in euphorischen Zuckungen.

Dann sank er auf sie, und die beiden Körper blieben keuchend und eng umschlungen auf dem schmalen Bett liegen.

Donner krachte und brachte die Glocke zum Vibrieren.

Ann lächelte selig. Doch plötzlich, nachdem die Obsession, das maßlose Verlangen, das sie in diese Situation getrieben hatte, von ihr abgefallen war, wurde ihr bewusst, was sie getan hatte. Von Scham und Gewissensbissen geplagt, schloss sie die Augen.

Dann kam die Angst vor dem, was folgen würde.

Eine gewisse Erleichterung stellte sich ein, als sie Frewin murmeln hörte:

»Es tut mir leid, Ann, aber ich glaube, es ist besser, wenn Sie wieder in Ihr Bett gehen.«

Das war das Beste. Sie durfte Craig Frewin nicht mit in ihre finsteren Abgründe ziehen.

Ann wickelte sich in ihre Decke und lief, ohne einen Blick zurück, ohne ein Wort durch das dunkle Kirchenschiff.

37

Im Morgengrauen lag feuchter Nebel über dem Dorf.

Frewin stand früh auf. Ann schlief noch, zumindest war der Vorhang vor ihrem Alkoven zugezogen. Er machte sich ein wenig Milch heiß und wusch sich in der Sakristei, wo Conrad und Baker, von der Nachtwache erschöpft, um die Wette schnarchten.

Um acht Uhr machte Frewin persönlich bei den verschiedenen Kompanien die Runde, um sich zu vergewissern, dass alles in Ordnung war und niemand beim Appell gefehlt hatte. Nachdem der 3. Zug am Vorabend ins Dorf zurückgekehrt war, fürchtete er ein neues Verbrechen. Doch überall bekam er die gleiche Auskunft: keine besonderen Vorkommnisse.

Eine Stunde später hatte er per Funk Dr. Carrhus ausfindig gemacht, der sich inzwischen im Basislager in der Nähe des Strandes aufhielt. Frewin suchte Matters auf und teilte ihm mit, dass er den Tag über abwesend sei und ihm, seinem Assistenten, bis zum Abend die Verantwortung für die MP im Dorf übertragen würde.

Als er gerade aufbrechen wollte, kam ein Motorrad auf den Dorfplatz gerast. Der Fahrer suchte den Lieutenant der Militärpolizei, dem er eine eilige Nachricht zu übergeben hatte.

Frewin öffnete den Umschlag und fand einen Brief von Toddwarth:

Ich hoffe, Du weißt, was Du tust. Hier das, worum Du mich gebeten hast. Und vergiss nicht, Diskretion ist oberstes Gebot! Das Wohlbefinden der Truppen hat Vorrang. Wenn Panik ausbricht, werden Deine Ermittlungen ein-

gestellt. Finde den Schuldigen, und mach ihn unschädlich.

In der Sprache eines Berufsoffiziers bedeutete »unschädlich machen«, dass er grünes Licht hatte, um eine möglichst wenig aufsehenerregende Lösung zu finden. Der Umschlag enthielt alles, was Katarina Weiss für ihre astrologische Arbeit brauchte. Frewin übergab ihn Matters und verließ das Dorf.

Während der zweistündigen Fahrt im Jeep musste er, entgegen seinem Vorsatz, ständig an die letzte Nacht denken. Immer wieder drängten sich ihm dieselben Fragen auf.

Was hatte er getan?

Sie war es, nicht ich!

Eine klägliche Entschuldigung ... Die Wahrheit war, dass er sich nicht hatte beherrschen können. Sie war zu ihm gekommen, und er war vor Lust halb vergangen. Er hatte sie mit der Heftigkeit eines Mannes genommen, der nur darauf gewartet hatte, ohne den geringsten Zweifel, ohne das geringste Zögern. Genau das hatte er getan.

Allein die Vorstellung, wie sich ihr nackter Körper aus der Decke schälte, löste ein lustvolles Kribbeln in seinem Unterleib aus.

Er hatte seinem Verlangen nachgegeben, genau das hatte er getan und damit niemandem geschadet.

Patty ist meine Frau. Aber sie war seit zwei Jahren tot.

Und doch bleibt sie meine Frau, trotz der langen Zeit.

Diese Zwiesprache könnte noch lange andauern, und Frewin unterbrach sie bewusst. Er hatte mit Ann geschlafen. Und erst jetzt stellte sich ihm die Frage, um die es ging, ganz klar: Hatte er das Recht, mit einer anderen Frau als Patty zu schlafen, trotz allem, was zwischen ihnen gewesen war? War er ihrem Andenken nicht mehr Achtung schuldig? Was hätte Patty, aktiv und dynamisch, wie sie war, an seiner Stelle getan? Sie hätte ihr Leben gelebt. Ohne ihn.

Aber sie wäre nie an meiner Stelle gewesen.

Wie lange musste man warten, ehe man mit einer anderen Frau schlafen durfte?

Frewin schob all diese Fragen beiseite, vergrub sie in einem Winkel seines Geistes, weil es keine Antwort darauf gab. Er durfte sich nicht mehr quälen, er musste leben.

Das Erste wäre, das Verhältnis mit Ann zu beenden und eine rein berufliche Beziehung zu ihr zu unterhalten, so wie sie es bis zur letzten Nacht gehandhabt hatten. Sie würde das verstehen. *Vielleicht auch nicht … Was hat sie gesucht … Warum ist sie zu mir gekommen?* Was auch immer es gewesen sein mochte, es war ein Fehler. *Nein, kein Fehler, steh dazu.* Es war passiert, und sie hatten es beide genossen. Jetzt ging das Leben weiter.

Er würde mit ihr reden, würde achtsam sein müssen, um sie nicht zu verletzen … *Ich bin naiv, Ann ist viel stärker als ich!* Glaubte er das wirklich, oder versuchte er nur, seine Schuldgefühle zu beruhigen? Ann und er hatten Gefallen aneinander gefunden, weil sie unter denselben verborgenen Wunden litten. Und die hatten sie zu innerlich wilden, wenn auch scheinbar zivilisierten Wesen gemacht. Darum hatten sie einander erkannt und begehrt.

Es war besser, es dabei zu belassen.

Als er am späten Vormittag das Lager erreichte, war er noch immer aufgewühlt. Er stellte fest, dass sich der Truppenbestand nicht verringert hatte, obgleich so viele Einheiten an die Front geschickt worden waren, weil ständig Schiffe mit Nachschub eintrafen. Hier fehlten nur noch Panzer, die weiter im Süden und im Osten schon gelandet waren. In einigen Zelten hatte man Feldlazarette eingerichtet, um die Verletzten zu versorgen, die auf den Heimtransport warteten. Überall traf man Soldaten, denen ein Bein oder ein Arm hatte amputiert werden müssen oder die verletzt waren. Als er zwischen den Zelten hindurchging, hörte er aus dem Inneren Schreie und Stöhnen.

Er konnte Carrhus ausfindig machen, der allerdings beim Operieren war. Frewin geduldete sich, bis der Arzt mit den grauen Schläfen und den dicken Brillengläsern schließlich am Nachmittag ins Freie trat, um Luft zu schnappen.

»Doktor! Ich brauche noch einmal Ihre Hilfe!«

Carrhus verzog das Gesicht. Er schien erschöpft.

»Ach, Frewin, ich habe Sie gar nicht erkannt.«

»War die Operation schwierig?«

Carrhus nickte müde und traurig.

»Der arme Kerl ist nach vierstündigem Kampf gestorben. Aber wenn wir es nicht versucht hätten, wäre ihm der Tod gleich sicher gewesen. Wir haben es riskiert, während andere verzweifelt auf unsere Hilfe gewartet haben. Und wir haben verloren.«

»Ich will Sie auch nicht lange stören, es dauert nur einen kleinen Moment.«

»Schießen Sie los, ich brauche sowieso eine Pause, sonst bringe ich den nächsten Patienten unter Garantie um. Gehen wir einen Kaffee trinken?«

Sie liefen über den Strand auf ein großes Zelt zu, vor dem Holzbänke und Tische standen.

»Ich habe die Nachricht erhalten, dass Sie mich suchen«, erklärte Frewin.

»Ja, das stimmt. Ich wollte … Ihnen meine Schlussfolgerungen persönlich mitteilen, sagen wir, weniger offiziell. Zuerst zu dem Kopf, den Sie mir haben bringen lassen. Danke für das Geschenk! Stellen Sie sich meine Reaktion vor, als ich die Kiste aufgemacht habe! Das Einzige, was ich herausgefunden habe, ist die Tatsche, dass der Mörder kein Arzt war.

Die Schnitte wurden sehr ungeschickt ausgeführt. Sicher ein Rechtshänder. Und die Tatwaffe war ein Messer mit langer Klinge. Weitere Erkenntnisse waren nicht möglich.«

Frewin nickte. Zumindest bestätigte der Arzt die Rechtshänder-Theorie.

»Ich habe das Beweisstück, das wir in der Leiche gefunden haben, untersuchen lassen«, fuhr Carrhus fort. »Und ich habe Ihnen ein Telegramm geschickt, sobald ich sicher war, um was es sich handelte. Das war der wissenschaftliche Teil der Prozedur.«

»Warum? Gibt es auch einen empirischen?«

»In der Tat.«

Sie erreichten die Bänke, und der Arzt betrat den für die Offiziere abgetrennten Bereich. Man brachte ihnen Kaffee, den die beiden Männer abseits der Soldaten tranken.

»Wissen Sie, wofür Nylon am häufigsten verwendet wird?«, fragte Carrhus.

»Für Fallschirme?«

»In der Armee, ja. Ach, noch eine Kleinigkeit, die ich Ihnen vorenthalten habe: Unter dem Mikroskop war der Fetzen beige. Hautfarben, genauer gesagt.«

»Ein Damenstrumpf!«

»Genau, Lieutenant, ich denke – auch wenn es keine wissenschaftlichen Beweise gibt, um meine These zu belegen –, dass Gavin Tomers mit einem Damenstrumpf erdrosselt worden ist. Welche Ironie – in einer Welt von Männern!«

Frewin war verwirrt. Er hielt seine Tasse in der Hand, ohne zu trinken.

»Er hatte ihn also mit einem Strumpf erdrosselt …«, wiederholte er leise.

»Ihr Mörder ist ein Sammler! Oder ein Fetischist! Er behält Erinnerungen an seine weiblichen Eroberungen … Und benutzt sie dann zum Töten.«

Frewin hörte dem Arzt nicht mehr zu, sondern dachte laut nach.

»Welcher Mann nimmt Nylonstrümpfe mit? Ist das nicht riskant? Er könnte geschnappt werden, wenn es zu einer Kontrolle seines Gepäcks käme ... Außer wenn ... Wer besitzt Nylonstrümpfe, ohne sich verdächtig zu machen? Eine Frau.«

Anns Hypothese schien plötzlich gar nicht mehr so abwegig. Doch im 3. Zug gab es keine Frau. Und alles deutete darauf hin, dass der Schuldige zum 3. Zug gehörte. Er hatte genau vor dem ersten Mord Ausgang gehabt – eine Voraussetzung, um sich den frischen Widderkopf zu beschaffen ... *Und Haken, Angelschnur und einen Skorpion ...* Der 3. Zug war während der beiden ersten Morde auf der *Seagull* untergebracht gewesen. Der Mörder war ganz in der Nähe, es war leicht für ihn, unbemerkt zu töten ... *Aber Fergus Rosdale, das erste Opfer, war nicht an Bord der* Seagull, *er musste sich Zugang verschaffen, ohne aufzufallen, und das ist ihm gelungen. Warum sollte das Gleiche nicht auch für den Mörder gelten?* Alle Opfer kamen aus Kompanien, die in der Nähe des 3. Zugs lagen, der Mörder hätte Zeit gehabt, eine Beziehung zu ihnen aufzubauen, um sie dann am Tatabend anzulocken. *Doch wie Ann hervorgehoben hat, ist es für eine Frau sehr leicht, einen Mann zu ködern ...* Aber wenn der Täter nicht zur Kompanie Raven gehörte, wie hätte er dann den Kopf in Harrisons Kiste deponieren können? Das war zwar ein bewusstes Täuschungsmanöver, eine Provokation, trotzdem musste er Zugang gehabt haben. *Und wissen, dass wir einen Mann aus dem 3. Zug verdächtigen!* Jemand von der Militärpolizei? *Nein, natürlich nicht!* Frewin hatte absolutes Vertrauen in sein Team. *Bist du dir da so sicher?* Selbstverständlich ...

Doch die Gewissheit begann bereits zu bröckeln.

Bleibt das Problem der Körperkraft. Eine Frau hätte große Schwierigkeiten gehabt, diese Männer zu töten. Sie haben sich gewehrt, es hat einen Kampf gegeben, zumindest ein Kräftemessen, selbst wenn der Mörder von hinten aufgetaucht ist, um sein Opfer zu erwürgen. Eine Frau hätte das nicht geschafft, sie hätte schon sehr stark sein müssen. Und wie hätte sie Rosdale auf die Fleischerhaken hieven sollen? Sie hatte schließlich keinen Flaschenzug dabei! Nein, das hat weder Hand noch Fuß. Und Clauwitz und Forrell sind von hinten erschossen worden, als der 3. Zug an Land ging. Zu diesem Zeitpunkt befand sich keine Frau am Strand.

Doch Frewin ahnte, dass er diese Möglichkeit nicht mehr würde außer Acht lassen können.

Man musste ab jetzt die Hypothese ins Auge fassen, dass der Mörder vielleicht eine Frau war.

Frewin könnte sich von Anfang an getäuscht haben.

Eine Frau. Es gab nicht viele, die vom Strand ins Dorf gekommen waren.

Eigentlich nur sehr wenige.

38

Ann hatte den ganzen Tag mit Katarina Weiss in der Kirche verbracht, um die Geburtshoroskope der drei Toten zu erstellen und diese mit den Daten der Nächte vor ihrem Tod zu vergleichen. Die Sekretärin war mit ihrer Analyse noch nicht ganz fertig und zog es vor, nichts zu sagen, bis sie ihre Arbeit und die Vergleiche beendet hatte. Die beiden Frauen waren ins Plaudern gekommen, vor allem Katarina, die in die Armee eingetreten war, weil diese zu jenem Zeitpunkt Personal einstellte, als die Zeitschrift, für die sie arbeitete, gerade Konkurs gemacht hatte. Sie war zweimal verheiratet gewesen und beide Male geschieden worden. Keine Kinder. Katarina betonte ausdrücklich, dass dieses Versagen die Schuld der Männer und ihrer *»trockenen Lenden«* gewesen sei, doch Ann spürte den Zorn dieser Frau auf sich selbst und erkannte, dass der Hass auf ihre Ehemänner eine reine Schutzmaßnahme war. Nach eigener Aussage hatte Katarina mit ihren erst siebenunddreißig Jahren bereits viel durchgemacht: Eltern, die versagt hatten, und, wenn sie die schamlosen Anspielungen richtig interpretierte, eine inzestuöse Beziehung zu ihrem Bruder. Doch all dies waren nur Andeutungen in ihrem nicht enden wollenden Redefluss gewesen.

Ann dagegen blieb den ganzen Morgen über still. Das, was letzte Nacht geschehen war, beschäftigte sie. Warum war sie zu ihm gegangen? Wegen des Feuers, das sie beim Abschiednehmen in Frewins Blick bemerkt hatte? Er begehrte sie, das hatte Ann diesem Ausdruck entnommen. Sie hatte versucht, einzuschlafen und die Bilder aus ihrem Kopf zu verscheuchen, doch ohne Erfolg. Ein verschwitzter und quälender Halbschlaf, um vier Stunden später wieder aufzuwachen, unfähig, an etwas anderes zu denken.

Wieder einmal hatte sie ihrem perversen Trieb nachgegeben. Dabei hatte sie sich verboten, Frewin ans Ende ihrer langen Liste zu setzen. *Aber du hast es schon wieder nicht ausgehalten. Du bist schwach, meine arme Kleine ...*

Zwei Erwachsene, die einander begehren und für einen Moment zueinanderfinden – was war daran ungewöhnlich? Das Gegenteil wäre dumm gewesen.

Hör doch auf! Was machst du da? Du weißt sehr gut, dass es nicht so ist. Du hast dich von diesem archaischen Gefühl der Schuld befreit, dein Körper ist schon seit langem dein Instrument, wenn du es willst! Und wenn es ein gesellschaftliches Tabu ist, so zu denken, musst du dich dennoch deswegen nicht schämen. Aber du bist viel abgründiger, nicht wahr? Gib es zu … An diesem Punkt dreht es sich nicht mehr nur um Lust … Es sind die Abgründe dahinter, die für dich und die anderen eine Bedrohung darstellen. Und du verzeihst dir nie, das Risiko eingegangen zu sein, Frewin mit in deine Abgründe hinabzuziehen. In deine Perversionen. Denn nichts anderes ist es. Du willst nicht einfach nur deine Lust befriedigen, dein Bestreben ist schändlich. Die Männer sind dein Werkzeug. Weil du nicht normal bist!

Ann biss die Zähne zusammen.

Was hatte sie getan? Wurde sie zu einem wilden Tier, das seiner Begierde ausgeliefert war, unfähig, sich zu kontrollieren? Gegen Ende des Vormittags war ihr das Offensichtliche nach und nach bewusst geworden. Ihre dunkle Seite gewann nicht die Oberhand, nein, noch nicht. Sie selbst war es, die Frewin mit in ihren Abgrund hatte ziehen wollen. Um nicht länger allein zu sein. Weil die quälenden Gefühle, die in ihr schlummerten, in ihm ein Echo gefunden hatten. Die Chance, dass er sie womöglich verstand, dass er die Last mit ihr teilte, dass er ihr half. Tief in ihrem Innern hatte Ann in Frewin einen Menschen entdeckt, der ihr, statt sie zu verurteilen, vielleicht sogar die Hand reichen könnte.

Mit ihm zu schlafen, war das wirklich der beste Weg, dich ihm zu offenbaren? Damit er dich versteht und dir helfen kann? Was bist du doch für eine Närrin …

Noch ehe sie sich an die weitaus heiklere Erkundung ihres Seelenlebens machten, erforschten sie beide als Erstes ihre Körper. Das Gegenteil von dem, was gemeinhin üblich war. Zunächst lernte man einander kennen, ergründete die Persönlichkeit des anderen, bevor man erste Intimitäten zuließ. Ann dagegen empfand es als wesentlich wichtiger, ihre Gedanken zu schützen. Der Körper konnte einiges verkraften, die Seele nicht. Der Körper konnte als Sonde dienen, mit der man den anderen eruierte und entschied, ob diese Person es verdiente, alle Barrieren zu überwinden und die Maske fallen zu lassen. Mit fünfundzwanzig Jahren war sich Ann bereits darüber im Klaren, dass man dem anderen nicht mehr als Blendwerk bot. Mittels der Verführung gab man nur den attraktivsten Teil seiner selbst preis. Es brauchte Zeit, die Illusionen zu durchdringen und herauszufinden, mit wem man wirklich das Bett teilte. Denn die Maske fiel nie vor dem Geschlechtsakt. Ann hatte die Tendenz einfach umgedreht. »Zeig mir, wie du mit mir Liebe machst, und ich sage dir, ob ich dich in meinem Leben haben will.«

Doch nun musste sie sich entscheiden. Wie sollte sie sich ihm gegenüber verhalten? Weitermachen oder so tun, als wäre nichts gewesen?

Du weißt es genau ... die Zeit läuft dir davon. Wenn du nichts unternimmst, zerstörst du dich früher oder später selbst. Er ist womöglich jene Brücke, die du benötigst, um den Abgrund zu überwinden.

Mit ihm sprechen ... Nein, jetzt noch nicht. Zuerst die Berührung, das sinnliche Kennenlernen. *Das ist gefährlich.* Sich anzufassen, um sich zu vertrauen. *Du spielst mit dem Feuer, du weißt, wie das endet, was bei dir daraus wird!* Frewin trug die Antworten auf ihre Fragen in sich. Er könnte ihr helfen.

»Ich bin fertig.«

Ann schreckte aus ihren Gedanken auf wie aus einem bleiernen Schlaf.

»Wie bitte?«

»Ich sagte: Ich bin fertig. Ich habe die Horoskope erstellt und sie eingehend studiert, und ich habe alles mit den Sternenkonstellationen der vergangenen Nächte verglichen.«

»Und gibt es Verbindungen, etwas, das uns weiterhelfen könnte?«

Katarina klopfte auf ihre Zettel.

»Ich werde Ihnen nun etwas sagen, das sich ganz dumm

anhört, doch ich glaube, der Mörder, dem Sie auf der Spur sind, will etwas anderes töten als Menschen.«

Ann verschränkte die Arme vor der Brust.

»Wie das denn?«

»Ich glaube, er möchte das Glück töten, das diese Menschen haben.«

39

Das Licht des späten Nachmittags – goldene, schräg einfallende Strahlen – warf die Farben der Kirchenfenster an die gegenüberliegenden Wände, sodass die Personen aus den biblischen Szenen wie Geister dem alten Gestein zu entsteigen schienen.

Ann massierte sich den Nacken und trat zu Katarina.

»Was soll das bedeuten, ›das Glück töten‹?«

Die Sekretärin deutete auf die zehn Seiten, die mit Berechnungen und Schlussfolgerungen beschrieben waren.

»Soll ich Ihnen die Einzelheiten erläutern oder gleich zum Wesentlichen kommen?«

Ann betrachtete die Skizzen, die Namen der Planeten, die roten, schwarzen und blauen Linien, die Begriffe ›Aszendent‹ und ›Dekade‹ und schüttelte den Kopf.

»Nur das Wesentliche.«

»Zusammenfassend kann man sagen, dass jeder der drei Männer, deren Horoskop ich erstellt habe, einen Glückstag gehabt hätte, wenn er einige Stunden länger gelebt hätte. Jedes Mal stimmen die Angaben überein: Es waren Tage, an denen man viel hätte unternehmen können, da sie sehr erfolgversprechend waren. Glückstage eben.«

»Könnte das nicht auch Zufall sein?«

»Was heißt Zufall? Die Sache ist nicht zu übersehen! Wenn

diese Männer zu mir gekommen wären, um von mir zu erfahren, an welchem Tag ihre Chancen besonders gut stünden, hätte ich jedem von ihnen den Tag nach seinem Todestag genannt! Egal, in welchem Bereich, die Vorzeichen waren ausgezeichnet. Es waren Glückstage, in astrologischer Hinsicht gesprochen standen sie unter hervorragenden Aspekten.«

Ann begann auf und ab zu laufen, während sie überlegte.

»Man kann das Glück nicht töten. Warum sollte er das versuchen?«

»Das ist nicht mehr meine Domäne.«

Ann blieb stehen.

»Jeder, der sich auskennt, würde zu demselben Ergebnis kommen wie Sie?«

Katarina antwortete leicht gereizt:

»Vorausgesetzt, es handelt sich um einen ernsthaften Astrologen, ja. Meine persönlichen Interpretationsmöglichkeiten sind gering, ich betrachte die Positionen der …«

»Ich glaube Ihnen«, unterbrach Ann sie.

Lieutenant Frewin öffnete das Kirchenportal, durch das ein blendender Lichtstrahl ins Innere fiel, schloss es wieder hinter sich und kam zu den beiden Frauen.

»Gibt es etwas Neues?«, erkundigte er sich, ohne Ann eines Blickes zu würdigen.

Ann sah Katarina an und erklärte:

»Sie werden erstaunt sein.«

Die Astrologin legte kurz die Fakten dar. Ein Mörder, der das Glück jagt. Frewin musterte die Sekretärin misstrauisch.

»Was?«, fragte sie. »Gefällt Ihnen das, was ich sage, nicht? Sie hätten mich nicht holen sollen, wenn Sie die Astrologie für Unfug halten!«

Er schüttelte den Kopf.

»Ich bin nur verwundert, dass es eine astrologische Verbindung zwischen den Verbrechen gibt, das ist alles. Das habe ich nicht erwartet … Es bedeutet, dass wir eine Person suchen, die wie Sie in der Lage ist, eine solche Berechnung anzustellen. Kennen Sie so jemanden in der Armee?«

»Nein, das können nur wenige.«

»Jemanden, der all die … Utensilien mit sich führt, die Sie erbeten haben.«

Katarina griff nach den Tabellen der Planetenumlaufbahn. »Nicht, wenn er seine Berechnungen angestellt hat, ehe er ins Feld geschickt wurde. Wenn er wusste, dass er … töten wollte, dann kann er alles vorbereitet haben.« Sie zog die Augenbrauen hoch. »Ich kann gar nicht fassen, dass ich ungerührt über so schreckliche Dinge mit Ihnen spreche!«

Frewin wandte sich instinktiv zu Ann um, ehe er vor der Tafel seine Schlussfolgerungen zog.

»Das würde heißen, der Mörder folgt nicht dem Zufall: Er weiß von Anfang an, wer seine künftigen Opfer sind?« Er verzog irritiert das Gesicht. »Darüber müssen wir weiter nachdenken, herausfinden, was er eigentlich will und was er zu tun glaubt.«

Ann trat in sein Blickfeld und stellte sich genau vor die Tafel, auf der der zeitliche Ablauf der Morde und die Aktivitäten des 3. Zugs festgehalten waren.

»Und wenn … wenn er töten würde, um zu überleben?«, fragte sie langsam.

Sie klopfte auf die Tafel.

»Sehen Sie! Das erste Verbrechen hat sich ereignet, während sie auf den Marschbefehl warteten, die Schlacht stand unmittelbar bevor. Der zweite Mord fand unterwegs statt, kurz vor dem Angriff. Dann nichts mehr, bis zu der Nacht, bevor der 3. Zug an die Front aufbrach. Und jedes Mal ermordet der Täter die Männer, deren Sterne am Tag des Kampfes die günstigste Konstellation haben. Und was braucht man, wenn man inmitten von Kugeln und Granaten überleben will, wenn nicht Glück?«

Frewins Gesicht war angespannt. Er fasste zusammen: »Sie wollen sagen, der Kerl hätte für jeden Wochentag das Horoskop seiner Kameraden erstellt und beschlossen, diejenigen zu ermorden, die am Tag des Kampfes einen Glückstag haben, um selbst an ihre Stelle zu rücken? Um die Chance zu haben zu überleben? In diesem Fall jagen wir keinen Psychopathen, sondern einen Geistesgestörten!«

»Und warum nicht?«, hielt Katarina dagegen. »Auch wenn Ihnen das unsinnig scheinen mag, ich finde diese Überlegung nachvollziehbar! Perfide und abartig, aber nachvollziehbar! Er beseitigt seine Rivalen, um selbst am meisten Glück zu haben. Das Glück ist nichts Zufälliges, Lieutenant! Es ist die Übereinstimmung einer großen Anzahl astrologischer Parameter, und wenn er feststellt, dass diese bei anderen an den Kampftagen besser ausfallen, lässt er sie verschwinden.«

»Der Kerl gibt dem Ausdruck ›jeder ist seines Glückes Schmied‹ eine andere Bedeutung«, schloss Frewin.

Angestachelt durch die neue Ausgangslage, griff er nach der Liste mit den Mitgliedern des 3. Zugs und stellte fest, dass etliche Namen durchgestrichen waren.

»Das hat uns Sergeant Matters gegen Mittag mitgeteilt«, erklärte Ann. Es sind die Soldaten, die nicht von der Front zurückgekehrt oder im Lazarett sind. Drei Tote und drei schwer Verletzte.«

Der Lieutenant las die Namen.

Captain Lloyd Morris R
~~*Lieutenant Ashley Durrington R*~~
Lieutenant Philip Piper
~~*Adjutant Clive Bradley-Dodders R*~~

Adjutant Henry Clark R
~~*Sergeant Piotr Kijlar R*~~
~~*Sergeant Gabriel Rabin*~~
Sergeant (San.) Parker Collins R
Corporal Douglas Regie R
Corporal Adam Houdan
~~*Private Frank Gazinni R*~~
Private Vladimir Hriscek R
Private Martin Clamps R
Private Jeremy Brodus R
Private Cal Harrison R
Private Peter Brolin
Private James Costello
~~*Private Felipe González*~~
Private John Traudel R
Private Rodney Barrow R
Private Steve Risbi
Private John Wilker R

»Das macht sechzehn Verdächtige. Vielleicht ist ja derjenige, den wir suchen, unter den Toten oder Verletzten.« Er musterte Katarina. »Erstellen Sie uns das Horoskop all dieser Männer. Wir liefern Ihnen die Geburtsdaten und -orte, und Sie fertigen bitte eine Liste an, angefangen mit denen, die an den Kampftagen am meisten Glück hatten, bis hin zu denen, die am wenigsten Glück hatten. Wenn diese Hypothese zutrifft, dann ist unser Mann unter den Ersten.«

»Aber nein!«, protestierte Katarina. »So funktioniert das nicht. Es geht hier nicht um eine Statistik, sondern um eine Überschneidung von Analysen und Elementen, die in den verschiedenen Lebensbereichen mehr oder minder günstig ausfallen! Man kann nicht eine Liste anfertigen, wie Sie sie wollen.«

»Dann sagen Sie mir eben, wer die ›weniger günstigen Elemente‹ hatte.«

»Aber das ist nicht …«

Katarina seufzte verzweifelt. Ann kam ihr zu Hilfe.

»So etwas dauert mehrere Tage.«

Ann spürte, dass Frewin nervös war. Ihretwegen? Seine Augen glitten eilig über die Notizen, er überflog die Worte. *Er weiß nicht mehr weiter*, begriff sie. *Er ist sich nicht mehr sicher, weder hinsichtlich seiner Schlussfolgerungen noch bei der einzuschlagenden Richtung.*

»In diesem Fall spreche ich mit Ihrem Vorgesetzten«, entschied Frewin. »Ann, ich muss die Ankunft des neuen MP-Teams vorbereiten. Können Sie eine Liste mit den Namen, Geburtsdaten und -orten für den gesamten 3. Zug besorgen?«

Er wollte sie loswerden. Sie weit wegschicken, damit sie einander nicht begegneten, nicht miteinander reden müssten. Ann spürte, wie sie zornig wurde. Sie war bereit, sich ihm anzuvertrauen, ihm die Hand zu reichen, und er kehrte ihr einfach den Rücken zu. *So nicht, mein Lieber. So einfach kommst du mir nicht davon!*

Ihr Zorn verwandelte sich in Wut. Eine Wut, die sie fürchten gelernt hatte, da sie all ihre möglichen Beziehungen auf dieselbe Art beendete. Sie würde sich nach und nach in einen Eisblock verwandeln. Frewin würde für sie nicht mehr existieren. Bis sie ihm gegenüber nur noch kühle Gleichgültigkeit empfände.

Und während die Sonne farbige Streifen auf ihre Gesichter warf, bereitete sich ein neues Massaker vor.

Das infamste aller Verbrechen.

40

Ann saß auf dem Dorfplatz auf einer Bank und aß ein Sandwich, das sie sich aus der Messe geholt hatte. Die Sonne war hinter dem Wald untergegangen, es war dunkel geworden, und die Sterne zogen am Himmel auf.

Sie zwang sich, nicht an Frewin zu denken.

Ein Konvoi von Lastwagen, einige von ihnen mit einem roten Kreuz, hielt auf der Straße. Ann sah mehrere Männer aussteigen und in das ehemalige Café gehen. Eine Gruppe von Soldaten stand rauchend und diskutierend vor der Tür. Unter ihnen glaubte Ann auch zwei Frauen zu erkennen. Eine von beiden erregte ihre Aufmerksamkeit. Ihre Kopfhaltung, wenn sie lachte, ihre Art, die Zigarette in der leicht abgewinkelten Hand zu halten, könnte das …

Ann erhob sich und ging auf sie zu.

Weißer Kittel, kräftige Statur, glattes Haar.

»Clarice?«, rief sie ungläubig.

Die Angesprochene beugte sich vor, um zu sehen, wer da auf sie zukam.

»Ann, bist du es?«

»Clarice! Was machst du denn hier?«

»Na, so was! Ich bin zu einem Vorposten geschickt worden. Wir sollen Material abliefern und übernachten hier.«

Clarice löste sich von der Gruppe, um sich mit ihrer Freundin zurückzuziehen.

»Erzähl, wie geht es dir?«

»Das ist … kompliziert.«

»Wie ist Lieutenant Frewin? Ist er ein Haudegen oder ein Genie in einem Herkuleskörper?«

Ann machte eine ausladende Handbewegung.

»Er ist sehr begabt, aber … Ich kann bestätigen, was man

über ihn sagt: Er ist ein wenig sonderbar. Und wie ergeht es dir mit dem Stabsarzt?«

»Wir sind überlastet, und er ist zur Abwechslung mal unerträglich«, bemerkte Clarice spöttisch. »Ich freue mich, dich zu treffen. Du siehst müde aus. Anstrengend, was?«

Ann nickte nur.

»Keine neuen Verbrechen?«, erkundigte sich Clarice.

»Nein, wenigstens das nicht.«

»Sag mal, der Lieutenant ist ja eher attraktiv, es scheint …«

Ein Schmerz durchzuckte Anns Brust.

»Und er ist Junggeselle!«

»Witwer«, berichtigte Ann.

»Ja, aber nach einer gewissen Zeit kommt das doch auf dasselbe raus. So gut, wie er aussieht, und wenn er dazu noch intelligent ist, wird er es nicht lange bleiben. Außer er hätte schon eine geheime Beziehung!«

Clarice sprach schnell und imitierte die affektierten Radiosprecher.

»Hast du die Frau hinter dem Mann gefunden? Diejenige, die sich im Schatten des mysteriösen Lieutenant Frewin verbirgt?«

Ann wollte den Redestrom ihrer Freundin unterbrechen, doch irgendetwas hinderte sie daran. Ihr Unterbewusstsein arbeitete so intensiv, dass es die Kontrolle über das bewusste Denken gewann. Ann hatte etwas Wichtiges wahrgenommen, ohne zu wissen, was.

»…nicht ohne Beziehung bleiben. Und außerdem herrscht Krieg, da müssen sich die Moralvorstellungen etwas anpassen«, fuhr Clarice fort.

»Was hast du gesagt?«, fragte Ann. »Vorher. Über Frewin.«

Ihre Freundin runzelte die Stirn.

»Ähm … dass er vielleicht eine heimliche Liebe hat. Dass man …«

»Die Frau hinter dem Mann …«, murmelte Ann.

Ihre Gedanken ordneten sich wieder, bis alles perfekt zusammenpasste. *Die Frau hinter dem Mann*, wiederholte sie im Stillen. *Die Frau im Schatten. Die Frau. Die Symbole. Von Anfang an geht es um Symbole …*

»O T«, sagte sie laut. »Das sind keine Initialen.«

41

Frewin saß mit seinen Männern auf dem Kirchplatz und beendete gerade sein Abendessen, als Ann herbeigelaufen kam.

»Ich muss Ihnen etwas zeigen«, rief sie, zwei Stufen auf einmal nehmend. »Drinnen, kommen Sie.«

Alle sprangen auf und folgten ihr. Matters und Conrad zündeten die Kerzen mit ihren Feuerzeugen an, sodass der Chor völlig erhellt war.

Ann griff nach einem Stück Kreide und wischte mit dem Ärmel einen Teil der Notizen weg, die ihr unwichtig erschienen.

»He!«, protestierte Frewin.

Ann ließ sich nicht beeindrucken.

»Sie erinnern sich an die Buchstaben, die wir am ersten Verbrechensschauplatz, wo Fergus Rosdale getötet wurde, gefunden haben? Ein O und ein T, etwa so.

Sie malte sie auf die Tafel:

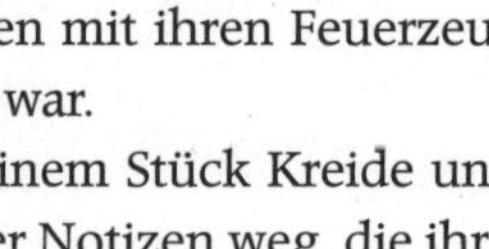

»Es war eine vage Zeichnung, in blutigen Lettern geschrieben. Wir dachten sofort an Buchstaben, weil wir es so verstanden hatten.«

Ihre Zuhörer hingen an ihren Lippen und versuchten zu erraten, worauf hinaus sie wollte.

»Aber wenn wir uns nun getäuscht haben? Schließlich haben wir nicht die geringste Vorstellung, was Fergus Rosdale mit seinen Zeichen andeuten wollte.«

»Wenn sie überhaupt von ihm stammen!«, konterte Conrad, der gern seinen Vorgesetzten zitierte. »Es ist durchaus möglich, dass der Mörder sie geschrieben hat, eine Art Handschrift oder eine falsche Spur, um uns irrezuführen. Das wäre nicht das erste Mal.«

Ann entfernte einen Teil des Zeichens und malte es an eine andere Stelle.

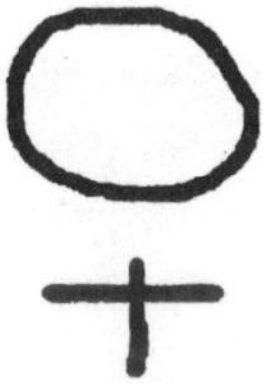

»Und das hier? Sagt Ihnen das etwas? Um es verständlich zu machen, muss man es vervollständigen. Ich denke, Rosdale hat es in aller Eile hingekritzelt. Er lag im Sterben, als er es hinter dem Rücken seines Mörders gezeichnet hat. Es fehlt ein kleiner Strich, um die beiden Teile zu verbinden. So:«

»Das weibliche Symbol?«, rief Donovan verwundert. »Warum sollte er …«

»Gut beobachtet, Ann«, fiel ihm Frewin ins Wort. »Ich will mit der Freundin von Rosdale sprechen. In den letzten Sekunden seines Lebens besaß das Opfer die Geistesgegenwart, dieses Zeichen mit seinem eigenen Blut zu schreiben – etwas abseits, unter einer Bank, damit der Mörder es nicht bemerkt.«

»Heißt das, Sie revidieren Ihre Meinung?«, wollte Donovan wissen. »Vorher sagten Sie, ein Mann mit aufgeschlitzter Kehle hätte nicht …«

»Ich weiß, was ich gesagt habe Soldat, allerdings in einem anderen Licht betrachtet. Ich hatte Unrecht.«

Bei dem durchdringenden Blick seines Vorgesetzten wurde Danovan kleinlaut und starrte schließlich verwirrt auf seine Stiefelspitzen.

»Es gibt zwei mögliche Deutungen«, schaltete sich jetzt Matters ein. »Entweder wollte uns Rosdale sagen, dass sein Angreifer eine Frau war oder dass er wegen einer Frau gekommen ist.«

»Drei Deutungen«, warf Baker ein. »Er wollte zum Ausdruck bringen, dass er in diesem Augenblick an seine Freundin dachte.«

Frewin schüttelte nachsichtig den Kopf. Baker war der am wenigsten scharfsinnige seiner Männer.

»Wenn das der Fall gewesen wäre, hätte er den Namen des Mädchens geschrieben oder wenigstens die Anfangsbuchstaben«, konterte Monroe. »Oder ein Herz, aber auf keinen Fall dies hier.«

»Matters hat recht«, erklärte Frewin. »Alles deutet auf eine Frau hin. Ich will seine Freundin sprechen. Wie heißt sie?«

Matters schlug hastig sein Notizbuch auf und las:

»Lisa Hiburgh! Sie hatte einen Nervenzusammenbruch, als sie von Rosdales Tod erfuhr.«

»Bringen Sie sie her!«

Der Befehl war mit solcher Autorität ausgesprochen worden, dass sich sofort alle erhoben und Matters zusammen mit Donovan hinauseilte, um sich auf die Suche zu machen.

Eine komplette Mannschaft der MP war am Abend im Dorf eingetroffen und hatte Frewin und seinem Team die gängigen Aufgaben abgenommen. Vorläufig erholten sich Baker, Larsson, Monroe und Conrad beim Kartenspiel in der Sakristei, während Donovan und Matters ins Stabsquartier im Rathaus eilten, um Lisa Hiburgh über Funk ausfindig zu machen.

Frewin saß über seine Notizbücher gebeugt, allein vor dem Altar, während Ann zehn Meter entfernt auf ihrem Feldbett lag und vorgab, in einem historischen Roman zu lesen.

Er blickte zur Seite, um sie zu beobachten, und bemerkte, wie ihr Blick zu ihm herüberwanderte.

»Kann ich Sie sprechen?«, fragte er leise.

»Seit wann brauchen Sie meine Erlaubnis?«

Trotz ihrer sarkastischen Bemerkung setzte sie sich auf, um ihm einen Platz neben sich freizumachen. Er setzte sich zu ihr.

»Ich … tut mir leid, wenn ich Ihnen heute etwas distanziert erschienen bin«, begann er leise.

»Distanziert? Wohl eher eiskalt.«

Frewin nickte mit einem Anflug von schlechtem Gewissen, senkte den Kopf und legte die Hände auf die Knie.

»Bitte entschuldigen Sie, Ann. Ich hätte heute Morgen mit Ihnen sprechen sollen, aber …«

»… es war nicht so leicht«, vollendete sie den Satz. »Ich weiß. Und hatten Sie inzwischen Zeit nachzudenken? Über das, was Sie mir sagen wollen?«

Er betrachtete diesen blassen Teint, diese Augen, die loderten, während sie ihn ansah. War es Zorn? Verlangen? Was empfand Ann in diesem Moment?

»Ich weiß, ich hätte heute Nacht mit Ihnen sprechen müssen, bevor wir uns geliebt haben. Ich kann nicht, Ann. Unsere Beziehung hat keine Zukunft, tut mir leid …«

»Können Sie nicht, oder sind Sie nicht bereit?«

Frewin sah sie verwundert an.

»Egal was heute Nacht passiert ist, ich gehöre nicht zu den Frauen, die Ihnen deshalb Vorwürfe machen würden. Ich bin kein kleines Mädchen mehr, ich weiß, was ich tue. Wir haben Spaß miteinander gehabt, Punkt, aus. Wenn es nicht weitergehen soll, dann bitte, man kann niemanden zwingen, den anderen zu begehren. Trotzdem möchte ich von Ihnen hören, ob es meinetwegen ist – und in diesem Fall kann ich nichts tun – oder ob Sie wegen Ihrer Frau nichts Neues anfangen wollen.«

Die Bemerkung traf ihn wie ein Hieb in die Magengegend. *Patty* … Die Mauer gab nach, und wie Sturzbäche brachen alle Emotionen über ihn herein, vermischten sich, wobei der Zorn die Oberhand zu gewinnen schien. Frewin ballte die Hände zu Fäusten und schloss für einen kurzen Moment die Augen.

Er biss die Zähne zusammen.

»Tut mir leid«, murmelte er schließlich und erhob sich. »Ich kann einfach nicht.«

Trotz der späten Stunde war Frewin immer noch wach. Ann ging ihm nicht aus dem Sinn. Was hatte er getan? Das unangenehme Gefühl, einen vermeidbaren Fehler begangen zu haben, nagte an ihm. Aber was war es? Dass er mit ihr geschlafen hatte oder dass er keine neue Beziehung zulassen wollte? Ein Teil seiner selbst begehrte sie, wollte wieder diese Lust auskosten. Nicht nur die Minuten höchster Erregung, sondern auch ihre warme Haut, den Trost, nicht mehr allein zu sein. *Wir werden niemals ein Paar sein, meine Partnerin ist und bleibt Patty.*

Er kam immer auf denselben Punkt zurück, war außerstande, ruhig und logisch zu denken. Alles vermischte sich, die Sexualität, die Angst, die Schuldgefühle, die Lust, der Wunsch nach mehr, die Moral. Es gelang ihm nicht, sich zu entscheiden und Ann in eine Ecke zu verbannen, dorthin, wo er seine Erinnerungen verwahrte, oder auf der Stelle den Entschluss zu fassen, dass ihr Verhältnis rein beruflicher Natur war. Das hatte er am Morgen beschlossen. Er hatte sich etwas vorgemacht. Ein Teil seiner selbst lehnte sich dagegen auf.

Ein innerer Kampf ohne Ende. Musste er warten, bis Ann sich verbittert zurückzog und die komplizierte Situation sich von selbst in Wohlgefallen auflöste? Das wäre der einfache Weg, der des Feiglings, der nicht mit sich ins Gericht gehen will. Früher oder später würde er den Preis dafür bezahlen müssen, auch da brauchte er sich nichts vormachen. Man entledigte sich nicht einfach so der ungelösten Probleme, man unterdrückte sie zu bis zu dem Tag, an dem sie wie ein Geschwür aufbrachen und alles zerstörten.

Er wusste nicht mehr, was er denken, was er tun sollte. Die Müdigkeit, die verwirrenden Ermittlungen. Selbst in diesem Bereich fand er sich nicht mehr zurecht. Die Hypothese, dass der Täter eine Frau war, ließ sich schwer widerlegen, auch wenn sie nicht zu der eines Mörders in den Reihen des 3. Zugs passte. Und Frauen gab es hier nicht viele, schon gar nicht solche, die zum Zeitpunkt der drei Morde zugegen waren. Eine Handvoll Sekretärinnen und ein paar Krankenschwestern. Und das hieße auch, dass Clauwitz und Forrell durch einen »Schießfehler« umgekommen waren und nicht durch einen Mörder innerhalb des 3. Zugs. Schwer zu glauben.

Und doch …

Die Kirchentür quietschte leicht.

Frewin bekam eine Gänsehaut. Er richtete sich langsam auf, um den Eingang im Auge zu haben. Eine Gestalt trat ein, gehüllt in ein weites Gewand, und schloss die schwere Tür hinter sich.

Sie bewegte sich auf Frewin zu.

42

Frewin kannte diese Gestalt und die Art, wie sie sich bewegte. Sie war in einen Schal gehüllt.

»Ann?«

»Ich wollte Sie wecken«, sagte sie im Dunkeln. »Es ist etwas passiert.«

»Wo? Draußen?«

»Ich konnte nicht schlafen und bin auf den Kirchplatz gegangen, um frische Luft zu schnappen. Vor etwa zwei Minuten tauchte ein Junge auf seinem Fahrrad auf, atemlos und völlig in Panik. Er hat sich auf mich gestürzt und auf mich eingeredet, doch ich habe kein Wort verstanden. Wir brauchen einen Dolmetscher. Es muss etwas Schlimmes passiert sein.«

Frewin konnte Anns Gesicht nur erahnen.

»Er hat Blut an den Händen und an seinen Kleidern«, fügte sie hinzu.

Der Junge war noch keine zwanzig Jahre alt. Sein braunes Haar war zerzaust, und seine Finger hatten auf den Wangen Blutspuren hinterlassen. Frewin weckte seine Männer und begab sich mit ihnen in das Café, wo sich die Soldaten von der Fernmeldetruppe mit einem Dolmetscher – einem kleinen Mann von knapp dreißig Jahren mit einer Brille auf der Nase – niedergelassen hatten. Der völlig verstörte Junge blieb stehen und hielt den Lenker seines Fahrrads fest umklammert. Sobald das Wort in seiner Sprache an ihn gerichtet wurde, flackerten seine Augen in Panik auf, und seine Worte überschlugen sich. Der Dolmetscher hob die Hände, um ihn zu beruhigen, und erzählte das, was er verstanden hatte.

»Alle sind tot, überall ist Blut. Anscheinend ist von einem der Gehöfte am Ende des Dorfes die Rede.«

»Ein feindliches Kommando?«, fragte Frewin.

Der Dolmetscher übersetzte die Frage und sagte dann:

»Er weiß es nicht, er wiederholt nur immer wieder, dass es schrecklich ist.«

Frewin bedeutete seinen Männern, sich bereitzuhalten.

»Wir wollen uns vor Ort umsehen, brauchen aber für alle Fälle bewaffneten Begleitschutz. Man kann nie wissen.«

»Ich weiß, wo sich dieses Gehöft befindet«, meinte der Dolmetscher. »Eine Kompanie lagert dort ganz in der Nähe, und einer der Züge ist keine fünfhundert Meter entfernt.«

Frewin ballte die Hände zu Fäusten.

»Jetzt sagen Sie mir bitte nicht, dass es sich um die Kompanie Raven handelt.«

»Doch. Und es heißt, ihre Soldaten kämpfen wie Löwen. Mit denen gehen Sie kein Risiko ein.«

Augenblicklich befahl Frewin:

»Donovan, suchen Sie sich einen anderen Dolmetscher, und fragen Sie den Jungen aus: Wer er ist, was er gesehen hat, in allen Einzelheiten, und schreiben Sie mir dann einen kompletten Bericht. Und wecken Sie Matters, egal ob seine Schulter schmerzt oder nicht, er soll mitkommen. Monroe, nehmen Sie schwere Waffen mit, man weiß ja nie.« Er wandte sich erneut an den Dolmetscher. »Fragen Sie den Jungen, wie viele Personen in diesem Gehöft lebten.«

Der Angesprochene gab die Frage weiter, und die Antwort war so knapp wie prompt.

»Eine ganze Familie, die Eltern und ihre vier Kinder.«

»Das Alter der Kinder?«

Ein weiterer Wortwechsel und die sofortige Antwort:

»Der Jüngste zehn Jahre, die anderen in Abständen bis siebzehn, das ist die älteste Tochter. Wenn ich recht verstanden habe, wollte er sie aufsuchen.«

»Um diese Uhrzeit?«

Der Mann zuckte mit den Schultern und gab die Frage des Lieutenants weiter. Diesmal war die Ausführung länger.

»Er sagt, der Vater wäre gegen die Beziehung gewesen. Der Junge hätte sie zu dieser nächtlichen Stunde treffen wollen, um sich die Befreiung zunutze zu machen und noch vor Morgengrauen mit ihr zu fliehen.«

Frewin seufzte.

»Gut, dann wollen wir mal. Und Sie, Ann, kommen auch mit.«

»Ähm … Dann brauchen Sie mich ja nicht mehr, wenn Sie sich einen anderen Dolmetscher suchen …«

»Wie ist Ihr Name?«, fragte Frewin.

»Philip Dougman.«

»Sie kommen auch mit, Philip. Vielleicht brauchen wir Sie dort. Das hoffe ich wenigstens.«

43

Die Nacht war stockfinster, am Himmel hingen dichte Wolken. Mit der Taschenlampe in der Hand ging Frewin einen Feldweg entlang. Monroe, Larsson und Baker, die Maschinengewehre umgehängt, folgten ihm mit dem Dolmetscher, während Conrad und Ann mit ihren erhobenen Lampen weitere gelbliche Lichtfenster in das Dunkel des Waldes schnitten.

Die vom Regen nasse Erde gab unter ihren Sohlen schmatzende Geräusche von sich. Die nächtliche Fauna war nicht zu überhören, allen voran die Grillen, deren schrilles Zirpen aus dem Farn am Wegesrand drang. Keine Kampfgeräusche mehr, auch nicht das Dröhnen von Granatwerfern oder schwerer Artillerie. Es war, als spielte sich all dies in der idyllischen Umgebung eines friedlichen Dorfes kurz vor Beginn des Sommers ab. Doch die Anspannung, unter der sie standen, wollte nicht dazu passen. Die Möglichkeit, dass der junge Mann sich unnötig aufgeregt hatte, ging quasi gegen null. Das Blut an seinen Händen war nicht seines. Und die Nähe des 3. Zugs ließ das Schlimmste befürchten.

Nach knapp zehnminütigem Fußmarsch konnten sie auf einer Lichtung eine alte Mauer erkennen. Sie umschloss zwei Gebäude, eine Scheune und ein etwas kleineres Haus. Einer der beiden hohen Torflügel stand offen und führte auf einen Hof. Frewin ließ die Gruppe anhalten und ging allein weiter. Auf den letzten Metern verlangsamte er den Schritt, steckte den Kopf durch das Tor und sah zum Gehöft hinüber. Dann untersuchte er den Boden und bedeutete seinen Männern, näher zu kommen.

»Ich gehe mit Monroe rein«, flüsterte er. »Sie warten auf ein Zeichen von mir. Passen Sie gut auf, wohin Sie treten. Hier sind überall Spuren, die wir auf keinen Fall zertrampeln dürfen.«

Daraufhin griff er sich einen Stock und ging los, den Lichtstrahl der Taschenlampe vor sich auf den Boden gerichtet, um keinen Abdruck zu zerstören. Mit der Spitze seines Stocks zeichnete er eine Linie hinter sich.

Er umrundete einen Brunnen und postierte sich vor dem Eingang zum Wohntrakt, wo eine Laterne brannte.

Frewin machte den anderen ein Zeichen und bedeutete ihnen, der Markierung zu folgen.

Ann, die neben Larsson ging, bemerkte zahllose Fußabdrücke rund um den Brunnen. Sie leuchtete das Areal genauer aus und stellte fest, dass viele der Spuren vom Brunnen zum Haus und wieder zurück führten. Beinahe überall waren Fußstapfen zu sehen. Auf dem Brunnenrand glänzte ein großer dunkler Fleck.

»Sehen Sie das?«, flüsterte sie.

Fast gleichzeitig bewegten alle den Kopf in die Richtung und erkannten, dass es sich um frisches Blut handelte. Frewin erteilte neue Anweisungen:

»Baker und Conrad, Sie inspizieren die Scheune, Monroe und ich übernehmen das Haus. Die anderen bleiben draußen. Sehen Sie sich den Brunnen genauer an, aber verwischen Sie bloß keine Spuren!«

Frewin betrat zusammen mit Monroe, dem die Kollegen den Spitznamen »Hitzkopf« verpasst hatten, das Haus. Im Vorbeigehen registrierte der Lieutenant, dass weder das Schloss noch die Zarge gewaltsam aufgebrochen zu sein schienen. Sein erster Verdacht richtete sich gegen den Jungen. Er kannte sich hier aus und besaß möglicherweise Schlüssel zum Haus. Andererseits schien er tatsächlich unter Schock zu stehen, erfüllt von einem dumpfen Entsetzen, das an Wahnsinn grenzte, und war einem Nervenzusammenbruch nahe.

Über den gefliesten Flur zogen sich frische Matschspuren. Sie stammten vermutlich von dem Jungen, der den Schmutz wohl hereingetragen hatte. Die Taschenlampe in der einen Hand, zog Craig Frewin mit der anderen seine Waffe. Sie erreichten den Hauptraum, eine große Küche, die auch als Esszimmer diente. Hinten befanden sich zwei Türen und eine Treppe in den oberen Stock. Eine Laterne verbreitete fahles Licht.

Blut schimmerte auf den grauen Fliesen und markierte eine Unglück verheißende Spur, die nach oben führte.

Frewin spürte sein Herz bis in die Schläfen hämmern. Ein entsetzliches Drama hatte sich vor kurzem innerhalb dieser Mauern abgespielt, das wusste er nun. Was ihn beunruhigte, war das Ausmaß des Blutbads, das ihn erwartete. Dem ersten Eindruck nach zu urteilen verliefen zu viele Spuren zwischen dem Haus und dem Brunnen, als dass es sich nur um eine einzige Person handeln konnte. Vor allem, wenn eine ganze Familie betroffen war.

Die Kinder werden oben sein, unversehrt.

Während Frewin weiterging, blickte er sich aufmerksam um; kein Detail entging ihm, weder der Standort der Stühle, noch der eine, der umgestoßen auf dem Weg zur Treppe lag. *Da oben ist es passiert. Mitten in der Nacht, als sie schliefen.* Frewin musste wieder an die intakte Tür denken. *Es waren vertrauensselige Menschen, die nie die Haustür abschlossen. Alles stand offen. Sie gehörten nicht zu denen, die sich bei Einbruch der Nacht verbarrikadieren.*

Er richtete den Schein seiner Lampe auf den ersten Treppenabsatz. Alles war dunkel.

Ein purpurfarbener Stern ganz oben an der Wand. Zwei rund dreißig Zentimeter lange Linien waren an der Wand entlang heruntergelaufen, bevor das Rinnsal versiegte. Selbst von dort, wo er stand, konnte Frewin zweifelsfrei erkennen, dass das Blut noch feucht war. Der Angriff hatte erst vor kurzem stattgefunden. Vor wenigen Stunden.

Monroe öffnete die Türen hinter Frewin, kam kurz darauf wieder zurück und gab ihm durch ein Zeichen zu verstehen, dass dort nichts war. Der Lieutenant stieg langsam die Treppe hinauf. Die Stufen knarrten. Oben angekommen schaltete er das Flurlicht ein, in dessen Schein rund ein Dutzend kleiner Pfützen das Grauen erahnen ließen. Vier angelehnte Türen.

Frewin deutete auf die beiden rechten Zimmer, die Monroe inspizieren sollte, während er sich die anderen Räume vornahm.

Hinter der ersten Tür verbarg sich ein karges Zimmer: eine hölzerne Spielzeugtruhe in einer Ecke, sonst nur noch ein Bett, dessen zerwühlte Decke auf dem Boden lag. Auf dem einzigen Kissen war deutlich der Abdruck eines kleinen Kopfes zu erkennen, denn die Federn waren derart verklebt, dass die Konturen klar zutage traten. Auch hier Matschspuren am Boden. Das charakteristische Profil von Rangers. In einer Erwachsenengröße. Mit der Lampe leuchtete er durch das ganze Zimmer.

Kein Kind. Nirgendwo.

Nicht ein einziger Blutstropfen.

Das jüngste der Kinder schlief. Leichte Beute. Sein Gehirn analysierte die kriminalistischen Spuren so pessimistisch wie möglich. Die merkwürdig zusammengedrehte Decke setzte brutale Assoziationen im Kopf des Lieutenant frei. *Man hat seinen Kopf in die Decke gewickelt und dann das untere Ende zusammengezogen, um den Druck auf den Hals des Kindes zu verstärken. Die dicke Decke wird seinen Erstickungstod beschleunigt haben.* Frewin stellte sich vor, wie sich ein kräftiger Erwachsener auf einen kleinen Jungen stürzte und ihm Laken und Decke um den Kopf wickelte und zuzog.

Frewin starrte in das leere Zimmer ohne Leiche. Er trat einen Schritt zurück und wollte ins nächste Zimmer.

Monroe, der ihm entgegenkam, flüsterte: »Die Räume sind leer, doch die Betten sind zerwühlt.«

Der Lieutenant stieß die Tür zum letzten Schlafzimmer, dem der Eltern, mit der Fußspitze auf. Er ließ den hellen Strahl der Lampe über die Wände gleiten: ein großer Schrank, eine alte, unansehnliche Kommode. Der Schein wanderte weiter durch die Dunkelheit über eine Wand, an der ein Kreuz hing. Dann tauchte ein großes Bett in dem Lichtkegel auf.

Ein menschlicher Fuß, dann ein zweiter, ein Knöchel, ein Bein, die Beine – der Lichtschein erhellte jetzt das gesamte Bett.

Monroe atmete plötzlich geräuschvoll aus.

»Oh Scheiße ...«, keuchte er und wich zurück.

Eine Frau lag ausgestreckt auf dem Rücken, das Nachthemd bis zum Bauchnabel hochschoben. Eine Blutlache hatte die Laken zwischen ihren Schenkeln durchtränkt. In die Scheide war bis zu dem gesprungenen Boden eine Glasflasche gerammt worden, deren Durchmesser ihr Fleisch zerfetzt hatte. Ein Hammer lag auf ihrem Bauch.

Von ihrem Kopf war nur noch ein roter Brei geblieben, ein Gemisch aus Haaren und Gehirnmasse. Wand und Decke waren mit unzähligen kleinen Tropfen übersät, an denen Knochensplitter klebten.

Frewin trat einen Schritt vor und richtete seine Lampe auf eine andere Stelle.

Noch eine Frau. Ein junges Mädchen.

Auch ihr Nachthemd war hochgeschoben. Sie lag, einen Gürtel um den Hals geschnürt, mit dem Gesicht auf der Matratze, die Knie an den Körper gezogen, sodass ihr Hinterteil in die Höhe ragte. Man hatte zuerst mit einem Messer zugestochen und ihr dann eine Kerze in den After gerammt.

Er beugte sich vor, um den Nachthemdstoff anzuheben, der das Gesicht der jungen Frau verhüllte. Frewin betrachtete es einen Moment lang. Ihre halb geschlossenen Lider, ihr leerer Blick, die schlaffe Oberlippe – trotz der vom Tod verzerrten Züge wirkte sie anrührend. Der Lieutenant richtete sich wieder auf, um sich ein Gesamtbild des Tatorts zu verschaffen.

Blut schimmerte im Schein seiner Lampe.

Die Identität der ersten Frau stand außer Frage. Die Bauchhaut war schlaff, und die Beine wiesen zahlreiche Krampfadern auf. Es handelte sich ohne jeden Zweifel um die Mutter.

»Haben Sie alle Zimmer durchsucht?«, erkundigte sich Frewin leise.

»Ja, wir haben alles gesehen«, murmelte Monroe.

Frewin warf einen Blick auf die klumpige Fleischmasse, die zuvor der Anus und die Schamlippen des jungen Mädchens gewesen waren. Inzwischen fast getrocknetes Blut war an ihren Schenkeln herabgelaufen. Frewin schluckte. Zu viel Blut, als dass es sich um eine postmortale Verletzung handeln könnte. Das Mädchen hatte noch gelebt, als man sie mit dem Messer vergewaltigt hatte.

Mit rauer Stimme sagte er:

»Es fehlen die Männer. Die Leichen der Jungen haben wir noch nicht gefunden.«

44

Frewin war im Haus verschwunden. Ann ließ den Schein ihrer Lampe über die zahlreichen Fußspuren gleiten, die von der Haustür zum Brunnen führten.

»Treten Sie bloß nicht darauf!«, warnte Larsson.

Ohne zu antworten ging Ann in die Hocke, um sie näher zu inspizieren.

»Sagen Sie, stammen die Abdrücke von Rangers?«

Der blonde Riese ließ den Dolmetscher stehen und trat zu ihr. Er legte sein Maschinengewehr beiseite und bückte sich.

»Genau.«

Ann bewegte den Lichtstrahl weiter und schüttelte langsam den Kopf.

»Stimmt was nicht?«, fragte Larsson.

»Ich habe den Eindruck, dass es sich nicht um viele Personen handelt, sondern dass ein und dieselbe mehrmals hin und her gelaufen ist. Sehen Sie.«

Sie deutete auf drei Paar Fußstapfen in der feuchten Erde, die jeweils in beide Richtungen führten.

»Offenbar alle dieselbe Größe. Und die Rille dort stammt von dem Fahrrad des Jungen. Man erkennt auch seine Abdrücke – kleiner und von glatten, abgelaufenen Sohlen.«

»Stimmt. Glauben Sie, die Rangers-Abdrücke sind von unserem Mörder ...?«

Ann zuckte mit den Schultern.

»Das hängt davon ab, was sie drinnen finden. Aber ... Rangers, nur ein Mann, Blut und der 3. Zug, der keinen halben Kilometer entfernt lagert ...«

Sie streckte den Arm aus, um den Schein ihrer Lampe auf den blutverschmierten Brunnenrand zu lenken. Er war voller Flecke, so als hätte man einen Schädel darauf zertrümmert. Ann näherte sich dem Brunnen von der Seite über einen Weg, auf dem sie keine Spuren zerstörte.

Der Lichtkegel drang in den dunklen Schlund. Das Wasser war gut sechs Meter weiter unten.

»Und?«, fragte Larsson leise.

Ann machte ihm ein Zeichen, dass sie nichts Besonderes sehen konnte.

In diesem Augenblick stieg eine Luftblase an die Oberfläche. Ann reckte sich, um so weit wie möglich hinunterzuleuchten ...

Eine andere Blase platzte, dann zwei weitere.

»Ich habe mich getäuscht, da ist doch etwas«, erklärte sie.

Vergeblich suchte sie nach einem Weg, den Grund besser

erkennen zu können. Der Lichtkegel glitt über den Eimer und das aufgerollte Seil, an dem er befestigt war. Es kam ihr fest und solide vor. *Es gibt nur eine Möglichkeit, um dir Gewissheit zu verschaffen. Du musst da runter.*

»Sie sind kräftig genug, um mich langsam hinabzulassen«, sagte sie zu Larsson.

Der Hüne musterte sie.

»Sie wollen doch wohl nicht da rein! Sind Sie lebensmüde?«

»Ich habe etwas gesehen, lassen Sie mich runter.«

»Nein, wenn überhaupt, dann gehe ich ...«

»Sie sind zu groß und zu schwer, wie alle hier. Ich bin leicht, also helfen Sie mir über den Rand.«

Sie streckte ihm die Hand entgegen. Widerwillig legte er sein Maschinengewehr beiseite und half ihr, in den Holzeimer zu steigen. *Der Metallring ist in gutem Zustand,* stellte sie etwas ängstlich fest.

»Machen Sie ganz langsam, ja?«

Larsson begann die Kurbel zu drehen. Er musste sie mit beiden Händen halten, nachdem Ann den Brunnenrand losgelassen und ihr ganzes Gewicht dem quietschenden Flaschenzug anvertraut hatte. Philip, der Dolmetscher, trat näher, beugte sich hinab und dirigierte den Riesen, der sich bemühte, die Kurbel möglichst gleichmäßig zu drehen.

»Machen Sie weiter. Noch ein Stück, jawohl!«

Ann sah, wie sich der Himmel immer mehr entfernte, bis auch ihr Kopf in dem runden Schacht von nicht einmal einem Meter Durchmesser verschwunden war.

Sie nahm zur Kenntnis, dass ihre Bewegungsfreiheit stärker eingeschränkt war, als sie es vermutet hatte. Sich umzudrehen, stellte schon eine Schwierigkeit dar. Es war besser, nicht an das Schlimmste zu denken.

Plötzlich wurde es kühler. Ein modriger Geruch stieg auf.

Über sich sah Ann nur noch einen hellen Kreis und darin Philips Kopf. Seine Stimme ertönte:

»Weiter … Ja … Weiter …«

Doch Ann spürte, dass sie sich von ihm entfernte. Von der Welt.

Je tiefer sie in dem engen Schlauch hinabglitt, desto gedämpfter drangen die Geräusche zu ihr.

Sie reckte den Hals und leuchtete nach unten.

Das Wasser kam näher. Die Wände waren moosbewachsen, und in den Mauerritzen bemerkte sie einige Insekten.

»Alles in Ordnung, Miss?«

Das war Philip. Seine Stimme klang wie aus weiter Ferne.

»Ja«, rief Ann.

Ihre Worte hallten so stark wider, dass ihr unwohl wurde. Doch Philip reagierte nicht, ganz so, als hätte er sie nicht gehört.

Sie war in ein anderes Universum eingetaucht. Dieser Brunnen war eine Tür ins Innere der Erde, wo die Schatten eine wahrnehmbare Dichte besaßen, wo die Geräusche erstarben und das Licht keine Macht mehr hatte. Ann betrachtete ihre Stablampe: ein kakifarbenes Rohr, dessen Schein nur mühsam die Dunkelheit durchdrang.

Sie glitt weiter nach unten.

Plötzlich traf der Eimer mit einem dumpfen Klatschen auf.

»Stop!«, schrie Ann.

Der Eimer berührte das schwarze Wasser.

»Ziehen Sie mich ein kleines Stück höher!«, rief sie.

Larsson folgte der Anweisung, und Ann befand sich jetzt etwa dreißig Zentimeter über der bewegten Oberfläche. Sie ließ das Seil los, um mit einer Hand die Lampe zu bewegen und sich mit der anderen an den kalten Steinen abzustützen.

Sie wollte sich hinabbeugen.

Doch sofort geriet der Eimer aus dem Gleichgewicht. Ann krallte sich an einer Mauerritze fest und musste sich mit dem Unterarm abstützen, um sich abzufangen. Sie hielt die Lampe fest umklammert, als der Rand des Eimers an die gegenüberliegende Wand schlug.

Sie befand sich in einer Schieflage, war aber unversehrt. Langsam versuchte sie, wieder in die Balance zu kommen. Oben war niemand mehr zu erkennen. Sie war wirklich weit von allem entfernt.

Vorsichtig richtete sie den Strahl der Lampe auf das Wasser.

Es war schwarz und undurchsichtig.

Nicht schwarz, eher kupferfarben. Ann strengte ihre Augen an, um etwas darin zu erkennen. Ihre Knie begannen zu schmerzen, und der Rand des Eimers bohrte sich in ihr Schienbein. Sie konnte nicht genug sehen.

Sie klammerte sich an dem Seil fest und ging langsam in die Hocke, um den Arm ausstrecken und das Wasser berühren zu können. Eisig.

Mit der hohlen Hand schöpfte sie ein wenig von der Flüssigkeit und untersuchte sie.

Sie war rot.

Blut! Ann starrte auf die Flüssigkeit.

Unten bewegte sich etwas.

Dann ging alles sehr schnell.

Eine große Luftblase zerplatzte mit einem Gurgeln.

Plötzlich tauchte eine weiße triefende Hand auf und spritzte Wasser auf Ann, eine geöffnete Hand, die aus den Tiefen des Brunnens kam, um sie zu packen.

Ann schrie auf und wusste im selben Augenblick, dass der Eimer kippen würde.

Alles begann sich zu drehen, während sie auf diese ölige und kalte Haut zuglitt.

45

Reflexartig griff sie mit der einen Hand nach dem Seil und krallte sich mit der anderen an einem Mauervorsprung fest. Mehrere Fingernägel rissen ab, der Schmerz war schier unerträglich.

Sie sah, dass ihr die Lampe entglitt, konzentrierte sich aber sofort wieder auf ihr Gleichgewicht und konnte sich halten. Und nur wenige Zentimeter entfernt ragte der Arm zu ihr empor.

Mit einem dumpfen Geräusch fiel die Taschenlampe in den roten Schlund. In dem Lichtstrahl bewegte sich etwas unter der Oberfläche.

Ann sah andere Gliedmaßen auftauchen. Beine, Körper und schließlich Gesichter, deren tote Augen sie kalt anstarrten.

Alle waren verstümmelt.

Kaum war Frewin aus dem Haus getreten, hörte er Ann schreien, weit, sehr weit entfernt. Baker und Conrad kamen aus der gegenüberliegenden Scheune. Sie hielten erschrocken inne, bevor sie losrannten. Frewin sah, dass sich Larsson und Philip über den Brunnenrand beugten, und lief zu ihnen.

»Ann!«, rief er, »Ann!«

Das Licht am Grunde des Brunnens war erloschen.

»Ann!«

»Ich bin hier«, drang es leise von unten herauf, »ich bin hier.«

Ihre verängstigte, schwache Stimme schien aus dreißig Metern Tiefe zu kommen.

»Sie müssen mich heraufziehen«, fuhr sie in demselben angestrengten Ton fort. »Ich habe das Wasser bewegt und damit freigesetzt, was es gefangen hielt. Ziehen Sie mich herauf.«

Frewin erkannte keine Panik in ihrer Stimme, nur lähmende, kindliche Angst. Er packte die Kurbel im selben Moment wie Larsson, und sie begannen gemeinsam zu drehen. Mit beunruhigendem Quietschen rollte sich das Seil auf.

Dann tauchte Ann auf, ihre Lippen waren zusammengepresst.

Frewin packte sie und hob sie mit einem Ruck aus dem grässlichen Loch. Er bemerkte, dass ihre Hände bluteten, sie hatte sich mehrere Nägel ausgerissen.

»Alles in Ordnung«, sagte sie leise.

Doch ihre Augen füllten sich mit Tränen.

»Alles in Ordnung«, wiederholte sie. »Dort unten sind Leichen. Viele Leichen. Sie müssen sie heraufholen.«

Die drei Söhne im Alter von zehn bis fünfzehn Jahren und der Vater wurden geborgen und auf Bahren gelegt. Ihre bleiche Haut schimmerte wie Gummi. Ihre Kehlen waren aufgeschlitzt worden. Man hatte sie über dem Brunnen ausbluten lassen wie Schweine – davon zeugten die Spritzer auf dem Rand – und dann hineingeworfen.

Nun wurden auch die Leichen der beiden Frauen aus dem Haus getragen. Sie waren mit einem Tuch bedeckt, um ihre verstümmelten Körper vor neugierigen Blicken zu schützen.

Inzwischen war ein Lkw mit einem roten Kreuz darauf angekommen, aus dem die vier von Frewin bestellten Bahrenträger sprangen. Die sechs Toten wurden abtransportiert.

Ann stand mit verbundener Hand zwischen Frewin und Matters, der mit dem Rotkreuzwagen gekommen war.

»Ich bestätige, was Miss Dawson gesagt hat, die Spuren zwischen Haus und Brunnen stammen von denselben Rangers. Es ist also nur eine Person, die hin und her gelaufen ist.«

Frewin nickte mit finsterer Miene.

»Er hat sich mitten in der Nacht, während alle schliefen, auf den Bauernhof geschlichen. Die Tür war nicht verriegelt, was ihm die Sache erleichtert hat. Zuvor war er in der Scheune. Conrad hat mir gesagt, dass Werkzeuge herumlagen und im Regal einiges zu fehlen schien. Der Mörder hat einen Hammer genommen, den er anschließend in einem der Zimmer liegen lassen hat. Er hat vermutlich mit dem Jüngsten angefangen, hat ihn mit dem Laken erstickt und ihm dann das Kopfkissen aufs Gesicht gedrückt. Mit den anderen Jungen hat er es ebenso gemacht, dann hat er sich das Mädchen und schließlich die Eltern vorgenommen. Er hat den Hammer benutzt, um dem Vater den Schädel einzuschlagen.«

Ann hatte den Eindruck, Frewin erwähnte unnötige Details … Bis ihr plötzlich klar wurde, dass er laut die ersten Schlussfolgerungen zog. Sein starrer Blick besagte, dass er in Gedanken noch in dem Schlafzimmer war. Als guter Beobachter vermochte er anhand seiner Feststellungen am Tatort, der Indizien und der Leichen die Chronologie des Verbrechens abzuleiten. Die Sprache des Blutes.

»Und zum Schluss ein weiterer Schlag mit dem Hammer. Diesmal mitten ins Gesicht der Frau, die aufgewacht ist. Er hat genug Zeit, um den Vater mit weiteren Hammerschlägen abzuschlachten – eine praktische und tödliche Waffe. Bei jedem Hieb ist das Blut an die Wände gespritzt. Bei der Mutter hat er es genauso gemacht, nur dass er ihr mit der Flasche, die wahrscheinlich auf dem Nachtkästchen stand, den Rest gegeben hat. Er hat sie genommen, in ihre Scheide geschoben und mit Hammerschlägen tiefer hineingestoßen. Davon zeugen die Risse im Glas.«

Ann seufzte, um ihren Ekel zum Ausdruck zu bringen. Matters blieb ungerührt.

»Sie hat noch gelebt, als der Mörder das getan hat«, fuhr Frewin fort. »Ihr Herz hat noch geschlagen, daher das viele Blut in den Bettlaken. Dann ist er in das Zimmer der Tochter zurückgekehrt, die er schon vorher halb mit einem Gürtel erwürgt hatte, auch wenn sie zu diesem Zeitpunkt noch nicht tot war, sondern ›nur‹ ohnmächtig. Er zerrt sie ins Elternschlafzimmer, vergewaltigt sie dort mit einem Messer, während er sie mit dem Gürtel würgt. Bis der Tod eintritt.«

»Mein Gott …«, murmelte Ann. »Warum solche Besessenheit?«

»Stimmt, das passt nicht zu dem Persönlichkeitsbild, das wir bislang erstellt haben«, erklärte Matters. »Diesmal gab es quasi keine Inszenierung, und er hat abgewartet, bis die Opfer tot waren. Man könnte sogar behaupten, dass er das Vergnügen in die Länge gezogen hat.«

Frewin blickte zu dem Haus, vor dem seine Männer mehrere Laternen angezündet hatten.

»Stimmt, er ist diesmal völlig anders vorgegangen.«

Matters richtete seine müden geröteten Augen auf Frewin.

»Wie hat er allein eine ganze Familie töten können? Als ich vorhin mit den Trägern hinaufgegangen bin, habe ich festgestellt, dass die Treppe unglaublich knarrt. Davon hätten sie aufwachen müssen …«

»Es gibt im ersten Stock weder einen Nachttopf noch eine Toilette. Sie mussten also nach unten gehen, wenn sie sich nachts erleichtern wollten. Insofern hat das Knarren der Treppe niemanden aufgeschreckt, das Geräusch war ihnen vertraut. Und der Mörder ist sehr leise vorgegangen, als er nacheinander die Kinder erstickt hat, um schließlich den Eltern den Schädel einzuschlagen.«

Matters sah seinen Lieutenant voller Hochachtung an. Er bewunderte dessen präzises logisches Denken. Lieutenant Frewin registrierte solche Dinge und zog auf der Stelle die richtigen Schlussfolgerungen. Das Fehlen von Toilette und Nachttöpfen im ersten Stock ... Innerhalb weniger Sekunden hatte er die Situation erfasst: die Gewohnheit, nachts die Stufen knarren zu hören. Diese Fähigkeit, Kleinigkeiten im Alltag wahrzunehmen und für die kriminalistische Untersuchung auszuwerten – sie lag ihm einfach im Blut. Das war es, was seine Verleumder so verunsicherte. Sein Talent, sich in das Böse hineinzuversetzen, es zu analysieren. Wie konnte man so scharfsinnig sein, ohne selbst eine ähnlich gestörte Persönlichkeit zu haben? Konnte man die Sprache des Blutes interpretieren und erfassen, ohne selbst infiziert zu sein?

»Er hat den beiden Frauen Gegenstände in die Scheide gestoßen, hat sie jedoch nicht selbst vergewaltigt. Allem Anschein nach. Sicherheit bekommen wir natürlich erst durch die Autopsie, aber ich glaube es nicht. Ehe wir uns mit dieser Frage beschäftigen, muss uns allen klar sein, was hier geschehen ist. Er hat nicht für den eigenen Lustgewinn getötet, er ist von seinen üblichen Methoden und Opferkategorien abgewichen. Hier hat er alle männlichen Opfer versteckt und nur die weiblichen zur Schau gestellt, weil er sie verabscheut. Er empfindet keinerlei Achtung ihnen gegenüber und lässt sie folglich lieber in entwürdigenden Stellungen zurück, statt sich die Mühe zu machen, sie bis zum Brunnen zu tragen. Es geht ihm hier nicht um eine makabere Inszenierung zum Ausleben seiner abnormen Fantasien, sondern nur um brutale Schlächterei, um sich abzureagieren und vor allem um uns zu treffen. Nur um uns zu bestrafen.«

»Uns bestrafen?«, wiederholte Matters ungläubig. »Weil wir ihn provoziert haben, oder warum?«

»Ich fürchte, ja.«

Ann begriff, dass Frewin unermesslich litt. Er hatte den Plan entworfen, den Mörder zum Äußersten zu treiben, damit er einen Fehler beginge. Doch der war schlauer gewesen als angenommen und hatte diesen Plan gegen sie gewendet. Er hatte den Verfasser des falschen Berichts nicht direkt körperlich angegriffen. Er hatte ihn attackiert, indem er ihn ins Unrecht gesetzt und seinen Stolz verletzt hatte. Für einen intelligenten Menschen war dies offensichtlich. *Hochintelligent*, korrigierte sich Ann. *So sehr, dass er zu einer scharfsinnigen Analyse der Situation und seiner eigenen Taten fähig war. Dass er sich nicht von seinen Gefühlen mitreißen ließ, sondern einen Plan schmiedete, um den Gegner noch stärker zu treffen, und zwar auf demselben Terrain: auf dem der Psychologie und des Stolzes.*

»Wir haben ihn unterschätzt, indem wir ihn nur für clever gehalten haben«, bemerkte Ann. »Dabei ist er eine äußerst intelligente Bestie.«

Frewin nickte. Er war mit seinen eigenen Waffen geschlagen worden.

»Jetzt wissen wir zumindest, dass er den Bericht gelesen hat. Es ist also wirklich jemand aus dem 3. Zug.«

Frewin antwortete nicht. Er war sich nicht mehr sicher. Die Niedergeschlagenheit hinderte ihn am logischen Denken. Ja, von Anfang schien alles eindeutig auf den 3. Zug hinzuweisen. Doch es gab einige Details, die ihn verunsicherten. Der Nylonstrumpf, eine praktische Waffe für eine Frau. Das weibliche Symbol am Tatort im Mordfall Fergus Rosdale. Die Art, wie der Mörder seine Opfer anlockte, sodass sie weder vorsichtig noch misstrauisch waren – in dieser Umgebung ein Kinderspiel für eine Frau. Und jetzt die verstümmelten Leichen von Mutter und Tochter. Warum hatte er die Frauen in einer so entwürdigenden Stellung zurückgelassen? Warum hatte er sich so an ihnen ausgetobt. Hass? Mit Sicherheit.

Und warum nicht Eifersucht? Vor allem die Genitalien waren zerstört worden. Und wenn eine Frau diese widerwärtige Tat verübt hätte, was hätte sie dann damit sagen wollen? Die Sprache des Blutes …

Die Wut über mangelnde eigene Sexualität? Keine Kinder zu haben? Nein … nur das Geschlecht ist verstümmelt worden, nicht der Bauch oder die Brüste. Nur das Geschlecht.

Frewin spürte, dass dort der Schlüssel zu dem lag, was den Mörder umtrieb. Wie sehr er sich auch den Kopf zerbrach, er vermochte nicht herauszufinden, welche Bedeutung die Tat hatte. Wut, ja, aber aus welchem Grund?

Es gab so viele Verdächtige. Doch die Hypothese, dass es sich um eine Frau handelte, schien ihm immer weniger abwegig. Wer war der Schuldige? Jemand, der den falschen Bericht gelesen hatte oder von ihm wusste. Zu diesem Kreis gehörten auch die Männer der MP. *Nein, nicht sie …* Doch er konnte Monroes Bemerkung einfach nicht vergessen: *»Außer, es wäre einer von uns.«*

Ich bin müde …

Conrad trat auf ihn zu.

»Ich habe genügend Fußabdrücke, um die Größe bestimmen zu können: Vierundvierzig.«

»Sind Sie sicher?«

»Hundert Prozent. Ich habe sie mit denen von Monroe verglichen, sie stimmen genau überein, und er hat Größe vierundvierzig … Und ich denke, der Täter hat einen eigenartigen Gang.«

»Warum?«

»Das Gewicht liegt auf den Absätzen, die Spitzen sind sehr wenig eingesackt.«

»Das liegt daran, dass er die Leichen getragen hat«, erklärte Frewin.

»Nein, das glaube ich nicht. Die Spuren, die zum Haus zurückführen, wenn er also ›unbelastet‹ war, sind genau identisch. Ich denke eher an jemanden, der das Gewicht auf die Fersen verlagert. Mit bloßem Auge kann man das nur wahrnehmen, wenn man ein guter Beobachter ist.«

»Okay, ich will eine Liste all derer, die diese Schuhgröße haben und zum 3. Zug gehören«, befahl Frewin.

»Nehmen Sie keine Fingerabdrücke?«, fragte Ann. »Es gibt doch bestimmt jede Menge.«

»Und was sollen wir damit anfangen? Wir können sie ohnehin nicht mit all denen der Männer des 3. Zugs vergleichen, das würde ewig dauern und verlangt Material, über das wir nicht verfügen.«

»Und der Typ wird intelligent genug sein, Handschuhe zu tragen«, bemerkte Ann. »Und jetzt?«

»Wir werden uns die Zeit nehmen, das, was wir hier gesehen haben, zu verarbeiten und zu analysieren. Um zu töten muss ein Individuum etwas von sich selbst geben. Ich kann nicht glauben, dass der Täter an diesem Ort sechs Morde begangen hat, ohne einen Teil seiner selbst zurückzulassen.«

Frewin beobachtete den Krankenwagen, der mit seiner traurigen Ladung ins Dorf zurückfuhr.

»Ich bin es leid, den 3. Zug mit Samthandschuhen anzufassen«, schimpfte er. »Heute Morgen werde ich mir erlauben, sie alle gehörig ranzunehmen, auch wenn es Toddwarth und dem Generalstab nicht passt. Ich lasse ihre persönliche Habe durchsuchen, um alles über jeden herauszufinden.«

Er wandte sich an Matters.

»Und bringen Sie mir Lisa Hiburgh, die Freundin von Rosdale!«

46

Ann musste Zeit gewinnen.

Sie musste verhindern, dass Frewin den 3. Zug sofort durchsuchen ließ. Denn da sich die Soldaten als eine Art Bruderschaft und jeden Außenstehenden als potentiellen Feind betrachteten, würde das die Gruppe noch fester zusammenschweißen. Ann hoffte, im letzten Augenblick noch einige Informationen bekommen zu können. Zudem war Risbi ihr noch eine Erklärung schuldig. Schließlich hatte sie ihre Unterlagen bei ihm »vergessen« und konnte sie zurückfordern.

Der Sonnenball war kaum am weißlichen Horizont aufgetaucht, als sie sich auf den Weg zu dem im Festsaal untergebrachten Lazarett machte. Man schickte sie in das angrenzende Gebäude, wo sie endlich heiß duschen konnte, ein Hochgenuss. Danach zog sie Strümpfe an – für nackte Beine war es noch zu kalt – und schlüpfte in ihren weißen Kittel und in ihre weißen Mokassins. Sie lieh sich eines der Räder aus, die von den Offizieren des Fernmeldedienstes beschlagnahmt worden waren, und radelte bis zum Waldrand. Dort bog sie in einen ungeteerten, etwa dreihundert Meter langen Weg ein. Die Kompanie Raven war auf einem Stück Brachland untergebracht, der 3. Zug etwas abseits – wie es fortan die Tradition und das Privileg dieser Elitetruppe war. Kaffeeduft wehte ihr entgegen, während die Männer trotz der frischen Morgentemperaturen mit freiem Oberkörper durch das Lager liefen. Sie erkannte Cal Harrison und entdeckte Tätowierungen auf seinen Armen und seinem Rücken. Er musterte sie feindselig, als sie bremste und ihr Fahrrand an einen der Klapptische lehnte. Ruhig ging sie auf ihn zu.

»Guten Morgen, ich suche das Zelt von Private Risbi.«

Ohne ein Lächeln deutete Harrison zum nächstgelegenen Zeltkomplex hin.

»Gleich dort. Was wollen Sie von ihm?«

»Nichts, nur Unterlagen, die er gefunden hat, holen.«

Harrisons Blick hatte etwas Beunruhigendes. Seine Augen waren ohne Leben und von einem eiskalten Blau ohne jegliche Transparenz wie Packeis. Ann bedankte sich widerwillig und ging. Alle Männer des Zugs hatten verschlossene Mienen und den müden Gesichtsausdruck derer, die ohne ihre Kameraden, dafür mit Albträumen im Kopf von der Schlacht zurückkehrten. Sie erkannte Barrow, der sie im Zelt von Risbi hatte belästigen wollen. Er grinste, als sie an ihm vorbeikam, hielt aber den Mund. Ann streckte die Hand durch die Türöffnung des Schlafzelts, das Risbi bewohnte, und rief, bevor sie eintrat:

»Meine Herren, ich bin vom Sanitätsdienst. Ich komme herein.«

Im Innern war es von einer Handvoll schlafender Männer warm und stickig. Ganz hinten entdeckte sie Risbi, der dabei war, seine Stiefel zu schnüren. Die Stoffbahn, die sein Abteil von den anderen abtrennte, war mit einer Kordel hochgebunden.

Als er sie bemerkte, richtete er sich auf, wobei ihm sein Unbehagen deutlich anzumerken war.

»Hallo, Private«, sagte sie. »Ich wollte meine …«

»Ich habe sie schon Ihrer Kollegin gegeben«, fiel er ihr ins Wort. »Sobald ich Zeit hatte, bin ich ins Lazarett im Dorfzentrum gegangen, um sie zurückzubringen. Und da ich Sie nirgendwo finden konnte, habe ich sie einer anderen Krankenschwester überlassen.«

Ann war verunsichert.

»Ach … wirklich?«, stammelte sie. »Ich … das hat mir niemand gesagt.«

Risbi kratzte sich am Kopf.

»Die Geschichte mit Barrow neulich abends, als Sie hier waren, ist mir wirklich unangenehm.«

»Ach, das können Sie vergessen. Dieser Typ ist ein armseliger Idiot, sonst nichts.«

Risbi nagte an der Unterlippe und blinzelte verlegen.

»Die Sache ist die …«, fuhr er schließlich fort, »er hat einen Blick in Ihre Papiere geworfen, ich konnte es nicht verhindern. Ich hab ihm gesagt, das ginge ihn nichts an, doch er ist und bleibt eben ein Idiot.«

»Was hat er gesagt, nachdem er das alles gelesen hat?«

»Ich glaube, es war ein Bericht der Militärpolizei dabei, und nach dem, was zwischen der MP und Cal, das heißt, Private Harrison, vorgefallen ist, sind wir alle etwas angespannt. Barrow fand das zum Lachen. Es wäre mir also schrecklich unangenehm, wenn Sie deshalb Ärger bekämen.«

Ann schüttelte den Kopf.

»Nicht so wichtig, ich hätte an besagtem Abend einfach nicht bei Ihnen vorbeischauen, nicht so hartnäckig sein dürfen. Und Sie sagen, Sie hätten alles meiner Kollegin übergeben?«

Risbi nickte.

»Sehr gut. Und Ihre Verletzung? Geht's besser?«

»Ja, sie verheilt. Danke.«

Wie die meisten Mitglieder des Zugs hatte er gerötete Augen mit dunklen Schatten darunter. Beim Anblick des schmächtigen Soldaten überkam sie ein Gefühl von Mitleid. Was diese jungen Männer alles durchstehen mussten, war unmenschlich. Von einem Lager ins nächste verlegt, um, stets begleitet von Angst und Lärm, andere Menschen zu töten. Wenn sie, wie jetzt, im Lager waren, konnten sie nicht schlafen, weil sie immer noch das Pfeifen der Kugeln in den Ohren, den Geruch von Pulver in der Nase und den Geschmack von Erde und Blut im Mund hatten.

»Tut mir leid, was Ihren Freunden widerfahren ist«, sagte sie sanft. Sie nahm eine Veränderung in Risbis Blick wahr. Er musterte sie erstaunt, fast dankbar.

»Dieser ganze Stress, die Allgegenwart des Todes macht die Soldaten nervös. Und wenn sie ausspannen können, schießen sie manchmal übers Ziel hinaus. Ich will damit sagen, dass ich sie nicht verurteile. Selbst Barrow, der ganz gewiss nie mein Freund sein wird, kann ich nicht wirklich Vorwürfe machen.« Sie zuckte mit den Schultern und fügte im Scherz hinzu: »Mir wird nur übel, wenn ich ihn sehe.«

Risbi unterdrückte ein nervöses Kichern.

»Wenn Sie den wirklich kennen würden, gäbe es einiges, was Sie ihm vorwerfen könnten. Ein Besessener, ein Sexbesessener! Und … und pervers dazu.«

»Warum sagen Sie das?«, fragte Ann beiläufig.

»Er macht komische Sachen, dieser Rod. Rod ist sein Vorname, Rodney Barrow. ›Rod, der Sadist‹, so heißt er bei uns. Und das findet dieser Idiot auch noch lustig.«

»Aber warum sagen Sie, er sei ›pervers‹?«

»Er spricht nur von nackten Frauen und was er mit ihnen anstellen würde. Alles hat immer mit Sex zu tun. Und …«

Da er sich unterbrach, insistierte Ann.

»Und?«

»Und etwas stimmt mit ihm nicht. Er bastelt Fallen für Eichhörnchen, um sie zu fangen und zu enthäuten. Das macht ihm Spaß. Er sagt, er übt für den Fall, dass ihm ›ein Arschloch von der anderen Seite‹ in die Hände fällt. Dem würde dann dasselbe blühen. Anfangs dachten wir, er wollte damit nur den knallharten Macker spielen, um Eindruck zu schinden. Doch inzwischen habe ich den Eindruck, dass all das wahr ist, er glaubt, was er sagt.«

»Sie meinen, er ist ein Hartgesottener wie Harrison und Hriscek? Sind die drei viel zusammen?«

»Ja, die sind sich wohl ähnlich, doch was sie verbindet, ist mehr eine Art Macho-Rivalität als echte Freundschaft. Harrison ist ein wirklich knallharter Typ, ein ›Hitzkopf‹, wie man sagt. Hriscek ist gefährlicher, er redet nicht viel, aber wenn es aus ihm rausbricht, ist es wie eine Explosion. Ich glaube, das ist sein Schaustellertemperament«, fügte er mit leicht spöttischem Unterton hinzu.

»Sagen Sie, ich möchte Sie um einen Gefallen bitten. Einen etwas sonderbaren Gefallen.«

Risbi verschränkte die Arme vor der Brust und runzelte die Stirn.

»Also, nur weil Sie mich neulich wieder zusammengeflickt haben, können Sie jetzt nicht ...«

»Sie schulden mir nichts, es geht nur darum, dass ich Hilfe brauche und niemand anderen kenne, an den ich mich wenden könnte.«

Risbi schnitt eine Grimasse, die Ann als positives Zeichen deutete, bevor er sagte:

»Gut, dann schießen Sie mal los, worum möchten Sie mich bitten?«

47

Im Laufe des Vormittags betrat Ann die Kirche. Frewin stand zwischen den beiden Tafeln und sprach zu seinen Männern, die bei dieser sonderbaren Messe auf Bänken vor ihm saßen. Ann vermutete, dass die Militärpolizei einen Einsatz im Lager des 3. Zugs plante, um die Zelte und die Kisten mit der persönlichen Habe der Soldaten zu durchsuchen. Frewin hatte beschlossen, dem 3. Zug den Krieg zu erklären.

Ann blieb diskret etwas abseits stehen, lauschte dem Lieutenant und stellte fest, dass er nicht dabei war, einen Angriffsplan auszuarbeiten, sondern dass er die Verbrechen des Vorabends analysierte. Frewins Worte hallten in dem Kirchenschiff wider, und sie bemerkte, dass Donovan und Matters fehlten.

»... je mehr Zeit vergeht, umso mehr verwischt er seine Spuren. Doch es gibt Taten, die er nicht unter Kontrolle hat, und manche Verhaltensweisen verraten, was er wirklich ist.«

»Ausnahmsweise mal etwas Konkretes?«, erkundigte sich Baker.

»Die Persönlichkeit eines Menschen ist nicht konkret, Baker, also können Sie das auch nicht von unseren Analysen erwarten. Ich verstehe Ihre Frustration, und Sie können mir glauben, dass es mir nicht anders geht. Aber wir müssen Geduld haben, je detaillierter unsere Auswertungen sind, umso besser können wir den Mörder einkreisen, bis wir herausfinden, wer er ist. Ich denke vor allem an das, was er letzte Nacht mit den beiden Frauen gemacht hat. Alles hat seine tiefere Bedeutung, und wenn er sich nicht die Mühe gemacht hat, ihre Leichen wie die der Männer in den Brunnen zu werfen, dann deshalb, weil sie in seinen Augen nicht der Mühe wert waren.«

»Oder weil er sie uns zeigen wollte! Also wieder sein Inszenierungsbedürfnis«, schlug Conrad vor.

Frewin schüttelte den Kopf.

»Das glaube ich diesmal nicht. Es gibt keine persönliche Handschrift, keine visuellen Effekte, keine Originalität bei der Zurschaustellung der Leichen. Nein, das war reine Gewalt, die Verstümmelung der Genitalien bei den beiden Frauen. Das Gesicht der Mutter war zertrümmert, das der Tochter durch ihren zusammengekauerten Körper und das Nachthemd verborgen. Man zeigt es uns nicht, man stellt nur das Ergebnis eines Wutausbruchs zur Schau: gefolterte, zerstückelte Geschlechtspartien. Und wenn es eine vage Inszenierung gab, dann nur mit Gegenständen, die er an Ort und Stelle vorgefunden hat – eine Flasche, eine Kerze, nichts Besonderes, den phallischen Aspekt ausgenommen. Und auch der ist natürlich nicht nebensächlich. Vor allem aber hat der Mörder sich die Mühe gemacht, die Tochter ins Schlafzimmer der Eltern zu bringen. Das ist wichtig.«

»Warum?«, fragte Baker, der nicht begriff, worauf hinaus der Lieutenant wollte.

»Der Gürtel, mit dem das Mädchen gewürgt worden ist, stammt aus ihrem Zimmer, zwei offene Kartons standen auf einer Kommode – der eine war leer, in dem anderen lag noch ein abgenutzter Gürtel. Ich denke, der Täter ist hineingekommen, während sie schlief, und hat alles durchsucht, was möglich war, ohne sie zu wecken. Er hat die Gürtel gefunden und sich für den schönsten, den Sonntagsgürtel, entschieden. Darum hat er sie nicht wie die anderen Kinder mit Laken und Kissen erstickt. Der Anblick des Gürtels hat ihn an etwas erinnert.«

»Er ist als Kind mit einem Gürtel geschlagen worden!«, rief Monroe.

Frewin deutete mit dem Zeigefinger auf ihn.

»Ganz genau. Wir wissen, dass es eine wesentliche Verbindung zwischen Gewalt, Sexualität und Verbrechen gibt. Er war durch die Ermordung der Jungen bereits äußerst erregt, als er das Zimmer des Mädchens betreten hat. Dort wollte er sich etwas mehr Zeit lassen. Er betrachtet die Schlafende, empfindet aber keinerlei Empathie. Sie ist nur ein Objekt, das seinen Zorn wieder anfacht. Und er durchwühlt die Schränke und Kästen, die sich in Reichweite befinden. Der Anblick der Gürtel erweckt schmerzliche Erinnerungen, die mit einem grundlegenden Trauma seiner Persönlichkeit verbunden sind. Die Wut keimt wieder auf. Als einer, der die Gesellschaft verachtet, wählt er den schönen Sonntagsgürtel, die Symbolik ist zu reizvoll. Er würgt das Mädchen, bis es aufhört, mit Armen und Beinen zu strampeln. Die Kleine ist nicht tot, aber bewusstlos. Dann geht er ins Schlafzimmer der Eltern, um ihnen den Schädel mit dem Hammer einzuschlagen, den er in der Scheune mitgenommen hat. Bei diesem Massaker wird seine Vorgehensweise durch das bestimmt, was er zur Hand hat: Hammer, Gürtel, Laken, Flasche, Kerze, nichts als das, was er zufällig vorfindet – ein großer Unterschied zu seinen ausgeklügelten und methodischen Inszenierungen bei den vorhergehenden Verbrechen.«

»Und nachdem er den Vater und die Mutter ausgeschaltet hat, holt er die Tochter«, fügte Conrad leise hinzu.

»Das nehme ich an, denn sie hat vielleicht trotz ihres Zustands geschrien, während er sie mit dem Messer traktierte; deshalb mussten vorher alle Hausbewohner ermordet werden. Und man muss sich nach dem Grund für dieses Vorgehen fragen. Warum hat er die Tochter ins Elternschlafzimmer gebracht, um sie zu foltern, statt sie in ihrem eigenen Bett zu töten?«

»Das elterliche Schlafzimmer hat eine symbolische Bedeutung«, erwiderte Conrad.

»Das ist in der Tat die wahrscheinlichste Erklärung. Der Gürtel, das Elternschlafzimmer ... In diesem Stadium scheint die Sache eindeutig. Der Mörder hat die männlichen Leichen weggebracht und gleichzeitig eine Spur – sexueller Art – in den Frauen zurückgelassen, um zum Ausdruck zu bringen, dass der Mann allgegenwärtig ist, und zwar nicht irgendein Teil des Mannes, sondern seine Sexualorgane. Die männliche Präsenz muss nicht konkret sein, sie kommt durch die in die Scheide der beiden Frauen eingeführten Gegenstände zum Ausdruck. Und damit sind wir beim Trauma angelangt. Dieser Mann ist von seinem

Vater geschlagen und vergewaltigt worden. Daran besteht für mich kein Zweifel.«

»Und was bringt uns das de facto?«, fragte Larsson.

»Wir lernen seine Persönlichkeit immer besser kennen, bis wir schließlich genau wissen, wie er ist. Das sagt uns auch etwas über das Verhalten des Mörders gegenüber anderen Männern, über sein Verhältnis zu Autoritäten. Denn die Hierarchie – in Gestalt der Offiziere – wird, ob er will oder nicht, zu einer Art Vaterersatz für ihn, unbewusst natürlich. Nach dem, was er erlebt hat, sind ihm vermutlich Verbote und Befehle ein Gräuel. Das müssen wir im Kopf behalten.«

Monroes derbes Gesicht verzog sich zu einer angewiderten Grimasse.

»Merkwürdiger Typ. Jetzt, da wir wissen, dass er … die Kameraden töten will, die laut Horoskop an Kampftagen mehr Glück haben als er selbst, könnte man auch sagen, dass er sich rächen will, weil er als Kind kein Glück gehabt hat, oder?«

Frewin runzelte die Stirn. Das Gefährliche bei der Interpretation der Sprache des Blutes war, dass jeder, sobald er sich einmal eingeweiht glaubte, seine eigenen Schlussfolgerungen ziehen wollte, die oft in Belanglosigkeiten endeten, so wie jetzt bei Monroe. Der Lieutenant beschloss, lieber nicht darauf einzugehen, und wollte gerade fortfahren, als Baker sagte:

»Das ist ja alles schön und gut, aber bisher haben uns unsere Schlussfolgerungen nicht dabei geholfen, den Mörder ausfindig zu machen. Jedes Mal gehen wir von diesem oder jenem Charakterzug aus, aber wir haben noch immer eine ganze Liste von Verdächtigen und keinen, auf den wir konkret mit dem Finger zeigen können.«

»Bis jetzt«, warf Ann theatralisch ein. »Nach Lieutenant Frewins Ausführungen kann man unsere Liste, glaube ich, auf vier Personen eingrenzen.«

Alle Augen richteten sich auf sie. Sie löste sich von der Säule, an der sie gelehnt hatte, und trat vor die Tafel mit den Namen des 3. Zugs. Hinter sieben Namen schrieb sie eine »44«.

Captain Lloyd Morris R 44
Lieutenant Philip Piper
Adjutant Henry Clark R
Sergeant (San.) Parker Collins R 44
Corporal Douglas Regie R
Corporal Adam Houdan
Private Vladimir Hriscek R 44
Private Martin Clamps R
Private Jeremy Brodus R
Private Cal Harrison R 44
Private Peter Brolin
Private James Castello 44
Private John Traudel R
Private Rodney Barrow R 44
Private Steve Risbi
Private John Wilker R 44

»Sie alle haben vierundvierzig, dieselbe Schuhgröße wie der Mörder«, erklärte Ann. »Und unter ihnen sind Hriscek, Harrison, Barrow und Wilker, die entweder Hitzköpfe sind oder Probleme mit Autoritäten haben. Wegen seiner imposanten Statur könnte man auch Traudel dazunehmen, aber anscheinend ist er nicht aufsässig und versteht sich gut mit allen.«

»Immer derselbe«, brummte Monroe. »Dieser Harrison ist jedes Mal dabei! Hören wir auf mit den Winkelzügen und knöpfen wir ihn uns vor!«

Frewin hob die Hand, um für Ruhe zu sorgen, und wandte sich Ann zu.

»So langsam kenne ich Ihren Blick. Sie wollen doch auf etwas Bestimmtes hinaus, nicht wahr?«

Ann ließ sich nicht lange bitten.

»Wir dürfen sie nicht frontal angreifen, das würde die Männer endgültig gegen uns zusammenschweißen, und wir erreichen nichts mehr – nicht einmal ich. Außerdem halte ich das für gefährlich, da wir weder wissen, wo noch wonach wir suchen sollen. Warten wir ab, es gibt noch Fakten, die uns fehlen. Wir haben noch nicht die Horoskope von Katarina Weiss. Ich war gerade bei ihr, sie versucht, heute noch fertig zu werden. Und Sie wollten doch auch die Freundin von Rosdale verhören? Das wäre gut, denn wir haben das Geheimnis um das weibliche Symbol, das er vor seinem Tod hingekritzelt hat, noch nicht gelüftet. Er hat das nicht zufällig getan, also müssen wir der Sache nachgehen. Sie sehen, es gibt noch viele Spuren auszuwerten, bevor wir uns auf Harrison und Konsorten stürzen.«

Frewin nickte.

»Und Ihre Theorie von einem weiblichen Mörder?«, fragte er sie vor seinen Männern.

Ann war überrascht, denn sie hatte nicht erwartet, dass er eine so gewagte Theorie vor dem Team diskutieren würde.

Sie blickte von einem zum anderen, und alle Männer schauten sie an.

»Das ist nur eine Möglichkeit, die man nicht außer Acht lassen darf.«

»Eine Frau?«, rief Baker empört. »Das ist ausgeschlossen …«

»Im Gegenteil«, fiel ihm Frewin ins Wort. »Wenn der Mörder eine Frau wäre, würde das so manches erklären.«

»Glauben Sie etwa daran, Lieutenant?«, fragte Larsson verblüfft.

»Selbst wenn ich nicht wirklich daran glaube, schließe ich die Hypothese nicht aus. Man kann nie wissen.«

»Aber es gibt doch keine Frauen hier – oder fast keine«, schloss der blonde Hüne.

Frewin deutete auf Ann.

»Doch. Und Katarina Weiss und die anderen Sekretärinnen und Krankenschwestern. Sicher, alles deutet von Anfang an auf den 3. Zug hin, und diese Hypothese hätte nur Hand und Fuß, wenn die Frau sehr gut informiert wäre. Trotzdem möchte ich Sie bitten, diese Idee – so verrückt sie auch sein mag – im Hinterkopf zu behalten.«

»Warum sollte es dann nicht gleich einer von uns sein, wenn wir schon so weit gehen?«, spottete Monroe.

»Das ist bereits das zweite Mal, dass Sie das sagen, Eliot«, erwiderte Frewin. »Übrigens haben Sie Schuhgröße vierundvierzig so wie Conrad, Matters, Donovan und ich selbst, das habe ich überprüft.«

»Das ist die am meisten verbreitete Größe in der gesamten Armee«, erwiderte Conrad.

Frewin sah seine Männer an, die verstört waren, derart verdächtigt zu werden, und schenkte ihnen eines seiner seltenen Lächeln.

»Wie dem auch sei, Miss Dawson hat vielleicht recht. Warten wir mindestens bis heute Abend, bevor wir beim 3. Zug eingreifen.«

»Schon wieder warten!«, protestierte Monroe in seiner Ecke.

Frewin hob die Stimme.

»Auch ich habe Lust, die Sache aufzuklären, aber die Mäßigung, zu der Miss Dawson rät, ist vielleicht keine schlechte Sache. Sie können jetzt gehen. Bringen Sie mir die Zeugenaussagen all derer, die unter Umständen letzte Nacht in der Nähe der Farm etwas mitbekommen haben.«

Begleitet von einem schrillen Pfeifen, zeigte Frewin auf die Kirchentür. Es war das erste Mal, dass Ann ihn gegenüber seinen Männern so streng erlebte. Sobald seine Autorität infrage gestellt wurde, verstand er es, sie zu lenken und unter Kontrolle zu bekommen. Sie gehorchten und verschwanden schnell durch die Sakristei.

Frewin wandte sich an die Krankenschwester.

»Wie sind Sie an die Liste mit den Schuhgrößen gekommen?«

»Ich habe höflich gefragt. Manchmal funktioniert das, wissen Sie?«

»Ist es der Soldat, von dem Sie schon gesprochen haben? Kann er uns noch weiterhelfen?«

Ann schüttelte den Kopf.

»Er hat es getan, weil ich nett zu ihm war und weil mich einer seiner Kameraden … belästigt hat. Aber er hat sich dieses Mal nur unter der Bedingung bereit erklärt, dass ich ihn danach definitiv in Ruhe lasse. Diese Möglichkeit können wir also künftig streichen.«

Ihre Augen waren mit einer verwirrenden Intensität auf den Lieutenant gerichtet. Frewin spürte, dass sie nicht einverstanden war mit diesem Verhältnis. *Mit der Beziehung, die wir im Moment haben. Mit dem Schweigen über das, was neulich nachts zwischen uns passiert ist. Mit meiner Haltung …*

»Hören Sie, Ann, ich …«

Die Tür flog auf, und das Tageslicht drang ins Kircheninnere. Matters kam im Laufschritt herein.

»Ich habe gerade Donovan über Funk erreicht. Er macht sich jetzt vom Basislager aus auf den Weg. Dann ist er am frühen Nachmittag hier.«

Der junge Sergeant atmete tief durch und fuhr fort:

»Mit Lisa Hiburgh.«

48

Lisa Hiburgh war etwa zwanzig Jahre alt und hatte rotes, lockiges Haar. Sie war sehr schlank und so hübsch und anmutig, dass sich die Soldaten nach ihr umdrehten. Frewin fielen ihre leuchtend grünen Augen auf, die sie noch aparter machten. Beeindruckt von der gotischen Architektur, sah sich die Sekretärin interessiert in der Kirche um. Matters, Donovan und Ann saßen etwas abseits und ließen den Lieutenant das Gespräch führen, das dieser in eine andere Richtung als Fergus Rosdale oder die Ermittlungen zu lenken versuchte. Bislang hatte er Lisa nur nach ihrem Leben, ihrer Herkunft, ihrer Familie und den Gründen für ihren Eintritt in die Armee gefragt ... Matters protokollierte alles, was sie sagte – bislang nicht viel Interessantes. Als er das Gefühl hatte, sie hätte Vertrauen gefasst und sei gesprächiger geworden, kam er auf das eigentliche Thema.

»Auf jeden Fall möchte ich mich für Ihren Besuch bedanken«, sagte er.

»Das ist doch selbstverständlich, und im Generalstab verursacht das keine Probleme, es gibt genügend Personal. Jeder Offizier hat seine Sekretärin und kann auch auf all die anderen zurückgreifen. Kurz, es stört niemanden, wenn eine mal fehlt. Und ... Ich weiß, dass Sie wegen des Todes von Fergus ermitteln.«

Frewin nickte langsam und beobachtete sie.

»Können Sie sich vorstellen, dass man mir nicht die Heimkehr angeboten hat?«, sagte sie mit kaltem Zorn, den sie nicht zu unterdrücken suchte. »Ich durfte nicht einmal seinen Leichnam sehen.«

»Wollten Sie das denn?«

Sie blickte ihn mit ihren grünen Augen an.

»Ob ich das gewollt hätte? Natürlich! Würden Sie sich nicht von einem geliebten Menschen verabschieden wollen?«

Frewin ging über ihre Frage hinweg.

»Wie lange waren Sie schon zusammen?«

Sie zögerte.

»Zehn Tage. Wir sind uns eines Mittags im Speisesaal begegnet. Sie können natürlich sagen, dass zehn Tage gar nichts sind, aber meine Gefühle waren sehr stark, Fergus war ein besonderer Mensch.«

Frewin nickte und versuchte, sie zu beruhigen.

»Die Zeit ist egal, wichtig ist das, was Sie für ihn empfunden haben. Ich wollte es nur wissen. Sagen Sie ... Kam er Ihnen in den Tagen vor seinem Ableben verändert vor?«

Sie schluckte, bevor sie antwortete:

»Nein, nicht anders als alle Männer, die auf ihren Marschbefehl warten. Unter diesen Umständen ist das schwer zu sagen. Warum?«

Frewin zuckte mit den Schultern.

»Ich versuche zu verstehen, warum er mitten in der Nacht an Bord der *Seagull* gegangen ist.«

Lisa Hiburghs Lider flatterten.

»Haben Sie eine Ahnung?«, beharrte Frewin.

»Nein. Ihre Männer haben mir die Frage schon gestellt.«

»Ja, aber an dem Tag, an dem Sie von seinem Tod erfahren haben, waren Sie, was ich gut verstehen kann, nicht in der Lage, Auskunft zu geben. Darum habe ich Sie jetzt noch einmal hergebeten. Sie haben also keine Ahnung, er hat Ihnen nichts gesagt?«

»Nein, gar nichts.«

»Und wissen Sie, ob er mit jemandem engeren Kontakt hatte, den er vielleicht in dieser Nacht getroffen hat?«

»Nein, davon weiß ich nichts.«

»Hatte er Freunde auf der Basis?«

»Die Männer aus seinem Zug, glaube ich.«

Die junge Frau war reservierter geworden, ihre Ausführungen waren knapper. *So als wollte sie das Thema wechseln*, dachte Frewin.

Er beschloss nachzuhaken.

»War Rosdale schwermütig? War er depressiv?«

»Nein, absolut nicht ... Vielleicht etwas nervös wegen des bevorstehenden Angriffs, aber bestimmt nicht depressiv! Warum? Sie glauben doch nicht etwa, dass er sich ... umgebracht hat?«

»Ich muss alle Hypothesen ins Auge fassen«, log Frewin, der Lisa Hiburgh emotional aufrütteln wollte.

»Nicht er! Nicht Fergus! Niemals hätte er das getan!«

Frewin wollte sie weiter provozieren, um die letzten Barrieren zu brechen und an ihre Gefühle zu appellieren.

»Es tut mir leid, Ihnen diese Frage stellen zu müssen, aber wissen Sie, ob Fergus Rosdale sich außer mit Ihnen noch mit jemand anders getroffen hat?«

»Sie meinen mit einer anderen Frau?«

»Oder mit einem Mann, alles ist möglich.«

Sie schüttelte den Kopf.

»Natürlich nicht! Ich habe Ihnen doch gesagt, ich kannte ihn noch nicht lange, aber ich hatte ein gutes Gefühl, er war nicht so einer.«

»Trotzdem ist er mitten in der Nacht freiwillig an Bord der *Seagull* gegangen, ohne dass Sie etwas davon gewusst hatten?«

»Nein, nein, es ist nicht, wie Sie denken, er hatte keine Geliebte!«

»Nicht, wie ich denke? Warum? Wissen Sie mehr als ich?«

Sie sah ihn an wie ein in die Enge getriebenes Tier. Dann aber blitzten ihre Augen zornig auf, voller Ärger, weil sie in die Falle getappt war.

»Kommen Sie«, sagte Frewin in ruhigem, verbindlichem Ton. »Wie wäre es, wenn Sie mir alles erzählen würden?«

Sie öffnete den Mund, und ihre grünen Augen blickten zu den Schatten im Kirchenschiff. Da keine Antwort kam, drängte Frewin weiter:

»Mit Ihrer Hilfe könnten wir uns vielleicht der Wahrheit nähern und herausfinden, was wirklich in dieser Nacht in der Mannschaftsmesse passiert ist. Sie allein können Licht in das Verbrechen bringen.«

»Fergus war ein guter Typ«, entgegnete sie mit einem plötzlichen Anflug von Aggressivität. »Sie könnten ihn vorschnell verurteilen, weil Sie ihn nicht so kennen wie ich.«

»Wenn Sie mir nichts sagen, muss ich das Schlimmste annehmen, Lisa. Ich will Fergus Rodsales Andenken nicht verunglimpfen, falls Sie das befürchten sollten.«

Sie schluckte und sah den Lieutenant an, ihr Blick war jetzt nicht mehr so hart, eher flehend.

»Am Tag vor seinem Tod ist ein Soldat zu mir gekommen. Ein Freund von Fergus. Er war verlegen, er wollte mir ein Geheimnis anvertrauen und mich um Hilfe bitten. Fergus ertrug die Situation schlecht, das ist richtig, es ging ihm nicht gut. Aber er hatte keine Selbstmordabsichten, Lieutenant, das müssen Sie mir glauben. Er war sanft wie ein Lamm und hatte einen guten Kern, nur der Krieg machte ihn krank. Darum hat er angefangen, sie zu nehmen, um zu vergessen.«

»Drogen?«

Sie nickte, und Tränen traten in ihre Augen.

»Ja, ich wollte es erst nicht glauben, aber der Typ schien Fergus gut zu kennen. Und er hat gesagt, wir könnten ihm helfen. Er wollte mit ihm reden, doch seit geraumer Zeit ginge ihm Fergus aus dem Weg. Also haben wir dieses nächtliche Treffen auf der *Seagull* arrangiert.«

»Sie und der Mann?«

»Er war es ...«

»Und warum die *Seagull*?«

»Er hat mir gesagt, es wäre dort leichter für ihn, und wenn ich Fergus sagen würde, er solle mich dort treffen, würde ihn das nicht weiter überraschen, da ich mich auf der *Seagull* einschiffen sollte.«

Frewin sah sie argwöhnisch an.

»Lisa, warum haben Sie uns all das verheimlicht?«

»Weil Sie Fergus für einen Drogensüchtigen gehalten hätten. Sie hätten sein Andenken beschmutzt.«

Ohne zu antworten, beugte sich Frewin zu ihr hinüber.

»Lisa, kennen Sie den Namen des Mannes, der zu Ihnen gekommen ist?«

Sie reagierte beleidigt.

»Natürlich kennen ich ihn. Es ist ein Soldat aus der Kompanie Raven. Vladimir Hriscek. Ich musste ihm schwören, nichts zu sagen. Ich hoffe, Sie sind zufrieden, dass ich meinen Schwur gebrochen habe.«

49

Die rothaarige Sekretärin berichtete, wie sie Vladimir Hriscek geglaubt hatte. Frewin ließ sich den Mann beschreiben: Groß, blond, ein gezeichnetes Gesicht und falsche Vorderzähne. Kein Zweifel, das war er. Hriscek hatte sie gebeten, mit Fergus ein Rendezvous für die nächste Nacht im Speisesaal auf Deck C der *Seagull* zu vereinbaren. Darum hatte Rosdale also kein Licht gemacht. Er glaubte, seine Liebste dort zu treffen.

Lisa sollte aber nicht hingehen. Hriscek würde allein mit Fregus reden, um ihn von den Drogen abzubringen. Weil sie Freunde waren. Lisa Hiburgh hatte diese Lüge geglaubt und dem Mörder die Arbeit erleichtert. Am frühen Abend war Hriscek zu ihr gekommen, um sie zu bitten, das Treffen abzusagen, aber es war zu spät, Lisa konnte Fergus nicht mehr erreichen. Hriscek hatte sie beruhigt und ihr versichert, sie würden sich am nächsten Tag sehen. In Wirklichkeit war es ein abgekartetes Spiel, da er wusste, dass sie Fergus ab einer bestimmten Zeit nicht mehr erreichen konnte. Indem er erklärte, sich nicht zu dem Treffpunkt begeben zu können, stellte Hriscek sicher, dass die Sekretärin ihn nach dem Verbrechen nicht verdächtigen würde. Sie würde glauben, dass sich der Mord zufällig ereignet hätte und nicht, dass Hriscek das Spiel manipuliert hatte. Es war ein perfider und für den Mörder äußerst gefährlicher Plan. Zunächst musste er sich Lisa Hiburghs Naivität sicher sein, dann ihrer Liebe zu Fergus und ihrer Angst, er könnte für einen Drogensüchtigen gehalten werden, um davon ausgehen zu können, dass sie verschwieg, was sie wusste. Dieser Plan basierte auf viel zu vielen Bedingungen und Unwägbarkeiten.

Das sieht unserem Mörder gar nicht ähnlich. Dazu ist er viel zu clever. Er bereitet seine Sachen besser vor, das passt nicht zu ihm …

Ann erhob sich und nahm neben der Sekretärin Platz, und zu Frewins großer Verwunderung fragte sie:

»Waren Sie mit Hriscek allein, als Sie diesen Plan ausgeheckt haben?«

Lisa sah die Krankenschwester überrascht an.

»Ja«, antwortete sie schließlich.

»Und Sie hatten ihn nie zuvor gesehen?«

»Nein, ich glaube nicht.«

»Woher wussten Sie dann, dass die beiden gute Freunde waren?«

»Weil er es mir gesagt hat«, erwiderte Lisa ungeduldig. »Er

hat mich gefragt, ob ich bemerkt hätte, wie unruhig er war, und das stimmte. Er hat mir erklärt, das käme von den Drogen.«

»Aber vorhin haben Sie doch selbst gesagt, dass alle Männer vor der Schlacht nervös seien. Fergus war vielleicht nur extrem angespannt, wie die anderen Männer auch …«

»Worauf wollen Sie hinaus?«, fragte Lisa plötzlich gereizt.

Ann hob beschwichtigend die Hand.

»Auf gar nichts, ich versuche nur zu verstehen, was geschehen ist …«

»Aber wer sind Sie überhaupt? Das ist doch die Tracht der Krankenschwestern? Was haben Sie mit der Militärpolizei zu tun?«

Frewin hatte Anns Eingreifen offensichtlich nicht gefallen, doch er hatte sie gewähren lassen, um nicht Uneinigkeit in den eigenen Reihen zu zeigen und damit Lisa Hiburghs Position zu stärken. Als er hörte, dass die Sekretärin jemanden aus seinem Team in Frage stellte, griff er ein.

»Miss Dawson arbeitet mit uns. Ich wäre Ihnen dankbar, wenn Sie Ihren Ton mäßigen würden, ich darf Sie daran erinnern, dass wir uns in einem Gotteshaus befinden.«

Ann hätte beinahe laut losgelacht. Das musste ausgerechnet er sagen, der dieser religiösen Stätte so wenig Respekt zollte.

»Tut mir leid, wenn ich etwas heftig war«, entschuldigte Ann sich. »Ich habe eine letzte Frage, dann lasse ich Sie in Ruhe.«

Frewin, dem es nicht passte, dass Ann ohne seine Einwilligung das Verhör führte, verschränkte die Arme vor der Brust. Und er traute seinen Augen nicht, als sie sich jetzt vor die Sekretärin kniete, die Hände auf die ihren legte und ihr zuflüsterte:

»Hatten Sie, ehe Sie mit Fergus zusammen waren, eine Beziehung zu anderen Soldaten? Das bleibt natürlich unter uns, aber glauben Sie mir, es ist wirklich wichtig, dass Sie mir ehrlich antworten.«

Lisa schien verstört und warf dem Lieutenant einen kurzen Blick zu.

Ann beharrte:

»Ich weiß, wie es ist, wenn man sich nach Wärme sehnt, Lisa. Wenn man etwas Zärtlichkeit braucht. Sagen Sie mir seinen Namen? Vielleicht waren es ja mehrere, auch das ist keine Schande ...«

»Nein, nicht mehrere. Es gab vorher einen Soldaten, von dem ich dachte, er wäre zärtlich und liebevoll, doch er war ein Schürzenjäger, der alle verführt hat. Er heißt James Costello, ein erbärmlicher Typ!«

Ann lächelte scheinbar mitleidig, doch in Wirklichkeit triumphierte sie. Alles erklärte sich. Costello gehörte zum 3. Zug der Kompanie Raven. Er war ein Freund von Harrison und Hriscek, der sich mit allem Möglichen brüstete, ein »Großmaul«, wie die anderen sagten. Er hatte seinen Kameraden von Lisa Hiburgh erzählt, von ihrer Unbedarftheit und Naivität und wie leicht man ihr etwas vormachen konnte. Hriscek hatte sich daran erinnert, als er seinen Mord plante. Wie war er vorgegangen? Hatte er eine Liste mit den Namen der Soldaten erstellt, deren Horoskop Glück verhieß? Aber Rosdale gehörte nicht derselben Kompanie an wie Hriscek. *Er konnte beim ersten Mal keinen seiner engen Kameraden töten. Auf der* Seagull *lebten sie zu dicht beieinander. Unmöglich, einen von ihnen unbemerkt in eine Falle zu locken. Also hat er in einer der benachbarten Kompanien getötet, die mit ihnen zusammen an die Front gehen sollten. Dort hat er die Soldaten ausgewählt, deren Horoskop am meisten Glück verhieß, und zu denen gehörte auch Rosdale. Er erinnerte sich an die Spötteleien über das Mädchen, das jetzt die Freundin seines auserwählten Opfers war. Die Sache war perfekt.* Wie lange hatte er die Tat vorbereitet und wie viele potentielle Opfer beobachtet, ehe der Zufall ihm die Sache bei Rosdale erleichterte?

Doch Ann war nicht von Hrisceks Schuld überzeugt. Denn er wäre bei diesem ersten Mord enorme Risiken eingegangen. Alles stand und fiel mit Lisa Hiburgh: Wenn sie bei der MP auspackte, konnten sie ihn überführen. Doch der Täter war intelligent.

Eine Hand legte sich auf ihren Arm.

»Kann ich Sie sprechen?«, fragte Frewin und zog sie beiseite. »Was soll das Ganze eigentlich?«

»Ich finde das heraus, was sie keinem Mann anvertrauen würde. Letztlich scheint mir die Spur Hriscek nicht wirklich vielversprechend …«

»Ann, sie hat ihn gerade identifiziert, alles stimmt überein: Er ist Rechtshänder, kräftig, er hat Schuhgröße vierundvierzig, er ist gewalttätig und hat Probleme mit seinen Vorgesetzten, und er steht Harrison nahe. Und selbst wenn er mit ihm befreundet zu sein scheint – all das ist nur Täuschung eines psychopathischen Egoisten. Alles passt zusammen!«

Ann war bemüht, vor Erregung nicht die Stimme zu heben.

»Der Mord an Rosdale beruht auf der ungewollten Komplizenschaft dieser Frau, auf ihrer Verschwiegenheit. Wenn Hriscek wirklich der Mörder wäre, hätte er sich dadurch in eine sehr gefährliche Lage gebracht. Das würde diesen Mord von den anderen Morden unterscheiden, die von einem überdurchschnittlich intelligenten Menschen perfekt vorbereitet wurden.«

»Es war der erste«, gab Frewin zu bedenken. »Ein Mörder, so intelligent er auch sein mag, begeht beim ersten Mal nie ein perfektes Verbrechen. Seine Tötungsfantasien waren schon lange existent, und als sich dann eine Gelegenheit bot, hat er sie beim Schopf ergriffen. Ann, Männer dieser Art beherrschen sich jahrelang, bis eines Tages der Druck zu stark wird. Äußerer Stress reicht aus, um eine solche Explosion auszulösen, die ihn die Tat ausführen lässt. Genau das ist hier geschehen. Mit mehr oder weniger Erfolg. Erst danach hat er alles analysiert und die nächsten Verbrechen sorgfältiger vorbereitet, um sie perfekt zu machen. Und durch diese Fähigkeit, die anderen Morde noch besser zu planen, beweist er seine Intelligenz.«

Ann schwieg. Frewin hatte nicht unrecht. Sie wollte Hriscek zum perfekten Mörder machen. Darin erkannte sie ihre Obsession, ihren Wahn, der immer stärker wurde, je länger sie die dunkle Seite des Menschen zu ergründen versuchte. Aber Hriscek war nur ein Mann mit Schwächen und beeinflusst von seiner Entwicklung. *Hriscek hat Rosdale und die anderen getötet. Weil sie ihrem Horoskop zufolge am Tag der Kämpfe mehr Glück haben würden als er selbst. Weil Vladimir Hriscecks Lebensauffassung auf Gewalt beruht und das Töten die höchste Ausdrucksform dieser Dynamik ist. Weil das Töten das stärkste und erregendste Gefühl auslöst, das er zu empfinden vermag – er, der sonst kaum etwas spürt außer Wut, Hass und die Demütigungen seiner Kindheit.*

Plötzlich nahmen die Details in Anns Kopf Form an. Astrologie … Töten … Kindheit … Eltern. *Seine Eltern waren Schausteller. Sie waren Schausteller, ein Milieu, das nicht weit entfernt von Wahrsagern und Astrologie ist!*

Da sie nicht antwortete, wandte sich Frewin wieder Lisa Hiburgh zu.

Sicherheit! Ich brauche aber Sicherheit!

Ann zog sich aus dem Kerzenlicht zurück und verließ die Kirche, Donovans verwunderter Blick folgte ihr.

Hriscek war vielleicht doch der Mann, den sie suchten.

Als Ann ins Freie trat, musste sie schützend die Hand vor die Augen halten, derart blendete sie das Sonnenlicht.

Und so konnte sie die imposante Gestalt nicht erkennen, die ihr entgegenkam.

Der Schatten traf sie mit voller Wucht.

50

Ann prallte mit dem Rücken gegen die verwitterte Kirchenmauer und rang nach Luft.

Ihr gegenüber rappelte sich jemand mühsam und schimpfend auf.

»Ich habe Sie nicht gesehen, ich war ganz in meine Notizen vertieft.«

Ann blinzelte in das helle Licht und erkannte die füllige Gestalt, die sich den Staub vom Ärmel klopfte. Ihre Stimme war etwas rau wie die eines Rauchers. Katarina Weiss.

»Ihr Lieutenant schuldet mir, wenn wir wieder in der Heimat sind, ein Festessen«, sagte sie. »Für all die Arbeit, die er mir in so kurzer Zeit abverlangt hat. Aber eigentlich ist das angenehmer als mein Alltag im Generalstab!«

Ann massierte ihre schmerzende Schulter.

»Haben Sie die Horoskope des 3. Zugs fertiggestellt?«

»Ja, einen groben Überblick.«

»Und haben Sie eine Liste derjenigen anfertigen können, die während der Fronteinsätze einen Glückstag hatten?«

Katarina wiegte den Kopf hin und her.

»Ja, aber wie ich schon sagte, das mit dem ›Glücksbarometer‹ funktioniert nicht so einfach. Es ist eher ein Zusammentreffen verschiedener positiver Umstände, die den Erfolg dieser oder jener Unternehmung ausmachen, und wenn diese günstigen Umstände zahlreich sind, spricht man von einem sogenannten ›Glückstag‹.«

Das letzte Wort hatte sie in imaginäre Anführungszeichen gesetzt.

»Zeigen Sie mal«, sagte Ann und trat neben die Sekretärin.

Katarina blätterte in ihren Notizen, bis sie zu einer Auflistung von Namen, Geburtsdaten und -orten und den dazugehörigen Zusammenfassungen kam. Ann streckte die Hand aus und zog die Seite heraus, auf der der Name Hriscek stand. Die Erklärungen waren eher theoretisch, unter Bezugnahme auf Gestirne, deren Namen ihr unbekannt waren.

»Was bedeutet das? Was haben Sie über Vladimir Hriscek herausgefunden?«

Katarina runzelte die Stirn und nahm der Krankenschwester die Seiten wieder ab, um ihrem Gedächtnis auf die Sprünge zu helfen.

»Ach ja, der. Nun, wenn Sie eine … Klassifizierung wollen, dann würde er an jedem Kampftag im oberen Bereich liegen. Nicht an der Spitze, aber unter den Ersten.«

Das passt, dachte Ann. *Er hatte an den Kampftagen nicht das meiste Glück, aber um mit Sicherheit auf den vorderen Plätzen zu sein, hat er den jeweiligen »Glückspilz« eliminiert. Um von Irrläufern, Granaten und Minen verschont zu bleiben. Hriscek tötet, um zu überleben.*

»Danke«, sagte sie und entfernte sich, »bringen Sie das bitte Lieutenant Frewin in die Kirche.«

Katarina sah der Krankenschwester mit großen Augen nach, als sich diese auf ihr Fahrrad schwang, kräftig in die Pedalen trat und an der Kreuzung beim Waschhaus verschwand.

Ann hatte zum Radfahren ihren weißen Rock bis über die Knie gerafft. Ihre Strümpfe waren mit Dreck bespritzt, als sie ihr Rad in der Nähe des 3. Zugs im Wald abstellte. Sie setzte ihren Weg zu Fuß fort und erreichte, ohne das Lager durchqueren zu müssen, die südlichsten Zelte, von denen Steve Risbi eines bewohnte. Der Soldat mit dem Rotschopf saß auf einem Baumstamm und putzte sein Präzisionsgewehr. Ann ging zu ihm.

»Sie schon wieder!«, rief er, eher, um etwas zu sagen, als aus Überdruss.

»Entschuldigen Sie, Steve, Sie sind der Einzige, an den ich mich zu wenden wage. Ich brauche eine letzte Auskunft.«

Er schüttelte heftig den Kopf.

»Nein, aus und vorbei. Ich bin es leid, den Spitzel zu spielen, und ich sage Ihnen noch was: Ich habe auch keine Lust mehr, Sie dauernd hier zu sehen. Halten Sie mich nicht für blöd. Ich weiß, dass Sie mit den Kerlen von der Militärpolizei gemeinsame Sache machen. Wenn die MP etwas wissen will, soll sie herkommen und mich fragen.«

Ann seufzte und presste die Lippen zusammen.

»Das ist nicht so einfach«, gestand sie schließlich, »der ganze Zug hat sich gegen die MP verbündet.«

»Nicht ohne Grund! Selbst wenn wir Harrison nicht wirklich mögen, hätten die ihn nicht so abführen dürfen. Sicher, er ist kein Heiliger, aber trotzdem gibt es bestimmte Umgangsformen, auch bei der Armee, auch im Krieg! Schließlich leben wir alle im selben Lager, das haben wir wenigstens angenommen.«

Ann kniete sich hin, sah Risbi in die Augen und sagte in vertraulichem Ton:

»Nicht die Militärpolizei versucht uns gegeneinander auszuspielen, sondern der Kerl, der mehrere Ihrer Kameraden umgebracht hat. Das dürfen Sie nicht vergessen. Und alles deutet darauf hin, dass es jemand aus diesem Zug ist. Ich bitte Sie also zum letzten Mal: Helfen Sie mir!«

»Ich mag Sie, darum habe ich Sie nicht schon längst zum Teufel geschickt, aber Sie dürfen nicht mehr herkommen. Die Jungs haben mir gesagt, sie hätten Sie mit dem Lieutenant von der MP gesehen.«

»Das stimmt, aber nehmen Sie sich trotzdem vor Gerüchten in Acht, unter Ihnen gibt es einen gemeinen Mörder. Ich verspreche Ihnen, dass es das letzte Mal sein wird. Ich will nur wissen, ob ich mich nicht verhört habe: Hrisceks Eltern sind Schausteller, nicht wahr?«

Risbi legte sein Gewehr beiseite und seufzte, den Blick auf den Wald gerichtet.

»Sie geben nicht auf, was?«, meinte er. »Wenn es um Hriscek geht, dürfen Sie sich nicht an mich wenden. Gehen Sie zu Costello, Harrison oder Collins, die kennen ihn viel besser als ich.«

»Wer von denen wird mir am ehesten etwas verraten?«

Risbi runzelte die Stirn.

»Vielleicht Collins. Das ist der Sanitäter und der Cleverste von den dreien.«

Ann erhob sich.

»Ist Hriscek Ihr Hauptverdächtiger?«

»Vielleicht.«

»Falls es so ist, wünsche ich Ihnen viel Glück. Harrison ist im Vergleich zu ihm ein Waisenknabe.«

Er griff wieder nach seiner Waffe und überprüfte das Zielfernrohr. Ann musterte den schmächtigen Soldaten, der nicht stark, aber fähig war, jemanden aus mehr als hundert Metern Entfernung zu töten. Wieder einer jener Männer, die hier nichts zu suchen hatten. Er war kein Abenteurer und erst recht kein Kriegsbesessener.

»Danke, Steve, Sie sind wirklich nett.«

Er lachte spöttisch und meinte:

»Das schreibt mir meine Freundin jede Woche! Wenn Sie wüssten, wie egal es einem hier ist, ob man nett ist!«

Sergeant Parker Collins rauchte, an eine Buche gelehnt, genüsslich eine Zigarette. Sein Gesicht war in eine Rauchwolke gehüllt, als Ann auf ihn zutrat.

»Ein Sanitäter, der raucht? Kein gutes Vorbild«, sagte sie, als sie vor ihm stand.

»Und Politiker, die den Krieg erklären, gehen die mit gutem Beispiel voran?«

»Eins zu null für Sie!«

»Was kann ich für Sie tun?«

»Ehrlich gesagt, viel. Es heißt, dass Sie Hriscek gut kennen.«

»So oft, wie ich seine Wunden versorgt habe, schon. Er ist verrückt nach seinem Gewehr. Er fürchtet sich vor nichts, nicht mal davor, dass man ihm das Fell über die Ohren zieht. Aber er hat immer Glück, bekommt selten mehr als einen Kratzer ab!«

Ann lächelte insgeheim, als er von Glück sprach.

»Es heißt, seine Eltern sind Schausteller, oder?«

»Warum, sind Sie scharf auf ihn?«

»Ich weiß gerne, wer die Leute sind, mit denen ich zu tun habe.«

»Ja, ich glaube, dass sie Schausteller waren, aber sie sind zu Beginn des Krieges bei einem Bombenangriff ums Leben gekommen.«

»Schlimm für ihn … Und wissen Sie, ob er sich auch für … Sachen wie die Astrologie interessiert?«

Parker Collins grinste.

»Soll er Ihnen aus der Hand lesen oder was?«

»Tut er das denn?«

»Einige Jungs aus dem Zug lassen sich von ihm gerne die Lebenslinie deuten. Kann man verstehen, wenn man bedenkt, dass er Gazinni gesagt hat, seine Linie würde in der Mitte abbrechen! Und drei Tage später ist der Arme erschossen worden.«

Nun gab es keinen Zweifel mehr. Er war kräftig genug, um die Morde begangen zu haben, er war Rechtshänder, hatte Schuhgröße vierundvierzig und Kenntnisse in der Handliniendeutung, was von einem gewissen Interesse an Esoterik zeugte. Er war ein »Freund« von Costello und hatte gehört, wie dieser von seiner früheren Freundin Lisa Hiburgh und von ihrer Naivität erzählt hatte. Er wusste, dass Cal Harrison einen idealen Verdächtigen abgab und hatte die Ermittler auf die falsche Fährte gelockt, als er den abgetrennten Kopf von Rosdale in seiner Kiste deponiert hatte. Hriscek stand in dem Ruf, ein Draufgänger zu sein, und alle kannten ihn, selbst die aus den anderen Kompanien. Er konnte Gavin Tomers und Clifford Harris leicht zu sich bestellt haben. Er war jemand, dem man den Wunsch nicht abschlug, wenn er einen treffen wollte. Hriscek war ihr Mann.

»Ist er in seinem Zelt?«, fragte sie.

»Nein, er ist mit Captain Morris und einigen anderen losgezogen, um ein paar aufrührerische Geister zur Ordnung zu rufen. Da werden Sie sich etwas gedulden müssen, junge Frau.«

Den letzten Satz hatte er in etwas anzüglichem Ton gesagt.

Ann zwinkerte ihm zu.

Sie hatte Wichtigeres zu tun, als ihn Respekt zu lehren.

Das Zelt des Mörders stand ihr offen.

51

Ann lief an den Vorräten und Sandsäcken vorbei, die in der Nähe der Lastwagen gestapelt waren. Sie passierte das erste Zelt, hielt beim zweiten an, vergewisserte sich kurz, dass niemand sie beobachtete, und trat ein.

Drinnen war es deutlich wärmer. Stoffbahnen trennten die einzelnen Schlafplätze der Soldaten voneinander ab. Ann hatte nicht die geringste Ahnung, welches das Feldbett von Vladimir Hriscek war. Eine dicke schwarze Fliege surrte zwischen den Zeltbahnen umher. Sie schob die erste Bahn zur Seite und untersuchte das Feldbett, auf dem ein gefaltetes Armeeunterhemd lag, sowie den Feldbecher und die Flasche, die auf dem Tisch standen. Sie hob die kakifarbene Weste hoch, die als Kopfkissen diente, und las den in gelben Buchstaben auf der Metallkiste vermerkten Namen. »Martin Clamps«, daneben die Registrierungsnummer.

Sie ging zum nächsten Abteil und suchte wieder nach dem Namensvermerk auf der Kiste. Auf diese Weise verfuhr sie mit allen Abteilen, bis sie schließlich zum letzten Abteil kam. »Vladimir Hriscek« stand dort in Gelb. Ann kniete sich vor die Kiste, hob den Deckel und durchwühlte den Inhalt, der aus Wäsche und ein paar zerknitterten Briefen bestand. Nichts Besonderes.

Auf der anderen Seite der Stoffwand näherten sich Schritte. Ann spürte, wie ihr Herz zu rasen begann. Wenn Hriscek sie hier überraschte … Besser nicht darüber nachdenken und sich auf die Suche konzentrieren. Was gab es sonst noch in diesem Abteil?

Rein gar nichts … Alles war sehr spartanisch. Hatte er vielleicht ein Versteck? *Unter dem Bett!* Ann beugte sich vor und tastete den dunklen Platz unter seinem Feldbett ab. Ihre Finger förderten eine Metalldose zutage. Sie riss den Deckel hoch wie eine Verhungernde angesichts einer Essensration.

Ein kleines, dickes Buch kam zum Vorschein.

Almanach eines halben Jahrhunderts – alles Wissenswerte über die Astronomie der letzten 50 Jahre, las sie. Es folgte eine Reihe von Falttafeln aus Karton. *Ephemeriden, diese Tabellen der Planetenumlaufbahnen.* Schließlich ein zweimal gefaltetes Blatt, das, als Ann es öffnete, eine Reihe von Namen, Orten und Geburtsdaten offenbarte. Die gesamte Kompanie Raven war dort aufgelistet – alle drei Sektionen.

Ganz unten fand Ann eine Angelschnur und einige Angelhaken.

Es war alles da. Die Funde wären bei einer gewöhnlichen Untersuchung als belanglos eingestuft worden. Doch die Umstände hatten sich geändert. Zum jetzigen Zeitpunkt genügten diese Gegenstände als Beweise gegen Hriscek.

Ann zögerte. Sollte sie die Dose zurückstellen und Frewin benachrichtigen, damit er mit seinen Leuten kommen konnte? Und wenn Hriscek die Sachen in der Zwischenzeit verschwinden ließ? *Wenn er das gewollt hätte, hätte er es schon längst getan. Aber er weiß ja nicht, dass wir ihm auf die Schliche gekommen sind.*

Sie richtete sich auf, als sie von draußen eine Gruppe von Männern näher kommen hörte. Sie musste schleunigst verschwinden, Hriscek konnte einer von ihnen sein.

Als sich Ann kurz darauf im Mittelgang befand, wurde ihr schlagartig klar, dass die Stimmen vom Eingang kamen. *Ich bin erledigt*, dachte sie, als sie im Dämmerlicht die Männer auf sich zukommen sah. *Es gibt keinen anderen Ausgang.* Hastig sah sie sich nach einer Alternative um und erinnerte sich plötzlich, wie Risbi einfach die Stoffbahn angehoben hatte, um sie hereinzulassen. Sie stürzte in Hrisceks Abteil, kniete sich hin und hob die Zeltwand ein Stück hoch.

Hinter ihr traten die Männer ein. Wenn Hriscek unter den Ersten war und sofort zu seinem Bett ging, säße sie in der Falle.

Zuerst schob Ann ihren Kopf unter der Plane hindurch.

Dann die Schultern.

Die Stimmen kamen mittlerweile aus dem Zelt und schienen schon ganz nah.

Nun die Hüften.

Ann stützte sich mit den Händen ab und zog die Beine nach.

Sie war fast draußen, als ihr Fuß sich verhedderte.

Ein metallisches Scheppern.

Die Dose! Sie hatte ihr einen Tritt versetzt. Eine Stimme im Zelt geriet ins Stocken.

Ann zog die Beine ruckartig an und sprang auf, um wegzurennen, als jemand das Schlafabteil betrat.

Sie lief in Richtung Wald, um das Lager von außen zu umrunden und zu ihrem Rad zu gelangen. Auf keinen Fall wollte sie den direkten Weg nehmen. *Nichts wie weg! Hoffentlich sieht mich keiner! Bloß niemandem über den Weg laufen!*

Als sie die ersten Farne zur Seite schob, riskierte sie dennoch einen flüchtigen Blick zurück.

Was sie sah, ließ ihr das Blut in den Adern gefrieren.

Hriscek war ihr auf den Fersen und ließ sie nicht aus den Augen. Er hatte sie also gehört und war wie sie unter der Zeltwand hindurchgekrochen. Er war hinter ihr her.

Kehr um, lauf in ein anderes Zelt, bitte die Soldaten dort um Hilfe! Doch sogleich realisierte sie, dass das keine gute Idee war. Wem würden die Männer glauben?

Ann spannte ihre Muskeln an und rannte, so schnell sie konnte, weiter. Zwischen den Baumstämmen hindurch.

In den Wald.

Als die Vegetation dichter wurde, drängte sich ihr ein

unheilvolles Bild auf: Sie sah, wie die Beute vor der Bestie floh.

Die Jagd hatte begonnen!

52

Ann lief zwischen den hohen Dornenbüschen hindurch.

Nach etwa hundert Metern verbarg sie sich hinter dem Stamm einer Eiche. War Hriscek ihr in den Wald gefolgt?

Das Geräusch ihres keuchenden Atems übertönte alles. Sie hielt die Luft an und lauschte angestrengt.

Das Säuseln des Windes in den Blättern.

Etwas entfernt das Knarren von Ästen.

Plötzlich ein Knacken.

Er ist da! Ann riskierte einen Blick in Richtung des Geräuschs.

Hriscek lief, sich nach rechts und links umblickend, in ihre Richtung. Sie konnte sein vernarbtes Gesicht genau erkennen.

Gleich würde er sich auf sie stürzen.

Sie drehte sich um und rannte weiter. Sofort spürte sie, dass er ihre Verfolgung aufnahm. Sie beschleunigte ihr Tempo, bog die Zweige mit den Armen auseinander, die bald von Kratzern überzogen waren. Die Schritte hinter ihr kamen näher. Er war ihr jetzt dicht auf den Fersen.

Der Boden war uneben und der Wald, ein Gemisch aus Dornensträuchern, Farnen, Zweigen und Baumstämmen, wurde immer dichter. Sie hatte nicht genug Vorsprung, um unbemerkt in einem natürlichen Versteck Schutz suchen zu können. Er würde sie dabei beobachten.

Sie hörte das Keuchen ihres Verfolgers. Ganz nah.

Ihre Beine schmerzten, die Muskeln krampften sich zusammen, ihr Rock behinderte sie beim Laufen, doch sie hatte nicht die Zeit, anzuhalten und ihn zu zerreißen.

Plötzlich ein Knacken. Direkt hinter ihr.

Nur noch wenige Schritte, und er hätte sie eingeholt.

Sie wich einem Zweig aus, der ihr beinahe ins Gesicht geschlagen wäre.

Trotz ihrer Erschöpfung keimte eine Idee in ihr auf.

Die Luft drang in ihre Lunge, doch es wollte ihr nicht gelingen, sie wieder auszustoßen. Alles um sie herum begann sich zu drehen. Ihre Beine wurden steif, die Muskeln verkrampften sich, ihr Tempo verlangsamte sich.

Plötzlich entdeckte sie einen kräftigen und biegsamen Ast und lief darauf zu.

Etwas streifte ihr Haar.

Er ist da! Er versucht, mich bei den Haaren zu packen!

Ann umfasste den Zweig mit beiden Händen und zog daran, bis er gespannt war wie ein Bogen. Dann ließ sie los.

Das Holz pfiff durch die Luft und schlug Hriscek gegen den Oberkörper.

Er strauchelte und fiel hintenüber. Ann rang mit weit aufgerissenem Mund nach Luft. Sie rutschte aus, ihre Beine zitterten vor Anstrengung. Sie konnte nicht mehr weiter.

Hriscek richtete sich knurrend auf.

Ann taumelte von Baum zu Baum, unfähig, schneller zu werden. Bei jedem Schritt brannten ihre Beine und ihre Lunge wie Feuer. Ihr wurde schwarz vor Augen.

Es war ihr nicht gelungen, Hriscek abzuhängen, sie musste etwas anderes finden. Schnell!

Unmöglich, nachzudenken!

Ein kräftiger Tritt in ihr Hinterteil warf sie auf den mit Tannennadeln bedeckten Boden. Der Aufprall verschlug ihr den Atem. Sie riss den Mund auf, ohne zu wissen, ob sie schreien oder atmen wollte.

Er stürzte sich auf sie.

Hrisceks Arme legten sich um sie wie eiserne Fesseln. Sein Gewicht drückte sie auf den Boden. Er setzte sich auf sie. Kaum hatte sie durchgeatmet und war wieder zu sich gekommen, zog er ihr die Arme auf den Rücken. Sie war gefangen.

»Du kleines Dreckstück …«, schrie Hriscek. »Was … hattest du in meinem Zelt zu suchen?«

Sie versuchte, ihre Arme zu befreien, und spürte einen stechenden Schmerz in den Schultern. Sie schrie auf.

»Lass mich los!«, jammerte sie keuchend.

»Dir werde ich beibringen, deine Nase in fremde Angelegenheiten zu stecken! Was hast du wirklich gesucht …? Das vielleicht?«

Er schob die Hand unter ihren Rock.

»Noch dazu trägt sie Strümpfe. Das erregt mich, weißt du das? Der Krieg geilt die Männer auf, wusstest du das nicht?«

Ann spürte, wie seine breite Hand unter ihren Slip drang und ihren Po knetete. Hriscek war nur noch ein Tier. Sie wusste, was folgen würde.

Er riss ihr das Höschen herunter. Ann drückte sich auf den Boden.

Hriscek zerrte an dem Stoff, bis er nachgab. Dabei lockerte er den Griff um ihre Handgelenke. Sie nutzte die Gelegenheit und befreite mit einem heftigen Ruck einen Arm und stützte sich darauf, um sich mit einem wütenden Brüllen zu ihrem Angreifer umzuwenden.

Hriscek hatte vor Überraschung auch den anderen Arm losgelassen und verharrte eine Sekunde reglos. Dann verzerrte ein höhnisches Lachen sein von rötlichen Narben entstelltes Gesicht. Zu seiner sexuellen Erregung gesellte sich das Gefühl der Dominanz. Ein explosiver Cocktail.

»Wir spielen jetzt ein bisschen miteinander«, keuchte er.

Ann streckte die Arme nach oben und klammerte sich an einer Wurzel fest, um sich unter Hriscek rauszuziehen. Dann ging alles sehr schnell. Auf seine körperliche Überlegenheit vertrauend, betrachtete er das als Spiel, wusste er doch, dass er sie jederzeit aufhalten konnte. Doch er hatte nicht mit ihrer Beweglichkeit gerechnet. Als er sich aufrichtete, rammte sie ihm mit voller Wucht das Knie in die Weichteile.

Zusammengekrümmt und nach Luft ringend, sackte Hriscek zusammen.

Trotz ihrer zittrigen Beine fand Ann die Kraft, sich aufzurappeln, streifte ihren Slip ab und wollte fliehen. Doch Hriscek hielt ihren Knöchel umklammert und zog sie mit aller Macht zu sich.

Ann wurde zu Boden gerissen, ohne sich abstützen zu können.

Als ihr Kinn auf die Erde schlug, schoss der Schmerz durch ihren ganzen Körper.

Sie blinzelte und rollte sich auf den Rücken. Der kalte Blick des blonden Riesen ruhte auf ihr, die Adern an seinen Schläfen pochten vor Wut. Er packte sie am Kragen, zog sie ein wenig hoch und versetzte ihr eine schallende Ohrfeige. Mehr als die blutig geschlagene Wange lähmte sie dieser stechende Schmerz, als hätte ein elektrischer Schlag ihren Körper durchzuckt. Und der erste Gedanke, der ihr kam, als er sein Messer zog, war nicht, um ihr Leben oder ihre Unversehrtheit zu fürchten, sondern*: So also fühlt es sich an, wenn man k.o. geht. Der Idiot hat mich k.o. geschlagen.*

Als sie sah, wie sich das Messer ihren Beinen näherte und sich einen Weg durch den Stoff ihres Rocks bahnte, fiel ihr wieder ein, was der Mörder den Frauen auf dem Bauernhof angetan hatte. Vor Übelkeit wurde ihr schwindelig. Sie biss die Zähne zusammen, atmete tief durch, und stieß einen

Schrei aus. Ein kriegerischer Schrei von durchdringender Intensität. Dann setzte sie sich mit Händen und Füßen zur Wehr.

Zwei riesige Pranken wehrten die Hiebe ab und sausten auf ihr Gesicht nieder. Der erste Schlag traf ihre verletzte Wange, der zweite die Schläfe. Der Schmerz stach durch ihren Kopf wie eine Schockwelle. Ann bäumte sich auf und sackte dann in sich zusammen.

Alle weiteren Bilder und Informationen wurden von den Schmerzen weggewischt. Wie durch eine Watteschicht spürte sie, dass Hriscek ihre Beine spreizte und seinen Gürtel abnahm. Er packte ihr Knie, biss in ihre Wade und lachte laut auf.

Dann tauchte etwas an seiner Seite auf. Ein riesiger Schatten.

Ann sah, wie der Ausdruck perversen Frohlockens auf Hrisceks Gesicht in Angst umschlug.

Innerhalb einer Sekunde stürzte sich der Schatten auf ihn. Ein Arm streckte sich aus und sauste auf Hrisceks Gesicht nieder, noch ehe Ann begriffen hatte, was geschah.

Er schlug nur ein einziges Mal zu.

Aber mit solcher Kraft, dass Hrisceks Kopf zur Seite sank, als wäre sein Genick gebrochen.

Der Hieb hatte die Wucht einer Axt gehabt. Blut spritzte in hohem Bogen aus dem Mund des Soldaten. Ann vernahm ein Stöhnen, dann sackte Hriscek zusammen, als wäre er tot.

Die Gestalt ballte die Faust über ihrem Opfer, als wolle sie ihm den Rest geben. Doch dann wandte sie sich Ann zu.

Craig Frewin streckte ihr die Hand entgegen.

53

Der Arzt stieg die Treppe vom Glockenturm hinab, wo man Hriscek in einer kleinen Kammer eingesperrt hatte und Adam Baker ihn bewachte.

»Er muss möglichst schnell ins Krankenhaus«, sagte er zu Frewin, dem gerade die rechte Hand verbunden wurde. »Ich vermute, er hat mindestens zwei Kiefer-Frakturen, und das Jochbein ist gebrochen. Außerdem habe ich fünf locker sitzende Zähne gezählt, zusätzlich zu den drei ausgeschlagenen. Sein Zustand ist bedenklich.«

»Ist er lebensgefährlich verletzt?«, wollte Frewin wissen.

»Nein, aber er braucht ärztliche Hilfe.«

Frewin nickte.

»Danke, Doktor, ich werde alles Nötige veranlassen.«

»Wirklich, Sie müssen ja ganz schön zugeschlagen haben, um ihn so zuzurichten!«

Ann sagte kein Wort. Sie hatte gesehen, wie er zuschlug. Nur ein einziges Mal. Mit dem ganzen Hass eines Menschen, der gewillt ist, den anderen zu töten.

Matters begleitete den Arzt zur Tür.

»Wollen Sie sich wirklich nicht untersuchen lassen?«, erkundigte sich Frewin bei Ann.

»Nein, nicht nötig. Ich habe nur ein paar Blutergüsse.«

Ihre Wangen waren noch geschwollen und stark gerötet. Die Bisswunde in der Wade hatte sie selbst sorgfältig desinfiziert und mit einem Pflaster versorgt.

Dem Lieutenant war nicht wohl bei der Sache. War sie vor seinem Eintreffen vergewaltigt worden? Er wagte es nicht, ihr diese Frage zu stellen, und wusste, egal, was ihr widerfahren war, die schlimmsten Verletzungen hatte ihre Seele erlitten.

»Ein Glück, dass Donovan Sie hat schreien hören«, sagte er

zu ihr. »Nachdem uns Katarina Weiss von ihren Schlussfolgerungen in Kenntnis gesetzt hatte, waren wir schon auf dem Weg, um ihn zu verhaften. Einer der Soldaten, ich glaube, er heißt Risbi, hat uns gesagt, Hriscek sei in Richtung Wald gelaufen.«

Ann wechselte rasch das Thema.

»Werden Sie ihn im Krankenhaus bewachen lassen?«

»Seien Sie ganz unbesorgt, er kann keinen Schritt ohne uns tun. Aber jetzt, wo der Arzt mir bestätigt hat, dass sein Leben nicht in Gefahr ist, lassen wir ihn hier noch ein bisschen schmoren. Auf diese Weise ist er morgen früh beim Verhör schon mürbe.«

Ann nickte. Nach allem, was geschehen war, hatte es Hriscek durchaus verdient, ein paar Stunden Schmerzen zu erdulden. Sie verspürte nicht das geringste Mitleid mit ihrem Angreifer.

Für einen Augenblick herrschte Schweigen.

Frewin sah sie unverwandt an und sagte:

»Wir haben ihn. Es ist vorbei.«

Sie zwang sich unter Schmerzen zu einem Lächeln. Ihre linke Gesichtshälfte war in der Zwischenzeit noch mehr angeschwollen, und ein roter Fleck prangte auf der rechten Schläfe.

»Ich glaube, etwas Ablenkung täte Ihnen gut«, meinte er. »Was halten Sie davon, mit uns zu einem richtigen Abendessen zu kommen?«

»Wen meinen Sie mit uns?«

Frewin drehte sich zu den Anwesenden – Matters, Conrad und Monroe – um.

»Ja, wir alle hier. Ausgenommen Baker, der muss heute Abend den Babysitter spielen.«

Ann wollte ablehnen. Sie hatte keine Lust, mit den anderen zusammen wegzugehen. Sie wollte mit Frewin unter vier

Augen sprechen. Doch sie änderte ihre Meinung. Zu viel Aufwühlendes war heute geschehen, als dass sie in der düsteren Kirche hätte allein zurückbleiben wollen.

»Wird er auch gut bewacht?«, erkundigte sie sich besorgt.

»Er liegt gefesselt im ersten Stock des Glockenturms in einer Kammer, deren einziger Ausgang eine von außen ordentlich verriegelte Eichentür ist. Baker sitzt, bis an die Zähne bewaffnet, gleich daneben. Zusätzlich ist eine Wache vor dem Haupteingang postiert, eine zweite im Inneren der Kirche, die die Sakristei und die Falltür zur Krypta im Auge hat, wo ein gutes Dutzend Gefangene wie die Kinder am Abend vor Weihnachten brav schlafen. Und das alles mitten in einem Dorf, in dem es vor Soldaten nur so wimmelt. Ganz zu schweigen von seinen Verletzungen, die ihm sicherlich Schmerzen bereiten. Also, er wird bestens bewacht.«

Ann verzog das Gesicht.

»Nun gut, ich komme mit.«

Sie aßen im großen Saal des Dorfrestaurants, von dem ein Teil von der Fernmeldetruppe in Beschlag genommen worden war. Einträchtig saß die Gruppe in einer Nische, in der es nach Zigarettenqualm, Kalbfleisch und Kartoffeln roch, und feierte ihren triumphalen Erfolg mit großem Hallo und Gelächter, allen voran der Hüne Larsson. Lediglich Frewin war – wie Ann – etwas ruhiger. Aus gegebenem Anlass hatten sie ein paar Flaschen Wein bestellt, und Monroe, Donovan und Conrad waren auch schon ziemlich betrunken, während Matters, um Haltung bemüht, sich wie stets ein wenig abseits hielt.

Frewin saß am Kopfende des Tisches, gleich neben der Krankenschwester. Der Wein hatte ihre Gemüter belebt und ließ die letzten Bedenken schwinden, die sie seit fast zwei

Wochen zurückhielten. Der Angriff, dem sie am Nachmittag zum Opfer gefallen war, spukte Ann noch immer durch den Kopf. Doch eigenartigerweise stand das Trauma in keiner Relation zu den Ereignissen. Sie hatte schon ganz andere Dinge erlebt, und all das hatte nur ihre Theorie bestätigt: Der Mensch gewöhnt sich an alles. Das Schlimmste hinterließ seine Spuren im Fleisch und in der Seele und verblasste nicht etwa zu einer Erinnerung, sondern führte im Laufe der Zeit zu einer realen Wesensveränderung. Sie war nur knapp einer Vergewaltigung entronnen, man hatte sie geschlagen, doch sie war nicht deswegen aufgewühlt.

Auch weil dieser Mistkerl eine verpasst bekommen hat. Und weil seiner Aggression Einhalt geboten wurde und er nun niemandem mehr Schaden zufügen kann!

Doch Ann wusste, dass es vor allem ihre persönliche Lebensgeschichte, ihre Erfahrungen waren, die sie geprägt hatten. Ihr Vater – *dieses Dreckstück* – hatte sie erzogen. Und er hatte ihr, ohne es zu wollen, beigebracht, mehr auszuhalten als andere.

Sie wandte sich wieder den Gesprächen der Männer zu. Merkwürdig, keiner hatte bisher von Hriscek gesprochen. Man ächtete seine Verbrechen, indem man seine Person am Abend seiner Verhaftung unerwähnt ließ. Ann trank einen Schluck Wein. Frewin betrachtete seine Männer wie ein Vater seinen Nachwuchs.

»Sie haben alle gute Arbeit geleistet«, sagte Ann unvermittelt.

Überrascht betrachtete Frewin sie einen Augenblick lang schweigend.

»*Wir* haben alle gute Arbeit geleistet«, korrigierte er sie.

»Ich wollte Ihnen noch sagen, er hat eine Metalldose unter seinem Bett mit …«

»Ich weiß, Matters hat sie gefunden. Hriscek ist geliefert,

selbst seine Kameraden aus dem 3. Zug werden ihn jetzt fallenlassen, nach allem, was wir gegen ihn in der Hand haben. Ihn erwartet das Kriegsgericht und das Exekutionskommando.«

Ann seufzte.

»Das Gesetz der Vergeltung, nicht wahr?«

Frewin unterbrach sie mit einer Handbewegung.

»Der Rest ist nicht mehr unsere Sache.«

»Machen Sie es sich da nicht ein wenig zu einfach? Er wird erschossen, und wir tragen dafür einen Teil der Verantwortung, ob wir wollen oder nicht. So funktioniert das System nun mal: Die Verantwortung wird solange verwässert, bis schließlich niemand mehr für irgendetwas verantwortlich ist. Am Ende bleiben nur noch die Kriminellen als Schuldige. Diejenigen, die die Gesetze gebrochen haben. Praktisch.«

»Inwiefern?«

»Um das Feuer einzudämmen, den Zorn klein zu halten, damit man niemandem die Schuld an der Frustration geben kann. Man schwächt die Verantwortlichkeiten ab, um Revolten zu vermeiden. Und so schlägt persönlicher Zorn in kollektive Verbitterung, nie aber in einen Aufstand um. Die Machthaber haben aus den Revolutionen gelernt.«

Frewin amüsierte dieser rebellische Vortrag.

»Sollte sich etwa ein aufrührerischer Geist hinter Ihrem hübschen Gesichtchen verbergen?«

»Ich bin in einem Milieu großgeworden, in dem gegen alles rebelliert wurde, ja, insofern besteht die Möglichkeit durchaus. Es gibt Dinge, die hat man einfach im Blut.«

»Ein Vater, der für Utopien schwärmt, die auf seine Tochter abgefärbt haben?«

Ann trank einen Schluck Wein. Der Vater ein politischer Idealist. *Ein Scheißkerl!* Ein Freiheitsliebender. *Der niemandem mehr wehtun würde!*

Frewin bemerkte ihr Unbehagen und schwieg. Neben ihnen lachte Conrad laut auf, Larsson und Monroe stimmten mit ein, was Donovan und Matters veranlasste, sich neugierig zu ihnen umzudrehen.

»Ich nehme an, Sie werden nun wieder Stabsarzt Callon zugeteilt, oder?«, erkundigte sich Frewin und musterte Ann.

Jäh wurde sie aus ihren Grübeleien gerissen. Etwas in ihrer Umgebung versetzte sie in Alarmbereitschaft, ohne dass sie hätte sagen können, was es war.

»Da Sie gerade davon sprechen, ich würde …«, stammelte sie, während sie versuchte herauszufinden, was sie so nervös machte, »ich würde gerne noch ein bisschen hierbleiben.«

»Ann, ich kann Ihre Abkommandierung nicht ewig ausdehnen. Nun, da der Schuldige überführt ist, habe ich …«

Ihre Unruhe ließ nach, als sie sich voll und ganz auf den bedrohlichen Inhalt von Frewins Worten konzentrierte.

»Ich bitte Sie. Ich habe doch nicht umsonst an der ganzen Untersuchung teilgenommen!«

»Umsonst? Aber wir haben den Kerl doch verhaftet! Und das ist auch Ihr Verdienst, Ihr …«

»Ich will damit nur sagen, dass ich beim Verhör gerne dabei sein würde. Ich möchte daran teilnehmen können. Und … Fragen stellen.«

Frewin ergriff ihre Hand, und das vor versammelter Mannschaft.

»Warum? Werden Sie mir nun endlich sagen, warum Sie die ganze Zeit dabei sein wollten?«

Anns Blick wanderte von Gesicht zu Gesicht, in ihren Augen lag die Sanftheit und Zerbrechlichkeit eines Schmetterlings, der nicht weiß, wo er sich niederlassen soll. Sachte berührten seine Flügel Frewins nussbraune Augen. Dieser dunkle Fleck in seiner Iris. Anns Lippen bebten. Sie beugte sich zu ihm hinüber und flüsterte:

»Schlafen Sie heute Nacht mit mir, dann sage ich es Ihnen.«

War das eine gute Idee, nach allem, was du gerade durchgemacht hast? *Das ist meine Art, damit umzugehen, meine Kraft. Aus der körperlichen Zärtlichkeit die Energie zu schöpfen, die ich brauche, um mich wieder aufzurichten, so, wie ich es stets getan habe … Lügnerin! Du weißt, dass es perverser ist als das.* Ann verscheuchte ihre Bedenken und gestand sich ein, dass sie es vorgeschlagen hatte, um heute Nacht nicht allein sein zu müssen. Sie wollte das Leben spüren. Die Gegenwart eines anderen würde ihre eigene Ruhelosigkeit zerstreuen.

Als sie ihn wieder ansah, wirkte er mit seinen breiten Schultern und seiner selbstsicheren Art, als könne ihn nichts aus der Fassung bringen. *All das ist nur Fassade, Craig. Ich habe schon dahintergesehen. Ich weiß, dass du nicht diese undurchdringliche Mauer bist, die du zur Schau stellst.* Da er nicht reagierte, wusste sie, dass sie ihn verunsichert hatte.

»Heute Nacht oder nie«, fügte sie leise hinzu.

Das Gefühl, dass etwas nicht stimmte, stieg wieder in ihr hoch.

Doch nun wusste sie, was es war.

Ein wiederkehrender Ton. Ein Geräusch vor dem Restaurant, das Gelächter und Tischgespräche, Geschirrgeklapper und sogar die lärmenden Funker übertönte.

Das Schlagen eines eisernen Herzens.

Hoch oben am Himmel.

Die Glocke läutete.

Unablässig seit einer Minute.

Sie rief um Hilfe.

54

Die Glocken läuteten Sturm, während im Inneren des Gotteshauses die Flammen loderten. Ein gewaltiges Feuer erhellte die Fenster und verlieh den biblischen Szenen leuchtende Farben, sodass man hätte meinen können, die sterbenden Märtyrer würden sich bewegen.

Trotz ihrer Verletzung an der Wade rannte Ann los, dicht gefolgt von Frewin und dem restlichen Team. Auf dem Vorplatz angekommen, blieben alle starr vor Entsetzen stehen.

Von dort aus hatten sie den Eindruck, als hätte das Feuer bereits einen Teil des Kirchenschiffs erfasst und würde krachend zum Gewölbe hochschlagen. Bei dem Gedanken an Hriscek, der noch immer in dem Glockenturm eingesperrt war, dachte Ann: *Die Hölle holt ihren Diener zurück. Die Hölle, die nicht will, dass er spricht.* Sie würden alles verlieren. Hriscek war die Chance, die Ann gesucht hatte, eine Chance, die Düsternis zu ergründen, um ihre eigenen Abgründe zu begreifen. Jetzt schwand diese dahin.

Sie rannte auf den Eingang zu.

Frewin brüllte:

»Ann, bleiben Sie hier!«

Und als sie in der Feuersbrunst verschwand, stürzte Frewin hinter ihr her.

Durch die halb geöffnete Eingangstür schlug ihm Hitze entgegen. Frewin glitt auf einer dunklen Flüssigkeit aus. *Blut.* Eine Lache. Er drehte sich zu seinen Männern um.

»Holen Sie die Sanitäter, und lassen Sie die Häuser im näheren Umkreis evakuieren für den Fall, dass sich das Feuer ausbreitet. Jetzt sofort!«

Bevor sie antworten konnten, war er schon in dem Glutofen verschwunden.

Vor ihm umgekippte Benzinkanister inmitten eines gefährlichen blau wogenden Meers, gekrönt von gewaltigen roten Kämmen. Frewin entdeckte Ann: Den Kopf in ein feuchtes Tuch gewickelt, lief sie unter flammenden Bögen hindurch. Er bespritzte sich reichlich mit Weihwasser und rannte los, um die Krankenschwester in diesem schwindelerregenden Inferno einzuholen. Als er selbst an den Bögen angelangt war, krachte es seitlich über ihm. Er hob den Kopf und stellte fest, dass die gesamte Holzbalustrade in Flammen stand. Sie zog sich halbkreisförmig durch einen Teil des Kirchenschiffs und wurde über dem Haupteingang von riesigen Panelen beherrscht, hinter denen sich die Orgel verbarg. Eine unglaubliche Feuersbrunst tobte im oberen Teil der Kirche, und die Flammen der brennenden Balustrade vereinten sich zu einem meisterlichen Himmelsgewölbe der Zerstörung.

Und während das Feuer an dem Bauwerk nagte, stieß es gierige Laute aus. Ein Stöhnen, das mit Tausenden von imaginären Zungen an der Materie leckte. Das Holz krachte und verkohlte, das Gestein barst zischend, das Glas explodierte. Das Feuer verschlang alles, verschonte nichts.

Holzbalken lösten sich von der Decke, schlugen dicht vor Frewin am Boden auf, sodass Myriaden von Funken in die Höhe stoben.

Instinktiv ging der Lieutenant in Deckung.

Obwohl er seine Kleidung angefeuchtet hatte, umfing ihn die Hitze bereits wie eine glühende Klaue. Er suchte Ann in diesem leuchtenden Chaos und musste schützend einen Arm vor die Augen halten. Sie war verschwunden.

»Ann!«, schrie er vergebens.

Das Flammeninferno war so dicht, dass seine Stimme es nicht zu durchdringen vermochte. Frewin wollte gerade weitergehen, als er eine Gestalt am Boden liegen sah. Beine.

Als er hinlief, stellte er fest, dass es sich um den Soldaten handelte, der als Wache vor dem Eingang abgestellt worden war. Man hatte ihm die Kehle durchgeschnitten. Frewin beugte sich hinab, um die Wunde genauer zu inspizieren, und entdeckte kaum Blut. Er musste also draußen vor der Tür getötet und dann hierhergeschleppt worden sein.

Ohne weiter zu warten stürzte er in den Chor, wo er Ann aus den Augen verloren hatte. Hier hatte das Feuer noch nicht so heftig gewütet wie weiter vorn. Frewin drehte sich einmal um die eigene Achse auf der Suche nach der Krankenschwester. Das Chorinnere war noch verschont geblieben, die Flammen verbreiteten sich im Umgang. Eine Tür knarrte, und Frewin schnellte herum. Die zu beiden Seiten der Apsis gelegenen Zugänge zum Glockenturm waren geöffnet. Vielleicht bestand noch eine Chance, dass Baker am Leben war. Frewin steuerte auf die nächstbeste Treppe zu, als eine unheilverheißende Melodie in der ganzen Kirche widerzuhallen begann.

Düster und unheimlich ertönte die Apotheose der Trostlosigkeit. Die Orgel spielte ganz allein. Das Feuer presste die Luft in die Bleipfeifen und produzierte auf diese Weise Töne unterschiedlicher Intensität.

Frewin näherte sich dem kleinen Turm, plötzlich ein dumpfes Knacken, gefolgt von einer kleinen Explosion im Gestein direkt vor seinem Gesicht.

Ein Schuss!, begriff er sofort und warf sich auf den Boden.

Dann eine weitere Detonation, und die Kugel schlug einen Meter von ihm entfernt ein. Frewin rollte sich zur Seite, um hinter der Kanzel Schutz zu suchen. Er zog seine Waffe und entsicherte sie. Er hatte den Eindruck, die Schüsse kämen aus der Sakristei. Zu seiner Rechten stieg dichter Rauch auf, und er riskierte einen Blick. Flammen leckten an einem Standbild der Muttergottes und brachten die Farbe zum Schmelzen, die schwarze Tränen auf ihr Gesicht malte. Dann wurde erneut geschossen.

55

Frewin presste sich an das Holz der Kanzel, die beim Einschlag einer Kugel erzitterte. Er wagte nicht, das Feuer zu erwidern, aus Angst, er könnte Ann treffen. Wer mochte da auf ihn schießen? Der Pyromane, der das Feuer gelegt hatte? War Hriscek vielleicht die Flucht gelungen? Frewin fluchte leise. Er richtete sich vorsichtig auf, um einen Blick auf den Chor und die Tür, die zur Sakristei führte, zu werfen. Der Flammenvorhang versperrte ihm teilweise die Sicht.

Für den Bruchteil einer Sekunde nahm er einen Lichtpunkt direkt hinter dem Altar wahr. Darauf folgte eine weitere Detonation. Die Kugel pfiff durch die Luft, prallte von der Statue ab und riss ihr die Lippen weg.

Jetzt eröffnete Frewin das Feuer. Viermal betätigte er den Abzug und zielte auf die Ecke des Altars. Eine Gestalt sprang aus ihrem Versteck und rannte auf die Tür zur Sakristei zu. Frewin schoss erneut. Er leerte sein Magazin, war sich aber bewusst, wie schwierig es war, ein sich bewegendes Ziel zu treffen. Er zog das leere Magazin aus der Waffe und ersetzte es durch ein volles. Er riskierte einen Blick, konnte aber nichts erkennen.

Zwei Schüsse ertönten von der Sakristei her. Frewin zog den Kopf ein. *Sperrfeuer, es muss also ein Militärangehöriger sein. Er schießt, ohne zu zielen, um zu verhindern, dass man ihm folgt.*

Die Kanzel würde bald in Flammen stehen, er musste von hier verschwinden. Der Rauch brannte in seiner Lunge, und er begann zu husten. Frewin warf einen Blick zum Altar, um sich zu vergewissern, dass niemand auf ihn zielte, und rannte dann zum Chor, wo er sich an die Balustrade lehnte.

Die Orgel spielte weiter ihre infernalische Musik, und doch

war ihm, als hätte sich ein makaberer Choral hinzugesellt. Menschliches Heulen, Schreie unendlichen Leidens stimmten in das Requiem ein. Der Lieutenant schloss für eine Sekunde die Augen.

Die Gefangenen.

Er suchte in dem Glutofen nach der Falltür, die in die Krypta führte, und entdeckte sie unter den brennenden Kanistern. Das Benzin drang durch die Ritzen und ergoss sich über diese armen eingeschlossenen Menschen. Derjenige, der den Wachmann vor dem Kircheneingang getötet hatte, hatte auch den bei der Sakristei umgebracht, und niemand hatte die Gefangenen freigelassen. Frewin musste auf der Stelle hinaus zu der Außentür, um diejenigen zu retten, denen noch zu helfen war. *Und Ann?* Er konnte sie nicht hier zurücklassen. Frustriert wegen seiner Ohnmacht, gab Frewin zwei Schüsse nach vorn ab und sprang mit wenigen Sätzen in Richtung Sakristei. Er schlich an der Wand entlang bis zur Tür. Die Pistole im Anschlag, beugte er sich rasch vor, um einen Blick in den Raum zu werfen.

In der Mitte, zwischen den Feldbetten, lag ein Körper. Frewin erkannte Hriscek. Die Waffe mit beiden Armen vorgestreckt, drehte er sich einmal um die eigene Achse, um sich zu vergewissern, dass sonst niemand anwesend war. Die Leiche des zweiten Soldaten, der die Außentür der Sakristei bewacht hatte, lag in einer Ecke, auch sie mit aufgeschlitzter Kehle. Frewin lief zu dem großen Blonden und stieß ihm mit einem Fußtritt den Revolver aus der Hand. Die Glieder des Soldaten wurden von Krämpfen geschüttelt. Frewin kniete neben ihn nieder.

Zwei Kugeln hatten ihn in den Rücken getroffen. Mitten ins Herz. Er hatte sein Ziel nicht verfehlt.

Frewin nahm den Kopf mit dem narbigen Gesicht in die Hand und sah Hriscek direkt in die Augen. Er las keine Angst darin, nur Verwirrung. Das Leben entwich seinem Körper, und er verstand nicht, was mit ihm geschah.

»Du krepierst«, sagte Frewin.

Er empfand keinerlei Mitleid mit dieser Bestie, nach dem, was Hriscek seinen Männern und Ann angetan hatte. Der Schmerz war noch zu frisch.

Hriscek blinzelte langsam. Sein Atem beschleunigte sich. Ein roter Speichelfaden rann aus seinem Mundwinkel in die Hand des Lieutenant, der nicht weiter darauf achtete. Der muskulöse Körper begann, immer heftiger zu zittern. Hriscek konnte nicht mehr sprechen.

Der Wimpernschlag wurde langsamer, der Atem immer kürzer. Und jetzt entdeckte Frewin einen Schimmer von Angst in seinem Blick. Dann erstarrten die Lider. Hriscek war tot.

Frewin ließ den Kopf los, der am Boden aufschlug.

Plötzlich ein Krachen im Kirchenschiff, gefolgt von gewaltigem Getöse. Frewin stürzte zurück in den Chor, nur noch von einer Sorge beseelt: Ann.

Die Balustrade war herabgestürzt, sodass glühende Holzsplitter durch die Luft flogen. Doch weit schlimmer: Das Metall der noch intakten Benzinkanister verformte sich bei diesen Temperaturen, und Hunderte von Litern Treibstoff verteilten sich in der Kirche. Das Feuer hatte inzwischen einen großen Teil des Chors erfasst, und Frewin wurde klar, dass Ann bald keine Möglichkeit mehr bliebe, diesem Inferno zu entkommen. Er sah, wie ein Vorhang aus Flammen auf die Alkoven zuglitt und sich dann, einem Höllenmeer gleich, dem Kruzifix näherte, das den Kirchenraum beherrschte.

Die Hitze war zum Ersticken.

Die Schreie aus der Krypta waren verstummt. Dafür begann die Orgel zu stöhnen. Ihre Bleipfeifen schmolzen.

Frewin brüllte, so laut er konnte:

»Ann! Ann! Bleiben Sie oben! Wir holen Sie übers Dach heraus! Kommen Sie bloß nicht runter!«

Die Feuerwalze drang weiter vor, um Kerzen, Chorpult und Votivbilder zu verschlingen, und bewegte sich direkt auf den Lieutenant zu. Der rannte zur Tür am Ende der Sakristei.

Als er ins Freie gelangte, wirkte die frische Luft wie eine eiskalte Dusche. Erst nach einer Weile begann seine Lunge zu schmerzen, und er wurde von einem Hustenanfall geschüttelt.

Auf dieser Seite der Kirche war niemand zu sehen. Er war allein. Schatten huschten in der Ferne über den Vorplatz. Frewin taumelte mehrere Meter, bis er sich wieder gefangen hatte. Er musste Ann aus diesem Glutofen retten.

Plötzlich ein erneutes Krachen im Kircheninnern. Eine Feuerkugel schoss aus der Tür, die Frewin offen gelassen hatte, zum Himmel empor, wo sie in einer schwarzen Rauchwolke verpuffte.

Frewin stürzte sich auf die Falltür, brach das Vorhängeschloss auf und riss sie hoch. Graue Spiralen stiegen auf, begleitet von einem widerwärtigen Geruch nach verbranntem Fleisch. Der Schimmer bläulicher Flammen war vage zu erkennen.

Ann, er musste Ann retten, er konnte für die Männer dort unten nichts mehr tun.

Und während er sich entfernte, vernahm er ein dumpfes Krachen aus der Sakristei. Er drehte sich um, und das, was folgte, schien ihm eine Ewigkeit zu dauern.

Eine menschliche Gestalt kam herausgelaufen, wild mit den Armen fuchtelnd. Sie trug einen gelben Mantel mit leuchtenden in der Luft flatternden Stoffbahnen. Ein Umhang aus Flammen, der an ihrem Körper nagte. Kein Schrei entwich ihrem Mund. Sie rannte, um dem Schmerz zu entkommen.

Frewin erkannte sie und fiel auf die Knie.

Er sah, wie der benzindurchtränkte Rock mit der Haut verschmolz.

Sah, wie das Haar sich in der Hitze kräuselte.

Sie stürzte der Länge nach zu Boden. Und jetzt erst stieß sie einen Schrei aus.

Ganz kurz.

Denn das Feuer drang schon in ihre Kehle und verschlang, was noch an Leben in ihr war.

56

Frewin warf seine Uniformjacke auf Anns Körper, um die Flammen zu ersticken. Er verbrannte sich die Hände, sein T-Shirt verfärbte sich schwarz, und er musste mehrmals zuschlagen, bis alle Flammen gelöscht waren. Es gab nur eine Erklärung, wie ihre Kleidung Feuer gefangen hatte: Man hatte sie mit Benzin übergossen.

Hinter ihm barsten die Fensterscheiben.

Unter Führung von Matters näherten sich mehrere Soldaten im Laufschritt. Beim Anblick der verkohlten Leiche schlug der junge Sergeant die Hand vors Gesicht.

Zwei der Männer zündeten ihre Lampen an und stiegen in die Krypta hinab, um diese zu inspizieren. Als sie wieder heraufkamen, kniete sich einer von ihnen hin und erbrach sich, der andere starrte Matters kopfschüttelnd an.

»Und Adam?«, fragte Matters seinen Lieutenant.

»Ich habe ihn nicht gesehen, ich konnte nicht hinaufgehen«, antwortete Frewin, den Blick ins Leere gerichtet. »Hriscek ist aus seiner Zelle ausgebrochen. Er hat uns eine Falle gestellt. Er hat den beiden Wachen die Kehle durchgeschnitten, ist aber nicht geflohen, sondern hat gewartet, bis wir kamen, um dann auf mich zu zielen. Ich habe ihn erschossen. Ann ist in den Turm gelaufen. Ich fürchte, dass auch Baker tot ist.«

Matters seufzte und legte den Kopf in den Nacken.

Frewin betrachtete die gekrümmte Leiche der Krankenschwester, die Haut, die sich über dem rotschwarz verkohlten Fleisch zusammengezogen hatte, das entstellte Gesicht mit den geschmolzenen Lippen und den Lidern, aufgeplatzt wie überreife Früchte.

»Wir bringen sie zum Lazarett, damit ihre sterblichen Überreste in die Heimat überführt werden können«, sagte er.

»Lieutenant …«

Frewin drehte sich zu Matters um und sah, dass dieser in den Himmel starrte. Der Sergeant deutete auf das Dach der Kirche. Frewin folgte seinem Blick und inspizierte aufmerksam die dunkle, rauchende Masse, bis er schließlich in den Schallfenstern des Glockenturms eine Gestalt entdeckte. Weiß gekleidet. Blondes Haar.

Frewin brachte kein Wort heraus. Er hatte sie erkannt.

Aber das ist unmöglich!

Da ihre Stimme im Prasseln des Brandes unterging, winkte sie, um auf sich aufmerksam zu machen.

»Das ist Miss Dawson!«, schrie Matters.

Ann. Sie lebte. Eingeschlossen von den Flammen, aber sie lebte. Plötzlich hatte er all seine Energie wiedergefunden und befahl:

»Verständigen Sie sofort den Pioniertrupp. Wir brauchen Leitern, viele Leitern.«

Frewin sah, dass Ann von Minute zu Minute schwächer wurde. Er hatte ihr Zeichen gemacht, bis sie ihn entdeckt hatte. Jetzt wusste sie, dass Rettung nahte. Dichter Rauch drang aus dem Glockenturm, und Frewin erkannte, dass die

Krankenschwester ununterbrochen hustete. Die Zeit drängte. Als sie sich, am Ende ihrer Kräfte, hinsetzte, kletterte Frewin zu einem rußgeschwärzten Strebepfeiler hinauf. Mühsam gelang es ihm, sich auf das erste kleine Dach hochzuziehen, bis zu einem Strebebogen, den er zu erklimmen begann. Kein ungefährliches Unterfangen, denn würde er abrutschen, fiele er fünf Meter in die Tiefe. Die meisten Scheiben waren zersprungen, und es blieben nur bleigefasste Dreiecke, in denen spitze farbige Glasstücke hingen. Die Flammen schlugen in den Himmel wie gierige Sukkuben, die ihm lüstern auflauerten. Frewin, der die ersten Wasserspeier erreicht hatte, spürte das Kratzen in seiner Kehle. Er richtete sich auf der steinernen Dachrinne auf und lief vorsichtig über das Dach in Richtung Glockenturm. Er spürte, wie seine Sohlen an den Ziegeln festklebten, die so glühend heiß waren, dass er sie nicht mit den Händen hätte berühren können. Aufgrund des Sauerstoffmangels hatte er Mühe zu atmen. Er hielt inne.

Gut sechs Meter trennten ihn noch von Ann, doch ohne Leiter kam er nicht höher hinauf.

»Ann, hören Sie mich?«, rief er. »Ich bin direkt unter Ihnen. Wir kommen, halten Sie durch.«

Die kraftlose Hand der Krankenschwester tauchte auf.

Matters sprang zusammen mit sechs Soldaten aus einem großen Militärlaster, und alle hoben den Kopf zu dem rauchumhüllten Paar. Sofort wurden die Leitern am hinteren Teil des Wagens ausgefahren, und zwei der Männer stiegen zum Lieutenant hinauf. Dort stellte man weitere Leitern auf, um zu den Öffnungen im Glockenturm zu gelangen. Trotz seiner Atemnot kletterte Frewin als Erster nach oben. Er fand Ann halb ohnmächtig vor, und als er sie über seine Schulter legte, begann sie zu wimmern. Ein Soldat stützte ihn von unten ab, und sie machten sich an den Abstieg. Frewin wurde schwindelig, der Rauch brannte in seinen Augen, die sich mit Tränen füllten. Mit einer Hand klammerte er sich an der Leiter fest, mit der anderen hielt er Ann. Die Meter, die ihn noch vom Boden trennten, kamen ihm vor wie Kilometer.

Die Erde begann sich zu bewegen, zu schwanken.

Seine Beine wollten ihn nicht mehr tragen, seine Arme fingen an zu zittern.

Ohne Vorwarnung schüttelte ihn ein heftiger Husten und drohte ihn aus dem Gleichgewicht zu bringen. Frewin klammerte sich mit aller Kraft an den Sprossen fest, bis der Anfall vorbei war. Sein Atem ging pfeifend, während er mechanisch seinen anstrengenden Weg fortsetzte.

Schließlich spürte er das Dach unter seinen Füßen. Der Soldat stützte ihn auf den Metern zur nächsten Leiter, die noch zu bewältigen war.

Um ihn herum wurde alles schwarz, und die Geräusche schienen aus weiter Ferne, wie durch eine dicke Watteschicht, zu ihm zu dringen.

Er hatte den Eindruck, dass es immer dunkler wurde. Selbst die Flammen in seiner unmittelbaren Nähe kamen ihm weniger heiß, weniger eindrucksvoll vor.

Das Gewicht von Ann, die über seiner Schulter lag, spürte er nicht mehr. Sein Fuß berührte den Boden, ohne dass er es bemerkt hätte. Matters und ein anderer Soldat eilten herbei, um ihm die Krankenschwester abzunehmen und ihn selbst zu stützen. Doch er war zu schwer und brach zusammen.

Sein Bewusstsein trübte sich. Er dachte an Ann, die nicht tot war. Und an Hriscek. Alles war vorbei. Sie hatten dem Massaker ein Ende bereitet. Der Krieg ging weiter, aber zwischen zwei feindlichen Lagern; der Tod würde von der anderen Seite und nicht aus den eigenen Reihen kommen. Dieses Gemetzel hatte einen Sinn – das zumindest sagte man ihnen, und das reichte Frewin aus. Morgen würden sie aus der Asche die verkohlten Leichen bergen. Eine davon wäre besonders groß und hätte einige ausgeschlagene Zähne. Hriscek nahm seine Geheimnisse mit ins Grab, doch er war tot, und nur das zählte für Frewin. Morgen würden sie … Aber würde er morgen überhaupt da sein? Seine Kräfte verließen ihn endgültig, und er bemerkte, dass er seine Glieder nicht mehr unter Kontrolle hatte. Er war ein passiver Zuschauer, gefangen in einem Körper, dem nach und nach alle Sinne entflohen. Er spürte keinen Schmerz mehr und sah fast nichts mehr.

Der Lieutenant wusste nicht, ob er noch atmete. Seine Lider schienen tonnenschwer.

Er nahm nur noch das Knistern des Feuers wahr, und plötzlich erkannte er den Ursprung dieses sonderbaren Geräusches.

Die Flammen lachten.

Das Feuer lachte, während es die Kirche verwüstete.

Dann wurde Frewin schwarz vor Augen, und er versank in tiefe Bewusstlosigkeit.

Sechs Monate später

»Nach außen hin, vor den anderen, kleidet sich jeder in Anstand, aber in seinem Innern weiß er sehr wohl um seine intimsten Regungen, die er ungern bekennt.«

Sechs Personen suchen einen Autor
PIRANDELLO

(Aus dem Italienischen von Annika Makosch
Philipp Reclam jun., Stuttgart 1972)

57

Ein dreckiges, eisiges Erdloch.

Seit einundzwanzig Tagen lebten sie bereits in solchen Unterständen. Und die waren alle gleich: feuchte Gruben, Wände aus Erde und Wurzeln, Metallkisten, die als Sitzgelegenheit dienten, Baumrinde isolierte mehr schlecht als recht den Boden. Man schlief hier fast im Sitzen, den Rücken an die Wand gelehnt.

Drei Meter weiter oben – an der Oberfläche – hatte sich der Wald mit Eiskristallen überzogen.

Wie weißer Samt umhüllte der Schnee jeden Stamm, der Raureif hängte ans Ende jedes Astes eine schillernde Perle, während ein Schneeteppich den Boden bedeckte und alle Geräusche dämpfte.

Lieutenant Frewin wärmte sich die Hände an einer kleinen Sturmlampe. Die Arme um die angezogenen Beine geschlungen, kauerte Matters ihm gegenüber auf seiner schrägen Bettstelle. Er war soeben von einer Proviantbeschaffung zurückgekehrt – eine »Mission«, die sich in die Länge gezogen hatte, da er weit hatte gehen müssen, um das Gewünschte zu bekommen. Er zitterte. Die übrigen Soldaten der Militärpolizei waren dabei, die Appell-Listen der verschiedenen Züge einzusammeln. Nach drei Wochen Wartezeit in diesem riesigen, kalten Wald, gezeichnet von den zunehmend blutigen Kämpfen, schmolzen die Widerstandskräfte dahin, und die Fälle von Desertion mehrten sich. Frewin und seine Männer organisierten Patrouillen bei den rückwärtigen Stellungen, hauptsächlich bei verlassenen oder noch bewohnten Gehöften, um Flüchtende einzufangen, die meist nicht sehr weit kamen und sich mit einer trockenen Unterkunft und einem Leben ohne Schüsse zufriedengaben. Frewin nahm sie fest und schickte sie in die Etappe hinter der Front, wo über ihr weiteres Schicksal befunden wurde.

Vor zwei Tagen hatte er den Befehl erhalten, seine Männer zu sammeln und mit ihnen in Richtung Front vorzurücken in die Nähe der Kompanien Alto und Raven. Dort häuften sich die Desertionen – zumeist handelte es sich um neu Rekrutierte, die diese tapferen, aber durch die Kämpfe auch stark dezimierten Kompanien unterstützen sollten. Die Neuen hielten dem Druck nicht stand. Kälte, Feuchtigkeit, das Warten und dann die plötzlichen Explosionen, die flüchtigen und tödlichen Schatten der Feinde im frühen Morgennebel. Und überall die Schmerzensschreie der Verletzten, dieses Heulen, das aus den klaffenden Wunden wie aus weit geöffneten Mündern zu kommen schien. Das Blut im Schnee. Das vom Zufall abhängige Überleben. Einige Stunden Ruhe. Dann wieder das Pfeifen und Zischen der Kugeln. Der rosa und braune Brei aus Schnee, vermischt mit Eingeweiden. Kameraden, deren Fleisch dampfte, als verflüchtige sich das Leben. Die Neulinge ertrugen diese Umstände nicht lange. Speziell in diesen beiden abgehärteten Kompanien, wo die Veteranen eine Art Kampfbruderschaft verband, ohne Sympathie für andere.

»Ich könnte zum Mörder werden für einen guten heißen Kaffee«, gestand Matters, der in seine warme Militärjacke gewickelt war.

Frewin nickte nur. Matters wartete einen Moment, dann fuhr er fort:

»Lieutenant, finden Sie es nicht etwas gewagt vom Führungsstab, uns nach allem, was diesen Sommer passiert ist, zur Kompanie Raven zu schicken?«

»Das machen die absichtlich, Matters. Einer speziellen Kompanie gebührt ein spezielles Team der Militärpolizei. Wir hatten bereits das Vergnügen mit ihnen, und die da oben denken, dass wir schon wissen, wie wir mit solchen harten Burschen umgehen müssen.«

»Trotzdem ... Es gibt im 3. Zug immer noch Männer, die glauben, dass wir Hriscek absichtlich beseitigt haben. Sie haben zwar zugegeben, dass er vermutlich der Mörder war, aber sie können uns trotzdem nicht riechen. Ich fürchte, da gibt's Ärger!«

Frewin dachte an den rauchenden Leichnam, den sie aus der Sakristei geholt hatten. Verkohlt und aufgedunsen, die Haut durch die Hitze aufgeplatzt. Trotzdem hatte man die derben, von Narben übersäten Züge von Hriscek erkennen können. Das war aber gar nichts im Vergleich zu dem, was sie in der Krypta gefunden hatten. Die Gefangenen waren im wahrsten Sinn des Wortes geschmolzen. Das entzündete Benzin war von oben auf sie geflossen, bevor es sich weiter verteilt und das Untergeschoss verwüstet hatte. Selbst in Kriegszeiten wünschte man seinen Gefangenen kein solches Schicksal. Und schließlich war da noch diese Frau, die Frewin anfangs für Ann gehalten hatte. Es war Lisa Hiburgh gewesen, die Sekretärin, die sie an diesem Tag befragt hatten. Donovan hatte ihr angeboten, in der Kirche zu übernachten und zu warten, bis ein Wagen sie am nächsten Tag zurückbringen würde.

Die Tatsachen lagen jetzt klar auf der Hand. Hriscek war es gelungen, aus seiner »Zelle« zu entkommen. Er hatte Baker unschädlich gemacht, bevor er hinuntergegangen war, um Lisa Hiburgh niederzuschlagen – die Einzige, der er nicht die Kehle durchgeschnitten hatte – und sich dann die beiden Wachen vorzunehmen, die vor der Kirche standen. Statt die Flucht zu ergreifen, hatte er Frewin und seinen Männern eine Falle gestellt. Trunken vor Rachsucht hatte Hriscek die Kirche in Brand gesteckt, um sie herbeizulocken. Das Feuer hatte sich rasch ausgebreitet, wahrscheinlich schneller, als er erwartet hatte, und wenn Ann nicht in die Kirche gelaufen wäre, wäre Hrisceks Plan gescheitert. Er hätte durch den Hintereingang fliehen und seinen Zweikampf mit Frewin auf einen späteren Zeitpunkt verschieben müssen. Dann war Lisa wieder zu sich gekommen. Frewin vermutete, dass sie mit Benzin übergossen worden war und Feuer gefangen hatte, sodass die Schmerzen sie aus der Bewusstlosigkeit gerissen hatten. Unterdessen war Ann nach oben gestiegen, ohne eine Spur von Hriscek zu finden, und die Flammen hatten sie eingeschlossen.

Frewin zog es vor, nicht weiter daran zu denken, aber Matters ließ noch nicht locker.

»Sie haben nach Kaminfeuer gerochen, als man Sie ins Lazarett gebracht hat!«, meinte er belustigt und rümpfte die Nase. »Was war das bloß für ein Abend! Auch Miss Dawson hat Glück gehabt, davongekommen zu sein!«

Matters musterte seinen Vorgesetzten, der bei der Erwähnung der Krankenschwester keine Reaktion zeigte.

»Seit dieser Geschichte haben wir sie nicht mehr gesehen. Wissen Sie, was aus ihr geworden ist?«

Frewin vermutete mehr als höfliche Neugierde hinter dieser Frage. Matters schien wissen zu wollen, was den Lieutenant und die Krankenschwester verband. Er hatte beobachtet, dass Ann und Frewin nach dem Drama in der Kirche lange miteinander gesprochen hatten. Es hatte Gesten und Aufmerksamkeiten gegeben, die nicht täuschen konnten. Frewin zögerte.

Was sollte er antworten? Dass er Ann nach allem, was geschehen war, gebeten hatte, ihn nicht mehr zu treffen? Dass er sich zu ein wenig Zärtlichkeit inmitten dieser Barbarei hatte hinreißen lassen, dass aber dann sein Verstand wieder die Oberhand gewonnen hatte und dass eine Beziehung unmöglich war? Das entsprach alles der Wahrheit, warum also sollte er es seinem Sergeant nicht sagen? Er hatte Ann nach dem Brand beruhigt und sich von ihrer raschen Genesung überzeugt, doch sobald sie auf ihre *Beziehung* zu sprechen gekommen war, hatte er zwischen ihr und sich eine Mauer errichtet. Er war kalt, ja, sogar grausam gewesen, weil er gespürt hatte, dass sie nicht aufgeben würde. Ann hatte einen sehr starken Charakter, sie würde nicht akzeptieren, dass er sich drückte, das hatte sie ihm ins Gesicht gesagt: Er wich dem Leben aus, fürchtete die Erinnerung an seine Frau. Hatte sie unrecht? Er hatte ihr gesagt, das habe damit nichts zu tun. Er habe nur mit ihr geschlafen, um sich ihre Hilfe zu sichern, nicht weil er irgendwelche Gefühle für sie hegte. Sie hatte ihn zornig angeblitzt. Frewin wusste, dass sie ihm nicht glaubte, aber es hatte sie unendlich wütend gemacht, dass er so weit gegangen war. Wortlos hatte sie sich umgedreht und das Zelt verlassen. Er hatte sie seit sechs Monaten nicht mehr gesehen.

All das ging Matters nichts an.

»Nein«, antwortete Frewin knapp.

Die eisige Luft drang in seinen Kragen und ließ ihn frösteln.

Frewin näherte seine Hände dem warmen Glas, hinter dem eine gelbe und rote Flamme tanzte, die ihren beruhigenden Lichtschein in dieses finstere Loch warf. Eine Minute verging, bevor Matters weitersprach:

»Darf ich Ihnen eine indiskrete Frage stellen, Lieutenant?«

»Versuchen Sie's nur«, antwortete dieser leise.

»Fehlt Ihnen nicht diese ... diese Anspannung, der Adrenalinstoß bei den Ermittlungen? Ich meine: diese Gefühlswallungen, die man während der Untersuchung verspürt, die Würze der Gefahr und das alles!«

Frewin schaute seinen Sergeant an.

»Nein.«

Matters schien enttäuscht.

»Ach? Ich dachte, dass Sie ... das lieben. Es ist sicher kein Zufall, dass Sie so verdammt gut sind.«

»Worauf wollen Sie hinaus, Sergeant?«

»Ähm ... ich ...«

»Raus mit der Sprache. Sagen Sie, was Sie denken, wir sind unter uns.«

Matters nickte und verzog den Mund, bevor er loslegte:

»Wenn es um Ermittlungen zu einem Verbrechen geht, sind Sie unschlagbar. Ich bin nicht der Einzige, dem das auffällt, Sie stehen allgemein in diesem Ruf! Nun ... ich habe mich gefragt, ob ... Beunruhigt es Sie nicht, dass Sie in solchem Maß fähig sind, das Böse zu durchschauen?«

Frewin schloss einen kurzen Moment die Augen. Das war es also. Matters kam endlich auf das Thema. Er wusste sicher, welche Gerüchte über seinen Lieutenant kursierten! Den »beunruhigenden Lieutenant Frewin«, der nicht viel sprach, der selten lächelte. Diesen Offizier, dessen Frau eines Nachts durch einen Sturz auf der Treppe zu Tode gekommen war. Jeder kannte diese Geschichte: Patty Frewin und ihr Mann hatten seinen Heimaturlaub gefeiert, sie hatten getrunken, und auf dem Weg zum Schlafzimmer war Patty gestolpert, sie war die Treppe hinuntergestürzt, hatte sich den Kopf aufgeschlagen und war innerhalb weniger Minuten in den Armen ihres Mannes gestorben. Es gab aber auch eine andere Version, die in den Lagern die Runde machte, wo Frewin in einem gewissen Ruf stand. Er konnte sich viel zu gut in die Psyche der Verbrecher hineinversetzen, um nicht selbst einen kriminellen Kern zu haben, hieß es. Immer dieselbe Leier: »Er erwischt sie, weil er selbst *böse* ist, er denkt wie sie.« Frewin war nicht taub, auch ihm war dieses Gerede zu Ohren gekommen. Einige unterstellten sogar, er hätte seine Frau umgebracht.

Frewin ballte die Hände zu Fäusten.

»Matters, glauben Sie, dass ein Psychiater selbst verrückt sein muss, um seine Patienten heilen zu können? Müssen Ärzte krank sein, um eine Krankheit zu erkennen?«

»Nein, aber man lehrt sie, es zu erkennen …«

»Genau, sie lernen es! Und das tue ich auch. Ich lerne jeden Tag, den ich auf dieser Erde lebe, von den Menschen, ich lerne durch Beobachtung. Ich habe diese Fähigkeit, diese Empathie, ich analysiere Emotionen, Verhaltensweisen. Ich habe viel, sehr viel zu diesen Themen gelesen. Wissen Sie, was der Unterschied zwischen einem guten und einem schlechten Arzt ist? Die Leidenschaft, die er für seinen Beruf hegt. Ich bin leidenschaftlich, Matters.«

Der Sergeant nickte und senkte leicht den Kopf. Er begann sich zu fragen, ob er zu weit gegangen war.

»Und genau diese Leidenschaft lässt die verrücktesten Gerüchte über mich entstehen. Sie werden sagen, es ist wie die Schlange, die sich in den Schwanz beißt: Fasziniert mich der kriminelle Aspekt des Menschen, weil ich selbst eine dunkle Persönlichkeit habe, oder hat sich diese im Kontakt mit den Kriminellen entwickelt?«

Die folgende Stille wurde nur vom Wind unterbrochen, der durch die Baumkronen pfiff. Das graue Morgenlicht bekam fast schon einen rötlichen Schimmer.

»Anfangs war ich nicht so«, fuhr Frewin fort. »Die Armee … Ich habe mich verändert, um zu überleben und mich zu behaupten. Der junge Mann, der ich war, hat seinen Weg gefunden, und dieses … *maskuline* Milieu hat aus mir denjenigen gemacht, der ich heute bin. Genau wie auch Sie sich allmählich verändern.«

Matters richtete sich auf. Aber er sagte nichts, war unfähig, die Gedanken zu formulieren, die ihn heimsuchten.

So saßen sie da, kämpften gegen die Kälte, nahmen von Zeit zu Zeit die Stimmen der Kameraden in den benachbarten Unterständen wahr. Schließlich tauchte Conrad, begleitet von Monroe und Donovan, vor ihrer Notunterkunft auf.

»Lieutenant, wir haben ein Problem«, sagte er mit dunkler Stimme. »Wir haben Larsson verloren.«

Frewin erhob sich.

»Was heißt ›verloren‹?«

»Na ja, er ist zur Kompanie Raven aufgebrochen, um einen Offiziersbericht über die Truppen zu holen, und ist nicht zurückgekehrt.«

Während Conrad sprach, nahm er seinen Helm ab, um seine Schläfen zu massieren.

»Haben Sie dort nachgefragt?«

»Ja, ich komme gerade zurück. Captain Morris hat Larsson seinen Bericht übergeben, dann hat er gesehen, wie sich Larsson durch den Wald in Richtung der rückwärtigen Basis entfernte, wo wir uns vor einer Stunde treffen wollten. Ich hielt es für richtig, Ihnen das zu melden.«

»Das war gut so.«

Matters versuchte, die sichtlich verängstigten Männer zu beruhigen.

»Vielleicht hat er unterwegs angehalten, um sich aufzuwärmen, oder er hat einen Kameraden im Schützengraben besucht?«

»Das ist nicht seine Art«, erwiderte Frewin sofort. »Er weiß, dass wir an der Front sind. Die Verspätung eines Mannes kann feindliche Präsenz hinter unseren Linien bedeuten. Nehmen Sie schwere Waffen mit, wir machen uns auf die Suche.«

Matters seufzte und griff nach seinem Gewehr. Eine Patrouille in Frontnähe behagte ihm gar nicht. Ein Granatenregen konnte ohne Vorwarnung auf sie niedergehen. Nein, die Vorstellung gefiel ihm ganz und gar nicht.

Er hatte eine böse Vorahnung, und seine noch recht frische Schulterverletzung begann zu brennen, als wolle sie ihn daran erinnern, wie schmerzhaft es ist, wenn eine Kugel ins Fleisch dringt.

58

Die Rangers knirschten im Schnee. Gewehre und Maschinenpistolen über die Schulter gehängt, arbeitete sich die kleine Gruppe im Gänsemarsch hinter Frewin zwischen den tief hängenden Ästen hindurch. Der Atem der Männer bildete kleine Wolken.

Hin und wieder knackten Zweige unter ihren Füßen, dann blieben sie stehen und spähten ins umliegende Dickicht, bevor sie ihren Marsch fortsetzten. Bereits seit einer Stunde durchkämmten sie nun den drei mal zehn Kilometer breiten Streifen, der die rückwärtige Basis von der Kompanie Raven trennte, von wo Larsson aufgebrochen war. Der Riese konnte sich nicht verirrt haben, er rühmte sich oft genug seines unfehlbaren Orientierungssinns und hatte ihn auch wiederholt unter Beweis gestellt. Frewin begann sich Sorgen zu machen. Der Wald war dicht und finster, aber er vertraute seinem Soldaten. War er angegriffen worden? Ein Schuss hätte die benachbarten Kompanien aufgescheucht. Zudem maß er einen Meter achtundneunzig und war ein Muskelpaket, nicht der Typ, den man ohne weiteres zu einem Zweikampf herausfordert. Was also war geschehen?

Die fünf Männer bewegten sich mit eingezogenem Kopf vorwärts, beherrscht von der Furcht, eine Zielscheibe abzugeben. Es gab mehrere Verbindungswege zwischen den an der Front stationierten Kompanien und der rückwärtigen Basis, darunter auch eine Straße, die jedoch im Süden lag und acht Kilometer von Larssons Ausgangspunkt entfernt war. Die konnte er nicht genommen haben. Es blieben also nur zwei Wege, von denen einer ebenfalls weiter weg war. Die Gruppe war den ersten Pfad abgegangen, ohne etwas zu finden. Eine Patrouille, der sie begegnet waren, hatte versichert, an diesem Morgen keinen »Riesen von der Militärpolizei« gesehen zu haben.

Nun hatten sie den anderen Weg erreicht und folgten ihm in Richtung Frontlinie. Es war jedoch alles ruhig. Keine Explosionen, kein Waffengeknatter war zu hören. Nur bisweilen das schaurige Krächzen eines Raben.

Die Vegetation war schwarz und weiß und trug den Schmuck winterlicher Lethargie. Die Farblosigkeit und das bleiche Licht machten die Landschaft traurig. Die Männer bewegten sich so unauffällig wie möglich durch eine verschneite Senke, in der sich die Fußabdrücke rasch wieder mit Schnee bedeckten. Hinter einer Biegung, die von einer großen Tanne verstellt war, hielten sie an. Mitten auf dem Weg stand ein Hirsch. Ein großes männliches Tier mit prachtvollem Geweih und rostbraunem Fell.

Er hob den Kopf und sah sie an, aus seinen Nüstern stieg Dampf auf, seine dunklen Augen fixierten die Gruppe bewaffneter Männer. Regungslos und verunsichert starrten sie einander mehrere lange Sekunden an. Dann sprang der Hirsch zwischen zwei Dornenbüschen hindurch, lief im Zickzack durch den Wald und verschwand.

Ohne ein Wort zu sagen, nahmen auch die Soldaten ihren Weg wieder auf. Sie behielten dieses Bild reiner Schönheit für sich, so als könnte es Schaden nehmen, wenn sie darüber sprächen.

Weitere zehn Minuten liefen sie über die weiße Kruste und näherten sich der Kompanie Raven, die nun weniger als einen Kilometer entfernt sein musste.

Frewin, der an der Spitze ging, entdeckte die Spur. Sie war fünfzig Zentimeter breit, zwanzig Zentimeter tief, verließ den Weg und führte in den Wald.

»Was ist das?«, fragte Conrad, der sich hinkniete, um sie zu untersuchen.

»Sieht aus, als stammte sie von einem Kettenfahrzeug«, meinte Matters.

»Dafür ist sie nicht tief genug. Hast du schon mal ein Militärfahrzeug gesehen, das nur eine Kette hat und nichts wiegt?«, spottete Monroe.

Frewin ging neben Conrad in die Hocke.

»Das war kein Wagen«, sagte er.

Conrad nickte und schaute sich prüfend um.

»Nein …« Er stand auf und ergriff ein großes Holzstück, das an der Seite lag. »Ich denke eher, von dem hier.«

»Und wozu?«, fragte Donovan kläglich, der spürte, dass seine Kameraden von einer schwer fassbaren Angst ergriffen wurden.

»Um Fußspuren zu verwischen«, erklärte Frewin.

Er brachte sein Maschinengewehr in Anschlag und begann, der Spur zu folgen.

Sein Zeigefinger lag am Abzug, alle Sinne waren in Alarmbereitschaft. Frewin wusste nicht, ob ihm seine Fantasie einen Streich spielte oder ob sich die Landschaft plötzlich veränderte. Sie wirkte nun wie aus einem Schauermärchen.

Große dunkle Wurzeln ragten in die Luft, bevor sie sich bogen und ihre blinden Köpfe in den Boden gruben. Sie sahen aus wie fette Würmer mit einer dicken erdfarbenen Haut.

Kahle, gekrümmte Äste versuchten, sich in der Kleidung der Männer zu verhaken.

Gelbe, vertrocknete Gräser ragten aus dem Schnee.

Schwarze Brombeerranken sahen aus wie ein Symbol des Bösen.

Und es war kein Laut zu vernehmen. Nicht einmal ein Vogel in der Ferne.

Selbst die Natur schwieg.

Deine Angst überträgt sich auf deine Wahrnehmung der Umgebung … Es ist nichts, versuchte sich Frewin zur Vernunft zu bringen. Eine Dornenhecke zog sich an ihrer linken Seite entlang. *Das ist normal, du entfernst dich vom Weg, du dringst ins Dickicht ein.*

Die Spur schlängelte sich weiter durch die dichte Vegetation.

Plötzlich blieb Frewin stehen. Genau vor ihm lag ein Helm. Rundherum rote Tropfen.

Und in dem Helm war Blut. Frewin spürte die Anspannung hinter sich. Die Männer fluchten, Matters betete. Alle erkannten Larssons Helm, auf den der Riese in Schönschrift den einfachen Satz geschrieben hatte: »WER WILL EWIG LEBEN?«

Eine Blutspur führte geradewegs durch den Schnee. Es war klar, dass sie nicht von einer Verletzung herrührte, sondern in den Schnee gemalt war. *Damit wir ihr folgen?,* fragte sich Frewin. Das war nicht gut. Überhaupt nicht gut. Larsson war etwas zugestoßen. Und der Lieutenant fürchtete das Schlimmste.

Frewin deutete auf eine hohe Tanne und befahl:

»Monroe, kletter rauf und gib uns Deckung, wir folgen der Spur.«

Monroe nickte.

»Ich gehe lieber dort hinauf, da habe ich einen freien Blick und mehr Halt«, antwortete er und steuerte auf einen großen grauen Felsen am Rand einer kleinen Lichtung zu, zu der die Spur führte.

Unterdessen folgte Frewin weiter dem purpurfarbenen Rinnsal, das ihm den Weg wies. Die Vegetation wurde spärlicher, und sie gelangten schließlich auf eine Freifläche von etwa zwanzig Meter Durchmesser. Mit einer Handbewegung befahl Frewin Conrad, die linke Seite in Augenschein zu nehmen, während Donovan sich die rechte vornehmen sollte. Monroe tauchte oben auf dem Felsen auf, der die Landschaft um etwa sechs Meter überragte.

Die Linie führte geradewegs in die Mitte der Lichtung, wo im rechten Winkel eine weitere dazustieß. Frewin verfolgte diese nicht, denn sein Blick blieb an der Gestalt auf dem Baumstumpf haften.

Larsson …

Er saß auf dem abgebrochenen Baumstumpf wie ein König auf seinem Thron, den Rücken an den Rest des Stammes gelehnt. Ein Schreckenskönig.

Seine Augäpfel traten aus den Höhlen – nur noch vom Sehnerv am Herausfallen gehindert. Man hatte seine Lider und die Haut um die Augen zerrissen. Auch seine Wangen und Lippen fehlten, sodass die halb offenen Kiefer freigelegt waren. Man hatte sein ganzes Gesicht zerstört. In der Kälte glänzte der Schmelz seiner Zähne.

Frewin bemerkte einen Hautfetzen, der wie ein rotes Blatt im Wind flatterte.

Aus seiner klaffenden Kehle quoll eine Substanz, die in der Kälte erstarrt war. Der obere Teil seiner Uniform war völlig blutgetränkt.

Larsson … mit durchgeschnittener Kehle.

»Oh Scheiße«, murmelte Matters in seinem Rücken. »Scheiße.«

Die Spuren am Boden waren nach derselben Methode verwischt worden wie auf dem Weg, der sie hierhergeführt hatte. Auf einem Teil des weißen Teppichs erkannte man Striche und zinnoberrote Flecken. Und die bestätigten, dass es keinen Kampf gegeben hatte: Als die Klinge in den Hals und in die Venen gedrungen war, war das Blut fast geradlinig in eine einzige Richtung gespritzt. Man sah eine etwas kompaktere rote Lache zu Larssons Füßen. *Als er auf die Knie gefallen ist,* vermutete Frewin. *Die Hände auf die Kehle gepresst, um die Blutung zu stoppen. Das Blut ist zwischen seinen Fingern hindurch auf ihn und auf den Boden geflossen.*

Wer war fähig, Larsson derart abzuschlachten? Wie konnte jemand so einen Riesen überwältigen, ohne selbst massakriert zu werden? Denn es gab keine weiteren Spuren, der Angreifer schien nicht geblutet zu haben. Schlimmer noch, er hatte das Blut des sterbenden Soldaten in dessen Helm aufgefangen, um die rote Spur in den Schnee zu zeichnen.

»Lieutenant!«, rief Monroe vom Felsen herunter.

Frewin drehte sich zu ihm um. Monroe richtete einen Zeigefinger auf den Boden und zeichnete damit einen Kreis um Frewin.

»Was meint er?«, fragte der Lieutenant.

Matters schüttelte den Kopf.

Dann begriffen sie. Monroe deutete auf die Blutspur, die sie hierher geführt hatte. Frewin drehte sich einmal um sich selbst.

Diese Linie umgab sie.

Sie befanden sich in der Mitte eines Kreises, der mit dem Blut von Larsson gemalt worden war. Von dem Rund führte eine gerade Linie weg, die von einer anderen im rechten Winkel gekreuzt wurde.

Und plötzlich realisierte Frewin, was Monroe von oben sah.

Ein Symbol.

Man hatte sich des Blutes von Larsson bedient, um das weibliche Symbol zu malen. Dasselbe, das sie am Schauplatz des ersten Verbrechens bei Fergus Rosdale gefunden hatten.

Genau in diesem Augenblick ertönten Schüsse, und die Spitze des Felsens, auf dem Monroe stand, explodierte in tausend Stücke.

Der Wald begann zu dröhnen.

Und der Tod drang von allen Seiten auf sie ein.

59

Das Kinn im Schnee, wenige Zentimeter von der Blutlache entfernt, konnte Frewin mindestens drei unterschiedliche Waffen ausmachen. Drei Schützen. Sie griffen von Norden her an.

Er drehte sich zur Seite, um sich zu vergewissern, dass Matters unversehrt neben ihm lag, und suchte nach seinen Männern. Donovan kam am Boden zu ihnen gekrochen. Monroe war bei den ersten Schüssen von der Felsspitze verschwunden. Frewin fürchtete, er könnte getroffen worden sein. Blieb Conrad, der nirgendwo zu sehen war.

»Sie sind direkt vor uns«, keuchte Matters, »dort im Gebüsch. Ich glaube, es sind vier Schützen. Zwei Maschinenpistolen und zwei Gewehre.«

Schlimmer noch, als Frewin vermutet hatte.

»Was sollen wir tun?«, fragte der Sergeant, der seine Angst nicht verbergen konnte.

Frewin versuchte, Ordnung in seine Gedanken zu bringen.

Die Kugeln pfiffen durch die Luft und ließen den Schnee aufspritzen. Es galt, die richtige Entscheidung zu treffen. Conrad fehlte, er musste sich in der Nähe ihrer Angreifer befinden. *Ihn haben sie zuerst erwischt, zusammen mit Monroe, sie waren leichte Ziele.* Wenn er den Befehl gab, sich Richtung Süden zurückzuziehen, kämen sie am Felsen vorbei und könnten versuchen, Monroe zu finden, ließen dabei aber Conrad im Stich.

»Lieutenant?«, beharrte Matters.

Zwei Kugeln gruben sich mit einem schmatzenden Geräusch in Larssons Leiche über ihnen. Sie mussten sich beeilen.

Frewin ging vorsichtig in die Hocke.

»Sperrfeuer«, rief er Matters durch den Lärm zu.

Er kniete sich hin und drückte auf den Abzug. Der Lauf seiner Waffe begann weiß glühendes Metall auszuspucken. Matters tat es ihm sofort nach und zielte auf die Bäume. Frewin bemühte sich gar nicht erst, ein potentielles Ziel im Wald anzuvisieren, er suchte den Rand der Lichtung mit den Augen nach Conrad ab. Nichts. Der erfahrene Militärpolizist war verschwunden, nicht einmal seine Leiche war zu sehen. Frewin warf sich sofort wieder auf den Boden.

Die Antwort ließ nicht lange auf sich warten. Ein Kugelhagel überzog den Baumstumpf. Larssons Leiche fing eine Salve von Schüssen ab, die ein großes Stück von seinem Schädel wegriss, das dicht vor dem Sergeant aufprallte. Durch den Kugeleinschlag geriet die Leiche ins Rutschen und sackte vornüber. Matters hatte gerade noch Zeit, zur Seite zu rollen, um nicht getroffen zu werden, dann fiel dem Lieutenant die Leiche auf den Rücken.

In Sekundenschnelle realisierte Matters, dass er nicht mehr gedeckt war. Eine erste Kugel streifte ihn. Eine zweite ließ den Schnee zehn Zentimeter vor seinem Kopf aufspritzen, sodass ihm die Schneeflocken in die Augen stoben. In seiner Sicht behindert, warf sich der junge Sergeant auf die andere Seite. Zwei Schüsse pfiffen an seinem Ohr vorbei.

Dann, plötzlich, dröhnte sein Helm wie eine Glocke, und er nahm oben an seinem Kopf ein Stechen wahr. Und er begriff. Dieses Mal war die Kugel in ihn eingedrungen. In sein Gehirn. Noch fühlte er nichts. Und seltsamerweise übermannte ihn mehr die Angst als der Schmerz. Es war ein dumpfes, ursprüngliches Entsetzen, denn Matters wusste, dass er nun sterben würde. Er sah den Lieutenant vor sich, der Larssons Leiche zur Seite schob, um sein Maschinengewehr auf ihm abstützen und schießen zu können. Er bemerkte die Patronen, die rauchend aus dem Auswurffenster fielen, und die knisternde Flamme vor dem Lauf der Waffe. Das Knallen der Schüsse schien weit weg zu sein. Er starb, und daher verschwanden alle Empfindungen und Geräusche. Ihm war nicht mehr kalt. Und seine Lider begannen sich zu schließen. Das alles hatte nicht mehr als zehn Sekunden gedauert.

Sein gesamtes Leben verflüchtigte sich innerhalb dieser kurzen Zeit.

Dann wusste er nichts mehr.

Frewin leerte sein Magazin und drehte sich auf die Seite, um nachzuladen. Niemand löste ihn ab, weder Matters noch Donovan. Er schob das neue Magazin in die Waffe, lud durch und gab noch einige Schüsse ab, ohne zu zielen. Dann tauchte Donovan links von ihm auf.

»Wir sollten hier nicht länger bleiben, Lieutenant! Die werden uns massakrieren!«

»Wir ziehen uns zum Felsen zurück, um Monroe zu suchen!«, rief Frewin, während er weiterfeuerte. »Schießen Sie, verdammt noch mal!«

Donovan richtete den Lauf seines Gewehrs in dieselbe Richtung wie sein Vorgesetzter und gab halbherzig zwei Schüsse ab, so als sollte er eine Ameise treffen.

Drei Geschosse schlugen vor dem Soldaten in den Boden ein und spritzten den Schnee auf. Donovan ließ sofort seine Waffe los, um seinen Kopf mit den Armen zu schützen. Frewin gab eine weitere Salve ohrenbetäubender Schüsse ab und hielt nach Matters Ausschau. Er entdeckte den Sergeant hinter sich, das Gesicht im Schnee vergraben. *Nicht Matters, nein, nicht auch er!*

Sie würden alle draufgehen, dachte er. Einer nach dem anderen würden sie abgeschlachtet. Donovan oder er bei dem Versuch, den Felsen zu erreichen. Und der Letzte würde folgen, wenn sie Monroe suchten. Es war vorbei.

Dann explodierte das Gehölz. Schlag auf Schlag versengten zwei Granaten die Büsche und erhellten mit einem kurzen Blitz das Dunkel, das Frewin umgab. Es folgten etwas weiter links Salven aus einem Maschinengewehr. Als Antwort fiel ein weiterer Schuss, und eine dritte Granate explodierte unmittelbar danach. Dann nichts mehr.

Durch die Äste drang eine Rauchwolke.

Fast eine Minute verstrich ohne ein Geräusch, bevor ein kurzer Schuss ertönte. Frewin erkannte das dumpfere Geräusch einer Pistole. Dann wieder Stille.

Zwei Tannen bewegten sich, und eine raue Stimme ertönte:

»Ich bin's, Conrad, nicht schießen!«

Und er trat aus dem Waldrand, das Maschinengewehr über der Schulter.

»Ich habe sie erledigt, diese Mistkerle!«, brüllte er, ohne zu merken, dass ihn die Granaten taub gemacht hatten. »Alle, auch den, der sich noch bewegt hat! Ich hab ihm eins zwischen die Augen geballert!«

Seine Stimme sollte vergnügt klingen, doch sein Blick machte Frewin Angst.

60

Angst ist die stärkste aller Antriebsfedern.

Angst verwandelt die Menschen, zerstört sie oder macht sie unverwundbar. Angst kann auf den Geist wirken wie ein Dopingmittel oder ihn lähmen. Sie ist ein Instrument der Versklavung, sie kennt keine Grenzen. Wer die Angst beherrscht, beherrscht die Menschen.

Matters hatte diese grausame Erfahrung gemacht. Die Angst hatte sich seines gesamten Körpers einschließlich seines Bewusstseins bemächtigt und ihn ohnmächtig werden lassen. Er hatte geglaubt, eine Kugel ins Gehirn bekommen zu haben, dabei war sie an seinem Helm abgeprallt, von dem lediglich etwas Farbe abgeblättert war. Er hatte überlebt. Ohne die kleinste Schramme. Genau wie Monroe, der sich gleich zu Beginn des Angriffs beim Sprung vom Felsen den Kopf angeschlagen hatte. Nachdem er wieder zu sich gekommen war, war die Sache ausgestanden. Conrad hatte die feindliche Patrouille entdeckt, kurz bevor diese das Feuer auf seine Kameraden eröffnete. Er hatte sich verstecken müssen, um sie von hinten anzugreifen. Wahrscheinlich wären sie von der Patrouille unbemerkt geblieben, hätte Monroe nicht seinen Lieutenant gerufen, um ihn auf das mit dem Blut ihres Kameraden gemalte Symbol aufmerksam zu machen. Conrad hatte die Feinde plötzlich auftauchen sehen, ohne seine Leute warnen zu können.

Mit zwei Granaten hatte er ihrem kriegerischen Eifer ein Ende bereitet und dann den Sterbenden mit einer Salve aus seinem Maschinengewehr den Rest gegeben. Ein etwas weiter entfernt versteckter, gegnerischer Soldat hatte zurückgeschossen, und Conrad hatte dieses Problem mit seiner letzten Handgranate gelöst. Als er zwischen den Leichen hindurchging, hatte er einen Überlebenden entdeckt und mit seiner Pistole erledigt. Mit einer Kugel.

Während ihn sein Erfolg zunächst geradezu euphorisch gestimmt hatte, versank er anschließend in einen nichts Gutes verheißenden Mutismus.

Frewin hatte seine Männer in das Frontlazarett geführt: mehrere langgestreckte Zelte, in denen es kaum wärmer war als in ihren Unterständen. Monroe und Matters ließen sich trotz anfänglicher Proteste untersuchen, und Frewin ging mit einigen Männern der Kompanie Drake zur Lichtung. Sie kehrten am Spätnachmittag mit einer Totenbahre, bedeckt mit einem kakifarbenen Tuch, wieder zurück. Eine Stunde später sollte sich das gesamte Team der Militärpolizei im behelfsmäßigen Hauptquartier einfinden: einem tiefen Erdloch, umgeben von Tannen.

Da der Winter nahte, war die Dunkelheit bereits hereingebrochen und hob die Reihe orangefarbener Lichter im Wald hervor. Schimmernde Poren an der Oberfläche dieser weißen Haut und Soldaten, die sich um diese winzigen hellen Flecken scharten, um gegen die Kälte anzukämpfen. Sie rückten eng zusammen, um hingebungsvoll die kleinen Flammen zu betrachten, von denen sie hofften, sie würden nicht erlöschen.

Frewin bahnte sich seinen Weg an den Graben vorbei, grüßte zwei Männer, die Wache schoben, und erreichte dann den Unterstand der Militärpolizei, in dem zwei Sturmlaternen einen schwachen Schein verbreiteten. Als Frewin hinabstieg, sah er die bleichen Gesichter von Matters, Donovan, Monroe und Conrad. Vier Männer, mehr waren ihm nicht geblieben. Vier andere hatten sie während der langen Kampfhandlungen verloren: Clauwitz, Forrell, Baker und jetzt Larsson. Seit zwei Monaten versprach man ihm Verstärkung, bisher ohne Ergebnis. Zum Glück übernahm das Team von Captain Stanley, der anderen Einheit der Militärpolizei, die diesem Regiment zugeteilt war, einen Großteil der normalen Arbeit.

Frewin fand einen Sitzplatz auf einer leeren Munitionskiste, die als Tisch und Hocker diente. Seine Männer hatten sich in ihre Decken gehüllt.

»Ich will nicht um den heißen Brei herumreden«, begann er, »wir haben ein ernstes Problem.«

Frewin sah sie vielsagende Blicke tauschen. Sie hatten also bereits darüber gesprochen.

»Larsson wurde ermordet, und zwar nicht vom Feind. Das Symbol, das mit seinem Blut gemalt wurde, war nicht zufällig da. Auch dass es Larsson erwischt hat, ist kein Zufall.«

»Es ist genau wie auf der *Seagull* beim Mord an Rosdale«, erinnerte Matters düster.

»Ja, und von diesem Symbol wissen nicht viele.«

»Wir und Miss Dawson«, ließ sich Matters vernehmen.

»Genau«, antwortete Frewin sorgenvoll.

»Und Officer Coolidge, der an Bord war.«

Frewin nickte und sah den Dreißigjährigen vor sich. Matters hatte bereits genau nachgedacht.

»Coolidge kann es aber nicht gewesen sein«, widersprach der Lieutenant.

»Warum?«, fragte Monroe, eine Zigarette im Mundwinkel.

»Weil er wahrscheinlich das Schiff gar nicht verlassen hat und auch in diesem Moment dort ist, während wir uns hier, mehrere hundert Kilometer entfernt, zu Tode frieren.«

»Und Miss Dawson?«, hakte Matters nach.

Der vorwurfsvolle Ton missfiel Frewin, und er beeilte sich, sie zu verteidigen.

»Mal ehrlich, können Sie sich vorstellen, dass sie so etwas

tut? Ganz abgesehen von dem Kräfteunterschied zwischen ihr und Larsson! Nein, und genau deshalb haben wir ein ernstes Problem.«

Er schaute jeden seiner Männer prüfend an. Alle hielten dem Blick stand. Jeder wusste, was er sagen wollte. Man hatte Larsson nicht einfach umgebracht. Er war *massakriert* worden.

»Wir werden denjenigen erwischen, der es getan hat, und teuer dafür bezahlen lassen!«, rief Monroe aus. »Dabei wird es keinen Prozess geben, nur ihn und uns!«

»Monroe! Nichts dergleichen! Bei uns gibt es keine Lynchjustiz«, gab der Lieutenant streng zurück.

Der Angesprochene murmelte etwas, bevor er sich noch fester in seinen dicken Umhang hüllte. Frewin wusste, dass es seinen Männern nicht gut ging. Der finstere Blick Conrads nach seiner heutigen Tat, die nur mühsam zurückgehaltene Wut Monroes und die Apathie von Matters und Donovan bereiteten ihm Sorgen. Aber sie mussten weitermachen, es war Krieg, und selbst wenn Larsson nicht wie die anderen gefallen war, gehörte er zu den an der Front getöteten Soldaten. Alle verloren bei jeder Schlacht einen oder mehrere Kameraden.

»Larsson wurde … zur Schau gestellt«, erklärte Matters mit bewegter Stimme.

Frewin fixierte ihn. Mehr noch als der Zustand der Leiche störte ihn genau dieser Punkt.

»Das erinnert uns an etwas.«

»Hriscek ist tot, er wird von den Würmern gefressen!«, protestierte Donovan sofort.

»Daran besteht kein Zweifel«, musste der Lieutenant zugeben. »Wir haben alle gesehen, was von ihm übrig war, sein Gesicht und seine verbrannten Gliedmaßen. Das lässt uns keine große Wahl.«

Matters zuckte mit den Schultern und sagte:

»Genau, das lässt uns überhaupt keine Wahl! Wer hat Larsson das angetan?«

»Jemand, der über das weibliche Symbol Bescheid wusste«, antwortete Frewin. »Jemand, der wusste, dass Hriscek die Leichen seiner Opfer zur Schau stellte.«

Der Ton wurde allmählich schärfer.

»Aber das sind nur wir«, erwiderte Matters.

»Dann müssen wir uns die bisherigen Ermittlungen erneut vornehmen. Es gibt nur zwei Optionen: Entweder es war nicht Hriscek ...«

»Unmöglich!«

Frewin fuhr fort, ohne die Unterbrechung zu beachten:

»Oder er hatte einen Komplizen.«

Da die Gesichter der Männer von unten erleuchtet wurden, verliehen ihnen die Schatten darauf einen gespenstischen Ausdruck.

Nun meldete sich Donovan zu Wort.

»Es ist quasi unmöglich, dass zwei Perverse sich zusammentun, sich als solche zu erkennen geben und derart ausgefallene Fantasien in die Tat umsetzen, das haben Sie selbst gesagt.«

»Ich weiß, wir dürfen die Möglichkeit trotzdem nicht ganz aus den Augen verlieren, ich kann mich täuschen, selbst wenn ... es mir heute noch genauso unwahrscheinlich erscheint. Die Verbrechen waren ... *sind* sehr speziell. Sie deuten alle in dieselbe Richtung – Frustration, Hass auf das System, auf die Frauen –, sie sind so ausgeklügelt, dass ich nicht glauben kann, dass sie zwei Gehirnen entspringen. Wenn sich zwei Perverse treffen und gemeinsam ihre Pläne schmieden würden, müsste man – sogar angenommen, einer hätte das Sagen – bei den Verbrechen Elemente finden, die deutlich in verschiedene Richtung weisen, mal vom einen, mal vom anderen stammen ... die Sprache des Blutes! Ich wiederhole noch einmal: Ein Mann kann nicht kaltblütig einen anderen töten, ohne dass sich ein Teil seiner Persönlichkeit und der Gründe für seine Tat in dem Verbrechen niederschlägt.«

»Also was dann?«, protestierte Conrad, dem diese Erklärungen arg zusetzten. »Wenn Hriscek keinen Komplizen hatte, und da er selbst mausetot ist, wer war es dann?«

»Es könnte ja sein ...«, stammelte Donovan, »dass Hriscek gar nicht der Mörder war. Dass man uns irgendwie getäuscht hat.«

»Und dann hätte der Täter sechs Monate lang nicht gemordet?«, entgegnete Monroe wenig überzeugt.

»Wenn wir ihm unmittelbar auf der Spur waren, könnte das der Fall sein«, meinte Matters. »Er hätte auf heimtückische Weise den Verdacht auf Hriscek lenken und, nachdem er uns losgeworden war, warten können, dass die Wogen sich glätten, um wieder zuzuschlagen.«

Der Sergeant warf Frewin, auf Unterstützung hoffend, einen fragenden Blick zu. Dieser überlegte, wog die verschiedenen Möglichkeiten gegeneinander ab.

»Wie dem auch sei, ich muss Sie um äußerste Wachsamkeit bitten«, sagte er schließlich. »Wir sind zu wenige, um in Gruppen arbeiten können, und ich brauche jeden Einzelnen, um unseren Auftrag durchzuführen. Seien Sie daher, wenn Sie allein unterwegs sind, stets auf der Hut. Ich werde Toddwarth bitten, sofort Verstärkung zu schicken, und hoffe, dass er uns dieses Mal nicht weitere sechs Monate schmoren lässt. Vorerst aber gilt: Vorsicht.«

»Das ist ... alles?«, fragte Donovan verwundert. »Wird wegen des Mordes an Larsson nicht ermittelt?«

»Ich habe den Mord und unsere Ermittlungen bereits gemeldet«, berichtete der Lieutenant.

»Die Kompanie Raven ist in der Nähe des Ortes stationiert, wo er gefunden wurde«, sagte Matters mit deutlicher Wut in der Stimme. »Und Larsson kam von dort. Der 3. Zug war ganz in der Nähe. Alles fängt wieder von vorn an.«

Sie schwiegen in der seltsamen Stille des Waldes. Die Anwesenheit des Militärs hatte die Tiere vertrieben, die den Kampfhandlungen entkommen waren.

»Es gibt noch eine letzte Möglichkeit«, ließ sich Monroe düster vernehmen. »Dass es einer von uns ist.«

Und noch seltsamer als die Ruhe des Waldes war, dass sich niemand darüber empörte. Sie musterten einander, die Züge durch die Schatten verzerrt.

Die Gesichter von Ungeheuern.

61

Am frühen Morgen waren die Kämpfe einige Kilometer weiter östlich erneut aufgeflammt, und man hörte wieder das Knattern der Maschinengewehre und die Einschläge von Granaten.

Bevor seine Männer zu ihren jeweiligen Aufgaben aufbrachen, wiederholte Frewin die Sicherheitsanweisungen:

»Vergessen Sie nicht, dass Sie auf dem Weg zu den einzelnen Kompanien allein im Wald sind. Anschließend wird jede Inspektion oder Patrouille mit einem Team der Kompanie Drake durchgeführt. Bitte keinen übertriebenen Diensteifer, ohne Begleitung geht niemand irgendwo hin.«

»Könnte der Zustandsbericht der Truppen nicht per Funk übermittelt werden?«, fragte Monroe.

»Nein, der Führungsstab ist strikt dagegen. Der Zustand jeder Kompanie gilt als empfindliche Information – Tote, Verletzte und Deserteure, das alles darf der Feind nicht mitbekommen, und der Funkverkehr kann abgehört werden. Das ist nun mal Ihre Aufgabe, also los.«

Er sah seine vier Männer den rutschigen Hang des Unterstands hinaufsteigen und zu ihren jeweiligen Missionen aufbrechen. Niemand sagte etwas, aber jeder war angespannt. Alle waren schwer bewaffnet, und Matters kontrollierte zum zweiten Mal, ob sein Gewehr auch geladen war, bevor er zwischen den Tannen verschwand.

Frewin kramte in der Kiste, die seine bescheidenen Habseligkeiten enthielt. Er hob ein paar Wäschestücke hoch und zog zwischen Notizbüchern und den vielen an Patty adressierten Briefen die Liste mit den Männern des 3. Zugs der Kompanie Raven hervor. Immer dieselben. Er hatte sie aufgehoben, ohne zu wissen, warum, er, der normalerweise nicht sentimental war. Das Blatt war zweifach gefaltet und zerknittert.

Wenn Hriscek nicht unser Mann war, hat man uns unglaublich raffiniert getäuscht! Er musste alle vermeintlichen Spuren, die sie zu Hriscek geführt hatten, zurückverfolgen. Er begnügte sich vorerst jedoch damit, die Liste in eine Jackentasche zu stecken, und verließ seinerseits den Unterstand.

Er musste als Erstes Captain Morris einen Besuch abstatten.

Im Lager des 3. Zugs, das nur sechshundert Meter von der Frontlinie entfernt lag, waren die Kampfhandlungen sehr viel deutlicher zu spüren. Captain Morris war nicht da, er unterstützte mit einigen seiner Männer den 2. Zug im Gefecht. Er traf nur Sergeant Parker Collins an, der zwischen den Zelten umherlief.

»Hey!«, rief Frewin ihm zu.

»Ich muss los, Lieutenant, ich habe nur schnell meine Taschen neu aufgefüllt«, antwortete er und zeigte auf seine beiden Arztköfferchen mit dem Zeichen des Roten Kreuzes darauf.

»Sind alle im Gefecht?«

»Ja«, keuchte Collins, »und da ist ganz schön was los.«

»War der 3. Zug gestern hier?«

Parker Collins nickte.

»Außer Regie, Clamps und Traudel, die vormittags auf Patrouille waren, und Clark, Brodus und Costello, die sie am Nachmittag abgelöst haben. Sonst waren alle da.«

»Und sie konnten sich frei bewegen?«

Collins zuckte zusammen und blieb stehen, um den Lieutenant zu mustern.

»Warum? Verdächtigen Sie uns wieder mal wegen irgendeiner Sache?«

»Antworten Sie, Sergeant.«

Collins blickte verärgert drein.

»Ja, alle konnten sich frei bewegen. Wissen Sie, die Kompanie Raven hat immer die Arschkarte, und wenn wir dann mal nicht mit der Nase in der Scheiße stecken, lassen uns unsere Vorgesetzten in Ruhe. Daran könnten Sie sich ruhig ein Beispiel nehmen.«

Larsson war vormittags umgebracht worden. Regie, Clamps und Traudel konnten von der Liste der Verdächtigen gestrichen werden. Es sei denn, sie hätten zu dritt gehandelt, was der Lieutenant sich nicht vorstellen konnte. Es waren Verbrechen eines Einzeltäters. Ein Mörder und ein Opfer, das spürte er.

»Tut mir leid, aber ich muss jetzt wirklich weiter«, sagte der Sanitäter, schloss seine Taschen und entfernte sich.

Frewin sah ihm nach und machte sich dann auf die Suche nach dem Weg, der an der Nordflanke entlangführte und den Larsson am Vortag genommen hatte. Zwischen zwei Brombeerhecken entdeckte er ihn. Er hatte seiner Mannschaft äußerste Vorsicht gepredigt und musste feststellen, dass er selbst nur seine Pistole dabeihatte. Keine schwere Waffe, keine Handgranate.

Trotz des Lärms der Kampfhandlungen hörte Frewin nur das Knirschen seiner Sohlen im Schnee und den Wind, der durch die Äste strich. Er folgte der Spur, die der Mörder »gesäubert« hatte, und gelangte auf die Lichtung. Noch immer war die weiße Schneedecke von Blut befleckt. Niemand hatte die Zeichnung verwischt, die wie eine Provokation wirkte. Frewin trat etwas zurück, um sich einen besseren Überblick zu verschaffen.

Der Mörder hatte sich mit seiner Beute vom Weg entfernt, um seine Ruhe zu haben. Larsson hatte sich nicht gewehrt, die schmale Spur ließ sogar vermuten, dass sie im Gänsemarsch gelaufen waren. Frewin kannte Larsson. Er war nicht der Typ, der jemandem brav nachging. Er hätte sich gewehrt, wenn er die geringste Gefahr oder Ungereimtheit geahnt hätte. Warum also war er dem Mörder hierher gefolgt? Frewin hielt nur eine Erklärung für möglich: Er hatte Vertrauen.

Sie waren zusammen bis zu dem Baumstumpf gegangen. Und dort war es dem Mörder gelungen, einem Koloss und Muskelpaket von einem Meter achtundneunzig widerstandslos die Kehle durchzuschneiden.

Unvorstellbar.

Es sei denn, Larsson vertraute seinem Mörder blind. Einem von uns …

Er schüttelte den Kopf, als wolle er diesen unwürdigen Gedanken aus seinem Gehirn löschen. Aber man musste sich den Tatsachen stellen. *Es muss eine andere Erklärung geben!* Er betrachtete die Blutspur. Das provozierende Symbol. Wenn der Urheber keiner von seinen Männern war, konnte es sich nur um den Mörder von Rosdale handeln.

Niemand sonst wusste von der Zeichnung. Und wenn der Mörder das Symbol hier erneut hinterlassen hatte, dann war es eine Herausforderung. *Wenn Rosdales Mörder von dem weiblichen Symbol am Tatort wusste, warum hatte er es dann nicht verwischt? Weil es ihm dienlich war. Weil er dessen Urheber war. Um uns zu veranlassen, Lisa Hiburgh zu vernehmen und dabei auf Hriscek zu stoßen. Eine Inszenierung. Eine weitere Manipulation.*

Frewin zog die Liste mit den Namen der Soldaten des 3. Zugs aus der Tasche. Wenn Hriscek nicht der Mörder war, so war diesem Mann ein unglaubliches Täuschungsmanöver gelungen, um die Militärpolizei hinters Licht zu führen. Und er war sechs Monate untätig geblieben.

Man war dir dicht auf den Fersen, ist es das? Wir hätten dich fast gehabt, und deshalb hast du das alles angezettelt, damit wir uns mit Hriscek zufriedengeben? Schlimmer noch, die List war ab dem ersten Verbrechen zum Tragen gekommen. Von Anfang an hatte der Mörder sich eine Hintertür offen gehalten. *Aber er hat sechs Monate nicht mehr getötet! Man war ihm direkt auf der Spur. So nah, dass er sich diese ganze Zeit über zurückgehalten hat.* Worüber verfügten sie, um ihm derart Angst zu machen? Hatten sie ihn fast enttarnt, bevor die Falle bei Hriscek zuschnappte?

Sie vermuteten den Schuldigen im 3. Zug. Einen kräftigen Mann, einen Rechtshänder mit Schuhgröße 44. Frewin holte die Liste wieder hervor.

Vier Verdächtige passten in das Raster.

Der Sanitäter Parker Collins, Cal Harrison, schon wieder er, Rodney Barrow und John Wilker, den Ann unbedingt zu den »imposanten Staturen« hatte zählen wollen. Wie hatte einer dieser Burschen das Vertrauen von Larsson gewinnen können? Ein höherer Dienstgrad? Collins war Sergeant. Der Sanitäter konnte vertrauenerweckend wirken. Aber so, dass er Larsson beiseitenehmen und ihm problemlos die Kehle durchschneiden konnte? *Nicht sehr wahrscheinlich …*

Du musst nach Augenfälligkeiten suchen! Ich habe gestern Nachmittag Larssons Leiche angeschaut, er hatte keine Fesselspuren an den Handgelenken. Er konnte sich frei bewegen! Warum also hat er seinem Angreifer gegenüber keinen Widerstand geleistet?

Ein Blitzangriff? Und wenn Larsson von sich aus den Hauptweg verlassen hatte, um zu der Lichtung zu gehen?

Frewin drehte sich einmal um seine eigene Achse. Die Tat war mitten auf der Lichtung verübt worden, der Mörder konnte also nicht versteckt gewesen sein. *Nein, er hat ihn gesehen. Und hatte keinen Verdacht.*

Der Lieutenant schüttelte den Kopf. Er verstand einfach nicht, was hier vorgefallen war. Hriscek schien der ideale Schuldige gewesen zu sein, alle Spuren waren bei ihm zusammengelaufen. *Allerdings haben wir nie herausgefunden, wie es ihm gelungen ist, seinen Kerker zu verlassen und Baker zu überwältigen.* Wenn Hriscek nicht der Mörder war, den sie jagten, musste der tatsächliche Mörder in dieser Nacht gekommen sein, um ihn zu befreien, bevor er selbst floh. Frewin seufzte.

Er steckte die Liste wieder ein und ging zum Basislager zurück, das er nach vierzig Minuten Fußmarsch erreichte.

Dort gelang es ihm, Generalmajor Toddwarth ans Telefon zu bekommen. Frewin bat nicht um etwas. Er forderte. Rekruten für seine Einheit und freie Hand für die Ermittlungen über den Mord an Larsson.

»Ich glaube, der Mörder des vergangenen Sommers war gar nicht Hriscek.«

»Nein, Schluss damit, ich will nichts mehr von dieser Geschichte hören! Larsson ist auf eine feindliche Patrouille gestoßen, wahrscheinlich die, von der ihr angegriffen wurdet. Hör endlich auf, überall den Teufel zu sehen.«

»Es ist die Tat eines Perversen, nicht einer Meute wild gewordener Soldaten.«

»Craig, gib endlich Ruhe! Ich werde tun, was ich kann, um dir Verstärkung zu schicken. Im Gegenzug verlange ich, dass du dich von diesem Hirngespinst verabschiedest. Das ist ein Befehl.«

Frewin konnte sich gut vorstellen, wie sein Vorgesetzter nervös über seinen Schnurrbart strich, was er häufig tat, wenn etwas nicht nach seinen Vorstellungen lief. Toddwarth war starrköpfig und änderte seine Meinung selten. Es war sinnlos, weiter darauf zu beharren, das war Frewin klar.

»Also gut«, sagte er schließlich, »aber falls ein weiterer Mord passiert, wirst du mich nicht daran hindern können, die Ermittlungen neu zu eröffnen, und zwar mit allen nötigen Mitteln. Und diesen Mord wirst *du* dann auf dem Gewissen haben.«

Als er am Spätnachmittag bei dem jämmerlichen Unterschlupf seines Teams eintraf, sah er Donovan, der dabei war, eine kalte Ration zu verspeisen.

»Sind die anderen noch nicht zurück?«

Donovan verneinte.

»Monroe ist mit den Burschen von der Kompanie Drake auf Patrouille, sie suchen zwei Deserteure, die in einer Scheune weiter südlich gesehen wurden. Matters ist noch in dem rückwärtigen Basislager, dort brauchten sie einen Unteroffizier der MP für irgendeine Verwaltungssache mit den Gefangenen, wenn ich das richtig verstanden habe, und Conrad ist einem Funkruf gefolgt.«

»Was für ein Funkruf?«

»Ich weiß nicht, man hat per Funk einen Soldaten von der Militärpolizei angefordert.«

Frewin zögerte, sich zu setzen und aufzuwärmen. Es war besser, das zu überprüfen, vielleicht brauchte Conrad Unterstützung durch seinen Vorgesetzten.

»Wo finde ich einen Funker?«, fragte er.

»Etwa fünfzig Meter von hier in einem Schützengraben«, antwortete Donovan.

Frewin hatte den zwei Meter tiefen Graben, in dem sich mehrere Männer aufhielten, schnell gefunden. In einem mit Sandsäcken besonders geschützten Winkel befanden sich das Funkgerät und ein diensthabender Sergeant.

»Sie haben eine Nachricht für die Militärpolizei erhalten?«

Der junge Mann dachte angestrengt nach.

»Ach ja, vor gut einer Stunde. Ein Appell der Kompanie Raven. Sie kamen von der Front zurück.«

Der Captain der Kompanie hatte den aktuellen Zustand seiner Truppen ermittelt und wollte diesen dem rückwärtigen Basislager melden – dafür benutzte man die Männer der Militärpolizei, damit sich die Verbindungssoldaten während des Kampfgeschehens auf die Verständigung zwischen den Zügen konzentrieren konnten. Was Frewin nicht gefiel, war die Tatsache, dass Conrad allein im Wald in der Nähe der Kompanie Raven unterwegs war. *Conrad ist ein großer Junge, er wird vorsichtig sein.* Sofort erwiderte eine kleine tückische Stimme: *Dasselbe hast du von Larsson auch gesagt, oder?*

Frewin zog es vor, der Paranoia nicht nachzugeben.

»Gut, informieren Sie mich, falls irgendetwas nicht normal sein sollte.«

Daraufhin lief er zurück, um seinerseits zu essen und sich, als die Sonne unterging, in eine Decke zu hüllen.

Monroe erschien, als der Himmel noch grau war, und Matters traf nach Einbruch der Dunkelheit ein. Die Lampen brannten und verbreiteten ihren goldenen Schein.

Kurz nach zwanzig Uhr erhob sich Frewin und befahl Monroe, ihn zu begleiten. Gemeinsam wollten sie sich auf die Suche nach Conrad machen.

»Er ist vor vier Stunden losgegangen, hätte also längst alles erledigen und wieder hier sein können.«

»Vielleicht hat er inzwischen noch einen weiteren Auftrag erhalten«, meinte Matters, um seinen Vorgesetzten zu beruhigen.

»Wahrscheinlich. Trotzdem kann es nicht schaden, dies zu überprüfen.«

Alle spürten die Nervosität ihres Lieutenant.

Monroe schulterte sein Maschinengewehr, und Frewin steckte eine Taschenlampe ein für den Weg durch den finsteren Wald. Bald hatte die Kälte sie fest im Griff. Trotz der Helme legte sie ihren beißenden Hauch auf Wangen und Ohren und kroch den Nacken hinunter.

Der Lichtstrahl reichte kaum aus, um ihnen den Weg zu zeigen. Das Echo der Kampfhandlungen war mit Einbruch der Dunkelheit verstummt, zu hören war nur noch das Knirschen des Schnees unter den Sohlen.

Zu dieser nächtlichen Stunde wirkte die ganze Welt wie eine weiße Fläche, bedeckt mit einem Pelz aus Pflanzen. Die Städte waren verschwunden, Berge und Ozeane verdampft. Der Krieg ließ nur einen unendlichen finsteren Wald zurück.

Mit tänzerischer Anmut begannen nach etwa zehn Minuten die ersten Schneeflocken zu fallen – Blütenstaub des Himmels, der auf Erde und Bäume herabrieselte.

Frewin führte Monroe auf direktem Weg zur Kompanie Raven. Bald verwandelte sich der Blütenstaub in Blätter, verwischte die Fußspuren und legte einen dichten Vorhang über die Landschaft. Der Lichtkegel der Taschenlampe reichte gerade einmal bis zu den Füßen des Lieutenants.

Monroe holte ihn ein, sodass sie jetzt nebeneinander herliefen.

»Ich fürchte, wir können nachher nicht zurück, wir riskieren, uns zu verlaufen!«

»Ich weiß, aber wir können Conrad nicht im Stich lassen.«

Monroe nickte, das Gefühl der Solidarität begann ihn erneut zu motivieren.

Gebeugt kämpften sie sich voran und hatten zunehmend Mühe, dem Weg zu folgen.

Schließlich erreichten sie das Lager der Kompanie Raven, und Frewin begab sich zum Areal des 3. Zugs. Dort traf er Captain Morris im Gespräch mit seinen beiden Lieutenants Piper und Clark sowie den Sanitäter Parker Collins an.

Morris bestätigte, dass Conrad am Spätnachmittag, etwa gegen siebzehn Uhr erschienen und mit dem Zustandsbericht der Truppen zum rückwärtigen Basislager aufgebrochen war.

»Und dann hat ihn niemand mehr gesehen?«, wollte Frewin wissen.

»Nein, ich jedenfalls nicht.«

Die anderen konnten dies nur bestätigen. Conrad war nicht zurückgekommen.

»Und was haben Ihre Männer am Spätnachmittag gemacht?«

Morris runzelte die Stirn.

»Sie haben sich ausgeruht, warum?«

Ohne auf die Frage einzugehen, fuhr Frewin fort:

»Haben Sie irgendetwas Besonderes bemerkt?«

»Was? Kaum fehlt einer Ihrer Soldaten beim Appell, suchen Sie den 3. Zug auf? Ganz schön dreist, Lieutenant!«

Jetzt meldete sich Parker Collins zu Wort.

»Wenn ich mich einschalten darf, ich habe, kurz nachdem der Soldat gegangen ist, etwas gehört.«

»Was? Was haben Sie gehört?«, fragte Frewin beunruhigt.

»Ich denke, es war eine knappe halbe Stunde nach seinem Aufbruch. Eine dumpfe Explosion. Wie von einer Granate. Das hat mich gewundert, denn das Geräusch kam nicht von Osten, wo die Kämpfe stattfinden, sondern von hinten. Da es aber keine anderen Schüsse oder sonst etwas gab, habe ich nicht weiter darüber nachgedacht.«

»Kam das Geräusch aus der Richtung, in die Conrad gegangen ist?«

»Ja, ich glaube schon.«

Frewin bedankte sich kurz und wollte wieder in die Kälte und den aufkommenden Sturm hinausgehen. Monroe ergriff seinen Arm:

»Ich glaube nicht, dass es vernünftig ist, jetzt dorthin zu gehen!«, rief er.

»Beunruhigt Sie diese Geschichte mit der Granate und Conrads Fehlen nicht?«

»Doch, Lieutenant, und wenn Sie sagen, dass wir hingehen, folge ich Ihnen natürlich. Aber ich glaube nicht, dass es eine gute Idee ist.«

»Gehen wir, Monroe. Gute Idee hin oder her.«

Und sie liefen, ihren eigenen, fast schon unter dem Schnee verschwundenen Fußspuren folgend, zurück. Frewin wurde von einer düsteren Vorahnung heimgesucht. Einem Albtraum, den er seit Collins Worten nicht aus seinem Bewusstsein verdrängen konnte.

Der Höhepunkt der Vergeltung. Der Gipfel der Provokation.

Der Mörder, der seine Allmacht zeigte, indem er die Militärpolizei mit der arrogantesten Wiederholungstat verhöhnte.

Sie mussten bis zu der Lichtung gehen.

Der Wind blies in heftigen Böen und trieb Flockenwirbel gegen die beiden Gestalten. In den Falten ihrer Uniformen sammelte sich der Schnee. Trotz der Handschuhe wurden die Finger klamm. Sie liefen wie Automaten und verloren ihre Wachsamkeit in dem Maß, wie sie den Kampf gegen die beißende Winterkälte verloren.

Frewin erkannte die Abzweigung zu der Lichtung an einem missgebildeten Baum, der ihm am Vortag aufgefallen war. Jeder Schritt wurde zu einem Kraftakt. Bis zur halben Wade versanken sie im eisigen Pulverschnee.

Sie passierten den schwarzen Felsen.

Plötzlich Windstille und keine Schneeflocken mehr.

Der Lichtstrahl der Lampe durchschnitt die Dunkelheit. Er streifte die Büsche, den Baumstamm.

Bevor er sich auf eine dunkle Masse legte, die im Schnee versunken war.

Frewin eilte hin und glitt auf etwas aus, das er unter dem Neuschnee für Eis hielt. Er ergriff den Kragen und zog im Schein der Lampe den Kopf aus dem funkelnden Gefängnis.

Conrads Mund stand offen, die halb geschlossenen Augen waren glasig.

Frewin sah, dass er mit seinen eigenen Handschellen gefesselt war. Und als er den Rumpf des reglosen Mannes aufrichten wollte, entdeckte er das Grauen.

Es fehlte die gesamte Vorderseite.

Man hatte Conrads Eingeweide herausgerissen, die jetzt unter dem Schnee lagen. Überall. Über mehrere Meter verteilt. Der Schnee bemühte sich, sie zu bedecken, als schämte er sich ihrer.

Schlimmer als jedes Massaker. Das war der Gedanke des Lieutenant. *Bestialisch. Grauenvoll.*

Frewin begriff, worauf er zuvor ausgeglitten war: auf dem gefrorenen Blut dieses armen Mannes.

Conrad war tot.

Genau dort, wo man Larsson umgebracht hatte.

Und die Botschaft konnte nicht deutlicher sein: Frewin und sein Team würden nach und nach ausgelöscht.

Nichts könnte dieses Raubtier mehr aufhalten.

Nichts.

62

Das Morgenlicht war bleich, fast verhalten, als wage es nicht, diese barbarische Welt zu erhellen, in der sich die Menschen gegenseitig umbrachten.

Frewin fuhr den Jeep, den er sich in die Basis hatte bringen lassen, und raste auf der schier endlosen Straße dahin. Bisweilen begegneten ihm zwei oder drei Lastwagen, die mit Verpflegung in der Gegenrichtung unterwegs waren, aber die Landschaft selbst änderte sich um keinen Deut: Wald, so weit das Auge reichte. Nach drei Stunden Fahrzeit war er am nächsten Lager angelangt. Hier waren die Wege eine matschige Mischung aus Erde und Schnee. Man sammelte die Verwundeten aller Frontlinien und verteilte die Spritvorräte an die verschiedenen motorisierten Einheiten. Der Geruch des Blutes vermischte sich mit dem des Benzins, und Frewin wurde von heftiger Übelkeit übermannt. Sein Körper reagierte auf diesen ekelhaften Geruch, und es dauerte nicht lange, bis er zwischen zwei Zelten verschwinden musste, um sich zu übergeben.

Er gelangte zum Lazarett, das sich auf etwa fünfzig langgestreckte Zelte verteilte, hoch und breit wie Hangars. An die tausend Kriegsverwundete waren hier versammelt, bevor sie, je nach ihrem Zustand, entweder nach Hause oder zurück in die Schützengräben geschickt wurden. Der Lieutenant verbrachte eine halbe Stunde mit der vergeblichen Suche nach derjenigen, für die er den ganzen Weg auf sich genommen hatte. Er wandte sich an einen Sanitäter.

»Ich suche die Krankenschwester Ann Dawson. Wissen Sie, wo ich sie finden kann? Sie gehört zu der mobilen medizinischen Einheit von Stabsarzt Callon.«

Der Mann musterte ihn einen Augenblick, bevor er nachdachte. »Das sagt mir etwas ... Ach natürlich, Stabsarzt Callon ist heute Morgen mit seinem Team angekommen. Sie müssten sie in der Nähe der Operationsblöcke ziemlich am Ende der Straße B finden.«

»Danke.« Frewin wollte schon gehen, blieb dann aber doch stehen und fragte: »Wissen Sie, von wo sie kommen?«

»Keine Ahnung, sie sind immer dort, wo sie gerade am dringendsten gebraucht werden, hauptsächlich in die Nähe der Front. Ich bin in Eile, tut mir leid.«

Frewin bedankte sich ein weiteres Mal und brach in die angegebene Richtung auf. Nach fünf Minuten hatte er Ann schließlich gefunden. Sie betrat gerade ein Zelt, dessen eine Seite offen war. Noch immer genauso schön. Ihre blonden, im Nacken zusammengebundenen Locken, ihre energischen und zugleich sanften Züge. Die anmutigen Gesten. Frewin näherte sich. Sie ordnete Arzneifläschchen in ein Regal, das als Reservelager diente.

»Guten Tag«, sagte er leise, fast verlegen.

Sie hielt inne, den Arm erhoben, ohne sich umzudrehen. Dann beendete sie ihre Bewegung und wandte sich zu ihm um. Sie betrachtete ihn von Kopf bis Fuß, ohne etwas zu sagen. Ihre Miene war undurchdringlich. Frewin sah weder Überraschung noch Zorn, was in Anbetracht ihrer Persönlichkeit wohl kein gutes Zeichen war. Lieber wäre er mit heftigem Zorn konfrontiert gewesen, den er mit Worten hätte besänftigen können, als sich dieser sterilen Gleichgültigkeit gegenüberzusehen.

»Larsson und Conrad sind tot«, erklärte er.

Er nahm wahr, dass Ann bei dieser Nachricht die Augen leicht zusammenkniff. Dann verschränkte sie die Arme vor der Brust, ein weiteres schlechtes Zeichen.

»Sie sind diesen weiten Weg gefahren, um mir das mitzuteilen?«, erwiderte sie kalt.

»Sie wurden umgebracht. Von jemandem, der viel über die Verbrechen des vergangenen Sommers wissen muss. Haben Sie es irgendjemandem gegenüber erwähnt …«

»Ich muss Sie gleich unterbrechen, Lieutenant: Ich habe mit niemandem darüber gesprochen. Hier betrachten mich alle als eine harmlose Verrückte, der man am besten aus dem Weg geht. Ich habe *eine* Freundin, und die hat keine Lust, sich solche Sachen anzuhören. Das Grauen, das wir jeden Tag erleben, reicht ihr schon. Also, nein, das kommt nicht von mir.«

Frewin nickte langsam.

»Genau das dachte ich mir. Es fängt alles wieder von vorn an, Ann. Dieselbe Brutalität, dieselbe Sprache des Blutes. Ich könnte schwören, dass es derselbe Täter ist.«

»Was wollen Sie? Meine ›weibliche Sichtweise‹, die Ihnen fehlt? Um mich anschließend wieder fallenzulassen? Nachdem Sie noch einmal mit mir geschlafen haben?«

»Dieses Mal greift er uns direkt an. Er jagt nicht in seiner Umgebung, er tötet diejenigen, die ihn gejagt haben.«

»Und? Was möchten Sie von mir hören? Dass es mir sehr leid tut für Ihre Männer? Das ist tatsächlich der Fall. Mein Beileid. Verdammter Krieg.«

»Ann, der Täter weiß sehr viel, so viel, dass es alarmierend ist. Und Sie waren während der Ermittlungen doch bei uns.«

»Ist schon gut, ich bin ein großes Mädchen, ich weiß mich zu verteidigen.«

»Der Täter ist zu allem fähig. Ich denke, Sie wären bei uns sicherer, Ann.«

»Ich bin zweihundert Kilometer von Ihnen entfernt, und Sie möchten mich in den Wald mitnehmen, in seine Nähe? Damit werfen Sie mich dem Wolf zum Fraß vor, oder?«

»Er ist gerissen und sehr gut organisiert, er wird eine Möglichkeit finden, Sie aufzutreiben, auch hier. Ich glaube, es wäre besser, wenn wir ständig zusammen sind.«

Frewin näherte sich ihr.

»Sie wissen, wo wir uns derzeit aufhalten?«, fragte er verwundert, dass sie darüber informiert war.

Und plötzlich brach die Mauer aus Stolz zusammen. Und sie war wieder Ann. Die einfühlsame Ann, die er kannte.

»Was haben Sie denn geglaubt? Dass ich von einem Moment zum anderen einen Strich unter alles ziehen würde, und fertig? Natürlich weiß ich, wo Sie sind. Ich informiere mich, ich versuche, Ihnen aus der Entfernung zu folgen. Seit zwei Jahren warte ich darauf, an solchen Ermittlungen teilnehmen zu können.«

»Aber warum?«

Sie lachte.

»Das fragen Sie mich? Sie sind verdammt dreist! Sie, der ›geheimnisvolle Lieutenant Frewin‹, der nie etwas über sich preisgibt. Und nun kommen Sie daher, nach allem, was zwischen uns gewesen ist, und verlangen von mir Vertrauensbeweise!«

Sie schüttelte ungläubig den Kopf. Frewin holte tief Luft.

»Es tut mir leid, ich hätte nicht …«

Jetzt, da die künstliche Mauer der Gleichgültigkeit zusammengebrochen war, konnte Ann nichts mehr aufhalten.

»Wissen Sie, was das Schlimmste ist? Ich bin bereit, Ihnen alles zu sagen. Aber Sie lassen mich wieder an den Ermittlungen teilnehmen. Bis zum Ende. Egal, unter welchen Umständen. Ich darf an den Vernehmungen des Schuldigen teilnehmen. Ohne Einschränkungen.«

Frewin zögerte. Er kannte ihr Einfühlungsvermögen und wusste, wie wertvoll ihre Schlussfolgerungen für ihn und sein Team waren. Sie brauchten Ergebnisse, und zwar schnell. Selbst wenn sie recht hatte mit der Entfernung, spürte er, dass der Mörder in der Lage wäre, hierherzukommen und in einem unbewachten Augenblick zuzuschlagen. *Belüg dich nicht selbst. Du hast gewusst, dass sie dir einen Handel dieser Art vorschlagen würde, und deshalb bist du gekommen. Um sie zurückzugewinnen.* Sie *hat dir gefehlt.* Frewin beendete den Dialog mit sich selbst, indem er sich wieder Ann zuwandte.

»Holen Sie Ihre Sachen, ich spreche mit Ihrem Vorgesetzten. Wir finden schon eine Rechtfertigung, warum wir eine Krankenschwester für die Militärpolizei requirieren müssen. Machen Sie sich keine Gedanken. Ich erwarte Sie am Lagereingang, und trödeln Sie nicht, wir haben einen weiten Weg vor uns.«

»Ich spreche selbst mit dem Stabsarzt.«

Und in einer Anwandlung von Stolz und mit einem Hauch von Argwohn fügte sie hinzu:

»Keine Sorge, dieses Mal müssen Sie nicht mit mir schlafen, damit ich weiter an den Ermittlungen teilnehme.«

63

Der Jeep rumpelte über die vom Schnee aufgeweichte Straße. Auf beiden Seiten des Fahrzeugs zogen seit über einer Stunde endlose Baumreihen vorüber.

»Wie geht es Ihren Männern?«, fragte Ann.

»Sie sind erschöpft und sind es leid, kaltes Essen hinunterzuschlingen, schmutzig zu sein, in der Kälte und der

Feuchtigkeit zu schlafen, diese ständige Anspannung aushalten zu müssen. Aber ich vermute, das ist nichts im Vergleich zu dem, was die Männer ertragen müssen, die jeden Tag kämpfen. Das ist ihnen bewusst, sie beklagen sich nicht.«

In Wirklichkeit ahnte Frewin, dass sie mehr litten, als sie zugeben wollten. Nach dem Verlust von Clauwitz, Forrell und Baker hatte sich durch das Massaker an Larsson und Conrad zu dem Schmerz auch noch die Angst gesellt. Sie untergrub die Moral und spaltete die Mannschaft.

Das Gesicht jedes Einzelnen zog vor seinem geistigen Auge vorbei. Matters, der noch so jung war und sehr viel verletzlicher, als er zeigte. Donovan, der zwar erst seit sieben Monaten bei ihnen war, sich aber zu integrieren begann und dank seines Ehrgeizes gute Leistung erzielte. Und schließlich Monroe, den Frewin seit langem durchschaut hatte: Er stürzte sich kopfüber in die Arbeit, um seine Ängste zu besiegen. Alle waren sich ähnlich und ergänzten sich zugleich, jeder war von Zweifeln gequält und glich doch mit den eigenen Stärken die Schwächen der anderen aus. So hatten sie sich zu einer stabilen Gruppe entwickelt. Verletzte Wesen, durch den Krieg von ihren Angehörigen getrennt, hatten sie sich unter seinem Kommando hier zu einer Art von Familie zusammengefunden. Eine Familie, die jemand nach und nach zerstörte.

Ann schwieg wieder eine Weile wie meist, seit sie losgefahren waren.

»Sie haben nie Erkundigungen über mich eingeholt?«, fragte sie schließlich. »Ich hatte zumindest nicht den Eindruck.«

»Sie haben sicher die Gerüchte gehört, die über mich in Umlauf sind«, antwortete er. »Warum sollte ich mir ähnliche Albernheiten über Sie anhören? Vielleicht hätte ich mir Zugang zu Ihrer Personalakte verschaffen können. Mir ist es jedoch lieber, dass die Menschen direkt mit mir sprechen.«

»Bei Ihnen geht alles über den Instinkt, nicht wahr? Direkt aus dem Bauch heraus.«

»Nicht unbedingt … Ich glaube den Blicken, den Gesten und dem Tonfall mehr als Klatsch oder schriftlichen Berichten, das ist alles.«

Erneutes Schweigen zum Brummen des Motors:

»Seit fast zwei Jahren verfolge ich alle Ermittlungen, die von der Militärpolizei durchgeführt werden, wenn mir dies möglich ist«, gestand Ann, ohne den Blick von der Straße zu nehmen. »Die Tätigkeit im Lazarett ist dafür sehr praktisch, zu irgendeinem Zeitpunkt kommen Sie dort immer vorbei, es genügt, aufmerksam zu sein. Und … ich habe einige meiner Kollegen gebeten, mich zu informieren, sobald die MP auftaucht. Sie können sich vorstellen, was für einen Ruf mir das mit der Zeit eingebracht hat …«

Frewin schwieg und konzentrierte sich auf das Fahren.

»Kurzum«, fügte sie hinzu, »so kam es, dass ich eines Nachts mit Ihnen zusammen die Leiche auf der *Seagull* untersucht habe.«

Ann wickelte sich fester in ihren Mantel, bevor sie fortfuhr:

»Was Ihnen keine Ruhe lässt, ist die Frage nach dem Warum, nicht wahr? Warum eine Krankenschwester von einem Mord so fasziniert sein, warum sie sich so geschickt in die Ermittlungen vertiefen kann, warum sie so viel über die Seele eines Kriminellen weiß?«

Sie stieß ein kurzes, nervöses Lachen aus.

»Wenn ich Ihnen sage, dass ich das seit meiner Kindheit in mir habe, würden Sie mir dann glauben? Bewusst wurde mir das erst vor zwei Jahren, aber es war bereits in mir und wartete nur darauf, genutzt zu werden.«

»Warum vor zwei Jahren? Was ist damals passiert?«

Sie antwortete nicht. Sie holte tief Luft, ihre Schultern hoben sich, bevor es aus ihr heraussprudelte:

»In meiner Familie war mein Vater der Allmächtige. Was er wollte, wurde gemacht, Diskussionen waren nicht möglich. Er konnte sich nur in Befehlen artikulieren, und wehe dem, der nicht gehorchte. Ich erspare Ihnen die Einzelheiten, aber ich bin sicher, Sie können sie sich vorstellen. Die emotionalen Bezugsgrößen, mit denen ich als Kind und Jugendliche herangewachsen bin, waren Angst und Gewalt. Um nicht unterzugehen und um die Demütigungen zu kompensieren, braucht man einen starken Charakter, das kann ich Ihnen versichern. Entweder bildet er sich durch diese Umstände, oder man geht unter. Und in gewisser Weise habe ich ... den Eindruck, zu wissen, wovon Sie sprechen, wenn Sie ein Porträt dieser Mörder zeichnen. Dieser Männer, die in einem permanenten Trauma aufgewachsen sind. Manchmal habe ich das Gefühl, diese Erfahrung zu teilen, allerdings mit dem Unterschied, dass ich auf der guten Seite geblieben bin, das ist alles.«

Sie schluckte, und Frewin warf ihr einen kurzen Blick zu. Sie schien nicht so selbstsicher, wie ihre Worte glauben machen wollten.

»Wissen Sie, seit einiger Zeit führt jeder das Wort ›Psychopath‹ im Munde, als handele es sich dabei um den neuen Gral. Die Psychologie, die Psychoanalyse, die Wissenschaft, all diese Gebiete verbannen unsere kindlichen, unsere religiösen Ängste in den Hintergrund und versuchen, weniger furchtsame Wesen aus uns zu machen. Dabei ist der Mensch aber durch die Angst zu dem geworden, was er ist. Die Angst ist ein wesentlicher Entwicklungsfaktor unserer Spezies. Seit prähistorischer Zeit haben wir immer Angst vor Raubtieren gehabt, und obwohl es heute im nächtlichen Wald keine Raubtiere mehr gibt, so braucht der Mensch diese Angst. Es ist ein Urbedürfnis, wir haben Tausende von Entwicklungsjahren mit dieser Angst hinter uns, und nun versucht man, sie uns von einem Tag auf den anderen auszutreiben. So leicht lässt sich aber das kollektive Gedächtnis nicht auslöschen!«

»Sie glauben, die Psychopathen verkörpern diese neue Angst?«

»Ich denke, seit man uns erklärt, dass es unter dem Bett oder im Schrank keine Ungeheuer gibt, sondern dass unser Unterbewusstsein Ursprung unserer Störungen ist, wurde diese irrationale, unüberlegte Angst verschleiert, ohne die Bedürfnisse unserer Spezies zu berücksichtigen.«

»Die Angst als menschliches Bedürfnis?«, fragte Frewin verwundert.

»Ja, sozusagen das Korsett, das unsere Spezies stützt. Ohne Angst würde der Mensch unkontrollierbar, die gesamte menschliche Spezies würde verrückt werden. Die Menschen würden sich immer weniger beherrschen, die gemeinsten animalischen Instinkte würden durchbrechen, denn die Angst ist es, die unsere Triebe und unsere Fähigkeiten, sie zu kontrollieren, reguliert. Die Angst ermöglicht es einer dominanten und mächtigen Spezies, als Gemeinschaft zu leben. Die Angst vor den Raubtieren, die von draußen kommen, zwingt uns seit Beginn der Zivilisation zur gegenseitigen Hilfe. Fällt diese Angst weg, kehrt der Mensch zu seinem Urinstinkt zurück: seine Bedürfnisse zu befriedigen. Seine Bedürfnisse nach Nahrung, Sex, Eroberung und so weiter, alles narzisstische Wünsche, bei denen der andere bestenfalls ein Partner ist – mit oder ohne seine Zustimmung – schlimmstenfalls ein Rivale im Kampf um die vorhandenen Ressourcen. Ohne die Angst … würde mittelfristig das Chaos herrschen.«

»Und Sie glauben, daher kommt die gegenwärtige Begeisterung für alles, was sich wissenschaftlich mit dem Verhalten des Menschen beschäftigt?«

»Davon bin ich fest überzeugt. Man ersetzt das Ungeheuer im Schrank durch den *Psychopathen.* Das ist ein menschliches Bedürfnis, Punkt. Heute fürchtet man sich nicht mehr, abends schlafen zu gehen, ohne vorher unters Bett geschaut zu haben. Also muss man einen anderen Grund für die Angst finden. Der Psychopath taucht auf. Weil er zugleich so ist wie Sie und ich, ein menschliches Wesen, das scheinbar *normal,* andererseits aber unvorstellbarer und schlimmster Gräueltaten fähig ist, weil er sie ganz bewusst begeht, aus *Lust,* aus einem *Bedürfnis* heraus. In gewisser Weise ist er also auch wieder ein Ungeheuer. Ein Wesen, das zwischen zwei Welten lebt, unserer Welt und seiner, zu der wir keinen Zugang haben, der Welt des Blutes.«

Frewin verstand, worauf sie hinauswollte, und ging darauf ein, indem er den Advocatus Diaboli spielte.

»Wäre es aber nicht gerade für die Gesellschaft ein gefährlicher Mechanismus, eine Gefahr *aus dem Innern* zu fürchten? Bestünde nicht das Risiko, dass wir untereinander zu misstrauisch werden und die sozialen Bindungen schwächen, die unsere Zivilisation bilden?«

»Genau das ist ja das Perverse an dieser Angst. Und wenn sie uns, anstatt uns weiter zusammenzuschweißen, schließlich trennen würde?«

»Sie zeichnen kein sehr optimistisches Bild.«

Sie deutete mit einer brüsken Handbewegung auf den Wald.

»Sie macht dieser Krieg wohl sehr optimistisch, ja? Was sind wir doch für *entwickelte, zivilisierte* Wesen! Trotz allen Fortschritts, aller Entdeckungen und wissenschaftlichen Leistungen müssen wir unsere Probleme noch immer durch derart barbarische Kriege lösen? Noch heute? Und wie lange wird dieses wilde Gebaren noch anhalten? Wird es auch in fünfzig Jahren noch Kriege geben? In dreihundert Jahren?

In tausend? Werden wir dann überhaupt noch da sein? Das Erste, was Kinder spielen, ist Töten. Das steckt einfach *in uns*, ob wir es nun wahrhaben wollen oder nicht, der Mensch ist ein Raubtier, das schrecklichste von allen.«

Sie holte Atem, um leiser und düsterer hinzuzufügen:

»Diese zerstörerischen Verhaltensweisen dürften all die spirituellen und moralischen Abhängigkeiten und die Jahrhunderte der Evolution gar nicht überdauert haben. Wenn sie der Entwicklung des Menschen zur höchsten Spezies auf der Erde und allen erzieherischen Zwängen der Zivilisation getrotzt haben, dann muss man den Tatsachen ins Auge sehen. Alles läuft offensichtlich darauf hinaus: Diese Psychopathen, diese Wesen wie der von uns gesuchte Mörder, sind nicht zufällig da. Man kann es heute nicht mehr negieren. Sie überbringen eine Botschaft.«

Anns Blick war melancholisch in die Ferne gerichtet.

»Diese Botschaft lautet, dass die Beherrschung der Welt durch eine Spezies nur durch die Bewahrung ihrer bestialischen Überlegenheit erhalten bleibt. Um weiterzuregieren, müssen wir Ungeheuer bleiben.«

»Wenn ich Sie richtig verstehe, behaupten Sie, dass die Angst an sich für den Menschen von Nutzen ist, dass jedoch die Angst, die wir derzeit entwickeln, um weiter existieren zu können, nicht die richtige Angst ist. Meinen Sie das?«

»Das ist es, was ich fürchte. Ich glaube, der Mensch wird sich in den kommenden Jahrzehnten über seine animalischen Züge klar werden, und auf diese Erkenntnis wird eine Art ... Ablehnung seiner selbst als Wesen folgen. Für die Hoffnungen, die für unsere Entwicklung so nötig sind, sehe ich schwarz; wie soll man sich noch lieben und ums Überleben der Spezies kämpfen, wenn man realisiert, dass diese monströs ist? Und ich fürchte, dass sich durch diese Dynamik eine Rückkehr zu den Grundbedürfnissen manifestieren wird: der bis zum Äußersten getriebene Individualismus und die Suche nach persönlichem Vergnügen bei gleichzeitigem Nachlassen der Empathie.«

»Dasselbe Schema wie bei den Mördern, die uns heimsuchen?«, schloss Frewin mit finsterer Miene.

»Warum nicht? Sie zeigen, was uns erwartet. Ich beobachte meine Umgebung, seit dieser Krieg begonnen hat, und komme zu merkwürdigen Schlussfolgerungen. Das heißt, eigentlich sind sie eher klarsichtig. Alle menschlichen Wesen sind mehr oder weniger neurotisch, aber das ist eine Konstante. Wir sind nicht vollkommen genug, um in einer unvollkommenen Welt überleben zu können. Durch Kriege werden die Menschen mit so starken emotionalen Spannungen konfrontiert, dass ihre Neurosen gelegentlich den Sieg über ihre Erziehung zu zivilisierten Wesen erzielen. Kriege fördern die Entwicklung instinktiver Verhaltensweisen. Und was ich im Alltag sehe, geht genau in die Richtung meiner Überzeugung.«

Frewin antwortete nicht. Er erkannte in allem, was sie darlegte, seine eigenen Überlegungen. *Sie hält die Augen offen, das ist alles. Sie ist ein leidenschaftlicher Mensch, der nicht darauf wartet, dass ihr Leben vorüberzieht, sie analysiert es und wird aktiv, um den Lauf der Dinge zu ändern.* Seine Finger verkrampften sich um das Lenkrad. *Das ist noch nicht alles. Sie sagt es: Wir haben alle unsere Neurosen, und ihre Stärke ist es, dass sie die Ihren zu nutzen weiß. Sie hat nicht zufällig von ihrem gewalttätigen Vater gesprochen, sie ist selbst eine Geschundene.*

»Und wenn es unserer Spezies gelänge, sich so zu verhalten wie Sie selbst?«, entgegnete er. »Wenn sie die Kraft finden würde, ihren eigenen Traumata die Stirn zu bieten, um sie in eine Stärke umzuwandeln?«

Ann wandte sich ihm zu.

»Das genügt nicht«, erwiderte sie kalt. »Sich der eigenen finsteren Seiten zu bedienen, ermöglicht es, klarsichtig zu werden und die geheime Sprache der Bestien zu sprechen, nicht aber, die eigenen Schattenseiten loszuwerden.«

»Was bedeutet das? Sind wir alle verdammt? Ist das die Moral von der Geschichte?«

Ann strich sich über die Stirn.

»Lassen Sie uns denjenigen finden, der Larsson und Conrad getötet hat«, murmelte sie müde. »Vielleicht finden wir bei ihm die Antwort.«

Frewin wandte den Blick von der Straße, um die Krankenschwester an seiner Seite zu beobachten. Sie hatte ihn in diese Unterhaltung verwickelt, um nicht von sich sprechen zu müssen, von ihrer tragischen Kindheit, vermutete er. Auch die Frage, was sich vor zwei Jahren abgespielt hatte, wodurch sie sich klar geworden war, wie sehr das Verbrechen sie faszinierte, hatte sie nicht beantwortet. Frewin begriff, dass sie nie mit ihm darüber sprechen würde. Es war ihr Geheimnis.

Ihre Unruhe schien zu bestätigen, was er von Anfang an gespürt hatte: Sie jagte den Mörder nicht, um mehr über diesen Menschen im Allgemeinen oder sein Schicksal zu erfahren. Sie tat es für sich.

Um herauszufinden, wer sie war.

Sie hoffte, bei der Analyse der Abgründe eines Mörders ihre eigenen erforschen zu können. Wie tief sie auch sein mochten.

Was auch immer ihr Ursprung sein mochte.

Und da erkannte Frewin, warum sie einander so nah waren. Er hatte es geahnt, ohne es sich je einzugestehen.

Sie jagten dasselbe.

Ihre menschliche Natur.

64

Die winterliche Dämmerung brach zeitig herein, die Sonne ließ den Wald erglühen und glitt dann eilig in andere Gefilde, um der nächtlichen Kälte Platz zu machen. Frewin kam bei Dunkelheit an. Matters erwartete ihn in einem beheizten Zelt und trank heißen Kaffee. Er grüßte die Krankenschwester kaum und begann sofort:

»Gemäß Ihren Anordnungen sind wir heute Vormittag zu der Lichtung gegangen, um das Terrain unter die Lupe zu nehmen. Bei dem vielen Schnee, der sich aufgetürmt hat, war es unmöglich, auch nur die geringste verwertbare Spur zu finden. Außer … zu Conrads Füßen, wo Donovan ein Loch entdeckt hat, das vom Schnee zwar bedeckt, aber nicht aufgefüllt war. Jemand hatte dort einen rechteckigen Gegenstand abgestellt oder einen rechteckigen Sockel, zwanzig mal fünfzehn Zentimeter und etwa zehn Zentimeter tief.«

»Irgendeine Idee, was das gewesen sein könnte?«

»Monroe meinte, eine Munitionskiste, und Donovan dachte an eine große Bibel.«

»Und Sie? An was denken Sie?«

Frewin wusste, dass sein Sergeant in diesen Dingen eine gute Intuition besaß.

»Ich … Die Stelle ließ mich an die Ausrüstung des Mörders denken. Meiner Meinung nach transportiert er alles, was er für jeden Mord benötigt, in einer kleinen Schachtel oder Metallkiste, wie Monroe sagte. Darin verwahrt er seine … Instrumente.«

Matters schluckte, holte tief Luft und verkündete dann:

»Wir wissen, wie Conrad gestorben ist. Der Arzt hat ihn untersucht. Er denkt, dass man ihm mit einem Messer den

Bauch aufgeschlitzt hat. Mit einem sehr tiefen Schnitt. Man hat seine Eingeweide aus der Bauchhöhle gerissen, um eine entsicherte Handgranate hineinzustecken. Conrads Hände waren auf dem Rücken gefesselt, er konnte nichts tun. Der Arzt hat im Körper überall Granatensplitter gefunden.«

Frewin sah die Bilder der letzten Nacht wieder vor sich. Die verstreuten inneren Organe, den klaffenden Rumpf des Mannes, der im bläulichen Licht der Lampe glänzte.

»Er konnte nicht fliehen?«, fragte Ann. »Oder sich wehren?«

Matters schüttelte den Kopf.

»Wahrscheinlich war ihm nicht klar, dass man ihm eine Granate in den Bauch drückt bei diesen mörderischen Schmerzen ... Wie konnte Conrad nur in diese Falle geraten? Er, der normalerweise eher misstrauisch war.«

Frewin realisierte, dass niemand sonst von der Militärpolizei anwesend war, und wurde unruhig.

»Wo sind Monroe und Donovan?«

»Sie packen unsere Sachen, wir müssen aufbrechen, Lieutenant. Die Neuigkeit wurde vor knapp zwei Stunden bekannt gegeben. Der Feind zieht sich zurück, fünfzehn bis zwanzig Kilometer Richtung Osten. Unsere Stellungen werden weiter nach vorn verlegt, und wir brechen zu einem Schloss im Wald auf, das heute Nachmittag befreit wurde. Die Kompanie Raven ist vor Ort, um die Gegend abzusichern. Heute werden wir warm und trocken schlafen.«

In ihrem Jeep fuhren die vier Überlebenden der Militärpolizei und die Krankenschwester inmitten des langen Lastwagenkonvois im Schritttempo über die aufgeweichte Straße. Sie brauchten eine Stunde, bis sie die rissige Befestigungsmauer eines kleinen Schlosses mit drei Türmen erreicht hatten. Seit etwa hundert Jahren lebte hier eine religiöse Gemeinschaft. Im Innenhof gab es eine Kirche, zwei Scheunen und einen langen Stall, in dem Ströme von inzwischen gefrorenem Blut geflossen waren.

Ein Sergeant, der bereits früher eingetroffen war und den verwunderten Blick der Militärpolizei bemerkte, erklärte ihnen:

»Auf dem Rückzug hat der Feind nicht einmal versucht, diesen Ort zu verteidigen. Er hat sich verdrückt, nachdem er allen Pferden den Hals durchgeschnitten und die hier lebenden Priester erschossen hat.«

»Haben sie alle umgebracht?«, fragte Monroe.

»Drei oder vier lebten bei der Ankunft der Kompanie Raven noch. Ob das jetzt noch der Fall ist, kann ich nicht sagen.«

Frewin entfernte sich, als er Captain Morris sah, der die Unterbringung der Soldaten organisierte. Etwa zwanzig Fahrzeuge wurden entladen.

»Ah, Lieutenant«, sagte dieser, als er Frewin erkannte.

Er warf einen Blick in das Notizbuch, das er in der Hand hielt.

»Dem Team von Lieutenant Frewin wurde dieser Turm zugewiesen, zusammen mit den Offizieren und den Männern der Fernmeldetruppe.«

»Ist der Dritte Zug jetzt für die Logistik zuständig?«

»Wir sind zuerst eingetroffen, vor Einbruch der Nacht, und so konnten wir das Terrain vorbereiten. Ich habe Sie auf der entgegengesetzten Seite von uns einquartiert, damit Sie uns nicht wieder beschuldigen können, falls Sie noch einen Ihrer Männer verlieren.«

Frewin ging nicht darauf ein.

»Gab es in Ihrem Zug Verwundete oder Tote?«

»Wir hatten keinen Kontakt mit dem Feind. Die waren alle

schon weg. Sie haben sich in einer zehn Kilometer entfernten Ebene gesammelt, wo eine Panzerdivision manövrieren kann. Da haben sie sich nun eingenistet.«

Ohne Abschiedsgruß kehrte Frewin zu seinem Team zurück, damit sie ihre Sachen in ihr Quartier tragen konnten. Sie betraten den Südturm, der neben dem blutigen Stall lag – Frewin fragte sich, ob Morris sie nicht absichtlich hier einquartiert hatte – und in dessen Erdgeschoss es ein Refektorium gab. Sie nahmen die einzige Treppe, die nach oben führte. Im ersten Stockwerk war das Lazarett untergebracht, wo sie Parker Collins am Bett eines mit dem Tode ringenden alten Mannes antrafen. Ann trat mit Frewin ein und bot ihre Hilfe an, doch Collins bedeutete ihr, dass es sinnlos sei. Er erhob sich, um mit ihr und Frewin zu flüstern.

»Die anderen sind tot, und bei dem wird es auch nicht mehr lange dauern, da bleibt nichts mehr zu tun. Ich habe ihm etwas Morphium gegeben, das ist alles.«

»Haben die Priester etwas gesagt?«, fragte Frewin.

»Nicht in unserer Sprache, ich habe nichts verstanden außer bei diesem Mann. Er ist des Englischen mächtig, fiel aber sehr bald ins Delirium. Anfangs konnte ich noch ein paar Worte mit ihm wechseln, er hat mir erzählt, dass man sie am frühen Nachmittag im Hof zusammengerufen hat und dass plötzlich die Kugeln anfingen, sie zu durchlöchern, so hat er sich ausgedrückt. Unsere Männer haben kontrolliert, ob es nicht irgendwelche Willkommensgeschenke gab, versteckte Sprengladungen irgendwo, aber da war nichts.«

»Wenn ich Ihnen helfen kann, lassen Sie es mich wissen«, sagte Ann trotz des unzufriedenen Blicks von Frewin.

Sie setzten ihren Weg nach oben fort, das zweite Stockwerk diente als Funkzentrale, während im dritten Stockwerk die Zimmer der Offiziere lagen. Öllampen waren an Wandnägeln aufgehängt, um die Stufen und die Gänge aus kaltem Stein zu erleuchten. Das vierte Stockwerk schließlich war von niemandem bewohnt. Der Gang zog sich an einer Außenwand an einer Reihe von Türen entlang. Die gehörten zu den Zellen, die im Lauf der Jahrzehnte von der religiösen Gemeinschaft eingerichtet worden waren, sodass sie mehrere Hundert Personen in ihrem Schloss beherbergen konnten. Was war ihre Berufung? Vorbeiziehenden Pilgern Gastfreundschaft zu gewähren? Eine gewaltige spirituelle Bewegung zu unterhalten? Frewin begnügte sich damit, seine Metallkiste und sein militärisches Gepäck in eine der Zellen zu stellen, das hölzerne Kruzifix von der Wand über seinem Bett abzunehmen und in die Schublade des Nachtkästchens zu legen. Alle Zellen waren fensterlos, da sie im Inneren des Turms lagen. Auf dem Pult, das als Schreibtisch diente, stand ein Kerzenständer, ein weiterer auf dem Nachtkästchen, und an einer Wand stand ein großer Eichenholzschrank. Frewin bemerkte, dass die Zimmerdecke aus Holz war. Sie befanden sich im obersten Stockwerk, über ihnen war nur noch der Speicher.

Frewin trat hinaus auf den kühlen Gang, der Wind blies heulend durch die Schießscharten. Er sah, dass Ann in der Zelle neben ihm war. Es folgten Matters, Donovan und Monroe. Ein Dutzend weiterer Zellen blieb ungenutzt, und niemand hatte es für nötig befunden, dort Lampen hinzustellen.

»Wollen die nichts mit uns zu tun haben, oder was?«, fragte Monroe, der in der Tür zu seiner Zelle stand.

Frewin antwortete, den Blick in die Dunkelheit gerichtet:

»Sie wissen, dass jemand etwas gegen uns hat. Niemand will in diese schmutzige Geschichte verwickelt werden. Captain Morris hat uns nicht zufällig hier einquartiert. Wir sind wie Aussätzige, Monroe. Gewöhnen Sie sich an diesen Gedanken.«

»Glauben Sie, wir bekommen denjenigen zu fassen, der Conrad und Larsson umgebracht hat?«

»Wir werden unser Möglichstes tun.«

»Und … für unsere Sicherheit, sollten wir nicht nachts Wache schieben?«

»Dafür sind wir zu wenige. Für das, was uns erwartet, brauchen wir all unsere Energie, sonst sind wir schon nach wenigen Tagen völlig erschöpft. Und das macht uns zu einer leichten Beute. Es gibt eine Tür am Eingang zu diesem Stockwerk, die unseren Flur von der Treppe trennt. Die verschließen wir von innen mit einem Vorhängeschloss, ich nehme den Schlüssel an mich. Wenn jemand hereinwill, muss er das Schloss sprengen, und davon werden wir wach.«

Monroe nickte ohne große Überzeugung. Frewin spürte seine Angst, aber auch den Wunsch, mit dem Schuldigen abzurechnen. Monroe liebte die Konfrontation. Es hatte ihn nie geängstigt, aktiv zu werden. Zumindest solange er wusste, mit wem er es zu tun hatte.

»Kommen Sie, wir suchen uns etwas zu essen, und heute Nacht schläft jeder mit einer Waffe unter dem Kopfkissen«, schloss Frewin. »Morgen gehen wir die gesamten Ermittlungen noch einmal durch. Ich bin sicher, dass er so lange nicht getötet hat, weil er wollte, dass man ihn vergisst. Wir waren ihm dicht auf den Fersen. Ganz dicht.«

Monroe deutete ein Nicken an.

So dicht, dachte Frewin, dass er, würde er jeden seiner Männer nicht so gut kennen, geschworen hätte, der Mörder sei einer von ihnen.

65

Gegen sechs Uhr stand Frewin auf. Noch vor dem Weckruf erhob er sich und machte sich frisch. Er ging auf den kalten Flur und zündete die Laternen an. Der Luftzug, der unablässig durch den Gang wehte, ließ die Flammen flackern.

Er wollte gerade in seine Zelle zurück, als ein paar Meter von ihm entfernt etwas seine Aufmerksamkeit erregte. Ein dunkler Fleck vor Donovans Tür. Er hatte ihn bemerkt, weil die bernsteinfarbenen Lichtreflexe aufblitzten, wenn sie sich darin spiegelten. Frewin kniete sich, von einer jähen Angst gepackt, davor nieder. Flüchtig berührte er mit den Fingerspitzen die Flüssigkeit und hielt seinen Zeigefinger ins Licht.

Blut.

Er sprang auf und öffnete ruckartig die Tür.

Es war dunkel, doch Frewin ahnte bereits, was ihn erwartete.

Der durchdringende, frische Geruch nach Fleisch vermischt mit dem säuerlichen, penetranten der Eingeweide. Der Geruch des Blutes.

Frewin nahm eine Lampe vom Haken und trat ein.

Donovan lag auf seinem Bett.

Verdutzt starrte er den Lieutenant an.

Frewin näherte sich ihm, und der Blick des Soldaten blieb hinter ihm ins Leere gerichtet.

Die Gurgel des armen Kerls war nur noch eine breiige, rote Masse. Die Laken waren blutdurchtränkt, so als hätten sie schon immer diese dunkelrote Farbe gehabt.

Die Gedanken des Lieutenant überschlugen sich.

Die Tür zu ihrem Stockwerk blieb bis zum Weckruf stets abgeschlossen, das wusste er ganz genau. Er besaß den einzigen Schlüssel.

Der Schuldige musste also noch hier sein. In einer dieser Zellen. Er hatte sich gestern Abend mit ihnen einschließen lassen.

Frewin wollte nach seiner Waffe greifen, doch seine Hand fasste am Gürtel ins Leere. Er hatte sein Halfter noch nicht angelegt. Sein Herz schlug schneller. Er hatte nicht einmal das Zimmer inspiziert. Und er hatte nicht die geringste Ahnung, was sich hinter seinem Rücken, in der Ecke oder hinter der Tür tat. Frewin fuhr herum und hielt die Lampe vor sich, um die Dunkelheit zu durchdringen, die unversehens zurückwich, sich in den Ecken und unter dem Bett verbarg.

Niemand.

Frewin stürzte aus dem Zimmer und hämmerte an die Türen seiner Soldaten und an die von Anns Zelle. Wortlos. Rasch holte er seine Pistole und erwartete die anderen auf dem Gang. Verschlafene Gesichter kamen zum Vorschein.

»Ziehen Sie sich an, und bewaffnen Sie sich – schnell«, befahl er anstelle einer Erklärung.

Innerhalb kürzester Zeit hatten sich alle versammelt. Auch Ann, die er bat, eine zusätzliche Lampe mitzubringen. Als alle vor ihm standen, erklärte er ihnen:

»Donovan ist tot. Die Tür zu unserer Etage ist noch immer abgeschlossen, das heißt, der Mörder befindet sich zwangsläufig mit uns auf diesem Stockwerk. Wir werden jetzt die Zellen, eine nach der anderen, öffnen. Monroe, Sie nehmen das Maschinengewehr. Wir bleiben zusammen! Ann, Sie halten sich im Hintergrund.«

Er sah, wie sie zögerte, dann aber zustimmend nickte.

Frewin und Monroe öffneten mit vorgehaltener Waffe jede einzelne Tür, bis sie bei der letzten angekommen waren.

Nichts. Sie fanden nichts, keine Menschenseele. Sie hatten alles durchsucht, auch unter den Betten nachgesehen. Matters und Ann sicherten unterdessen den Flur und überwachten, ob sich im Hintergrund etwas tat. Unmöglich, dass der Mörder ihnen entwischte. Als sie das letzte Zimmer verließen, betrachtete Monroe seine Kameraden mit eigenartigem Gesichtsausdruck.

»Ich leide allmählich unter Verfolgungswahn«, sagte er warnend.

Sie starrten ihn mit großen Augen an.

»Der Kerl, der Donovan auf dem Gewissen hat, ist kein Phantom. Und wenn wir ihn nirgends haben finden können, muss es also einer von uns gewesen sein!«

Langsam richtete er die Mündung seines Maschinengewehrs auf Ann.

»Monroe! Runter mit der Waffe!«, befahl Frewin.

»Lieutenant, anders ist es nicht denkbar, es muss jemand …«

»MONROE!«, schrie Frewin so durchdringend, dass es ihnen durch Mark und Bein ging.

Er machte einen Schritt auf den Soldaten zu. Ann sah, wie sich unter seinem T-Shirt die Muskeln anspannten, und befürchtete das Schlimmste. Wenn Frewin die Hand erhob, würde nicht nur die Wucht seines Schlags Schreckliches anrichten, sondern die gesamte Situation drohte zu eskalieren.

»Darf ich Sie daran erinnern, dass ich nicht Schuhgröße vierundvierzig habe«, sagte sie, »und außerdem verfüge ich nicht über die physische Kraft, um Ihren Kameraden so etwas anzutun!«

»Sie hat recht«, sagte Frewin. »Wenn der Mörder nicht mehr hier ist, dann gibt es einen anderen Zugang.«

»Einen Geheimgang?«, spottete Monroe.

»Warum nicht?«, meldete sich Matters zu Wort, erleichtert, dass sich die Lage wieder entspannte. »Wir befinden uns schließlich in einem Schloss, oder?«

»Und woher soll der Mörder davon wissen? Er ist erst gestern mit unseren Truppen hier gelandet! Wieso hat er ihn gefunden, wir aber nicht?«

»Weil er womöglich den ganzen Abend danach gesucht hat«, gab Frewin zu bedenken. »Egal, momentan ist er uns entwischt. Und wir müssen uns um Donovan kümmern. Für die kommende Nacht werden wir spezielle Vorkehrungen treffen, damit niemand allein schläft.«

Monroe seufzte. Offensichtlich war er von der Idee mit dem Geheimgang nicht überzeugt.

Sie kehrten zu Donovan zurück, und Frewin ordnete an, alles mehr als gründlich zu durchsuchen. Doch außer Blut konnten sie absolut nichts finden. Schließlich brachten sie den Leichnam mit einer Trage ins Lazarett im ersten Stock. Draußen empfing sie ein widerlicher Gestank, der von einem Feuer im Hof herrührte, in dem man sechs Pferde verbrannte. Fahles Sonnenlicht drang mühsam durch die dichten Wolken.

Colonel Schloebbel, ein großer Mann in den Vierzigern mit einem grauen, ordentlich gestutzten Bart, kam Frewin und Ann auf der Treppe entgegen.

»Lieutenant, Generalmajor Toddwarth ist bei der Nachhut geblieben, daher bin ich hier Ihr Vorgesetzter. Captain Stanleys Truppe sorgt unter den gegebenen Umständen für die Sicherheit und die Bewachung der Gefangenen. Sie sollen die täglichen Rapporte zum Zustand der Truppen übernehmen und mich über die Desertionen auf dem Laufenden halten.«

»Heute Nacht wurde noch einer meiner Männer ermordet«, sagte Frewin, als Schloebbel fertig war.

»Hier im Schloss?«

»Ja.«

Der Colonel schien entsetzt.

»Wir … werden einen Weg finden, um für Ihre Sicherheit

zu sorgen. Ich werde mit Major Genko sprechen und sehen, was wir tun können ...«

»Vorerst noch nicht, Colonel. Ich habe da eine Idee, und dafür benötige ich etwas Zeit, Handlungsspielraum und Diskretion.«

Sie diskutierten noch eine Weile, bevor Schloebbel bereit war, Frewins Vorschlag zu akzeptieren, ohne viel Aufhebens zu machen.

Als sie wieder nach oben gingen, fragte Ann:

»Wieso haben Sie die Männer zu unserem Schutz abgelehnt?«

»Ich will nicht, dass der Mörder seine Gewohnheiten ändert. Es hat uns viel Mühe gekostet, sie zu entschlüsseln, um ihn einkreisen zu können. Wenn wir ihn nun zwingen, sie zu variieren, verlieren wir nur Zeit. Ich möchte den Dreckskerl so schnell wie möglich zu fassen kriegen.«

»Wozu soll das gut sein, was haben wir denn schon in Erfahrung gebracht?«

»Details, nur winzige Details, doch zusammen werden sie ausreichen, um ihn zu überführen.«

»Vielleicht sollten wir aber auch die Möglichkeit in Betracht ziehen, dass wir von Anfang an einer falschen Fährte gefolgt sind, und unsere bisherigen, angeblich gesicherten Erkenntnisse noch einmal überdenken.«

»Er hat sich wahnsinnig ins Zeug gelegt, um Hriscek zu belasten, und wir haben ihm das geglaubt, dann hat er sich sechs Monate lang zurückgehalten. Ann, sechs Monate, ohne zu töten, während er sich vorher in einer regelrechten Euphorie befunden haben muss! Das Ganze ist kein Zufall, wir waren kurz davor, ihn zu schnappen, dessen bin ich sicher, unsere Nachforschungen haben uns auf seine Spur gebracht, und er fühlte sich derart bedroht, dass er sich während dieses langen Zeitraums beherrscht hat.«

Frewins Gesichtsausdruck war ernst, er wirkte erschöpft. Ann fasste ihn beim Arm, damit er auf der Wendeltreppe stehen blieb.

»Ich sehe doch, dass Sie eine Idee haben, dass Sie etwas beschäftigt. Sagen Sie mir, was es ist. Ich bin nicht gekommen, um Ihnen wie ein braves Hündchen nachzulaufen. Sprechen Sie mit mir!«

Er fuhr sich mit der Zunge über die Lippen und meinte ganz leise:

»Warum hat er letzte Nacht Donovan umgebracht? Warum nicht Monroe oder mich? Wir belegen die äußeren Zellen. Bisher hat der Mörder sich an die Kräftigen im Team gehalten, sodass man denken konnte, er wollte uns nach und nach schwächen. Warum hat er seine Taktik geändert?«

Ann dachte laut nach:

»Wenn er tatsächlich durch einen Geheimgang gekommen ist, der in einer der leeren Zellen endet, dann wäre Monroes Zelle die erste gewesen, die sich ihm anbot; es war also eigentlich unlogisch, dass er sich Donovan vorgeknöpft hat.«

»Es sei denn, der Gang führt in Donovans Zelle. Heute Morgen haben wir nach Hinweisen gesucht, nicht nach einem verborgenen Mechanismus. Wir müssen noch einmal dorthin zurück und die Geheimtür finden.«

Ann stimmte ihm zu. Während Frewin und sie nach oben gingen, kam ihr eine neue Hypothese in den Sinn.

»Man könnte noch eine andere Erklärung in Betracht ziehen«, gab sie zu bedenken, »nämlich, dass Monroe derjenige ist …«

Frewin fuhr herum und sah sie durchdringend an. Er wollte nicht, dass sich Misstrauen breitmachte, nicht in seinem Team.

Ann senkte den Kopf und ging wortlos weiter die Treppe hinauf.

Doch angesichts dessen, was sich letzte Nacht zugetragen hatte, durfte man diesen Gedanken nicht einfach beiseiteschieben. Es war nicht normal, dass der Mörder Donovan angriff, Monroes Zelle aber nicht beachtete. Und Letzterer war Rechtshänder. Sie schloss kurz die Augen und versuchte, sich zu erinnern, welche Schuhgröße er hatte: *vierundvierzig!*

Frewin zufolge hatten weder Larsson noch Conrad ihrem Mörder misstraut oder mit der Tat gerechnet. Es hatte kein Kampf stattgefunden. *Und wenn der Mörder jemand wäre, den sie für einen Freund hielten?*

Auch wenn das Frewin nicht gefiel, ab jetzt würden sie ein Auge auf Monroe haben.

Denn wenn der Tod aus ihren Reihen kam, würden sie nicht mehr lange leben.

Momentan gab es nur eine Gewissheit.

Sie alle waren verdächtig.

66

Frewin ging zurück in Donovans Zelle.

Die blutbefleckten Laken lagen zusammengeknüllt in einer Ecke und hinterließen dunkle Flecken auf dem Boden. Der Lieutenant rückte den Kleiderschrank beiseite, während Ann die Wände nach Unebenheiten abtastete. Er hob das Schreibpult und das Nachtkästchen an, zog das Bett vor. Nichts. Auch unter dem aufgerollten Teppich kam keine Falltür zum Vorschein. Wenn es auf diesem Stockwerk einen Geheimgang gab, befand er sich nicht in dieser Zelle. Und das führte zu der Frage, die Frewin keine Ruhe ließ: Warum hatte der Mörder ausgerechnet hier und nicht in einem anderen Zimmer zugeschlagen? Warum hatte er nicht einfach einen körperlich starken Gegner im Schlaf überrascht? Donovan war eher schmächtig, zudem kurzsichtig – selbst in wachem Zustand stellte er keine Bedrohung dar. Wenn der Mörder über die Treppe gekommen war, wäre der erste Raum die Zelle gewesen, in der Frewin übernachtet hatte. Wenn der Geheimgang in einer der leeren Zellen endete, wäre die erste die von Monroe gewesen.

Matters und Monroe kamen zurück, nachdem sie ihre morgendlichen Aufgaben erledigt hatten: die für das Ableben ihres Kameraden erforderlichen Papiere ausfüllen, den Generalstab von dieser Neuigkeit in Kenntnis setzen und die gesamte Arbeit der MP an Captain Stanleys Team weiterleiten, das zusammen mit der Kompanie Alto im Ostturm Quartier bezogen hatte – dem einzigen Ort, der sich als Kerker für die zukünftigen Gefangenen eignete.

Frewin entging nicht, dass die beiden Männer mitgenommen aussahen. Doch sie beklagten sich nicht, obwohl sie innerhalb nur weniger Tage den Verlust von drei Kameraden hatten hinnehmen müssen. *Sie bräuchten dringend eine Verschnaufpause*, dachte er. *Keine Zeit*, rief er sich im nächsten Augenblick pragmatisch zur Ordnung.

»Dr. Lachamps hat eingewilligt, Donovans Leichnam zu untersuchen«, informierte ihn Matters. »Er erwartet Sie heute Nachmittag, doch er hat darauf bestanden, keine Autopsie vorzunehmen. Dazu fehlen ihm, wie er sagt, die Zeit und das Fachwissen. Ich gebe diese Information lediglich an Sie weiter.«

»Damit werden wir leben müssen. Gehen Sie in den Nordturm«, befahl ihnen Frewin, »und befragen Sie jeden Mann aus dem Dritten Zug, um herauszubekommen, ob sie etwas gehört haben, ob sie in einem Schlafsaal nächtigen, wer mit wem untergebracht ist … Ich will alles ganz genau wissen.«

»Sie werden uns nicht viel sagen«, gab Monroe zu bedenken.

»Zwingen Sie sie. Sie mögen uns nicht besonders? Gebt ihnen wirklich Grund dazu. Greifen Sie zu Druckmitteln wie Beschlagnahme der Post, Streichung der Ausgangsgenehmigung bei der Nachhut, alles, was Ihnen geeignet erscheint.«

»Das kommt einer Kriegserklärung gleich«, warnte Matters.

»Ich darf Sie daran erinnern, dass einer von ihnen uns bereits den Krieg erklärt hat! Legen Sie los, ich arrangiere mich mit Colonel Schloebbel.«

Wieder allein mit der Krankenschwester, ließ sich Frewin auf den Stuhl vor dem Pult fallen. Ann war damit beschäftigt, eine neue Kerze anzuzünden.

»Irgendwo haben wir einen entscheidenden Hinweis übersehen, da bin ich mir sicher«, meinte er.

»Haben Sie Ihre Notizen nicht mehr?«

»Ich habe noch meine privaten Aufzeichnungen, der Rest ist in der Kirche verbrannt.«

Er fuhr sich durch sein zerzaustes Haar.

»Was wussten wir vor sechs Monaten vom Täter?«, fragte er und seufzte. »Wir müssen Fall für Fall noch einmal durchgehen.«

»Er ist berechnend und manipulativ.«

»Richtig. Er hat uns eine Falle gestellt, indem er Rosdales Kopf in Harrisons Kiste versteckte. Er hat unsere Untersuchung in die Irre geführt und den Verdacht auf Hriscek gelenkt, denn er wusste, dass wir früher oder später herausbekommen würden, dass er unter Zirkusleuten aufgewachsen ist. Es genügte also, diesen astrologischen Almanach und andere Dinge in seinen Sachen zu verstecken. Davor gelang es dem Täter, Hriscek so zu beeinflussen, dass er mit Lisa Hiburgh sprach und dass die beiden Fergus Rosdale in seine Arme trieben. Ann, dieser Kerl könnte Ihr bester Freund sein, und Sie würden ihn trotzdem nie verdächtigen, so geschickt geht er vor! Seine gesamte Persönlichkeit, jedes Molekül seines Körpers, ist einzig und allein auf ein Ziel fixiert: Zu töten, ohne geschnappt zu werden, um weiter töten zu können.«

»Sie wollen mir wohl Angst einjagen?«, fragte Ann und fuhr fort:

»Kurz, wir können Folgendes mit Bestimmtheit sagen: Er gehört zum 3. Zug, alle Morde geschahen in seiner unmittelbaren Umgebung. Oder … Ich weiß, dass Ihnen diese Hypothese nicht gefällt, aber wir dürfen sie nicht außer Acht lassen: Es könnte einer von uns sein. Die MP genießt außerordentliche Bewegungsfreiheit und befand sich stets in der Nähe der Verbrechen.«

Frewin ging nicht näher darauf ein, sondern machte weiter:

»Was diese astrologische Bestandsaufnahme angeht, bin ich noch unsicher, ob sie ernst zu nehmen war oder eher die Spuren verwischen sollte. Die ersten Verbrechen wurden begangen … um dem Glück nachzuhelfen, die folgenden Morde geschahen aus Wut, die Familie auf dem Gutshof, als wir … Ich habe ihn provoziert. Und nun tötet er die Soldaten der MP, um sich zu rächen.«

»Oder um sich abzusichern. Die MP ist sein einziger … natürlicher Feind, er muss ihn ausschalten, um ungehindert weitermachen zu können.«

»Wenn er uns fürchtet, heißt das, wir sind ihm dicht auf den Fersen. Was wissen wir? Was haben wir herausgefunden, das ihm Angst macht?«, fragte er nervös.

»Rechtshänder, Schuhgröße vierundvierzig, kräftig«, fasste Ann zusammen.

»Das bringt uns auf vier Namen: Sanitäter Parker Collins, Cal Harrison, Rodney Barrow und John Wilker.«

Sich an die Informationen erinnernd, die sie zusammengetragen hatte, präzisierte Ann:

»Harrison, Barrow und Wilker haben Probleme mit ihren Vorgesetzten und sind eher Einzelgänger, vor allem der Letzte.«

Frewin hatte seine Ellenbogen auf die Knie gestützt, neigte den Kopf nach vorn und dachte angestrengt nach.

Mit einem Mal richtete er sich auf:

»Er macht sich über uns lustig!«

»Wie bitte?«, stammelte die Krankenschwester.

»Die wenigen Indizien, die er zurückgelassen hat, sind alle vorgetäuscht. Das weibliche Symbol war eine Falle, um uns zu Lisa Hiburgh zu führen, die Hriscek beschuldigte. Ich glaube, auch die Fußabdrücke auf dem Bauernhof waren falsch!«

Er stand auf und fing an, aufgeregt im Zimmer auf und ab zu laufen.

»Beim Mord an Larsson«, fuhr er fort, »hat er penibel darauf geachtet, alle Fußabdrücke zu beseitigen! Er hat daran gedacht, weil sie ihn hätten verraten können. Auf dem Hof dagegen hat er nichts dergleichen getan, weil sie uns in die Irre führen sollten!«

»Er lernt aus seinen Verbrechen«, hielt Ann dagegen. »Bei den Bauern gab es zu viel Blut. Er konnte nicht alles säubern. Danach hat er beschlossen, aus seinen Fehlern zu lernen.«

Frewin war mit dieser Schlussfolgerung nicht einverstanden. Energisch schüttelte er den Kopf.

»Erinnern Sie sich an Conrads Feststellungen zu den Fußspuren? Weil der Absatz sich deutlich in den Boden bohrte, dachte er, der Mörder müsse einen auffälligen Gang haben, sein ganzes Gewicht auf die Fersen verlagern.«

»Ja, und im Übrigen sind wir diesem Hinweis niemals nachgegangen.«

»Weil er zu nebensächlich war. Glücklicherweise haben wir diesem Umstand keine Bedeutung beigemessen, denn ich glaube, es war eine weitere Finte. Diese eigenartigen Abdrücke kamen zustande, weil der Mörder Schuhe trug, die nicht seiner Größe entsprachen. Er hat sie vorn mit Strümpfen oder etwas anderem ausgestopft, um Schuhgröße vierundvierzig vorzutäuschen. Dazu musste er nur die Rangers eines Kameraden entwenden, während dieser schlief.«

Ann verschränkte die Arme.

»Oder, im Gegenteil, er tut, weil er ja so berechnend ist, alles, um uns genau das glauben zu machen«, meinte sie.

»Nein, denn dann hätte er auch später Fußspuren hinterlassen. Ich denke, nach dem Mord an Larsson blieb ihm keine andere Wahl. In jener Nacht konnte er sich nicht die Schuhe eines anderen ›ausleihen‹. Es muss ein Soldat des 3. Zugs sein, der die Gewohnheiten seiner Kameraden gut kennt, zumindest so gut, dass er gehört hat, wie Costello sich über die Naivität von Lisa Hiburgh ausgelassen hat. Er kannte Hriscek gut genug, um künstliche Indizien zu seinen Lasten zu arrangieren, ebenso wie er ahnte, dass ein Typ wie Harrison in unseren Augen der ideale Schuldige wäre. Er steht ihnen nahe.«

Ann nickte zustimmend.

»Parker. Sergeant Parker Collins, der Sanitäter. Er kennt alle, er versorgt sie. Aus eigener Erfahrung kann ich Ihnen sagen, dass die Soldaten mit denjenigen, die ihnen die Verbände anlegen, sehr viel reden. Er, zum Beispiel, wusste genau über Hriscek Bescheid! Er hat mich auf ihn aufmerksam gemacht, als er mir erzählte, Hriscek habe als kleiner Junge den Hühnern gerne den Kopf abgeschlagen, aber damals habe ich dem keine Bedeutung beigemessen.«

»Er könnte in Frage kommen. Wir werden ihn im Auge behalten.«

»Oh, guter Gott …«

Ann schlug die Hand vor den Mund.

»Rosdales Kopf! Wir haben gedacht, es handele sich um ein Täuschungsmanöver, um Harrison zu belasten!«, rief sie. »Und wenn er in Wirklichkeit der Mörder ist und den Kopf als ... Erinnerung an seinen ersten Mord aufbewahrt hat?«

Frewin, der spürte, dass Ann die Orientierung verlor, erinnerte sie daran, dass die Kameraden sein Alibi bestätigt hatten.

»Sie wissen so gut wie ich, dass sich alle gegenseitig decken! Es ist möglich, dass sie sich diese Alibis nur ausgedacht haben! Harrison kennt jeden, er ist Rechtshänder und hat Schuhgröße vierundvierzig.«

»Und genau das passt nicht, warum sollte er dann ›falsche Fußabdrücke‹ arrangieren? Das Gleiche gilt für Parker Collins.«

»Um Sie zu verunsichern! So wie Sie es jetzt sind!«

Frewin verzog das Gesicht und seufzte.

»Nein, das ist zu abwegig. Er ist nicht derartig gerissen, er ...«

»Finden Sie den ganzen Aufwand, um Hriscek die Morde anzulasten, nicht widersinnig? Wenn Hriscek nicht der Schuldige ist, bedeutet das, dass der Mörder in jener Nacht gekommen ist, die beiden Wachen und Baker umgebracht und dann Hriscek befreit, ja, ihn vielleicht sogar getötet hat!«

Frewin rief sich das Szenario wieder in Erinnerung. Detonationen mitten im Flammenchaos. Unmöglich zu wissen, ob er sein Ziel getroffen hatte oder nicht. Hriscek war in der Sakristei verschwunden. Zwei Schüsse wurden abgefeuert, Frewin hatte sie für Sperrfeuer gehalten, das ihn am Vorwärtskommen hindern sollte. Schließlich war sein Angreifer ein Soldat, der sich mit solchen Taktiken auskannte. *Und wenn diese Schüsse vom Mörder stammten, der in der Sakristei auf Hriscek wartete? Zwei tödliche Kugeln, bevor er sich davonmachte und mich in dem Glauben ließ, ich hätte in dem*

Durcheinander des Angriffs Hriscek mit meiner Waffe getroffen? Die perfekte Inszenierung. Und der wahre Mörder hatte seine Ruhe. Ein geradezu machiavellistischer Plan.

Frewin hatte die Hände in die Hüften gestemmt und füllte die enge Zelle aus.

»Parker Collins saß am Krankenbett der sterbenden Priester«, stellte er fest. »Sie hätten ihm von einem Geheimgang erzählen können.«

Frewin sah Ann durchdringend an.

»Ich führe jetzt gemeinsam mit Matters und Monroe die Verhöre, bevor ich zu Donovans Leichenschau gehe. In der Zwischenzeit gehen Sie im Lazarett vorbei und versuchen, dort möglichst viel über Collins in Erfahrung zu bringen. Vielleicht weiß ja jemand, was sich zwischen Collins und den Priestern abgespielt hat. Heute Nachmittag hole ich Sie ab. Im Übrigen möchte ich nicht, dass sich irgendjemand hier allein aufhält. Das wäre zu gefährlich.«

Ann stimmte ihm der Form halber zu.

Denn in Wahrheit verfolgte sie einen ganz anderen Plan.

67

Ann begleitete Frewin nach unten, blieb aber keine fünf Minuten im ersten Stock.

Sobald er auf der anderen Seite des Hofs verschwunden war, kehrte sie um.

Als sie die Treppe hinaufstieg, stellte sie fest, dass es mit jedem Schritt ruhiger wurde. Das Lazarett war von Stimmengewirr erfüllt und, seit man die Verletzten von der Front hierherbrachte, auch von Stöhnen und Schreien. Die Geräusche im zweiten Stock waren weniger genau zu definieren, monotone Stimmen, die in Mikrofone sprachen, und das Knacken der Funkgeräte. In der dritten Etage waren nur noch die gedämpften Stimmen einer Handvoll sich unterhaltender Offiziere zu vernehmen. Ganz oben angekommen, öffnete Ann die Tür zu ihrem leeren Quartier, in dem nur noch das Heulen des Windes zu hören war. Im Flur brannte eine einzige Öllampe, deren schwacher, aber warmer Schein einen Gegensatz zu dem fahlen, durch die Schießscharten eindringenden Licht bildete. Die Türen zu den Zellen konnten nicht abgeschlossen werden. Ann ging zur fünften Zelle und öffnete sie. Drinnen war es fast dunkel. Sie entdeckte eine Kerze und daneben Streichhölzer, um sie anzuzünden. Monroes Zelle war ebenso spartanisch wie die anderen. Sein ordentlich gemachtes Bett und seine Metallkiste waren die einzigen Beweise dafür, dass er hier nächtigte.

Auch wenn sie wusste, dass Frewin ihre Ansicht nicht teilte, wollte es Ann nicht gelingen, ihre quälende Sorge zu verdrängen. Und wenn das Böse aus den eigenen Reihen käme? Sie hatte mit den Männern der MP gesprochen, um Einzelheiten über die Morde an Larsson und Conrad zu erfahren. Monroe hätte jedes Mal Gelegenheit gehabt, denn immer war er allein mit irgendeinem Auftrag unterwegs … Hatte man ihn überprüft? Er stand in dem Ruf, etwas ungehobelt und der Gewalttätigste des Teams zu sein. *Ein Einzelgänger? Nein … Sie sind alle gut eingebunden!* Belustigt dachte sie: *Wenn alle so wären wie Frewin!*

Sie kniete sich vor die Kiste mit seiner persönlichen Habe und öffnete sie. Ordentlich zusammengelegte Kleidungsstücke. *Ein Pedant oder nur der Einfluss des Militärs?* Sorgsam nahm sie die Wäsche heraus und legte sie auf das Bett. Darunter kamen eine Tafel Schokolade und drei Päckchen Zigaretten zum Vorschein. Dann eine erotische Zeitschrift. Sie blätterte sie durch, um sich zu überzeugen, dass nichts zwischen den Seiten verborgen war. Negativ. Als sie sie zurücklegte, hatte sie plötzlich ein schlechtes Gewissen. Sie verletzte Monroes Privatsphäre. Ohne Rücksicht drang sie in seinen ganz persönlichen Bereich vor. *Ich tue es für die Untersuchung! Sicher, ich bin kein Ausbund an Tugend, aber ein Voyeur bin ich nicht!*

Dann wühlte sie ganz unten in der Kiste. Handeln, um nicht nachdenken zu müssen. Briefe: von Monroes Eltern, seiner Schwester und zwei Freunden. Nichts von einer Frau.

Ann seufzte. Sollte sie die Post lesen? Sie machte sich plötzlich Vorwürfe, Monroe derart zu verdächtigen. Was hatte sie erwartet? Noch einen abgetrennten Kopf zu finden? Ein Geständnis und Worte des Bedauerns? *Beende, was du begonnen hast!*

Sie überflog die Seiten, die teilweise schlecht zu lesen und voller Rechtschreibfehler waren. Nichts. Ein banaler Briefwechsel zwischen einem Soldaten im Krieg und seiner Familie.

Ann setzte sich. Langsam taten ihr die Knie weh.

Der Wind pfiff leise durch den Flur hinter ihr.

Sie hatte nichts gegen Monroe in der Hand. Keinen Anhaltspunkt, nichts.

Plötzlich beugte sie sich vor und griff nach den Kleidungsstücken auf dem Bett. Sie inspizierte sie aufmerksam, auf der Suche nach einem Fleck, nach Blutspritzern. Und wieder musste sie sich kleinlaut eingestehen, dass es nichts gab. Das Einzige, was sie fand, war getrocknete Erde. Sie beugte sich zur Seite, um unter das Bett zu spähen. Ohne Ergebnis. Schrank, Nachtkästchen und Pult waren ebenfalls leer.

Ann richtete sich auf. *Wenn du schon einmal dabei bist, warum nicht auch die anderen überprüfen?* Mit der kleinen Kerze in der Hand verließ sie den Raum. Sie zögerte. Sollte sie Frewins Sachen durchsuchen? Wozu sollte das gut sein? Es war absurd, ihn zu verdächtigen. Doch es plagten sie Zweifel, die gegen ihren logischen Verstand kämpften, der ihr sagte, eine solche Maßnahme sei reine Zeitverschwendung und vor allem unmoralisch, da ihr ihre krankhafte Neugier einflüstere, diese Gelegenheit nicht zu verpassen. Sie hatte eine Entschuldigung für ihr Tun. *Einen Vorwand!* Es war eine Möglichkeit, dem Lieutenant etwas näherzukommen. *Das kann ich nicht machen! Dazu habe ich kein Recht!* Er verhielt sich ihr gegenüber nicht korrekt, er benahm sich schlecht. Sie offenbarte sich ihm, doch er war undurchdringlich wie eine Wand. Und die konnte sie jetzt durchbrechen, mehr über ihn erfahren. Das war nur legitim.

Habe ich ihm denn gesagt, wer ich wirklich bin? Was ich tue?

Ann schüttelte den Kopf, sie widerte sich selbst an.

Was würde er sagen, wenn er erführe, dass ich seit meiner Jugend lasterhaft bin? Dass ich mich all die Jahre von meinem Verlangen habe überwältigen lassen? Meinem Verlangen? Meinen animalischen Trieben! Immer wieder mit Unbekannten zu schlafen, um zu spüren, dass ich lebe, um mich der Illusion hinzugeben, geliebt zu werden, und sei es nur für eine Stunde. Was würde er sagen, wenn ich ihm gestünde, dass ich diesen Mörder jage, weil mich die dunkle Seite an ihm fasziniert. Dass ich hoffe, mich selbst zu verstehen, indem ich ihn verstehe? Warum gelingt es mir nicht, meine Triebe zu kontrollieren? Warum verfalle ich dauernd in Depressionen, wenn ich nicht mit Männern schlafe? Bin ich derart pervers? Ja. Muss ich es ihm sagen?

Sie stellte fest, dass sie vor der Tür zu seiner Zelle stand.

Worauf wartest du? Du weißt doch genau, dass du hineingehen wirst. Es ist nicht nötig, Argumente dafür oder dagegen zu finden, dein Entschluss steht fest.

Sie betrat die Zelle. Sie ekelte sich vor sich selbst. Seit ihrer Jugend verhielt sie sich so. Sie trug das Laster in sich, das wilde Verlangen nach Orgasmen, nach Zärtlichkeit, die sie vor der Verzweiflung retteten. Dabei verabscheute sie sich nach jeder Nacht, die sie mit einem Fremden verbracht hatte, noch ein wenig mehr. Und es gelang ihr nicht, den Teufelskreis zu durchbrechen. In diesen Momenten, oft war es abends, war sie zu allem bereit. Ein grässliches Gefühl der Einsamkeit, dann ein Kribbeln im Unterleib, ein quälendes Verlangen marterte ihr Gehirn. In solchen Augenblicken musste sie um jeden Preis einen Mann finden, ihn mit in ihren Wahnsinn ziehen, ihn belügen und manipulieren, damit er ihr das gab, was sie wollte: einige Stunden des Vergessens. Das war ihre dunkle Seite. Ein Fluch, der sie zwang, außerhalb der Gesellschaft zu leben, unfähig, sich zu stabilisieren, denn sobald der Morgen graute, überkam sie Scham, sie empfand mehr Mitleid als Zuneigung gegenüber den Männern und ergriff die Flucht. Manchmal dauerte das Verhältnis mehrere Tage, doch es endete immer gleich: Sie wurde des Mannes an ihrer Seite überdrüssig.

Im Laufe der Jahre hatte Ann begriffen, dass ihr Verhalten eine Reaktion auf ihre Kindheit war. Auf ihren Vater. Doch die Sache beim Namen zu nennen, reichte nicht aus. Ihre Kindheit war gestört gewesen, von frühester Jugend an hatte ihr Vater sie in den Abgrund des Bösen gezogen, hatte sie mitgerissen, und sie war verändert daraus hervorgegangen.

Schon als Mädchen war ihr Körper entflammt worden.

Für Ann war eines klar: Traumatische Erlebnisse öffneten dem Bösen die Tür und ließen es vom Geist Besitz ergreifen. War die Evolution charakteristisch für das Leben, so war das Chaos das Charakteristikum des Bösen. Und Traumata trugen zu dieser tief greifenden Zerstörung des Wesens bei.

Ann hatte versucht, ihre Wunden selbst zu heilen. Dazu hatte sie sich an einen Satz geklammert, den sie aus einem Buch ausgeschnitten hatte: *Nichts ist starr. Das Individuum ist zumindest Herr über sich selbst.* Sie wollte an diese Prämisse glauben, sie umsetzen.

Auf der Suche nach Erlösung hatte sie den Geist des einen oder anderen zu ergründen versucht, war aber dabei stets ihren abartigen Neigungen gefolgt, die sie zwangen, sich hinzugeben, um Nacht für Nacht etwas Linderung zu finden. Bis sie vor zwei Jahren Yann Darshan getroffen hatte, einen sanften, mysteriösen Soldaten, dem es gelungen war, ihr Frieden zu schenken. Zum ersten Mal hatte sie eine *Beziehung* gehabt, ohne dass ihr Trieb sie übermannt hätte. Alles war kompliziert, weil Krieg war, sie waren beide im Einsatz, weit von zu Hause entfernt – trotzdem hatte ihre Beziehung mehrere Wochen gehalten. Yann war manchmal eigenartig abwesend, manchmal gar beunruhigend, aber meist verging das schnell wieder. Doch eines Morgens kam ein Offizier vom Nachrichtendienst zu ihr und später auch die MP. Sie wollten wissen, ob sie Yann Darshan gekannt hatte. Er war tot, erschossen worden, als er bei seiner Verhaftung das Feuer eröffnet hatte. Er hatte innerhalb der letzten drei Monate fünf Männer umgebracht. Yann war ein Serienkiller. Er tötete aus Lust. Und sie hatte nichts bemerkt. Nie hatte sie den geringsten Zweifel gehegt. Dann hatte sie begriffen, warum er ihr nie hatte in die Augen sehen können. Und sie hatte dieses Verlangen, Kriminelle zu erforschen, entwickelt. Ihnen so nahe wie möglich zu kommen. Ann wusste, dass das der Weg zu ihrer Erlösung war. Je abartiger sie waren, desto stärker war die dunkle Seite in ihnen. Vielleicht konnte sie, wenn es ihr gelang, diesen Abgrund zu verstehen, herausfinden, ob sie ihnen ähnelte. War sie ein traumatisiertes Mädchen oder ein verderbter Mensch, der die Männer mit sich ins Verderben zog?

Vor zwei Jahren hatte sie die Krankenschwestern gebeten, sie zu verständigen, sobald die MP um medizinische Unterstützung bat. Sie wollte in Kontakt mit dem Verbrechen, mit der Gewalttätigkeit sein. Der Erfolg war nur mäßig gewesen – bis zu diesem schrecklichen Fall.

Während dieser ganzen Zeit war sie weiter mit sich selbst konfrontiert gewesen, mit ihrem stets wiederkehrenden, unkontrollierbaren Trieb. Bis sie Craig Frewin getroffen hatte. Seit sie auf ihn getroffen war, hatte ihre Gier nachgelassen. Sie hatte sich auf einen Punkt *fokussiert*. Er verkörperte ihr zwanghaftes Verlangen. Er und kein anderer. Selbst nachdem sie ihr Verlangen gestillt hatte, zog es sie zu ihm hin. Sie hatte diese Beruhigung, diese Freude am anderen wiedergefunden, geteilte Lust, die nicht mehr nur auf sie selbst ausgerichtet war.

Schon begann Ann, die Kiste des Lieutenant zu öffnen. Fieberhaft, mit fast mechanischen Gesten. Wovor hatte sie Angst? Zu entdecken, dass sie sich zu einem Mörder hingezogen fühlte? Könnte Frewin der Mörder sein, den sie alle jagten? Ein Mörder, der bislang klüger schien als sie alle. Der gerne spielte. Was konnte es Spektakuläreres und Schöneres für eine solche Persönlichkeit geben, als im Zentrum des Interesses zu stehen und derjenige zu sein, der die Jagd auf sich selbst organisierte?

Ich muss damit aufhören. Unmöglich, nicht er.

Versuchte sie, sich zu beruhigen? Yann war es auch gelungen, sie hinters Licht zu führen. *Aber damals war ich nicht so wie heute. Ich hatte noch gar nichts begriffen!*

War es jetzt so anders?

In Frewins Kiste fand sie vor allem Schreibutensilien und Lektüre. Bücher über Psychologie und zwei Romane von Conan Doyle.

Ihre Hand glitt über die Briefe, die den Boden bedeckten. Mehrere Dutzend, fast hundert. Alle an dieselbe Person adressiert: Patty Frewin, seine Frau.

Ann schloss den Metalldeckel wieder.

Wie hatte sie sich in einen Mann verlieben können, der einem Phantom die Treue hielt?

Sich verlieben … Endlich gestand sie es sich ein.

Ann seufzte und verließ die Zelle. Was wollte sie eigentlich? Als sie an ihrer Tür vorbeiging, empfand sie Zorn, ohne genau zu wissen, ob er sich gegen sie selbst oder gegen Frewin richtete.

Neben ihrer Zelle lag die von Matters.

Der junge Sergeant, der ihrem Blick ständig auswich.

Auch ihn musste sie überprüfen. *Er ist mager, unfähig, Hünen wie Larsson oder Baker zu töten, und noch weniger, Rosdales Körper im Speisesaal an die Fleischerhaken zu hieven!* Niemanden außer Acht lassen.

Also trat sie mit der Kerze in der Hand ein. Das Bett war nachlässig gemacht. *Vielleicht hat er es gar nicht benutzt?* Ann fiel auf, dass der junge Mann der Einzige war, der seine Kiste unter seinem Bett versteckt hatte. Sie stellte ihre Kerze auf dem Nachtkästchen ab und zog sie an den Griffen hervor. Ein kleines Vorhängeschloss hing an dem Riegel. Glücklicherweise war es offen. Matters schloss vermutlich nur ab, bevor die Kiste transportiert wurde. Sie hob den Deckel an. Kleidungsstücke, die Bibel … Auf den ersten Blick nichts Ungewöhnliches.

Dann der Holzboden.

Ein doppelter Boden, den sie problemlos entfernte. Darunter lag ein sehr eigenartiger Gegenstand und ein Heft aus braunem Leder. Ann erriet, dass hier erst kürzlich aufgeräumt worden war, im Staub waren Fingerabdrücke.

Matters verbarg sein Tagebuch und eine Peitsche mit blutbefleckten Lederriemen.

68

Der Arzt, der Donovans Leiche untersuchte, hatte ein längliches, von tiefen Falten zerfurchtes Gesicht und buschige Augenbrauen, die ebenso grau waren wie sein lockiges Haar.

»Mehr kann ich nicht sagen. Man hat ihm die Kehle durchgeschnitten. Der Mörder hat ihm mit einem heftigen Stoß ein Messer in den Hals gerammt und es dann zur Seite gezogen, bis fast der ganze vordere Teil des Halses durchtrennt war.«

»Hätte das Opfer schreien können?«

»Ganz gewiss nicht.«

»Aber es ist viel Blut verspritzt worden, nicht wahr?«

Der Arzt stimmte zu. Das irritierte Frewin. Betroffen durch den Tod eines seiner Männer hatte er vorher nicht daran gedacht. Wenn der Mörder über Donovan gestanden hatte, um ihn abzustechen, dann hätte er natürlich Blutspritzer abbekommen müssen. Doch außerhalb der Zelle hatten sie nur eine kleine Blutlache gefunden. Nicht viel für einen blutbesudelten Mann, der vorbeigegangen war. Wie hatte er das angestellt? Hatte er es hinter sich weggeputzt? Sicherlich nicht, dann hätten sie nämlich die Spuren am Boden gesehen. Er hatte sich auch nicht umgezogen, sie hatten nichts dergleichen bemerkt. Wie also hatte er über den Flur fliehen können, ohne Blutspuren zu hinterlassen?

Er hat gewartet. Das Blut ist an ihm getrocknet. Und der kleine Fleck vor der Tür? *Blut an seinen Schuhen oder an seiner Waffe, ehe er sie weggesteckt hat …*

Das bedeutete, dass der Mörder mit seiner befleckten Kleidung in sein Quartier zurückgekehrt war. Und niemand hatte etwas bemerkt?

»Die Waffe war sicher ein langes Messer mit einer breiten Klinge«, erklärte der Arzt.

»Wie es die Soldaten haben?«

»Ganz genau.«

Über die Schulter seines Gegenübers sah Frewin Ann, die den Vorhang des improvisierten OPs zur Seite schob. Sofort bemerkte er, wie aufgeregt sie war.

»Ich muss unbedingt mit Ihnen sprechen«, erklärte sie.

Frewin bedankte sich bei dem Arzt und ging zu ihr.

»Was ist los?«

»Das müssen Sie sich ansehen«, antwortete sie nur.

Sie ging mit ihm in den vierten Stock, wo sie die Kerze nahm und ihn in die hinterste Zelle führte, die unbewohnt war. Sie schloss die Tür hinter sich. Ihre Gesichter näherten sich der Kerzenflamme.

»Sehen Sie!«, rief Ann und stellte die Kerze auf den Boden.

Sie warteten eine Weile und stellten dann fest, dass die Flamme zu zittern begann und sich zu einer Seite neigte. Der Zug wurde so heftig, dass er sie fast ausgeblasen hätte.

»Ein Luftzug«, sagte Frewin. »Hier muss der Durchgang sein.«

Ann wartete nicht länger, sondern stürzte auf den Schrank zu, den sie aufriss, um an der oberen rechten Ecke zu ziehen. Die Rückwand klappte zur Seite und gab ein dunkles Loch frei.

»Sie sind genial!«

»Als ich mit der Kerze in meiner Zelle war, ist mir die Idee gekommen, die anderen Räume zu untersuchen und dabei die Flamme sprechen zu lassen. Das war das Ergebnis.«

»Sie waren schon unten«, mutmaßte er.

Die Krankenschwester lachte leise.

»Machen Sie sich auf etwas gefasst, diese Mönche waren wirklich … nicht ohne.«

Eine schmale Treppe schraubte sich in die Tiefen des Schlosses. Frewin hatte seine Taschenlampe geholt, mit der er jetzt vorausging. Die Stufen schienen kein Ende zu nehmen, und fast schmerzten seine Beine, als er mehrere Meter unter Tage einen feuchten, staubigen Korridor erreichte. Wände und Deckengewölbe waren mit Spinnweben überzogen, die leicht im Luftzug schaukelten. Der Boden war aus gestampftem Lehm.

Frewin hob den Arm, um den Gang so weit wie möglich auszuleuchten. Er erstreckte sich auf einer Länge von über zwanzig Metern, und von Zeit zu Zeit mündeten Seitenarme ein.

»Das ist ja endlos!«, flüsterte er.

»Warten Sie, das Beste haben Sie ja noch gar nicht gesehen.«

Sie gingen bis zur ersten Kreuzung, wo der Gang breiter wurde. In Regalen an den Wänden lagen Hunderte von Weinflaschen. Frewin trat einen Schritt zur Seite in einen etwa zehn Meter breiten Raum, in dem ebenfalls Flaschen gelagert waren. Von Zeit zu Zeit unterbrachen zwei aufeinandergestapelte Fässer diese Bienenwaben-Perspektive. Sie standen vor einer exzellenten Weinsammlung.

»Was haben die denn hier gemacht?«, fragte er verwundert.

»Ich habe mir einige Flaschen angesehen. Sieht so aus, als hätten sie Weine aus allen Regionen, Ländern und Jahrgängen gehortet.«

Dennoch, das mussten Hunderte, ja Tausende Flaschen sein, die hier versteckt waren! Und Frewin erinnerte sich, dass noch vor kurzem der Feind dieses Gebäude besetzt hielt. Es hatte Glück und Diskretion gebraucht, um diese Sammlung verborgen zu halten.

»Ich bin nicht weitergegangen«, gestand Ann. »Es gibt so viele Gänge und Räume. Aber ich denke, dass es von hier einen Zugang zu jedem der vier Türme des Schlosses gibt.«

Frewin stimmte zu.

»Einer der Mönche hat Parker Collins das Geheimnis anvertraut, ehe er starb. Entweder ist er unser Mann, oder er hat es im 3. Zug herumerzählt, damit sie sich bedienen. Sie haben es für sich behalten, und der Mörder wusste davon.«

Ihre Stimmen hallten dumpf in dem unterirdischen Labyrinth wider.

»Gehen wir nach oben zurück. Ich werde eine genauere Untersuchung mit Matters und Monroe vornehmen.«

Ann schwieg bei der Erwähnung von Matters' Namen. Sie wusste, wie sehr sich Frewin dagegen verwahrte, dass einer seiner Männer verdächtigt wurde. Noch hatte sie nichts gegen ihn in der Hand, und Ann wollte sein Tagebuch lesen, um mehr herauszufinden. Die Zeit drängte. Wenn Matters nicht das Unschuldslamm war, für das ihn alle hielten, musste sie sich beeilen, um ihn zu demaskieren, ehe er erneut zuschlug.

»Vor allem muss diese Entdeckung unter uns bleiben, niemand darf erfahren, dass wir hier waren«, fügte er hinzu.

Ann musterte ihn im Licht ihrer Lampen. Dieser eigenartige Mann mit all den Briefen, die er noch immer an seine verstorbene Frau schrieb. Sie beglückwünschte sich, ihre Gefühle nicht offenbart zu haben. *Welche Gefühle?* Sie wusste es selbst nicht mehr genau. War es Schmerz? Oder Wut? *Warum Wut? Er schuldet mir nichts, er muss mir keine Rechenschaft ablegen!* Doch diese Briefe hatten sie zutiefst verletzt, das wusste sie. Und plötzlich, während Ann verstohlen seine Lippen, seine Nase, seine Augen und Hände betrachtete, wurde ihr klar, welches Gefühl sie beherrschte: Eifersucht. Sie begehrte Frewin. Wollte ihn für sich allein.

Da er zu sehr mit seinem Plan beschäftigt war, nahm er Anns Verwirrung nicht wahr.

»Wir werden dem Mörder eine Falle stellen.«

69

Zwei Wachen waren vor dem Eingang zum Südturm postiert, zwei weitere patrouillierten im Treppenaufgang. Die Botschaft war klar: Diese Nacht würde es keine weiteren Toten geben. Die MP könnte endlich wieder ruhig schlafen, der Zugang zum Gebäude war gesichert. Genau das Richtige, um das Ego des Mörders anzustacheln. Er sollte sich in Sicherheit wähnen und erneut zuschlagen, indem er sich über die unterirdischen Gänge Zugang verschaffte. Für Frewin stand unwiderruflich fest: Der Täter würde erneut zur Tat schreiten, denn er wollte die MP vernichten, solange er dazu durch den Geheimgang, der ihm die Illusion von Macht verlieh, in der Lage war. Es war einfach zu verlockend.

»Er liebt es, seine Verbrechen zur Schau zu stellen«, hatte Ann der Lieutenant erinnert. »Er wird dem Verlangen zu töten nicht widerstehen können, wenn man überall verkündet, ein neues Verbrechen sei unmöglich, da die Sicherheitsmaßnahmen verstärkt worden seien. Er hält sich für allmächtig und wird es beweisen wollen.«

Frewin hatte das Labyrinth erkundet und dabei zwei weitere Zugänge entdeckt: einen in den Ostturm und einen anderen in den Nordturm, wo der 3. Zug untergebracht war. Er hatte darauf verzichtet, mehr Männer zusammenzutrommeln, denn er fürchtete das damit verbundene Aufsehen beziehungsweise dass die Soldaten womöglich ihre Mission ausplauderten, was seinen Plan vereitelt hätte. Seine Strategie basierte auf Diskretion. So wären sie dort unten lediglich zu dritt.

Matters sollte sich am unterirdischen Zugang zum Ostturm postieren, für den Fall, dass der Mörder überraschenderweise diesen Weg wählen würde. Monroe würde den Zugang zum Nordturm überwachen, durch den der Täter vermutlich käme, während Frewin sich zwischen beiden aufhielte. Sie hatten entdeckt, dass die Gänge und Säle im Grunde um einen großen, zentralen Raum angeordnet waren, den man stets durchqueren musste, wenn man von einem Ausgang zum anderen wollte. Sobald Monroe oder Matters den Verdächtigen hereinkommen sahen, würden sie ihm in sicherer Entfernung folgen, um ihm den Rückzug abzuschneiden, bis der Lieutenant ihn in der Mitte stellen konnte.

Zu Frewins großer Überraschung hatte Ann ohne Murren eingewilligt, in ihrer Zelle zu bleiben. Im Gegenzug dürfte sie an den Verhören des Mörders teilnehmen.

Frewin ahnte nicht im Mindesten, dass sie gegen die Zeit arbeitete. Die Gelegenheit, sich dort oben ganz allein aufzuhalten, eröffnete ihr die Möglichkeit, in Matters' Zelle zurückzukehren, um sein Tagebuch zu lesen. Wenn sich herausstellen sollte, dass der Sergeant verdächtig war, müsste sie einen Weg finden, Frewin so schnell wie möglich zu warnen. Der Gedanke, die drei Männer dort unten allein eingesperrt zu wissen, verstörte sie zutiefst.

So hatte jeder seinen kleinen Plan ausgeheckt.

In der verzweifelten Hoffnung, dass alles wie vorgesehen ablaufen würde.

Ann war seit einer Stunde allein.

Da Frewin kein Risiko eingehen wollte, waren die Männer bereits bei Einbruch der Dunkelheit hinuntergegangen. Sie hatten vor, wenn nötig bis zum Morgengrauen auszuharren.

Ann griff nach dem Kerzenleuchter und sah vorsichtig auf den kalten und zugigen Gang hinaus. Nur zwei Öllampen brannten. Niemand war zu sehen.

Lautlos huschte sie in die Zelle neben ihrer und fand unten

auf dem Boden seiner Kiste das Tagebuch wieder. Während sie sich aufrichtete, fragte sie sich, was sie tun sollte.

In meinem Zimmer oder gleich hier? Was ist ratsamer?

Schließlich entschied sie sich zu bleiben. Sie setzte sich auf den Stuhl vor dem Pult und öffnete das kleine, in Leder gebundene Bändchen. Matters hatte eine runde, etwas unsichere Handschrift mit breiten Bögen. *Die Handschrift eines Kindes …* Die ersten Einträge waren fast ein Jahr alt. Ann überflog sie rasch, auf der Suche nach einem Wort oder einem Satz, der ihr etwas über die Persönlichkeit des Sergeant verraten könnte. Matters berichtete von seiner seelischen Verfassung, gelegentlich von seiner Mutter, die ihm fehlte. Er klagte häufig über den mangelnden Komfort, betonte aber immer wieder, wie viel Glück er doch habe, seinen Beruf an der Seite von Lieutenant Frewin erlernen zu können.

Nachdem sie gut eine Stunde gelesen hatte, begann Ann sich zu fragen, welches Interesse Matters an seinem Vorgesetzten hatte. Bisweilen grenzte es an Faszination. Nach und nach wurde es eindeutiger, seine Schwärmerei nahm fast krankhafte Züge an.

Ann merkte gar nicht, dass sie die Worte förmlich verschlang. Inzwischen überflog sie die Seiten nicht mehr, sondern las konzentriert, was Zeit kostete. Plötzlich erwähnte er seine »Schwäche«. Eines Abends, der Sergeant schien deprimiert, vertraute er sich seinem Tagebuch voller Verzweiflung an.

Sie kommt wieder. Ich kann an nichts anderes mehr denken, ich kämpfe gegen diese ›Schwäche‹ meines Kopfes, meines Körpers an, und doch vermag ich ihr nicht Einhalt zu gebieten. Als wollte man die Flut bekämpfen, indem man mit bloßen Händen einen Damm baut … Ich spüre, dass sie mich förmlich überrollt. Ich schäme mich. Ich will nicht nachgeben. Doch ich muss ständig daran denken, bin wie besessen. Ich habe die-

sen Trieb, der mich blendet, Bilder, die sich mir aufdrängen. Selbst nachts träume ich davon. Was muss ich tun, um sie zum Schweigen zu bringen?

Weiter unten kam Matters noch einmal auf das Thema zu sprechen:

Heute habe ich einen Weg entdeckt, um zur Ruhe zu kommen. Ich hatte Ausgang und habe eine Peitsche gekauft. Sie werde ich an den Abenden benutzen, an denen mich die ›Schwäche‹ zu übermannen droht. Auf den Schenkeln, damit es nicht zu sehen ist. Ich schämte mich, als ich den Laden betrat, und wenn ich mich nicht noch mehr wegen meiner teuflischen Gedanken schämen würde, wäre ich gleich wieder hinausgegangen. Ich muss mich in den Griff bekommen. Mein Gott, was bin ich bloß für ein Monster! Was für ein widerwärtiger Perverser!

Je weiter sie kam, desto häufiger erwähnte Matters diese »Schwäche« oder »unselige Verirrung«, die ihn so sehr quälte. An einer Stelle sprach er von dem »Übel«, genau wie es Frewin oder sie tat. *Das Übel ist praktisch überall, kein Mensch ist davor gefeit,* dachte sie.

Sie konzentrierte sich wieder auf das Tagebuch. Matters war besorgt, als er feststellte, dass er mehr und mehr die Kontrolle über sich verlor. Es kam vor, dass er sich nachts davonschlich, um seinen Trieben zu gehorchen.

Dann tauchte »der Heiler« auf.

Jemand, der ihm Frieden gab.

Anfangs tat Matters alles, um ihm nicht zu begegnen, um ihm nicht nachzugeben.

Doch sein Verlangen war stärker als er. Er hatte seine niederen Instinkte bereits vor einem Jahr mehrere Male ausgelebt. Glücklicherweise war er nie erwischt worden. Durch reine Willenskraft war es ihm gelungen, das Monster in sich zum Schweigen zu bringen.

Jedoch, die Gier nach dem Perversen war geblieben. Sie verfolgte ihn.

Und der Heiler hatte erneut die Lust in ihm geweckt.

Also gab Matters sich ihm hin.

Er war dem Übel erlegen.

Er war zum niederträchtigsten aller Menschen geworden.

Die Lektüre fesselte die Krankenschwester, die Worte zogen sie in ihren Bann. Sie verschlang die letzten Seiten.

Plötzlich war sie wie elektrisiert.

Sie warf das Tagebuch auf das Bett und stürzte zur Tür.

70

Es roch feucht und moderig. Von dem Deckengewölbe tropfte Wasser und bildete eine kleine Pfütze vor Matters' Füßen. Er saß auf einem abgerundeten Stein am Schnittpunkt zweier Flure.

Die Zeit dehnte sich wie ein Gummiband. Er wusste nicht mehr, wie lange er schon in diesem düsteren Loch hockte. Der Lieutenant hatte ihnen gesagt, sie sollten sich dort postieren, um den Gang im Blick zu haben, ihre Lampen aber ausschalten, damit der mögliche Gegner sie nicht sehen könnte, und diesem dann in einigem Abstand folgen. Aber Matters hielt die Dunkelheit nicht mehr aus. Sie wurde im Laufe der Stunden so bedrückend, dass die Geräusche begannen, Substanz anzunehmen. Das Tropfen vor ihm war schon fast sichtbar geworden, so oft hatte er es gehört. Schließlich hielt er es nicht mehr aus und schaltete seine Lampe wieder ein, um dann, den Strahl nach unten gerichtet, die Wände zu betrachten und sich so die Zeit zu vertreiben.

Matters war sicher, er würde die Schritte hören, wenn jemand über die Treppe des Ostturms käme, und hätte dann noch Zeit, das Licht wieder auszuschalten. Er brauchte nur aufmerksam zu sein.

Musste er wirklich damit rechnen, dass sich jemand näherte? Würde an diesem Abend jemand in das Untergeschoss kommen? Er war sich nicht sicher. *Warum glaubst du das? Weil du weißt, wer der Mörder ist?* Matters schüttelte den Kopf, ihm war unwohl. Er weigerte sich, diese Frage zuzulassen, die schon seit einer Weile am Rand seines Bewusstseins lauerte.

Und wenn er den Mörder kannte?

Hör auf. Denk nicht daran, das ist müßig. Unsinn, du kannst ihn gar nicht kennen ... Aber war er sich da sicher? Warum wurde er dann diesen Kloß im Hals nicht los? Was *spürte* er über die Gewissheiten hinaus? Was geisterte in seinem Kopf herum?

Das ist unmöglich!

Schon besser. Man akzeptiert die Existenz einer Hypothese.

Nein, natürlich nicht.

Sein Name, los. Sag ihn.

Das macht keinen Sinn. Was tue ich da? Ich darf nicht daran denken!

Sein Name, nur den Namen, sag ihn.

Der Heiler. Nein. Nein, nein, ich verliere den Verstand, das ist alles.

Du weißt es. Da stimmt etwas nicht. Hör auf, dir was vorzumachen. Seit heute Morgen quälen dich Zweifel.

Matters seufzte laut.

Ich muss mich konzentrieren, ich habe hier eine Aufgabe.

Du weißt, dass sich die Beweise häufen. Die undichte Stelle ist bei der Militärpolizei, anders kann es nicht sein. Der Mörder ist immer eine Nasenlänge voraus, so als wüsste er, was Frewin plant. Aber irgendwann darf man sich nichts mehr vormachen.

Er ist sehr gerissen, das ist alles.

Aber nicht so sehr.

Er ist ein Genie des Bösen.

Des Bösen? Wie praktisch, dahinter kannst du alles verbergen, was du nicht sehen willst, was du nicht ertragen kannst. Und wenn das Böse nur aus inneren Dämonen bestehen würde, mit denen sich der Mensch nicht konfrontieren will?

Was ist nur mit mir los? Was ist das für ein Spiel?

Das der Wahrheit. Dein Bewusstsein gegen die Lüge, in der du lebst. Die Zeit ist gekommen, herauszufinden, wer von beiden in den nächsten Jahren die Oberhand haben hat.

Ich kenne den Mörder nicht.

Bist du so sicher?

Ich weiß gar nicht, was du willst.

Du hast ihn zu dir hereingelassen. Zu deinen Freunden.

Hör auf!

Um deinen schändlichen Trieb zu befriedigen, hast du der Bestie die Tür geöffnet.

Nein!

Du bist schuldig, weil du nachgegeben hast.

Nein …

Aber du hast noch eine Chance, es wiedergutzumachen.

Matters zitterte.

Noch eine winzige Chance, um die Bestie nicht triumphieren zu lassen.

Matters weinte bitterlich.

Er wusste all das. Er wusste es …

Das Zwiegespräch brach ab, als er sich von seinem Stein erhob.

Ihm war klar, was er zu tun hatte.

Er verschwand im Dunkel.

71

Monroe streichelte sein Opfer mit den Fingerspitzen.

Er hatte ihm die Haut abgezogen, ganz vorsichtig, um sich nichts von diesem Augenblick entgehen zu lassen. Sachte hob er die Eingeweide an die Nase, um ihren Geruch tief einzuatmen. So lange hier unten ohne Licht eingesperrt zu sein, hatte ihn verrückt gemacht.

Er hatte seinem Drang nachgegeben, nach einer Zigarette gegriffen und sie zwischen die Lippen geschoben. Unmöglich, sie hier anzuzünden, der Geruch würde ihn verraten. Also hatte er sie gedreht und gewendet, bis sie ganz weich geworden war. Dann hatte er sorgfältig das Papier entfernt und den Tabak in seiner Hand verteilt, um das Aroma einzuatmen.

Zuerst hatte er das Gewehr über der Schulter getragen, jederzeit bereit einzugreifen. Nach und nach hatte er es weggeschoben und schließlich an die Mauer gelehnt. Die ausgeschaltete Lampe in der Tasche, hatte er auf sich nähernde Schritte gewartet. Der Plan des Lieutenant schien ihm durchführbar, war aber von dem Mörder abhängig. Und wenn er heute Nacht nicht herunterkäme?

Er wird kommen. Der Lieutenant hat es gesagt: Die Gelegenheit, durch das Sicherheitsnetz zu schlüpfen und die Militärpolizei noch weiter zu dezimieren, ist in seinen Augen zu verlockend, um auf eine solche Chance zu verzichten.

Doch er wartete nun schon zwei, vielleicht sogar drei Stunden, und nichts hatte sich getan.

Und wenn er über den Ostturm gekommen wäre? Das schien unlogisch. Er hätte den Turm, in dem sie logierten, verlassen und vor aller Augen den Hof überqueren müssen, um in den Turm der Kompanie Alto zu gelangen, wo auch das andere MP-Team, das von Stanley, untergebracht war. Warum sollte er einen solchen Umweg machen und dabei vielleicht auffallen? Nein, nein, er würde hier vorbeikommen.

Vielleicht war er bereits da gewesen? Am Nachmittag. Und wenn er bereits hier unten war und sich irgendwo versteckt hatte … dann hatte er vielleicht den Lieutenant und sogar Matters erschossen?

Dazu sind sie zu clever, die lassen sich nicht überrumpeln.

Und überhaupt ist er nicht da. Er hat nicht früher kommen können, er kann sich nicht so lange von seiner Kompanie entfernen, das würde ihn verdächtig machen.

Plötzlich ein dumpfes sich näherndes Geräusch von der Wendeltreppe her, als rieben zwei Steine aneinander. Diesmal richtete sich Monroe auf, warf die aufgerissene Zigarette weg und hielt seine Lampe mit beiden Händen umklammert, ohne sie jedoch einzuschalten.

Er beugte sich vor und lauschte.

Nichts.

Der Wind.

Plötzlich hörte er das Geräusch von Schuhsohlen auf den Steinen. Jemand kam herunter. Er kauerte sich in einen Winkel, doch plötzlich bemerkte er, dass er seine Waffe vergessen hatte. Er tastete im Dunkeln, fand sie und zog sie an sich.

Er war jetzt ganz in der Nische verborgen.

Der Eindringling näherte sich. Monroe, dessen Herz raste, zwang sich, durch die Nase zu atmen, um zur Ruhe zu kommen und sich zu konzentrieren.

Der Klang der Schritte veränderte sich, war jetzt auf dem Gang kaum mehr zu vernehmen. Monroe nahm den Lichtstrahl einer Lampe wahr.

Er kam näher.

Monroe umklammerte sein Maschinengewehr.

Keine fünf Meter von ihm entfernt wurde es heller. Er nahm eine Gestalt wahr.

Monroe war so angespannt und bereit, jeden Augenblick hervorzuspringen und sich zu verteidigen, dass er nicht erkannte, wer es war. *Zu dunkel und zu aufgeregt*, sagte er sich.

Als der Mann gute fünfzehn Meter entfernt war, verließ Monroe sein Versteck, um ihm vorsichtig zu folgen, ganz darauf bedacht, nicht über einen Stein zu stolpern oder in einer Pfütze auszurutschen. Mit der rechten Hand tastete er sich an der Wand entlang, bemüht, den Abstand so gering wie möglich zu halten und doch unbemerkt zu bleiben.

Sein Herz klopfte noch immer zum Zerspringen.

Der Plan wurde umgesetzt.

Der Mörder, den sie seit mehreren Monaten jagten, war in diesem Tunnel.

72

Ann überquerte den Hof zwischen Lastwagen und Panzerfahrzeugen und erklomm die Treppe des Nordturms. Sie stieg bis zur dritten und letzten besetzten Etage hinauf und erreichte den Rundgang, von dem die einzelnen Zellen abführten. Gedämpfte Stimmen drangen an ihr Ohr. Die erste Tür stand offen, und sie sah Captain Morris im Gespräch mit Lieutenant Piper.

»Hallo, Captain, ich suche den Sanitäter Parker Collins.«

Morris musterte sie stirnrunzelnd.

»Er ist im dritten Raum zusammen mit Corporal Regie.«

Ann dankte ihm und wollte schon gehen, als er ihr nachrief:

»Versuchen Sie bloß nicht, meine Männer verrückt zu machen.«

Piper stieß ein dreckiges Lachen aus, und Ann eilte auf die dritte Tür zu. Sie klopfte und trat ein, ohne die Antwort abzuwarten. Douglas Regie hob verwundert den Kopf, und seine Augen weiteten sich, als er feststellte, dass der Eindringling eine Frau war. Ann ging auf ihn zu und bemerkte, dass das andere Bett leer war.

»Ich suche Parker«, sagte sie.

»Der ist nicht hier. Was wollen Sie von ihm? Sie und er, Sie …«

Ann ging über den anzüglichen Tonfall hinweg und erwiderte:

»Wissen Sie, wo ich ihn finden kann? Es ist wichtig. Sehr wichtig.«

Regie verzog den Mund.

»Nein, ich habe ihn irgendwann auf dem Gang im Gespräch mit ich weiß nicht wem gesehen.«

Ann fragte sich, ob er es wirklich nicht wusste oder aus Misstrauen ihr gegenüber und wegen des engen Zusammenhalts innerhalb des 3. Zugs nichts verraten wollte. *Kein Wunder, dass die Verhöre mit diesen Burschen zu nichts führen … sie decken sich alle gegenseitig, lügen sogar dafür! Sie liefern sich Alibis.*

»Ich muss mit ihm sprechen. Es geht um Leben und Tod!«, beharrte sie in dramatischem Tonfall.

»Ich sagte doch schon: Ich weiß nicht, wo er ist!«

Sie wich zurück.

Die Abwesenheit von Collins war kein Zufall. Der Mörder war entlarvt. Alles war dabei, sich zu klären.

Die Irrtümer lösten sich auf.

Sie musste handeln. Schnell.

Es geht um Leben und Tod, wiederholte sie sich.

Um Tod.

73

Frewin massierte seinen steifen Nacken.

Der Lichtschimmer war im Nordgang, dem von Monroe, aufgetaucht. Dann der Schatten einer rasch sich vorwärtsbewegenden Person.

Frewin zog seine Waffe, entsicherte sie, bereit zum Zielen. Alles würde sehr schnell vonstattengehen. Der Mann würde eintreten, Frewin ließe ihn bis zur Mitte des Raums vordringen, damit er keine Deckung fände, und würde ihn auffordern, sich zu ergeben.

Beim geringsten Zögern würde er schießen. Zunächst auf den Boden, dann, wenn nötig, auf die Beine. Er würde kein Risiko eingehen. Der Mörder müsste auf der Stelle gehorchen.

Die Gestalt kam näher, war deutlicher zu sehen. Groß, kräftig gebaut.

Das ist er.

Die Lampe in der rechten Hand.

Er trat in den großen Raum, sein Schritt verlangsamte sich.

Frewin erkannte sein Gesicht sofort.

Parker Collins.

Er ließ den Lichtkegel seiner Lampe über mehrere Holzregale gleiten, der durch die Flaschenböden aufgefangen und vervielfältigt wurde, sodass es mit einem Mal wie von Dutzenden kleiner Sterne glitzerte.

Noch ein Stück weiter …

Monroe musste sich hinter ihm befinden, bereit, ihm den Rückzug abzuschneiden.

Fasziniert von dem Spektakel, bewegte sich Collins noch langsamer vorwärts, wobei er leicht von seiner Route abwich und auf Frewin zukam.

Der Lieutenant konnte seine Augen erkennen, die den Raum absuchten. Er hielt seine Lampe weit vor sich ausgestreckt.

Frewin überkam plötzlich ein ungutes Gefühl. Er spürte, dass etwas nicht in Ordnung war.

Collins befand sich inzwischen in der Raummitte. Zeit, um einzugreifen.

Frewin zögerte.

Collins schien unsicher. Er leuchtete in alle Richtungen.

Er ist nicht selbstbewusst. Ihm fehlt die Entschlossenheit, die den Mörder befähigt, seine Opfer zu überraschen, zu überwältigen und zu massakrieren. Hier stimmt etwas nicht.

Und dann sprang es ihm in die Augen.

Er hatte sich wieder täuschen lassen.

Collins war nicht der Mörder. Er war nur als Köder hierhergeschickt worden, um den Weg zu bereiten, um sich zu vergewissern, dass ihn unten niemand erwartete.

Monroe warnen! Dass er nicht eingreift, vor allem, dass er achtgibt, was sich hinter ihm abspielt, vielleicht war ihm der richtige *Mörder schon auf den Fersen.*

Frewin schaltete seine eigene Taschenlampe an und richtete den Strahl auf den Sanitäter.

»Collins«, sagte er leise.

Der Angesprochene zuckte zusammen und unterdrückte einen Angstschrei.

»Wer ist da?«

»Lieutenant Frewin von der Militärpolizei«, erwiderte er und trat näher.

»Sie haben mir vielleicht einen Schreck eingejagt!«

»Wer hat Sie hierhergeschickt? Antworten Sie!«

Collins Züge erstarrten.

Und im selben Augenblick setzte der Kugelhagel ein.

74

Mit über siebenhundert Stundenkilometern zerschnitt die Kugel die Luft und zog eine kegelförmige Schockwelle nach sich. Sie schlug in die rechte Wange, drang durch die Zähne, die sich spalteten und ihren Schmelz in die Schleimhaut bohrten. Das Projektil wich von seiner ursprünglichen Flugbahn ab, durchbrach den Gaumen, um auf Höhe der Schläfe wieder auszutreten, wobei sich Knochensplitter bis auf die Stirn verteilten. Ein Hautfetzen riss ab, um das glühend heiße Metall zu begleiten.

Die anderen Kugeln pfiffen durch den Raum, zerschmetterten die Flaschen und bohrten sich in die Fässer.

Parker Collins sackte in sich zusammen wie eine Marionette, deren Fäden plötzlich durchtrennt worden waren. Sein Blut begann aus den Wunden zu sickern.

Das Echo der Schüsse hallte in Frewins Ohren wider.

Er lag am Boden, hatte kaum Zeit gehabt, sich auf die Seite zu werfen.

Der schwere Geruch vom Wein stieg ihm in die Nase. Ein Dutzend roter Fontänen ergossen sich über den Stein, die Wände schienen zu bluten.

Frewin kam wieder zu sich.

Man hatte soeben ein halbes Magazin auf sie entleert.

Er hatte seine Taschenlampe losgelassen, die drei Meter bis zur Mitte des Raums gerollt war.

Woher kamen die Schüsse? Vom nördlichen Gang, da war er sich fast sicher. Monroe hatte ein Maschinengewehr. War es möglich, dass er ...

Frewin begann zu robben, um schließlich hinter einem Mauervorsprung Deckung zu finden. Er hielt noch immer seine Pistole in der Hand.

Jetzt drehte er sich nach dem Sanitäter um.
Parker Collins war tot.

Matters war außer Atem – vom schnellen Laufen und von der Angst, die ihn ergriffen hatte.

Er war fast angekommen, als die Schüsse ertönten. Instinktiv warf er sich gegen die Wand, bis er merkte, dass man nicht auf ihn zielte.

Er verharrte eine lange Minute, den Kopf vorgestreckt, um die Geräusche zu orten. Der Angriff kam von rechts.

Seine Hand umklammerte die Pistole und bewegte sie langsam in Richtung der Detonationen. Ein langer Gang, der in einen Raum mit tiefer Decke und voll mit Fässern mündete.

Matters leuchtete die Ecken mit dem Strahl seiner Lampe aus, um das Dunkel zu entblößen, ohne etwas zu entdecken. Er wählte den folgenden Gang.

Als er die Öffnung passierte, nahm er plötzlich etwas Kaltes an seiner Kehle wahr, und eine Hand legte sich auf seine Waffe, um sie ihm abzunehmen. Der Unbekannte befand sich seitlich von ihm, außerhalb seines Schusswinkels.

»Sinnlos, dich des Dings zu bedienen«, raunte er ihm zu.

Matters fasste in Worte, was er verspürte: Ein Messer, das bereit war, in seine Kehle einzudringen. Er war nicht einmal überrascht.

»Du weißt, dass ich es war, nicht wahr?«, fragte die Stimme noch immer im Flüsterton.

»Ja.«

»Seit wann?«

»Seit wenigen Minuten. Nachdem ich noch einmal alles durchdacht habe. Der Mörder wusste so viel … Es konnte nur einer von uns sein.«

»Und das bin ich? Einer von euch?«

»Nein, nein, aber du hast uns geschickt irregeführt.«

Matters schloss die Augen. Er wusste nicht, was tun.

Alles ging zu schnell.

Er gab nur ein Gurgeln und ein ersticktes Stöhnen von sich, als seine Kehle sich öffnete.

Frewin versuchte erneut, sich zu konzentrieren. Sollte er sich nach rechts zu einer der Lampen rollen oder sich auf den Gang zubewegen, aus dem die Schüsse kamen, in der Hoffnung, dort den Schützen auszumachen?

Monroe. Monroe hat Vorrang.

Wie hatte es so weit kommen können? Sein Plan schien doch perfekt ... Der Mörder besaß die Fähigkeit, jede seiner Entscheidungen vorauszusehen. War er, Frewin, zu schnell vorgegangen? Er verschanzte sich für einen Augenblick hinter seinen geschlossenen Lidern. Kaum dass Ann den Geheimgang entdeckt hatte, war dieser in seiner Vorstellung zur idealen Falle geworden. Er hatte zu überstürzt gehandelt, hatte sich nicht die Zeit genommen, sich in den Mörder hineinzuversetzen. Er hatte einen unentschuldbaren Fehler begangen: Er hatte den Mörder unterschätzt. Nachdem dieser Donovan auf einer abgeriegelten Etage massakriert hatte, war ihm klar geworden, dass sie nach einem verborgenen Zugang suchen würden. Und dass man ihn finden würde. Darauf zählte er!

Frewin biss die Zähne zusammen. Wie hatte er sich so in die Irre führen lassen können? Auch in dieser Hinsicht hatte ihn der Mörder übertrumpft. Indem er seine Verbrechen in immer kürzeren Abständen verübt hatte, hatte er Frewin ein Tempo vorgegeben, das dieser nicht hatte halten können.

Es gab eine andere Möglichkeit, auch wenn er sie nicht in Betracht ziehen wollte.

Dass es einer von ihnen war.

Seine Handflächen waren feucht. Er holte tief Luft und bewegte sich auf allen vieren auf den Gang zu, aus dem es noch immer nach Pulver roch. An die Wand gelehnt, die Waffe im Anschlag, zwang er sich, ruhig durchzuatmen.

»Monroe!«, flüsterte er. »Monroe!«

Es bestand die Chance, dass sich der Soldat irgendwo hier versteckt hielt. Er spielte alle Hypothesen durch, auch die, dass Monroe auf Collins gezielt hatte, in dem Glauben, es handele sich um den Mörder.

Keine Antwort. Nur das Gluckern des Weins, der aus den zerschossenen Fässern und Flaschen rann.

Andere noch düsterere Möglichkeiten drängten sich ihm auf.

Frewin versuchte ein letztes Mal, seinen Untergebenen zu rufen, ohne die Stimme zu heben und damit seine Position zu verraten:

»Monroe! Monroe!«

Die Antwort tauchte dicht vor ihm aus der Dunkelheit auf. Eine ruhige Stimme, fast traurig.

»Monroe ist tot.«

Frewin erstarrte. Er erkannte die Stimme auf der Stelle.

»Tut mir leid, dass es so enden muss, Craig.«

75

Frewin kroch rückwärts wic cinc Spinne.

Die Stimme kam vom Eingang des Raums. Der Schein der am Boden liegenden Lampen hob die Unebenheiten des gestampften Lehms hervor. Ann war in dem Halbdunkel kaum zu erkennen.

»Es tut mir leid«, wiederholte sie.

»Ann?«, rief Frewin. »Was machen Sie hier?«

Ohne auf die Frage einzugehen, fuhr sie fort:

»Monroe hat man die Kehle durchgeschnitten, ich habe seine Leiche gesehen. Und Matters auch.«

Frewin konnte es nicht glauben. Dann bemerkte er, dass sie die Hände hinter dem Rücken hielt. *Was versteckt sie*?

Ein Messer tauchte an der Kehle der Krankenschwester auf.

Gehalten von einer rechten Hand.

Frewin vernahm ein Flüstern, und Ann musste das rechte Bein heben. Ein kleiner Gegenstand wurde darunter geschoben und ihr Fuß darauf gesetzt.

»Bewegen Sie sich ja nicht«, sagte eine Stimme.

Frewin hatte sie schon mal gehört. Eine Männerstimme, aber eine ungewöhnlich hohe.

Steve Risbi!

Dann tauchten der Rotschopf und die wässrigen Augen hinter der Krankenschwester auf.

»Kleine Überraschung, Lieutenant«, sagte er und grinste hämisch. »Da habe ich Sie schön reingelegt.«

Frewin verschlug es den Atem.

»Los, werfen Sie Ihre Waffe herüber. Gehorchen Sie, oder ich steche Ihre Freundin ab wie ein Schwein.«

Er fuchtelte mit dem Messer vor Anns Kehle herum. Frewin stockte das Blut in den Adern.

»Ich sage es nicht zweimal, Lieutenant. Sie sollten wissen, dass ich ein entschlossener Mensch bin!«

Er schickte sich an, die Spitze in die Haut seines Opfers zu bohren.

Frewin ließ seinen Revolver los und stieß ihn mit dem Fuß einen Meter weg.

»Gut so. Jetzt können wir uns etwas näher kennenlernen. Ich habe wirklich gehofft, Sie würden mir diese Falle stellen.

Ich war außer mir vor Freude, als ich von den Wachen in Ihrem Turm erfuhr. Das war das Zeichen.«

Frewin musterte Ann, um sicherzugehen, dass sie nicht verletzt war, nahm aber nichts Außergewöhnliches wahr.

»Ach, wenn ich Ihren Blick recht deute, fragen Sie sich, was sie hier zu suchen hat? Das würde ich eigentlich auch gern erfahren.«

Er streckte den Kopf zur Seite, sodass er sie ansehen konnte, und hob das Messer leicht an, um sie zum Reden aufzufordern.

»Durch … durch Matters' Tagebuch«, stieß sie hervor.

Risbi seufzte belustigt.

»Ich wusste, dass der Kerl mehr Schwierigkeiten als Lösungen bringen würde. Los, erzählen Sie, wir sind schließlich unter uns.«

Risbi hatte eine hohe Fistelstimm, die sich bisweilen überschlug, so als hätte er sie nicht unter Kontrolle. Eine diabolische Freude erhellte sein Gesicht.

Er zog Anns Kopf nach hinten, ihre Lippen bebten.

»Führen Sie Ihre Erklärung etwas näher aus, ich liebe das!«, befahl Risbi und spielte mit der Klinge.

Ann biss die Zähne zusammen und fuhr dann gequält fort:

»Matters war homosexuell.« Sie schluckte. »Er kämpfte gegen seinen Trieb an, weil er ihn entwürdigend fand. Er … Er war sehr gläubig. Doch von Zeit zu Zeit hielt er nicht durch und traf sich mit ähnlich veranlagten Soldaten.«

»Und in seinem Tagebuch spricht er von mir?«, fragte Risbi verwundert.

»Nein, er spricht vom ›Heiler‹. Ich dachte zunächst, es handele sich um Collins, den Sanitäter.«

Risbi grinste.

»Der Heiler … Seelenheiler, so hat er mich genannt.«

Er schien sich in dieser unglaublichen Situation – die Klinge an der Halsschlagader der Krankenschwester – sehr gut zu fühlen. Er genoss seinen Sieg über Frewin, der vor ihm am Boden saß.

»Weil ich die Briefe für meinen Zug schreibe und die richtigen Worte finde, um meinen Kameraden zu helfen. Ich habe Matters davon erzählt. Und dieser Trottel hat mich daraufhin ›Seelenheiler‹ genannt«, erklärte er belustigt.

Plötzlich wurde ihm bewusst, dass man ihn missverstehen könnte, und sein Gesichtsausdruck veränderte sich.

»Glauben Sie bloß nicht, dass er und ich … Nein, nein! Ich habe ihm vorgegaukelt, dass ich ihn mag, aber nur, um ihn zu benutzen. Wissen Sie, wenn man das tun will, was ich tue, darf man keine Möglichkeit außer Acht lassen. Das Homosexuellen-Milieu der Armee ist ein kleiner, sehr geheimer Kreis, und alles, was geheim ist, interessiert mich. Namen machen schnell die Runde, und als ich von Matters gehört habe, war mir sofort klar, wie ich Kapital daraus schlagen könnte. Das war vor etwa zehn Tagen im Schützengraben. Unsere Bekanntschaft war nicht einfach, aber vielversprechend.«

Bei der Erwähnung seines Sergeant konnte Frewin nicht umhin, einen raschen Blick zum Ostgang zu werfen.

»Wie ich sehe, fragen Sie sich, was mit ihm geschehen ist«, fuhr Risbi fort. »Ich muss gestehen, als ich heruntergekommen bin, wusste ich nicht, wie ich vorgehen würde. Ich habe heute Abend Parker erzählt, ich hätte ein weiteres gigantisches Weinlager entdeckt und dass er sich beeilen müsse, wenn er ein paar Flaschen mitnehmen wolle, ehe man es leerte. Er hat angebissen und sich sofort auf den Weg gemacht. Ich bin ihm in sicherem Abstand gefolgt und habe gesehen, wie Ihr Soldat ihm nachgeschlichen ist. So konnte ich ihn problemlos ausschalten. Oh!« Er hob den Zeigefinger, weil ihm plötzlich eine wichtige Idee gekommen war. »Wissen Sie, wie man einen Menschen ganz einfach töten kann? Da!« Er deutete auf Anns Kehle. »Man sticht einmal kräftig zu. Wenn der Druck stark genug ist, reicht das schon. Anschließend weicht man, wenn das Opfer um sich schlägt, zurück und lässt es langsam krepieren. Soll es dagegen schnell gehen, durchtrennt man alles, und damit Schluss. Normalerweise kommt der Angriff so überraschend, dass die Leute, statt sich zu wehren, reflexartig ihren Hals schützen – was natürlich völlig idiotisch ist!«

Er kicherte töricht. Stolz auf seine Ausführungen.

War es möglich, dass das Genie, das sie so lange gejagt hatten, dieser alberne junge Kerl war? Eine enttäuschende Verkörperung des Bösen für Frewin. So sehr, dass er noch immer nicht an Risbis Schuld glauben konnte und auf eine letzte Inszenierung des *wahren* Mörders wartete.

Er ist es. Alles ist aus. Lächerlich und obszön. Das ist die Realität.

»Warum erzählen Sie mir all das?«, fragte Frewin, der noch immer am Boden hockte.

Die Frage schien Risbi zu überraschen.

»Warum? Warum?« Er zuckte mit den Schultern. »Weil es Sie interessiert! Sie und ich, wir sind Brüder, gegensätzlich zwar, aber immerhin Jagdbrüder! Von Anfang an belauern wir uns gegenseitig. Ich muss zugeben, dass Sie mich diesen Sommer sehr beeindruckt haben. Plötzlich schien alles viel schwieriger als geplant. Dabei habe ich stets antizipiert, aufmerksam auf jedes Detail geachtet. Ich habe mir einen Spaß daraus gemacht, falsche Fährten zu legen. Zuerst Harrison, dann Hriscek – das war hohe Kunst. Tut mir leid, dass ich das mit Quentin Trenton übersehen habe. Nach dem, was Matters mir erzählt hat, war er es, der aus meinem schlecht gezeichneten weiblichen Symbol die Initialen Q T geschlossen hat … Darauf hätte ich selbst kommen müssen! Am ersten Tag auf dem Quai habe ich aufgeschnappt, dass Sie einen Rechtshänder suchten. Pech gehabt, Lieutenant, ich bin von Kindheit an beidhändig. Zum Schreiben und für alles andere benutze ich die linke Hand, aber einige Dinge tue ich instinktiv mit der rechten.«

Ein höhnisches Lächeln glitt über sein Gesicht, wobei die Augen merkwürdig ausdruckslos blieben.

»Ach! Und der Abend, an dem ich mir die Schuhe eines Kameraden ausgeliehen habe, um zu dem Gehöft zu gehen, und Sie auf meine kleine Inszenierung reingefallen sind! Ich habe Größe zweiundvierzig, nicht vierundvierzig! Darum fand Matters mich nicht weiter verdächtig … Ein eher schmächtiger Linkshänder mit Schuhgröße zweiundvierzig. Bei all der Hochachtung, die er für Sie hatte, konnte er sich nicht vorstellen, dass Sie sich komplett geirrt haben, der Ärmste! Währenddessen habe ich Ihren Argwohn auf alle Draufgänger des Zugs gelenkt, um ein bisschen Chaos zu stiften und den Zusammenhalt unserer Gruppe zu stärken. Wenn Männer von der MP auftauchten, haben wir uns alle gegenseitig gedeckt, bei den Verhören lieber gelogen, um unsere Freunde zu schützen! Hat bestens funktioniert.«

Risbi war regelrecht euphorisch.

»Nur eins bedauere ich beim Finale: Dass Matters mich auf dem Gang dabei überrascht hat, als ich auf Parker und Sie geschossen habe wie auf die Karnickel. Ich habe ihn mit seiner großen Taschenlampe kommen sehen, und es war ein Kinderspiel, ihn auszuschalten. Aber lieber hätte ich den Augenblick ausgekostet, in dem er, der Sie so verehrt, zusehen muss, wie Sie Ihren Hochmut verlieren. Dem Fall des großen Mentors beizuwohnen, das wäre sicher ein erhebender Augenblick für mich gewesen. Aber gut.«

Während er die Spitze der Messerklinge hob, fügte er hinzu:

»Die junge Dame hier hätte mich übrigens beinahe dabei gestört. Ich habe sie kommen sehen, auch mit ihrer Taschenlampe. Wie unbedacht. So war sie meilenweit zu sehen.«

Ann verzog das Gesicht, als sich die Spitze in ihre Haut bohrte.

Risbi war außer sich vor Freude. Er ging zu weit, erzählte zu viel. Als er sich frei wähnte, endlich er selbst sein zu dürfen, war er nur noch eine Parodie seiner selbst.

»Warum sind Sie übrigens nach unten gekommen?«, fragte er beiläufig, als handele es sich um ein Gespräch unter Freunden.

»Ich habe erfahren, dass Collins verschwunden war, ich dachte, er wäre runtergegangen und alles wäre vorbei. Ich habe mir Sorgen gemacht.«

»Frauen … Aber kommen wir jetzt zu den ernsten Dingen. Wissen Sie, Lieutenant, ich habe vorhin mit einem Maschinengewehr auf Sie geschossen, mit dem von … ach, wie hieß er noch?«

»Monroe«, murmelte Frewin.

»Ja, Monroe! Ich habe mir auch erlaubt, mir seine Handschellen auszuleihen – für sie hier.«

Er deutete mit einer Kopfbewegung auf Ann.

»Wie haben Sie es angestellt, meine Männer umzubringen? Larsson und Conrad?«, fragte Frewin, um Zeit zu gewinnen.

Risbi lächelte verschwörerisch.

»Wie gut es tut zu sprechen!«, rief er. »Ach, wenn Sie wüssten, wie ich es bedauere, all das nicht öfter mit jemandem teilen zu können! Wissen Sie, was das Schwierigste ist? Nicht die Vorbereitung oder die Vorsichtsmaßnahmen, nein, das ist eher angenehm. Das Schlimmste ist, das Stillschweigen zu wahren und den Erfolg nicht teilen zu können. Zu gewinnen und brillant zu sein, und dies mit niemandem feiern zu können! Das hat mich am meisten gequält.«

Er nickte langsam, spitzte die Lippen und betrachtete Frewin. Sein Blick wurde melancholisch.

»Ich werde Ihnen sagen, wie ich es angestellt habe. Im Grunde sehr einfach.«

Und zu Frewins und Anns großer Verwunderung steckte er das Messer ein und trat in den Raum.

76

Die Strahlen der am Boden liegenden Lampen kreuzten sich und überzogen den Lehmboden mit einem silbrig schimmernden Teppich, auf dem der Wein rote Rinnsale bildete. Die Wände des Raums lagen im Dämmerlicht, in dem sich Steve Risbi vorwärtsbewegte.

»Zunächst muss ich Sie auffordern, keinen Unsinn zu machen, Lieutenant. Zum einen, weil ich eine Waffe in der Hand habe und ein ausgezeichneter Schütze bin. Zum anderen, weil ich Ihrer Freundin Arme und Beine wegsprengen werde, wenn Sie mich nervös machen.« Er wandte sich zu ihr um. »Denn, meine Liebe, der Gegenstand, den ich Ihnen mit der Bitte, ihn nicht fallen zu lassen, in die Hände gelegt habe, ist eine Handgranate, und hier ist der Splint.«

Er warf den kleinen Metallring vor Frewins Füße.

»Wenn Sie die Hand öffnen, *bumm*! Unterarme und Hinterteil, wenn ich so sagen darf, werden Ihnen weggerissen. Und falls Sie auf die dumme Idee kommen sollten, fliehen oder auf mich zulaufen zu wollen, haben Sie innerhalb einer Sekunde keine Beine mehr. Vorhin habe ich Ihnen befohlen, den Fuß anzuheben, und habe etwas darunter geschoben. Es handelt sich um eine entsicherte Mine. Sie stehen auf dem Zünder. Sobald Sie sich rühren, macht es *bumm*!« Diese Belehrungen erteilte er mit freundlicher Gleichgültigkeit. Wenn es um Dinge ging, die seine Macht demonstrierten, wurde er selbstsicherer.

Risbi trat aus dem Schatten auf Frewin zu. Sie sahen sich herausfordernd an.

»So einfach ist das. Genauso habe ich es auch mit Ihren Männern gemacht. Als der erste das Lager verließ, habe ich ihn unbemerkt im Wald überholt und dann auf der Lichtung auf ihn gewartet, um ihn anzulocken. Er hat mich gesehen, ich habe eine Panikattacke vorgetäuscht, und er hat es geglaubt. Ich denke, ich bin ein recht guter Schauspieler. Ich habe mit ihm gesprochen …«

Plötzlich wandte Risbi den Kopf ab, etwas schien seine Aufmerksamkeit zu erregen. Frewin war überrascht. Er hatte eine Sekunde, um sich etwas zu überlegen, wobei die Waffe auf ihn gerichtet blieb. Was war los? War hinter seinem Rücken jemand hereingekommen?

Risbi wandte sich wieder Frewin zu, und ein breites Grinsen entblößte seine gelben Zähne.

»Reingefallen, was?«, sagte er feixend. »Genauso habe ich es mit Ihrem Soldaten gemacht, und er hat zur Seite geschaut, um zu sehen, was los war. Und in dem Moment habe ich ihm mein Messer in die Kehle gestoßen. Mit aller Kraft. Bis zum Heft. Ich bin zurückgesprungen, um einer möglichen Gegenwehr auszuweichen, aber er hat sich verhalten wie die meisten: Er hat beide Hände auf die Wunde gepresst. Also habe ich mich auf ihn gestürzt und wieder und wieder zugestochen.« Risbi, an dessen Schläfen die Adern hervorgetreten waren, wirkte lächerlich, als er jetzt das Verbrechen nachstellte. »Bis alles voller Blut war. Dann habe ich mich mit etwas Schnee gesäubert, aber da wir uns in Frontnähe befanden, sind die Blutflecken auf meiner Uniform nicht weiter aufgefallen. Ihrem zweiten Mann habe ich vorgespielt, ich wäre an eine feindliche Sprengladung geraten. Er wollte einen Pyrotechniker holen, aber ich habe ihm erklärt, ich würde nicht mehr lange durchhalten, wäre aber durchaus in der Lage, das Ding selbst zu entschärfen, wenn ich nur drankäme. Also hat er meinen Platz eingenommen, sein Fuß ist statt des meinen auf den Auslöser geglitten. Als er sich nicht mehr rühren konnte, habe ich ihm zu seiner Verwunderung die Handschellen abgenommen. Wenn Sie sein Gesicht gesehen hätten!«

Risbi begann zu kichern, ein hohes Kichern, das ebenso unnatürlich wirkte wie all seine Emotionen. Frewin wusste, dass er ihn richtig eingeschätzt hatte. Er tötete, weil er nur so Lust empfinden konnte. Ein hohles Wesen, eine leere Hülle, die nur durch Blut zum Leben erwachte.

Seine Augen waren vom Schlafmangel gerötet. *Wegen seines schändlichen Treibens,* dachte Frewin.

»Ich habe ihm die Handschellen auf dem Rücken wieder angelegt, er hat sich nicht gewehrt, zu viel Angst, in die Luft zu fliegen. Noch dazu habe ich ihm, um ihn zu beruhigen, allen möglichen Blödsinn erzählt. Ich liebe das. In kürzester Zeit verstehen sie rein gar nichts mehr, wer wer ist und wer was warum tut. Wissen Sie, der beste Weg, jemanden ruhigzustellen, ist, Verwirrung in seinem Geist zu stiften. Dann weiß er nicht mehr, was er tun soll, tausend Ideen schießen ihm gleichzeitig durch den Kopf, die in der Folge zu keiner Entscheidung führen. Ich habe ihm gesagt, dass es einen Mörder unter uns gäbe und dass ich ihn verdächtige. Er war völlig verloren. Hatte er mich soeben noch für einen potentiellen Mörder gehalten, so wurde ich jetzt zum Rächer. Er hat protestiert und herumgestammelt. Als er bemerkt hat, dass mich das überhaupt nicht interessierte, war es schon zu spät. Ich habe mein Messer gezogen und ihm unerwartet mit einem Schnitt den Bauch aufgeschlitzt. So einfach geht das!«

Risbi trat in aller Seelenruhe vor und stieß sein Messer in ein Holzfass, aus dem eine rote Springflut herausschoss. Er beugte sich vor, um ein wenig davon zu trinken, und setzte seinen Weg fort.

Welche Schwachstelle ausnutzen? Frewin fiel keine auf. *Alles Revue passieren lassen, schnell, sich an jedes Verbrechen erinnern, sie analysieren, eine Bresche finden!* Aber dazu musste er Zeit gewinnen. Es gab noch offene Fragen. Also sagte er:

»Wie haben Sie es angestellt, so kräftige Männer zu töten?«

»Sie sagen das, weil Sie mich für einen Schwächling halten, was?« Sein Ton hatte sich geändert. »Das will ich Ihnen sagen: Ihre Männer waren vielleicht Muskelpakete, aber sie haben gequiekt wie jeder andere auch, dem man die Kehle durchschneidet. Da braucht man nicht weiter zu suchen, Lieutenant. Und die anderen ... Sie wären erstaunt, wenn Sie wüssten, wie viel Kraft ein Adrenalinstoß freisetzt. Es scheint, dass er Mütter in die Lage versetzt, Autos anzuheben, um ihre Kinder zu retten. Und Sie haben keine Ahnung davon, wie viel von diesem Hormon freigesetzt wird, wenn man tötet. Unglaublich. Reine Kraft, verstehen Sie ...«

Er liebt diesen Moment, in dem er sich mitteilen kann, wiederholte sich Frewin. *Den wird er so lange wie möglich genießen wollen, ehe er uns umbringt.* Doch noch immer wusste Frewin nicht, wie sie sich aus dieser Situation befreien sollten. *Zeit, ich brauche Zeit!*

»Und die Symbolik?«, fragte er.

»Die Symbolik?«, wiederholte Risbi angewidert. »Was reden Sie denn da?«

»Die Morde nach den Tierkreiszeichen, und dann ...«

Er unterbrach den Lieutenant:

»Ach was! Sie haben das doch wohl nicht etwa ernst genommen? Im ersten Moment war es schon so gemeint, aber dann … All das habe ich nur getan, um Ihre Aufmerksamkeit auf Hriscek zu lenken, der den Sündenbock für mich spielen sollte. Sonst nichts.«

Er stieß sein Messer in ein anderes Fass, um auch diesen Wein zu kosten.

Er stellt seine Opfer zur Schau. Und es gefällt ihm auch, uns zu schockieren, indem er uns erklärt, was er getan hat. Er ist stolz. Stolz … Diese Schlussfolgerung war wichtig. Das spürte Frewin, ohne genau sagen zu können, warum.

»Was haben Sie sich denn vorgestellt?«, rief Risbi. »Dass ich … das Glück töten wollte? Diese Idee ist mir vor einigen Monaten gekommen, und ich fand sie genial. Aber Sie glauben doch nicht ernsthaft, dass ich töte, um das Glück zu manipulieren? Können Sie sich überhaupt vorstellen, was man empfindet, wenn man mordet? Wissen Sie es? Das ist nicht mit sexueller Befriedigung oder so etwas zu vergleichen, nein, das ist viel komplexer!«

Er liebt sich. Er liebt sein Leben. Er würde nie das Risiko eingehen, getötet zu werden, der Beweis: Er greift seine Opfer überraschend und von hinten an … Frewin dachte an die Mine unter Anns Fuß. Das kleine rechteckige Loch, das er am Tatort neben Conrad im Boden gefunden hatte. Hatte er die Tretmine vor dessen Tod entschärft? So schnell? Hatte er die entsprechenden Kenntnisse? Das passte nicht. Wenn Ann sich bewegte und die Mine hochginge, würden die Splitter überall hinfliegen und auch Risbi treffen. *Und vorhin ist er lange hinter ihr stehen geblieben, ohne uns zu sagen, dass sie alles in die Luft sprengen könnte!* Das passte nicht. Risbi hatte keine Selbstmordneigungen, er liebte sein Leben … Die Mine war nicht scharf. Die Handgranate vielleicht, aber nicht die Tretmine. Das wäre viel zu riskant.

»Töten bedeutet, die Manipulation zu überwinden, um wieder zu seinem natürlichen Wesen zurückzufinden, sich von den Zwängen eines Systems zu befreien, das ignoriert, was wir im Grunde sind: Jäger! Dieser Instinkt ist es, der es den Menschen ermöglicht hat, Hunderttausende von Jahren zu überleben, sich trotz der anderen, offenbar gierigeren Raubtiere an die Spitze der Nahrungspyramide zu setzen. Und innerhalb weniger unglückseliger Jahrhunderte wollte man uns entwöhnen, uns diese vitale Ausdrucksform austreiben. Blut ist ebenso aussagekräftig wie Worte. Sogar mehr, müsste man sagen, es ist wichtig für unsere Evolution. Sonst wären wir nur noch ein Haufen angenagter Knochen. Blutvergießen beinhaltet viel mehr als das, was Sie darin sehen: ein ›Verbrechen‹. Töten bedeutet, zurück zu seinen Ursprüngen zu finden. Es verleiht dem vollen Potential unserer Gene Ausdruck, es lässt unseren Instinkt zu Wort kommen und befreit uns von unseren Marionettenfäden! Daher gewährt Töten die höchstmögliche Befriedigung. Bei den ersten Malen fühlt man sich überfordert, es ist zu viel auf einmal, die Angst, die moralischen Zwänge unserer Gesellschaft sind noch zu präsent. Aber wenn man sich einmal davon befreit hat …«

Mit einer theatralischen Geste hob er einen Arm in die Luft und schwenkte das Messer wie eine Fahne. Frewin suchte mit den Augen den Raum ab. Angst schnürte ihm den Magen zusammen. Seine Waffe lag nicht weit von ihm. Alles würde sehr schnell gehen müssen. Kein Zögern. Konzentration, beherrschte Bewegungen, um die Kraft zu finden, es zu tun.

Risbi war wie im Delirium, er konnte nicht aufhören.

»Es ist der Höhepunkt unseres Lebens. Man erfährt, warum wir eigentlich auf dieser Erde sind, weit entfernt von aller Erziehung, allen Lügen, die uns von unserer wahren Natur entfernen sollen. Was glauben Sie, warum man die Religion erfunden hat? Um uns Angst zu machen! Um uns von dieser bestialischen Natur zu entfernen. Alles nur Manipulation und Unterwerfung. Töten hingegen ... Tun Sie es einmal ... Die Tat wird Sie überwältigen und sicher auch anwidern. Tun Sie es noch einmal, ... dann macht es Sie neugierig. Beim dritten Mal fühlt man sich wirklich anders. Und es ist zu spät, man kann nicht mehr zurück. Glauben Sie mir!«

Frewin musste jetzt handeln. Wenn er sich nicht irrte, befand sich Ann nicht in unmittelbarer Gefahr – außer, sie würde die Granate fallen lassen. Blieb die Waffe, die Risbi auf ihn gerichtet hielt. *Hoffentlich irre ich mich nicht, sonst ...*

Man musste ihn für einen kurzen Augenblick ablenken, nur wenige Sekunden, dann könnte Frewin seine Pistole ergreifen. Die herbeigesehnte Ablenkung kam von Ann.

77

Ann kam nach und nach wieder zu sich.

Nun, nachdem er es ihr gesagt hatte, erkannte sie genau die Granate, die sie in den Händen hielt. Aber was ihr mehr Sorgen machte, war die Mine. Die Angst verkrampfte ihre Muskeln noch mehr, und sie fürchtete, die Beine könnten ihr den Dienst versagen.

Ihre Augen hatten sich mit Tränen gefüllt, und ihre Kehle zog sich so sehr zusammen, dass sie schmerzte. Als sich Risbi entfernt hatte, war sie etwas ruhiger geworden, so als hätte er ihre Angst und Verzweiflung mit sich genommen. Dieser schmächtige Mann, der ihr geholfen und sie mit seiner Unschuldsmiene zum Narren gehalten hatte. Nie hatte sie ihn in Verdacht gehabt. Ihre fixe Idee, eines Tages in die Augen eines Kriminellen zu sehen, um darin seine dunkle Seite auszuloten, wich dem Entsetzen. Sein Blick war ihr traurig, vielleicht kalt, aber unschuldig erschienen. Und auch jetzt war er von keinem Feuer erfüllt, nur zwei weiße, von geplatzten Äderchen durchzogene Augäpfel und dahinter eine tote Seele. Das war nicht das Böse, das sie zu ergründen erhofft hatte. Das war …

Doch, du hast es gesehen. Das ist das Böse. Der Mangel an Leben. Keine Empathie, keinerlei Regung für die anderen. Das Böse ist diese extreme Egozentrik, nur das und nichts anderes. Das Fehlen des Lebens in seinen Augen.

Plötzlich war es ihr möglich, ihre Ängste in Worte zu fassen. Sie waren ihr schon lange bekannt, doch sie hatte ihnen nie ins Auge sehen, sich nie die eigenen Schwächen eingestehen und entschuldigen können. Nie hatte sie sich vergeben, eines Tages nein zu ihrem Vater gesagt und ihm den Schädel mit einem Holzscheit eingeschlagen zu haben, sodass er reaktionsunfähig war. Nie hatte sie sich wie ein Kind verhalten. Das lag an den Traumata, es war ihr Weg, um zu überleben. Ihre ständige Suche nach Befriedigung und die Manie, ihren Körper immer wieder hingeben zu müssen, waren eine Art, sich zu vergessen, die Selbstvergebung abzulehnen.

Und genau die hatte ihr dieser Mörder nun ermöglicht. Eine heftige und durchschlagende Therapie mit Hilfe der Angst. Und nun würde sie vielleicht bald sterben.

Sie blickte zu Risbi, der gerade ein neues Fass anstach. Sie erinnerte sich an die vielen Porträts, die Frewin und sie von dem Mörder entworfen hatten. Er war so gerissen gewesen und hatte sie so geschickt manipuliert, dass ein großer Teil ihrer Schlussfolgerungen nichtig gewesen war. Doch einer der Morde hatte sein wahres Gesicht enthüllt: das Gemetzel auf dem Bauernhof.

Dort hatte er sich besonders barbarisch gezeigt. Er hatte in dieser Familie seine eigene gesehen!

Frewins Strategie, ihn zum Äußersten zu treiben, hatte ihn dazu gebracht, von seinen Plänen abzuweichen. Allen Vorsichtsmaßnahmen zum Trotz hatte er an diesem Tag sein eigentliches Wesen offenbart. Mit bebender Stimme fragte sie ihn:

»Und Sie, Steve, was für ein Kind waren Sie? Hat Ihr Vater Sie vergewaltigt?«

Schweigen. Risbi kam zu ihr gelaufen.

»Du Dreckstück, wer hat dir erlaubt, so etwas zu sagen!«

»Ich habe in Matters' Tagebuch gelesen und dort steht nicht, dass Sie nur Freunde waren ... Es ist von Zärtlichkeiten die Rede ...«

»Er lügt!«, schrie Risbi, der jetzt direkt vor ihr stand.

»Er wurde von Schuldgefühlen geplagt, weil er mit dem ›Heiler‹ seinen dunklen Seiten nachgegeben hatte.«

»Unsinn! Lügen eines Päderasten!«

Ann rechnete mit Schlägen. Er kochte vor Wut, doch er hatte nicht die Hand gegen sie erhoben. Sie war noch nicht weit genug gegangen.

»Aber die wiederholten Vergewaltigungen durch Ihren Vater und die Schläge mit dem Gürtel, wenn er Sie ins Schlafzimmer zerrte, all das blieb doch nicht ohne Folgen für Ihr Sexualleben, oder?«

Risbi verzog angewidert das Gesicht.

Ann konnte nicht mehr aufhören, sie wollte ihn demütigen, auch auf die Gefahr hin, dass er sie prügeln würde, sie wollte ihn in die Knie zwingen. Ihr Hass ihm gegenüber wuchs, je mehr ihr der Unterschied zwischen ihnen beiden klar wurde. Sie hatte lange geglaubt, vom Bösen beherrscht zu sein. Und jetzt, da sie ihn, die Inkarnation des Bösen, vor sich hatte, empfand sie eine furchtbare Aversion gegen das, was von ihm ausging. Sie waren verschieden. Sie hatte nichts gemein mit diesem Abschaum.

»Darum verabscheuen Sie die Frauen! Sie manipulieren die Menschen. Die Geschichte mit Ihrer Freundin, von der Sie mir erzählt haben, war eine Lüge. Sie hassen Frauen! Warum? Weil Ihre Mutter, und vielleicht auch Ihre Schwestern, nichts getan haben, wenn Ihr Vater sich an Ihnen verging? Weil sie sich möglicherweise selbst an Ihnen abreagiert haben?«

Als sie sah, dass die Züge des schmächtigen Mannes vor Wut bebten, begriff Ann, dass sie ins Schwarze getroffen hatte.

»So war es! Sie haben nichts gesagt, wenn Ihr Vater Sie prügelte und vergewaltigte, schlimmer noch, Sie haben noch das Ihre dazu getan! Sie waren eine leichte Beute, der Sündenbock der Familie. Sie verachten die Frauen, und sexuell interessieren Sie sich für Männer. Sie und Matters, da war mehr.«

»Halt die Schnauze!«, brüllte er.

Aber es war zu spät. Wutentbrannt hob er sein Messer und richtete es auf Anns Hals.

Um ihn aufzuschlitzen.

Um zu spüren, wie das Blut auf sein Gesicht spritzte. Um das Blut der Frau zu trinken, die es gewagt hatte, ihn zu demütigen.

Er ging sofort zum Angriff über.

Das Blut ergoss sich über die Krankenschwester.

78

Ann blinzelte, ohne zu wissen, ob der Schmerz von ihrer tödlichen Verletzung herrührte. Er hatte ihr das Messer ins Ohr gestoßen – bis ins Trommelfell. Möglicherweise sogar ins Gehirn.

Dann begriff sie.

Es war nicht ihr Blut, sondern das von Risbi.

Und es dröhnte in ihren Ohren. Der Widerhall des Schusses drang langsam in ihr Bewusstsein, ebenso wie das Plätschern des Weins, der sich im Raum verteilte.

Frewin lag noch immer ihr gegenüber am Boden. Er hatte sich zu seiner Waffe gerollt, aus deren Mündung Rauch aufstieg.

Sie drehte sich zu Risbi um, der sie ungläubig ansah. Er hatte das Messer losgelassen und hob fassungslos seine blutbefleckte Hand vor sein Gesicht.

Er murmelte etwas.

Dann wiederholte er leise:

»Nein, nein.«

Plötzlich machte Ann einen Satz nach vorn. Risbi hatte sie in Frewins Richtung gestoßen. Trotz aller Anstrengungen rutschte ihr Fuß von der Mine. Sie stolperte zwei Meter weit nach vorn, dann stürzte sie. Da ihre Hände mit Handschellen auf dem Rücken gefesselt waren, prallte sie, ohne sich abstützen zu können, mit dem Brustkorb gegen Frewin. Der Aufprall, den dieser zu mildern versucht hatte, indem er die Arme hob, verschlug ihr den Atem. Bei der Kollision streifte sie seine Waffe, die ihm aus der Hand glitt.

Die Handgranate rutschte ihr durch die Finger und rollte zwischen ihre Schenkel.

Sie riss den Mund weit auf und wollte nach Luft schnappen – ohne Erfolg.

Die Handgranate!

Frewin befreite sich und versuchte, an seine Pistole zu kommen, doch Risbi war schneller. Er trat sie mit dem Fuß weg, und Frewin bekam lediglich den Knöchel des Angreifers zu fassen. Er zog, so fest er konnte, und alle Muskeln seines durchtrainierten Körpers spannten sich an.

Risbi landete in der stetig größer werdenden Weinlache.

In der nächsten Sekunde stürzte sich Frewins imposante Gestalt auf ihn, sein wuchtiger Schatten fiel auf den schmächtigen jungen Mann, dessen Gesichtsausdruck sich veränderte. Die Angst wechselte das Lager. Die Angst, die sonst er verbreitet und an der er sich bei den anderen ergötzt hatte.

Noch immer nach Luft schnappend, gelang es Ann, sich auf die Seite zu rollen. Mit den Beinen versuchte sie sich vorwärtszuschieben, um von der Granate wegzukommen, die sie in dem schwachen Lichtschein nur erahnen konnte.

Aus den Augenwinkeln sah sie Risbi unter Frewin verschwinden und dass der Mörder seine Waffe hob. Ihr Blick trübte sich, während sie verzweifelt nach Luft rang. Frewins Hände umklammerten den Hals seines Angreifers und zogen ihn in die Höhe. Ann nahm verschwommen wahr, wie der Hüne sich aufrichtete, den Kopf nach hinten warf und einen Wutschrei ausstieß.

Risbis Kopf wurde mit unglaublicher Geschwindigkeit herumgerissen.

Dann ein unheilvolles Knacken.

Risbis Augen erstarrten in einem Ausdruck von Überraschung und Panik.

Ann spürte, dass wieder Luft in ihre Lungen strömte, und konzentrierte sich sogleich auf die Handgranate. Sie lag direkt neben ihr.

Mit den auf dem Rücken in Handschellen gefesselten Händen tastete sie nach dem kleinen tödlichen Objekt.

In dem Moment, als sie es flüchtig streifte, war ein leises Klicken zu hören.

Und Ann wusste, dass sie in der nächsten Sekunde in die Luft fliegen würde.

79

Ann warf sich herum und rollte sich auf die Granate. Sie wollte Frewin schützen.

Sie hatte keine Zeit, weiter darüber nachzudenken.

Ihre Lider schlossen sich.

Es gab keinen Knall. Keine Explosion, nur einen letzten Seufzer aus Risbis Mund. Sie öffnete die Augen und sah, dass der rechte Fuß des Mörders heftig zuckte. Dann blieb er liegen.

Frewin richtete sich auf, von seiner Kleidung tropfte eine rote Flüssigkeit, mit der auch seine Hände bedeckt waren.

Keine Explosion.

Ann wurde bewusst, dass auch die Mine nicht hochgegangen war. Könnte es sein, dass …?

Sie setzte sich auf und starrte auf das kleine runde Ding.

Der Wein, der sich unablässig aus den durchlöcherten Fässern ergoss, begann die Granate zu umspülen.

Frewin half Ann auf die Beine und öffnete ihre Handschellen.

Ann weinte nicht. Sie zitterte auch nicht vor Angst.

War es der Schock? Oder eher ein labiles Gleichgewicht nach dem durchlebten Schrecken und dem Glücksgefühl, noch am Leben zu sein? Schon bald würde sie zusammenbrechen, damit musste sie rechnen. Nur dann könnte sie einen Neubeginn wagen.

Sie rieb sich die Handgelenke, und das Erste, wonach sie sich sehnte, war, sich an Frewin zu schmiegen und ihn zu küssen. Er beobachtete sie und wartete auf eine Geste von ihr. Er hatte soeben Risbi getötet, mit derselben Leichtigkeit, mit der man ein Streichholz knickt. Und nun wartete der Hüne mit dem zerzausten Haar darauf, dass Ann ihm sagte, wie es weitergehen sollte. Seine Augen versanken in den ihren.

Sie wusste, dass ihn keinerlei Gewissensbisse plagten. Er hatte Risbi das Genick innerhalb einer Sekunde gebrochen – der wohl bedeutendsten Sekunde seines Lebens.

Und dieses Muskelpaket ließ sich durch eine kleine blonde Frau aus der Fassung bringen. Durch sie. Gespannt wartete er auf ihre Reaktion.

Etwas Animalisches ging von ihm aus. Ann spürte, wie sie dahinschmolz. Weil er sie gerettet hatte? Ein anderer, ein hässlicher Gedanke kam ihr in den Sinn. Etwas, das Risbi gesagt hatte.

Er hatte soeben jemanden getötet, und das, was ihn umgab, war eine primitive, eine animalische Aura. Archaisch wie die Sexualität.

Nein, das ist idiotisch. Frewin ist kein Mörder … Sie wollte ihn umarmen und küssen, doch etwas hielt sie zurück.

Die Briefe.

All diese Briefe an seine Frau fielen ihr wieder ein.

Da strich Ann ihm über die Wange, wandte sich ab und lief zum Ausgang.

80

Mit den Beinen baumelnd, saß Ann zwischen zwei Zinnen des Turmrundgangs und blickte auf den Wald.

Der Himmel war einheitlich grau, so ähnlich wie ihre Stimmung. Und hätte sie für diesen Moment eine Geschmacksnuance aussuchen müssen, so hätte sie sich für Lavendel entschieden, den sie zunächst berauschend und dann sehr schnell abstoßend fand.

Risbi ist tot.

Diese Worte hätten in ihren Ohren wie eine triumphale Verheißung klingen müssen, hinterließen aber einen bitteren Nachgeschmack. Er hatte ihr ermöglicht, sich so zu sehen, wie sie wirklich war, und die Suche nach sich selbst einzustellen. Ann hatte dem Bösen nicht die Tür geöffnet, sie hatte nichts aus ihren Abgründen mitgenommen, höchstens ein verstörtes, taumelndes Mädchen auf dem Weg des Lebens. Indem es sich den Männern hingab, hatte das verletzte Mädchen gehofft, die Liebe zu erfahren, die sie vom Vater nie bekommen hatte, und nun als Frau versuchte sie, sich zu verzeihen, dass sie ihrem Erzeuger eines Tages den Schädel eingeschlagen hatte. War dieser Tyrann seither tot? Ann wusste es nicht und sagte sich, dass es ihr gleichgültig sei. Es steckte keine Bestie in ihr, Risbi hatte sie das gelehrt. In einem Punkt hatte sie sich zumindest nicht getäuscht: Die Auseinandersetzung mit der Seele eines Mörders hatte sie etwas Wichtiges über ihre eigene Natur gelehrt. Sie hatten nichts gemeinsam.

Und paradoxerweise war Ann traurig darüber, nicht mehr die Chance zu haben, mehr über den schmächtigen jungen Mann zu erfahren. Sein Vertrauen in den Tötungsakt hatte sie verwirrt. Seine Sicht der Gesellschaft, die sich den Menschen untertan macht, war der Anns nicht unähnlich. War das etwas, das geschundene Kinder gemein hatten?

Als er starb, nahm Risbi seine Geheimnisse mit ins Grab. Nie mehr würden sie ihn ergründen können, um zu begreifen, was sich tatsächlich dahinter verbarg. Warum hatte er Gavon Tomers mit einem Damenstrumpf erdrosselt, er, der Frauen so sehr hasste. *Um zu provozieren? Um sich zu testen, um herauszufinden, ob er dazu in der Lage war? Oder einfach um die Militärpolizei erneut auf eine falsche Fährte zu lenken?* Wie hatte er Tomers und Harris geködert? Eine eingehende Untersuchung hätte möglicherweise ergeben, dass sie homosexuelle Neigungen hatten, die sich Risbi zunutze gemacht hatte, um sie allein an einen Ort seiner Wahl zu locken. Dieser Teil der Untersuchung würde zurückgehalten werden, denn die Armee tolerierte nicht, dass so von ihren Soldaten, ihren *männlichen Kriegern*, gesprochen würde.

Hunderte von Fragen wirbelten durch ihren Kopf.

Eine jedoch drängte sich vor, während der Kanonendonner aus der Ferne herüberhallte.

Welche Bedeutung hatte der Krieg bei alldem, was sie durchlebten? Würde es weitere Mörder wie Risbi geben? *Mit Sicherheit.*

War der Krieg möglicherweise für Risbis seelische Störungen verantwortlich? Zwar musste ein Mensch von Anfang an instabil sein, um derart abzugleiten, aber konnten ihn nicht der Krieg und dessen barbarische Absurditäten in seinen Grundfesten erschüttert haben? Die Urangst des Menschen vor dem Tod kommt auf den Schlachtfeldern zum Vorschein. Die Männer kämpfen, und dabei lassen die Skrupel, seinen Nächsten zu töten, allmählich nach, bis sie sich ganz verflüchtigt haben. Töten wird zu einer mechanischen Angelegenheit. Der Krieg ist eine industrielle Ritualisierung des Todes. Er zerstört die Sicherheitsbarrieren, die die Zivilisation mühevoll in den Köpfen errichtet hat, und überlässt diese Wesen ihrem neu erwachten Urtrieb: dem Kampf ums Überleben. Töten, um zu leben. Im Krieg lernen die Soldaten, das niederzureißen, was die Gesellschaft innerhalb von Jahrhunderten an wesentlichen Kriterien aufgebaut hat. Der Mensch muss seine Triebe in der Gesellschaft zügeln. Er darf ihnen nicht freien Lauf lassen. Wut, Angst und Zorn müssen kanalisiert werden. Krieg bedeutet, diese Riegel zu sprengen, ohne sich weiter Fragen stellen zu müssen. Und unausweichlich tauchen die Urinstinkte wieder auf. Man weiß Tod und

Leben, Angst und Mut und Besessenheit nicht mehr auseinanderzuhalten.

Risbi hatte alles durcheinandergeworfen. So wie andere zerbrechliche Wesen. Ann dachte an Hriscek. Er konnte auf dem Schlachtfeld ohne Skrupel töten, doch auch die anderen Überlebenstriebe waren entfesselt. Aus Neugier und Zorn hatte er Ann durch den Wald gejagt. Und wenn man bedachte, dass der religiöse Glaube den armen Sergeant Matters dazu getrieben hatte, sich wegen seiner Sexualität zu hassen! War es nicht ein gewaltiger Fehler dieses Systems, den Menschen in seiner Komplexität zu negieren?

Ann wurde sich bewusst, dass sie ähnlich wie Matters reagiert hatte. Weil sie sich nicht verhielt wie die *anderen*, weil ihre Bedürfnisse nicht die der Gesellschaft waren, hatte sie sich als Bestie betrachtet. Deshalb hatte sie, wie Matters, Angst und Selbsthass verspürt. Und wenn es Hass und Zorn auf die anderen gewesen wäre, hätte sie sich dann zu einem potentiellen Risbi entwickelt? Der Mensch ist gemessen an der Evolution nur ein *Kind*. Eine Bestie, die sich für zivilisiert hält. Vor lauter ideologischer Indoktrination hat sich die ganze Menschheit eingeredet, dass ihr eine höhere Macht innewohnt, dabei ist sie nur ein Raubtier, das vorübergehend an der Spitze der Nahrungspyramide steht. Der Dünkel der Zivilisation hat den Einfluss der menschlichen Instinkte gemildert, welche die Kriege im Innersten eines jeden Wesens weiter aufrechterhalten. Die Menschheit schläft auf einem Pulverfass. Und wenn die Urinstinkte eines Tages wieder an die Oberfläche kämen? Wenn die moralischen Barrieren der Zivilisation durch all die Widersprüche gesprengt würden? Was würde dann geschehen? Die Menschen würden sich gegenseitig zerfleischen. Die Raubtiere der Urzeit, die in ihnen schlummern und es den zerbrechlichen Zweibeinern ermöglicht haben,

Macht über die anderen Spezies des Planeten zu gewinnen, würden wieder auftauchen. Das Erwachen der Raubtiere hätte furchtbare Folgen. Über mehrere Jahrzehnte? Mehrere Jahrhunderte? Eine Belanglosigkeit gemessen an der Evolution. Doch das Resultat wäre dramatisch: ein universelles Gemetzel.

Die gesamte Zivilisation beruht auf einem System, das nur von wenigen und in deren Eigeninteresse gesteuert wird, eine pyramidale Ordnung, die auf Macht basiert. Eine Zivilisation, seit Urzeiten geschützt durch Kriege. Eine Zivilisation, blind gegen ihre eigenen Widersprüche. Ja, es ist schon so manches faul im Reich der Menschen, dachte Ann. Der allgegenwärtige Wille zu lenken, zu kontrollieren, sich über die anderen hinwegzusetzen: das steckt *im* Menschen. Und jede andere Zivilisation, auf welches Modell sie sich auch gründet, muss früher oder später diesen individualistischen Bestrebungen verfallen.

Ja, Risbi ist möglicherweise durch den Krieg verdorben worden.

Vielleicht ist er aber auch eine Warnung.

Ann wusste nicht mehr, was sie denken sollte. Keine Gewissheit, aber eine Ahnung. Das Aufkommen eines solchen triebgesteuerten Verhaltens schien nicht abwegig. Sie hatte es nicht oft beobachtet, und doch ahnte sie, dass im Kern dieser Verirrungen eine gewisse Eigendynamik steckte. Kein Ding hat sich grundlos entwickelt.

Risbi und die anderen Raubtiere seines Schlags sind eine Warnung. Die von der Menschheit weiterhin ignoriert wird.

Ann schob eine vom Wind zerzauste Strähne hinters Ohr.

Frewin teilte diese Sichtweise. An seiner Seite fühlte sie sich weniger einsam auf dieser Welt. Sie hatte einen Gefährten gefunden.

Heimgesucht vom Phantom seiner Frau.

Ann seufzte traurig.

Wie würde die Zukunft für sie aussehen? Würde sie weiterhin über ihre Zweifel und Ängste straucheln? *Zu zweit kann man sich stützen.* Doch sie konnte Frewin nicht lieben. Nicht diesen Frewin, der seiner toten Frau schrieb und behauptete, jeder religiöser Glaube sei ihm fern. Sie durfte ihn nicht lieben, trotz allem, was sie verband.

Eine kleine heiße Kugel zerplatzte in ihrer Brust wie ein winziger Hoffnungsschimmer. Er hatte sie um ein nächtliches Treffen im Wald gebeten. Was würde er ihr sagen?

Wie würde er ihr begegnen?

Vor dieser Zukunft ängstigte sich Ann am meisten, über den Krieg, über die Menschheit hinaus und die darin enthaltenen potentiellen Gefahren.

Eine Zukunft zu zweit.

Um die Stille nicht mehr fürchten zu müssen.

81

Meine Patty,

dies sind meine letzten Zeilen. All diese Briefe, die Du lesen wirst, werden Dich über denselben ätherischen Weg erreichen, diesen Stoff, aus dem unsere Seelen bestehen, und ich weiß, dass Du sie in diesem Moment liest.

Ich habe Zeit gebraucht, um Dir diese Briefe zu senden, den Mut zu finden, mit Dir zu sprechen, mich zu öffnen nach allem, was wir durchlebt haben. Ich flehe Dich an, lies bis zum Ende. Bitte lass mich Dir meine Schlussfolgerungen erläutern.

Mein Leben ist voller Zorn, voller Irrwege. Ich glaube, das ist das Los der Menschen, und ich suche auch keine

Entschuldigung, denn es gibt keine für das, was ich getan habe.

Was ist das Böse, Patty? Ich glaube, ich kann Dir die Frage heute beantworten, nachdem mein Leben vor zwei Jahren aufgehört hat und ich seitdem durch das Fegefeuer der Menschen irre. Das Böse überträgt sich durch einen Trieb. Das Böse ist kein Zustand, der sich einstellt, nein, ich glaube, dass jeder Mensch neutral ist, mal vom Guten beseelt, mal von üblen Trieben besessen. Das Böse manifestiert sich in Form eines Blitzes, der den Geist durchzuckt und ihn dazu verführt, diesem Trieb blind zu gehorchen. Das Böse ist sexuell, insofern als es, sobald es in der Seele auftaucht, keine Ruhe gibt, bis der Trieb befriedigt ist. Dann verschwindet es und kehrt in die Eingeweide des Menschen zurück.

Siehst Du, meine Patty, es kommt vor, dass Menschen, die zu viel Leid zugefügt oder die sich in sich selbst verloren haben, bis sie nur noch desinkarnierte Wesen sind, nicht länger die Welt der anderen teilen. Sie leben dann im Fegefeuer – und das existiert tatsächlich, denn es ist irdisch. Meines war dieser Krieg. Der, den ich im Innern geführt habe, um mich zu verstehen und um immer weiter hinabzusteigen in die Tiefen dessen, was ich bin. In meine Abgründe.

Ich glaube, die Persönlichkeit ist ein gewaltiger Brunnen. Das Kind, das heranwächst, versenkt sein Erlebtes darin – zuunterst die ganze Düsternis der Welt, um obenauf nur das Beste zu verwahren. Erwachsen zu sein bedeutet, diesen Brunnen zuzuschütten und darauf zu springen, um alles festzustampfen – bis zum Tod. Erwachsen zu sein bedeutet, das Kind zu betrachten, das man gewesen ist, das immer und immer wieder auf diesem zugestopften Brunnen herumhüpft – diese ständige Bewegung der Ausgelas-

senheit, diese unbändige Kraft des Lachens, der Lebensfreude. Der Erwachsene, der das Kind, das er war, aus den Augen verliert, ist ein leerer, trauriger Mensch.

Leider ist der Grund dieses Brunnens bisweilen so sumpfig, dass sich ein Riss bildet und das Kind nicht mehr vor Freude springen kann. Bisweilen ist der Grund so verpestet, dass alles zusammenbricht und das Kind hineinfällt und ertrinkt. Diese Wesen sind nicht mehr zu retten, Patty. Das sage ich ohne Grausamkeit, weil ich lange glaubte, eines von ihnen zu sein.

Mein Brunnen hat sich geöffnet, als Du gestorben bist.

Aber Du bist gestorben, weil der Riss schon zu groß war. Das Kind in mir machte schon seit langem keine Freudensprünge mehr. Der Erwachsene war von Gram zerfressen. Von Zweifeln, von Ängsten – alles Breschen, die den Trieben des Bösen geöffnet waren. Denn das Böse existiert, dessen bin ich sicher. Ein monströses Wesen, gemacht aus dieser trügerischen Essenz, aus der sich die Seelen zusammensetzen. Ein Wesen, das nur überlebt, wenn es sich von zaudernden Geistern ernähren kann. Das Böse hat mich zugrunde gerichtet, weil ich es hereingelassen habe. Ich habe meine Triebe befriedigt.

Und ich habe Dich die Treppe hinuntergestoßen.

Die erschöpften Nerven und vor allem die ständigen Streitigkeiten, weil wir nicht mehr zu kommunizieren vermochten, haben die Frustration gesteigert. Diese hat sich in Zorn verwandelt, denn nur der Zorn kann die Frustration materialisieren und den Geist in einem Handstreich leeren. Und an jenem Tag sind unsere Worte verflogen, ist unser Zorn aufeinandergeprallt, und ich habe das Unwiderrufliche getan.

Ich habe Dich getötet.

Seitdem bin ich in diesem Fegefeuer tief in meinem In-

nern umhergeirrt. Der Erwachsene ist in die Kloake des Brunnens herabgestiegen. Ich wollte in meinem eigenen Dreck ertrinken. Und doch habe ich überlebt. Ich habe das Grauen der Welt, meines Seins gesehen. Und langsam, statt darin einzusinken, habe ich diesen Dreck Eimer für Eimer an die Oberfläche gebracht. Heute habe ich meinen Brunnen wieder zugeschüttet. Das Kind springt noch nicht, es hat noch zu viel Angst, eines Tages wieder hineinzufallen, doch vielleicht geschieht es noch, wenn die Zeit gekommen ist. Das Kind, das ich gewesen bin, muss dem Erwachsenen wieder vertrauen können, der Arbeit, die der Erwachsene geleistet hat. Eines Tages vielleicht.

Ich bitte Dich nicht um Verzeihung, Patty. Was ich getan habe, ist unverzeihlich.

Ich wollte Dir den Mann beschreiben, der ich jetzt bin. Ich wollte, dass Du erfährst, warum ich es getan habe. Es gab keine rationale Erklärung für mein Handeln. Ich habe Dich getötet, weil ich mich in einem Augenblick des Lebens verloren hatte.

Warum füllen wir unsere Brunnen mit Düsternis, mit Instabilität? Weil das Kind alles annimmt, weil es nicht auszuwählen vermag, es empfängt alles, ohne zu unterscheiden, das Gute wie das Schlechte. Allem Anschein nach habe ich zu viel Schlechtes bekommen, aber bitte sieh das nicht als Versuch der Entschuldigung. Ich schreibe es nur, um uns daran zu erinnern, dass Kinder wirklich zerbrechlich sind. Wir können gar nicht ermessen, wie sehr.

Es wird eine Zeit kommen, sofern die Religionen recht haben, da wegen dieses Verbrechens über mich gerichtet wird. Ich hoffe, Du wirst irgendwo an diesem Ort sein, ganz gleich, ob die Strafe ewig dauern wird oder nicht.

Ich habe jetzt keine Angst mehr zu sterben, sondern werde in Frieden dieser möglichen Konsequenz entgegen-

gehen, wenn sie denn existiert. Ich habe keine Angst mehr, nicht zu leben, denn die Welt beunruhigt mich.

Dieser Krieg, der die Nationen vernichtet, ähnelt dem Fegefeuer, das die Menschheit sich auferlegt hat, nachdem sie sich selbst verloren hat. Werden wir uns wiederfinden? Für wie lange? Wenn ich die Verwüstungen betrachte, die eine gestörte Persönlichkeit anrichtet, stelle ich mir Fragen über die menschliche Spezies im Allgemeinen.

Wenn die Menschheit als Ganzes gestört wäre, und wenn unsere Kriege nur das Spiegelbild davon wären? Worauf würden wir dann zusteuern?

Welche Zukunft gibt es für unsere Kinder? Diese so zerbrechlichen Kinder.

Bald werde ich gerichtet, meine Patty. Doch bis dahin werde ich leben, in dieser sonderbaren Welt voller Zweifel.

Ich werde leben.

Verzeih mir.

Craig Frewin legte den Stift beiseite und faltete den Brief sorgfältig zusammen. Danach öffnete er seine Kiste und zog einen dicken Stapel mit Umschlägen heraus, die er in einen Sack stopfte.

Draußen vor dem Schloss sang und zirpte die nächtliche Fauna; sie manifestierte sich, jede Spezies auf ihre Art, um ihr Territorium abzustecken. Frewin ließ sich auf einem umgeknickten Baumstamm nieder und leerte den Inhalt des Sacks auf dem Boden aus. Er nahm sein Feuerzeug und hielt die zitternde Flamme an eine Ecke des letzten Briefes, den er soeben geschrieben hatte. Die Tinte war noch nicht ganz getrocknet. Die Flamme kletterte an dem Papierrand hinauf wie eine gierige Zunge.

Die Ecke krümmte sich plötzlich nach innen, und die weiße

Haut begann sich gelb zu verfärben. Eine kleine Rauchspirale löste sich, dann fing das ganze Blatt Feuer.

Innerhalb weniger Sekunden verwandelte die Alchemie der Elemente die Worte in unsichtbare Partikel und destillierte ihren Sinn in den Kosmos. Patty entgegen.

Sehr schnell entfaltete sich ein rotgelbes Bukett. Jeder Satz, der ein Gedankenfragment beinhaltete, löste sich auf. Als Schüler im Physik- und Chemieunterricht hatte Frewin gelernt, dass im Universum nichts verloren gehen konnte. Seither war er davon überzeugt, dass dasselbe auch für den *Sinn*, die Semantik, galt. Schreiben war eine chemische Manipulation, die darin bestand, die Gedanken in eine präzise Zeichnung zu verwandeln. Diese Worte zu verbrennen bedeutete, das Papier aufzulösen und den Sinn der Worte ins Universum zu entsenden.

Während die Flammen knisternd aufstiegen, begann Frewin zu hoffen, dass seine Frau irgendwo den Sinn seiner Worte, die er ihr sandte, aufzunehmen in der Lage wäre.

Denn nichts auf dieser Welt konnte verloren gehen. Weder die Freude, noch die Liebe, noch die Reue.

Ann tauchte zwischen den Bäumen auf. Es gäbe viel, was sie sich zu sagen hätten, um nichts voreinander zu verbergen. Vielleicht hatten sie beide letztlich doch eine Chance. Frewin wollte daran glauben.

In der Ferne dröhnte ein Konzert von Explosionen, und am Horizont stiegen rötliche Kugeln auf. Nichts konnte verloren gehen. Auch nicht der Hass.

Der Krieg erschütterte die Erde der Menschen.

Eine gestörte Menschheit?

Frewins Worte schienen im Echo dieser Detonationen widerzuhallen:

Welche Zukunft gibt es für unsere Kinder? Diese so zerbrechlichen Kinder.

Jonathan Kellerman bei Goldmann

Mehr Informationen unter www.goldmann-verlag.de

GOLDMANN